KATES HOCHZEIT

Marta Rivera de la Cruz

KATES HOCHZEIT

Übersetzung aus dem Spanischen
von Anja Rüdiger

THIELE VERLAG

Für Marcial.
Es wäre wert, auf dich zu warten –
auch ein halbes Jahrhundert lang.

Da du mir lieb bist,
mehr als ich versprach,
wenn ich es könnte,
gäb' ich dir Bescheid.
W. H. AUDEN

Da ward Herbst es im Herzen,
ich stieß gen Himmel den Seufzer:
»Send deinen Frühling uns, Herr –
zeige dein Antlitz der Erd'!«
AUGUST STRINDBERG

Von den Tagen,
die das Schicksal mir gewährt,
wäre jede einzelne Nacht,
um sie zu leben, die letzte.
LOIS PEREIRO

»Wo, zum Teufel, kommen diese scheußlichen Blumen her?«

Shirleys wütende Stimme zerstörte auf einen Schlag die friedliche Stimmung in der Küche, wo die beiden Frauen – wie jeden Morgen – bei Toast und Kaffee mit Schuberts Konzertmusik im Hintergrund am Frühstückstisch saßen. Anna Livia und Kate blickten unwillkürlich auf und musterten den Blumenstrauß, der auf der Kommode stand – eine wahrhaft desparate Mischung aus einer Gladiole, einem halben Dutzend Margeriten von nicht zu benennender Farbe, einer weißen Lilie sowie zwei entkräfteten Rosen –, dann sahen sie ihre Freundin an.

»Aber meine Liebe«, Anna Livias stets entschieden klingende Stimme schien ein wenig verhaltener als sonst. »Die hast du doch selbst bestellt ...«

Shirleys Augen schossen Blitze, als sich ihre zornigen Blicke erneut auf das schlaffe Gebilde richteten, das in der Tat einen jämmerlichen Anblick bot und die Bezeichnung Strauß oder gar Bouquet eigentlich nicht mehr verdiente. Mit einem beneidenswerten Elan (eingedenk der Tatsache, dass sie bald sechzig wurde und ständig über irgendwelche Zipperlein klagte) durchquerte sie das Wohnzimmer und ergriff mit beiden Händen den gläsernen Krug, in dem die bemitleidenswerten Blumen vor sich hin vegetierten. Einen Moment lang fürchtete Kate, dass sie ihn auf den Boden schmettern würde, aber offenbar wollte Shirley die ganze florale Katastrophe nur aus nächster Nähe betrachten. Und das tat sie dann auch: Eingehend begutachtete sie die Blumen mit ihren lebhaften grau-braunen Augen, die so fröhlich und zugleich so kritisch in die Welt blickten wie die eines Eichhörnchens. Wenn sie auch nicht im Entferntesten so schön waren wie Anna Livias Augen, die in einem heiteren Violett erstrahlten, sagte sich Kate. Sie beneidete ihre Freundin um diese ungewöhnlichen Augen – denn die ihren waren von einem durchschnittlichen, langweiligen Blau, das nicht weiter auffiel. Manchmal fragte sie Kate, welche fragwürdigen genetischen Mutationen bei Anna Livia wohl zu diesem beneidenswerten Veilchenblau geführt hatten.

»Soll *das* der Strauß sein, den der Blumenladen geschickt hat?«

»Ja. Ist doch … hübsch.«

»Jetzt tu nicht so, Kate! Die Blumen sind eine Zumutung. Ich habe vierzig Euro dafür bezahlt, aber diesen Strauß würde ich nicht mal jemandem aufs Grab legen, den ich mein Leben lang gehasst habe. Glaubst du wirklich, dass ich so einen Dreck für dich bestellt habe?«

»Vielleicht haben die im Blumenladen sich vertan.«

Shirley drehte sich zu ihr um, und ihre kleinen Augen funkelten.

»Und ob die sich vertan haben! Diese … kleine Betrügerin aus dem Blumenladen hat sich nämlich geirrt, wenn sie gedacht hat, dass ich die Blumen, die sie schickt, nicht zu Gesicht bekomme. Sie hat wohl angenommen, dass ich eine senile alte Schachtel bin, die sowieso nichts mehr mitbekommt. Dass ich hoffnungslos verkalkt bin und sie mir dieses … dieses … blühende Exkrement andrehen kann. Allerdings ist das ein Irrtum. Ein gewaltiger Irrtum sogar! Ich sollte dieser unverschämten Person ihr grässliches Gewächs in den Rachen stopfen!«

»Um Himmels willen, nein!«, rief Kate aus, die Shirley gut genug kannte, um zu wissen, dass diese durchaus fähig war, genau das zu tun. Und als ob sie ihre Drohung in die Tat umsetzen wollte, öffnete Shirley eine Schublade und zerrte eine Plastiktüte hervor, in die sie die unseligen Blumen zornig hineinstopfte.

»Ich werde diese Angelegenheit unverzüglich klären, da kannst du Gift drauf nehmen«, erklärte sie aufgebracht. Und dann, etwas freundlicher: »Ach, übrigens – herzlichen Glückwunsch zum Geburtstag, Kate, Liebes.«

Bevor Kate Gelegenheit hatte, etwas zu erwidern, wurde mit einem Knall die Haustür zugeschlagen.

Vor fünfzehn Jahren war Kate Salomon in das kleine spanische Dorf Ribanova gezogen, zu einem Zeitpunkt, als ihr Vater – ein großartiger Mann, den die Jahre zunächst zu einem verrückten Alten und am Ende zu einem Pflegefall hatten werden lassen – nicht mehr in der Lage gewesen war, allein zurechtzukommen. Sie wohnte damals in London, nachdem eine glückliche Fügung des Schicksals es ihr ermöglicht hatte, sich auszusuchen, wo sie leben wollte, und eigentlich war sie ein Stadtmensch. Wenn sie Sehnsucht nach dem Meer hatte, verbrachte sie ein paar Tage in Brighton, wo sie ein kleines, gemütliches Häuschen besaß. Ihr Bruder war auch in Brighton zu Hause, aber das war für Kate kein Grund, sich dauerhaft dort niederzulassen. Auch wenn James, der achtzehn Jahre jünger war als seine Schwester, keine Gelegenheit ausließ, sie daran zu erinnern, dass das Leben in London viel zu teuer sei, dass sie sich für das Geld, das sie für ihre Wohnung in Harrington Gardens zahlte, an jedem anderen Ort in England eine Villa leisten könne, und dass es eine Sünde sei, ohne triftigen Grund in einer der teuersten Städte der Welt zu leben. Kate war ein geduldiger Mensch und ließ sich von James grundsätzlich nicht provozieren, auch wenn er sie mit seinen ewigen Vorhaltungen zur Weißglut brachte. Allzu gern hätte sie ihn daran erinnert, dass sie leben konnte, wo es ihr beliebte, da sie das nötige Geld hatte.

Und genau das war wohl auch der Grund für ihre ständigen Auseinandersetzungen: Kate hatte von ihrem Onkel Albert ein kleines Vermögen geerbt, und sie war die Einzige gewesen, die er in seinem Testament bedacht hatte. Der Gerechtigkeit halber musste man jedoch erwähnen, dass Kate auch die Einzige in der Familie gewesen war, die sich um Onkel Albert gekümmert hatte, als er noch bettelarm gewesen war und jeder ihn für einen alten Spinner gehalten hatte, der allein in Glasgow lebte und sich an die verzweifelte Hoffnung klammerte, irgendwann doch noch als Schriftsteller berühmt zu werden. Er hatte vier Romane veröffentlicht, alles Flops, die von so gut wie niemandem gelesen worden waren. Außer von Kate, die nach der Lektüre von *Der gute Freund* dachte, nie ein besseres Buch in den Händen gehalten zu haben. Auf den Rat ihrer Mutter hin hatte sie daraufhin einen Brief an Onkel Bertie geschrieben, um ihm dies mitzuteilen, wofür er seiner jungen Nichte unendlich dankbar war. Nicht weil sie seinen Roman gelobt hatte – das taten die Leute manchmal allein schon deswegen, um ihn loszuwerden –, sondern weil ihr Brief eine überaus intelligente und beeindruckende Analyse des Textes enthielt, die bewies, wie viel Aufmerksamkeit sie ihm geschenkt hatte. Kate und Onkel Bertie hatten sich eine Zeit lang regelmäßig geschrieben und Kate, die damals in Edinburgh lebte, hatte ihn ein paarmal in seiner schäbigen Bleibe in Glasgow besucht. Und später, als er gestorben war, brachte die Testamentseröffnung zutage, dass er sie als Alleinerbin eingesetzt hatte. Damals hatte sie dafür nur Spott und Hohn geerntet, da der arme Mann nichts anderes hinterlassen hatte als ein verfallenes altes Haus, das vom Holzwurm zerfressen und mit riesigen Hypotheken belastet war, eine völlig wertlose Briefmarkensammlung und einen Haufen Plunder – Stücke, die Bertie selbst dem Glasgower Art-Nouveau-Genie Charles Mackintosh zuschrieb, die sich aber allesamt als Fälschung herausstellen sollten. So wie die Dinge lagen, hatte Kate mit ihrer Erbschaft tatsächlich ein schlechtes Geschäft gemacht. Der Verkauf des Hauses brachte gerade so viel Geld ein, dass es ausreichte, um die offenen Rechnungen zu bezahlen, und die übrigen »Besitztümer« des Onkels wollte niemand haben. Da Kate die Dinge jedoch aus Respekt nicht einfach wegwerfen wollte, mietete sie einen Lagerraum, um sie dort aufzubewahren.

Es schien fast so, als hätte Albert Salomon der einzigen Person, die in den letzten zwanzig Jahren seines Lebens nett zu ihm gewesen war, einen bösen Streich gespielt, anstatt ihr mit dem Erbe ein Geschenk zu hinterlassen. Doch dann geschah etwas Unerwartetes und Wunderbares, nämlich dass die Romane von Onkel Bertie nach seinem Tod auf einmal zur gefragten Lektüre wurden. Wie es eben manchmal vorkommt, eine Art Ironie des Schicksals: Der Erfolg stellt sich erst dann ein, wenn der Urheber des Ganzen nicht mehr davon profitieren kann. Die Sache war so, dass in dem Verlag, in dem Albert Salomons Bücher erschienen waren, ein neuer Lektor angefangen hatte, der mehr oder weniger aus Zufall einen Blick auf einen Stapel Bücher warf, die endgültig aus dem Programm genommen werden sollten, wobei ihm *Der gute Freund* wegen des Titels ins Auge fiel. Der Lektor selbst behauptete später, dass er das Buch aus einem plötzlichen Impuls heraus mit nach Hause nahm – vielleicht brauchte er auch nur etwas, um einen wackelnden Tisch damit abzustützen – und es noch am selben Abend zu lesen begann. Nachdem er wegen der mitreißenden Geschichte nur wenige Stunden geschlafen hatte, regte er gleich am folgenden Morgen an, eine Neuauflage dieses Buches vorzubereiten. Außerdem machte er sich auf die Suche nach weiteren Werken des Autors, und es stellte sich heraus, dass der Verlag sechs Romane von Albert Salomon eingekauft hatte, von denen jedoch nur vier erschienen waren – und das ohne jeglichen Erfolg. Nach der Lektüre sagte sich der Lektor namens Jeffried Ruskin, dass es an der Zeit sei, diesen Büchern eine zweite Chance zu geben. Also setzte er sich mit Salomons Erbin in Kontakt – damals war der Schriftsteller bereits seit einigen Jahren tot –, die eine Neuauflage von *Der gute Freund* und den anderen Büchern des geliebten Onkels für eine ausgezeichnete Idee hielt. Auch sie fand die Romane hervorragend und war der Meinung, dass weder die Kritiker noch das Lesepublikum sie entsprechend gewürdigt hätten.

Kate Salomon und Mr. Ruskin trafen in dieser Angelegenheit nur einmal zusammen und verstanden sich auf Anhieb. Ruskin versprach, Albert Salomon posthum zum Ruhm zu verhelfen, und Kate verzichtete dafür auf eine Vorauszahlung für die Vergabe der Veröffentlichungsrechte. Manche Leute hielten diese Großzügigkeit für absurd – Somerset Publishers war ein solventer Verlag, der es sich durchaus hätte leisten können, vorab eine angemessene Summe dafür zu zahlen –, doch Kate wusste, dass der Verlag mit dieser Neuauflage ein Risiko einging und dass Jeffried Ruskin mit diesem ungewöhnlichen Manöver seinen Ruf aufs Spiel setzte, als er in jenem Herbst das Werk eines gescheiterten toten Autors als Spitzentitel veröffentlichte.

Wie bei derartigen Überraschungserfolgen üblich, konnte niemand sagen, wie es dazu kam, dass die Romane von Albert Salomon nach den ersten Verkäufen plötzlich wie eine Bombe einschlugen und schließlich die Bestsellerlisten stürmten. Dies war die perfekte Gelegenheit für Buchkritiker jeglicher Art – von den wahren Literaturpäpsten bis hin zum letzten Schaumschläger –, etwas über den Schriftsteller zu verfassen und lautstark zu behaupten, dessen Talent bereits vor fünfzehn, zwanzig, dreißig Jahren erkannt zu haben.

Nach dem Erfolg in England kamen die Übersetzungen. Salomons Werk begeisterte die Leser in gut einem halben

Dutzend europäischer Länder, und wenn es auch nicht gelang, den amerikanischen Markt zu erobern, woran Jeffried Ruskin schwer zu schlucken hatte, summierten sich die Auslandsverkäufe auf beachtliche Mengen. Und so kam es, dass Kate Salomon durch die ihr zustehende Verkaufsbeteiligung und die Vergabe weiterer Lizenzen zu einer vermögenden Frau wurde.

Dabei war ihr Geld im Grunde gar nicht so wichtig. Sie hatte sich längst daran gewöhnt, nicht allzu viel davon zu besitzen und mit ihrem bescheidenen Gehalt als Sekretärin in einer verstaubten Anwaltskanzlei auszukommen. Doch nun ermöglichte ihre neue finanzielle Situation es ihr, ihrem Leben eine neue Wendung zu geben. Sie verließ Brighton mit seinem Geruch nach Meer und der salzigen Feuchtigkeit und zog nach London, wo sie schon immer hatte wohnen wollen und wo sie außerdem hautnah den wachsenden Erfolg von Albert Salomons Büchern verfolgen konnte. Die lagen nämlich zuhauf in den Schaufenstern der Buchhandlungen in der Charing Cross Road, wo der Autor selbst zeit seine Lebens vergeblich danach gesucht hatte. Es war erstaunlich, dass der anhaltende Misserfolg Onkel Bertie nicht entmutigt hatte, dachte Kate. Im Gegenteil hatte er sich von nichts und niemandem vom Schreiben abhalten lassen, als wäre er davon überzeugt gewesen, dass die Geschichte ihm früher oder später Gerechtigkeit würde widerfahren lassen. Als das Alter und die damit verbundenen Gesundheitsbeschwerden sein baldiges Ende vorausahnen ließen, hatte er vielleicht deshalb alles so geregelt, dass die einzige Person, die seine Arbeit jemals gewürdigt hatte, davon profitieren konnte. Ja, Kate war sich absolut sicher, dass der gute Onkel Bertie, als er sie zu seiner Alleinerbin machte, sie nicht mit einem baufälligen Haus oder irgendwelchem wertlosen Krempel belasten wollte. Es war einfach nur sein Wunsch gewesen, dass, wenn ihm selbst der Erfolg schon nicht gegönnt war, er zumindest Kate das Leben verschönern sollte.

Als dies schließlich tatsächlich eintrat, war Kate Salomon fünfzig Jahre alt und hatte Forster Smith bereits drei Mal zurückgewiesen. Nun, zwanzig Jahre später, bedauerte sie noch immer jede einzelne dieser drei Absagen, doch sie tröstete sich mit dem Gedanken, dass weder die Umstände noch das Leben an sich ihr eine andere Wahl gelassen hatten, als tatsächlich drei Mal den Mann ihres Lebens vor den Kopf zu stoßen.

Das erste Mal konnte man eigentlich nicht mitzählen oder zumindest nicht als Zurückweisung im eigentlichen Sinne bezeichnen. Es war im Jahr 1961 gewesen, in Edinburgh, als sie und Forster dort an der Universität studierten und er sie bat, ihn zum Abschlussfest am Ende des Semesters zu begleiten. Sie hatte bereits einem schlaksigen rothaarigen Kommilitonen zugesagt, dem sie gar nicht besonders zugetan war, doch als das Datum des Balls unaufhaltsam näherrückte und sie noch keinen Begleiter gefunden hatte, hatte sie die Gelegenheit beim Schopf ergriffen. Nie im Leben hatte sie damit gerechnet, dass Forster Smith auch nur einen Gedanken daran verschwendete, mit ihr zu dem Fest zu gehen. Sie hatten höchstens zwei oder drei Mal auf irgendeinem dunklen Universitätsflur ein paar Worte miteinander gewechselt, sodass Kate es zunächst gar nicht fassen konnte, als dieser attraktive, beredte junge Mann sie ansprach und um ihre Begleitung bat. Sie brauchte eine Weile, um sich von der Überraschung zu erholen, und erst als sie ihm schon mit vorgespielter Gleichgültigkeit zusagen wollte, fiel ihr der Rothaarige wieder ein.

»Ich kann nicht.«

»Du meinst wohl, du möchtest nicht«, entgegnete Forster mit hochgezogenen Augenbrauen. Kate erschien diese Bemerkung ziemlich herablassend, was sie ein wenig verärgerte.

»In Ordnung. Dann also: Ich will nicht. Zufrieden?«

»Nein. Zufrieden wäre ich, wenn du Ja gesagt hättest. Jetzt hast du mir das Herz gebrochen, Kate Salomon. Ich hoffe, dass du das verantworten kannst. Einen schönen Tag noch.«

Und dann ging er, mit jenen leichtfüßigen Schritten, mit denen Kate ihn von da an für immer identifizieren würde und die den Eindruck vermittelten, als wollte er im nächsten Augenblick anfangen zu tanzen.

Kate glaubte, dass dies genau der Moment war, in dem sie sich in ihn verliebt hatte.

Dieser Zustand vertiefte sich während jenes blöden Balls, zu dem Kate mit dem besagten Rothaarigen ging – der, wie sie bereits befürchtet hatte, ein entsetzlich langweiliger Mensch war – und Forster mit einer Studentin aus einem höheren Semester, die beinah beleidigend gut aussah. Äußerst ungnädig gegen sich selbst, sagte sich Kate, dass er offensichtlich von ihrer Absage profitiert hatte. Doch später, als sie beide mit ihren jeweiligen Partnern tanzten, schenkte er ihr einen eindringlichen Blick aus seinen warmen braunen Augen, und Kate begriff, dass er aus irgendeinem unverständlichen Grund lieber mit ihr zu dem Fest gegangen wäre. Daher überwand sie ihre Schüchternheit und erwiderte seinen Blick, bis die Musik verklang, ganz so, als ob er sie in den Armen gehalten hätte und sie nicht jeder mit einem anderen Partner tanzten, die sich auch beide gerne in Luft hätten auflösen können, was sie natürlich nicht taten.

Dennoch bat er sie nicht noch einmal um eine Verabredung. Ein paar Wochen lang wurde er häufig zusammen mit der Studentin des Tanzabends gesehen, und dann folgten zwei oder drei andere Mädchen von der Uni – natürlich alle blond und ausgesprochen hübsch –, während er Kate ignorierte. Sie versuchte verzweifelt zu verstehen, warum, denn nach dem Ball war sie sich sicher gewesen, dass etwas Magisches sie miteinander verband, doch irgendwann war sie des Wartens müde und beschloss, Forster Smith zu vergessen.

Das fiel ihr alles andere als leicht, da sie sich immer wieder begegneten. Sie hatten denselben Freundeskreis, und zwei Kurse besuchten sie gemeinsam, abgesehen davon, dass sie regelmäßig auf Partys, in der Bibliothek oder in irgendeiner Studentenkneipe aufeinandertrafen. Daher konnte Kate Forster nicht wirklich aus dem Weg gehen und sah ihn mindestens zwei, drei Mal pro Woche, wobei er immer ausgesprochen anziehend wirkte, witzig und geistreich war – und stets umgeben von einem Rudel bildhübscher Mädchen. Auch Kate war auf eine gewisse Weise schön – wobei ihr das natürlich nicht bewusst war –, aber auf eine stille Art – mit ihren hellblauen Augen, ihrer beinah transparent wirkenden sommersprossigen Haut, ihrer zierlichen Gestalt und ihrem geistreichen Humor, der ihr leider immer zu spät in den Sinn kam. Wenn sie Forster Smith mit seinem kleinen Harem an strahlenden Schönheiten sah, fühlte sie sich wie ein armes kleines Mädchen, das den ganzen Morgen sehnsüchtig am Schaufenster eines Süßigkeitenladens steht, in dem Wissen, dass es all diese Köstlichkeiten niemals bekommen wird.

Offensichtlich war Forster Smith einfach eine Nummer zu groß für sie. Und trotzdem hatte sie aus irgendeinem Grund ihre Chance bei ihm gehabt – und sie vermasselt. Natürlich war er nach wie vor freundlich zu ihr, empfahl ihr manchmal das ein oder andere Buch, bezahlte ihren Tee im Studentencafé oder zwinkerte ihr von seinem Platz in der Bibliothek aus zu, mehr jedoch nicht.

Im letzten Semester blieb Kate Salomon dann nicht mehr viel Zeit, an Forster Smith zu denken. Damals war sie mit einem hochgewachsenen Physikstudenten zusammen – Kate, die Englische Literatur studierte, war immer schon der Meinung gewesen, dass Wissenschaftler etwas Mysteriöses und Faszinierendes hatten –, mit dem sie durchaus glücklich war. Sie verstanden sich gut, stimmten in vielen Fragen überein und entdeckten gemeinsam die Geheimnisse der körperlichen Liebe, sodass Kate zu dem Schluss kam, dass jener große, athletische Schotte, der im Basketballteam der Universität spielte und mit großem Enthusiasmus über Mathematik sprach (von der sie nichts verstand), der Mann ihres Lebens war.

Natürlich begegnete sie Forster Smith nach wie vor regelmäßig, das war an einer derart kleinen Uni unvermeidlich. Außerdem schien er über die Fähigkeit zu verfügen, allgegenwärtig zu sein, denn er war überall. Wenn sie im Flur aufeinandertrafen, blieb er jedes Mal stehen, um ihr eine Frage zu stellen oder mit vergnügt blitzenden Augen einen Scherz zu machen. Kate dachte, dass es mit solchen Augen, die ununterbrochen goldfarbene Strahlen auszusenden schienen, sicher sehr schwierig war, etwas wirklich Ernsthaftes zu sagen, und entschied, dass dieser junge Mann ein Opfer seines unwiderstehlichen Blickes war, der sie – zugegebenermaßen – ein bisschen nervös machte. Doch mit der Zeit wurde Kate gegen die Magie dieses Blickes immun, und sie konnte mit Forster reden, ohne dass ihr jedes Mal die Knie zitterten. Während jenes letzten Semesters hatte er mindestens zwei Freundinnen (eine indischstämmige exotische Schönheit aus dem ersten Semester und eine kurvige, ein wenig voluptive studentische Hilfskraft, die offiziell zur Sexbombe der Universität erklärt worden war). In beiden Fällen schien es nichts Ernstes zu sein, sodass Forster nach den Osterferien tatsächlich ohne feste weibliche Begleitung auf dem Unigelände anzutreffen war.

Der Physikstudent beendete die Beziehung zu Kate nur wenige Wochen, bevor beide ihren Abschluss machten. Sie wusste nicht, was geschehen war, dieses Ende kam für sie vollkommen überraschend, doch als sie ihn um eine Erklärung bat, verstrickte sich der junge Mann in einem Netz aus dummen Gemeinplätzen über die Liebe, das Pflichtgefühl und die Möglichkeiten, die das Leben bot. Kate verstand gar nichts, vielleicht weil sie Literatur studiert hatte und die Bücher sie gelehrt hatten, dass es in Herzensdingen im Grunde nur zwei Möglichkeiten gibt: Man liebt sich, oder man liebt sich nicht, und dieser angehende Physiker hatte offensichtlich aufgehört, sie zu lieben.

Natürlich war Kate am Boden zerstört, wie es sich bei einer zerbrochenen Liebe gehört, was sie jedoch nicht davon abhielt, sich nach einigen heftigen Tränenausbrüchen wieder voll auf die anstehenden Prüfungen zu konzentrieren. Sie hatte bisher hervorragende Noten vorzuweisen und wollte um jeden Preis verhindern, dass ihr gebrochenes Herz ihr den Studienabschluss vermasselte. Daher lernte sie mit rot verweinten Augen, stets mit einem Päckchen Taschentücher in Reichweite und mit einer Verbissenheit, die den Eindruck erweckte, dass der Kummer ihren Ehrgeiz noch vergrößerte und sie mit noch besseren Noten jenem besserwisserischen, eingebildeten, lächerlichen Lulatsch eine Lektion erteilen wollte.

Eine Woche nach den letzten Prüfungen rief Forster Smith sie an. Die Noten waren noch nicht bekannt gegeben worden, sodass sie die Zeit in ungeduldiger Erwartung verbrachte und sich nebenbei über das Programm des alljährlich in Edinburgh stattfindenden Festivals informierte. Sie hatte beschlossen, den Sommer über in der Stadt zu bleiben, um ein paar Vorstellungen zu besuchen, und bemühte sich um Eintrittskarten zu ermäßigten Preisen. Etwas anderes hatte sie nicht zu tun, bevor sie im Herbst ins Berufsleben einsteigen und sich um einen adäquaten Job bemühen würde. Ein Professor hatte ihr eine Stelle als Hilfsarchivarin in einer düsteren Londoner Vorortsbibliothek angeboten, die sie dankbar, aber wenig enthusiastisch angenommen hatte. Der Gedanke, in Chiswick zu leben, erschien ihr nicht besonders verführerisch, doch die Vorstellung, zu ihrer Familie nach Brighton zurückzukehren, begeisterte sie noch weniger. Sie war dreiundzwanzig Jahre alt, und das Leben bot ihr nicht viele Möglichkeiten. Fast alle ihre Freundinnen waren bereits verheiratet oder schmiedeten Hochzeitspläne, und die wenigen, die allein lebten, konzentrierten sich auf ihre Karriere, während sie trotz ihres hervorragenden Studienabschlusses sich nie richtig entscheiden konnte, welche berufliche Laufbahn sie einschlagen sollte. Denn heimlich hatte sie gar nicht vom Arbeiten geträumt, sondern davon zu heiraten, eine Familie zu gründen und sich um ihren Mann und ihre Kinder zu kümmern. Sie hatte gehofft, an der Uni ihren zukünftigen Ehemann kennenzulernen, und mit all ihrem Fleiß und dem Ehrgeiz, den sie die ganze Studienzeit über an den Tag gelegt hatte, den guten Noten und ihrem Interesse hatte sie sich selbst und alle anderen über ihre wahren Zukunftsträume hinweggetäuscht. Und hier war sie nun gelandet: schmählich von einem eingebildeten Schnösel verlassen und mit der Aussicht, das Studium als Jahrgangsbeste abzuschließen. Ein schöner Schlamassel!

Forster Smiths Anruf überraschte sie, als sie gerade die Anzeigen durchsah, in denen Wohngemeinschaften nach einem neuen Mitbewohner suchten – mehr konnte sie sich von ihrem Gehalt in der Bibliothek nicht leisten –, und sie ärgerte sich über sich selbst, dass ihr Herz heftiger zu klopfen begann, als sie seine vertraute Stimme erkannte.

»Kate?«

»Ja? Ich bin's.«

»Ich weiß, dass du es bist, schließlich habe ich mich über die Zentrale mit dir verbinden lassen.«

Sie biss sich auf die Lippen. Nicht dass ihr keine passende Antwort auf diese herablassende Bemerkung eingefallen wäre, aber sie wollte sich nicht mit ihm streiten, bevor sie wusste, was dieser Schlauberger eigentlich von ihr wollte.

»Also. Was willst du?«

Das war zwar auch nicht gerade freundlich, aber nun hatte sie es gesagt.

»Dich zum Tee einladen, wenn du nichts Besseres vorhast.«

»Nein. Ich meine, ja. Ich will sagen, in Ordnung, von mir aus.«

»Gut, ausgezeichnet. Ich habe auch nicht erwartet, dass du in Jubelgeschrei ausbrichst. Also um vier im *Balmoral*?«

Kate verkniff sich einen Ausruf der Überraschung: Der Tee im *Balmoral* war der teuerste in ganz Edinburgh. Sie hatte mit einer Einladung in irgendein Studentencafé gerechnet oder vielleicht noch in einen der *Tea Rooms* in der Burg ... aber das *Balmoral* übertraf alle ihre Erwartungen.

»Ich werde dort sein.«

»Das hoffe ich. Und bitte nimm zur Kenntnis, dass ich mich umbringen werde, wenn du mich versetzt. Dann also bis später, Kate.«

Sie brauchte über eine Stunde, um sich für die Verabredung zurechtzumachen, ohne zu verstehen, warum die simple Aussicht auf eine Tasse Tee sie derart nervös machte, auch wenn sie sie im Teesalon eines Luxushotels zu sich nehmen würde. Sie hatte keine Ahnung, wie sie zu dieser Einladung kam, aber es war typisch für Forster, genau das zu tun, was man am wenigsten erwartete. Sie hatten sich ein paar Wochen lang nicht gesehen und in den letzten Monaten kaum ein paar Worte miteinander geredet, und plötzlich rief er an, um einen wie selbstverständlich zum Tee einzuladen. Ins *Balmoral*!

Als Kate in den *Tea Room* trat, war er bereits dort, saß an einem der Tische und stand auf, als er sie sah. Er trug ein Jackett und Krawatte, aber in einem legereren Aufzug hätte man ihn wahrscheinlich gar nicht eingelassen, und Kate folgerte, dass er das weiße Hemd und die elegante gestreifte Krawatte wahrscheinlich nicht ihr zu Ehren angezogen hatte, sondern weil der Ort es erforderte. Aber in jedem Fall verhielt er sich äußerst galant und schob ihr den Stuhl an, als sie sich setzte.

»Ich freue mich, dich zu sehen«, sagte er.

»Ich mich auch.«

Was hätte sie auch sonst entgegnen sollen? Dabei hätte sie ihn am liebsten gleich gefragt, warum er sie eigentlich angerufen hatte. Aber dies war eindeutig nicht der richtige Moment.

»Was für einen Tee möchtest du trinken?«

Kate wählte einen Oolong-Tee, während Forster sich ganz traditionell für einen Earl Grey entschied – zum Glück hatte sich damals die prätentiöse Mode, auch grünen und weißen Tee zu trinken, noch nicht durchgesetzt, die die simple Auswahl eines Heißgetränks zu einer Art Existenzfrage erhob –, und der Kellner servierte eine Auswahl kleiner Köstlichkeiten: winzige Sandwiches, Fruchttörtchen, französische Minitartes und Cones mit *Clotted Cream*, Marmelade und Butter. Kate seufzte glücklich. Natürlich sollte sich eine junge Dame während eines Rendezvous nicht mit Süßigkeiten vollstopfen, doch da Kate gar nicht wusste, ob dies ein Rendezvous war, nahm sie sich ein Stück Gebäck und bestrich es großzügig mit Erdbeermarmelade und sahnigem Rahm.

»Stimmt es, dass du mit deinem … äh … mit deinem Freund nicht mehr zusammen bist?«

Dies schien Kate nicht die glücklichste Frage, um ein Gespräch zu beginnen, doch sie tröstete sich damit, dass Forster wenigstens so rücksichtsvoll gewesen war, sie so zu formulieren, als wäre es eine einvernehmliche Trennung gewesen.

»Ja. Er hat Schluss gemacht.«

Irgendwie empfand sie es als Genugtuung, zuzugeben, dass sie verlassen worden war. In der Regel sprach man eine solche Verletzung der eigenen Gefühle nicht offen aus. Kate jedoch hielt es für weitaus erniedrigender, die Möglichkeit, sich getäuscht zu haben, zu verschweigen.

»Wie hieß er noch mal? Algernon?«

»Culen. Culen Balfour.«

»Das klingt eingebildet und blöd. Da ist sogar Algernon noch besser.«

Kate lachte bitter. Sie hatte den Namen Culen immer für sehr vornehm gehalten, aber vielleicht hatte Forster recht. Wenn sie ihn nun hörte, fand sie ihn eher schwülstig und affektiert.

»Und? Wie war deine Abschlussprüfung?«

Das war ein abrupter Themenwechsel, aber Kate hatte keine Lust, weiter über Culen zu reden.

»Gut. Sehr gut.« Forster wollte sich gerade ein Törtchen nehmen, überlegte es sich jedoch anders. »Ich habe ein Stipendium bekommen und werde promovieren.«

»Wunderbar! Hier in Edinburgh?«

Sie stellte die Frage aus reiner Höflichkeit, doch im selben Moment keimte in ihr die Hoffnung, dass das Schicksal für ihn die Londoner Uni vorgesehen hatte.

»Nein. Ein bisschen weiter weg. Ich gehe in die USA, zur *Brown University*. Wahnsinn, oder? Von jetzt an spiele ich in der *Ivy League*.«

Kate lächelte und sagte erneut »Wunderbar«, obwohl sie es alles andere als wunderbar fand, dass zukünftig ein Ozean und mehrere Zeitzonen zwischen ihr und Forster Smith liegen würden. Es wäre sicher angebracht gewesen, sich nach weiteren Einzelheiten seiner amerikanischen Karriere zu erkundigen, aber sie wollte gar nicht mehr wissen. Sie nahm einen Schluck von ihrem Tee, der bereits kalt wurde, und griff nach einem Éclair, um nichts mehr sagen zu müssen.

»In drei Wochen geht's los. Der Doktorandenkurs beginnt Ende August. Und was ist mit dir?«

»Ich habe eine Stelle in London gefunden. Nichts Besonderes. Als Hilfsarchivarin. Aber das verschafft mir Zeit, darüber nachzudenken, was ich anschließend machen möchte. Denn ich weiß nicht, ob ich mein Leben lang Bücher sortieren will.«

Auf einmal hatte Kate den Eindruck, dass er ihr gar nicht mehr zuhörte. Er schien sich auf etwas anderes zu konzentrieren – vielleicht auf die glänzende Zukunft, die vor ihm lag, und auf all die amerikanischen Schönheiten, die es an der *Brown University* gab und die seinen braunen Augen und seinem harmonischen englischen Akzent hoffnungslos verfallen würden –, und sie fühlte sich unwohl. Gerade wollte sie ihn fragen, warum, zum Teufel, er sie eingeladen hatte, wenn er nicht mit ihr reden wollte, als er ihr tief in die Augen sah.

»Kate … es gibt da etwas, das ich dich fragen möchte …« Er atmete tief durch und schluckte. »Kommst du mit mir in die USA?«

Zum ersten Mal war so etwas wie absolute Ernsthaftigkeit in Forster Smiths Augen zu erkennen.

»Ich meine es ernst, Kate. Ich … na ja, ich glaube, ich liebe dich und all das. Ich bin seit drei Jahren in dich verliebt und … wenn ich jetzt weggehe und du hierbleibst, dann hab ich es wohl endgültig vermasselt.«

Kate zwinkerte und sagte sich, dass dies unmöglich gerade passieren konnte. Ihr passieren konnte. Ihre gesamte Studienzeit über hatte sie diesem Mann hinterhergeschmachtet, sogar – jetzt konnte sie es ja zugeben – während der anderthalb Jahre ihrer Beziehung mit Culen, und nun lud er sie auf einmal zum Tee ein und fragte sie einfach so, ob sie mit ihm ans andere Ende der Welt gehen wollte!

»Bitte, sag etwas.«

»Ich weiß nicht, was ich sagen soll.«

»Ich nehme an, das ist ein schlechtes Zeichen.«

Kate Salomon würde sich den Rest ihres Lebens fragen, ob Forster Smith sich der Tatsache bewusst war, dass die Absage, die er nun erhielt, lediglich der ungeschickten Art geschuldet war, mit der er die Sache angegangen war. Dass er drei lange Jahre Zeit gehabt hatte, um sich zu erklären, um ihr ewige Liebe zu schwören – wenn es tatsächlich das war, was er empfand –, dass es Tausende Gelegenheiten gegeben hatte, irgendwelche unwesentlichen, aber schönen Dinge gemeinsam zu tun (ein Eis zu essen, ins Kino zu gehen, einen Spaziergang im Mondlicht zu machen), und das Einzige, was sie von ihm erhalten hatte, lediglich eine vergebliche Einladung zu einem Ball gewesen war, ein paar freundliche Scherze und ab und zu ein kameradschaftliches Augenzwinkern, während ihm die schönsten Mädchen zu Füßen lagen. Und nun, da sie bereits einen Job und gewisse Zukunftspläne hatte – wenn auch zugegebenermaßen nichts Weltbewegendes –, kam er an und schlug einfach mal eben vor, die nächsten drei oder vier Jahre gemeinsam auf der anderen Seite des Atlantiks zu verbringen! Dabei war es, verdammt noch mal, noch keine Stunde her, dass sie auf sieben Anzeigen geantwortet hatte, in denen ein Zimmer am Stadtrand von London angeboten wurde!

»Forster«, begann sie schließlich, »darf ich fragen, wieso dir dieser glorreiche Gedanke ausgerechnet jetzt kommt?«

»Ich weiß nicht … ich nehme an, es ist einfach der richtige Moment. Ich habe in den letzten Jahren viele Freundinnen gehabt, obwohl du mir immer schon besser gefallen hast, aber ich wollte das mit dir nicht in den Sand setzen, weißt du? Keine Ahnung, ich habe immer gedacht, dass es besser ist, erst mal mit ein paar anderen Mädchen zusammen zu sein, bevor ich eine ernsthafte Beziehung eingehe. Und dann … du warst mit diesem Duncan zusammen oder Algernon und … na ja, ich wollte lieber erst mal warten, bis das mit euch zu Ende ist.«

Das war es also. Forster war sich dermaßen sicher, dass sie Ja sagen würde, dass er seelenruhig auf den für ihn geeignetsten Moment gewartet hatte, während er sich die ganze Zeit mit ein paar hübschen Studentinnen vergnügt und sie aus der Ferne beobachtet hatte. Und was Culen anging, war er fest davon ausgegangen, dass dieser eines Tages von selbst wieder aus Kates Leben verschwinden würde, sodass er nichts unternommen und dem Ganzen einfach zugeschaut hatte, bis es so weit war. Offenbar war Forster Smith davon überzeugt, dass sowieso alles so ablaufen würde, wie es seinen Plänen entsprach. Wenn sie darüber nachdachte, war es durchaus etwas Besonderes, dass er sie zum Tee eingeladen hatte. Er hätte die Frage, ob sie mit ihm in die USA gehen wolle, auch einfach mitten auf der Straße stellen können, während sie warteten, dass die Ampel auf Grün umsprang. Oder ihr quer über den ganzen Uni-Campus zurufen.

»Kate, bitte antworte mir … wenn du Zeit brauchst, verstehe ich das natürlich, aber …«

»Keine Umstände, ich sage es dir auf der Stelle: Nein, ich werde nicht mitgehen, nicht in einer Million Jahre, Forster Smith. Weder nach Brown noch … noch ins nächste Dorf. Da hast du deine Antwort. Und da du jetzt Bescheid weißt, kannst du gleich losgehen und dein Angebot der nächsten auf deiner Liste unterbreiten. Vielen Dank für den Tee.«

Als sie aus dem Salon stürzte, wäre sie beinah mit einem Kellner zusammengestoßen, was sie in ihrer Wut, der Aufregung und der Traurigkeit nicht einmal bemerkte.

Danach sah sie Forster lange Zeit nicht mehr wieder. Eines Tages, als sie bereits in London lebte – in einem winzigen Zimmer in einem Haus, das man nur als deprimierend bezeichnen konnte –, erhielt sie einen Brief von ihm aus den USA. Ihre erste Reaktion war, ihn zu zerreißen und die Reste zu verbrennen, doch die Neugier überwog. Daher verzichtete sie auf den Genuss des theatralischen Moments, das Papier zu zerfetzen und anschließend zuzusehen, wie das Feuer im Kamin des gemeinschaftlich genutzten Wohnzimmers die Schnipsel verschlang, und nahm das mit Forster Smiths ungleichmäßiger, nachlässiger Handschrift beschriebene Blatt aus dem Umschlag. Sie las den Brief drei Mal und musste zugeben, dass er absolut korrekt und ausgezeichnet formuliert war. In dem Brief bat er sie ausdrücklich um Entschuldigung für sein, wie er es nannte, »unverzeihliches Vorgehen« und schrieb es einer Unreife zu, die er unbedingt hinter sich lassen müsse. *Liebe Kate, ich weiß, dass ich nicht darauf hoffen kann, dass Du diese bedauerliche Szene vergessen wirst (ich selbst habe Jahre dafür gebraucht), aber ich würde mich freuen, wenn Du mir wenigstens verzeihst.* Kate stand eine ganze Weile mit dem Brief in der Hand da, ohne zu wissen, was sie tun sollte, einmal mehr verärgert darüber, dass ihr Herz – wieder einmal – schneller schlug, während sie über das, was Forster geschrieben hatte, nachdachte, bis sie schließlich zu dem furchtbaren Schluss kam, dass es ihr wesentlich lieber gewesen wäre, wenn der Brief anstatt einer Entschuldigung eine weitere Liebeserklärung enthalten hätte. Kate rang zum zweiten Mal den Drang nieder, Forster Smiths Schreiben ins Feuer zu werfen, da sie sich sagte, dass es äußerst unhöflich wäre, es nicht zu beantworten.

Sie brauchte drei Tage, um den Antwortbrief zu verfassen – zum Glück war in der Bibliothek gerade nicht viel zu tun, sodass sie auch während der Arbeitszeit an den Entwürfen herumkritzeln konnte. Am Ende entschloss sie sich für einen kurzen korrekten und nicht allzu kühlen Text, in dem sie seine Entschuldigung annahm und sein Verhalten den unglücklichen Umständen zuschrieb. Sie wünschte ihm alles Gute für sein weiteres Leben in den USA, und nachdem sie andere verfänglichere Formulierungen verworfen hatte, beendete sie den Brief mit »Herzliche Grüße«. Sie ging das Schreiben noch mehrfach durch, bis sie es schließlich auswendig konnte, und als sie es abschickte, war sie durchaus stolz auf ihr Werk: Es war perfekt.

Das hätte das Ende der ganzen Geschichte sein können, doch da Forster Smith ein absolut unberechenbarer Mann war, erhielt sie einen Monat später einen weiteren Brief, in dem er sich für die elegante Art bedankte, in der sie seine Entschuldigung angenommen hatte. Kate fürchtete schon, dass er sich anschließend in irgendwelchen beschämenden Allgemeinplätzen verstricken würde, doch sie stellte fest, dass der Brief, abgesehen von den einleitenden Worten, eine sympathische Schilderung von Forsters neuem Leben in Brown enthielt. Er erzählte von seinen neuen Wohnungsgenossen (einem Österreicher, einem Haitianer und einem jungen Mann aus Oregon), den Professoren der Seminare, die er besuchte, dem tadellosen Campus der Universität und sogar von dem Kuchen, den es in der Cafeteria gab. Es war ein fröhlicher, lustiger Brief, den Kate mit viel Freude und großem Vergnügen las. Sie sagte sich, dass es absurd wäre, darauf nicht zu reagieren, sodass sie eine Antwort in ähnlichem Stil verfasste, wenn ihr Leben in London natürlich auch längst nicht so interessant war. Dennoch berichtete sie von ihrer Arbeit in der Bibliothek, von ihren Mitbewohnerinnen – drei jungen Frauen, die eine Ausbildung zur Fremdsprachensekretärin machten, sich ähnelten wie Schwestern und sie wie Luft behandelten – und von einem Theaterstück, das sie gerade im West End gesehen hatte.

Einen Monat später erhielt sie einen weiteren Brief von Forster im gleichen Tonfall wie der vorherige, den sie wiederum beantwortete, und so entwickelte sich zwischen ihnen ein sporadischer unverfänglich-angenehmer Briefwechsel, der zwölf Jahre über andauern sollte.

All die Zeit über sahen sie sich nicht wieder. Forster promovierte an der *Brown University* und nahm dann eine Dozentenstelle an einer kleineren Universität im Mittleren Westen an. Kate gestand sich niemals ihre leichte Enttäuschung darüber ein, dass er nicht in Betracht gezogen hatte, seine akademische Laufbahn in England fortzusetzen, obwohl er in einem Brief einmal am Rande erwähnt hatte, gehört zu haben, dass die *Durham University* weitere Professoren einzustellen plane.

Sie ihrerseits hatte eine Anstellung als Bibliothekarin an der *London School of Economics* ergattert. Das war vielleicht nicht ihr Traumberuf, doch inzwischen war sie bereits über dreißig, und da sie immer noch nicht herausgefunden hatte, was genau sie am liebsten tun würde, war sie wohl einfach nicht in der Lage, ihre wahre Berufung zu ergründen. Natürlich, sie liebte Bücher und war eine begeisterte Leserin, und so tröstete sie sich mit dem Gedanken, dass, wenn man darüber nachdachte, die Arbeit als Bibliothekarin im Grunde perfekt für sie war. Sie verdiente nicht schlecht, hatte angenehme Arbeitszeiten und genug Freizeit, um ins Theater oder ins Kino zu gehen, sodass sie eigentlich alles hatte, was sie brauchte. Zu jener Zeit war sie mit einem recht attraktiven jungen Witwer zusammen, dessen einziger Nachteil seine beiden unerträglichen halbwüchsigen Kinder waren, die sie genauso hassten wie sie die beiden. Unter diesen Umständen war an eine Hochzeit nicht zu denken, aber Kate hatte den Wunsch zu heiraten inzwischen eh aufgegeben, sodass das weiße Kleid, das rauschende Fest, die Gründung eines gemeinsamen Heims und ähnliche Dinge schon längst zusammen mit anderen Erwartungen an das Leben (Theaterschriftstellerin zu werden, Gedichte zu schreiben oder professionell Tennis zu spielen) in der Kiste der verlorenen Träume gelandet waren. Vielleicht würde sie doch eines Tages Michaels Ehefrau werden, der Augenarzt war und eine Praxis in der Harley Street hatte, aber erst, wenn die missratene Brut das Nest verlassen und ihr freie Bahn eingeräumt hatte. Wenn sie in all den Jahren etwas gelernt hatte, dann, das Leben nicht unnötig zu verkomplizieren. Und Stiefmutter zweier aufsässiger Teenager zu werden war sicher die schnellste Art, ihre angenehme bürgerliche Existenz unwiederbringlich zu ruinieren.

Als Kate gerade fünfunddreißig geworden war, starb ihre Mutter. Das war ein heftiger Schlag für sie, da sie niemals auch nur in Erwägung gezogen hatte, dass ihre Mutter irgendwann einmal nicht mehr da sein könnte. Sie hatte keinen besonders engen Kontakt zu ihrer Familie, doch nachdem ihr Bruder ihr die Nachricht am Telefon mitgeteilt hatte, überkam sie das Gefühl, den Boden unter den Füßen zu verlieren. Sie nahm den nächsten Zug nach Brighton, und als sie das Haus ihrer Kindheit betrat, das nun von der düsteren, traurigen Atmosphäre des unerwünschten Todes erfasst worden war, spürte sie, dass sie einen unwiederbringlichen Verlust erlitten hatte, und irgendetwas zwang sie, sich dem zu stellen, was sie war: eine nicht mehr junge Frau ohne Träume und Zukunftspläne, in deren eintönigem täglichem Leben nichts wirklich von Bedeutung war. Weder war ihr Michael wirklich wichtig, noch ihr Job, noch die Zukunft. Ja, genau das war das Problem: Im Grunde war ihr alles egal.

Als sie sich in ihr Zimmer einschloss, um ganze zwei Stunden zu weinen, glaubten alle, dass der Tod ihrer Mutter der Grund wäre, doch dem war nicht so: Kate Salomon trauerte um sich selbst, um die verpassten Möglichkeiten, und beweinte ihre absolute Unfähigkeit, das zu realisieren, was andere Glück nannten.

Am selben Abend noch kam Michael nach Brighton und entschuldigte sich dafür, dass er die Sprechstunde für den Tag nicht hatte absagen können. »Ich wäre gern früher gekommen«, sagte er, während er sie unter den Blicken sämtlicher Mitglieder der Familie Salomon keusch umarmte, die ihn für Kates Ehelosigkeit verantwortlich machten. Natürlich war der Gedanke, dass er derjenige wäre, der nicht heiraten wollte, absolut ungerecht, aber Kate hatte keine Lust auf irgendwelche Erklärungen, zumal sie ahnte, dass weder ihre alten Tanten noch ihre intriganten Cousinen glauben würden, dass sie diejenige war, die die Hochzeit hinauszögerte. Daher musste der arme Michael bei jedem größeren Familienfest, zu dem er nach Brighton anreiste, die mörderischen Blicke ertragen. Doch bei diesem traurigen Anlass nach dem Tod von Kates Mutter verhielt er sich untadelig, war äußerst verständnisvoll und erwies sich überraschenderweise als sehr effizient. Er kümmerte sich um nicht wenige Details der Beerdigung und des anschließenden Empfangs, verhielt sich gegenüber den Trauergästen wie ein Mitglied der Familie und kümmerte sich liebevoll um Kate.

»Sag, Liebes, was hast du denn jetzt vor?«

»Wie meinst du das?«

»Ich nehme an, dass du gern eine Weile hier bei deinem Vater bleiben möchtest, um ihn, was James angeht, zu unterstützen.«

James war ihr Bruder. Er war siebzehn Jahre alt und ein egoistischer, von seiner Mutter verzogener Teenager, die für ihren Jüngsten jene mysteriöse Schwäche entwickelt hatte, die oft die Kinder hervorriefen, die die meisten Probleme bereiteten. Kate machte sich Sorgen, was nun aus ihm werden würde, nachdem seine Wohltäterin für immer gegangen war. Denn Peter Salomon, der Lehrer an einer teuren Privatschule in Bornemouth war, hatte keine Ahnung, wie er als alleinerziehender Vater zurechtkommen sollte.

»Ich habe wohl keine andere Wahl, oder?« Kate griff nach Michaels Hand, der diese zärtlich drückte. »Ich habe keine Ahnung, was ich tun soll …«

Auch wenn Michael nicht wusste, was diese Worte letztendlich bedeuteten, schloss er seine Freundin daraufhin eilig in die Arme.

»Ich habe bereits einige Entscheidungen getroffen, Liebes. Weißt du, ich denke, es ist an der Zeit, dass wir uns wie Erwachsene benehmen. Wir sollten heiraten, Kate Salomon. Du wirst meine Frau, und wir werden nach Brighton ziehen. Ich werde mich hier niederlassen. Ein Augenarzt aus London wird es hier nicht schwer haben, und die Praxis in der Harley Street kann ich sicher gut verkaufen.«

»Aber … Und deine Kinder?«

»Meine Kinder werden sich damit abfinden müssen.«

Kate, der eine Entgegnung im Sinne von »Ich wohl auch« auf der Zunge lag, beschränkte sich darauf, Michael zu umarmen und ihm zu danken, da sie sich durchaus bewusst war, dass dies das großzügigste Angebot war, das sie in ihren fünfunddreißig Lebensjahren je erhalten hatte.

Und in jedem Fall auch der größte Liebesbeweis.

Die Hochzeitsvorbereitungen dauerten bedeutend länger, als Kate es sich gewünscht hatte. Eine pompöse Feier hielt sie für ein Paar, das in diesem reifen Alter heiratete, für absurd und wäre am liebsten mit dem guten Michael an einem Morgen spontan zum Standesamt gegangen, um dort, ohne großen Aufwand, mit der Putzfrau und dem Hausmeister als Trauzeugen den Bund der Ehe zu schließen. Sie führte sogar den Tod ihrer Mutter als stichhaltigen Grund gegen ein wie auch immer geartetes Fest an, doch sie konnte sich nicht durchsetzen. Und wenn die Hochzeit auch nicht so ausfallen sollte, wie Kates Verwandtschaft es sich vorstellte – mit dreihundert Gästen im Yachtclub, Sektempfang und Tanzorchester –, war es doch unumgänglich, dass die vielköpfige Familie zusammenkam und die Angelegenheit in würdigem Maße begangen wurde. So wie es sich auch die arme Claire gewünscht hätte, sagten sie, um ihre Forderungen zu untermauern. Nachdem damit offen der Name von Kates Mutter ins Spiel gebracht worden war, gab sie sich ihren Tanten und ihren Cousinen gegenüber geschlagen. Zumal auch Michael der Meinung war, dass die Zeremonie nicht ganz so schlicht gehalten sein müsse – »Wir brennen doch nicht zusammen durch, Kate« –, denn schließlich würde es eine Weile dauern, die Praxis in

London zu schließen und ein Haus zu finden … und den Zorn seiner Sprösslinge zu besänftigen. Sein Sohn, Michael junior, hatte damit gedroht, zu Hause auszuziehen. Und was seine Tochter Adele anging, so hatte diese verkündet, lieber in einem Internat leben zu wollen als unter einem Dach mit der neuen Frau ihres Vaters. Doch Michael ließ sich nicht erschüttern, suchte für seine Tochter einen Platz in einem angesehenen Internat in Devonshire und riet seinem Sohn, auf einem Handelsschiff anzuheuern, wenn er zukünftig seinen Lebensunterhalt tatsächlich selbst bestreiten wolle. Kate Salomon zu heiraten war der Traum seines Lebens, und das würde er sich von niemandem verderben lassen, schon gar nicht von zwei halbwüchsigen verzogenen Gören.

Das Datum der Hochzeit wurde auf den 20. Juli festgelegt. Nach der Trauungszeremonie wollte man eine diskrete Feier im Garten der Salomons abhalten, zu der etwa achtzig Personen eingeladen waren – zum Glück war es Kate gelungen, die Anzahl auf das absolute Minimum zu reduzieren –, bevor das Brautpaar auf die von Michael organisierte Hochzeitsreise ging. Das Ziel war eine Überraschung, doch Kate hatte herausgefunden, dass ihr zukünftiger Ehemann eine Spanienreise geplant hatte. Darüber freute sie sich sehr, denn ihre Großmutter väterlicherseits kam aus Spanien, und mit Unterstützung ihres Vaters – der, abgesehen von den lustigen typisch englischen Fehlern, die Landessprache recht gut beherrschte – hatte auch Kate früh Spanisch gelernt und später unter anderem Spanische Literatur als Studienfach gewählt. Daher gefiel ihr die Vorstellung ausgesprochen gut, zwei Wochen lang in einem Mietwagen durch das Land zu fahren, die Gerichte zu essen, von denen ihre Großmutter immer gesprochen hatte, und Bücher von Pérez Galdós und Clarín zu kaufen. Wie immer hatte Michael sich um alles gekümmert. Und das hatte er sehr gut gemacht.

Und dann, nur vierzehn Tage vor der Hochzeit, passierte es. Sie hatte gerade ihre Hochzeitsgarderobe im Geschäft abgeholt, ein hübsches perlgraues Kostüm im Stil der Zwanzigerjahre mit knielangem Plisseerock, und war stolz darauf, dem Druck ihrer weiblichen Verwandten widerstanden zu haben, die ihr ein konventionelles Hochzeitskleid mit mehreren Lagen Tüll, einer drei Meter langen Schleppe und Schleier nahegelegt hatten. Denn sie hatte nicht vor, sich derart lächerlich zu machen. Immerhin war sie bereits sechsunddreißig Jahre alt und würde einen Witwer mit zwei Kindern heiraten. Vor allem Letzteres war das schlagende Argument: Michael war bereits einmal verheiratet gewesen und hatte das ganze Brimborium mit unschuldig weißem Tüll und meterweise cremefarbener Seide bereits hinter sich. Auf keinen Fall wollte sie, dass ihre Hochzeit eine Kopie der ersten Heirat ihres Zukünftigen würde. Daher würde es kein langes Kleid, kein üppiges Brautbouquet und keine dreistöckige, mit weißem Zuckerguss glasierte Hochzeitstorte geben. Zum Nachtisch sollte ein frischer Ostkuchen gereicht werden, den sie natürlich nicht zu zweit anschneiden würden, um das Ereignis auf einem Foto festhalten zu lassen, das später den Kaminsims zieren sollte. Daran dachte sie gerade, als sie mit dem sorgsam eingepackten Kostüm zum Haus ihrer Eltern kam, was sie in eine beinah siegreiche Stimmung versetzte: Wie sie es sich vorgenommen hatte, würde ihre Hochzeit anders als alles Übliche sein.

Später würde sie behaupten, dass sie Forster Smith sofort erkannt hatte, als sie ihn am Hauseingang sah, doch das war gelogen. Sie hatte keine Ahnung, wer es war, bis sie direkt vor ihm stand, und hatte sich bereits gefragt, wer wohl der Mann in dem Jackett mit den breiten Aufschlägen und der hässlichen Hose in dieser undefinierbaren, am ehesten noch als granatrot zu bezeichnenden Farbe war, der nervös vor ihrer Tür auf und ab ging. Als ihr schließlich aufging, dass es sich um Forster handelte, erstarrte sie, und sie verharrte mit offenem Mund und der hoch erhobenen weißen Kleiderhülle, als wartete sie darauf, dass ihr jemand zu Hilfe käme.

»Kate! Gut, dass du kommst … ich hatte schon befürchtet, mich in der Adresse geirrt zu haben.«

»Forster!«

»Hallo, hallo. Das ist eine Überraschung, was? Gib mir das, ich helfe dir. Hättest du einen Moment Zeit? Ich muss unbedingt mit dir sprechen.«

Kate dachte, sie würde tot umfallen. Jener Mann, den sie zwölf Jahre lang nicht mehr gesehen hatte, stand auf einmal vor ihr und redete, als wären sie sich am Vortag noch begegnet. Das Normalste in diesem Moment wäre gewesen, ihn hereinzubitten und ihm eine Tasse Tee zu servieren, doch Kate war viel zu verstört, um sich normal zu verhalten, sodass sie ihn bat, draußen zu warten, bis sie »alles« im Haus verstaut hätte. Sie erinnerte sich später nicht einmal mehr daran, wie sie ihrem Vater ihr sofortiges erneutes Verschwinden erklärt hatte, als sie, nachdem sie das Kostüm in den Schrank gehängt hatte, gleich wieder das Haus verließ, wo Forster Smith sie geduldig erwartete, während er seinen Blick wohlwollend über die Kronen der Bäume und die Blumenbeete schweifen ließ.

»Machen wir einen Spaziergang«, sagte sie.

Sie hatte nichts mehr von Forster Smith gehört, nachdem sie ihm mitgeteilt hatte, dass sie heiraten würde. Das war jetzt genau drei Wochen her. Sie hatte mit dieser Neuigkeit bis zum letzten Moment gewartet, obwohl sie ihre Verlobung bereits ein halbes Jahr vorher, nur zwei Wochen nach Claire Salomons Tod, verkündet hatte. Ohne ersichtlichen Grund hatte sie die Angelegenheit in den zwei, drei Briefen, die sie Forster seitdem geschrieben hatte, lieber unerwähnt gelassen. Sie hatte ihm mitgeteilt, dass sie nach Brighton umziehen würde, um sich um ihren Vater und ihren Bruder zu kümmern, dass sie eine Stelle als Sekretärin antreten würde und dass sie fürchtete, London sehr zu vermissen. Tatsache war, dass sie nicht wusste, wie sie es ihm sagen sollte, weshalb sie es immer weiter vor sich her geschoben hatte, bis das Ereignis so dicht bevorstand, dass es sich nicht mehr vermeiden ließ.

»Also, was machst du hier?«, fragte sie ihn, nachdem sie ein paar Minuten lang schweigend nebeneinanderher gegangen waren. Zum ersten Mal an diesem Nachmittag sah sie ihn direkt an. Er sah aus wie immer, außer dass sich erste winzige Fältchen um seine braunen Augen gebildet hatten und sein dichtes kastanienfarbenes Haar von ein paar grauen Strähnen durchzogen war. Einmal mehr sagte sie sich, dass Forster Smith einfach unverschämt gut aussah.

»Es ist kompliziert«, entgegnete er und zuckte mit den Schultern, »aber es ist wohl trotzdem das Beste, wenn ich gleich zum Thema komme.«

Er blieb vor ihr stehen und nahm sie zärtlich bei den Schultern. Kate sagte sich, dass die Möglichkeit, dass sie auf der Stelle ohnmächtig würde, etwa neun zu eins stand, und war dankbar dafür, dass ihr Vater in einer verkehrsarmen Straße wohnte, in der außer ein paar alten Leuten kaum jemand unterwegs war, sodass eine bewusstlose junge Frau auf dem Boden nicht allzu viel Aufmerksamkeit erregen würde.

»Ich möchte, dass du meine Frau wirst.«

Kate Salomon schluckte, während sie feststellte, dass ihre Beine auf einmal aus einem gummiartigen Material zu bestehen schienen und den Rest ihres Körpers kaum noch tragen konnten. Hier, an einem lauen Sommernachmittag, unter dem blauen Himmel, im Schatten der heimischen Glyzinien, machte Forster Smith ihr einen Heiratsantrag, nur zwei Wochen vor ihrer Hochzeit mit einem anderen Mann.

»Lass mich erklären … ich bin endlich am richtigen Ort angekommen. An der *Cornell University*. Ich konnte es kaum glauben, mein ganzes Leben lang war es mein Traum, einmal dort zu arbeiten. Und dann, vor einem Monat, habe ich plötzlich die Professur erhalten. Sie haben mir ein Haus auf dem Campus zur Verfügung gestellt. Mein Vertrag geht zunächst über sechs Jahre, aber der Dekan sieht keine Probleme, dass er verlängert wird. Ich bin jetzt ein wohlhabender Mann, habe ein Haus mit drei Schlafzimmern, einer riesigen Garage und einem kleinen Garten. Und diese feste Stelle an der Uni, die mich von der finanziellen Unsicherheit der letzten Jahre befreit. Du kannst dir nicht vorstellen, wie hart das Leben eines außerordentlichen Professors ist, liebe Kate. Aber damit ist es nun endgültig vorbei. Jetzt kann ich es mir erlauben, eine Familie zu haben, eine Frau, Kinder, sogar einen Hund. Und ich werde Europäische Kunst unterrichten. Aber erst im kommenden Semester. Jetzt habe ich zunächst einmal beinah fünf Monate Ferien. Erst habe ich gedacht, ich bleibe einfach hier und mache dir den Hof, um dich davon zu überzeugen, dass ich eine gute Partie bin, aber dann ist mir klar geworden, dass ich einfach nicht mehr so lange warten sollte. Kate«, er nahm ihre Hand, die eiskalt war, »wirst du jetzt mit mir kommen?«

Sie war nicht einmal in der Lage, ihm ihre Hand zu entziehen. Sie konnte einfach nicht glauben, dass Forster Smith derart egoistisch, verantwortungslos und dumm war, ihr so kurz vor ihrer Hochzeit mit einem anderen Mann einen Antrag zu machen.

»Forster ... hast du meinen letzten Brief nicht bekommen?«

Sein Gesicht verdüsterte sich, als wüsste er bereits, dass sie diese Frage nicht grundlos stellte.

»In deinem letzten Brief hast du von dem furchtbaren Wetter hier in Brighton erzählt und von dem Buch eines mexikanischen Autors, an dessen Namen ich mich, verzeih mir, bitte, gerade nicht erinnern kann ...«

»Ich werde heiraten, Forster. Ich werde Michael Spencer heiraten. Ich habe dir von ihm berichtet.«

»Den Augenarzt? Den Typ mit den zwei furchtbaren Kindern, die du nicht leiden kannst? *Diesen* Michael? Um Himmels willen, Kate!« Er stöhnte auf. »Nicht im Traum habe ich daran gedacht, dass du die Möglichkeit in Betracht ziehst, seine Frau zu werden.«

Trotz aller Dramatik war Kate kurz davor, in Lachen auszubrechen. Forsters aufrichtige Bestürzung hatte durchaus etwas Komisches. Doch dann rief sie sich den Ernst der Lage in Erinnerung, der alles andere als zum Lachen war.

»Wann hast du dich dazu entschlossen?«

»Vor sechs Monaten.«

»Du hättest mir früher davon erzählen können.«

»Ich weiß. Und ich habe keine Ahnung, warum ich es nicht getan habe. Aber wie auch immer, natürlich habe ich im Leben nicht damit gerechnet, dass du herkommen könntest, um mich … um …«

Er stützte sich auf einem weiß gestrichenen Zaun ab und fuhr sich mit der Hand durch das volle, leicht gewellte Haar. Kate hätte gern über dieses weiche kastanienfarbene Haar gestrichen, doch sie tat es nicht.

»Kate … willst du damit allen Ernstes sagen, dass du ihn heiraten wirst?«

»Ich fürchte, ja.«

»Und … es gibt keine Möglichkeit, dass …?«

Natürlich wäre es möglich, dachte Kate. Sie konnte ihre Hochzeit mit Michael platzen lassen, einen Skandal auslösen und diesen armen Mann ins Elend stürzen, der seine Praxis in London verkauft und seine Kinder gegen sich aufgebracht hatte, weil er Kate zur Seite stehen wollte. Glücklich zu sein ist sehr einfach, wenn man nur an sich denkt, dachte Kate, aber so ein Mensch war sie nicht. Ja, sicher, sie liebte Forster

Smith. Tatsächlich war sie seit gut fünfzehn Jahren in ihn verliebt. Aber so unglaublich es auch schien, da gab es noch andere Dinge. Loyalität. Anstand. Respekt dem gegenüber, was man für gerecht hielt. Michael war nicht irgendein schlaksiger rothaariger Student, der mit ihr zu einem Fest gehen wollte, sondern ein guter Mensch, der nicht gezögert hatte, sein Leben vollkommen umzukrempeln, um sie zu heiraten. Mehr gab es dazu nicht zu sagen.

»Nein, Forster. Es tut mir sehr leid.«

Sie hätte es dabei belassen können, doch das tat sie nicht, und in den folgenden Jahren fragte sie sich immer wieder, ob sie das Richtige getan hatte, als sie weitersprach. Als sie Forster Smith sagte, dass sie ihr halbes Leben lang schon in ihn verliebt war, dass sie ihn damals in Edinburgh mit Freude zu dem Ball begleitet hätte und allzu gern mit ihm nach Amerika gegangen wäre. Und dass sie ihn sogar in irgendeinem der verdammten Briefe, die sie sich die letzten zwölf Jahre über geschrieben hatten, gebeten hatte, sie zu sich zu holen. Aber nichts davon war geschehen, und nun war sie mit einem wunderbaren Mann verlobt, dem sie nicht einfach so das Herz brechen konnte. Forster ließ sie reden und hörte mit gesenktem Kopf zu wie ein Kind, das eine Strafpredigt über sich ergehen lässt, und dann blickte er auf, und Kate sah den feuchten Glanz in seinen braunen Augen, die zum ersten Mal, seit sie ihn kannte, wie erloschen schienen.

»Verzeih mir, Kate. Ich habe es schon wieder vermasselt. Ich habe den Eindruck, dass ich, zumindest was dich angeht, immer zu spät komme.«

Kate zuckte mit den Schultern und verkniff sich erneut jegliche zärtliche Geste.

»So sieht es aus. Es tut mir wirklich leid, Forster.«

»Mir tut es leid. Ich wünsche dir eine schöne Hochzeit, Kate Salomon. Viel Glück.«

An jenem Abend musste Kate eine heftige Migräne vortäuschen, um um acht ins Bett gehen und ihren Tränen freien Lauf lassen zu können. Und als der Morgen dämmerte, ohne dass sie ein Auge zugemacht hatte, kam sie mit vom Weinen verschwollenem Gesicht und brennenden Augen zu dem Schluss, dass sie vor Forster Smiths Auftauchen auf eine angemessene, zurückhaltende Art glücklich gewesen war. Sie würde heiraten, eine Familie gründen, in einem schönen Haus mit Blick aufs Meer leben, zusammen mit einem wunderbaren Mann, der sie so sehr liebte, dass er sein Leben von Grund auf geändert hatte, weil sie ihn brauchte. Und nun war sie todunglücklich, weinte bittere Tränen und wünschte sich, weniger Skrupel und den Mut zu haben, Michael Spencers Leben zu zerstören und ihn praktisch vor dem Altar stehen zu lassen. Und wenn ich es tatsächlich tun würde?, fragte sie sich. Und wenn sie alles und jeden außer Acht lassen und gegen ihr Gewissen mit Forster gehen würde? Mit dem einzigen Mann, in den sie sich jemals wirklich verliebt hatte und der, wie sie nun wusste, auch in sie verliebt war? Nur für einen Moment erlaubte sie sich den Gedanken und träumte von einem Leben auf der anderen Seite des Ozeans, weit weg von ihrem zuvorkommenden Witwer und seinen bösartigen Kindern, von ihren unerträglichen Tanten und den dummen Cousinen, von ihrem streitsüchtigen, egoistischen Bruder und ihrem überforderten Vater … Ein paar Sekunden lang ließ Kate ihrer Phantasie freien Lauf, doch dann zwang sie sich, in die Realität zurückzukehren. Sie war einer von jenen Menschen, die in dem Bemühen durchs Leben gehen, alles richtig zu machen. Und wenn sie fünfzehn Jahre zuvor nicht einmal in der Lage gewesen war, jenen rothaarigen Schnösel, an dessen Namen sie sich nicht mehr erinnerte, einfach sitzenzulassen und mit Forster zu dem Fest zu gehen, wie konnte sie dann jetzt einen Mann wie Michael Spencer vor den Kopf stoßen? Nachdem sie sich fest vorgenommen hatte, nie wieder an die Szene vom vergangenen Nachmittag zu denken und niemandem von Forster Smiths Antrag zu erzählen, schlief Kate Salomon schließlich ein. Sie würde sich auf ihre Hochzeit und ihren Ehemann konzentrieren und versuchen, glücklich zu sein. Denn letztendlich war das alles, was sie tun konnte.

Kate Salomons Hochzeit fand an einem angenehmen Sommertag statt. Es war weder zu heiß noch zu kalt, der Empfang und die Feier wurden vom Regen verschont, und ab und zu ließ sich sogar die Sonne blicken. Die Trauungszeremonie war schön und nicht allzu ergreifend, die Kanapees in ausreichender Menge vorhanden, und die Gäste amüsierten sich. Kate, der das schlichte perlgraue Kostüm ausgezeichnet stand, dachte insgeheim, dass diese Hochzeitsfeier eine Metapher dafür war, wie ihr Leben zukünftig aussehen würde: befriedigend, jedoch ohne große Begeisterungsstürme. Michaels Kinder, die widerwillig an der Feier teilnahmen, küssten sie nach der Trauungszeremonie zum ersten Mal auf die Wange und verschwanden dann irgendwo im Garten, sicherlich um einen Plan zu erstellen, wie sie ihr zukünftig das Leben schwermachen könnten. Kate zuckte mit den Schultern, denn im Grunde war ihr egal, was die beiden von nun an tun würden.

Das Einzige, was auf dieser Hochzeit alles überstrahlte, war Doktor Spencer. Er war umwerfend. Und sah in seinem neuen Anzug und mit der hübschen Krawatte richtig gut aus. Er nahm Kates Hand, als sie den Segen erhielten, und ließ sie den ganzen Abend über nicht mehr los. Es war offensichtlich, dass er sich vorgenommen hatte, der beste aller Ehemänner zu sein. Dessen war Kate sich durchaus bewusst, und es beruhigte sie. Sie musste es einfach nur zulassen.

Und das tat sie. Am nächsten Tag fuhren sie mit dem Zug nach London und bestiegen dort das Flugzeug, das sie zu dem

Ziel ihrer Hochzeitsreise bringen würde. Kate hatte England bisher nur einmal verlassen, um einen Abstecher an die französische Küste zu machen, und die Aussicht, nun Spanien kennenzulernen, versetzte sie in leichte Aufregung. Sie verbrachten drei Tage in Madrid – einem Madrid, das noch nach dem besten Weg suchte, den Staub der Diktatur abzuschütteln, und nicht wirklich fassen konnte, tatsächlich die Freiheit zurückerhalten zu haben – und fuhren dann in einem Mietwagen Richtung Norden. Heimlich gestand Kate sich ein, dass sie lieber nach Andalusien weitergereist wäre, um den Abstand zu England in der Betrachtung des strahlend blauen Himmels, der Olivenhaine und der auf ihren Weiden grasenden Kampfstiere noch deutlicher zu machen (wie so viele Touristen hatte sie die vage Vorstellung, dass im spanischen Süden an jeder Ecke Stiere anzutreffen wären). Michael jedoch hatte befürchtet, dass es im Süden zu heiß sein könnte, und da sie nichts dazu gesagt hatte, hatte er sich für eine ausgedehnte und ausführliche Tour durch Galicien und Asturien entschieden. Schließlich gelangten sie nach Bilbao, von wo aus sie mit der Fähre nach England zurückfuhren. Es war eine anstrengende Reise, vor der einige von ihren Freundinnen sie gewarnt hatten, aber das machte Kate nichts aus. Ihr war der Gedanke an lange untätige Aufenthalte in irgendwelchen romantischen Hotels, wo man nichts anderes tun konnte, als die junge Ehe zu genießen, wesentlich unangenehmer. Viel lieber legte sie weite Strecken zurück, um schließlich auf der Suche nach einer romanischen Kirche oder einem schönen Ausblick in irgendwelchen versteckten Dörfern Halt zu machen und am Abend nach einem frühen Abendessen erschöpft ins Bett zu sinken.

Dementsprechend konnte man die Reise als erfolgreich bezeichnen. Sie verliebten sich beide in die Stadt Santiago de Compostela, in den Anblick der ungewöhnlich gefärbten, mit Flechten überzogenen steinernen Fassaden und den feinen Regen. Eines Nachmittags stiegen sie auf die Kathedrale hinauf, und der Blick hinunter auf die Plaza del Obradoiro faszinierte sie beide gleichermaßen. Michael nahm Kate in die Arme, während sie von oben die einzigartige Aussicht auf die monumentalen Bauwerke bewunderten, und in diesem Moment dachte sie, dass die Hochzeit mit Doktor Spencer das Beste war, was ihr in ihrem ganzen Leben passiert war.

Als sie am Abend dann die Landkarten studierten, um ihr nächstes Ziel auszuwählen – Michael hatte beschlossen, ein wenig zu improvisieren, um die Reise spannender zu gestalten –, stieß Kate auf einen Ortsnamen, der ihr irgendwie bekannt vorkam: Ribanova. Sie erinnerte sich daran, dass ihr Vater und ihr Onkel Albert ihr von dieser kleinen Stadt erzählt hatten. Kates spanische Großmutter hatte versucht, ihren Kindern zumindest im Ansatz ihre Herkunft bewusst zu machen, indem sie hin und wieder mit der ganzen Familie nach Spanien auf Erkundungsreise gegangen war.

»Sie waren ein paarmal in Ribanova. Ich erinnere mich daran, weil mir der Name so gut gefallen hat. Er klingt irgendwie märchenhaft …«

»Wie ist es dort?«

»Ich habe keine Ahnung.« Kate nahm den Reiseführer zur Hand, der grottenschlecht war, viele fehlerhafte Karten enthielt und Hinweise auf Örtlichkeiten, die schon längst nicht mehr existierten. »Also: ›Die Geschichte Ribanovas geht auf das erste Jahrhundert vor Christus zurück. Es ist die einzige Stadt auf der Welt, die komplett von einer während des römischen Imperiums gebauten Stadtmauer umgeben ist.‹« Und das war's.

»Eine äußerst umfassende Beschreibung. Erinnere mich daran, dass ich dem Verlag, in dem dieser Reiseführer erschienen ist, schreibe, um mich für die nützliche Information zu bedanken. Aber ich habe Lust, mir diese Mauer mal anzusehen. Was meinst du?«

Kate sagte Ja.

Sie planten, nur einen Nachmittag in Ribanova zu verbringen, doch letztlich blieben sie zwei Tage. Sie quartierten sich in dem hübschen Hotel Almirante ein, das ein exzellentes Restaurant beherbergte, und die römische Mauer, die sich über eine Länge von mehr als zwei Kilometern erstreckte und begehbar war, übertraf all ihre Erwartungen. Michael, der von seinen Freunden eine exklusive Fotoausrüstung zur Hochzeit geschenkt bekommen hatte, machte viele Bilder von dem Städtchen. Dennoch würde Kate immer behaupten, dass sie, egal, wie sehr ihr Ribanova damals auch gefallen hatte, im Leben nicht gedacht hätte, dass sie irgendwann einmal dort leben würde.

Als sie neun Tage später nach England zurückkehrten, war Kate bereits schwanger. Zwar hatten sie und Michael sich nicht ausdrücklich für oder gegen gemeinsame Kinder entschieden, doch sie hatten auch nichts getan, um eine Schwangerschaft zu verhüten. Kate war von der Nachricht überrascht. Michael dagegen war entzückt. Er war siebenundvierzig Jahre alt und hatte nicht damit gerechnet, ein drittes Mal Vater zu werden, doch er fand, dass sein reifes Alter ihm eine ganz neue Perspektive der Vaterschaft eröffnete. Er nahm Kate zärtlich in die Arme, küsste sie und versprach, dass sie die verwöhnteste werdende Mutter in ganz England sein würde. Leider blieb ihm nicht viel Zeit, sein Versprechen zu verwirklichen, da Kate das Kind im fünften Monat verlor.

Darüber war sie derart traurig, dass ihr klar wurde, wie sehr sie sich wünschte, Mutter zu sein, was ihr bis dahin nicht bewusst gewesen war. Sie und Michael bemühten sich weiter, Eltern zu werden, doch die beiden Male, die sie daraufhin noch schwanger wurde, gab es Komplikationen, sodass Doktor Lawry, ein alter Freund der Familie, von weiteren Versuchen abriet, da Kates Körper, wie es aussah, der Aufgabe nicht gewachsen war. Nur Michael und Kate selbst wussten, wie sehr sie unter diesem Verzicht litt. Alle anderen versuchten, sie mehr oder weniger geschickt und erfolgreich zu trösten, oder trafen für sie die Entscheidung, dass sie nicht zur Mutter geboren war. Über Monate redete Kate kein Wort mehr mit ihrer Cousine Emma, da die ihr gesagt hatte, dass sie letztendlich noch nie »besonders mütterlich« gewesen sei. Emma hatte recht: Das war sie in der Tat nicht. Doch diese Fehlgeburten würden von nun an zu ihrem Leben gehören. Und niemandem stand es zu, für sie zu entscheiden, ob sie einen Grund hatte, unglücklich zu sein oder nicht, oder ob die Rolle der Mutter gut oder schlecht zu ihr passte, als wäre von einem neuen Haarschnitt die Rede.

Was Michaels Kinder betraf, machten sie weniger Probleme, als alle gedacht hatten. Natürlich heuerte der Sohn nicht bei der Marine an, und Adele ging nicht in das teure Internat, das ihr Vater für sie ausgewählt hatte, aber sie wandten auch nicht besonders viel Energie auf, ihnen das Leben unmöglich zu machen, wie Kate es befürchtet hatte. Sie waren zwei egoistische, schweigsame und abweisende Teenager wie alle anderen auf der Welt, und hin und wieder ließen sie sich in einem Anflug guten Willens sogar unaufgefordert dazu herab, eine Besorgung zu machen, im Haushalt zu helfen oder den Müll rauszubringen. Dieser häusliche Frieden war deutlich mehr, als Kate zu hoffen gewagt hatte. Michael war ein perfekter Ehemann, so wie Kate es erwartet hatte. Und obwohl Mrs. Spencer niemals jenen Rausch der Sinne, jenes Gefühl der Erfüllung erlebte, das man auch Glück nannte, war sie vollauf zufrieden mit dem, was das Schicksal ihr zugedacht hatte.

Während der ersten Ehejahre war das einzige Problem ihr Bruder James. Sosehr seine Schwester und sein Vater ihn auch gebeten und gedrängt hatten, weigerte er sich, die Uni zu besuchen, faulenzte zu Hause herum und zog abends mit Freunden um die Häuser, die viel jünger waren als er. Kates Vater, der inzwischen pensioniert war, hatte keine Ahnung, wie er ihn auf den richtigen Weg bringen sollte. Nachdem Peter Salomon als Lehrer jahrzehntelang mit Horden von schlecht erzogenen, verwöhnten Teenagern zu kämpfen hatte, war er nun nicht in der Lage, seinen eigenen Sohn in den Griff zu bekommen, sodass er einfach am Ende darüber hinwegsah – oder zumindest so tat –, dass der übliche Tagesablauf des jungen Mannes eine zukünftige Karriere als Straftäter nicht unwahrscheinlich erscheinen ließ: Er stand spät auf, hing auf dem Sofa vor dem Fernseher herum, umgeben von Pizzaschachteln und leeren Trinkbechern, bis er am Abend das Haus verließ, ohne zu sagen, wohin er ging oder wann er zurückzukommen gedachte. Normalerweise kehrte er im Morgengrauen heim, in ziemlich betrunkenem Zustand, wie Kate vermutete, schlug laut die Türen zu und jaulte auf, wenn er irgendwo gegen stieß. Tagelang sprach er kein Wort mit seinem Vater, und an dem Morgen, als er mit einem blauen Auge und einem tiefen Riss in der Unterlippe nach Hause kam, weigerte er sich strikt zu erzählen, was geschehen war, und verschanzte sich hinter einem abweisenden »Das geht euch nichts an«.

Wie so oft in jenen Jahren war es Michaels Eingreifen, was schließlich die Angelegenheit regelte. Er redete mit James, nahm ihn an den Schultern, schüttelte ihn – zum Glück zählte Michael zu jenen gewichtigen Männern, deren massiges Auftreten allein einen schwächlichen Jugendlichen bereits einschüchterte – und teilte ihm am Ende mit, dass zukünftig nicht nur sein großzügiges wöchentliches Taschengeld ausbleiben würde, sondern dass er genau drei Tage hatte, um sich dem normalen Tagesablauf in seinem Elternhaus anzupassen. Wäre diese Frist verstrichen, würde er, Michael, sich höchstpersönlich darum kümmern, dass James aus dem warmen heimischen Nest geworfen wurde, um einmal am eigenen Leib zu erfahren, was es bedeutete, obdachlos zu sein. Natürlich bluffte er nur, denn Kates Vater hätte niemals zugelassen, dass sein Sohn auf der Straße landete. Doch aus irgendeinem Grund – vielleicht weil, wie Kate vermutete, ihr Bruder nicht besonders helle war – nahm James die Drohung für bare Münze. Viele Jahre später vertraute James einem Freund an, damals Angst gehabt zu haben, dass Michael handgreiflich werden könnte. »Ich habe gedacht, der würde mich verprügeln«, sagte er. Doch warum auch immer, die Sache hatte Erfolg. Wie durch Zauberei gewöhnte sich James an einen normalen Tagesablauf, suchte sich einen Job – besser gesagt, Michael fand einen für ihn – und ging zur Abendschule, um seinen Abschluss zu machen. Sein Vater konnte es nicht glauben. James, die scheinbar unausweichliche Katastrophe, hatte sich in so etwas wie einen braven Jungen verwandelt. Aus dem missratenen Kind wurde vor den Augen Peter Salomons ein Ausbund der Tugend und ein lebendes Beispiel dafür, wie man es, nachdem man mit Ach und Krach den Schulabschluss geschafft und stundenweise in einem Café gejobbt hatte, doch noch zu allgemeiner Anerkennung bringen konnte. Als ein paar Jahre später Mr. Salomon darüber nachdachte, eine Wohnung für seinen Sohn zu kaufen – »Der Junge ist jetzt einundzwanzig Jahre alt und kann nicht sein ganzes Leben lang im Haus seiner Eltern leben« – und ihm Geld zu leihen, damit er ein eigenes Café eröffnen könnte, fragte er Kate um Rat. Die sagte zu allem Ja und dachte lächelnd, wie viel Weisheit doch in der Bibel und in dem so oft zitierten Gleichnis vom verlorenen Sohn steckte. Denn ihr hatte ihr Vater niemals auch nur einen Penny angeboten, um ihr den Weg zu ebnen. Michael erinnerte sie mit dem ihm eigenen gesunden Menschenverstand daran, dass die Großzügigkeit ihres Vaters in diesem Fall ein Problem löste, das ansonsten eines Tages auf ihren Schultern lasten würde.

»Wenn dein Bruder jetzt nicht im Leben vorankommt und dein Vater irgendwann nicht mehr da ist, wirst du dich um ihn kümmern müssen.«

Das war eine äußerst zweckmäßige Sichtweise und bewies einmal mehr, dass der Pragmatismus eine Art Intelligenz für das tägliche Leben war. Und Kate (die sich weder für besonders pragmatisch noch für sehr intelligent hielt) schätzte beides über alle Maßen.

Derartige Dinge sorgten dafür, dass sie froh war, Michael geheiratet zu haben. Genauso wie seine Engelsgeduld, seine gute Laune und seine Fähigkeit, den Dingen die Dramatik zu nehmen und komplizierte Angelegenheiten zu vereinfachen. Michael war einfach ein guter Mensch, wie Kate es bei ihrer ersten Verabredung bereits gespürt hatte. Natürlich war sie sich der Tatsache bewusst, dass sie ihn nicht liebte, zumindest nicht glühend und leidenschaftlich, wie es in den Liebesromanen beschrieben wurde. Aber solche Bücher interessierten sie nicht, und daher war sie der Ansicht, dass aufrichtige Zuneigung, Hingabe und Zärtlichkeit besser waren als jede Form der *amour fou*. Sie und Michael taten alles füreinander. Alles andere war unwichtig. In dieser Überzeugung und in dem Bewusstsein, Gründe genug zu haben, ihrem Mann dankbar zu sein, vergingen die Jahre, und in Kate wuchs die Überzeugung, beinah glücklich zu sein.

Auch für einige der Dinge, die sich später in Kate Salomons Leben ereigneten, war Michael verantwortlich, auch wenn sie es vorzog, sie dem Zufall zuzuschreiben. Alles begann mit jener Fotoausrüstung, die Mikes Freunde ihm zur Hochzeit schenkten. Bis dahin hatte Michael sich nicht besonders für

Fotografie interessiert, doch als sie von ihrer Hochzeitsreise durch Spanien zurückkamen, hatte er, vielleicht aus Pflichtgefühl, vielleicht aus Neugier, elf Filme verschossen. Er entwickelte sie mit großer Spannung, und Kate verbrachte zwei Nachmittage damit, die Bilder einzukleben und zu beschriften. Sie hatten extra mehrere Fotoalben gekauft, damit auf die Art jeder, der daran interessiert war, an ihrer Hochzeitsreise teilhaben könnte. Natürlich schenkte ihre Familie dem Ganzen genau die Beachtung, wie es bei der bildlichen Aufbereitung jeder Hochzeitsreise von allen Paaren auf der ganzen Welt üblich war, nämlich gar keine. Einige Tage lang wanderten die Alben durch die Häuser von Verwandten und Freunden, die höchstens der Höflichkeit halber einen kurzen Blick auf die beklebten Seiten warfen, bevor sie weiter über das Wetter redeten. Daher beschlossen Kate und Michael, leicht enttäuscht von dem mangelnden Interesse der Ihren, die Fotos niemandem mehr zu zeigen und als das aufzubewahren, was sie waren: einen Ort, an den man zurückkehren konnte, wenn man von der Sehnsucht nach der Vergangenheit übermannt wurde.

Einige Jahre später jedoch entdeckte Peter Salomon die Alben mit den Schwarzweißfotos und blätterte sie, zunächst zerstreut, dann immer aufmerksamer, durch. Das waren doch die Puerta de Alcalá und die Stierkampfarena Las Ventas, der Palacio Real und die Kathedrale in Santiago de Compostela. Die Bilder waren gar nicht schlecht, dachte Mr. Salomon, und sein Interesse verwandelte sich in wahren Enthusiasmus, als er zu den Aufnahmen von Ribanova kam.

»Kate!«, rief er. »Was, um alles in der Welt, ist das denn?«

Es war Michael, der ihm antwortete, nachdem er einen Blick auf das Foto geworfen hatte.

»Eine Stadtmauer. Aus der Zeit Kaiser Augustus'. Vollkommen erhalten übrigens.«

»Natürlich, das sehe ich.« Peter Salomon hatte Geschichte studiert und war daher absolut in der Lage, eine römische Mauer als solche zu erkennen. »Ich meine, wo ihr das Foto aufgenommen habt?«

»In Ribanova. Wir ...«

»Aber warum habt ihr nie erzählt, dass ihr dort gewesen seid?«

Michael und Kate sahen sich irritiert an. Natürlich hatten sie versucht, Einzelheiten ihrer Hochzeitsreise zu schildern, der ganzen Familie und vor allem Mr. Salomon gegenüber, nur dass ihnen niemand Beachtung geschenkt hatte.

»Vielleicht haben wir das durchaus«, wandte Kate leicht spitz ein, »nur dass du uns nicht zugehört hast.«

»Verdammt, Kate, weißt du, wie oft ich als Kind in Ribanova gewesen bin? Wir waren mit der ganzen Familie dort. Deine Großeltern, ich und mein Bruder Bertie, der Spinner.«

»Onkel Albert ist kein Spinner. Er ist ein ausgezeichneter Schriftsteller.«

»Ja. Genial. Hier hast du all die Literaturpreise, die er gewonnen, und das ganze Geld, das er dir hinterlassen hat.« Mit einer übertriebenen Geste demonstrierte er das angehäufte Nichts. »Wie auch immer, darum geht es ja nicht. Aber er und ich hatten Freunde in Ribanova, viele Freunde.«

»Das wusste ich nicht ... Ich dachte, dass ihr mit den Großeltern nur ein paarmal kurz da wart, und nicht, dass ihr dort Freundschaften geschlossen habt ...«

Doch Mr. Salomon hörte ihr längst nicht mehr zu. Er betrachtete wieder eingehend die Fotos, und Kate schien es, dass er darin die Erinnerung an eine für immer verlorene Zeit suchte.

»Also wenn ich gewusst hätte, dass ihr nach Ribanova reist ... Die Leute dort sind tolle Menschen, weißt du? Ich kann dir nicht sagen, warum der Kontakt abgebrochen ist, aber ich wüsste gern, wie es ihnen jetzt geht. Wenn sie überhaupt noch leben. Für uns alle ist die Zeit irgendwann zu Ende. Deine Mutter … Bertie …«

Seine Augen füllten sich mit Tränen, und eine davon tropfte auf das Album. Kate war beunruhigt. Sie erinnerte sich nicht daran, ihren Vater früher einmal weinen gesehen zu haben, erst seitdem er Witwer war. Wie immer rettete Michael die Situation.

»Komm, Peter, mach es nicht dramatischer, als es ist … Schau dich an: stark wie eine Eiche. Sicher sind einige deiner Freunde da unten noch quietschfidel. Vielleicht solltest du versuchen, mit ihnen Kontakt aufzunehmen.«

»Ich habe keine Ahnung, wie ich das anstellen sollte.«

»Ich schon. Erinnerst du dich an irgendeinen Namen?«

Peter Salomon sah seinen Schwiegersohn mit gereizter Miene an.

»Natürlich, Michael, ich bin ja nicht dement. Zumindest noch nicht. Zum Beispiel erinnere ich mich gut an einen jungen Mann, der mit Bertie befreundet war, Juan Sebastián Arroyo … aber der ist sicher schon tot, er war älter als ich … und dann war da noch einer … mit einem seltsamen Namen …« Peter Salomon rieb sich die Stirn, um seinem Gedächtnis auf die Sprünge zu helfen, was Kate an die Erweckung eines Flaschengeists denken ließ. »Ja, das ist es: Marcial de Soto. Sein Vater war Buchhändler. Wir haben zusammen die Stadt unsicher gemacht. Mein Gott, ist das lange her …«

Peter Salomon drohte erneut von der Wehmut nach der vergangenen Zeit übermannt zu werden, doch Michael ließ das nicht zu.

»Gut, das ist schon mal ein Anfang. Du könntest ans Rathaus oder vielleicht an die örtliche Zeitung schreiben und erzählen, dass du vor langer Zeit in Ribanova warst und auf der Suche nach bestimmten Leuten bist. Ribanova ist kein allzu großer Ort, ich denke nicht, dass es schwierig wäre, dir weiterzuhelfen. Wenn wir in einem Monat noch keine Nachricht haben, fresse ich einen Besen. Wie seid ihr übrigens damals dort gelandet?«

»Das ist eine komplizierte Geschichte.« Als Peter Salomon sich in seinem Sessel zurücklehnte, um es sich bequem zu machen, wusste Michael, dass er sich diese würde anhören müssen. »Es war wegen meines Vaters. Er war Rechtsanwalt, hatte gerade einen Fall verloren, von dem er besser die Finger gelassen hätte, und wollte für eine Weile verschwinden. Meine Mutter war Spanierin und schlug eine Reise durch ihr Heimatland vor. In Madrid lernten wir jemanden kennen, der uns empfahl, einen Teil unserer Ferien in Ribanova zu verbringen, damit mein Vater richtig zur Ruhe kommen könne. Es sollte genug Zeit vergehen, damit die Leute vergaßen, wie dumm er gewesen war, als er diesen Straftäter verteidigt hatte, der eindeutig schuldig war.«

Kate sah ihren Vater konsterniert an.

»So wie du es darstellst, bekommt man den Eindruck, dass Großvater Attie ein Idiot gewesen ist.«

»Das habe ich nicht gesagt!«

»So hat es sich für mich aber angehört.«

»In Ordnung! Dann erzähl du die Geschichte. Das kommt aufs Gleiche heraus, nur in einer weichgespülten Version. Manchmal erinnerst du mich an deinen Onkel Bertie, der hat auch immer alles möglichst hübsch ausgeschmückt.«

Kate sagte ihm nicht, dass das, was er gesagt hatte und womit er sie hatte aufziehen wollen, für sie ein großes Kompliment war. Sie wandte sich an Mike, um ihm ihre Version der Geschichte zu erzählen.

»Großvater Attie war ein hervorragender Anwalt.« Peter Salomon schnaubte, aber Kate ließ sich nicht beirren. »Er hatte einen sehr guten Ruf und verdiente eine ganze Menge Geld, sodass er sogar hin und wieder mittellose Menschen ohne Bezahlung verteidigte. Eines Tages ist hier in Brighton etwas Schreckliches passiert. Bei einem Überfall wurde ein Ladenbesitzer ermordet. Alle hielten dessen Lehrling für schuldig, einen Jungen von der Straße, der in einem Waisenhaus aufgewachsen war …«

»Ein ganz schönes Früchtchen, das kannst du mir glauben«, befand Peter Salomon. »Ich habe ihn gekannt und kann dir versichern, dass der Kerl einiges auf dem Kerbholz hatte.«

»Wie auch immer, aber in diesem Fall ist er es nicht gewesen. Als das Verbrechen geschah, war er auf der anderen Seite der Stadt. Doch die Polizei brauchte einen Schuldigen, und dafür war der arme Junge das perfekte Opfer. Er war allein auf der Welt, hatte keine Freunde, und alle hielten ihn für einen seltsamen Menschen.«

»Mit Recht. Du hättest ihn sehen sollen. Er hatte einen eigenartigen Blick, und man wusste sofort, dass er kein guter Mensch war.«

Kate hätte ihrem Vater gern befohlen, den Mund zu halten, um seinen voreingenommenen kriminalistischen Ausführungen Einhalt zu gebieten, doch vor allem wollte sie die Geschichte zu Ende bringen.

»Tatsache ist, dass Großvater Attie seine Verteidigung übernahm. Meine Großmutter hat mir unzählige Male von diesem Fall erzählt. Er war großartig, brillant, überzeugend …«

»Was nichts genutzt hat«, fuhr Peter fort. »Der Junge wurde verurteilt. Es gab keinen anderen Verdächtigen, und man wollte einen Täter präsentieren. Das Einzige, was mein Vater erreichen konnte, war, dass die Strafe relativ milde ausfiel. Ich glaube, der Junge verbrachte fünfzehn Jahre hinter Gittern, womit er sich glücklich schätzen konnte, denn der Staatsanwalt hatte die Todesstrafe gefordert. Allerdings verziehen die Leute meinem Vater nicht, dass er einen solchen Schurken verteidigt hatte. Der getötete Ladenbesitzer war ein sehr beliebter Mann gewesen, und die Menschen in dieser Gegend waren der Meinung, dass er sein Andenken beschmutzt hat, indem er dem vermeintlichen Mörder half. Meine Familie bekam die Folgen zu spüren: Unsere Fensterscheiben wurden eingeschmissen, bei meinem Fahrrad wurden die Reifen aufgeschlitzt, und es wurde Müll in unseren Garten geworfen. Bertie und ich mussten uns im Hof mit einem halben Dutzend Jungen prügeln, die behaupteten, unser Vater wäre ein Krimineller … Du kannst dir vorstellen, was mein Bruder und ich durchgemacht haben.«

»Also habt ihr euch nach Ribanova geflüchtet.«

»Mehr oder weniger. Wir haben ein paar Wochen dort verbracht und sind später dann noch zwei oder drei Mal hingefahren. Gott … wie lang das schon her ist! Gut sechzig Jahre. Damals war ich noch ein kleiner Junge … Ich hätte mich wirklich bemühen sollen, den Kontakt aufrechtzuerhalten.«

Peter Salomon schüttelte den Kopf, als könne er seine eigene Säumigkeit nicht fassen. Kate fragte sich, ob sie, wenn sie einmal alt wäre, sich auch vorwerfen würde, gewisse Freundschaften nicht gepflegt zu haben. Als sie Mikes Hand auf ihrer Schulter spürte, riss sie das aus ihren Gedanken.

»Na gut, Peter, dann ist jetzt wohl der Moment gekommen, die Sache wieder hinzubiegen. Und letzten Endes sind fünfzig Jahre keine allzu lange Zeit. Wenn ich mich recht erinnere, hat die berühmte Mauer von Ribanova bereits siebzehn Jahrhunderte überstanden …«

Als Peter Salomon an jenem Abend nach Hause kam, setzte er sich gleich hin, um einen Brief an die Verwaltung von Ribanova zu verfassen, in dem er um Hilfe bat, seinen Jugendfreund ausfindig zu machen. Am Ende des etwas pompösen Schreibens beförderte er sich selbst zum Universitätsdozenten.

»So werden sie meinem Ansinnen mehr Beachtung schenken«, erklärte er seiner Tochter. »Niemand wird sich für einen einfachen Lehrer allzu viel Mühe machen. Würde ich selbst zugegebenermaßen auch nicht tun. Aber ein Universitätsprofessor flößt Respekt ein, denkst du nicht?«

Kate schüttelte den Kopf. Das plötzliche Interesse ihres Vaters daran, einen alten Freund wiederzufinden, an den er viele Jahre lang keinen Gedanken verschwendet hatte, irritierte sie. Doch wie der besonnene Michael richtig sagte, war er so zumindest beschäftigt. Denn nun, da er sich nicht mehr den ganzen Tag mit James befassen musste, schien er ansonsten nicht allzu viel zu tun zu haben.

Zu Kates und auch Peters Überraschung traf die Antwort der Behörde von Ribanova umgehend ein. Darin informierte man den werten »Doktor« Salomon darüber, dass Juan Sebastián Arroyo leider im stolzen Alter von einundneunzig Jahren verstorben sei, Marcial de Soto jedoch noch lebe, bei bester Gesundheit sei und das Familienunternehmen leite. Abgesehen von den freundlichen Recherchen, die man unternommen hatte, sprach das Kulturamt außerdem die zuvorkommende Einladung aus, dass »Doktor« Salomon Ribanova doch einmal besuchen solle, wenn seine Beschäftigung an der *Oxford University* ihm dafür Zeit lasse.

»Oxford?«, stöhnte Kate. »Du hast behauptet, Professor in Oxford zu sein?«

»Nun ja, die Wahrheit ist, dass ich gar nicht mehr so genau weiß, was ich behauptet habe. Und immerhin war ich ja mal in Oxford.«

»Stimmt, um dort für drei Monate einen Kurs zu belegen …«

»Glaubst du wirklich, dass es diesen Leuten darauf ankommt, wie lange ich dort gewesen bin?«

Peter Solomon verfügte über eine Art von Sturheit, die jegliche Diskussion unmöglich machte. Und mit dem Alter hatte sich diese Eigenschaft noch verstärkt, sodass seine Familie längst aufgegeben hatte, mit ihm über irgendetwas zu debattieren. Er hatte beschlossen, dieser Einladung nachzukommen, und niemand würde ihn davon abbringen. Allerdings bestand Michael darauf, dass er sich die Reisekosten nicht bezahlen ließ, wie der Professor aus Oxford es eigentlich vorgehabt hatte, und kaufte ihm ein Flugticket nach Madrid und einen Fahrschein für die anschließende Bahnfahrt nach Ribanova. Kate war ein wenig beunruhigt, dass ihr Vater allein reiste – immerhin war er bereits siebzig Jahre alt –, fand allerdings keinen triftigen Grund, dies zu unterbinden. Abgesehen davon, dass ein klar denkender Mensch, der eine Entscheidung getroffen hatte, sich diese nicht so einfach verbieten ließ. Und weder Kate noch James – der vollauf mit seinem Café und einer jungen Dame beschäftigt war, die er gerade kennengelernt hatte – war es möglich, ihren Vater auf seiner Reise zu begleiten. Daher ließen sie ihn gewähren.

Peter Salomon hatte vor, zehn Tage in Ribanova zu verbringen, doch er blieb länger als drei Wochen. Wie er seinen Kindern gleich erzählte, hatte der Freund aus der Kindheit ihn mit offenen Armen empfangen. Und nachdem er eine Weile dort war, schrieb er Kate einen langen, leicht sentimentalen Brief, in dem er davon sprach, wie wunderbar es sei, in seinem Alter festzustellen, dass sich gewisse Orte und Gefühle trotz der Zeit kaum verändert hatten: *Alles ist noch genauso wie damals, als ich zum letzten Mal hier war. Es ist, als wäre die Zeit stehen geblieben. Ich habe viele Freunde von früher wiedergetroffen und einige interessante Leute kennengelernt.*

Diese Aussage überraschte Kate, weil sie von dem eher mürrischen, schweigsamen Peter Salomon kam, der normalerweise nur schwer mit unbekannten Menschen warm wurde. Doch in jedem Fall freute sie sich, dass ihr Vater den Aufenthalt genoss. Denn wie es schien, gab es, wenn man ein gewisses Alter erreicht hatte, nicht mehr viele Gelegenheiten, sich zu amüsieren.

An Weihnachten kehrte Peter Salomon schließlich nach Brighton zurück, gerade rechtzeitig, um die brandaktuelle Nachricht zu erfahren, dass James sich mit der jungen Frau verlobt hatte, mit der er seit einiger Zeit zusammen war. Sie hieß Lotta, und Kate wusste nicht recht, ob sie sie mochte oder nicht, was jedoch letztendlich keine Rolle spielte: Wenn James heiraten wollte, dazu noch ein ganz »normales« Mädchen, war es wohl das Einfachste, ihn darin zu unterstützen. Das Datum der Hochzeit wurde auf Mitte Mai festgelegt, doch im Unterschied zu Kates Heirat wurde im Hause Salomon darum kein Aufhebens gemacht. Lotta und ihre Mutter wollten sich um alles kümmern und machten deutlich, dass sie von der Familie des Bräutigams als einzige Unterstützung den entsprechenden Scheck erwarteten, um die entstehenden Kosten zu decken.

»Also was, zum Teufel, soll ich dann noch hier?«, brummte Peter Salomon.

»Wie meinst du das?« Kate, die durchaus erfreut war, sich als große Schwester nicht weiter bei den Hochzeitsvorbereitungen engagieren zu müssen, verstand die schlechte Laune ihres Vaters nicht.

»Na, wenn ich nicht gebraucht werde, muss ich ja nicht länger hier bleiben, oder?«

Kate sah ihn fragend an.

»Wo willst du denn hin?«

»Nach Ribanova.« Peter Salomon wandte den Blick ab. »Ach, Kate, ich halte es hier in Brighton kaum noch aus. Mir fällt die Decke auf den Kopf. Ahnst du überhaupt, wie todlangweilig diese Stadt ist? Ich dachte, dass ich hier gebraucht werde, bei all dem Aufwand um diese Hochzeit, aber Lotta und ihre Mutter, diese alte Krähe …«

»Papa!«

»Was? Ist dir noch nicht aufgefallen, dass sie etwas von einem gierigen Vogel hat? Wie eine dicke Elster, die nach allem greift, was glänzt und teuer ist, und dann schickt sie mir die Rechnung. Ich mach mich lieber wieder aus dem Staub. Ich ertrage es hier nicht länger, weißt du? Die feuchte Meeresluft geht mir auf die Knochen.«

Kate erwähnte nicht, dass das Klima in Ribanova auch nicht gerade besonders mild und trocken war. Sie betrachtete ihren alten Vater, seine müden Augen, und sagte sich, dass schließlich jeder das Recht hatte, seinen eigenen Weg zu gehen.

»Einverstanden, dann gute Reise.«

»Du meinst, das ist in Ordnung?«

Kate, die nicht gerade zu Ausbrüchen der Zärtlichkeit neigte, nahm die Hand ihres Vaters.

»Papa ... wenn es einen Vorteil hat, alt zu werden, dann den, dass man tun und lassen kann, was man möchte. Fahr nach Ribanova oder wohin auch immer. Bei der Trauung solltest du allerdings hier sein, denn ich denke, dass James Wert darauf legt, dass du bei seiner Hochzeit zugegen bist.«

Peter Salomon kehrte nach Brighton zurück, um an der Hochzeitsfeier seines Sohnes teilzunehmen, aber er blieb nur zwei Wochen in der Stadt. Aus irgendeinem Grund war er auf einmal der Meinung, dass sich sein Zuhause woanders, viele Kilometer entfernt, befand. James maß dem keine große Bedeutung bei – er war viel zu sehr damit beschäftig, seine eigene Zukunft aufzubauen –, und Kate redete sich ein, dass es nicht von Nachteil war, wenn ihr Vater sein Leben änderte. Der Tod ihrer Mutter und die Pensionierung hatten aus ihm einen einsamen Menschen gemacht. Er hatte nur wenige Freunde, und es gab kaum etwas, das er gerne tat, abgesehen von der Beschäftigung mit Geschichtsbüchern und dem täglichen Spaziergang, was er beides auch an jedem anderen Ort tun konnte. Doch trotz aller Vernunft und auch wenn sie es niemandem sagte – nicht einmal Michael –, tat es ihr ein bisschen weh festzustellen, mit welcher Leichtigkeit ihr Vater die Brücken hinter sich abbrach, nicht nur in Bezug auf sein vorheriges Leben, sondern auch auf seine Kinder. Zu ihr. Sie fragte sich, ob ein Teil der Schuld bei ihr lag. Sie war nie eine besonders hingebungsvolle oder aufmerksame Tochter gewesen. Sie war mit vierzehn Jahren in ein Internat geschickt worden, und das hatte dazu beigetragen, dass sie früh unabhängig wurde, und die Distanz zu ihrer Familie vergrößert. Sie liebte ihre Eltern, hatte sie aber nicht gebraucht. Als sie nach dem Tod ihrer Mutter London verlassen hatte und nach Brighton gezogen war, um sich um die familiären Probleme zu kümmern, hatte sie das nicht aus Liebe getan, sondern aus Pflichtbewusstsein. Gut, sagte sie sich, nun war die Mission erfüllt. Ihr Bruder war auf dem richtigen Weg, und auch ihr Vater kam allein zurecht. Es war eindeutig, dass es das Opfer wert gewesen war, und als sie sich das sagte, dachte sie an Forster Smith, aber nur für eine Sekunde. Mehr als das wollte sich Kate Salomon nicht erlauben.

Peter Salomons Aufenthalte in Ribanova dehnten sich immer mehr aus, bis er sich schließlich in dem kleinen Ort niederließ. Lotta, James' Frau, regte daraufhin an, dass sie mit ihren Kindern in das hübsche viktorianische Haus ziehen könnten, das der Familie Salomon gehörte. Es wäre sicher besser für sie, denn sie hatten eine einjährige Tochter, und das zweite Kind war unterwegs, sodass die Wohnung, in der sie lebten, allmählich zu klein wurde. Und schließlich drohte leerstehenden Häusern der Verfall. Kate war klar, dass damit das Einzige, was noch von dem zukünftigen väterlichen Erbe vorhanden war – alles andere hatte ihr Vater in das Unternehmen und die Wohnung von James gesteckt –, nun auch in die Hände ihres Bruders überging, doch sie sagte nichts weiter dazu. Die einzige Bedingung, die sie stellte, war, dass das Zimmer ihres Vaters nicht verändert werden sollte, damit er immer einen Ort hatte, an den er zurückkehren konnte. Lotta versicherte mit übertriebenem Getue, dass es ihr niemals in den Sinn gekommen wäre, auch nur einen Stuhl in dem Zimmer ihres Schwiegervaters zu verrücken. Später, nachdem sie sich in dem Haus eingerichtet hatten, machte sie aus dem Raum ein Ankleidezimmer und verbannte Peter Salomons Sachen in eine Abstellkammer, die sie völlig übertrieben als Gästezimmer bezeichnete.

Es war Michael, der Kate, als ihr Vater bereits seit zwei Jahren in Ribanova lebte, davon überzeugte, ihn dort zu besuchen.

»Bist du dir sicher, dass er das wirklich möchte? Schließlich hat er uns niemals eingeladen zu kommen.«

»Na, hör mal, Kate, er ist dein Vater! Ich denke nicht, dass du eine Einladung brauchst. Sag ihm einfach, dass wir kommen, und du wirst sehen, er freut sich.«

Kate war sich da nicht so sicher. Ihr Vater hatte den Kontakt mit ihnen auf ein Minimum beschränkt (einen Anruf im Monat, der, angeblich wegen der hohen Telefonkosten, meistens recht kurz ausfiel) und schrieb nur hin und wieder einen Brief. Die ganze Familie war davon überzeugt, dass Peter Salomon verrückt geworden war: »Was für ein Ort ist Ribanova eigentlich?« »Was genau macht er dort?« »Wie kommt er dazu, einfach so zu verschwinden, als wäre er allein auf der Welt?« Kate versuchte mit wenig Überzeugung, ihren Vater zu verteidigen. Denn auch sie verstand nicht, was genau ihn zu diesem Umzug bewogen hatte. Auch sie war irritiert und ein wenig verletzt. Sie hatte ihren Vater bei seinem Spanienabenteuer unterstützt, weil sie das Ganze für eine vorübergehende

Laune gehalten hatte, für ein kleines Abenteuer eines gelangweilten, leicht sentimentalen alten Mannes. Aber zwei Jahre war lang genug, um zu verstehen, dass es hier nicht um eine kurzzeitige Zerstreuung ging. Peter Salomon war an einen Ort gezogen, der ihn viertausend Kilometer weit von den Seinen entfernte, und er hatte nicht vor, in nächster Zeit zurückzukehren. Sie war eine großzügige Frau, eine verständnisvolle Tochter, ein toleranter Mensch, aber das, was ihr Vater getan hatte, war nicht in Ordnung.

Sie willigte nur ein, nach Ribanova zu reisen, weil Michael darauf bestand, und als sie dort ankam, war sie wütend auf ihn und haderte mit sich selbst, weil sie sich zu dem Besuch hatte überreden lassen. Michael hatte ein Zimmer im Hotel Almirante reserviert, in dem sie auch während ihrer Hochzeitsreise gewohnt hatten, doch Kate war absolut nicht in der Stimmung, in glücklichen Erinnerungen an die Vergangenheit zu schwelgen.

»Natürlich hat Papa nicht mit einem Wort erwähnt, dass wir auch bei ihm unterkommen könnten …«

»Oh, Kate, bitte! Willst du wirklich einem alten Mann zumuten, dass er zwei Leute in seiner Wohnung beherbergt? Wir wissen nicht mal, ob er überhaupt ein Gästezimmer hat.«

»Ja, das ist auch so eine Sache … Ich habe keine Ahnung, wie er lebt. Ach, Michael, es war falsch hierherzukommen …«

Er nahm ihr Gesicht zwischen die Hände und gab ihr einen Kuss auf die Stirn.

»Das denke ich nicht. Und jetzt gehen wir erst mal schlafen.«

Es war sehr spät. Ihr Zug war erst nach elf Uhr abends am Bahnhof angekommen, und sie hatten das Hotel bei trübem Wetter im leichten Nieselregen erreicht, der sich inzwischen zu einem wahren Wolkenbruch ausgewachsen hatte. Kate lauschte, wie der Regen gegen die Fensterläden prasselte, bis sie schließlich darüber einschlief.

Als sie am nächsten Tag zur Rezeption hinuntergingen, hätte Kate in dem jugendlich wirkenden Mann, der dort auf sie wartete, ihren Vater beinah nicht erkannt. Er hatte einige Kilo Gewicht verloren, trug einen perfekt gestutzten weißen Bart und hielt den Gehstock in der Hand, den er sich jahrelang strikt zu benutzen geweigert hatte, obwohl er beim Gehen leicht hinkte. Sein Haar war wunderbar gepflegt, er trug einen schicken dunklen Anzug und duftete nach Agua di Parma. Letzteres beunruhigte Kate ein wenig, denn soweit sie wusste, hatte ihr Vater noch nie irgendein Parfüm benutzt. Er umarmte sie herzlich, aber ohne übertriebene Gefühlsäußerungen, so als hätten sie sich eine Woche zuvor noch zum Essen getroffen und nicht seit zwei Jahren nicht mehr gesehen.

»Aber hallo, Kate, du hast ja ein wenig zugenommen.« Neckend tippte er auf ihre Nasenspitze. »Das wurde auch Zeit, stimmt's, Mike?«

Sie sagte nichts, sah ihn nur an. Ihr Vater strotzte vor Gesundheit, war bestens gelaunt, seine sonst trüben Augen glänzten, und am Hals duftete er leicht nach Eau de Cologne. Nein, das war nicht der Mann, den sie kannte, aber er gefiel ihr, denn Kate hatte glückliche Menschen schon immer gemocht. Das machte sie so froh, dass sie in Tränen ausbrach.

Sie und Mike verbrachten ein paar wunderbare Tage in der Stadt. Ihr Vater war ein ausgezeichneter Gastgeber, aber Kate bemerkte, dass er sich trotz aller Herzlichkeit bemühte, eine gewisse Distanz zu wahren. Er kümmerte sich hervorragend um seine Tochter und seinen Schwiegersohn, doch er ließ nicht zu, dass sie sich in sein Leben einmischten. Nur mit Mühe gelang es ihnen, ihm ein paar Informationen über sein Zuhause aus der Nase zu ziehen – eine günstige Wohnung irgendwo in der Altstadt –, und nur widerwillig stellte er ihnen ein paar seiner Freunde vor: einen Arzt im Ruhestand, einen ehemaligen Musiker des Stadtorchesters und den berühmten

Marcial de Soto, dem die Buchhandlung an der Plaza Mayor gehörte, ein liebenswürdiger, zurückhaltender Mann, den Kate gern näher kennengelernt hätte. Am Vorabend ihrer Abreise lud Peter Salomon seine Tochter und seinen Schwiegersohn in das schicke Restaurant des Hotel Almirante luxuriös zum Essen ein. Sie bestellten gratinierte Muscheln, eine köstliche Fischsuppe mit Meeresfrüchten, mit Kastanien gefüllte Poularde und zum Nachtisch eine Blätterteigtorte mit Cremefüllung, von der Mike sich zweimal nahm. Während des anschließenden Kaffees sagte sich Kate, dass es an der Zeit sei, etwas über die weiteren Pläne ihres Vaters in Erfahrung zu bringen.

»Also, was hast du jetzt vor?«

Peter Salomon hatte sich eine Zigarre angezündet. Er rauchte so selten, dass Kate es nicht für nötig hielt, ihn darauf anzusprechen.

»Was ich vorhabe? In Bezug auf was? Ich verstehe nicht, Kate?«

Sie atmete tief durch.

»Papa, ich freue mich für dich, dass du hier so glücklich bist, aber … ich weiß nicht, du hast eine Familie …«

»Ich weiß. Eine Familie, die mich nicht braucht.«

»Das ist unfair.«

»Es ist mir völlig egal, ob das fair ist oder nicht. James geht seinen Weg und hat eine Frau, die ich nicht ertragen kann. Und was dich angeht, weiß ich, dass du mich liebst und all das, aber warte nur ab, bis ich ein alter Meckergreis bin. Dann wirst du froh sein, dass so viel Entfernung zwischen uns liegt. Die Sache ist entschieden. Ich werde hierbleiben. Du bist eine gute Tochter, und es ist deine Pflicht, dich dafür zu interessieren, was dein Vater so macht. Aber die hast du mehr als erfüllt.« Er wandte sich an Mike: »Ich habe mich sehr gefreut, euch zu sehen, und ich danke euch, dass ihr gekommen seid, aber es gibt keinen Grund zur Sorge.«

Nach diesen Worten zog er an seiner Zigarre und schenkte sich aus einer edlen Glaskaraffe, die er an den Tisch bestellt hatte, einen Portwein ein. Lange Zeit würde Kate ihn so in Erinnerung behalten, leicht dandyhaft, wie er an seiner teuren Zigarre zog und gleichmütig an dem süßen Wein nippte, während seine Tochter nicht wusste, ob sie ihm eine runterhauen oder einfach in Tränen ausbrechen sollte. Doch sie tat weder das eine noch das andere. Sie blieb einfach sitzen, mit ihrem Vater und mit Mike, und plauderte über irgendwelche Nebensächlichkeiten, wobei Peter Salomon darauf bestand, dass sie unbedingt den Portwein probieren müsse, und ihr Mann ihr unter dem Tisch beruhigend das Knie tätschelte.

Am nächsten Tag verließ sie Ribanova in dem Gefühl, versagt zu haben.

Natürlich reagierte James mit kaum verhohlener Freude auf die Nachricht des dauerhaften freiwilligen Exils seines Vaters. Seit er in das Haus seiner Eltern gezogen war, lebte er in der Furcht, dass sein Erzeuger irgendwann zurückkommen und es wieder für sich beanspruchen könnte, daher beruhigte es ihn zu erfahren, dass dieser vorhatte, dauerhaft in Ribanova zu bleiben. Was Kate anging, versuchte sie sich mit dem offenbar Unvermeidlichen abzufinden und sprach Peter Salomon gegenüber nie wieder die Möglichkeit einer Rückkehr nach England an.

Michaels Tod ein paar Jahre später kam für alle überraschend. Eine von Kates Tanten hielt es für unglaublich, dass ein angesehener Arzt so plötzlich an einem akuten Herzinfarkt sterben konnte, doch diese Behauptung hielten alle, die sie hörten, für so dämlich, dass sich niemand die Mühe machte zu erklären, dass Michael Spencer Augenarzt gewesen war und demnach nicht besonders viel von Herzkrankheiten verstand. Tatsache war, dass Kate Salomon nun mit fünfzig Jahren bereits Witwe war, viel früher als sie – und der arme Mike – damit gerechnet hatten. Sie waren beide davon ausgegangen, dass sie ihn überleben würde, dennoch hatten sie erwartet, dass das Leben ihnen eine längere gemeinsame Zeit zugedacht hatte. Kate trauerte aufrichtig um ihren Mann, der für sie der beste Lebensgefährte gewesen war, den sie sich vorstellen konnte, ein guter, aufrichtiger, liebevoller und kluger Mensch, der dafür geboren zu sein schien, das Leben aller Leute, die ihm begegneten, einfacher zu machen.

Tatsache war, dass der Tod ihres Mannes Kates Leben gewaltig veränderte. Seine beiden Kinder, die nach wie vor keine wirklich großzügigen Menschen waren, beanspruchten das Haus ihres Vaters nun für sich. Mikes plötzlicher Tod hatte keine Zeit gelassen, seinen Nachlass vernünftig zu regeln, und die Eile seiner Kinder, ihr Erbe zu Geld zu machen, führte zu einem schnellen Verkauf des Hauses in Brighton. Das versetzte Kate in eine unangenehme Lage. Natürlich erhielt sie einen Teil der Verkaufssumme, was jedoch nicht für eine Eigentumswohnung ausreichte. Von der Witwenrente und ihrem Gehalt als Halbtagssekretärin konnte sie sich gerade eine winzige Wohnung mieten. Mike war kein guter Investor gewesen, sodass beinah alles, was er während seines Lebens verdient hatte, in den Kauf des Hauses und die Absicherung der Zukunft seiner Kinder geflossen war. Somit gab es weder Aktien, Wertpapiere oder sonstiges Eigentum, auf das Kate zurückgreifen konnte. Im Gegenteil fehlten sogar noch ein paar Tausend Pfund, um die Hypothek des Hauses zu bezahlen.

Kate schämte sich für den Gedanken, dass ihr Vater, wäre er nicht so großzügig gegenüber James gewesen, nun in der Lage gewesen wäre, ihr ein wenig unter die Arme zu greifen, daher schlug sie ihn sich sofort wieder aus dem Kopf. Sie war immer allein zurechtgekommen und würde nun nicht einen alten, beinah achtzigjährigen Mann bitten, sie wirtschaftlich zu unterstützen! Im Alter von fünfzig Jahren richtete Kate sich also darauf ein, zukünftig nicht mehr das Leben der Gattin eines angesehenen Augenarztes zu führen, sondern das einer Witwe mit geringem Einkommen aus einer minimalen Rente und einem lächerlichen Gehalt. Auch wenn sie absolut kein verschwenderischer Mensch war und keine übertriebenen Ansprüche hatte, belastete sie die Möglichkeit, in finanzielle Schwierigkeiten zu geraten. Während der gemeinsamen Jahre mit Michael hatte sie sich an ein ruhiges, bequemes Leben gewöhnt, sodass die Vorstellung, von nun an jeden Penny umdrehen zu müssen, sie traurig machte.

Sicher wäre es besser gewesen, einen frühen Tod Mikes zu bedenken und gewisse Vorkehrungen zu treffen, zum Beispiel ein umsichtiges Testament zu machen oder das Haus, in dem sie lebten, auf Kates Namen umzuschreiben, aber, wie Kate immer sagte: Was brachte es, über Dinge zu klagen, die sich nicht mehr ändern ließen? Daher gewöhnte sie sich daran, in einer kleinen Wohnung zu leben, kein eigenes Auto zu haben und billigen Tee zu trinken, anstatt der exquisiten indischen

Mischung, die Michael immer in einem Delikatessenladen bestellt hatte, wo sie von nun an natürlich auch nicht mehr einmal pro Woche ein paar belgische Pralinen und dänische Kekse kaufte.

In der ersten Nacht in ihrem neuen Heim dachte sie nicht an Michael, sondern an Forster Smith. Es war fünfzehn Jahre her, dass sie zuletzt von ihm gehört hatte, und sie fragte sich, was er wohl sagen würde, wenn er sie so sähe: all dessen beraubt, wofür sie auf ein Leben mit ihm verzichtet hatte, ohne Michael und ohne ihren Vater, der inzwischen in weiter Ferne lebte, während ihr Bruder es zum Alleineigentümer des Salomon'schen Besitzes gebracht hatte. Kurz ging ihr die Möglichkeit durch den Kopf, wieder mit Forster Kontakt aufzunehmen, bevor sie selbst über diesen Einfall lachen musste. Mit Sicherheit war Forster mit seinem kastanienfarbenen Haar und den schönen goldbraunen Augen mit einer hübschen Amerikanerin verheiratet und hatte ein halbes Dutzend Kinder.

Schnell fand Kate Salomon sich mit ihrem wenig beneidenswerten Dasein ab, sodass sie sich bald kaum noch daran erinnern konnte, dass sie noch vor gar nicht allzu langer Zeit in einem Haus mit Garten gelebt und die Ferien in der Bretagne oder an der italienischen Riviera genossen hatte. Inzwischen verbrachte sie ihre Zeit mit der Arbeit in der Anwaltskanzlei, dem ehrenamtlichen Einsatz in der örtlichen Bibliothek und dem Engagement für zwei karitative Einrichtungen. Wie sie selbst mit ihrem speziellen Sinn für Humor feststellte, war sie so etwas wie eine Junggesellin, die zwischendurch mal kurz fünfzehn Jahre verheiratet gewesen war. Eine Weile überlegte sie, sich ein Haustier anzuschaffen, um das Klischee der einsamen alleinstehenden Frau im reifen Alter noch zu verstärken, doch gegen Katzen war sie allergisch, Vögel mochte sie nicht und Hunde machten mehr Arbeit, als sie zu leisten bereit war.

Daher wurde sie, wenn sie nach Hause kam, nur von der Stille in ihrer Wohnung empfangen, und wie alle allein lebenden Menschen empfand sie das manchmal als angenehm und bei anderen Gelegenheiten als deprimierend.

Im Grunde machte sie sich weniger Sorgen um die mangelnde Gesellschaft als um den beengten Raum, mit dem sie sich begnügen musste. Natürlich konnte sie jetzt so leben. Sie war vierundfünfzig Jahre alt, war bei guter Gesundheit und brauchte nicht viel, doch was sie beunruhigte, war der Gedanke an die Zukunft, an die Zeit, wenn sie alt wäre. Einmal sprach sie mit ihrem Bruder darüber. James sagte nichts dazu. Lediglich Lotta verstieg sich zu einem Kommentar, der wohl jeden anderen als Kate zutiefst verärgert hätte: »Du und Michael hättet eben entsprechend vorsorgen müssen.«

Kate wollte diesen Satz nicht als Kriegserklärung auffassen. James und Lotta hatten als Einzige und nicht zu knapp von dem bescheidenen Familienvermögen profitiert. Sie hatten ein eigenes Café (das Peter Salomon finanziert hatte), lebten in einem Haus mit drei Etagen (das Peter Salomon gehört hatte) und fuhren Peter Salomons altes Auto, das dieser bei seinem Umzug nach Ribanova zurückgelassen hatte. Angesichts dieser Situation hätte wohl jeder andere, nicht so friedliebende Mensch wie Kate Lottas Bemerkung nicht so einfach hingenommen. Sie jedoch hielt sich zurück, denn James und Lotta hatten zwei Töchter – Laura und Lizzie –, und wie vor allem Lotta gern betonte, würde deren Erziehung und Ausbildung sie noch viel Geld kosten. Genau das waren Lottas Worte: »Deren Erziehung und Ausbildung«, wobei sie auf ihre Töchter zeigte, als wären diese beiden niedlichen blonden Wesen nicht die Freude ihres Lebens, sondern zwei Ungeheuer, die gierig die Ersparnisse ihrer Eltern verschlangen.

Kate nahm sich vor, mit der Familie ihres Bruders nie wieder über Geld zu reden, und versuchte, sich möglichst wenig

Gedanken über ihre Zukunft zu machen. Und genau in diesem Moment trat der Verlagslektor Jeffried Ruskin auf den Plan und bat sie um ihre Erlaubnis für die Wiederveröffentlichung von Onkel Berties Romanen. Nur wenig später, nämlich genau anderthalb Jahre nachdem der höfliche junge Mann vor Kates Tür gestanden hatte, erlaubten es die Umstände, dass sie ihr Leben erneut von Grund auf veränderte. Sie kaufte sich das kleine Haus am Meer und entschied, die meiste Zeit über in London zu leben, zum Entsetzen ihres Bruders und ihrer Schwägerin, die eine solche Geldverschwendung absolut nicht gutheißen konnten, genauso wenig wie das Glück, das Kate so unverhofft ereilt hatte. Denn in einem Punkt waren sich die beiden einig: Das, was Kate passiert war, war äußerst ungerecht. Schließlich war Bertie ja der Onkel beider Geschwister gewesen …

Zwei glückliche Jahre lang lebte Kate in ihrer Wohnung in Harrington Gardens und genoss die Vorteile, die der späte Erfolg ihres Onkels ihr zugestand. Ohne ihr Dazutun brachte der Umstand, Albert Salomons Erbin zu sein, ihr eine gewisse Berühmtheit ein, und die Tatsache, über einen Abschluss der *Edinburgh University* zu verfügen, prädestinierte sie zur häufigen Teilnahme an literarischen Kolloquien oder sogar dazu, die ein oder andere Rede zu halten. Jeffried Ruskin schickte dafür einen Dank Richtung Himmel, denn hätte der gute Albert Salomon sein Erbe einer einfachen Hausfrau, einer Parfümverkäuferin oder einer Mathematiklehrerin hinterlassen, hätte sich die Vermarktung der Bücher als wesentlich schwieriger erwiesen. Kate jedoch war eine erfreulich gebildete, heitere, temperamentvolle Frau mit einem besonderen Sinn für Humor. Daher war sie in den literarischen Kreisen herzlich willkommen, und ihr Einsatz trug schon bald üppige Früchte. Onkel Alberts Bücher verkauften sich wie warme Semmeln, und Mr. Ruskin hatte bereits erste Lizenzen ins Ausland vergeben, was die goldene Ära wohl noch für eine Weile verlängern würde.

Genau zu dieser Zeit meldete sich auf einmal ihr Bruder und bestellte sie »auf der Stelle« nach Brighton. Weitere Details wollte er ihr am Telefon nicht erzählen. »Es geht um Papa«, war das Einzige, was er zur Erklärung noch hinzufügte. Gleich am nächsten Morgen machte Kate sich tapfer auf den Weg, um sich dem zu stellen, was ihr jüngerer Bruder ihr zu sagen hatte.

»Er hat vollkommen den Verstand verloren«, platzte der denn auch gleich heraus. »Man hat uns von Ribanova aus verständigt. Unser Vater läuft laut schreiend und fluchend durch die Straßen.«

»Tut er das?« Die Frage war absurd, aber Kate wollte Zeit gewinnen.

»Und noch weit schlimmere Dinge, nehme ich an. Er muss in ein Heim. So schnell wie möglich. Vielleicht gibt es dort einen Psychiater, der ihn untersuchen kann. Das wäre für alle wohl das Einfachste.«

Das wäre für euch das Einfachste, dachte Kate, aber sie hütete ihre Zunge. James erklärte ihr, dass eine Frau, eine gewisse Julia, aus Ribanova bei ihm angerufen habe, um die Familie zu informieren. Da Kate mit den wenigen Details, die ihr Bruder ihr mitteilen konnte, nichts anfangen konnte, telefonierte sie anschließend selbst noch einmal mit jener Julia del Amo. Wie diese erklärte, war sie die Nichte einer Freundin von Peter Salomon. Tatsächlich gehe es Mr. Salomon nicht gut, und es schien nicht ratsam, dass er länger allein lebte. Kate fühlte sich schuldig, als sie daran dachte, dass ihr Vater inzwischen ein sehr alter Mann war und vernünftigerweise in der Nähe seiner Kinder wohnen sollte. Sie musste auf der Stelle seine Rückkehr nach England in die Wege leiten.

Das wiederum führte sofort zu einer Auseinandersetzung mit ihrem Bruder und seiner Frau. Lotta und James bestanden darauf, dass es das Beste sei, Peter Salomon in einer entsprechenden Einrichtung unterzubringen, während Kate sich weigerte, sich einfach so auf diese Entscheidung festzulegen. Vielleicht war ihr Vater ja in der Lage, weiterhin in einer normalen Wohnung zu leben, wenn jemand bei ihm war, der sich um ihn kümmerte.

»Aber wo soll er denn wohnen?«, jammerte Lotta.

Diesmal schoss Kate zurück.

»Darf ich dich daran erinnern, dass mein Vater immer noch der Eigentümer dieses Hauses ist!«

»Aber ich will nicht hier mit ihm zusammenleben! Ich … ich glaube nicht, dass ein verrückter alter Mann die angemessene Gesellschaft für eine Familie mit Kindern ist.«

»Dann wirst du wohl ausziehen müssen, Lotta, denn dies ist nicht dein Haus. Ich werde morgen nach Ribanova fahren und Vater mit herbringen. Und er wird in diesem Haus leben, ob es dir passt oder nicht. Finde dich also mit dem Gedanken ab.«

Denn natürlich war das in Kates Augen die beste Lösung: Ihr Vater würde wieder in sein früheres Heim ziehen und von einer Pflegerin betreut werden. Sie selbst würde, so oft es ihr möglich war, von London nach Brighton fahren. Und was James und Lotta anging, konnten sie entweder bleiben oder sich zum Teufel scheren.

Zwei Tage später war Kate in Ribanova. Dort lebte ihr Vater in einem Haus, das für eine Person viel zu groß war, das zumindest war Kates erster Eindruck. Eine Frau öffnete ihr die Tür.

»Kate Salomon?«

»Ja … und Sie sind …?«

»Julia. Julia del Amo. Vielen Dank, dass Sie gekommen sind. Wir sind hier mit der Situation ein wenig überfordert.

Ihr Vater schläft gerade. Bitte warten Sie mit der Begrüßung, bis er wieder aufgewacht ist, denn es war nicht leicht, ihn zur Ruhe zu bringen, und ich möchte ihn lieber nicht wecken.«

Ein wenig verblüfft stellte Kate ihren Koffer ab und betrachtete die unbekannte Frau, die sich offensichtlich für den gesunden Schlaf ihres Vaters verantwortlich fühlte.

»Entschuldigen Sie, Julia, aber ich verstehe gar nichts … Wer sind Sie, und warum sind Sie hier?«

Die Frau lächelte, und da erst fiel Kate auf, wie schön sie war oder gewesen sein musste, denn sie schien etwa in ihrem Alter zu sein.

»Vielleicht wollen Sie erst einmal Platz nehmen. Ich mache Ihnen einen Kaffee. Denn ich fürchte, ich werde Ihnen gleich noch ein paar Dinge erzählen, von denen Sie keine Ahnung hatten.«

So erfuhr Kate Salomon, dass ihr Vater lange Zeit mit einer Frau zusammengelebt hatte, die ein paar Monate zuvor gestorben war. Julia war deren Nichte, und das Haus gehörte ihrer Familie.

»Eigentlich ist es das Haus meiner Schwester Luisa, aber sie lebt nicht hier … Das ist eine komplizierte Geschichte, die nichts zur Sache tut. Gut, also Ihr Vater und meine Tante Teresa … Sagen wir, sie haben sich ineinander verliebt.«

Für einen Moment konnte Kate es nicht fassen.

»Also das war es: Wegen einer Frau ist er in Ribanova geblieben.«

»Bitte seien Sie nicht wütend, sie war in seinem Alter, und ich versichere Ihnen, dass die beiden sehr glücklich waren mit ihrer … Ich weiß nicht, wie ich es nennen soll …«

»Ich bin nicht wütend. Warum sollte ich das sein? Ich bin nur ein wenig überrascht, denn mein Vater hat uns nie etwas davon erzählt, dass er …«

Julia zuckte mit den Schultern.

»Ich nehme an, ältere Leute regeln gewisse Dinge auf ihre Art. Wer weiß, was wir alles anstellen werden, wenn wir mal so weit sind. Jedenfalls haben Peter und meine Tante die letzten Jahre über hier in diesem Haus zusammengelebt. Es ging ihnen ausgezeichnet, bis meine Tante starb und Ihr Vater … hmm … auf einmal etwas wirr im Kopf war. Am Anfang sind wir recht gut damit zurechtgekommen, aber …«

Kate schloss für einen Moment die Augen.

»Am Anfang? Wie lange ist mein Vater denn schon in diesem Zustand? Und wer ist ›wir‹, wie Sie gesagt haben?«

»Meine Familie, mein Mann, meine vier Kinder und ich. Wir haben uns in den letzten beiden Monaten um Ihren Vater gekümmert, aber nun hat sich sein Zustand verschlimmert, und ich glaube, die Verantwortung wäre einfach zu groß für uns.«

Sie senkte den Kopf, als sie das sagte, als schäme sie sich dafür, nicht mehr in der Lage zu sein, den Vater von irgendwelchen Leuten zu betreuen. In dem Moment begann Kate zu weinen. Es war ein mühsam zurückgehaltenes anhaltendes Schluchzen, das sie schüttelte. So weit war es gekommen: Fremde Menschen hatten ihren kranken Vater gepflegt, während sie fröhlich vor sich hin gelebt und keine Ahnung gehabt hatte. Und ihr Bruder James hatte – unterstützt von seiner unerträglichen Frau – nach der besten Möglichkeit gesucht, ihn loszuwerden. Sie fühlte sich furchtbar.

»Julia … ich weiß nicht, was ich sagen soll … vielen Dank, ich …«

»Machen Sie sich keine Gedanken. Peter ist ein guter Mensch. Und meine Tante hat mich immer wieder gebeten, dass ich mich nach ihrem Tod um ihn kümmere.«

»Aber auch er hat eine Familie.« Kate schüttelte den Kopf. »Es ist unverzeihlich, was wir Ihnen aufgebürdet haben …«

Julia unterbrach sie mit einer abwehrenden Geste.

»Bitte, sagen Sie das nicht. Wir haben nur unsere Pflicht getan. Ruhen Sie sich jetzt ein wenig aus. Ich habe ein Zimmer für Sie vorbereitet, und in der Küche steht etwas zu essen. Später ist noch genug Zeit, nötige Entscheidungen zu treffen, in Ordnung? Sie sollten ausgeruht und mit vollem Magen über die Sache nachdenken. Keine Sorge, ich bleibe hier, bis Sie wieder wach sind.«

Ein paar Stunden später trat Kate, immer noch von den Neuigkeiten und dem Gefühl der Dankbarkeit übermannt, ihrem Vater gegenüber, und schlagartig wurde ihr klar, wie lange sie ihn nicht mehr gesehen hatte. Sie versuchte, sich damit zu beruhigen, dass er sie nicht zu einem weiteren Besuch nach Ribanova eingeladen hatte, doch es war zwecklos. Weder sie noch James hatten auch nur das geringste Interesse daran gezeigt, an dem neuen Leben ihres Vaters teilzuhaben. Wie sie nun zugeben musste, war Peter Salomons Umzug nach Spanien ihnen allen recht gelegen gekommen. Ihr Vater selbst hatte es einmal gesagt: Er hatte sich verabschiedet, bevor er zur Last wurde, und ihr und ihrem Bruder war es nur allzu recht gewesen, sich so den immer härter werdenden Kampf mit den lästigen Eigenheiten, die die Menschen im Alter entwickelten, ersparen zu können. Und so verspürte sie, als sie an jenem Nachmittag nach einem kurzen Schlaf und einer leichten warmen Mahlzeit Peter Salomons Zimmer betrat, eine unendliche Erleichterung, als er sie erkannte.

»Hallo, Kate.«

»Hallo, Papa. Ich bin gekommen, um dich mit nach Hause zu nehmen.«

Er sah sie an, als ob er sie nicht verstehen würde, und ließ dann mit Panik in den Augen den Blick durch das schöne große Zimmer schweifen. Kate spürte einen Knoten im Magen, und dann fügte sie sich in ihr Schicksal. Einmal mehr war der Moment gekommen, ihre Pläne zu ändern.

Nur ein paar Wochen später zog Kate nach Ribanova. Sie verabschiedete sich von ihren Londoner Freunden und ließ traurig ihre Wohnung in Harrington Gardens zurück. Wieder einmal hatte ihr das Schicksal in die Karten gespielt, und sie hasste sich für den tröstenden Gedanken, dass dies ja kein endgültiger Abschied war. Alles wies darauf hin, dass ihr Vater nicht mehr allzu lange leben würde, und nach seinem Tod würde es nichts mehr geben, was sie zwang, in Ribanova zu bleiben. Was die Lebensdauer ihres Vaters anging, irrte sie sich jedoch, denn er sollte dreiundneunzig Jahre alt werden, und sie baute sich in der kleinen, so oft in Nebel gehüllten spanischen Stadt, die sie auf ihrer Hochzeitsreise zum ersten Mal besucht hatte, ein neues Leben auf. Wie lange das schon her war, dachte sie. Die Schwarzweißfotos von der Stadtmauer, der Kathedrale und den gepflasterten Straßen schienen in eine längst vergangene Welt zu gehören, genau wie die Jahre in Brighton und die Ehe mit Michael.

Kate und ihr Vater wohnten weiterhin in dem großen Haus, in dem Peter Salomon mit Teresa del Amo glücklich gewesen war. Die Eigentümer hatten ihr das alte Gemäuer, das so viele Geschichten barg, zu einem günstigen Mietpreis überlassen. Es hatte einmal einer verarmten Gräfin gehört, und eine Zeit lang hatte dort ein Schriftsteller gelebt, der später den Nobelpreis erhalten hatte. Doch mehr noch als die Vergangenheit des Hauses schätzte Kate dessen günstige Lage im Zentrum des Städtchens und den großen Garten mit seinen jahrhundertealten Magnolienbäumen, den blau blühenden Hortensiensträuchern und der Libanon-Zeder, die jedes Mal, wenn der Wind wehte, den Eindruck machte, als würde sie jeden Moment auseinanderbrechen. Ihr Vater fühlte sich sicher in seinem gewohnten Heim, und nach und nach gewöhnte sich auch Kate nicht nur an ihr neues Zuhause, sondern auch an die Stadt und ihre Bewohner. Nicht dass sie oft die Gelegenheit gehabt hätte, soziale Kontakte zu knüpfen, denn sie war beinah vierundzwanzig Stunden täglich mit der Pflege ihres Vaters beschäftigt. Doch jedes Mal, wenn ihr ein wenig Zeit blieb, machte sie lange Spaziergänge im Park oder über die Stadtmauer, besuchte eines der Museen oder einen Gottesdienst in der Iglesia de Santa María, oder sie gönnte sich einen Kaffee auf der Terrasse eines der Cafés an der Plaza de España mit Blick auf die barocke Fassade des Rathauses. Genau wie in den ersten Jahren nach dem Studium in London oder später zusammen mit Michael in Brighton machte Kate das Beste aus der Situation. Ja, sie war glücklich, während sie ihren Vater pflegte, so wie sie glücklich gewesen war, als sie in der Bibliothek gearbeitet oder mit einem Mann zusammengelebt hatte, den sie sehr gemocht, aber nie wirklich geliebt hatte.

Die Erinnerung an Forster Smith, die hin und wieder kurz in ihrem Gedächtnis aufblitzte, wurde konkreter, als sie eines Tages in der *Librería El Unicornio*, der Buchhandlung an der Plaza Mayor, ein Buch über amerikanische Universitäten entdeckte. Auf der Vorderseite des Schutzumschlags war eines der prächtigen Gebäude der *Brown University* abgebildet, die Forsters erstes Ziel in den USA gewesen war, und die Rückseite zeigte ein Foto der grünen Rasenflächen an der *Cornell University*, wo er die Anstellung erhalten hatte, die ihn dazu veranlasst hatte, ihr einen Heiratsantrag zu machen. Sie kam sich lächerlich vor, als sie feststellte, dass ihr Herz auf einmal schneller schlug. Wie viele Jahre waren seit jener absurden Liebeserklärung mitten auf der Straße bereits vergangen? Zwanzig? Dreißig? Auf jeden Fall ein ganzes Leben.

»Möchten Sie das Buch kaufen?«, fragte María, eine von Julias Töchtern, die die Buchhandlung ihrer Tante Luisa führte.

»Vielleicht. Es ist ein schönes Buch.«

»Ehrlich gesagt, habe ich keine Ahnung, warum man es uns geschickt hat. Ich habe es nicht bestellt, und es ist nur ein einziges Exemplar gekommen. Machen wir es doch so: Sie nehmen das Buch mit nach Hause und sehen es sich dort in Ruhe an. Es ist auf Englisch geschrieben, und ich denke nicht, dass es hier sonst noch jemanden gibt, der sich für die Universitäten der *Ivy League* interessiert.«

Als Kate den Laden mit dem Buch unter dem Arm verließ, dachte sie erneut an Forster Smith und stellte sich vor, wie er wohl inzwischen aussah. Mit Sicherheit war er ein attraktiver Professor um die sechzig, der seine Studentinnen ins Schwärmen brachte und dem sämtliche Frauen auf dem Campus zu Füßen lagen. Am selben Nachmittag noch gab sie der Versuchung nach, Forster Smiths Namen zusammen mit »*Cornell University*« in Google einzugeben. Atemlos stellte sie kurz darauf fest, dass er nach wie vor an der Fakultät für Geschichte unterrichtete, und es war sogar eine E-Mail-Adresse angegeben, unter der man ihn erreichen konnte. Sie schluckte. So einfach war es also. Länger als eine halbe Stunde lang starrte sie die E-Mail-Adresse auf dem Bildschirm an, bis sie ihren Vater hörte, der mit der üblichen Dringlichkeit in der Stimme nach ihr rief. Sie schüttelte den Kopf und machte den Computer aus. Am nächsten Tag ging sie in die Buchhandlung und brachte das Buch zurück.

Ihr Vater starb etwa zehn Jahre, nachdem er nach Ribanova gezogen war. Alle Leute, die Kate Salomon kannten – und das waren inzwischen sehr viele –, dachten, dass sie nun nichts mehr in Spanien hielte und sie schon bald die Stadt verlassen würde, um wieder nach England zu gehen. Auch Kate selbst ging davon aus, doch als sie mit der Umzugsplanung begann, stellte sie fest, dass sie keinen wirklichen Grund hatte, nach Hause zurückzukehren. Mehr noch: Sie wusste gar nicht, ob sie dort überhaupt noch ein Zuhause hatte oder wo es sich befand. Ihr Kontakt mit den wenigen Familienangehörigen, die sie noch hatte, wurde immer spärlicher. Zwar hatte sie durchaus noch ein paar in England lebende Freunde, doch auch in Ribanova hatte sie inzwischen einen großen Bekanntenkreis. Das Leben in Spanien war viel einfacher und billiger, und schließlich war auch sie nicht mehr die Jüngste. Die Zeit verging, sie wurde immer älter, und irgendwann, in nicht allzu ferner Zeit, würde sie froh sein, in einer kleinen, übersichtlichen Stadt zu wohnen und nicht in einer riesigen Metropole wie London. Nach einer schlaflosen Nacht entschied sie, ihren Aufenthalt in Ribanova vorerst noch um ein paar Monate zu verlängern. Zumindest war es das, was sie allen erzählte, denn in Wirklichkeit war sie bereits fest davon überzeugt, dass sie für immer bleiben würde.

Einige Zeit später bot sich ihr die Gelegenheit, das Haus, in dem sie wohnte, zu kaufen. Sie tat es weniger, weil es für sie ein gutes Geschäft war (die Vorstellung, ein derart großes Haus zu besitzen, ängstigte sie ein wenig), sondern um der Familie del Amo zu helfen, der es wirtschaftlich nicht gut ging. Kate hatte beträchtliche Ersparnisse, und auch wenn ihre Einnahmen aus den Buchverkäufen inzwischen etwas zurückgegangen waren, konnte sie sich die Investition spielend leisten. Erst später, als die ersten Rechnungen eintrafen, wurde ihr bewusst, was es tatsächlich bedeutete, Eigentümerin eines Hauses mit sechs Schlafzimmern, drei Wohnzimmern und einem großen Garten zu sein. Und diese Erkenntnis beunruhigte sie. Julia del Amo hatte schließlich die Idee, dass sie eines der leerstehenden Zimmer vermieten könnte. Und auch wenn Kate der Gedanke zunächst widerstrebte, musste sie schließlich zugeben, dass ihr ein kleines zusätzliches Einkommen recht gelegen käme … von ein wenig netter Gesellschaft ganz zu schweigen.

Inzwischen lebten Anna Livia und Shirley seit fünf oder sechs Monaten bei Kate. Als Kate den beiden angeboten hatte, zu ihr zu ziehen, war sie insgeheim davon überzeugt gewesen, dass im besten Falle höchstens eine von ihnen sich darauf einlassen würde, das riesige Haus und die damit verbundenen beträchtlichen Kosten mit ihr zu teilen. Daher bekam sie zunächst einen gehörigen Schrecken, als sie innerhalb von vierundzwanzig Stunden von beiden eine Zusage erhielt. Sie fürchtete, dass das Zusammenleben dieser beiden so verschiedenen Frauen nur in einer Katastrophe enden könnte. Zwar verstand Kate sich mit beiden ausgezeichnet – unter anderem weil Kate Salomon sich mit so ziemlich jedem Menschen ausgezeichnet verstand und ihre Empathie mit den Jahren noch größer geworden war –, doch konnte es gut gehen, wenn die beiden Damen aufeinandertrafen? Anna Livia und Shirley waren sich bis dahin noch nie begegnet und unterschieden sich wie Tag und Nacht, doch Kate wollte keine von beiden vor den Kopf stoßen, indem sie ihr Angebot zurücknahm. Also fügte sich Kate in das Unvermeidliche und bereitete sich darauf vor, dass ihre friedliche Existenz von nun an von den dauerhaften Scharmützeln zweier Furien erschüttert werden würde. Zum Glück irrte sie sich, was das anging, denn wunderbarerweise waren Anna Livia und Shirley sich sofort sympathisch. Anders als gedacht, führten die beiden unterschiedlichen Charaktere nicht zu ständigen Streitigkeiten, sondern ergänzten sich hervorragend, sodass einer Freundschaft nichts im Weg stand. Und so wurde das, was die Hölle hätte sein können, zu einem Paradies auf Erden.

Anna Livia Szcherny war eine Ungarin, die gut drei Viertel ihres achtzigjährigen Lebens in Spanien verbracht hatte. Sie war Witwe, Mutter von drei Kindern und hatte ein Jahr zuvor etwas absolut Verrücktes getan: Sie hatte ihr Haus verkauft – und dabei ein überaus schlechtes Geschäft gemacht, wie ihre zukünftigen Erben betonten – und war mit einem etwa gleichaltrigen Rentner nach Indien ausgewandert, der leider nur drei Monate später das Zeitliche gesegnet hatte.

Da keiner der beiden mit einem derart unglücklichen Zufall gerechnet hatte, musste Anna Livia sich allein um die Überführung des Leichnams und die damit verbundenen Kosten kümmern. So zumindest erklärten es ihre Kinder, während Anna Livia selbst, wenn man sie fragte, mit einer anderen Version aufwartete, die bedeutend weniger lächerlich klang: Nach einer langen Zeit als achtbare Witwe war ihr eine wunderbare späte Liebe mit einem gleichaltrigen Witwer und Freund der Familie vergönnt gewesen. Und nur um den ständigen Einmischungen ihrer Kinder in dieses harmlose Glück zu entgehen, hatten sie beschlossen, ans andere Ende der Welt zu fliehen. Sie hatten sich für Indien entschieden, weil Anna Livia als Kind eine Zeit lang dort gelebt und sich schon immer gewünscht hatte, einmal mit einem Mann, den sie liebte, auf das Taj Mahal zu blicken. Ihr erster Mann hatte keine Lust auf eine so lange Reise gehabt, sodass dies wohl die letzte Gelegenheit war, denn jener unternehmungslustige rüstige Rentner war so verrückt nach ihr, dass er ihr bis ans Ende der Welt gefolgt wäre. Als sie die Reise antraten, wussten sie, dass einer von ihnen irgendwann allein zurückkehren würde – wenn man erst mal achtzig Jahre alt ist, sieht man alles, was man noch erleben darf, als ein besonderes Geschenk an, wie Anna Livia gern sagte –, nur hatten sie gehofft, dass es nicht so bald sein würde. Zum Glück war es ihnen noch gegönnt, gemeinsam nach Agra zu fahren und dort das Foto zu machen, das nun auf Anna Livias Nachttisch stand: zwei elegante, gut aussehende alte Leute, die sich an den Händen hielten und an einem staubigen Nachmittag in Indien eng aneinandergeschmiegt auf romantische Art ihre junge Liebe genossen.

Die Rückkehr nach Spanien in Begleitung eines Sarges fiel Anna Livia deshalb besonders schwer, weil sie so überraschend kam. In einem Anflug von Optimismus, den sie sich nun nicht mehr erklären konnte – denn sie war ein durchaus realistischer Mensch –, hatten Enrique und sie vorausgesetzt, dass ihnen zumindest noch ein paar gemeinsame Jahre bevorstünden. Daher hatte sie ihr Haus in Spanien nicht gerade zum besten Preis verkauft und die Möbel verschenkt. Nun tat es ihr leid, wenn sie an die schönen Lampen dachte, den fein geknüpften afghanischen Teppich und die kleinen chinesischen Lacktische, die sich alle irgendwo in den Wohnungen ihrer Freunde befanden, von denen natürlich keiner auf den Gedanken kam, anzubieten, ihr das Geschenk zurückzugeben. Als sie wieder in Madrid landete, hatte sie nichts mehr außer ein paar Koffern und ihrer abgrundtiefen Trauer, die ihre Kinder nicht gerade zu lindern versuchten. Im Gegenteil: Immer wieder warfen sie ihr vor, sich wie ein sorgloser Teenager verhalten und das Haus, ohne an ihre Nachkommen zu denken, einfach so verhökert zu haben. Erst als sie aus Trauer, Entkräftung und Müdigkeit wegen der Zeitverschiebung völlig am Boden war, ließen sie sich dazu herab, ihr zu verzeihen. Trotz ihrer Erschöpfung und ihres Kummers verblüffte sie diese angebliche Großzügigkeit, da sie gar nicht um Entschuldigung gebeten hatte. Aus welchem Grund auch: Sie war eine erwachsene Frau bei klarem Verstand, und das Haus, das sie verkauft hatte, hatte mit allem, was darin war, allein ihr gehört. Während ihre Kinder, ihr Schwiegersohn und die Schwiegertöchter ihre verlorene Zukunft beweinten – »Wo willst du jetzt wohnen? Was willst du tun? Ist dir eigentlich bewusst, dass auch du in diesem Sarg liegen könntest?« –, sammelte sie ihre letzten Kräfte und teilte ihnen mit, dass sie sich erst mal ein Hotelzimmer nehmen würde.

Ein paar Tage lang wollte sie niemanden sehen. Anschließend erklärte sie sich erst bereit, ihre Kinder zu empfangen, nachdem diese versichert hatten, in Frieden zu kommen. Angeblich beunruhigte sie der Gedanke, was nun aus ihr werden sollte, wobei Anna Livia schnell klar wurde, dass es ihnen eigentlich nur um den Verbleib des bei dem Hausverkauf erhaltenen Geldes ging. Offensichtlich hielten sie sie für eine unberechenbare alte Schachtel, die mal eben so eine halbe Million Euro verprasste. »Vielleicht sollte ich das tatsächlich tun«, sagte sie sich manchmal bitter, »oder mir einen jungen Liebhaber zulegen wie diese französische Kosmetikerbin, nur um die dummen Gesichter meiner Kinder zu sehen.«

Von Anna Livias Kindern schien Amalia diejenige, die sich noch am meisten Sorgen um ihre Mutter machte. Sie bot ihr tatsächlich an, zu ihr und ihrem Mann in die geräumige lichtdurchflutete Wohnung mit Blick auf die Cecilio-Rodríguez-Gärten im Retiro-Park zu ziehen – als Amalia das sagte, meinte ihre Mutter, eine Immobilienmaklerin vor sich zu haben –, denn nun, da die Kinder aus dem Haus waren, hatten sie genug Platz, um sie aufzunehmen. Genau das war das Wort, das sie wählte, »aufzunehmen«, woraufhin sich Anna Livia der Magen umdrehte. Sie war nach Indien gereist, hatte allein die Überführung eines Leichnams organisiert, und ihre Tochter war der Meinung, dass sie jemanden brauchte, der sie gnädig aufnahm?

Nein, dazu würde es nicht kommen. Sie dachte gar nicht daran, in die kalte Wohnung ihrer Tochter zu ziehen, die tatsächlich so nah am Retiro-Park lag, dass man nachts das hysterische Kreischen der Pfaue hörte. Allein der Gedanke daran, dauernd dieses schrille Geschrei im Ohr zu haben, ließ Anna Livia das Blut in den Adern gefrieren. Selbstverständlich war sie genauso wenig bereit, sich in ein Altersheim abschieben zu lassen. »Lieber sterbe ich, als in so einem Kindergarten für alte Leute leben zu müssen«, hatte sie geantwortet, als ihr Sohn ihr die Möglichkeit einer sogenannten Seniorenresidenz vorgeschlagen hatte. Was sie jedoch zugeben musste, war, dass achtzig Jahre nicht unbedingt das beste Alter war, um allein zu leben. Genau in dieser Lage hatte sie Kate Salomons Brief erreicht, in dem sie Anna Livia mitteilte, dass sie ein großes Haus in Ribanova gekauft habe und daran denke, an jemanden wie sie ein Zimmer zu vermieten. Genau so hatte sie es ausgedrückt: »an jemanden wie dich«. Doch darüber machte Anna Livia sich nicht allzu viele Gedanken. Vielleicht meinte sie damit, dass sie nach einem anständigen Menschen suchte, wobei das nicht wirklich zu Kate passte. Vielleicht bevorzugte sie eine kosmopolitische, unabhängige Mitbewohnerin, oder sie bezog sich damit auf alte Damen allgemein. Letztendlich sagte sich Anna Livia, dass die gute Kate wahrscheinlich nur aus Zufall diese Worte gewählt hatte und nicht als eingrenzende Bedingung auf der Jagd nach der geeigneten Hausgenossin. Der Gedanke, in eine ruhige Kleinstadt im Norden der Landes zu ziehen, um dort mit einem so taktvollen, gelassenen, heiteren und intelligenten Menschen wie Kate Salomon in einem hübschen Haus zusammenzuleben, erschien Anna Livia in jedem Fall wesentlich reizvoller als all die anderen Möglichkeiten, die sich ihr boten. Und was wollte eine alte Witwe, die vom Leben nicht mehr viel zu erwarten und ein Rudel gieriger Kinder im Nacken hatte, mehr? Daher antwortete sie Kate, dass sie ihr Angebot gern annehme.

Anna Livia und Kate hatten sich ein paar Jahre zuvor in Ribanova kennengelernt, als Erstere im Rahmen eines dieser furchtbaren Ausflüge, die für Seniorinnen angeboten wurden, die römische Stadtmauer besichtigen wollte. Diese kurze Reise erwies sich aus drei Gründen als äußerst lohnenswert: Sie hatte einen zauberhaften Ort mit einer wunderschönen Altstadt kennengelernt, sie hatte sich mit Kate angefreundet (die die Gäste durch die Stadt geführt hatte), und sie war zu der Überzeugung gelangt, dass sie nie wieder gemeinsam mit zwanzig unerträglichen kränkelnden alten Schachteln auf eine solche Exkursion gehen wollte, die sich einen Sport daraus machten, sich gegenseitig mit ihren Gebrechen zu übertrumpfen. Sie selbst hatte absolut nicht das Bedürfnis, anderen von ihrem Ischiasleiden oder ihrem immer schlechter werdenden rechten Auge zu erzählen, geschweige denn Lust, irgendeiner unangenehmen Person bei der Schilderung ihrer Inkontinenz oder anderer schrecklicher Leiden zuzuhören. Anna Livia fand ihre Reisebegleiterinnen entsetzlich, von Kate jedoch war sie begeistert. Sie mochte sie, weil sie sympathisch, freundlich und nicht geschwätzig war, weil sie zwei Sprachen sprach und einen wunderbaren Sinn für Humor hatte – und wohl auch weil sie jünger war als sie selbst, denn Anna Livia hasste es, nur mit Leuten ihres Alters zu tun zu haben. Daher blieben sie in Kontakt, und Anna Livia war auf Kates Einladung hin sogar noch ein paarmal in Ribanova gewesen. Als sie nach Indien aufgebrochen war, hatte sie gedacht, Kate nie mehr wiederzusehen, denn sie war fest davon überzeugt gewesen, dass dieser Liebesurlaub ihre letzte Reise sein würde. Nachdem sie nun allein, traurig und ohne jegliche Perspektive nach Madrid zurückgekehrt war, erschien ihr Kates Brief als eine Art lebensrettender Anker.

Bei Shirley lag die Sache anders. Sie und Kate hatten sich schon als Kinder gekannt, allerdings lange Zeit über nichts mehr voneinander gehört, da Shirley einen Spanier geheiratet und England verlassen hatte. Als ihr Mann starb, war sie nach Brighton zurückgekehrt und hatte zu ihrer Jugendfreundin erneut Kontakt aufgenommen. Shirley war eine der Ersten gewesen, die mit Kate das Glück des späten Erfolgs von Albert Salomons Büchern gefeiert hatte. Sie hatte sie mehrfach in London besucht – wobei sie das Wiedersehen mit Kate genauso genoss wie den Aufenthalt in deren luxuriöser Wohnung in Harrington Gardens – und war die einzige von Kates Freundinnen gewesen, die sie ermutigt hatte, nach Ribanova zu ziehen, um sich dort um ihren Vater zu kümmern. »Pflegebedürftige Eltern gehören genauso zum Leben wie eine ungeplante Schwangerschaft. Wir halten es für selbstverständlich, einem Baby die Windeln zu wechseln, während wir es bei einem alten Menschen abstoßend finden, obwohl der Inhalt der gleiche ist.« Kate war ihr damals für ihre Aufrichtigkeit und ihren gesunden Menschenverstand äußerst dankbar gewesen. Daher hatte sie ihr nach dem Umzug nach Ribanova regelmäßig geschrieben und sie hin und wieder angerufen, um Neuigkeiten auszutauschen.

Später war nach einem Kurzschluss Shirleys Haus abgebrannt. Kate hatte von Shirley selbst davon erfahren, die sie angerufen hatte, um ihr höchst melodramatisch mitzuteilen, dass sie nicht wisse, wo sie jetzt wohnen sollte, da die Versicherungssumme nicht ausreichte, um sich ein neues Heim zu kaufen.

»Ach Kate, ich werde auf der Straße landen!«

»Jetzt übertreib mal nicht. Was ist mit Margie? Kannst du nicht eine Weile bei ihr leben?«

Shirley hatte eine Tochter, Margaret, eine sympathische Frau um die vierzig, die ihrer Mutter so wenig ähnlich war, dass man meinen konnte, sie wäre als Säugling im Krankenhaus vertauscht worden.

»Vergiss es. Wir würden es höchstens ein paar Tage miteinander aushalten, vielleicht ein paar Wochen, aber danach gäbe es Mord und Totschlag. Außerdem scheint es einen Mann in ihrem Leben zu geben. Wie findest du das? Ihr wunderbarer Ehemann ist noch nicht mal anderthalb Jahre tot, und schon hat sie ein Ersatzmodell am Start.«

Kate antwortete nicht, denn sie konnte gut verstehen, dass eine so junge Frau, die beinah das ganze Leben noch vor sich hatte, sich ein »Ersatzmodell« suchte, wie Shirley es formuliert hatte. Erst nachdem sie aufgelegt hatte, fiel ihr ein, dass sie Shirley ja ein Zimmer in ihrem Haus anbieten könnte.

Wenn sie auch davon ausging, dass sie ablehnen würde, denn was sollte Shirley Saunders in einer Kleinstadt im Norden Spaniens? Aber ein Zeichen der Solidarität, indem sie ihr ein Dach über dem Kopf anbot, würde der Freundin sicher guttun.

Den Brief mit Shirleys erfreuter Zusage erhielt sie genau vierundzwanzig Stunden, nachdem sie erfahren hatte, dass Anna Livia zu ihr nach Ribanova ziehen würde. Daher verbrachte sie die folgende Woche in der leichten Unruhe, wie die beiden so unterschiedlichen Frauen wohl miteinander auskommen würden.

Als sie sich schließlich kennenlernten, beäugten sie sich zunächst misstrauisch wie zwei alte Hunde, die sich gegenseitig beschnüffeln. Doch die anfängliche Unsicherheit war schnell verschwunden, und nur wenige Monate nach ihrem ersten unfreiwilligen und unvermuteten Zusammentreffen hatte sich eine angenehme tägliche Routine des Zusammenlebens eingestellt, worüber alle Beteiligten äußerst erleichtert waren. Sie bereiteten das Frühstück, das Mittag- und das Abendessen zusammen zu und speisten gemeinsam, ansonsten genoss jede ihre Unabhängigkeit. Anna Livia hörte gern Musik, las viel und machte kurze Spaziergänge in der Stadt, Shirley war praktisch süchtig nach Sport, und Kate hielt sich viel in der *Librería El Unicornio* auf, da sie die Buchhandlung zusammen mit dem Haus der del Amos übernommen hatte. Nach dem Abendessen sahen sie sich oft einen alten Film auf DVD an, und an den Wochenenden backten sie Plätzchen oder Kuchen für die armen Leute in der karitativen Einrichtung, die Kate unterstützte, auch wenn den Gästen der Tafel gar nicht auffiel, mit welch edlen Desserts sie auf einmal verwöhnt wurden. Anstatt der vorher üblichen saisonalen Früchte und ab und zu eines Pfirsichkompotts gab es nun Biskuitrollen, Mandelkuchen und leckere Schokoladentorten. Dabei sah Kate in den erlesenen Süßspeisen, die die drei Damen unter der Leitung von Anna Livia zubereiteten, eine Art bescheidenen Beitrag zum allgemeinen Wohl in Ribanova, so etwas wie ein Gütesiegel für die Stadt, die sie so freundlich aufgenommen hatte.

Das auffälligste Ereignis an Kates einundsiebzigstem Geburtstag war bisher der morgendliche Vorfall mit den Blumen gewesen, der im Nachhinein eher ein Grund zu lachen war. Anna Livia hatte ihr ein Parfüm von Roger Gallet geschenkt und ihr eine nette Karte geschrieben, die Kate gelesen hatte, während Shirley ihrem Ärger Luft machte. Kate hätte sich gern mit dem hässlichen Strauß zufriedengegeben, denn was für sie zählte, war die Geste, doch Shirley, die sich nicht gern an der Nase herumführen ließ, war gleich zu dem Blumenladen aufgebrochen, um mit der Übeltäterin abzurechnen.

»Der arme Mensch, der das verbockt hat«, meinte Anna Livia.

»Ja, mir tut er auch leid. Ich weiß nicht, so schlimm war es doch gar nicht, oder?«

Anna Livia nahm die Brille ab und sah Kate mit strengem Blick an.

»Doch, das war es. Die Blumen sahen aus, als hätten sie soeben einen Rosenkrieg verloren.«

Kate lachte und schüttelte anschließend den Kopf.

»Einundsiebzig Jahre, ein stolzes Alter …«

»Ich bin noch zehn Jahre älter, also beklag dich nicht.«

»Tue ich ja gar nicht. Hör mal, wie wäre es, wenn wir heute etwas Besonderes machen?«

Anna Livia zuckte mit den Schultern.

»Und was?«

»Wir könnten heute Abend essen gehen. Wir drei. Ich lade euch ein. Wir wohnen jetzt schon seit Monaten zusammen und sind noch nicht einmal auswärts essen gewesen. Wir ziehen uns etwas Schickes an und gehen in ein teures Fischrestaurant. Das wäre doch aufregend, oder?«

Anna Livia lächelte bei dem Gedanken, dass sie vor gar nicht langer Zeit noch mit dem Mann, mit dem sie durchgebrannt war, in Delhi auf einem Elefanten geritten war, und das Abenteuerlichste, was sie nun erleben konnte, war, in einem Restaurant in der Provinz Hummer zu essen.

»Sehr aufregend.«

»Also ist es abgemacht. Ich geh dann jetzt mal in die Buchhandlung, bin schon spät dran.«

Kate knöpfte sich die Jacke zu und verließ das Haus. Auf dem Bürgersteig traf sie auf Shirley, die ihr mit großen Schritten und offenbar zufrieden entgegenkam.

»Du bekommst einen neuen Strauß.«

»Oh, vielen Dank. Übrigens essen wir heute auswärts. Ein Mädelsabend. Ich lade euch ein.«

Shirleys Augen blitzten erfreut auf, und sie umarmte Kate, die sich gern von der Begeisterung anstecken ließ.

Shirley ging ins Haus, legte ihren Schal ab – obwohl es bereits Juni war, war es am Morgen noch kalt – und trat dann ans Fenster, um auf die Ankunft der Floristin zu warten, der sie genau eine Stunde gegeben hatte, um die erlittene Schande mit einem angemessenen Strauß wiedergutzumachen. Jeglichen Hinweis darauf, welche Art von Bukett sie dafür als würdig erachtete, hatte sie strikt verweigert, sodass sie sich nun neugierig fragte, welche Blumen die Ladenbesitzerin wohl wählen würde. Weiße Orchideen vielleicht ... oder Pfingstrosen, die waren besonders teuer und erlesen. »Teerosen!«, rief sie fünfzig Minuten später triumphierend aus, bevor sie zur Tür eilte.

Der Bote verglich die Adresse mit dem, was auf seinem Zettel stand. Sie trat auf ihn zu und riss ihm den Strauß regelrecht aus der Hand.

»Ja, hier ist es richtig. Geben Sie her!«

Diesmal war es in Ordnung: ein üppiger Strauß tiefgelber Rosen mit langen Stielen, die so perfekt waren, als hätte man sie einer Fotografie entnommen. Shirley war derart begeistert von dem Ergebnis ihres Rüffels im Blumenladen, dass sie die Überraschung im Blick des Boten erst nach einer Weile bemerkte.

Wenn sie es recht bedachte, entsprach dieser absolut nicht dem Bild, das man sich von einem Botenjungen machte. Sie hatte mit einem jungen Kerl oder einem dünnen Mädchen gerechnet, wie sie üblicherweise solche Aufgaben erledigten. Doch vor ihr stand ein älterer Herr, besser gesagt, ein Gentleman von natürlicher Eleganz, der tadellos gekleidet war, mit weißem, ungewöhnlich vollem Haar und warmen braunen Augen. Sein Mund mit den schmalen Lippen schien aufgrund seiner offensichtlichen Verblüffung ein wenig verkniffen. Vielleicht hat er ein Trinkgeld erwartet, dachte Shirley, doch angesichts der Umstände hielt sie es nicht für angemessen, ihm einen Euro in die Hand zu drücken. Sie konnte ja schlecht einem Mann ihres Alters Geld geben.

»Ist noch was?«

»Die Blumen …«

»Ja, ich habe sie bestellt.«

»Da liegt wohl ein Irrtum vor … Das sind meine … Blumen.«

Er sprach Spanisch mit einem furchtbaren Akzent. Shirley wurde klar, dass er Engländer war, doch sie hatte keine Lust, sich mit ihm in ihrer Muttersprache zu unterhalten. Einer der Umstände, die sie in Ribanova am meisten schätzte, war die Tatsache, dass es hier keine Engländer gab. Doch in diesem Moment war die Herkunft dieses Mannes ihr geringstes Problem. Er beanspruchte Kates Blumenstrauß für sich, daher war es ausgesprochen wichtig, dass sie sich verständigen konnten.

»Wieso Ihre? Wie meinen Sie das?«

»Ich habe sie gerade eben gekauft.«

Shirley runzelte die Augenbrauen und warf ihrem Gegenüber einen jener kriegerischen Blicke zu, auf die sie so stolz war. Dann gab sie ihm mit einer abschätzigen Geste die Blumen zurück.

»Also gut.«

»Es tut mir leid. Ist das das Haus von Kate Salomon?«

»Ja.«

Im Gesicht des Besuchers erstrahlte ein Lächeln.

»Wunderbar. Ich dachte schon, ich wäre hier nicht richtig oder sie wäre inzwischen umgezogen.« Er nahm den Strauß in die andere Hand und streckte Shirley die Rechte entgegen. »Sehr erfreut. Ich bin Forster Smith, und ich bin hier, um Kate zu heiraten.«

In ganz Ribanova gab es niemanden, dessen Schuhe sauberer waren als die von Benito de la Vega. Kate Salomon fragte sich, wie er es anstellte, sie derart auf Hochglanz zu polieren, denn er lebte allein und hatte niemanden, der ihm dabei zur Hand ging. Am Morgen ihres Geburtstages begegnete sie ihm, und zum Gruß lüftete er kurz seinen eleganten Panamahut, mit dem er seine empfindliche Kahlköpfigkeit vor der lauen Junisonne schützte, während seine strahlenden Glanzlederstiefel auf dem Pflaster widerhallten.

Es war bereits nach elf, als Kate die *Librería El Unicornio* erreichte, doch Ahmed hatte wie üblich um halb elf die Tür der Buchhandlung für die Kunden geöffnet. Kate seufzte zufrieden: Es war wunderbar, eine Buchhandlung zu besitzen, ohne sich selbst um die Einhaltung der Öffnungszeiten oder sonstige lästige Verpflichtungen Sorgen machen zu müssen. Ahmed kümmerte sich um alles. Daher war die einzige Bedingung, die sie bei der Übernahme der Buchhandlung an Julia del Amo gestellt hatte, gewesen, dass Ahmed unbedingt bleiben müsse. Das war vor anderthalb Jahren gewesen, als Julias jüngste Tochter nach der Hochzeit Ribanova verlassen hatte und sich niemand fand, der das bereits seit einem Jahrhundert existierende Buchlädchen am Ende der Promenade an der Plaza Mayor weiterführen wollte.

Mit der Buchhandlung ließ sich nicht gerade ein Bombengeschäft machen, vor allem in diesen schwierigen Zeiten, und darauf hatten die vorherigen Eigentümer Kate durchaus hingewiesen, als diese sich bereit erklärte, sie zu übernehmen.

Doch das war für Kate kein Hinderungsgrund. Sie hatte genügend Geld zurückgelegt, um sich das Geschäft leisten zu können, und wollte damit nicht reich werden, sondern nur genug einnehmen, um die Kosten, einschließlich Ahmeds Gehalt, zu decken. Im Grunde wollte Kate mit dem Kauf vor allem Julia helfen, der sie sich immer noch verpflichtet fühlte für alles, was sie und ihre Familie für ihren Vater getan hatten. Die Buchhandlung selbst war ihr dabei gar nicht so wichtig, und in ihrem Alter hatte sie nicht vor, noch zu lernen, wie man ein Geschäft führt. Zum Glück gab es Ahmed. Er arbeitete bereits seit fünf Jahren im Laden und kannte sich in allen geschäftlichen Angelegenheiten bestens aus, von den Namen der Verlagsvertreter bis hin zu den besonderen Vorlieben der lesenden Kundschaft im Ort. Kate war lediglich die Eigentümerin dieses kleinen literarischen Paradieses, und ihre Pflichten reduzierten sich darauf, ein paar Stunden am Tag anwesend zu sein, mit den Kunden zu plaudern und aus den Regalen genommene Bücher wieder einzusortieren. Bereits wenige Monate nach der Übernahme war Kate derart begeistert von diesem kleinen unternehmerischen Abenteuer, dass sie manchmal meinte, nun, im Rentenalter, endlich ihre wahre Bestimmung gefunden zu haben.

Der ursprüngliche Eigentümer der Buchhandlung war Marcial de Soto gewesen, dessen Vater Ramiro die *Librería El Unicornio* in den ersten Jahren des zwanzigsten Jahrhunderts gegründet hatte. Luisa del Amo, Julias ältere Schwester, hatte mit zwanzig Jahren begonnen, dort zu arbeiten, und Marcial und seine Frau – die aus einer adligen Familie stammte und ihn geheiratet hatte, als beide bereits recht alt gewesen waren – hatten die junge Luisa derart ins Herz geschlossen, dass sie sie als Erbin eingesetzt hatten. Doch Luisa del Amo lebte schon lange nicht mehr in Ribanova, sodass sie irgendwann das Eigentum an dem Haus und dem Geschäft den Kindern ihrer Schwester übertragen hatte. Ein weniger romantisch veranlagter Mensch hätte sicher keinen Moment gezögert, sich der Buchhandlung zu entledigen, denn das Ladenlokal im Zentrum der Altstadt war ein Vermögen wert, doch Luisa del Amo nahm ihrer Familie das Versprechen ab, dass die *Librería El Unicornio* erhalten bleiben sollte, und die del Amos hätten sich eher ruiniert, als dieses Versprechen zu brechen. Zum Glück war dann Kate mit ihrem rettenden Geld gekommen und hatte ihnen diese Last von den Schultern genommen.

Kate, die den alten Buchhändler kennengelernt hatte, als sie zum ersten Mal bei ihrem Vater in Ribanova zu Besuch gewesen war, fragte sich, was dieser gütige, zurückhaltende Mann mit dem leicht flatternden kurzsichtigen Blick hinter den dicken Gläsern seiner Hornbrille wohl dazu gesagt hätte, dass die Tochter seines besten Freundes das Familienunternehmen übernommen hatte. Der Gedanke ließ sie verwundert den Kopf schütteln: Man wusste eben nie, was das Schicksal für einen bereithielt. Marcial selbst hatte ihr damals die Buchhandlung gezeigt, und Kate hatte sich sofort in den Laden mit der Aussicht auf die baumbestandene Promenade verliebt, dem das Licht aus den kleinen Stehlampen eine warme, heimelige Atmosphäre verlieh. Merkwürdigerweise hatte sie sich selbst an einem Herbsttag dort gesehen, wie sie, mit einem Buch in der Hand, auf den an die Scheiben prasselnden Regen lauschte und die barocke Fassade des Rathauses betrachtete. Nicht dass sie dazu nun oft Gelegenheit gehabt hätte – ein Buchhändler konnte sich während der Arbeitszeit kaum der Lektüre widmen –, doch in dem Laden herrschte noch immer genau die Atmosphäre, die sie damals gespürt hatte, und allein, dass die Möglichkeit bestand, im gedämpften Licht zwischen all den Büchern umherzuschlendern, reichte Kate, um sich in der Buchhandlung wie zu Hause zu fühlen.

Ahmed empfing sie mit drei roten Rosen und stimmte laut eine etwas schiefe Version von *Happy Birthday* an. Kate bedankte sich mit zwei Wangenküssen und sagte sich einmal mehr, wie sehr sie den jungen Mann mochte. Ahmed war Pakistani und lebte mit seiner vielköpfigen Familie in Ribanova, von der im Laufe der Jahre immer mehr Mitglieder ihr Heimatland verlassen und nach Spanien gezogen waren. Sie alle betätigten sich in den Straßen der kleinen Stadt als Rosenverkäufer – einschließlich Ahmed und seines Bruders, die beide in Pakistan studiert hatten. Shahid war Pharmazeut und arbeitete tagsüber in Ribanova in einer Apotheke. Ahmed dagegen war Philologe, und mit der Anstellung in der Buchhandlung meinte er, im Paradies angekommen zu sein: Er verbrachte den ganzen Tag zwischen Büchern und durfte zum Lesen mit nach Hause nehmen, was immer sein Herz begehrte. Die Brüder lebten zusammen mit der übrigen Familie in einer kleinen Wohnung, und an den Wochenenden unterstützten sie ihren Vater abends beim Rosenverkauf in den Lokalen der Stadt. Kate hatte Ahmed einmal gefragt, ob das Geschäft mit den Rosen sich lohne, woraufhin er ihr erklärt hatte, dass es gute Nächte gab, in denen die Leute ihnen die Blumen praktisch aus den Händen rissen, aber auch schlechte Abende, an denen sie nur vier oder fünf Euro verdienten. Als Kate sich daraufhin erkundigt hatte, ob es ihnen denn wert sei, sich für so wenig Geld die Nächte um die Ohren zu schlagen, hatte er mit seinem üblichen strahlenden Lächeln geantwortet, dass es immer noch besser sei, als zu Hause zu bleiben, weil man dann gar nichts verdiene. Kate hatte diese Erklärung beschämt hingenommen und nie wieder gefragt, doch jeden Freitagnachmittag, wenn Ahmed die Buchhandlung zuschloss, sagte sie sich bedrückt, dass er in wenigen Stunden mit einem Bund Rosen durch die Straßen ziehen und darauf hoffen würde, dass das Glück ihm ein gutes Geschäft bescherte.

»Auch mein Vater und meine Mutter gratulieren Ihnen herzlich und wünschen Ihnen noch viele gute Lebensjahre«, meinte Ahmed jetzt.

Kate lachte. »Na ja, auf allzu viele kann ich wohl nicht mehr hoffen, ich bin heute einundsiebzig geworden. Unglaublich, wie alt ich schon bin!«

»Sagen Sie das nicht.« Ahmed runzelte vorwurfsvoll die Brauen und legte dann eine Hand auf sein Herz. »Es kommt immer darauf an, wie alt man sich fühlt.«

»So heißt es, aber es stimmt nicht.« Kate stellte die Rosen in eine Vase mit Wasser. »Man ist so alt, wie es in der Geburtsurkunde steht. Und man merkt es an den Knochen, den Falten und an anderen unerfreulichen Dingen. Aber keine Sorge, das erschreckt mich schon lange nicht mehr.«

Sie stellte die Rosen ins Fenster. Sie waren wunderschön und leuchteten scharlachrot. Kate verkniff sich den Wunsch, daran zu riechen, um nicht enttäuscht zu werden. In diesen Zeiten, da die meisten Rosen aus Gewächshäusern kamen, gab es nur noch wenige duftende Exemplare.

»Ist hier alles in Ordnung?«, fragte sie wie jeden Morgen.

»Ja. Ich habe zwei weitere Exemplare von dem Ratgeber verkauft, mit dem man sich das Rauchen abgewöhnen kann. Und, ach ja, Mr. Ruskin hat angerufen. Er hat gesagt, dass er es später noch einmal versucht.«

Kate zog die Augenbrauen hoch, als sie den Namen von Onkel Berties Lektor hörte. Jeffried Ruskin griff selten zum Telefon. Normalerweise schrieb er ihr lange Mails, um ihr die Neuigkeiten zu Albert Salomons Büchern zu verkünden – eine weitere Auslandslizenz, neue Auflagen, Taschenbuchausgaben. Daher konnte sie sich kaum daran erinnern, wann sie zum letzten Mal mit ihm gesprochen hatte. Und es war besser so, dachte sie. Sie verstand nichts von diesem Geschäft, und so romantisch man es auch verklärte, war das Veröffentlichen von Büchern genau das: ein Geschäft. Eines, was Jeffried Ruskin sehr gut verstand, weshalb Kate sich so wenig wie möglich einmischte. Aus diesem Grund beschränkte sie die Kommunikation mit dem Lektor auf das Mindeste.

»Hat er gesagt, worum es geht?«

Ahmed zuckte mit den Schultern.

»Nein. Vielleicht wollte er Ihnen gratulieren.«

Kate lächelte und verzichtete darauf, Ahmed zu erklären, dass ihr Kontakt zu Albert Salomons Verleger sich eigentlich auf das rein Geschäftliche beschränkte. Dementsprechend hatte Ruskin keine Ahnung, wann sie Geburtstag hatte, und würde daher niemals deswegen anrufen.

Unwillkürlich streifte ihr Blick den Verkaufstisch, wo gut sichtbar Onkel Berties Bücher angeordnet waren: *Gäste zum Abendessen*, *Der gute Freund*, *Die Unbekannten*, *Zwei Chroniken von Benbow Hill*, *Ein Morgen in der Stadt* und *Das Schweigen der Bäume*. Die Veröffentlichung der Letzteren hatte der Arme gar nicht mehr erleben dürfen …

»Welches davon mögen Sie am liebsten?«

Ahmed war zu ihr getreten und nahm eines der Bücher in die Hand. Kate Salomon zuckte nachdenklich mit den Schultern.

»Ich denke *Der gute Freund*. Vielleicht weil es das erste war, das ich gelesen habe.«

»Worum geht es?«

Kate runzelte die Stirn, als sie versuchte, sich zu erinnern.

»Na ja, es ist so lange her, dass ich es nicht mehr ganz genau weiß … Es ist die Geschichte von zwei jungen Männern, die sich in dieselbe Frau verlieben und sie am Ende beide aufgeben …«

Ahmed machte eine anerkennende Geste.

»Darf ich es mit nach Hause nehmen?«

»Natürlich, das haben wir doch längst geklärt: Du kannst mitnehmen, was du möchtest, und brauchst mich nicht extra zu fragen.«

Ahmed bedankte sich mit einem Kopfnicken, bevor er nach dem Buch griff. Kate mochte seine ausgesuchte Höflichkeit. Es hatte etwas Altmodisches. Nicht einmal zu ihrer Zeit hatten die jungen Männer so gute Manieren gehabt. Ahmed schien ein Relikt aus dem viktorianischen Zeitalter zu sein. Nun nahm er Onkel Berties Buch und blätterte aufmerksam darin.

»Wer ist John S. Stream?«

»Wer?« Kate brauchte einen Moment, um den Namen zuordnen zu können, dann lachte sie. »Ach ja, das Zitat! Das ist nur ein Scherz. Weißt du, allen Büchern von Albert Salomon ist ein Zitat aus einem Buch von einem gewissen John S. Stream vorangestellt, nur dass es diesen Stream nie gegeben hat und das Buch, aus dem angeblich zitiert wird, demnach auch nicht.«

»*Hoffentlich gibt es Menschen, die begreifen, dass man mit Steinen im Schuh nicht in die Zukunft gehen kann.* – Ein schöner Satz ... Hier steht, dass er aus dem Roman *Das Haus am Park* stammt.«

»Ich weiß. Der Lektor hat wie verrückt nach diesem Buch gesucht. Ich bezweifle, dass Onkel Bertie sich im Klaren darüber war, wie viel Kopfzerbrechen er den Leuten damit bereiten würde. Oder vielleicht doch ...«

»Warum, glauben Sie, hat er das getan? Jemanden erfunden, dessen Zitate er seinen Büchern voranstellt, meine ich.«

Kate lachte erneut.

»Das ist typisch für ihn. Onkel Bertie war ein Spieler.« Sie schüttelte den Kopf. »Er war ein ganz besonderer Mensch, weißt du. Ein sehr guter Unterhalter, extrem amüsant. Allerdings denke ich, dass er viel zu lange allein war.«

»Haben Sie ihn gut gekannt?«

Kate Salomon schüttelte bedauernd den Kopf, denn ihr halbes Leben lang machte sie sich schon Vorwürfe, Onkel Bertie nicht nähergekommen zu sein. Als sie ihn damals in

Glasgow besuchte, hatte sie ihn nach seinen Büchern gefragt, nach seiner Art zu schreiben oder mit ihm über andere Bücher und andere Autoren gesprochen, aber sie hatte sich nie für sein früheres Leben interessiert. Alles, was sie ansonsten über Albert Salomon wusste, hatte sie später erfahren, als er bereits gestorben war und ihr Vater ihr ein paar – wenn auch viel zu wenige – Dinge über seinen älteren Bruder erzählt hatte, mit dem ihn eine eigenartige Hassliebe verband. Von den beiden Brüdern war Peter der brave Junge gewesen, der organisierte, umsichtige, während Albert immer ein Libertin, ein Bohemien gewesen war. Wenn die Rede auf ihn kam, hatten die alten Tanten in der Familie immer die Köpfe geschüttelt und die Augen verdreht, in der Hoffnung, dass ein Wunder ihn eines Tages auf den rechten Weg zurückführen würde. Während Peter die Schule abschloss, zur Uni ging und in Geschichte promovierte, zog Albert durch die Welt und hielt sich irgendwie über Wasser, bis er eines Tages reumütig nach Hause zurückkehrte – so pflegte es Peter Salomon auszudrücken –, als ihm das Geld ausgegangen war und ihm das wilde Leben zu viel wurde. Er ließ sich in Glasgow nieder, weil er eine Frau von dort heiratete – eine gute Partie machte, wie sich sein Bruder erinnerte –, arbeitete dort als Privatlehrer für Fremdsprachen (Französisch und Spanisch) und schrieb nebenbei seine Bücher. Jene Bücher, die niemanden interessierten, wie sein Bruder immer wieder betonte.

»Ehrlich gesagt, habe ich alles, was ich über meinen Onkel weiß, von meinem Vater, der nicht gerade sein größter Bewunderer war.«

»Sie haben sich nicht gut verstanden?«

»Nicht wirklich. Ich glaube, dass mein Vater ihn ein wenig beneidet hat. Onkel Bertie hat immer das gemacht, wozu er Lust hatte. Ich erinnere mich an eine Sache, die passierte, als ich schon in London lebte … Eines Tages war Onkel Albert auf einmal spurlos verschwunden. Er hat niemandem gesagt, dass er weggeht, und es brach eine Riesenpanik aus, weil er nicht ans Telefon ging und niemandem die Tür öffnete, sodass die Nachbarn schon befürchteten, er könnte tot sein. Mein Vater fuhr mit dem nächsten Zug nach Glasgow und brachte die Polizei dazu, die Haustür aufzubrechen. Doch das Haus war leer. Mein Vater wollte schon eine Vermisstenanzeige aufgeben, als Onkel Bertie gesund und munter mit einem Koffer in der Hand wieder auftauchte. Er habe sich einen Urlaub gegönnt, war das Einzige, was er dazu sagte. Mein Vater war natürlich stinksauer und hat nicht mehr mit ihm geredet.«

Ahmed schüttelte tadelnd den Kopf.

»Was Ihr Onkel gemacht hat, sollte man nicht tun … einfach wegfahren, ohne Bescheid zu sagen …«

Kate dachte an Ahmeds große Familie und wie sehr sie alle aneinander hingen. Ja, dem jungen Mann musste Onkel Berties Verhalten völlig unverständlich erscheinen.

»Mag sein, aber ich bin mir sicher, dass er sich nichts weiter dabei gedacht hat. Er war sehr unabhängig und meinte wohl, niemandem eine Erklärung zu schulden.«

»Und wo ist er gewesen?«

Kate zuckte mit den Schultern.

»Er hat es nicht erzählt. Und ehrlich gesagt hat ihn wohl auch niemand danach gefragt. Jetzt tut es mir leid. Onkel Albert hatte sicher viel zu erzählen. Aber wenn man jung ist, hält man alte Menschen nicht für besonders interessant.«

»Das stimmt nicht, Señora Salomon«, protestierte Ahmed. »Ich finde es äußerst interessant, mich mit Ihnen zu unterhalten …«

Was für ein sensibler Junge, dachte Kate, ein guter Junge, der einer alten Frau Rosen schenkt und ihr aufmerksam zuhört, auch wenn sie nichts Interessantes zu sagen hat. Ein Junge, der sich am Wochenende die Nächte um die Ohren schlägt, um Rosen zu verkaufen, und mich davon zu überzeugen versucht, wie gern er sich mit mir unterhält. Ich habe wirklich großes Glück gehabt mit Ahmed.

»Auf jeden Fall haben Albert und ich uns hervorragend verstanden«, fügte sie hinzu, um dem Ganzen ein wenig die Tragik zu nehmen. »Und er hat mich so sehr gemocht, dass er mich zu seiner Alleinerbin erklärt hat. Was – Ironie des Schicksals! – wiederum dazu führte, dass seine Bücher mir all die Freuden und Annehmlichkeiten schenkten, die ihm versagt blieben.«

Ahmed steckte das Buch in die Tasche.

»Nun ja, ich denke, dass die Bücher auch Ihrem Onkel durchaus Freude gemacht haben. Schließlich hat er sie geschrieben, oder?«

Kate Salomon sagte nichts dazu, dachte jedoch für sich, dass sie tatsächlich noch einiges von ihrem jungen Angestellten lernen konnte. So feinfühlig und gutherzig wie Ahmed war, musste es ihm äußerst unsensibel erscheinen, dass sie das literarische Schaffen Albert Salomons nur unter dem wirtschaftlichen Gesichtspunkt betrachtete. Und natürlich wäre Onkel Bertie vollkommen einig mit ihm gewesen. Allerdings hatte Kate sich schon oft gefragt, was wohl aus ihr geworden wäre, wenn Onkel Bertie sie nicht in ihrem Testament bedacht hätte. Wenn seine Bücher ihr nicht die regelmäßigen Einnahmen beschert hätten, dank derer sie sich um ihren Vater kümmern, ein Haus kaufen und sogar eine Buchhandlung übernehmen konnte.

Dennoch war sie, was ihre Finanzen anging, ein wenig beunruhigt, natürlich ohne es irgendjemandem gesagt zu haben. In den letzten Jahren hatte sie viel Geld ausgegeben – vor allem die Buchhandlung hatte ihr vorher gut gefülltes Konto ziemlich belastet –, und Onkel Alberts Bücher waren längst keine Novitäten mehr, daher gingen die Verkäufe entsprechend zurück. Doch an diesem Tag wollte sie sich nicht mit solch düsteren Gedanken beschäftigen. Schließlich war ihr Geburtstag, und sie musste sich ja nicht sofort der Sache annehmen. Sie blickte zu Ahmed hinüber, der sich inzwischen dem Computer zugewandt hatte, und sagte sich, dass sie das Ereignis auch mit ihm feiern sollte.

»Ich muss noch mal kurz weg. Bin in fünf Minuten wieder da.«

»Keine Sorge, Señorita Salomon. Hier ist alles unter Kontrolle.«

Genau so war es, dachte Kate, als sie die Plaza Mayor in Richtung der Calle Reina überquerte, und sie war dankbar für das Glück, dass ihre Welt in Ordnung war, dass sie keine offenen Rechnungen hatte und es nichts gab, was sie noch erledigen musste. Ich bin jetzt einundsiebzig Jahre alt und habe keinen Grund zur Klage, sagte sie sich. Mit diesem Gedanken im Kopf trat sie in die *Pastelería* von Alejo Pelayo, die älteste Konditorei in Ribanova, die einen ausgezeichneten Ruf hatte. Während sie darauf wartete, dass sie an der Reihe war, ließ sie den Blick über die Auslage schweifen, wo jede Menge frisch gebackener Köstlichkeiten den Kunden in Versuchung führten: mit süßer Creme gefüllte Blätterteigröllchen, Mandelgebäck, sahnige Vanilleteilchen, Schokoladenwindbeutel, Puddingtörtchen und Erdbeerbaiser. Zwar bekamen ihr derartige Süßigkeiten nicht gerade gut – ein weiterer Nachteil des Alters –, doch zur Feier des Tages durfte sie es sich wohl erlauben, ein wenig über die Stränge zu schlagen. Sie kaufte ein halbes Dutzend der verführerischen Leckereien für Ahmed und sich – ein Vanilleteilchen, zwei Blätterteigröllchen, ein Apfeltörtchen, einen Eclair und ein Likörbiskuit – sowie eine Mokkatorte, die sie kurz vor Mittag zu sich nach Hause liefern lassen wollte. Anschließend kehrte sie, das in Papier eingeschlagene Gebäck wie eine Trophäe vor sich her tragend, in die *Librería El Unicornio* zurück.

»Zeit für eine Pause«, sagte sie zu Ahmed und zeigte ihm die Naschereien. »Ich hoffe, du hast Hunger, ich darf nämlich nur eins davon essen. Ein erhöhter Blutzucker-Spiegel gehört nämlich auch zu meinen Geburtstagsgeschenken.«

»Ich kümmere mich gern um den Rest.« Der junge Mann betrachtete entzückt und voller Tatendrang das üppige Stillleben aus Blätterteig, Baiser und Sahne. »Übrigens habe ich gerade ein Buch von Tomas Tranströmer verkauft.«

»Die Korrespondenz?«

»Genau. Das erste Exemplar, das wir davon verkauft haben. Dann bringe ich das andere am besten sofort nach unten, oder? Ich bin gleich wieder da.«

Kate nickte. Marcial de Soto hatte es zur Tradition gemacht, ein Exemplar jedes Buches, das er verkaufte, im Keller des Gebäudes aufzubewahren. Zum Glück war der Keller unter der Buchhandlung riesig, denn mit den Jahren hatte sich dort eine äußerst ungewöhnliche Bibliothek von mehreren Tausend Bänden angesammelt. Kate war bisher nur ein paarmal dort unten gewesen. Der immense Raum voller mit Büchern vollgestellter Regale ängstigte sie ein wenig, doch aus Respekt dem Buchhändler gegenüber führte sie die Tradition fort, sodass sie jedes Mal, wenn ein neues Buch ins Haus kam, Ahmed mit einem Exemplar in den Keller schickte. Auf diese Weise war das Bucharchiv Marcial de Sotos eine Generationen umfassende Chronik dessen, was die Einwohner von Ribanova jemals gelesen hatten. Kate hielt das Ganze für eine exzentrische Idee, die irgendwann von selbst ein Ende finden würde, denn früher oder später würde der Keller voll sein und kein Buch mehr hineinpassen, und sie sah sich außerstande, den Platz in irgendeiner Form auszuweiten. Tatsächlich hatten sie das Lager der Buchhandlung schon aus dem Keller in die Geschäftsräume verlegen müssen, dorthin, wo sich zuvor eine kleine Papeterie-Abteilung befunden hatte. Bald würde sie sich zu einer Entscheidung durchringen müssen, sagte sie sich … bald, ja, aber nicht jetzt. Sie hörte Ahmeds Schritte die Treppe heraufkommen, nachdem er das neue Buch in die »Bücherhöhle« hinuntergebracht hatte, und stellte das Tablett mit dem Gebäck auf den Tisch. Beim Anblick der sirupglänzenden Köstlichkeiten lief ihr das Wasser im Mund zusammen. Spontan tauchte sie den Finger in die Creme eines Blätterteigröllchens und leckte ihn ab. Vielleicht konnte sie ja ausnahmsweise zwei Gebäckstücke essen. Zur Feier des Tages.

Und was machen wir jetzt?« Shirley warf einen Blick auf die Tür, hinter der Forster Smith auf einem Sofa Platz genommen hatte. Trotz ihrer Verblüffung hatte die Neuigkeit sie in gespannte Aufregung versetzt. »Wir müssen Kate unbedingt vorwarnen. Wenn sie nach Hause kommt und hier einfach so auf diesen Mann trifft, bekommt sie am Ende noch einen Herzinfarkt … oder Schlimmeres.«

»Schlimmeres?« Da Kate nicht da war, fiel es Anna Livia nicht schwer, Ruhe zu bewahren. »In unserem Alter gibt es wohl kaum etwas Schlimmeres als einen Herzinfarkt. Aber du hast recht, wir können nicht zulassen, dass sie diesem Forster völlig unvorbereitet gegenübertritt.«

»Wir könnten sie in der Buchhandlung anrufen.«

»Es ihr am Telefon sagen? Das scheint mir nicht wirklich angemessen: ›Kate, lass alles stehen und liegen, und komm sofort nach Hause. Die Liebe deines Lebens sitzt hier und wartet auf dich.‹«

Anna Livia und Shirley hatten schon einiges über Forster Smith gehört. Nachdem sie nun schon mehrere Monate zusammenlebten, hatte sich ein angenehmes Vertrauen unter den Damen eingestellt, und sie hatten sich gegenseitig bereits mehrere Geheimnisse verraten. Anna Livia hatte gestanden, dass sie keines ihrer Kinder besonders mochte, und Shirley, dass sie einmal ihren Mann betrogen hatte – »Wir hatten eine Krise, wisst ihr? Es war wirklich schlimm. Aber ich bin davon überzeugt, dass mein kleines Abenteuer unsere Beziehung gerettet hat. Im Grunde war es das Beste, was uns passieren konnte.« Und so hatte Kate den beiden anderen von Forster erzählt – und von all den Gelegenheiten, bei denen sie ihn aus unterschiedlichsten Gründen zurückgewiesen hatte. Dieses Geständnis führte zu einer hitzigen Diskussion. Anna Livia schien Kates Verhalten zu verstehen, Shirley hingegen sagte ihr geradeheraus, dass sie sie für die dümmste Nuss aller Zeiten hielt und dass sie an ihrer Stelle schon die erste Gelegenheit beim Schopf ergriffen hätte.

»Wenn du bei dem Fest damals den Rothaarigen sitzengelassen hättest, würdest du jetzt vielleicht nicht mit uns beiden alten Tanten hier rumhängen und dein Schicksal bejammern.«

Kate hatte laut gelacht. Sie war davon überzeugt, dass sie keinen Grund zur Klage hatte. Forster Smith war nichts weiter als eine schöne Erinnerung an die Zeit, als sie noch jung war. Und genau so erklärte sie es auch Shirley und Anna Livia.

»Eine schöne Erinnerung? Das kannst du uns nicht weismachen. Ich wette meine neuen Schuhe darauf, dass du heute noch Sehnsucht nach ihm hast.«

Kate setzte zu einem schwachen Protest an, doch sie ging nicht so weit, die eleganten Schuhe, die Shirley sich gerade gekauft hatte, einzufordern. Denn ihre Freundin hatte natürlich recht: Sie dachte wesentlich öfter an Forster, als es eigentlich angebracht gewesen wäre ... gerade in letzter Zeit noch häufiger als vorher. Vielleicht bringt uns das Alter der Vergangenheit wieder näher, dachte sie, während sie Forster Smith mit seinen glänzenden Augen und dem schönen kastanienfarbenen Haar deutlich vor sich sah.

Und nun hatte dieser Mann, von dem sie so oft gesprochen hatte, vor ihrer Haustür gestanden, ohne dass Kate etwas ahnte – mit einem Strauß gelber Rosen und der offensichtlichen Absicht ...

»Ich muss zugeben, dass er verdammt gut aussieht«, flüsterte Shirley. Da die Tür nur angelehnt war, konnten sie den fremden Besucher unauffällig beobachten, der aufgestanden war und sich jetzt neugierig im Zimmer umsah. »Kate ist ein Glückskind, da könnte man fast neidisch werden.«

»Shirley!«

»Was? Aber es ist doch so: Zuerst erbt sie die Bücher ihres Onkels, die plötzlich zu Bestsellern werden, und jetzt das!« Mit dramatischer Geste wies sie auf die Tür, hinter der Forster Smith saß. »Ich kenne sonst niemanden, dem so etwas passiert. Mit über siebzig noch einen Heiratsantrag zu bekommen ist mehr als …«

»Hallo, hallo!«

Wenn Forster Smith Kates Stimme gehört hatte, die in fröhlichem Singsang erklang, als sie ins Haus kam, dann ließ er es sich jedenfalls nicht anmerken. Seelenruhig stöberte er weiter zwischen den Büchern in den Regalen.

Shirley und Anna Livia sahen sich an und richteten ihre Blicke dann auf Kate.

»Was ist los? Ihr seht aus, als hättet ihr ein Gespenst gesehen.« Ihre Miene wurde ernst. »Oh Gott, ist etwas passiert?«

Shirley legte einen Finger an den Mund.

»Pssst … sag nichts mehr … *er* ist da drin.«

»Wer ist da drin?«

Kate war blass geworden, da sie unwillkürlich mit dem Schlimmsten rechnete. Anna Livia beschloss einzugreifen, bevor das Ganze aus dem Ruder lief. Sie imitierte Shirleys Geste, um die Freundin zum Schweigen zu bringen – was bei ihr jedoch wesentlich eleganter, – ja, fast majestätisch wirkte –, nahm sanft Kates Arm und führte sie in die Küche.

»Könntet ihr mir bitte sagen, was hier vorgeht?«

»Meine Liebe … setz dich. Du wirst es nicht glauben, aber du hast Besuch.«

»Und deswegen macht ihr so ein Getue? Ich glaube nicht …«

»Es ist *Forster*. Forster Smith. Er ist drüben im Wohnzimmer. Und er sagt, er ist gekommen, um dich zu heiraten.«

Wenn Shirley später an diese Szene zurückdachte, schwor sie, dass sie mit allem gerechnet hatte, nur nicht mit Kates Reaktion, als diese erfuhr, dass in ihrem Wohnzimmer jener Mann saß und auf sie wartete, den sie seit fast vierzig Jahren nicht mehr gesehen hatte. Zwar wurde sie rot, als sie seinen Namen hörte, und fasste sich an den Kopf, doch anstatt in Tränen auszubrechen oder zumindest in Ohnmacht zu fallen – wie es Shirley an ihrer Stelle wahrscheinlich getan hätte –, fing Kate an zu lachen, während ihre Freundinnen sie verblüfft anstarrten. Sie waren auf alles vorbereitet gewesen – eine Panikattacke, einen Weinkrampf, einen Schwächeanfall –, aber nicht auf Gelächter. Nein, das war der Situation nicht angemessen, und Kate war nicht in der Lage, ihren Freundinnen klarzumachen, dass sie lachte, weil sie einfach nur glücklich war. Forster Smith war durch die Zeit und über den Ozean zu ihr gereist, und wenn das kein Grund zur Freude war, was dann?

»Oh Gott«, sagte Kate und wischte sich die Tränen aus den Augen, »es ist unglaublich!«

Shirley versuchte sich einzureden, dass Kate vielleicht Tränen der Rührung vergoss, aber es waren eindeutig Lachtränen.

»Seit wann ist er hier?«, fragte sie.

»Seit einer Stunde. Ich habe ihm einen Tee angeboten, aber er wollte nichts.« Anna Livia hatte das Bedürfnis, klarzustellen, dass sie auch in kritischen Momenten die Gebote der Gastfreundschaft achtete. »Du solltest jetzt zu ihm rübergehen. Er tigert schon seit einer ganzen Weile im Wohnzimmer auf und ab und wird sicher allmählich ungeduldig.«

Kate sah ihre beiden Freundinnen mit glänzenden Augen an.

»Nein. Sagt mir erst, wie er aussieht.«

»Kate!« Anna Livia schien entsetzt.

»Eine Sahneschnitte«, versicherte Shirley eilig. »Ich meine, für sein Alter. Er ist noch gut in Form und hält sich kerzengerade. Er hat keinen Stock dabei, was wirklich etwas Besonderes ist, denn alle Männer, die ich kenne, schleppen sich dahin, als kämen sie gerade aus dem Krieg zurück. Aber das Beste ist …«

Sie machte eine Pause und sah Kate in die Augen, als käme nun der alles entscheidende Urteilsspruch.

»Er hat noch alle Haare!«

»Ich glaub's nicht!«

»Es stimmt aber. Anna Livia, sag du es ihr!«

Die Angesprochene nickte. In der Tat, Forster Smiths Haarpracht konnte sich durchaus sehen lassen.

Kate lachte erneut.

»Heute ist wirklich mein Glückstag. Über siebzig und hat noch Haare auf dem Kopf. Unfassbar!«

»Kate.« Anna Livia warf ihr einen liebevollen Blick zu. »Ich glaube, du solltest nun wirklich ins Wohnzimmer gehen.«

»Ach, Anna Livia, ich habe mein ganzes Leben lang auf diesen Mann gewartet. Ich glaube nicht, dass es weitreichende Konsequenzen hat, wenn er sich jetzt noch ein paar Minuten länger gedulden muss. Kommt, erzählt mir mehr. Hat er einen Bart?«

»Nein.«

»Gott sei Dank, ich mag keine Männer mit Haaren im Gesicht. Ist er dick?«

»Gertenschlank«, beteuerte Shirley. »Ich würde sogar sagen, dass er gut noch ein paar Kilo vertragen könnte.«

Kate wirkte entzückt, Shirley jedoch wurde das Spiel allmählich langweilig, und außerdem war sie neugierig darauf, wie es weiterging. Sie stützte die Arme in die Seiten und sah die Freundinnen streng an.

»So. Genug Zeit verplempert. Du bist jetzt über siebzig, Kate Salomon, also fordere das Glück nicht heraus. Du wirst da jetzt reingehen und dir anhören, was dieser Mann dir zu sagen hat. Und wenn du nicht freiwillig gehst, dann helfe ich nach.«

Diesmal lachte Kate nicht. Sie sah die temperamentvolle Shirley an, umarmte erst sie und dann Anna Livia. In diesem Moment fühlten sich alle drei wie junge Mädchen, die die Unsicherheit und die Hoffnungen angesichts einer bevorstehenden Liebeserklärung teilen. Doch Shirley behielt bei aller Romantik den Überblick.

»Kate!«

»Ja, ich geh ja schon.« Sie strich sich über die Strickjacke. »Wie sehe ich aus?«

»Komm Kate – dafür bist du zu alt. Mehr ist nicht drin.« Trotzdem richtete Shirley Kates Haar und glättete eine Falte in ihrem Rock. »Was meinst du, Anna Livia?«

Anna Livia machte eine vage Geste, die alles bedeuten konnte. Offenbar war sie völlig überfordert. Kate verließ die Küche, und nur ein mörderischer Blick von Anna Livia verhinderte, dass Shirley ihr folgte.

Am liebsten wäre Kate die wenigen Meter, die die Küche und das Zimmer trennten, in dem Forster Smith auf sie wartete, gerannt, doch sie sagte sich, dass sie diese Sekunden auskosten musste wie eine Braut, die langsam und bedächtig zum Altar schreitet, um sich den Moment, den sie gerade erlebt, vollends bewusst zu machen. Genauso fühlte sie sich – wie eine in die Jahre gekommene Braut. Vor dem Spiegel über der Kommode, den Shirley jeden Tag abzuhängen drohte – »In unserem Alter sind Spiegel nur noch dazu gut, uns daran zu erinnern, wie viele Jahre wir schon auf dem Buckel haben!« –, hielt sie kurz inne. Sie betrachtete ihr Spiegelbild, ihr aschgraues, kinnlanges, seidiges Haar, ihre Wangenknochen, die Falten in ihrem Gesicht – um den Mund und die Augen und auf der Stirn – und ihre wasserblauen Augen, die vor Freude und Rührung glänzten, und stellte fest, dass sie bereit war. Nachdem sie noch einmal tief durchgeatmet hatte, trat sie ins Wohnzimmer.

Forster Smith stand auf, als er sie sah. Er trug einen eleganten grauen Anzug mit Weste, ein weißes Hemd und feine Schnürschuhe. Wie Shirley gesagt hatte, hatte er wunderbares dichtes Haar – auch wenn es nicht mehr kastanienbraun war wie damals, als sie noch jung waren. Er schenkte ihr ein Lächeln, das sofort seine goldbraunen Augen erstrahlen ließ.

»Du hast mich ganz schön lange warten lassen«, meinte er.

»Das Gleiche habe ich auch gerade gedacht, Forster Smith. Darf ich fragen, was du hier machst?«

»Nun, ich nehme an, dass deine Freundinnen es dir schon gesagt haben. Ich bin hier, um dich zu bitten, meine Frau zu werden. Ich habe die nötigen Erkundigungen eingezogen und weiß, dass es gerade mal keinen Mann gibt, mit dem du verlobt bist oder der aus anderen Gründen irgendwelche Ansprüche anmelden könnte. Daher werde ich diesmal kein Nein akzeptieren, fürchte ich.«

Lächelnd blickte sie ihn an.

»Darf ich jetzt auch mal was sagen?«

Er nickte.

»Dann sage ich: Ja.«

»Hervorragend, denn noch einmal hätte ich dich nicht gefragt.«

Sie hielt ihm ihre Hand hin, die er eilig nahm. Dann umarmten sie sich mit einer Natürlichkeit, als hätten sie dies schon oft getan, obwohl es das erste Mal war. Er roch gut, stellte sie fest. Nach Rasierwasser und einem anderen frischen Duft, vielleicht *Vetiver*.

»Kate, Liebste …«

Sie hatte den Eindruck, dass Forster auf einmal die Worte fehlten, und löste sich vorsichtig aus seinen Armen.

»Du wirst doch jetzt nicht vor lauter Rührung verstummen!« Sie lächelte errötend. »Das wäre wirklich Verschwendung kostbarer Zeit. Komm, setzen wir uns einen Moment. Wir haben uns viel zu erzählen. Ich weiß gar nicht, womit wir anfangen sollen … Wie hast du mich überhaupt gefunden?«

»Ich wusste ja, wo du in Brighton gewohnt hast. Dort habe ich angerufen und nach dir gefragt. Die Frau am Telefon war nicht gerade freundlich, aber ich konnte sie überreden, mir deine Adresse zu geben.«

»Was, um alles in der Welt, hast du ihr erzählt?« Es war nicht gerade typisch für Lotta, einem Fremden weiterzuhelfen.

»Ich habe behauptet, im Namen des Vereins der ehemaligen Studenten der *Edinburgh University* anzurufen und vorgegeben, zu Ehren des Dekans achttausend Pfund sammeln zu wollen. Dein Anteil sollten hundert Pfund sein.«

»So viel?«

»Der Beitrag richtet sich nach dem Alter.«

Kate lachte ausgelassen. Dieser Mann war genau der, den sie fünfzig Jahre zuvor kennengelernt hatte, der Forster Smith, der mit ihr zu dem Ball gehen wollte, der sie gebeten hatte, ihm auf die andere Seite des Atlantiks zu folgen und ihn zu heiraten.

»Du hast dich kein bisschen verändert«, sagte er.

»Verkauf mich nicht für dumm, Forster Smith. Ich bin heute einundsiebzig Jahre alt geworden.«

Er schien entzückt.

»Das wusste ich ja gar nicht! Was für ein Timing! Ich habe dir Blumen mitgebracht, gelbe Rosen. Ich dachte, mit roten Rosen setze ich dich vielleicht zu sehr unter Druck, und weiße Rosen mag ich nicht.«

Da erst betrachtete Kate ihn genauer. Wie hatte Shirley noch gesagt? Eine Sahneschnitte! Sie biss sich auf die Lippen.

»Sag mir nur eins: Warum gerade jetzt?«

»Das ist eine lange Geschichte.«

»Das will ich hoffen, denn alles andere hätte mich sehr enttäuscht. Es sind ziemlich viele Jahre vergangen, daher würde ich dir nicht glauben, wenn du behaupten würdest, zufällig hier in der Gegend zu sein.«

»Also gut. Die Wahrheit ist, dass der Grund meines Kommens unter anderem mit deinem Onkel zusammenhängt. Jawohl, meine Liebe, Albert Salomon steckt hinter allem.«

Und dann erzählte ihr Forster, dass er einen Sohn hatte, der an der *Temple University* in Philadelphia unterrichtete. Dessen Spezialgebiet war die englische Literatur des zwanzigsten Jahrhunderts, wobei er sich in letzter Zeit näher mit dem Werk von Albert Salomon beschäftigt hatte. Und in dem Zusammenhang war natürlich auch Kates Name gefallen.

»Und das hat dein Gedächtnis aufgefrischt.«

Forster Smith zwinkerte ihr zu.

»Sagen wir besser, es hat mir Mut gemacht ... als wäre es eine Art himmlisches Zeichen. Ach, komm schon, Kate, mach es mir nicht so schwer. Ich habe in all den Jahren oft an dich gedacht, aber du hast mich drei Mal abgewiesen ...«

»Eigentlich nur zwei Mal, denn das mit dem Ball zählt nicht wirklich.«

»Sieh es, wie du willst, mich hat es damals schwer getroffen. Ich werde mein Leben lang nicht vergessen, wie du mir wegen dieses rothaarigen Typen einen Korb gegeben hast. Vielleicht hätte ich mich einfach mit ihm prügeln sollen ... ja, genau.« Er griff wieder nach ihrer Hand, diesmal jedoch nicht, um sie zu halten, sondern um sie sanft zu streicheln, wie um sie zu erkunden, dachte Kate. Sie blickte auf seine Finger, die sanft über die feinen blauen Adern strichen, die Altersflecken zärtlich umrundeten, und seufzte. Hätte Forster Smith diese Hand doch nur fünfzig, vierzig oder zumindest dreißig Jahre früher in die seine genommen, als sie noch weiß und makellos gewesen war, mit schimmernden Nägeln und schlanken zarten Fingern, die die einer Harfenspielerin hätten sein können! Zum Glück schien der Anblick ihrer Hand Forster jedoch nicht zu stören.

»Du hast einen Sohn …«, sagte sie, als wäre es ihr gerade wieder eingefallen.

»Ich habe zwei Kinder: David und Vera. Von zwei verschiedenen Frauen.«

»Oha!«

»Sie haben sich beide von mir getrennt. Oder ich mich von ihnen, ich erinnere mich nicht mehr so genau. Das alles ist schon so ewig her. Und auch dein Michael ist gestorben …«

Kate gefiel, wie er das gesagt hatte: dein Michael … Forster sprach nicht mit Bitterkeit von ihm, sondern mit einem gewissen Respekt.

»Ja, er war ein guter Mensch.«

»Zweifellos. Du hast großes Glück gehabt. Oder vielleicht auch nicht … Ich nehme an, das macht den Verlust noch schmerzhafter, oder? Wenn man jemanden gehen lassen muss, der keine negativen Seiten hat. Wenn meine zweite Frau mich zum Witwer gemacht hätte, hätte mich das eher erleichtert.«

»Also wirklich, Forster!«

»Es stimmt aber. Außerdem hätte ich dann viel Geld gespart und meinen 76-er Buick behalten können, den sie bekommen hat, obwohl sie nicht einmal Auto fahren kann. In den USA ist es ziemlich teuer, sich scheiden zu lassen.« Er schwieg und strich ihr mit der Hand übers Haar, um sie dann liebevoll an ihre Wange zu legen. »Wechseln wir lieber das Thema, denn, Kate Salomon, du kannst dich schon mal an den Gedanken gewöhnen, dass du mich nie wieder loswirst.«

Sie drehte leicht den Kopf, sodass sie seinen Handrücken küssen konnte, mit geschlossenen Augen. Dabei fühlte sie einen Anflug von Zärtlichkeit, der so stark war, dass sie beinah weinen musste. Und das wäre unverzeihlich gewesen, denn sie war absolut nicht sentimental und weinte nur, wenn sie sehr – wirklich *sehr* – unglücklich war. Doch in diesem Moment empfand sie etwas, was sie nie zuvor empfunden hatte – war es Rührung, Sehnsucht, reines, vollkommenes Glück –, und es fiel ihr schwer, die Tränen zurückzuhalten. Forster hatte sie an sich gezogen und streichelte ihr Haar, während er sie auf die Schläfe küsste, vorsichtig, ängstlich, sogar ein wenig ungeschickt, wie ein Kind, dem man ein lang ersehntes Spielzeug gegeben hat und das plötzlich feststellt, dass es gar nicht weiß, wie es damit umgehen soll.

Forster Smith hatte gerade seine Stelle an der renommierten *Cornell University* aufgegeben und war in Pension gegangen. Er hatte zwei gescheiterte Ehen hinter sich, hatte zwei Kinder und konnte auf ein langes erfolgreiches Berufsleben als Dozent und Autor zurückblicken. Im Laufe seiner langen akademischen Karriere hatte er vier Bücher veröffentlicht – eines davon, eine Biografie über John Singer Sargent, hatte zwei Wochen lang auf der Bestsellerliste der *New York Times* gestanden –, fünf Kongresse geleitet und an so vielen Diskussionsrunden, Symposien und runden Tischen teilgenommen, dass nur seine äußerst effiziente Sekretärin die Anzahl seiner Auftritte in der Öffentlichkeit nachgehalten hatte. Er selbst hatte irgendwann keine Lust mehr gehabt, mitzuzählen.

Was sein Privatleben anging, behauptete Forster selbst, dass sein Liebesleben ein einziger Scherbenhaufen sei, was übertrieben war, denn schließlich hatte er zwei Mal aus Liebe geheiratet, zwei Frauen, die ihn vergötterten, auch wenn beide Ehen am Ende scheiterten. Bevor er heiratete, hatte Forster Smith unzählige Abenteuer, doch nie hatte er eine seiner Ehefrauen betrogen. Seine beiden Kinder waren bereits erwachsen – David war einunddreißig, Vera achtundzwanzig Jahre alt –, und er versicherte, ein schrecklicher Vater gewesen zu sein, was absolut nicht stimmte. Denn wenn er auch keine Schlaflieder für seine Kinder gesungen, keine Gute-Nacht-Geschichten erzählt und keine Luftballons mit nach Hause gebracht hatte, so war er doch ihr geistiger Mentor gewesen, hatte sich bemüht, ihren Verstand zu schärfen und ihren intellektuellen Horizont zu erweitern. Forster – der sich angesichts seiner mangelnden väterlichen Gefühle schuldig fühlte – versicherte, dabei nur seine berufliche Begeisterung zu lehren auf zu Hause ausgedehnt zu haben, doch in jedem Fall waren aus David und Vera zwei intelligente, wissbegierige, kluge Menschen geworden, die in ihrer Kindheit und Jugend bereits jede Menge bedeutender Werke gelesen hatten, von den Komödien Shakespeares bis Jules Verne, über die *Göttliche Komödie* bis hin zu den russischen Klassikern und Flaubert. Forster Smith hatte sie bei der Lektüre begleitet, ihnen die Schlüssel an die Hand gegeben, die Bücher besser zu verstehen. Er hatte sie Goethes *Werther* lesen lassen, als sie den ersten Liebeskummer hatten, Dostojewskis *Der Spieler*, als sie erfuhren, dass ein Bekannter sich durch Glücksspiel ruiniert hatte, und die Trilogie Primo Levis, als sie in der Schule den Zweiten Weltkrieg durchnahmen. Die Kinder der Familie Smith lernten vieles – die Vergangenheit, die Gegenwart, die eigenen Gefühle – anhand der Literatur zu verstehen. Und das hatten sie ihrem Vater zu verdanken, dem brillanten Professor Smith, der damit zu kompensieren versuchte, dass er nicht mit ihnen Baseball spielte oder an Halloween gruselig verkleidet bei den Nachbarn Süßigkeiten einforderte. Forster Smith hoffte, dass seine Kinder ihm später einmal dafür dankbar sein würden, dass er sich schon früh um ihre Bildung gekümmert hatte, anstatt Schlaflieder für sie zu singen.

In jedem Fall trugen die väterlichen Bemühungen Früchte: Vera hatte mit dreiundzwanzig Jahren ihren ersten Gedichtband veröffentlicht und galt als eine der vielversprechendsten

Nachwuchsautorinnen in den USA. Und David schloss gerade seine Doktorarbeit ab, in der er sich mit dem späten Erfolg gescheiterter Schriftsteller beschäftigte.

»Und dabei bist ganz plötzlich du aufgetaucht. Als David mir gegenüber die Erbin Albert Salomons erwähnte, hätte ich beinah einen Freudenschrei ausgestoßen.«

»Wann war das?«

»Vor sechs Monaten. Die Zeit habe ich gebraucht, um den Mut zu fassen, zu dir zu kommen.«

Kate sah Forster Smith streng an.

»*Den Mut zu fassen?* Das klingt ja, als wärst du in den Krieg gezogen.«

»Kate … das war kein leichter Schritt. Ich bin zweiundsiebzig Jahre alt und lebe auf der anderen Seite des Atlantiks. Ich halte mich für ziemlich beherzt und finde, ich habe durchaus Lob verdient!«

Sie lachte.

»Du hast recht. Ich bin dir wirklich dankbar für alles, was du auf dich genommen hast. Übrigens: Wissen deine Kinder, dass du hier bist, um einer Frau einen Heiratsantrag zu machen, die du seit fünfunddreißig Jahren nicht mehr gesehen hast?«

Forster nickte. Seine Kinder wussten es nicht nur, sie hatten das Ganze sogar sehr unterstützt. Zum Beispiel hatte Vera für ihn die beste Verbindung herausgesucht, um von Ithaca, New York, nach Ribanova zu reisen.

»David ist begeistert davon, dass ich ausgerechnet Albert Salomons Nichte heiraten möchte. Er ist fasziniert von deinem Onkel und hat begonnen, seine Biografie zu schreiben.«

»Tatsächlich? Wobei mich das fast schon wieder beunruhigt. Vielleicht willst du mich ja nur heiraten, um deinem Sohn die Recherchen zu erleichtern. Allerdings muss ich gestehen, dass ich, was das angeht, keine große Hilfe sein werde.

Wenn du dir das mit dem Antrag also noch mal überlegen möchtest, habe ich dafür absolut Verständnis.«

Forster Smith sah sie schweigend mit – ungewohnterweise – ernst blickenden braunen Augen an. Dann näherte er sich ihr langsam und küsste sie zum ersten Mal auf den Mund. Kate stellte überrascht fest, wie weich und frisch es sich anfühlte, wie der Kuss eines jungen Mannes. Wobei es natürlich schon sehr lange her war, dass ein junger Mann sie geküsst hatte …

»Gut, wie sollen wir es angehen?«

»Was meinst du?«

»Die Hochzeit, Kate Salomon. Möchtest du, dass wir sofort zum Standesbeamten gehen?«

Sie schüttelte den Kopf. Das ging ihr nun doch ein bisschen schnell.

»Forster … du beschäftigst dich seit sechs Monaten mit dem Gedanken, mich zu heiraten, ich dagegen habe gerade erst erfahren, dass meine zweite Ehe bevorsteht. Wenn es dir nichts ausmacht, hätte ich gern noch ein wenig Zeit, um … sagen wir … anzukommen. Die Hochzeit wird auf jeden Fall stattfinden, aber bitte erwarte nicht von mir, dass ich gleich heute mit dir die Ringe tausche.«

Er küsste ihre Hände.

»Alles wird so sein, wie du es dir wünschst. Es besteht kein Grund zur Eile … na ja, vielleicht doch ein wenig. Ich erinnere nur ungern daran, aber zwanzig Jahre sollten wir vielleicht nicht mehr warten.«

»Das werde ich berücksichtigen, Forster. Und jetzt wenden wir uns erst mal den naheliegenden Dingen zu, wenn es dir recht ist. Dem Essen zum Beispiel. Es ist bereits Viertel nach drei, und ich habe allmählich Hunger.«

Anna Livia, Shirley und auch Kate waren sich einig, dass das Geburtstagsessen an diesem Tag das denkwürdigste ihres

Lebens war. Ohne wirklich zu wissen, was angebracht war, hatten Shirley und Anna Livia den Tisch für vier Personen festlich gedeckt, mit Leinentischtuch, dem guten Geschirr – das aus Anna Livias Aussteuer stammte – und den Baccarat-Gläsern, die sie nur zu besonderen Gelegenheiten benutzten, da sie mit der Hand gespült werden mussten. Zwei Mal waren Shirley und Anna Livia kurz davor gewesen, ohne Kate und Forster mit dem Essen zu beginnen, doch im letzten Moment hatten sie sich entschieden, doch noch zu warten, und als die beiden schließlich aus dem Wohnzimmer kamen – Kate, mit roten Wangen und vor Glück strahlend, und ein zufrieden wirkender Forster –, waren sie froh, so lange ausgeharrt zu haben. Sie setzten sich zu viert an den Tisch und genossen die von Anna Livia zubereitete köstliche Fischsuppe und den schmackhaften Seehecht. Keine von ihnen erwartete irgendwelche Erklärungen, die im Übrigen auch nicht kamen – dafür würde noch genügend Zeit sein –, doch bereits bei diesem ersten kurzen Zusammensein wurde Kates Freundinnen klar, dass Forster Smith gekommen war, um zu bleiben. Und als Kate schließlich den Raum verließ, um den Nachtisch zu holen – die Mokkatorte, die sie in der *Pastelería* bestellt hatte –, hielten Anna Livia und Shirley es nicht mehr aus und folgten ihr.

»Also wirst du es nun tun!«, platzte Shirley heraus, kaum dass die Tür geschlossen war.

»Ich denke, ja. Was meint ihr?«

»Aber Kate, was tut das denn schon zur Sache?« Anna Livia bereitete den Kaffee zu, während sie sprach. »Ich meine, was wir davon halten.«

»Ich denke, dass es durchaus etwas zur Sache tut.« Shirley stellte die Torte auf einen Teller. »Sind keine Kerzen dabei?«

»Ich glaube nicht. Sie haben wohl gefürchtet, dass ich bei dem Versuch, sie auszupusten, Atemnot bekommen könnte.«

»Na ja, ich finde, sie hätten zumindest eine Kerze dazutun können. Aber schweifen wir nicht vom Thema ab. Ich denke, dass unsere Meinung zumindest ein wenig ins Gewicht fällt. Und wenn du schon danach fragst: Ich halte es für eine gute Entscheidung, diesen Mann aus deiner Vergangenheit zu heiraten. Er sieht hervorragend aus und wirkt sehr sympathisch. Damit will ich sagen, wenn du auf die Hochzeit verzichtest, bin ich gern bereit, einzuspringen.«

Sie sahen sich an, fassten sich an den Händen und bildeten einen Kreis, was so manch einer sicher albern gefunden hätte.

»Ist das nicht einfach umwerfend, Kate? Wir werden deine Hochzeit feiern! Und zwar mit allem Drum und Dran.«

»Shirley, ich glaube nicht, dass …«

»Kein Wort mehr! Die Gelegenheit werde ich mir nicht entgehen lassen. Zu wie vielen Hochzeiten glaubst du, werden wir noch gehen können? Alle Leute, die wir kennen, sind entweder bereits verheiratet oder gestorben.«

Kate hatte schon eine Erwiderung auf den Lippen, doch in diesem Moment klingelte das Telefon. Anna Livia verließ die Küche, um ranzugehen, und kehrte sofort wieder zurück.

»Kate, es ist für dich. Jeffried Ruskin. Er ruft heute schon zum zweiten Mal an.«

Kate spürte ein seltsames Kribbeln in der Magengegend und schalt sich selbst. Es war absurd, sich von einem simplen Telefonanruf aus der Ruhe bringen zu lassen, zumal ihre Gedanken – und ihr Herz – gerade mit etwas viel Interessanterem beschäftigt waren als mit dem, was der gute Ruskin ihr zu sagen hatte. Allerdings hatte der Lektor mehrmals an einem Tag versucht, sie zu erreichen, und das allein machte deutlich, dass es um etwas Wichtiges gehen musste. Sie atmete tief durch, bevor sie nach dem Telefon griff und hinaus in den Eingangsbereich trat. Dabei sagte sie sich, dass sie sich diesen Tag durch absolut nichts verderben lassen würde.

»Jeffried! Was für eine Überraschung!«

»Hallo, Kate. Ich habe Neuigkeiten.«

Jeffried Ruskins Stimme klang weit entfernt, aber in keiner Weise beunruhigt. Erleichtert stellte Kate fest, dass der Druck in ihrem Magen nachließ. *Ich habe Neuigkeiten*, hatte er gesagt, und sie war kurz davor zu entgegnen: »Auch wenn es unglaublich scheint, ich auch.« Doch dann dachte sie, dass ihre guten Neuigkeiten für Mr. Ruskin wohl nicht von großem Interesse wären.

»Also dann lassen Sie mal hören.«

»Ich hoffe, Sie sitzen.«

Instinktiv sah Kate sich um, doch eine Sitzgelegenheit war im Eingangsflur leider nicht vorhanden.

»Nein, ich stehe. Meinen Sie, ich sollte mir einen Stuhl holen?«

»Wär vielleicht besser, aber ich möchte Sie nicht länger auf die Folter spannen. Es ist etwas Unglaubliches passiert: Wir haben ein halb fertiges Buch gefunden.«

»Wie?«

»Ein Teilmanuskript, ein Original. Mehr als hundert Seiten eines unveröffentlichten Romans Ihres Onkels. Der Arbeitstitel lautet *Der Neuankömmling*. Ist das nicht phantastisch?« Der Lektor wartete gar nicht erst eine Antwort ab. »Die Nachricht ist hier im Verlag wie eine Bombe eingeschlagen. Alle sind vollkommen aus dem Häuschen!«

»Aber wie kann das sein? Wo …?«

»Die Antwort darauf wäre auch ein guter Stoff für einen Roman. Es hat sich herausgestellt, dass sich das Manuskript unter den persönlichen Dingen eines ehemaligen Lektors von Somerset Publishers befand, und die Familie hat es *jetzt* erst gefunden, zehn Jahre, nachdem der Mann gestorben ist. Ich nehme an, er hat es damals mit nach Hause genommen, um es dort zu lesen, und es dann vergessen. Jedenfalls existiert es, und wir haben das Manuskript hier. Natürlich ist es in einem furchtbaren Zustand. Sie sollten es mal sehen, vergilbte Blätter und ziemlich verblichene Tinte. Aber natürlich habe ich bereits eine gut lesbare Abschrift auf dem Tisch. Ich habe sofort eine digitale Version erstellen lassen, damit nichts mehr passieren kann. Na, Kate, was sagen Sie jetzt?«

»Ich weiß nicht, was ich sagen soll … Das ist wirklich eine Überraschung. Sind Sie sich sicher, dass es tatsächlich von meinem Onkel ist? Es könnte sich doch auch um einen Irrtum handeln.«

»Das ist kein Irrtum. Sein Stil ist unverwechselbar. Und die Schrift ist mit der in den anderen Originalmanuskripten identisch. Und natürlich fehlt auch das Zitat aus *Ein Haus am Park* nicht.«

»Na dann … Wie lautet es denn diesmal?«

»Hören Sie zu: *Der Aufruf zur Besonnenheit ist eine Art, der Angst mehr Würde zu verleihen.*«

Kate lachte.

»Es ist gut.«

»Genau wie die anderen. Aber das ist jetzt nachrangig. Hören Sie, Kate, wir müssen eine Entscheidung treffen.«

»Worüber?«

»Na ja, wir können den Text so veröffentlichen, wie er ist, als unvollendeten Roman. Die Geschichte ist gut, und die vorliegenden Seiten sind von außerordentlicher literarischer Qualität. Aber was machen wir mit dem fehlenden Teil?«

Machen?, fragte sich Kate. Was denn machen? Wenn nur ein Teilmanuskript vorhanden war, musste man sich wohl damit zufriedengeben. Sie verstand nicht, was der gute Ruskin ihr sagen wollte, und ihr war in diesem Moment absolut nicht nach Rätselraten. Ihr Leben hatte eben eine entscheidende Wendung genommen, und sie war nicht in der Lage, sich auf etwas anderes zu konzentrieren.

»Lieber Jeffried … Was Sie mir da erzählen, ist wunderbar, aber gerade heute … sagen wir, es ist für mich ein recht außergewöhnlicher Tag.«

»Aber warum? Geht es Ihnen nicht gut? Wenn es ein Problem gibt, bin ich …«

Jeffried Ruskins Stimme klang auf einmal besorgt, und Kate war ihm dankbar dafür.

»Nein, nein, nichts dergleichen.« Sie seufzte und entschied, die Neuigkeit nicht länger für sich zu behalten. »Ach, Jeffried … ich werde heiraten.«

Am anderen Ende der Leitung blieb es still. Natürlich, dachte Kate, wer rechnete schon mit so etwas, wenn er selbst eine solche Bombe hatte platzen lassen. Sie beschloss, es ihm leicht zu machen.

»Das erscheint Ihnen wahrscheinlich noch verrückter als das plötzliche Auftauchen des Manuskripts.«

»Nein. Es ist nur … Das ist wunderbar, Kate! Ich freue mich sehr für Sie! Wer ist der Glückliche? Jemand, den ich kenne? Vielleicht dieser Kritiker, der Sie während des Symposiums in Schottland so angehimmelt hat?«

Kate brauchte eine Weile, um sich den kleinen, ziemlich lästigen Mann in Erinnerung zu rufen, der sich tatsächlich während einer Tagung an der *University of St Andrews* sehr um sie bemüht hatte.

»Um Gottes willen! Nein, es ist ein alter Freund … Das ist eine lange Geschichte.«

»In jedem Fall herzlichen Glückwunsch. Hören Sie, Kate, ich will Ihnen nicht zur Last fallen, aber es gibt einige Dinge, über die wir dringend reden müssen. Ich wollte Sie bitten, für ein paar Tage nach London zu kommen, aber jetzt, da ich weiß, dass Ihre Hochzeit bevorsteht, schlage ich vor, dass wir es andersherum machen. Ich steige ins Flugzeug und komme zu Ihnen nach Ribanova.«

An diesem Tag verschwendete Kate keinen weiteren Gedanken an Jeffried Ruskin oder an die sensationelle Nachricht von dem wiedergefundenen Manuskript Albert Salomons. Es gab wichtigere Dinge, mit denen sie sich befassen musste, zum Beispiel damit, die Tatsache zu verkraften, dass sich ihr Leben noch einmal von Grund auf verändern würde, nachdem sie gedacht hatte, das Schicksal hielte keine Überraschung mehr für sie bereit. Es erschien ihr völlig absurd, dass das Stück noch nicht zu Ende war, dass der Vorhang sich noch nicht endgültig schloss. Doch letztendlich: Warum sollte es so sein? Warum sollte die Vorstellung nicht weitergehen? Sie war einundsiebzig Jahre alt. Rein statistisch blieben ihr noch mindestens weitere dreizehn Jahre – natürlich konnten Statistiken sich irren, aber möglicherweise sogar zu ihren Gunsten. Das ist eine ziemlich lange Zeit, dachte Kate, und es gab keinen Grund, sich zu wünschen, dass diese Zeit so wie in den letzten Jahren einfach ruhig und träge dahinfloss. Forster Smith war plötzlich da und bot ihr die verlockende Möglichkeit, mindestens zehn Jahre lang doch noch etwas mehr aus ihrem Leben zu machen. Er sprach davon zu lieben, geliebt zu werden. Glücklich zu sein. Das Leben auszukosten bis zur Neige, so wie es diese modernen Saftpressen machten, die in der Lage waren, aus einer Frucht auch noch den letzten Tropfen herauszuholen, selbst wenn es für jeden so aussah, als könne kein Saft mehr darin sein.

»Woran denkst du?«, fragte Forster.

»Ich habe dich gerade mit einer Saftpresse verglichen.«

»Oh, das ist sehr schmeichelhaft!« Er zog sie an sich. »Erzählst du mir, was deine Freundinnen gesagt haben?«

Kate gab ihm einen Kuss auf die Wange.

»Sie sind mit dir einverstanden.«

»Mehr nicht? Jetzt bin ich enttäuscht. Ich bin bessere Noten gewohnt.«

Aha, dachte Kate, das ist der Forster Smith, wie ich ihn kenne. Der Herzensbrecher, der Angeber. Natürlich, dass zwei betagte Damen ihn einfach so abnickten, musste für ihn fast eine Beleidigung sein. In Wirklichkeit hatten die beiden ihn wesentlich höher bewertet. Aber das sagte sie ihm nicht. Denn Forster hatte sein ganzes Leben lang immer die Höchstnoten erhalten, da war es nur gut, ihn diesmal in dem Glauben zu lassen, nur knapp bestanden zu haben.

»Sie möchten eine große Hochzeitsfeier«, erklärte Kate. »Na ja, zumindest Shirley. Anna Livia ist zu feinsinnig, um auf so eine Idee zu kommen.«

»Und du? Was möchtest du?«

Kate verdrehte die Augen. Was wollte sie? Sie wollte ein Fest, Gäste, denen vor Rührung die Tränen kamen, eine Hochzeitstorte mit Zuckerguss, viele Blumen, Musiker. Sie wollte unter dem Applaus zufriedener Gäste den Hochzeitswalzer tanzen, sie wollte etwas Geborgtes tragen und ein Hochzeitskleid. Sie wollte all das, was sie bei ihrer ersten Hochzeit verworfen hatte. Das Problem war nur, dass sie nicht wagte, es einzugestehen. Denn auch wenn sie nun bereit war, nach dem Glück zu greifen, wollte sie doch nicht übertreiben. Ihre Hochzeit über Forsters Antrag hinaus so zu feiern, als wäre sie fünfundzwanzig, hielt sie für eine Herausforderung des Schicksals. Nein, das konnte sie sich nicht erlauben!

»Vielleicht wäre eine einfache Zeremonie das Beste. Nur wir beide und Shirley und Anna Livia. Und deine Kinder natürlich, wenn sie kommen möchten. Anschließend könnten wir irgendwo nett essen gehen.«

»Ist das dein Ernst?«

»Forster …«

Er runzelte leicht die Brauen, dann schüttelte er den Kopf. Dann nahm er sie bei den Handgelenken und sah ihr in die Augen.

»Kate Salomon … Ich war bereit, dich auf der Stelle zu heiraten, noch heute. Du wolltest die Dinge nicht überstürzen und noch ein bisschen Zeit haben, womit ich vollkommen einverstanden bin. Aber dann nur zu viert vor dem Standesbeamten und anschließend irgendwo nett essen gehen? Kate, es ist eine *Hochzeit*! Unsere Hochzeit! Und egal, wie alt wir sind und welche Bedenken dir durch den Kopf gehen, du wirst meine Frau werden! Also – ich sehe keinen Grund, das nicht gebührend zu feiern. Ich wüsste nicht, dass es ein Gesetz gibt, das alte Leute dazu verpflichtet, im kleinen Kreis zu heiraten.«

»Nein … ein *Gesetz* gibt es natürlich nicht …«

»Oh, ich verstehe … das ist wohl nicht so üblich. Bis zu welchem Alter hat man denn das Recht zu feiern? Vierzig? Fünfzig? Ach komm schon, Kate, ich habe bereits zwei Mal geheiratet, und ich schwöre dir, dass keine dieser beiden Hochzeiten mich auch nur halb so glücklich gemacht hat wie die Hochzeit mit dir.«

Noch immer hielt er ihre Hand. Und diesmal versuchte sie erst gar nicht, die Tränen zurückzuhalten, die ihr plötzlich über die Wangen liefen – und die Forster Smith zärtlich mit den Fingern fortwischte.

»Kate, Liebste … ich habe fünfzig Jahre auf diesen Moment gewartet, und ich habe nicht vor, unsere Hochzeit mit einer simplen Unterschrift in irgendeinem Verwaltungsbüro und einer Flasche Wein in einem Restaurant einfach so abzuhandeln. Ich werde dich heiraten, und das macht mich so glücklich, dass ich es kaum glauben kann. Ich finde, wir haben allen Grund zu feiern, und ich wünsche mir dazu Musik, ein großes Fest und vielleicht sogar ein Feuerwerk. Bitte sag Ja, und ich gebe dir mein Wort, dass es der letzte Wunsch ist, den ich an dich richte. Bitte, Kate … mir zuliebe.«

Als Kind war David Smith seinem Vater absolut nicht ähnlich. Er war weder gut aussehend noch charmant. Dürr, bleich, kurzsichtig, mit dichtem schwarzem, ständig wirrem Haar und ängstlich blickenden, eigentlich schönen grünbraunen Augen hinter den Gläsern seiner riesigen Brille, war er der typische Nerd, über den die anderen Jungen sich lustig machten und zu dem die Mädchen nur gingen, um ihn um seine Aufzeichnungen zu bitten. Für David war die Schulzeit die Hölle gewesen, und an der Uni wurde es nicht besser. Auch dort war er nicht gerade ein angesagter Typ und verbrachte die Wochenenden in der Bibliothek, um es so aussehen zu lassen, als wäre es sein Arbeitseifer, der ihn von den Partys auf dem Campus fernhielt.

Das änderte sich erst nach seinem Universitätsabschluss in Geisteswissenschaften. Vielleicht war es einfach an der Zeit, dass er vorankam, oder es lag an Marcia Sheen, einer vierzigjährigen Dozentin, die sich in ihn verguckte und ihm bewies, dass er nicht das asexuelle Wesen war, für das man ihn hielt. Ihre Beziehung dauerte beinah ein ganzes Studienjahr, gerade lange genug, dass David Smith die Gelegenheit hatte, das wahre Leben zu entdecken. Jenes Jahr veränderte ihn innerlich und äußerlich. Er begann Sport zu treiben und hielt sich viel an der frischen Luft auf, ließ sich einen anständigen Haarschnitt verpassen und kaufte sich ein dezenteres Brillengestell, um nicht länger wie ein riesiger Maulwurf durch die Welt zu tapsen. Außerdem entschied er sich zu promovieren und erhielt ein Stipendium für ein Studienjahr im Ausland.

Als er nach zwölf Monaten, die er abwechselnd in Rom und London verbracht hatte, zurückkehrte, war Marcia Sheen bereits Geschichte. Er selbst erkannte sich kaum wieder, wenn er in den Spiegel sah und ihm jener durchaus attraktive, breitschultrige, stets leicht erstaunt wirkende junge Mann entgegenblickte. Er war sechsundzwanzig Jahre alt und hatte das Gefühl, wegen seiner Komplexe einen großen Teil seiner Jugend verloren zu haben. Was nun nicht mehr zu ändern war. Glücklicherweise versuchte er nicht, das Versäumte nachzuholen, verfolgte weiterhin seinen eher zurückhaltenden Lebensstil und widmete sich seinen Studien.

Nun, mit gerade einunddreißig Jahren, hatte David Smith sich vorgenommen, das Leben, das vor ihm lag, zu genießen. Er war ein junger Akademiker mit einer brillanten Zukunft – so sahen es zumindest seine Mentoren an der Universität –, und das allgemein veränderte Schönheitsideal hatte ihn zu einem interessanten Mann gemacht. Nach Abschluss seiner Promotion wollte der frischgebackene Doktor Smith gern an der *Temple University* bleiben, was er mit der erfolgreichen Veröffentlichung eines Buches zu untermauern gedachte. Daher hatte er sich entschieden, die Biografie Albert Salomons zu verfassen, in der Hoffnung, dass diese nicht nur seine akademische Karriere unterstützen, sondern auch ein Verkaufserfolg würde. Seinem Vater war es gelungen, sich dank seines Buchs über Singer Sargent eine feste Stellung zu sichern. Und er würde es ihm gleichtun, wenn nicht sogar ihn übertreffen. Er hatte das Gefühl, dass das Schicksal seit einer Weile auf seiner Seite war. Und weil das so war, hatte er auch das Stipendium erhalten, deswegen konnte er die Dozentenstelle eines Kollegen übernehmen, der vorzeitig in Ruhestand gegangen war, und aus demselben Grund war die große Jugendliebe seines Vaters – David konnte sein Glück kaum fassen – die Nichte und Erbin des literarischen Nachlasses von Albert Salomon. Eine Liebe, die sein Vater nun zurückerobern wollte. Auch wenn David Smith die Entscheidungen, die sein Vater in Liebesdingen traf, niemals infrage gestellt hatte – dazu hatte er zu viel Respekt vor ihm –, machte ihn der Gedanke, vielleicht bald Kate Salomons Stiefsohn zu werden, geradezu euphorisch. Sicher konnte ihm diese ihm noch unbekannte Frau jede Menge wertvolles Material für seine Arbeit zur Verfügung stellen. Obwohl das Ganze schon eine seltsame Geschichte war. David hatte mit seiner Schwester Vera darüber gesprochen, die kaum glauben konnte, dass ihr Vater noch immer in eine Frau verliebt war, die er fünfzig Jahre zuvor nicht einmal wirklich gut gekannt hatte.

»Wie dem auch sei«, hatte sie hinzugefügt, »eine Liebesgeschichte in dem Alter scheint mir eher lächerlich. Aber was ist für Siebzigjährige schon angemessen? In diesem Alter ist man ja sowieso schon in der Nachspielzeit angekommen, wenn du verstehst, was ich meine. Also, warum nicht? Wenn unser Vater unbedingt den Ozean überqueren und vor einer Frau auf die Knie gehen möchte, die er kaum kennt, kann er das von mir aus gern tun.«

»Du bist eine unverbesserliche Zynikerin! Wissen das deine Leser eigentlich? Die Königin der Lyrik macht sich über einen verliebten alten Mann lustig … Ich dachte, ihr Poeten wäret die geborenen Romantiker. Was für eine Enttäuschung, Vera Smith!«

Sie hatte versucht, sich zu rechtfertigen: Sie mache sich nicht darüber lustig, sondern stelle nur infrage, inwieweit man sich ab einem bestimmten Alter überhaupt noch verlieben könne. David beließ es dabei und verzichtete darauf, Vera mitzuteilen, wie er darüber dachte: dass sie ein unschuldiges Wesen von fünfundzwanzig Jahren war und die Vorteile der Jugend derart hochhängte, dass sie automatisch jede andere Lebensphase geringschätzte. Zu seinem Bedauern stellte David fest, dass seine Schwester einer jener Menschen war, die plötzlich vom Alter überrascht werden und mit vierzig, fünfzig oder sechzig Jahren auf einmal nicht mehr wissen, was sie tun sollen. Weil sie das Alter, das die ganze Zeit schon von der anderen Seite der Glasscheibe zu ihnen herüberblickt, so lange mitleidig belächeln, dass es ihnen schwerfällt, sich einzugestehen, irgendwann dazuzugehören. Ja, es war gut möglich, dass Vera eine von den Frauen sein würde, die mit weit über vierzig zu kurze oder zu lange Röcke und Kleidung in grellen Farben oder gewagten Kombinationen trugen, weil sie nicht zugeben wollten, dass die Zeit dafür eigentlich vorbei war. Aber man sollte den Dingen nicht vorgreifen. Vielleicht würde die Zeit Vera ja auch noch reifen lassen und ihre Skepsis und die Attitüde, die Jugend zu überschätzen, abmildern.

Was ihn selbst anging, hatte er das Gefühl, dass er mit dem Älterwerden besser zurechtkommen würde. Vielleicht erwartete ihn die beste Zeit seines Lebens sogar, wenn er die vierzig umschifft haben und zu den Menschen gehören würde, die laut Statistik als endgültig erwachsen galten. David leckte sich gerade noch die Wunden einer vor ein paar Monaten gescheiterten Liebe. Eine hübsche junge Frau aus den amerikanischen Südstaaten namens Blanche Walkers, die in Philadelphia als Anwältin arbeitete, hatte ihn nach zweijähriger, wie er meinte, erfüllter Beziehung sitzengelassen. David gehörte nicht zu den Menschen, die vorausahnen, wenn sie verlassen werden. Daher war er an dem Tag, als Blanche ihn mit einer langen Liste an Vorwürfen überfallen hatte, die ihren unumstößlichen Entschluss, sich von ihm zu trennen, rechtfertigen sollten, völlig verblüfft gewesen. Natürlich stimmte es nicht, dass er sie geringschätzte. Nein, er nahm ihre Bedürfnisse und Sorgen absolut ernst, und sicher hatte er stets an sie gedacht. Doch Blanche war unerbittlich gewesen. Sie habe ihm Dutzende Möglichkeiten gegeben und wolle dieses Kapitel nun endgültig beenden, um mit jemand anderem glücklich werden zu können.

Wobei dieser Jemand in diesem Fall recht konkret zu benennen war, denn Blanche hatte bereits einen Nachfolger gefunden: einen jungen Rechtsanwalt, mit dem sie zusammenarbeitete und der ihre Bedürfnisse und Sorgen offensichtlich nicht überging. In dieser Situation befand sich David also, als sein Vater ihm mitteilte, dass er eine Frau zurückerobern wollte, die er fünfzig Jahre zuvor hatte gehen lassen, woraufhin David Smith sich fragte, ob er sich ein halbes Jahrhundert später auch wieder um Blanche Walkers bemühen würde, und ihm allein der Gedanke schon völlig absurd erschien. In einem Punkt war er also mit Vera einer Meinung: Was sein Vater da vorhatte, war ziemlich verrückt. Dennoch freute es ihn, als er schließlich Forster Smiths glücklichen Anruf erhielt.

»Dad!«

»David! Du klingst ja ganz nah! Unglaublich, auf die Entfernung, stimmt's?«

David seufzte. Dass alte Leute sich immer über die gute Telefonverbindung über große Distanz hinweg wunderten, obwohl es dabei doch gar keine Rolle spielte, ob man zehntausend Kilometer voneinander entfernt war oder sich direkt nebenan befand.

»Und? Wie ist es gelaufen?«

»Hervorragend, mein Junge. Hätte nicht besser sein können. Sie hat Ja gesagt.«

»Wow, das ist ja toll! Herzlichen Glückwunsch! Und was habt ihr nun vor? Wird sie mit dir in die USA gehen?«

»Nein. Ich werde zu ihr ziehen. Für mich ist es egal, wo ich lebe, während Kate hier eine Buchhandlung führt. Wie findest du das? Ich werde eine Geschäftsfrau heiraten.«

»Eine Geschäftsfrau?!« David verzichtete darauf, seinem Vater zu erklären, dass man mit Buchhandlungen schon lange keine guten Geschäfte mehr machen konnte.

»Wann wollt ihr heiraten?«

»In einem Monat, vielleicht sogar etwas eher. Es soll ein ganz besonderes Ereignis werden. Ein großes Fest. Wirst du kommen?«

»Natürlich. Ich werde mir ein paar Tage freinehmen. Es gibt da einige Dinge, über die ich mit Miss Salomon sprechen möchte.«

»David, halt dich zurück! Ich möchte nicht, dass du sie gleich für deine Zwecke ausbeutest, verstanden? Nicht dass du sie verschreckst, oder so.«

David protestierte. Nein, er wollte sie nicht ausbeuten ... na ja, vielleicht ein bisschen. Seine Recherchen zu Albert Salomon waren gerade ein wenig ins Stocken geraten, und es war doch nichts dabei, jemanden um Hilfe zu bitten, der dazu in der Lage war. Immerhin handelte es sich um seine zukünftige Stiefmutter. All das sagte er seinem Vater.

»Wie du meinst, aber überfall sie wenigstens nicht gleich mit deinen Fragen.« Forster Smith hatte keine Lust, mit seinem Sohn zu streiten, und schon gar nicht jetzt, da er so rundum glücklich war. »Sie ist eine wunderbare Frau, weißt du? Und beinah so schön wie früher. Und sie weiß, was sie will. Na, du wirst sie ja bald selbst kennenlernen«, schwärmte er.

David lachte. »Offensichtlich hat Kate ja alle deine Erwartungen übertroffen. Ich kann es kaum erwarten, sie zu treffen. Ein paar Dinge muss ich noch regeln, aber ich denke, dass ich in vier oder fünf Tagen bei dir sein kann. Und dann bleibe ich bis zur Hochzeit.«

»Und deine Schwester? Ob sie auch kommen wird?«

Vera ... Das stand auf einem anderen Blatt. Sie hatte Flugangst. Seine Schwester war der einzige Mensch, den

David kannte, der mit dem Zug von New York nach Kalifornien fuhr.

»Wohl nicht, du weißt ja, dass sie nicht fliegt, David.«

»So ein Blödsinn! Man kann nicht im einundzwanzigsten Jahrhundert leben und sich weigern, in ein Flugzeug zu steigen. Sie sollte versuchen, ihre Angst zu überwinden.«

»Vielleicht. Aber wir sollten sie nicht dazu zwingen. Vera muss nicht um jeden Preis zur Hochzeit kommen.«

»Na schön. Dann sag ich ihr, dass sie dir stattdessen ein Gedicht schicken soll.«

David konnte hören, wie sein Vater am anderen Ende der Leitung leise lachte.

»Ich muss jetzt Schluss machen«, sagte er dann. »Mir fallen gleich die Augen zu.«

»Wie spät ist es bei euch?«

»Zehn Uhr abends.«

»Bist du im Hotel?«

»Natürlich. Was das angeht, bin ich altmodisch: Tisch und Bett werden erst nach der Hochzeit geteilt. Ich werde für dich ein Zimmer reservieren. Das Hotel ist nicht das modernste, aber es hat Charme. Tatsächlich trifft das auf den ganzen Ort zu. Dann also bis bald. Gute Nacht, mein Sohn.«

Nachdem das Gespräch beendet war, fragte sich David Smith, ob er seinem Vater sagen sollte, dass es ihn nicht nur wegen der Hochzeit dringend nach Ribanova zog. Denn vor Kurzem hatte er in Bezug auf Albert Salomon eine interessante Entdeckung gemacht: Über einen langen Zeitraum hinweg hatte der Schriftsteller einen regelmäßigen Briefwechsel mit jemandem unterhalten, der in Ribanova lebte.

Als David Smith den Schriftsteller Albert Salomon und dessen Werk zum Thema seines Buches wählte, das ihm möglichst viel Ansehen als Wissenschaftler und Autor bringen sollte – und vielleicht auch etwas Geld –, tat er dies aus reiner

Intuition. Er hatte die sechs Bücher des Schriftstellers mit Begeisterung gelesen, und die etwas kryptische Biografie auf der Klappe des Buchumschlags hatte seine Aufmerksamkeit erregt:

Albert Salomon wurde 1917 in Brighton, England, geboren. Ohne sich für einen festen Beruf zu entscheiden, lebte er in verschiedenen Städten, bis er sich schließlich in Glasgow niederließ und zu schreiben begann. Trotz einigem Lob von Kritikerseite blieb ihm zu Lebzeiten der Erfolg als Schriftsteller versagt. Erst Jahre nach seinem Tod, im Jahr 1980, wurden Salomons Bücher wiederentdeckt und allesamt zu Bestsellern. Die sechs Romane des Autors haben sich weltweit inzwischen millionenfach verkauft und wurden in vierzehn Sprachen übersetzt.

Diese recht spärlichen Informationen hatten David neugierig gemacht, sodass er während der Textanalyse von *Zwei Chroniken von Benbow Hill* oder *Gäste zum Abendessen* immer wieder an den Lebenslauf des Autors denken musste, der einige Geheimnisse zu bergen schien.

Andrew Sawyer, der Dekan der Fakultät, an der David tätig war, ein wesentlich pragmatischerer und weniger romantischer Mensch als sein Kollege, hatte versucht, das Ganze auf andere Weise zu erklären: Möglicherweise war das Leben von Albert Salomon gar nicht mysteriös, sondern einfach nur langweilig gewesen, sodass es schlichtweg nichts gab, womit man seine Vita hätte aufpeppen können.

»Aber hier steht: ›Er lebte in verschiedenen Städten.‹«

»In Ordnung: Brighton, Reading, Birmingham und Manchester. Das sind verschiedene Städte. Weiter ist dein Autor wahrscheinlich nicht herumgekommen, und wirklich aufregend ist das nicht. Lass lieber die Finger davon, David, vielleicht war der Mann einfach nur Postbeamter. Und wenn ich lese, dass jemand ›sich nicht für einen festen Beruf entscheiden‹ konnte, dann weiß ich, dass er die ersten dreißig Jahre seines Lebens auf der faulen Haut gelegen hat. Such dir lieber ein anderes Thema und vergiss diesen Salomon.«

Doch David hörte nicht auf den Dekan. Er war jemand, der fest daran glaubte, dass es so etwas wie einen sechsten Sinn gab. Und dass sein Vorgesetzter meinte, dass er möglicherweise einer Sache hinterherjagte, die gar nicht existierte, war für ihn der entscheidende Anstoß, sich mit dem Enthusiasmus eines Goldsuchers an die Arbeit zu machen. Logischerweise trat er zunächst mit dem Verlag des Autors in Kontakt, wo man ihm – leicht verlegen, wie er herauszuhören meinte – versicherte, dass tatsächlich nicht viel über das Leben ihres Bestsellerautors bekannt war.

»Mr. Salomons Erfolg als Schriftsteller stellte sich bedauerlicherweise erst ein, als er selbst nichts mehr über sein Leben erzählen konnte«, erklärte die Dame aus der Presseabteilung des Verlags, »daher mussten wir uns mit dem zufriedengeben, was uns aus der Zeit der Erstveröffentlichung seiner Bücher zur Verfügung stand.«

»Der Klappentext besagt, dass Salomon in verschiedenen Städten gelebt hat …«

»Mr. Smith, wenn Sie in einem Verlag arbeiten würden, wüssten Sie, dass das, was auf den Umschlägen steht, oft auf der Basis von kaum vorhandener Information erstellt wird.«

David hatte den Eindruck, dass seine Gesprächspartnerin leise lachte, und wusste nicht recht, was er von der plötzlichen Vertraulichkeit halten sollte. »Im Fall von Mr. Salomon ist es so, dass die Angaben in der Vita vom Autor selbst stammen, dennoch lege ich nicht die Hand dafür ins Feuer, dass sie vollkommen der Wahrheit entsprechen. Viele

Autoren schmücken ihre Biografie ein bisschen aus, um sie interessanter zu machen.«

In jenem Moment kam David unvermeidlicherweise in den Sinn, was man wohl über ihn auf einem Buchumschlag schreiben könnte:

Nach dem Studium an der Cornell University *promovierte er mit Auszeichnung an der* Temple University. *Er verlor erst mit vierundzwanzig Jahren seine Unschuld und liebte ein Mädchen, das ihn für einen Kollegen verließ.*

Das Ergebnis war nicht gerade umwerfend, sodass es ihm auf einmal durchaus verständlich erschien, dass manche Autoren ihre Biografie ein wenig verschönerten.

»Wenn Sie wissen wollen, was ich denke«, meinte die Pressefrau und fuhr fort, ohne eine Antwort abzuwarten: »Albert Salomon war ein ganz gewöhnlicher Mann, der in Glasgow ein recht tristes, langweiliges Leben führte. Möglicherweise war das einer der Gründe, warum er anfing zu schreiben. Ich schicke Ihnen gern unser gesamtes Pressematerial zu, aber erwarten Sie nicht zu viel. Es tut mir leid, dass ich Ihnen in dieser Sache nicht wirklich weiterhelfen kann.«

David verabschiedete sich von der Dame, die er gern näher kennengelernt hätte. Wenig später fand er im Posteingang seines Mailprogramms eine Nachricht, der ein paar nicht wirklich brauchbare Artikel angehängt waren. Immerhin bat die Dame aus der Presseabteilung darum, über seine Recherchen auf dem Laufenden gehalten zu werden. Natürlich, dachte David bitter, es ist immer schön, wenn einem andere die Arbeit abnehmen.

David Smith musste also bei null anfangen, wenn er Albert Salomons Biografie schreiben wollte, und der Gedanke, dass Mr. Sawyer mit seinen Unkenrufen recht haben könnte und er nur seine Zeit vergeudete, beunruhigte ihn nun doch ein wenig. Wenn ihm auch sein Instinkt – oder vielleicht auch seine Sturheit – nach wie vor sagte, dass der Grund, wieso kaum etwas über eine Person bekannt war, meistens darin bestand, dass diese einen Teil ihres Lebens geheim halten wollte. Und genau das war es dann, was die Mühe lohnte. Allerdings verfügte David nach sechs Monaten der Recherche immer noch nur über ein paar wenige, eher belanglose Informationen: Tatsächlich war Albert Salomon in einer bürgerlichen Familie im Süden Englands aufgewachsen und hatte sein Studium abgebrochen. Wahrscheinlich hatte er in Brighton gelebt, bis er in den Fünfzigerjahren eine Schottin kennenlernte, die etwas älter war als er selbst und mit der er nach der Hochzeit nach Glasgow zog. Dort hatte er, um ein wenig Geld zu verdienen, privaten Sprachunterricht erteilt. Wie es schien, war seine Frau – eine gewisse Rose McBrian – finanziell so gut gestellt, dass er sich ausgiebig dem Schreiben widmen konnte. Doch wovon hatte Albert Salomon gelebt, *bevor* er nach Schottland kam? War es möglich, dass er die ganze Zeit bei seinen Eltern gewohnt hatte, bis sich jemand anderes fand, der ihm alle Sorgen abnahm?

Das war Davids Wissensstand, als er auf die Briefe stieß, die Albert Salomon von einem Mann namens Juan Sebastián Arroyo erhalten hatte. David hatte Arroyos Briefe für einen lächerlichen Preis von einem Trödler aus Glasgow erworben, nachdem er herausgefunden hatte, dass beinah sämtliche persönlichen Dinge Salomons im Jahr 1992 verkauft worden waren. Demnach war das ganze Material irgendwo verstreut und der größte Teil existierte inzwischen wahrscheinlich gar nicht mehr. Die Briefe jedoch hatten in einer recht hübschen kleinen Truhe gelegen, was sie möglicherweise vor der Vernichtung bewahrt hatte.

David hatte die Briefe mit Interesse gelesen, und offenbar war Juan Sebastián Arroyo um einiges älter gewesen als Albert Salomon, da er in seinen Schreiben einen recht väterlichen Ton anschlug. Diesen entnahm er unter anderem die wertvolle Information, dass der Schriftsteller Mitte der Vierzigerjahre einige Zeit in New York verbracht hatte, da die Reise häufiger angesprochen wurde. Ansonsten enthielten Arroyos Briefe hauptsächlich ein paar intelligente Ratschläge und viel Zuspruch, im Sinne von:

Wenn Du schreiben willst, dann tu es und hör nicht auf das, was die anderen sagen, denn was wissen die schon. Oder: *Die Manuskriptseiten, die Du mir geschickt hast, haben mir sehr gut gefallen. Sie sind wirklich gut und äußerst unterhaltsam. Und mach Dir keine Sorgen wegen des Titels. Schreib erst mal das Buch zu Ende, dann kannst Du immer noch darüber nachdenken. Soweit ich weiß, machen es viele Schriftsteller so.* Oder auch: *Sei vorsichtig bei dem jungen Mann, von dem Du mir geschrieben hast. Ich habe das Gefühl, dass er nichts Gutes im Sinn hat und längst nicht so hilfsbereit ist, wie Du glaubst.*

Auch wenn die Briefe außer dieser Spur, die nach New York führte, nicht viel an brauchbaren Informationen hergegeben hatten, hatte David sie gern gelesen, da sie gut formuliert und in einem angenehm leichten, unterhaltsamen und herzlichen Ton geschrieben worden waren.

Glücklicherweise wusste David, wo er nach dem Verfasser der väterlichen Briefe suchen musste, obwohl Albert Salomon die Umschläge nicht mit aufbewahrt hatte – was David äußerst bedauerte, denn die New Yorker Adresse des jungen Albert wäre eine weitere Fährte gewesen, die er hätte verfolgen können –, denn es war eindeutig, dass Juan Sebastián Arroyo von Ribanova aus schrieb, da die Stadt sowie einige ihrer

Bewohner immer wieder erwähnt wurden. David hoffte, dass Arroyo genau wie Albert Salomon die Briefe seines Freundes aufbewahrt hatte, und sollten die Schreiben Salomons an Arroyo tatsächlich noch existieren, wäre das ein wahrhaft bedeutender Schatz. Natürlich wollte David an der Hochzeitsfeier seines Vater teilnehmen, und das hätte er auch getan, wenn sie auf den Antipoden-Inseln stattgefunden hätte, doch einmal mehr war das Schicksal auf seiner Seite, und so konnte er mit der Reise nach Ribanova gleich zwei Fliegen mit einer Klappe schlagen.

Während sich auf der anderen Seite des Ozeans David Smith also auf die Suche nach einem günstigen Flug nach Spanien machte, fand in Ribanova das festliche Abendessen zu Ehren von Kates Geburtstag statt.

Der Höflichkeit halber hatten Anna Livia und Shirley zunächst vorgeschlagen, dass Kate, anstatt mit ihnen zu feiern, mit ihrem frisch Verlobten ausgehen solle, doch Forster Smith war nach der langen, anstrengenden Reise so müde, dass er sich um halb zehn in sein Zimmer im Hotel Almirante zurückzog, um sich auszuschlafen. Daher wählten die drei Damen ein gutes Restaurant aus, wo Kate eine Platte mit Meeresfrüchten und eine Flasche Wein bestellte, um gleichzeitig ihren Geburtstag und ihre Verlobung zu feiern. Kate und Forster hatten den Nachmittag damit verbracht, sich gegenseitig zu erzählen, was sie in all den Jahren erlebt hatten. Obwohl Shirley zu gern im Haus geblieben wäre, um ein wenig zu lauschen, hatte Anna Livia sie mit nach draußen geschleppt, angeblich um ein paar Einkäufe zu erledigen. Dabei brachte sie gleich die frohe Neuigkeit unters Volk. Kate Salomon war äußerst beliebt in Ribanova und hatte einen großen Freundeskreis, und so wurde die Nachricht als eine große, aber sehr erfreuliche Überraschung aufgenommen.

»Und wann soll die Hochzeit jetzt stattfinden?« Anna Livia konnte ihre Neugier kaum bezähmen.

»In drei oder vier Wochen. Vorher muss noch eine Menge Papierkram erledigt werden, fürchte ich. Aber da wird sich Forster drum kümmern.«

Shirley träufelte den Saft einer Zitrone auf eine Auster, die sich daraufhin zusammenzog, bevor sie genüsslich verspeist wurde.

»Ach, Papierkram – lasst uns über angenehmere Dinge reden. Wie stellt ihr euch die Feier vor?«

»Forster möchte ein großes Fest. Ich habe überlegt, den Empfang zu Hause zu machen ... also, wenn ihr einverstanden seid.« Kate blickte in die Runde.

»Eine gute Idee! Der Garten eignet sich perfekt dafür. Und dass es regnet, ist im Juli ja wohl auszuschließen.« Anna Livia lehnte dankend ab, als Shirley ihr den Teller mit den Austern unter die Nase hielt. Sie weigerte sich strikt, irgendetwas Lebendiges zu verspeisen. »Kate, Liebes, könntest du mir den Hummer herüberreichen? Wir sollten so schnell wie möglich eine Gästeliste erstellen. Wo wollt ihr heiraten? In der Kathedrale?«

»Ich fürchte, dass eine kirchliche Zeremonie ausgeschlossen ist. Forster ist bereits zweimal geschieden.«

Shirley legte die Gabel ab und schüttelte bedauernd den Kopf.

»Ach, das ist aber wirklich schade! Standesamtliche Hochzeiten sind immer so nüchtern. Aber mit vielen Blumen, ein bisschen Musik und ein paar schönen Texten kann man sicher etwas daraus machen. Und was ist mit dem Hochzeitskleid?«

Kate knabberte gerade an einer überbackenen Jakobsmuschel. Sie hatte keinen großen Hunger. Der aufregende Tag hatte ihr den Appetit genommen, und obwohl sie Meeresfrüchte liebte, bekam sie kaum etwas herunter. Sie sah Shirley in komischer Verzweiflung an.

»Bitte sag jetzt nicht, dass du an ein richtiges Brautkleid denkst, denn das werde ich nicht tragen. Auch wenn es wirklich schöne Brautkleider gibt, wäre es in meinem Fall doch eher lächerlich, wenn ich im weißen Kleid mit Schleier antrete.«

Shirley runzelte die Stirn.

»Wer hat etwas von einem weißen Kleid gesagt? Hast du irgendwas in der Richtung gehört, Anna Livia? Natürlich nicht, weil davon nie die Rede war. Aber ich hoffe, dass du nicht vorhast, eines dieser schrecklichen taillierten Kostüme zu tragen, wie du sie manchmal anziehst. Damit siehst du immer so antiquiert aus. Als wärst du dem Musical *My Fair Lady* entsprungen.«

Anna Livia und Kate lachten.

»Keine Sorge, Shirley, ich werde mir für die Hochzeit ein neues Kleid kaufen. Aber etwas Schlichtes, ohne Volants und Rüschen. Übrigens zähle ich auf euch als Trauzeuginnen.«

Shirley jauchzte auf und klatschte in die Hände.

»Meine Liebe, das ist wunderbar!« Anna Livia drückte begeistert die Hand ihrer Freundin. »Und was ist mit deiner Familie? Wirst du sie bitten, herzukommen?«

Kates Miene verdüsterte sich ein wenig.

»Ach, ich weiß nicht. Ich habe keine Ahnung, wie sie reagieren werden, wenn ich ihnen mitteile, dass ich heiraten werde. Wir haben ja kaum noch Kontakt. Seit Ewigkeiten haben wir uns nicht mehr gesehen und seit Monaten nicht mehr miteinander gesprochen. Ich werde es ihnen wohl sagen müssen, natürlich … aber ich weiß noch nicht so recht, wie. Ich wäre allerdings überrascht, wenn sie tatsächlich kommen würden. Aber auf keinen Fall kann ich heiraten, ohne sie zu informieren.«

»Und warum nicht?« Shirley hatte den Teller mit den Austern vorübergehend zur Seite gestellt und widmete sich nun einer großen Krabbe, die aussah wie eine riesige rote Spinne.

»Wenn sie sich ansonsten nicht für dein Leben interessieren, finde ich nicht, dass sie unbedingt erfahren müssen, wenn etwas Außergewöhnliches passiert. Habe ich recht, oder nicht?«

Wahrscheinlich hatte sie recht, denn weder James noch Lotta hatten all die Jahre auch nur die geringste Anstrengung unternommen, um den Kontakt mit ihr aufrechtzuerhalten, dachte Kate. Als ihr Vater starb, waren sie mit der Ausrede, dass Ribanova so weit weg sei, nicht einmal zur Beerdigung gekommen. Immer war Kate diejenige, die anrief oder schrieb. Sie hatten sich nicht mehr gesehen, seit Kate in Brighton gewesen war, um den Nachlass ihres Vater zu regeln – mit anderen Worten: um ihr Elternhaus auf James' Namen umschreiben zu lassen –, und ihr Beitrag zur Pflege der familiären Beziehungen bestand darin, eine Weihnachtskarte und am Vorabend ihres Geburtstages einen eiligen Gruß zu verfassen, der immer ein paar Tage zu spät ankam. Kate war sich sicher, dass James sich nur noch daran erinnerte, dass ihr Geburtstag irgendwann im Juni war, und das genaue Datum längst vergessen hatte.

»Trotzdem sollte ich es ihnen sagen. James und Lotta sind meine Familie. Genau wie ihre Töchter.« Sie seufzte. »Ist schon komisch, wenn ich daran denke, dass meine Nichten, wenn sie mir zufällig auf der Straße begegneten, mich nicht einmal erkennen würden …«

»Wenn es das ist, was dich bedrückt, kannst du ganz beruhigt sein. Ich bin sicher, dass deine Schwägerin den Mädchen immer mal wieder ein Foto von dir zeigt. Wahrscheinlich mit Nadeln drin, um dir irgendeinen Fluch anzuhängen. Lotta ist eine neidzerfressene alte Hexe, die es dir nie verziehen hat, dass dein Onkel dich als seine Erbin eingesetzt hat.«

Obwohl sie sie eigentlich gar nicht kannte, hasste Shirley James' Ehefrau von Herzen. Sie hatte mit Recht den Eindruck, dass Lotta sich Kate gegenüber immer äußerst schäbig verhalten hatte, und war davon überzeugt, dass diese verschlagene, habgierige Frau über noch viele weitere unverzeihliche Eigenschaften verfügte.

»Ich denke auch, dass du es ihnen erzählen solltest«, meinte Anna Livia, die mit dem entsprechenden Besteck in den Händen dem Hummer zu Leibe rückte. »Nur weil die beiden sich nicht benehmen können, heißt das noch lange nicht, dass auch du dich wie ein unzivilisierter Mensch verhalten solltest. Teile es ihnen einfach mit, und zwar so, dass ihnen klar ist, dass du nicht an einer Meinung interessiert bist.«

»Oder sie um Erlaubnis bittest!«, fügte Shirley hinzu. »Denn das steht außer Frage. Das Gute an unserem biblischen Alter ist nämlich, dass wir ganz allein über unser Leben bestimmen können.«

Kate seufzte. Ihre Freundinnen hatten recht, aber ganz so einfach würde es leider nicht sein. Der Kellner kam, um nachzufragen, ob er den zweiten Gang servieren könne. Kate hatte noch einen im Ofen gebackenen Fisch bestellt, allerdings war sie bereits vollkommen satt. Zum Glück hatte Anna Livia einen guten Appetit, und Shirley hatte, als sie sich an den Tisch setzte, bereits verkündet, dass sie ein ganzes Pferd verspeisen könnte.

»Meine Liebe«, Shirley und Anna Livia warfen sich einen Blick zu, der Kate nicht entging, »es gibt da etwas, worüber wir mit dir reden müssen.« Die leichte Beunruhigung, die in diesem Satz mitschwang, versetzte Kate sofort in Alarmbereitschaft.

»Das, was Anna Livia und ich dich fragen möchten, ist, was wohl aus uns werden wird, wenn du Forster heiratest.«

»Ich verstehe nicht …«

»Na, wo wir beide wohnen können. Ich meine, wir haben kein anderes Zuhause mehr, und als wir uns entschieden haben, nach Ribanova umzuziehen, sind wir natürlich davon ausgegangen, auf lange Sicht hier zu bleiben.«

Kate lächelte. Darüber hatte sie bereits mit Forster gesprochen. Tatsächlich war es das Erste gewesen, was sie hatte klären wollen, als sie angefangen hatten, über praktische Dinge zu reden.

»Natürlich hoffe ich, dass ihr bleibt. Mein Vorschlag, mit dem Forster sofort einverstanden war, ist, dass wir in Zukunft zu viert zusammenwohnen. Das Haus ist doch groß genug für uns alle.«

»Aber … wollt ihr nicht mehr Privatsphäre?«

Nun musste Kate lachen.

»Anna Livia, ich bin sehr glücklich darüber, dass Forster mich heiraten möchte, aber ich glaube nicht, dass er einen Zaubertrank im Koffer hat, der uns zur ewigen Jugend verhilft. Ich fürchte, weder er noch ich sind in einer Verfassung, die es uns erlauben würde, wie ein junges, frisch verheiratetes Paar durch die Flure zu tollen und in jedem Zimmer übereinander herzufallen. Eine Wohnfläche von beinah fünfhundert Quadratmetern bietet uns garantiert genügend Raum für die Privatsphäre, die Mr. Smith und Mrs. Smith unter diesen Umständen brauchen.« Sie zwinkerte ihren Freundinnen zu.

Shirley legte in einer Geste der Dankbarkeit die Hände an die Brust. Sie trug eine gewagte goldfarbene Bluse mit einem spitz zulaufenden tiefen Ausschnitt, der den Ansatz eines beeindruckenden Busens zur Schau stellte. Shirley hatte ihn mit einem im Internet bestellten Mieder in Form gebracht, das ihr allzu heftiges Atmen untersagte. Doch jetzt stieß sie einen Stoßseufzer aus.

»Du bist wirklich ein Engel, Kate!«

»Jetzt übertreib mal nicht, Shirley. Das hättest du doch genauso gemacht.«

Shirley wiegte nachdenklich den Kopf.

»Hmmm … ich weiß nicht … Ich würde jetzt gern etwas anderes sagen, aber wenn ein auch nur halbwegs interessanter

Mann an meiner Tür klingeln würde, um mich zu heiraten, würde ich sämtliche Mitbewohnerinnen auf der Stelle auf die Straße setzen.« Sie wandte sich an Anna Livia, die ihr einen Rippenstoß verpasst hatte. »Nimm es nicht persönlich, meine Liebe.«

»Mach ich nicht.« Anna Livia warf Shirley einen strengen Blick aus ihren veilchenfarbenen Augen zu. »Aber ich bin dem Himmel äußerst dankbar dafür, dass Forster Smith wegen Kate gekommen ist und nicht wegen dir.«

Ein riesiger gebackener Steinbutt, der auf einer großen Platte, umrundet von goldbraunen Kartoffeln und Frühlingszwiebeln, angerichtet war, unterbrach die muntere Konversation. Der köstliche Duft sorgte bei den drei Damen am Tisch für laut geäußertes Entzücken. Kate entschied, doch noch ein bisschen davon zu essen, denn was konnte ein wenig gebackener Fisch schon schaden. In nur einer Stunde war ihr Geburtstag vorüber, aber sie konnte jetzt schon sagen, dass es der aufregendste gewesen war, den sie in ihrem langen Leben je gefeiert hatte.

Von: katesalomon124@hotmail.com
An: sunsetcafestaff@sunsetcafe.com

Lieber James,
es ist lange her, dass wir zuletzt miteinander gesprochen haben, und ich denke, dass wir das in Zukunft anders machen sollten. Aber, keine Sorge, ich schreibe Dir nicht, um mich über unseren spärlichen Kontakt zu beklagen. Ich möchte Dir mitteilen, dass ich in drei Wochen heiraten werde.
Bevor Du nun auf seltsame Gedanken kommst, solltest Du wissen, dass mein zukünftiger Ehemann ein alter Freund aus meiner Studienzeit in Edinburgh ist, den ich nach langer Zeit wiedergetroffen habe. Er heißt Forster Smith, war Universitäts-Professor, ist nun emeritiert und wird zu mir nach Ribanova ziehen.

Natürlich seid ihr, Du, Lotta und die Mädchen, zur Hochzeit herzlich eingeladen.
Ich nehme an, dass diese Nachricht für Dich äußerst überraschend kommt, aber ich möchte, dass Du weißt, wie glücklich ich bin. Ich hoffe, dass es Dir und Deiner Familie gut geht und dass wir uns bald wiedersehen.
Deine Schwester
Kate

Kate hatte offenbar den Verstand verloren!

James Salomon wedelte vor den Augen seiner Frau mit der ausgedruckten Mail herum, die zu schreiben Kate über eine Stunde gebraucht hatte – was James natürlich nicht wissen konnte. »Ich war schon immer der Meinung, dass meine Schwester ein bisschen abgedreht ist …« Um seine Behauptung zu verstärken, tippte er sich mit dem Finger an die Stirn. »Aber das geht selbst für ihre Verhältnisse zu weit. Eine Hochzeit in ihrem Alter! Wer kommt denn auf so eine verrückte Idee?«

Lotta hatte ihrem Mann das Blatt aus der Hand gerissen und las äußerst konzentriert, was darauf stand, als hoffe sie, noch irgendeine versteckte Botschaft zu finden, die ihm entgangen war, doch es handelte sich tatsächlich nur um eine in deutlichen Worten formulierte Hochzeitsanzeige.

»Das ist ja wirklich unerhört! Was soll das? Ich verstehe kein Wort!«

»Da gibt es nichts zu verstehen, Lotta. Meine Schwester hat den Verstand verloren, und irgendein Betrüger hat das ausgenutzt.«

Es war Montag, der einzige Tag in der Woche, an dem James nicht morgens um sieben im Café war, um beim Servieren des Frühstücks zu helfen. Im Gegensatz zur restlichen Bevölkerung liebte James Montage, weil sie ihm die Möglichkeit gaben, sich ein wenig auszuruhen. Er stand später auf und frühstückte zusammen mit seiner Frau, wobei nicht er das Rührei zubereitete wie an den anderen Wochentagen. Dann blätterte er die Zeitung durch, wusch sich, zog sich an und ließ den Morgen verstreichen, bis er gegen Mittag – auch wenn er sich jede Woche sagte, dass es das letzte Mal wäre – im Café vorbeischaute, um nach dem Rechten zu sehen und sich davon zu überzeugen, dass seine Kundschaft nicht zur Konkurrenz abwanderte oder die Krise und die Eintönigkeit in dem seit über dreißig Jahre bestehenden Café zum Anlass nahm, fernzubleiben. An diesem Montag jedoch war er sofort wieder nach Hause geeilt, nachdem er den Computer angemacht und darin Kates Nachricht entdeckt hatte. Eilig war er die Treppe hinuntergestürzt, um Lotta von der Neuigkeit in Kenntnis zu setzen. Sie waren inzwischen seit mehr als dreißig Jahren verheiratet, und James fühlte sich nach wie vor auf sie angewiesen. Die Fähigkeit, selbständig zu handeln, hatte er praktisch verloren. Daher hatte er, als er Kates Nachricht gelesen hatte, sofort das Bedürfnis gehabt, sich den Inhalt des Briefes von Lotta bestätigen zu lassen. Nun gab ihm seine Frau mit einer theatralischen Geste das Blatt Papier zurück.

»Kate war schon immer äußerst egoistisch«, urteilte sie, »und das beweist sie damit einmal mehr. Eine solche Entscheidung zu treffen, ohne vorher mit dir darüber zu reden … das ist unerhört! Schließlich bist du ihr Bruder!«

James faltete die ausgedruckte Mail zusammen und steckte sie in die hintere Tasche seiner Hose, die immer ein wenig rutschte. Er war dünn, und an diesem Morgen hatte er keinen Gürtel angezogen.

»Könnte einer von euch so nett sein, mir zu sagen, was hier eigentlich los ist?«

Laura, die älteste Tochter von James und Lotta, wischte sich mit ihrer Serviette den Mund ab und beendete ihr Frühstück.

Nach einer kurzen Ehe, die, wie alle vorhergesagt hatten, zum Scheitern verurteilt war, lebte sie seit ein paar Monaten wieder bei ihren Eltern. Laura war achtundzwanzig Jahre alt und äußerst frustriert, beschämt und unglücklich, und die Tatsache, wieder im Haus ihres Vaters wohnen zu müssen, machte ihr zusätzlich zu schaffen. Doch die Schulden ihres Exmannes belasteten ihr nicht gerade hohes Einkommen dermaßen, dass sie sich nicht einmal mehr eine eigene Wohnung leisten konnte. Laura hasste ihr spießiges Zuhause und hatte schon immer gehofft, es möglichst früh verlassen zu können – doch das war vor der Zeit gewesen, die sie mit ihrem nichtsnutzigen Ehemann verschwendet hatte, der nichts gelernt und sich in ein völlig waghalsiges geschäftliches Abenteuer gestürzt hatte (»Gartendekoration oder irgend so ein Schwachsinn«, pflegte James zu sagen, wenn er danach gefragt wurde), für das Laura dummerweise bürgte. Das Ergebnis dieser Aktion war genau das, was alle außer Laura vorhergesehen hatten: Ihr Mann war in die Pleite gerauscht, und obwohl sie inzwischen geschieden waren, musste sie für die Schulden mit aufkommen, während Hunderte abgrundtief hässlicher Gartenbrunnen im Lager irgendeines Schrotthändlers verrotteten.

»Stell dich nicht dümmer, als du bist, Laura, du hast es doch selbst gehört. Deine Tante Kate hat vor zu heiraten und hat mir dies per Mail mitgeteilt.«

Laura wusste nicht, was sie dazu sagen sollte. Im Grunde wusste sie in letzter Zeit überhaupt nicht mehr, was sie zu *irgendetwas* sagen sollte. Ihre gescheiterte Ehe, der finanzielle Ruin und ihr schändlicher Rückzug in das verhasste Elternhaus hatten ihrem ohnehin geringen Selbstvertrauen den Rest gegeben. Den ganzen Tag über erging sie sich in Entschuldigungen. Sie entschuldigte sich dafür, dass sie keine eigene Wohnung hatte, dafür, sich in einen skrupellosen Nichtsnutz verliebt zu haben, für die beschämende Scheidung, für ihre finanzielle Misere und dafür, auf die Hilfe anderer angewiesen zu sein. Sie arbeitete als Spanischlehrerin an derselben Privatschule, an der auch ihr Großvater unterrichtet hatte – wo man sie, ihrer Vermutung nach, nur aus Loyalität einem ehemaligen Angestellten gegenüber eingestellt hatte –, doch die Hälfte ihres Gehalts wurde von den Schulden ihres Mannes weggefressen. Das war der Stand der Dinge, und auch wenn sie mindestens ein Dutzend Mal am Tag sehnsüchtig daran dachte, sich wieder eine eigene Wohnung zu suchen, war ein Neuanfang mit einem Einkommen von nur sechshundert Pfund doch so gut wie unmöglich.

»Wen heiratet sie denn?«, fragte sie schließlich, was sie sofort wieder bereute, denn mit ihrem Interesse am zukünftigen Ehemann ihrer Tante erinnerte sie sofort wieder an ihre eigene unglückliche Wahl. Dankenswerterweise verspürte ihr Vater an diesem Morgen ausnahmsweise nicht den Drang, in der Wunde zu bohren.

»Einen Jugendfreund. Zumindest behauptet sie das, aber wer weiß schon, ob das auch wirklich stimmt.«

»Na ja, wenn es jemand ist, der altersmäßig zu ihr passt … ich meine … eigentlich ist das doch gar nicht so schlecht … schließlich … in ihrem Alter …«

»Genau das *ist* doch das Problem, Laura. Ihr Alter. Wie alt ist sie inzwischen? Achtzig?«

»Äh … na ja, nicht ganz. Siebzig, glaube ich. Mehr oder weniger. Aber in dem Alter *heiratet* man doch nicht mehr!«

Gern hätte Laura gesagt, dass sie es völlig in Ordnung fand, wenn eine ältere Frau sich dazu entschied zu heiraten – was sie viel mehr verwunderte, war, dass sich ein geeigneter Bräutigam gefunden hatte –, doch sie traute sich nicht. Die Kommunikation mit ihren Eltern beschränkte sich inzwischen auf vorwurfsvolle Blicke, die ihr mehrmals am Tag zugeworfen wurden, und den einen oder anderen lapidar geäußerten Satz zu ihrem glorreichen Scheitern. Laura wusste nicht einmal, ob es ihre Eltern störte, dass sie wieder bei ihnen lebte. Allerdings schien es ihnen zu gefallen, sie immer wieder darauf hinzuweisen, wie recht sie mit ihrer Vorhersage gehabt hatten, dass ihre Ehe in einer Katastrophe enden würde.

»Wer weiß schon, was das für ein Typ ist. Wahrscheinlich ist er nur hinter ihrem Geld her. Was das angeht, kennen wir uns ja aus.«

Laura wurde blass und tat so, als ob sie im Kühlschrank nach einer Flasche Saft suchte.

»Und was machen wir nun?«

»Nichts, Lotta. Gar nichts. Wir können nichts machen, außer zuzusehen, wie irgend so ein Erbschleicher sich unser Geld unter den Nagel reißt.«

Das ist es also, dachte Laura. Das berühmte Erbe von Tante Kate. Seit Jahren schon war in ihrem Elternhaus die Rede davon, was geschehen würde, wenn Tante Kate starb. Der große Altersunterschied zwischen ihr und James hatte für jede Menge Spekulationen gesorgt, wobei James Salomon und seine Frau eifrig hin und her gerechnet hatten: »Kate ist achtzehn Jahre älter als du. Angenommen, sie stirbt mit fünfundachtzig Jahren, dann bist du erst siebenundsechzig, wenn wir sie beerben.« – »Ja, aber du musst bedenken, dass mein Vater erst mit über neunzig gestorben ist, und meine Schwester ist kerngesund …« Laura, die dem Ganzen im Grunde eher gleichgültig gegenüberstand, wäre am liebsten schreiend davongelaufen, wenn sie diese Gespräche mit anhören musste. Ihre Eltern jedoch waren davon überzeugt, dass es eine himmelschreiende Ungerechtigkeit war, dass Kate allein in den Genuss von Onkel Berties Erbe gekommen war, und so warteten sie seit jeher darauf, dass die Zeit die Angelegenheit wieder ins rechte Lot bringen würde.

»Dieser Kerl, dieser …« James zog Kates Nachricht wieder aus der Hosentasche, um nach dem Namen zu sehen. »Dieser Forster Smith wird uns Kates Vermögen vor der Nase wegschnappen. Wetten, dass er sich auf ihre Kosten ein schönes Leben macht. Kein schlechtes Geschäft!«

»Na ja«, Laura hatte sich zwar vorgenommen, sich nicht in das Gespräch einzumischen, doch in diesem Moment siegte ihr Gerechtigkeitssinn über ihre Schüchternheit, »vielleicht braucht dieser Mann Tante Kates Geld gar nicht. Ich meine, vielleicht ist er ja selbst reich genug … das könnte doch sein.«

Lotta und James sahen sich an. Das war natürlich auch möglich. James nahm sich erneut das Blatt Papier vor und vertiefte sich in den Text.

»Hier steht, dass er Universitäts-Professor war.«

»Könnte schlimmer sein«, meinte Lotta.

»Klar, ein arbeitsloser Dreißigjähriger zum Beispiel. Aber wer weiß, ob es stimmt. Vielleicht ist das ein professioneller Betrüger. Ein Hochstapler. Möglicherweise ist er in Wirklichkeit Bauarbeiter oder … oder Straßenmusiker und hat Kate das Märchen von dem Professor erzählt, um sie zu beeindrucken. Sie war schon immer sehr leichtgläubig.«

Laura seufzte. Einmal mehr bedauerte sie, dass ihre Eltern die lästige Angewohnheit hatten, niemandem zu vertrauen. Gern hätte sie der Theorie ihres Vaters widersprochen, doch dazu fehlten ihr die Argumente. Sie kannte ihre Tante Kate kaum, und vielleicht war sie ja tatsächlich die dämliche alte Frau, als die ihr Vater sie immer beschrieb und die auf jeden hereinfiel. Zum ersten Mal tat es ihr leid, nicht mehr über ihre Tante zu wissen, die sie höchstens drei oder vier Mal in ihrem Leben gesehen hatte. Doch das war schon lange her. Sie griff nach dem Blatt, das ihr Vater genervt auf den Tisch gelegt hatte, und las selbst. Es war eine äußerst höfliche Nachricht, fand sie, sie war freundlich formuliert, beschränkte sich auf das Wesentliche und enthielt – zumindest schien es ihr so – die versteckte Botschaft: »So sieht es aus, mein lieber Bruder, und es ist mir völlig egal, was du davon hältst.«

»Glaubst du, dass deine Schwester noch Herr ihrer Sinne ist? Viele Menschen sind im Alter durcheinander und leicht zu manipulieren. Denk daran, dass dein Vater auch nicht mehr ganz dicht war, als er starb. So etwas vererbt sich.«

»Das könnte natürlich sein. Schließlich hat sie sich genau wie er nicht davon abhalten lassen, allein in diesem weit entfernten Ort zu leben. Man müsste herausfinden, wie es tatsächlich um sie steht.«

»Na ja, wenn sie nicht mehr ganz richtig im Kopf ist, könnte man die Hochzeit doch sicher verhindern, oder? Im Fall von Altersschwachsinn kann die Familie … jemanden entmündigen lassen oder so was.«

James schwieg. Zum ersten Mal zog er die Möglichkeit in Betracht, dass seine Schwester geistig verwirrt und nicht mehr zurechnungsfähig war. »Das wäre zumindest eine plausible Erklärung«, meinte er dann.

»Vielleicht sollten wir hinfahren«, schlug Lotta vor.

»Nach Ribanova? Vergiss es. Dieser Ort liegt sozusagen am Ende der Welt, und ich kann jetzt unmöglich das Café einfach so zurücklassen. Im Sommer ist dort die Hölle los, wie du weißt.«

Das stimmte. In der Sommerzeit war Brighton voller Sprachschüler aus allen Ländern Europas, die den Ort für ein paar Monate in ein kleines Babel verwandelten und ihr Geld für Sahnetorten und Obstkuchen ausgaben, um die mäßige Verkostung in ihren Gastfamilien zu kompensieren, die offenbar allen Wert darauf legten, den schlechten Ruf der englischen Küche zu untermauern. In dieser Zeit hatte James Salomon viel zu tun: Er musste Überschichten einkalkulieren, Bestellmengen ausweiten und sogar auf Aushilfen zurückgreifen, um dem sommerlichen Ansturm gerecht zu werden. Daher fuhren die Salomons niemals im Juli oder August in Urlaub, sondern stellten sich jedes Jahr auf den Hochbetrieb im Café ein, der sich natürlich auch auf das Familienleben auswirkte.

»Ja, das ist wirklich zu ärgerlich«, entgegnete Lotta. »Wir müssen reagieren. Offenbar ist es nötig, Kate ins Gewissen zu reden. Und sich diesen Mr. Smith einmal näher anzusehen, damit wir unsere Schlüsse ziehen können. Wenn er es wirklich auf ihr Vermögen abgesehen hat, könnten wir das Schlimmste vielleicht noch verhindern. Schließlich ist Kate eine alte Frau, und du bist ihr einziger Bruder. Es ist deine Pflicht, auf sie aufzupassen. Stell dir vor, dieser Kerl leert ihre Konten und macht sich dann aus dem Staub! Wenn niemand aus der Familie ein Auge auf ihn hat, meint dieser Forster vielleicht, er kann sich alles erlauben.«

Das war ein äußerst vernünftiger Standpunkt. Wenn Forster Smith wirklich der skrupellose Betrüger war, für den James Salomon ihn hielt, würde ihn die Annahme, dass seine zukünftige Ehefrau keine Familie hatte, die sich um sie kümmerte, noch zusätzlich ermutigen, sie um ihr Vermögen zu erleichtern. James ging kopfschüttelnd in der Küche auf und ab, als kämpfe er mit sich, ob diese drängende Reise nach Spanien es wert war, dass er sein Café in der Hochsaison zurückließ.

»Und wenn ich hinfahre?«

Als Laura das sagte, war sie selbst von ihrer Kühnheit überrascht. Hatte sie ihren Eltern – die sie für vollkommen lebensunfähig hielten – gerade tatsächlich vorgeschlagen, dass sie nach Spanien reisen könnte, um den vermeintlichen Erbschleicher in die Schranken zu weisen? Wobei der Vorschlag durchaus Sinn machte. James stellte sich die Szene vor: eine junge, energische Frau – vielleicht wäre es möglich, Laura so zu präparieren, dass es zumindest so aussah –, bereit, sich den gefährlichen Machenschaften des skrupellosen Heiratsschwindlers zu stellen … ja, doch, das hatte was.

»Meinst du das ernst? Würdest du dir das wirklich zutrauen?«

»Ich … na ja, ich glaube schon. Ich müsste ja nur an diesen Ort reisen, Forster kennenlernen … und ihn einschätzen. Ich denke nicht, dass das so schwierig sein wird.«

»Es war auch nicht schwierig, deinen Ehemann richtig einzuschätzen, und du siehst ja, wo du gelandet bist!«

Der Satz ihrer Mutter traf Laura ins Herz wie ein Pfeil. Wieder einmal waren sie bei dem Thema gelandet, das seit Monaten bei allen Gesprächen in diesem Haus immer wieder zur Sprache kam. Und Laura war nicht in der Lage, Lotta zu widersprechen und ihr zu sagen, dass die Tatsache, dass sie auf Jack LaMotta hereingefallen war, weil sie sich in ihn verliebt hatte, nicht bedeutete, dass sie generell keine Menschenkenntnis und kein kritisches Urteilsvermögen besaß.

»Sei still, Lotta!« Ihr Vater hatte sich offenbar tatsächlich auf ihre Seite geschlagen. »Es geht nicht darum, den zukünftigen Ehemann meiner Schwester zu beurteilen, sondern darum, ihm klarzumachen, dass er Kate nicht einfach so für seine Zwecke ausnutzen kann, und das kann Laura genauso gut machen wie jeder andere. Sie muss nur dort hinfahren und diesen Eindringling daran erinnern, dass Kate eine Familie hat, die nicht zulassen wird, dass irgendein Schlitzohr ihr das Geld abluchst.«

Er wandte sich seiner Tochter zu, die wie ein Häufchen Elend vor ihm saß.

»Könntest du das tun?«

»Natürlich, Papa.«

»Aber James!« Lotta war alles andere als überzeugt. »Du hast gesagt, dass du Laura im Sommer im Café brauchst.«

Laura hob die Schultern. Es stimmte, dass er das gesagt hatte, und die Aussicht, den Sommer über im Lokal ihres Vaters als Kellnerin zu schuften, hatte sie nicht gerade fröhlich gestimmt. Allein der Gedanke, dieselben Kinder mit Eis und Schokoladenkuchen bedienen zu müssen, die sie ab September in der Schule wieder unterrichten sollte, war ihr ein Graus. Denn es untermauerte nicht gerade die Autorität gegenüber einem Jugendlichen, wenn man ihn ein paar Wochen zuvor gefragt hatte, ob er seinen Apfelkuchen mit oder ohne Sahne wollte. Ihre Eltern hatten absolut keine Vorstellung davon, wie schwierig es war, eine Schulklasse zu bändigen, und dass sie das Ganze so noch viel schwieriger machten.

»Na ja, die Hochsaison beginnt erst Anfang Juli, und bis dahin müsste Laura ja zurück sein. Sie soll sich in Ribanova ja nicht dauerhaft niederlassen, sondern sich nur einen Eindruck von der Lage verschaffen.«

»Und du meinst, dass das in nur zwei Wochen zu bewerkstelligen ist?«

»Warum nicht? Wenn nicht sogar noch schneller. Sie muss ja nur hinfahren, sich ein bisschen umsehen, die richtigen Worte sagen und zurückkommen.«

Wie üblich redeten ihre Eltern miteinander, als ob sie gar nicht da wäre. Mit zusammengebissenen Zähnen nahm Laura es hin, dabei hatte sie große Lust, mit der Faust auf den Tisch zu schlagen und zu schreien: »Hey, Leute, ich bin auch hier!«

»Wäre es nicht besser, Lizzie dorthin zu schicken?«

Natürlich, Lizzie! Das musste ja kommen! Es wäre ein Wunder gewesen, wenn der Name ihrer perfekten Schwester in diesem Gespräch nicht gefallen wäre. Lizzie, die andere Seite des Spiegels. Die brillante Wirtschaftswissenschaftlerin, die mit einem ebenfalls brillanten und dazu noch reichen jungen Mann verheiratet war. Lizzie lebte am Stadtrand von Brighton in einem Haus mit vier Schlafzimmern, Garten und sogar mit Pool. Dieses Haus war für ihre Eltern das Symbol von Lizzies Triumph und genau das Gegenteil von der prekären Situation ihrer ältesten Tochter, die nicht einmal ein Dach über dem Kopf hatte. Natürlich hätte Lizzie, klug wie sie war, diese Angelegenheit mit links erledigt. Aber leider war sie derzeit nicht dazu in der Lage.

»Lotta, deine Tochter wird in sechs Wochen entbinden. Willst du sie in diesem Zustand wirklich in ein Flugzeug setzen? Natürlich wäre es auch mir lieber, die Sache Lizzie zu überlassen. Aber es ist nun mal nicht möglich, also vergiss es!« James wandte sich wieder an Laura, als wäre ihm gerade eingefallen, dass sie auch noch da war. »Glaubst du, du schaffst das? Ich meine, zu deiner Tante zu reisen, diesen Kerl unter die Lupe zu nehmen und uns anschließend genau zu berichten, was da los ist?«

Laura nickte.

»Na gut, dann ist die Sache klar. Ich werde Kate schreiben, dass du kommst.

Von: sunsetcafestaff@sunsetcafe.com
An: katesalomon124@hotmail.com

Meine liebe Schwester,
die Nachricht von Deiner Hochzeit war für uns eine große Überraschung. Das dürfte Dich nicht verwundern, und ich hoffe, Du weißt, was Du tust. Da es uns nicht möglich ist, Brighton in der Sommersaison zu verlassen, können wir leider nicht an der Feier teilnehmen, doch stellvertretend für die ganze Familie, wird Deine Nichte Laura nach Ribanova kommen und so Deinen zukünftigen Ehemann kennenlernen. Erlaube mir die Bemerkung, dass es wirklich ein seltsames Gefühl ist, ihn so zu bezeichnen, wenn man bedenkt, in welchem Alter Du bist.

Kate las die Nachricht noch ein zweites Mal, bevor sie sie ausdruckte, und sagte sich, dass der letzte, etwas boshafte Satz garantiert von Lotta stammte. Sie nahm das Blatt Papier aus dem Drucker und ging damit hinunter in den Garten.

Forster, Anna Livia und Shirley tranken Kaffee im Schatten der großen Magnolie. Kate liebte diesen Baum, und sie hatte einen schönen Steintisch gekauft, der nun darunter stand. Einmal mehr dachte sie, wie glücklich sie sich schätzen konnte, einen so wunderbaren Garten zu haben, der wie ein kleiner grüner, schattiger Park voller Blumenbeete wirkte. Im hinteren Teil lag ein von Seerosen bedeckter Teich, und vor Kurzem hatte sich dort eine Kolonie Frösche niedergelassen, die, sobald es dunkel wurde, fröhlich vor sich hin quakten. Kate hörte diesem lustigen, unharmonischen Konzert gern zu. Mitte Juni war der Garten am schönsten, wenn die Hortensien in den unterschiedlichsten Blautönen ihre Pracht entfalteten, die Narzissen blühten und die Heckenkirsche abends ihren intensiven, betörenden Duft verströmte. Hier und dort wuchsen Rosen und Buchsbaumsträucher, die früher wahrscheinlich regelmäßig in Form gebracht worden waren, sich nun aber zu wild wuchernden Fresken ausgewachsen hatten. Ihr gefielen sie so. Im Hintergrund standen ein paar Obstbäume, die bei kundiger Pflege sicher üppige Früchte getragen hätten, deren Ernte sich so aber auf ein paar kleine Äpfel, unreife Pfirsiche und einige mühsam vor den Vögeln zu rettende Aprikosen beschränkte. Trotzdem hätte Kate ihren Garten niemals gegen den Park von Versailles eingetauscht. Und er schien ihr der perfekte Ort, um dort eine Hochzeit zu feiern.

Das Datum hatten sie bereits festgelegt: auf den 3. Juli, einen Samstag. Bis dahin waren es nur noch drei Wochen, und Kates Herz klopfte jedes Mal schneller, wenn sie daran dachte.

Sie trat auf die kleine, Kaffee trinkende Gruppe unter dem Magnolienbaum zu.

»Was sagt ihr dazu. Die Nachricht kommt von meinem Bruder.«

Forster, Anna Livia und Shirley rückten näher zusammen, um das Schreiben gemeinsam zu lesen, und Kate wurde warm ums Herz bei dem Gedanken, was für ein Glück sie hatte, dass sie auf ihre Freundinnen zählen konnte.

»Ist doch okay«, meinte Forster.

»Ich finde das ganz schön frech.« Shirley hielt Kate das Blatt gleich wieder hin, als widerstrebe es ihr, es länger in der Hand zu halten. »Aber etwas anderes war von denen ja nicht zu erwarten. Pffft, ist doch völlig egal, was die sagen.«

»Immerhin kommt einer von ihnen her«, sagte Anna Livia versöhnlich.

»Oh, ja, ›stellvertretend für die ganze Familie‹! Für wen hält sich dein Bruder eigentlich? Das britische Königshaus? Also bitte, das ist doch lächerlich!«

Forster stand auf, um Kate Platz zu machen, und zog sich selbst einen anderen Stuhl heran. Dann meinte er, an niemand Speziellen gerichtet: »Also, meine Damen … Wie alt ist Kates Bruder? Etwas über fünfzig? Für ihn sind seine Schwester und ich zwei bekloppte Alte, die heiraten wollen. Lassen wir ihn ruhig ein wenig um sich schlagen. Zum Glück ist er so weit weg, dass er damit keinen Schaden anrichten kann.«

Forster unterstrich seinen Kommentar mit einem Augenzwinkern in Richtung seiner Zukünftigen, die ihm daraufhin zärtlich über den Kopf strich.

»Und deine Nichte, Laura, wie ist sie?«

Kate seufzte verdrossen.

»Es ist mir sehr peinlich, aber ich habe keine Ahnung. Ich habe sie in den letzten Jahren kaum gesehen.«

»Ich bin ihr schon ein paarmal begegnet«, brachte sich Shirley ein, »im Café deines Bruders. Sie ist eine ganz normale, unauffällige junge Frau.«

»Das freut mich zu hören.« Kate las noch einmal die Nachricht. »Ich denke, dass ich ihr anbieten sollte, bei uns im Haus zu wohnen, solange sie hier ist.«

Sie sah ihre Freundinnen an, als wolle sie um Erlaubnis bitten, und Anna Livia beeilte sich, jedem anderen Kommentar zuvorzukommen.

»Natürlich, Kate! Im Haus ist genügend Platz. Es wäre äußerst unpassend, sie in einem Hotel unterzubringen. Immerhin gehört sie zur Familie.«

»Apropos Hotel!« Kate schlug sich an den Kopf. »Oh Gott, das habe ich völlig vergessen! Ich muss ein Zimmer für Jeffried Ruskin reservieren.«

»Kommt er auch zur Hochzeit?«

»Nein, es ist eine Dienstreise. Wie es scheint, ist ein unveröffentlichtes Manuskript meines Onkels aufgetaucht, und es gibt einiges zu besprechen.«

»Ausgerechnet jetzt?« Anna Livia schenkte sich eine zweite Tasse Kaffee ein, obwohl sie wusste, dass sie ihr nicht guttun würde. »Ich meine, bei all dem, was für die Hochzeit zu tun ist, wird dir kaum noch Zeit für andere Dinge bleiben, oder?«

Kate dachte nach.

»Na ja, ich muss es wohl einrichten. Ein neuer Roman von Albert Salomon wäre hilfreich, denn eine kleine Finanzspritze käme mir gerade recht.«

Schweigend sahen sich die anderen an.

»Kate, hast du finanzielle Probleme?«

»Warum hast du uns nichts gesagt?«

»Was es auch ist, das kriegen wir hin.« Anna Livia schien ernsthaft beunruhigt. »Ich habe noch Geld vom Verkauf des Hauses übrig. Ich …«

Lächelnd stoppte Kate mit einer Geste sämtliche Solidaritätsbekundungen.

»Ganz ruhig! Ich bin nicht pleite oder so was. Aber ihr wisst ja, dass ich in letzter Zeit einige beträchtliche zusätzliche Ausgaben hatte.« Sie hatte den Eindruck, dass sie ihr nicht glaubten. »Im Ernst, ich habe alles unter Kontrolle. Bitte, Forster, mach ein anderes Gesicht, du wirst keine mittellose Frau heiraten.«

Er stand auf und legte ihr die Hände auf die Schultern.

»Kate, ich bin ein Mann vom alten Schlag und würde alles tun, um dich vor dem Ruin zu bewahren. Das bedeutet, wenn du jetzt oder in Zukunft irgendwelche finanziellen Sorgen hast, tu mir den Gefallen und rede mit mir darüber. Ich bin zwar kein reicher alter Mann, aber doch zumindest ein wohlgestellter alter Mann.«

Dies war ein besonderer Moment, ein zugleich feierlich und humorvoll vorgetragenes Liebesbekenntnis. Und Kate sagte sich, dass auch in den romantischsten Romanen, die sie je gelesen hatte, keine Szene zu finden war, in der ein Mann auf so elegante Art seiner Liebsten sein Vermögen zu Füßen legte. Sie blickte Forster in die Augen und streichelte seine Hand. Anna Livia musste sich sehr zurückhalten, nicht zu applaudieren.

»Kate!« Shirley wandte sich zu ihr um. »Dein Mr. Smith ist wirklich ein Glücksfall. Und jetzt würde ich, wenn ihr nichts dagegen habt, vorschlagen, dass wir uns an die Arbeit machen. Bis zur Hochzeit sind es nur noch drei Wochen, und es gibt jede Menge zu tun. Wir müssen die Gästeliste erstellen und ein Zelt mieten. Seht mich nicht so an! Es ist durchaus möglich, dass es regnet, und das wäre eine Katastrophe. Was das Essen angeht, wäre es wohl das Beste, ein Buffet zu servieren.«

Sie warf Forster und Kate einen fragenden Blick zu, doch es war deutlich, dass sie keine Einwände zulassen würde. In ihrer Phantasie sah Shirley bereits riesige Schüsseln mit Salaten, Fleischplatten, Blätterteigpasteten und in kleinen Gläsern servierte Krabbencocktails vor sich. Sie hatte ein solches

Buffet mal in einer Zeitschrift gesehen und war hin und weg von dem Gedanken, dass derartige Köstlichkeiten unter ihren Anweisungen im Garten ihres Hauses serviert werden würden. Wie Kate erwartet hatte, beteiligte Forster sich nicht allzu lange an dem sehr speziellen Gespräch über Käsehäppchen und mit Lachs gefüllten Minicroissants und bat schon bald, sich zurückziehen zu dürfen. Die drei Frauen blieben allein zurück, und sofort legte Shirley das Notizbuch beiseite, in dem sie die lange Liste der Kanapees festhielt.

»Gut, dass er weg ist. Wir müssen unbedingt über dein Kleid reden.«

Kate stöhnte. Sie hatte so viele Dinge im Kopf, dass sie sich nicht auch noch mit der Kleiderfrage auseinandersetzen wollte. Shirley jedoch war nicht bereit, die Sache aufzuschieben.

»Die Hochzeit steht praktisch vor der Tür«, beharrte sie, »es ist höchste Zeit, dass du dich entscheidest. Ich habe keine Ahnung, ob Forster sich schon überlegt hat, was er anziehen wird, aber natürlich haben die Männer es in diesen Dingen wesentlich leichter. Genauso wie in den meisten anderen Angelegenheiten, aber darum geht es jetzt nicht.«

»Kate!« Anna Livia wollte sich jetzt auf keinen Fall auf irgendeinen emanzipatorischen Disput einlassen. »In diesem Fall bin ich mit Shirley absolut einer Meinung. Du musst unbedingt eine Entscheidung treffen, schließlich kannst du nicht in irgendeinem Fummel heiraten.«

»In Ordnung. Morgen gehe ich einkaufen. Ich glaube nicht, dass …«

Sie verstummte, als sie Shirleys unerbittlichen Blick bemerkte.

»Einkaufen. Natürlich, Ribanova ist ja voll von Geschäften, in denen Brautkleider für alte Damen angeboten werden. Das kannst du vergessen, Kate! Ich habe mir schon einen Überblick verschafft, und was ich da gesehen habe, taugt höchstens für eine Silvesterfeier im Altersheim. Es geht um deine Hochzeit, verdammt noch mal! Dein Kleid muss einfach der Wahnsinn sein! Daher habe ich mit Julia del Amo gesprochen.«

Julia del Amo hatte früher als Schneiderin gearbeitet. Das Modegeschäft, für das sie damals genäht hatte, war zwar inzwischen geschlossen, aber sie konnte noch immer äußerst geschickt mit Nadel und Faden umgehen.

»Julia wird mir ein Kleid nähen?«

»Ja. Deshalb musst du möglichst schnell entscheiden, wie du es dir vorstellst; dann kommt sie, um Maß zu nehmen. Ich habe da schon ein paar Ideen. Wartet einen Moment.«

Shirley eilte ins Haus und war schon wieder zurück, bevor Anna Livia oder Kate Zeit hatten, sich zu fragen, wohin sie wollte. Sie hatte eine Mappe mit Bildern mitgebracht, die sie nun auf dem Tisch verteilte.

»Nicht mehr junge Bräute. Was sagt ihr? Hab ich aus dem Internet. Und es sind wirklich hübsche Sachen dabei. Seht mal, Camilla Parker Bowles … zum ersten Mal in ihrem Leben gut angezogen. Barbara Hutton bei ihrer letzten Hochzeit … etwas trist, finde ich, aber die reichen Leute haben da ihre eigenen Regeln. Liz Taylor natürlich. Gleich zwei Mal, aber die konnte es sich ja erlauben.«

Kate sah sich das Foto von Liz Taylor an, die aussah wie eine kanariengelbe Kugel und perfekt zu dem Stil ihres Mannes passte, eines muskulösen, vulgären Typen, den sie in einer Entzugsklinik kennengelernt hatte, und als Trauzeuge fungierte Michael Jackson.

»So etwas werde ich auf keinen Fall anziehen!«, verkündete sie.

»Sollst du auch gar nicht. Du sollst es dir nur ansehen, damit du siehst, was man falsch machen kann. Guck mal hier: Jackie bei der Hochzeit mit Onassis.«

»Ich will ja niemanden beleidigen«, wandte Anna Livia ein, »aber als Jacqueline Kennedy zum zweiten Mal geheiratet hat, war sie in einem Alter, in dem sie Kates Tochter hätte sein können.«

»Du hast auch immer etwas zu meckern. Schau dir mal das Kleid an. Das würde auch Kate gut stehen. Und das hier: Prinzessin Lilian von Schweden ... Wegen irgendwelcher Thronansprüche durfte sie erst heiraten, als sie schon über sechzig war. Was meinst du, Kate?«

Kate betrachtete aufmerksam das schöne, recht schlichte Kleid der Prinzessin aus silberfarbener Seide, das auf Schulterhöhe mit einer Brosche geschmückt war. Es gefiel ihr, erschien ihr für sich selbst jedoch absolut übertrieben.

»Ich denke immer noch, dass mir etwas Diskreteres besser stehen würde.«

Shirley warf ihr einen triumphierenden Blick zu.

»Ich wusste es, deshalb habe ich dir das hier mitgebracht.«

Die Frau, die das Modell trug, war zwar nicht so alt wie Kate, man konnte sie aber auch nicht mehr als jung bezeichnen. Es war ein zartes malvenfarbenes Seidenkleid, das knapp über dem Knie endete. Kate seufzte, als sie es sah: Es war einfach perfekt.

»Wie findest du es?«

»Oh, Shirley, du bist ein Genie!«

»Also ist die Sache entschieden! Schau es dir genau an, Kate! Es ist dein Hochzeitskleid! Kannst du es glauben? Mit siebzig Jahren lässt du dir ein Brautkleid schneidern! Und wir beide werden dabei sein und es sehen! Los Mädels, genießt den Moment! Wer hätte gedacht, dass wir das noch erleben!«

Jeffried Ruskin war ein Gewohnheitsmensch, und als solcher hasste er es zu verreisen, obwohl er recht häufig dazu gezwungen war. Bei der Aussicht, Flugtickets organisieren, Koffer packen und ein Flugzeug besteigen zu müssen – ganz zu schweigen von dem unerquicklichen Abenteuer, sich den Herausforderungen eines Flughafens zu stellen –, erfasste ihn jedes Mal das Grauen. Wäre es möglich gewesen, alle offenen Fragen in Bezug auf Albert Salomons Manuskript übers Telefon oder per Mail zu klären, hätte er dies mit Freuden getan. Doch leider war das Ganze in diesem Fall nicht so einfach. Wenn Kate nicht gerade im Begriff gewesen wäre zu heiraten – zu *heiraten*, mein Gott! –, hätte er ihr vorgeschlagen, für ein paar Tage nach London zu kommen, sie im *Claridge's* untergebracht – der Verlag konnte sich durchaus ein wenig Luxus erlauben – und sich dort mit ihr zusammengesetzt, um alles Nötige zu regeln. Doch nun musste er wohl oder übel in den sauren Apfel beißen.

Mr. Ruskin war Kate Salomon äußerst dankbar. Als er sie vor beinah zwanzig Jahren kennengelernt hatte, war er noch ein junger Lektor gewesen und hatte nichts vorweisen können als seine Begeisterung und die abgelaufenen Rechte von einem halben Dutzend Bücher. Er hatte sich Kate Salomon als eine verbitterte, unnachgiebige, misstrauische Witwe vorgestellt, mit der er um jeden Penny feilschen musste, doch stattdessen hatte er einer heiteren, alles andere als geldgierigen Frau gegenübergesessen, die sein Projekt genau als das auffasste, was es war: einen Einsatz, bei dem es um alles oder nichts ging. Und anstatt ihn mit Fragen zu löchern, die er nicht beantworten konnte, ihm Hindernisse in den Weg zu legen oder Ergebnisse zu fordern, war sie in das Spiel eingestiegen. Sie war großzügig, kooperativ und verständnisvoll gewesen. Und nun fragte sich Ruskin, ob er wohl auch heute noch auf ihr ausgeprägtes Einfühlungsvermögen, ihre Empathie, zählen konnte, denn das, was der Verlag mit dem neuen Buch von Albert Salomon vorhatte, verlangte von seiner Erbin eine Extradosis an Entgegenkommen.

Der Neuankömmling war ein großartiges Buch. Oder, besser gesagt, ein großartiges halbes Buch. Es war die Geschichte eines ehrgeizigen jungen Schriftstellers im aufstrebenden New York der Fünfzigerjahre, als die Nachwirkungen des Krieges allmählich nachließen und die Welt sich auf bessere Zeiten einrichtete. Offenbar war Albert Salomon nur noch die Zeit geblieben, die ersten hundertfünfzig Seiten des Romans zu schreiben. Das Manuskript blieb unvollendet, das Ende der Geschichte war absolut offen. Zunächst hatten sie überlegt, das Buch so zu veröffentlichen, wie es war, doch am Ende waren der Cheflektor und er sich einig gewesen, dass es keinen Sinn machte.

»Verdammt, Ruskin, der Mann ist nicht Henry James! Zumindest noch nicht. Wir können nicht einfach so hundert Seiten auf den Markt werfen und sagen ›Denkt euch das Ende selbst aus‹.«

»Na ja, bei Irène Némirovskys *Suite française* hat es funktioniert«, wandte Jeffried ein, doch sein Chef war anderer Meinung.

»*Suite française* war wesentlich umfangreicher«, entgegnete er schlecht gelaunt, »was das Risiko deutlich verringerte. Es tut mir leid, aber so kann ich einer Veröffentlichung nicht zustimmen.«

»Und nun?«

Paul Fiddean, Cheflektor bei Somerset Publishers, hatte eine Weile gezögert, bevor er fortfuhr, doch Ruskin wusste sofort, dass dies nur vorgespielt war. In Wahrheit hatte er schon längst beschlossen, was mit *Der Neuankömmling* geschehen sollte.

»Was ist, wenn wir den Roman vollenden? Nein, warte, sieh mich nicht so an! Salomons Stil ist brillant, aber durchaus nachahmbar. Ich wüsste zwei oder drei äußerst fähige Autoren, die sicher in der Lage wären, die Geschichte fortzuschreiben, sodass niemand nachweisen könnte, dass der Text nicht von Salomon stammt.«

Jeffried Ruskin sagte nichts dazu. Er starrte aus dem Fenster, durch das gedämpfter Verkehrslärm hereindrang. Es war offensichtlich, dass ihm der Vorschlag seines Chefs nicht gefiel. Er war ein aufrichtiger Mensch, und das, was Fiddean gerade angeregt hatte, war Betrug. Natürlich gab es Lektoren, die für solche Dinge zu haben waren. Schließlich war es auch üblich, einen Ghostwriter ein Buch schreiben zu lassen, als dessen Verfasser anschließend ein prominenter Fernsehmoderator oder eine angesagte Schauspielerin ausgegeben wurde. Er selbst zählte nicht zu diesen Lektoren. Und es hatte Zeiten gegeben – etwa zehn oder zwölf Jahre zuvor –, zu denen er auf einen solchen Vorschlag hin türenknallend das Büro verlassen hätte. Doch derzeit war seine Position im Verlag nicht so besonders gut.

Alles hatte damit angefangen, dass er einen unverzeihlichen Fehler begangen hatte. Auf der Frankfurter Buchmesse hatte er Stieg Larssons *Millennium-Trilogie* in den Händen gehalten und kein Angebot für die englischsprachigen Rechte gemacht. Wie er anschließend immer wieder erklärte – nicht um sich zu rechtfertigen, sondern einfach nur um seine Gründe darzulegen –, hatte der Rechtegeber verlangt, dass gleich alle drei Bände akquiriert wurden, und ihm war das Risiko für ein Dreibuchangebot zu groß gewesen, denn schließlich handelte es sich um insgesamt tausendzweihundert Seiten schwedischen Textes, von denen es, abgesehen von den beeindruckenden Buchverkäufen in Skandinavien, nur eine kurze Zusammenfassung auf Englisch gab. Jeffried Ruskin war davon überzeugt gewesen, dass sich der Erfolg der Bücher in den nordeuropäischen Staaten im Rest von Europa nicht wiederholen ließ. Eine Geschichte voller sexueller Perversion mit einer verrückten, politisch völlig unkorrekten Protagonistin, jeder Menge komplizierter Namen und anstößiger Szenen mochte für die Dänen oder die Schweden eine unterhaltsame Lektüre sein, den Engländern jedoch gefielen solche Dinge nicht. Das jedoch war ein fataler Irrtum gewesen, und das literarische Phänomen des Jahres kam einem anderen Verlag zugute.

Niemand hatte ihm deswegen Vorwürfe gemacht. Zumindest nicht direkt. »So etwas passiert jedem einmal«, hatte Paul Fiddean gesagt, doch Ruskin wusste, dass die Geschäftsleitung hinter verschlossenen Türen seine Dummheit verfluchte und sich mühsam zurückhielt, nicht aus der Chefetage zu ihm herunterzueilen, um ihm den Hals umzudrehen. Vielleicht wäre das sogar besser gewesen, dachte Ruskin, möglicherweise wäre es für ihn erträglicher gewesen, wenn sie ihre Unzufriedenheit offen geäußert hätten, besser als dieses elegante Schweigen, diese blasierte Herablassung. Die Geschäftsführer lächelten ihn mitleidig an, während sie ihm tröstend auf die Schultern klopften und versicherten, dass es keine Bedeutung habe. Und auf der Weihnachtsfeier hatte der Verlagsleiter die Unverschämtheit besessen, ihm einen Arm um die Schultern zu legen und zu sagen: »Junge, mach dir nichts draus. Du solltest die Larsson-Katastrophe ein für alle Mal vergessen.« So hatte er seine große Blamage genannt: die Larsson-Katastrophe. Sein Vergehen hatte bereits einen Namen und würde mit der Zeit zur peinlichen Legende werden.

Doch das war erst der Anfang einer ganzen Serie von Peinlichkeiten. Er war derart darauf bedacht, die Larsson-Katastrophe vergessen zu machen, dass er vorschnell einige unkluge Entscheidungen traf. Er führte mit viel Marketingaufwand einen jungen Schriftsteller auf dem Markt ein, der sich als gefährlicher Psychopath erwies, sich mit den Journalisten anlegte, die Kritiker beschimpfte und öffentlich seine Verachtung gegenüber den Lesern äußerte. Anschließend warb er für viel Geld eine bei einem anderen Verlag erfolgreiche Autorin ab, deren neues Buch sich als katastrophal schlecht herausstellte. Und die Krönung des Ganzen war, dass er die Rechte an den Werken eines chinesischen Schriftstellers nicht verlängerte, der nur vier Monate später den Nobelpreis erhielt.

Es gab Zeiten, da hätte Jeffried Ruskin sich vehement gegen den Vorschlag gewehrt, das Werk eines anderen unter Albert Salomons Namen zu veröffentlichen. Er hätte versichert, dass dies nur über seine Leiche möglich wäre. Es gab Zeiten, da hätte er gekämpft wie ein Löwe, hätte mit Kündigung gedroht und wäre im Büro der Geschäftsführung laut geworden. Doch inzwischen war er nicht mehr der unersetzliche Lektor von vor zehn Jahren, sondern der Idiot, der die falschen Bücher einkaufte, der den Vertrag mit Mo Yan nicht verlängert hatte, der Verursacher der Larsson-Katastrophe. Nein, nun musste er sich zurückhalten und durfte sich der Sache nicht einfach so verweigern.

»Ich weiß nicht, was Kate Salomon dazu sagen wird.«

Der Gedanke an Kate Salomon beruhigte ihn. Sie war kein Mensch, der das Vertrauen der Leser ausnutzte. Sie würde sicher im Interesse ihres Onkels handeln und die ganze Aktion verhindern.

»Warum sollte die alte Dame dagegen sein? Immerhin erhält sie gut zehn Prozent des Verkaufserlöses …«

Jeffried Ruskin wandte sich vom Fenster ab. Es hatte leicht zu regnen begonnen, was sich auf den Verkehr auswirkte. Von draußen war das wütende Hupen von Autofahrern zu hören, die nicht einsahen, dass der Wagen vor ihnen nicht einfach so stehen geblieben war, weil es so viel Spaß machte, einen Stau zu verursachen.

»Ich bin mir nicht sicher. Du kennst Kate Salomon nicht. Sie ist ein ganz besonderer Mensch. Sie … hat Prinzipien. Es würde mich nicht wundern, wenn es ihr extrem missfiele, das Buch ihres Onkels von jemand anderem fortschreiben zu lassen. Und sie hat das Recht, es zu verhindern.«

»Dann sag es ihr einfach nicht.«

Draußen wurde der Regen stärker und prasselte an die Fensterscheibe. Der Wind zerrte an den Bäumen, und instinktiv sah Fiddean zum Schirmständer hinüber, um sich zu versichern, dass er gegen das Wetter gerüstet war.

»Das kann ich nicht machen.« Jeffried Ruskin ärgerte sich, in der ersten Person gesprochen zu haben, denn damit wies er allein sich selbst die Verantwortung zu. »Ich meine, wenn wir Kate Salomon eine solch fundamentale Information verschweigen und sie es später auf irgendeine Art herausfindet, haben wir ein rechtliches Problem. Ganz abgesehen von dem Riesenskandal, den es auslösen würde. Sie muss alles, was mit dem Nachlass ihres Onkels geschieht, autorisieren.«

Fiddean lächelte ihn nachsichtig an. Da war er wieder, dieser mitleidige Blick, der Ruskin auf die Palme brachte und auf den in der Regel ein alles andere als mitleidiger Kommentar folgte. Wenn Fiddean also mit diesem Lächeln die Wirkung seiner Worte ein wenig abmildern wollte, dann erreichte er genau das Gegenteil.

»Na ja, ich würde sagen, dann ist es jetzt dein Job, Jeff, Kate Salomon davon zu überzeugen, uns keine Probleme zu machen.« Fiddean verstärkte sein Lächeln zusätzlich mit einem aufmunternden Kopfnicken. »Ich glaube, in der letzten Zeit hat niemand hier übermäßige Anstrengungen von dir gefordert, oder? Also krempele die Ärmel hoch. Rede mit dieser Frau und erzähle ihr, was du willst, aber komm mit ihrem Einverständnis zurück, *Der Neuankömmling* zur Geldmaschine zu machen.«

Für ein paar Sekunden hielt Jeffried Ruskin Fiddeans Blick stand und fragte sich, was er dazu sagen sollte. Früher – es schien Jahrhunderte her zu sein – hätte er seinen Vorgesetzten ernst angesehen und ihm an den Kopf geworfen: »Es tut mit leid, aber ich bin anderer Ansicht.« Oder: »Rede selbst mir ihr, denn ich bin für einen solchen Schwachsinn nicht zu haben!« Oder einfach: »Fahr zur Hölle, Fiddean!« Doch leider konnte er sich derzeit eine solche Demonstration seiner moralischen Überlegenheit nicht erlauben. Auf einmal verspürte er den übermäßigen Drang, allein zu sein. Er wollte dieses Büro verlassen, aber einfach so konnte er unmöglich gehen. Zu seinem Glück klingelte in diesem Moment das Telefon, und er konnte so tun, als zöge er sich aus Diskretion zurück.

»Ich bin dann mal weg, denn ich sehe, du hast zu tun.«

»Ja, sicher. Gib mir Bescheid, wenn alles geregelt ist.«

Anschließend hatte Jeffried Ruskin sofort versucht, Kate zu erreichen. Erst beim dritten Anruf bekam er sie ans Telefon, doch dann fehlte ihm der Mut, ihr die Wahrheit zu sagen, dass die Entdeckung von Albert Salomons Manuskript nicht nur ein Glücksfall, sondern eben auch ein riesiges Problem war. Das war etwas, was er ihr nur Auge in Auge mitteilen sollte. Und als sie ihm erklärte, dass sie nicht nach London kommen könne, blieb ihm keine andere Wahl, als seinen Besuch in Ribanova anzukündigen. Jeffried Ruskin hasste es zu verreisen. Doch in dieser schwierigen Phase seines Berufslebens empfand er es beinah als Befreiung, London verlassen zu können. Die Vorstellung, für ein paar Tage an einem anderen Ort zu verbringen, weit entfernt von der perversen

Verlagsmaschinerie, erschien ihm auf einmal ausgesprochen verlockend.

Daran dachte er gerade, als er beim Hotel Almirante anlangte, wo Kate für ihn ein Zimmer reserviert hatte. Es war ein strahlender Frühlingstag, und dieses Ribanova schien ein angenehmer Ort zu sein. Vielleicht wäre es sogar eine Stadt, in der er leben könnte, wenn Somerset Publishers ihn entlassen und er vor dem Ruin stehen würde. Er könnte ein kleines Haus in der Umgebung mieten, vielleicht mit einem Stück Land, um Gemüse anzubauen. Er könnte ein paar Hühner halten und sich von Eiern, Zucchini und Tomaten ernähren. So würde seine Zukunft aussehen, wenn Fiddean und die anderen mit ihm fertig waren, nachdem er mit leeren Händen nach London zurückgekommen war. Denn Kate Salomon würde das unmoralische Angebot, das er ihr unterbreiten musste, nicht annehmen. Er fühlte sich miserabel, dass er sich überhaupt dazu hatte hinreißen lassen. Doch irgendwo gab es noch einen Rest Solidarität dem Unternehmen gegenüber, für das er seit zwanzig Jahren tätig war.

»Jeffried!«

Kate Salomons Stimme ließ ihn aufschrecken, wobei ihm fast der Koffer aus der Hand fiel. Sie erwartete ihn in der Eingangshalle des Hotels. Er lächelte verhalten, denn er hatte nicht erwartet, sie so bald schon zu sehen. Lieber hätte er vorher noch ausgepackt, kalt geduscht und sich Mut gemacht. Nein, er war noch nicht auf diese Begegnung vorbereitet, was er, so gut es ging, überspielte.

»Kate, was für eine Überraschung! Ein Empfangskomitee?«

Sie ließ ihr jugendliches Lachen erklingen und umarmte ihn. Es war fünf Jahre her, dass sie sich gesehen hatten, und offensichtlich freute sie sich, dass er gekommen war.

»Nicht wirklich. Forsters Sohn ist gerade angekommen, und wir sind hier, um ihn abzuholen.«

»Forster ist …?«

»Mein Zukünftiger. Oje, wie antiquiert und kitschig das klingt! Aber so sagt man das wohl. Sehen Sie, das ist er. Forster Smith!«

Jeffried musterte den Mann, der nun näher kam. Er war groß, sehr schlank, nicht gerade ein athletischer Typ, aber er hatte sich gut gehalten. Jeffried Ruskin, der gerade achtundvierzig Jahre alt geworden war, sagte sich, dass er in zwanzig Jahren gern genauso aussehen würde.

»Das ist Mr. Ruskin, der Lektor meines Onkels.«

Der Angesprochene begrüßte ihn mit einem festen Händedruck. Jeffried Ruskin beschloss, dass er ihm gefiel.

»Sehr erfreut. Bleiben Sie zur Hochzeit?«

Die Hochzeit! Natürlich! Die hatte er ganz vergessen! Nicht einmal ein Geschenk hatte er mitgebracht. Er hätte für Kate etwas kaufen müssen. Aber was war wohl das geeignete Geschenk für eine siebzigjährige Braut?

»Ich denke nicht. Ich muss in ein paar Tagen nach London zurück, wenn ich mit Kate alles geklärt habe.«

Alles geklärt. Das hatte er schön gesagt.

»Ach … richtig – Kate hat mir das mit dem plötzlich aufgetauchten Manuskript ihres Onkels erzählt. Das ist ja wirklich ein Ding, was? Ich bin gespannt, was mein Sohn David dazu sagen wird. Er ist Dozent an der Universität und schreibt gerade an einer Biografie über Albert Salomon. Wenn er Sie zu fassen kriegt, wird er Sie sicher mit Fragen bestürmen.«

Das hatte dem armen Jeffried Ruskin gerade noch gefehlt! Ein lästiger Biograf, der ihm Löcher in den Bauch fragte. Er hatte ein unmoralisches Angebot im Koffer, und ausgerechnet da tauchte einer von diesen besserwisserischen Unifritzen auf, der das Leben und Werk Albert Salomons sicher akribisch durchforsten würde. Er spürte ein Stechen in der Brust. Vielleicht würde er auf der Stelle einen Herzinfarkt erleiden, was möglicherweise sowieso das Beste wäre. Dann wäre alles vorbei, und er könnte sich diesen Kreuzweg ersparen: zuerst das unangenehme Gespräch mit Kate Salomon, dann die Schande und am Ende die Entlassung.

»Wir wollten gerade etwas essen gehen. Möchten Sie uns begleiten? David müsste jeden Moment runterkommen.«

»Oh, nein, ich fürchte … ich meine, ich bin sehr müde und muss mich erst ein wenig hinlegen. Vielen Dank für das Angebot, aber ich werde später etwas aufs Zimmer bestellen. Kate, könnten wir uns am Nachmittag treffen, ich müsste ein paar Dinge mit Ihnen besprechen …«

»Natürlich. Ich werde gegen fünf hier sein, und wir trinken einen Kaffee zusammen.« Kate runzelte die Stirn und musterte den Lektor, der auf einmal weiß wie die Wand war. »Jeffried, geht es Ihnen gut?«

Jeffried stand kurz vor dem Zusammenbruch, beinahe hätte er gestanden, wie schlecht es ihm ging, und Kate und diesem Forster, den er eben erst kennengelernt hatte, erzählt, dass er gerade die schlimmste Zeit in seiner gesamten beruflichen Karriere durchmachte. Doch er tat es nicht. Er zwang sich zu einem Lächeln und versicherte, dass es ihm nie besser gegangen sei. Dabei zog er die Augenbrauen hoch, als hielte er Kates Frage für höchst erstaunlich.

»Also, mein Sohn, was hältst du von meiner Kate?«

Kate ärgerte sich über sich selbst, als sie merkte, dass sie rot wurde. Zu gern hätte sie Forster unter dem Tisch einen Fußtritt verpasst. Wie ungeschickt, in ihrem Beisein diese Frage zu stellen! Was sollte David in dieser Situation schon sagen? Für einen Moment wünschte sie sich, dass der junge Mann entgegnen würde: »Deine zukünftige Ehefrau ist hässlich wie die Nacht.« Nur um das Gesicht seines taktlosen Vaters zu sehen. Natürlich geschah nichts dergleichen, und

David antwortete »Phantastisch! Wunderbar!« oder etwas Ähnliches, bevor er sich auf die großzügige Portion Rouladen konzentrierte, die man ihm gerade serviert hatte. Kate hatte es nicht zugegeben, aber die Aussicht auf diese Begegnung hatte sie beunruhigt. Noch zu gut waren ihr die Schwierigkeiten im Gedächtnis geblieben, die ihr vor beinah vierzig Jahren Michaels Kinder bereitet hatten, und ihr war bewusst geworden, dass es offenbar ihr Schicksal war, einer ganzen Reihe von Kindern anderer Frauen gefallen zu müssen. Glücklicherweise schien David Smith kein komplizierter Fall zu sein, und er machte auch nicht den Eindruck, sie auf irgendwelche Schwachstellen hin prüfen zu wollen. Und natürlich war es sehr nett von ihm, dass er die weite Reise auf sich genommen hatte.

»Und, Kate, ich soll dich auch von meiner Schwester grüßen und um Entschuldigung bitten, weil sie nicht kommt. Wahrscheinlich hat mein Vater dir schon erzählt, dass Vera ein bisschen verrückt ist.«

»Sie ist nicht verrückt, David, sie hat Flugangst, das ist alles.«

»Genau das ist ja das Verrückte: Wie kann man sich weigern, in ein Flugzeug zu steigen, wenn andere Leute schon Ausflüge ins All planen! Das ist ziemlich verrückt, finde ich. Aber mach dir keine Sorgen, Kate, sie ist nicht gefährlich.« Er grinste. »Und es tut ihr wirklich leid, die Hochzeit zu verpassen. Sie hat mir ein Geschenk für euch mitgegeben, aber erwarte nicht zu viel, Kate, denn abgesehen von ihrer Flugangst leidet meine kleine Schwester noch unter extremer Knauserigkeit.«

»David!«

»Aber es stimmt doch.« David zwinkerte Kate zu. »Zum Ausgleich bin ich dafür ein äußerst großzügiger Mensch. Was wünscht ihr euch von mir zur Hochzeit?«

»Gar nichts«, protestierte Kate, »das schönste Geschenk ist, dass du gekommen bist. Übrigens hat mir dein Vater erzählt, dass du an einer Biografie über Albert Salomon arbeitest.«

Nur mit Mühe konnte David seine Überraschung verbergen. Die ganze Zeit schon zerbrach er sich den Kopf darüber, wie er das Thema am besten zur Sprache bringen könnte, und nun hatte Kate von sich aus davon angefangen. Ein plötzliches Gefühl der Sympathie für diese Frau überflutete ihn. Auf einmal schien alles ganz einfach. Ja, sagte sich David, vielleicht ist es Kates große Stärke, scheinbar komplizierte Dinge zu vereinfachen. Unwillkürlich verglich er sie mit den beiden bisherigen Frauen seines Vaters – wovon eine natürlich seine Mutter war –, die sich als äußerst überspannt erwiesen hatten. Alles, was sie sagten, steckte voller Hintergedanken, ihre Fragen trieften vor Misstrauen, und argwöhnische Kommentare waren an der Tagesordnung. Und nun hatte sein Vater tatsächlich jemanden gefunden, der die Dinge beim Namen nannte. Das ist wunderbar, dachte er.

»Richtig«, sagte er also dankbar. »Ich beschäftige mich gerade mit Albert Salomons Biografie. Was keine leichte Aufgabe ist.«

»Mein Onkel war ein sehr verschlossener Mensch. Und ich muss dich vorwarnen, dass auch ich ihn nicht allzu gut gekannt habe. Aber ich kann dir etwas erzählen, was dich freuen wird: Es ist ein unfertiges Romanmanuskript aufgetaucht, das Onkel Bertie vor seinem Tod noch an den Verlag geschickt hat.«

David riss erstaunt die Augen auf, und Kate strahlte. Sie liebte es, andere mit guten Nachrichten zu überraschen.

»Jeffried Ruskin, sein Lektor, ist gerade hier, um mit mir über diese Sache zu reden. Du solltest dich mit ihm treffen …«

»Das wäre ja großartig! Was sagst du dazu, Dad?«, rief David, und seine Stimme überschlug sich vor Euphorie.

»Äh … ja. Natürlich.« Innerlich seufzte Forster auf. Sein Sohn war doch gerade erst angekommen … Und schon ging er ihnen mit dieser blöden Biografie auf die Nerven. Hoffentlich würde er nicht das ganze Mittagessen nur noch darüber reden. Forster warf seinem Sohn einen strengen Blick zu, was dieser jedoch nicht bemerkte.

»Glaubst du, dass dieser Mr. Ruskin mich einen Blick in das Originalmanuskript werfen lässt?«

»Sicher! Schließlich ist es letzten Endes mein Eigentum. Und ich freue mich, wenn ich dir damit weiterhelfen kann. Denn ich glaube nicht, dass ich sehr viel mehr zu bieten habe.«

David dachte, dass Kate Salomon einer der sympathischsten Menschen war, die er in den letzten Jahren kennengelernt hatte. Vielleicht sogar in seinem ganzen Leben. Wie es aussah, lag ihr wirklich daran, ihm zu helfen … Jemand anderes hätte sich nun an seiner Stelle vielleicht zurückgehalten, doch er war entschlossen, die Gelegenheit zu nutzen.

»Sag mal, weißt du etwas über einen gewissen Juan Sebastián Arroyo?«

Kate war froh, dass er eine Frage gestellt hatte, die sie beantworten konnte.

»Er war ein Freund von Onkel Bertie. Und er hat hier in Ribanova gelebt. Ich habe ihn leider nie kennengelernt, aber er muss ein ganz besonderer Mensch gewesen sein. Warum fragst du?«

»Ich habe ein paar Briefe gefunden, die er deinem Onkel geschrieben hat. Er scheint mir ein sehr interessanter Mann, und ich würde gern mehr über ihn erfahren.«

Der Kellner kam noch einmal mit der Fleischplatte. David ließ sich erfreut ein weiteres Stück servieren, während Kate und Forster dankend ablehnten.

»Dann bist du hier genau am richtigen Ort. Ribanova ist voll von Erinnerungen an Arroyo. Eine Straße und ein Saal in der Bibliothek sind nach ihm benannt worden, und im Park gibt es sogar ein Denkmal ihm zu Ehren.«

»Leben Nachkommen von ihm hier?«

Kate schüttelte den Kopf.

»Er hatte keine Kinder, soweit ich weiß. Aber ich bin mir sicher, dass du hier jede Menge Material über ihn findest. Er war so etwas wie ein … Journalist. Die Leute von Ribanova haben ihn sehr gemocht. Und der frühere Eigentümer der *Librería El Unicornio* war eng mit ihm befreundet.«

»*El Unicornio* ist der Name von Kates Buchhandlung«, erklärte Forster. »Ein wunderbar verwunschener Ort. Du musst sie dir unbedingt ansehen. Sie ist gleich hier in der Nähe.«

»Natürlich, sehr gern.« In diesem Moment interessierte die Buchhandlung David kein bisschen. »Und Arroyo war also Journalist?«

»Soweit ich weiß, ja. Aber ich bin sicher, dass wir jemanden finden werden, der dir mehr über ihn erzählen kann. Wirklich zu schade, dass ich Onkel Berties Sachen nicht alle aufgehoben habe! Das alles wäre jetzt sicher sehr nützlich für dich.«

David sagte nicht, dass er das auch *mehr* als schade fand. Diese Kate hätte mit dem Erbe ihres Onkels wirklich sorgsamer umgehen können, fand er. Seiner Meinung nach war man dies einem Verwandten, der einen als Erben eingesetzt hatte, doch schuldig.

»Na ja, solche Dinge passieren nun einmal«, sagte er stattdessen großzügig. »Was genau hast du denn mit seinem Nachlass gemacht?«, fragte er inquisitorisch.

Forster bedachte seinen Sohn mit einem tadelnden Blick: »David, ich denke, es reicht jetzt!«

»Lass ihn doch, Forster, es ist doch klar, dass er das wissen möchte.«

Mit dem leichten Schuldgefühl, das sie stets empfand, wenn sie an den Nachlass ihres Onkels dachte, erzählte Kate

David, dass das Haus, in dem Albert Salomon gelebt hatte, verkauft worden war und dass sie seine Sachen für eine Weile eingelagert hatte, bis sie sich diese zusätzliche Ausgabe nach dem Tod ihres Mannes nicht mehr hatte leisten können.

»Ich habe auf einen Schlag alles veräußert. Für sehr wenig Geld, weil ich den Krempel einfach loswerden wollte. Heute tut es mir leid, aber nun ist es nicht mehr zu ändern.«

»Ich hätte es sicher genauso gemacht«, meinte David, um den Rechtfertigungen ein Ende zu bereiten. »Und was ist mit den Büchern, die er besessen hat?«

»Einige seiner Bücher habe ich behalten. Sie sind in meinem Haus in Brighton. Aber da ist nichts Interessantes dabei. Onkel Bertie hatte gar nicht besonders viele Bücher, keine Bibliothek oder so etwas. Er hatte nicht einmal ein Büro. Seine Romane hat er im Wohnzimmer geschrieben, auf einer alten Schreibmaschine, von der ich leider auch nicht weiß, wo sie geblieben ist. Albert Salomon starb als völlig unbekannter Schriftsteller. Und niemand – nicht einmal ich – hat damit gerechnet, dass sich irgendwann einmal jemand für seine Sachen interessieren könnte«, schloss sie unglücklich.

»Außer ihm selbst.« Forster Smith tätschelte kameradschaftlich Kates Arm. »Ich bin sicher, dass dein Onkel immer an seine Bücher geglaubt hat und davon überzeugt war, dass der große Erfolg sich irgendwann einstellen würde. Deshalb hat er alles seiner Lieblingsnichte hinterlassen.«

Er hob sein Weinglas.

»Darauf sollten wir anstoßen. Auf den Erfolg von Albert Salomons Büchern. Denn ohne ihn wäre keiner von uns jetzt hier, und ich weiß nicht, ob ich Kate jemals wiedergefunden hätte.«

David Smith hob sein Glas und nippte zerstreut daran. Mit einem Mal hatte er jegliches Interesse an dem Wein und auch an dem exquisiten Kalbfleisch verloren. Etwas, was sein Vater soeben gesagt hatte, ging ihm nicht mehr aus dem Sinn, und David gehörte nicht zu den Menschen, die gleichzeitig mehreren Dingen ihre Aufmerksamkeit schenken konnten.

Als Kate Salomon den Teesalon im Hotel Almirante betrat, war sie todmüde. Sie war am Morgen sehr früh aufgestanden, um mit Shirley noch einmal die Speisekarte für das Hochzeitsessen durchzugehen, danach war sie im Buchladen vorbeigegangen, weil sie zwei Tage nicht mehr dort gewesen war und das Gefühl hatte, ihre Pflichten zu vernachlässigen. Anschließend war David angekommen, weswegen sie äußerst nervös gewesen war. Und für halb acht hatte sich Julia del Amo zur Stoffauswahl für ihr Hochzeitskleid angesagt. Nun war es fünf Uhr nachmittags, und sie hätte sich gern etwas ausgeruht. Doch sie war mit Jeffried Ruskin verabredet, und der Gedanke, das Treffen zu verschieben, kam ihr erst gar nicht.

Er erwartete sie bereits und winkte ihr zu.

»Kate, hier!«

Auf dem Tisch lag eine lederne Aktentasche, und erneut fiel Kate auf, wie schlecht der Lektor aussah. Sie setzte sich zu ihm und bestellte eine Tasse Tee. Die Tatsache, dass Jeffried sich für einen Lindenblütentee entschied, bestätigte ihren Eindruck, dass er sich nicht wohlfühlte.

»Sie sehen gut aus, Kate.«

»Ich wünschte, ich könnte das Gleiche über Sie sagen.«

»Warum?«

»Haben Sie mal in den Spiegel gesehen? Sie sind bleich wie ein Laken und haben mindestens fünf Kilo abgenommen, seit ich Sie das letzte Mal gesehen habe. Ist wirklich alles in Ordnung mit Ihnen?«

Er wollte ihr in heiterem Ton versichern, dass sie sich keine Sorgen zu machen brauche, doch die Last, die er seit Tagen mit sich herumschleppte, drohte ihn zu erdrücken. Also wurde er ernst. In einem langen Monolog berichtete er Kate von dem unfertigen Manuskript ihres Onkels und den düsteren Plänen des Verlages, jemanden zu suchen, der es unter seinem Namen zu Ende schrieb. Und als er einmal in Fahrt war, schüttete er ihr komplett sein Herz aus und erzählte ihr alles: von dem französischen Autor, der seine eigenen Kritiken verfasst hatte, von dem nicht verlängerten Vertrag Mo Yans und von der Larsson-Katastrophe. Dabei wurde ihm bewusst, dass er all das nicht sagte, um sie zu überzeugen, sondern um seine Beteiligung an dem Betrug zu rechtfertigen. Kate hörte zu, ohne ihn zu unterbrechen.

»Ist das alles?«, fragte sie Ruskin, als er geendet hatte und wie ausgedörrt seinen Lindenblütentee hinunterkippte.

»Ich denke, ja.«

»Jeffried, ich schätze Sie sehr, und das wissen Sie …«

»Bitte ersparen Sie mir eine Standpauke.«

»… aber ich kann bei so etwas nicht mitmachen. Und auf die Standpauke verzichte ich gern, denn ich bin nicht gut in solchen Dingen.«

Der Teesalon hatte sich gefüllt. Julia del Amo hatte Kate erzählt, dass man früher ins Hotel Almirante gegangen war, um *Chocolate con picatostes* zu bestellen. Doch die Gewohnheiten hatten sich verändert, und in der heutigen Diätgesellschaft trank man lieber Tee oder Kaffee in irgendwelchen mehr oder weniger phantasievollen Variationen. Kaum jemand wagte es noch, heiße Schokolade zu bestellen, in die geröstetes Brot getunkt wurde. Wobei das Kates Meinung nach in diesem Moment genau das Richtige gewesen wäre, um den armen Ruskin ein wenig zu trösten, der ihr wie ein Häuflein Elend gegenübersaß. Er hatte inzwischen seine Teetasse geleert und sah sie mit stumpfem Blick an.

»Kate, ich hoffe, Sie können mir verzeihen.«

»Es gibt nichts zu verzeihen. So ist das eben mit den Vorgesetzten.«

Zum ersten Mal an diesem Tag lächelte er sie an.

»Sie haben ja zum Glück keinen, worum ich Sie glühend beneide.«

Kate goss sich eine zweite Tasse Tee ein.

»Was wird jetzt geschehen?«

Er schüttelte den Kopf.

»Ich weiß es nicht. Oder doch: Ich nehme an, man wird mich feuern.«

»Oh, Jeffried …!«

»Nein, nicht nur deswegen. Ich habe Ihnen ja schon erzählt, dass ich mich in letzter Zeit nicht gerade mit Ruhm bekleckert habe. Aber wissen Sie, was mir wirklich leidtut? Dass ich dieses wunderbare Werk Ihres Onkels nicht mehr lektorieren werde.«

Kate sah auf die schöne lederne Aktentasche, die neben Jeffried auf dem Tisch lag. Er öffnete sie und nahm das Originalmanuskript heraus.

»Möchten Sie es lesen? Es wird Ihnen gefallen. Ein echter Albert Salomon.«

»Danke … wenn es Ihnen nichts ausmacht, würde ich es gern erst einmal Forsters Sohn überlassen. Sie wissen ja, dass er an einer Biografie von meinem Onkel Bertie arbeitet, und er wäre sicher begeistert, ein bisher unveröffentlichtes Werk von ihm lesen zu können.«

Für eine Weile schwiegen sie, während Kate sich wünschte, weniger Skrupel zu haben, und Jeffried sich seltsam befreit fühlte.

»Was werden Sie jetzt machen?«, fragte Kate schließlich. Er legte den Kopf in den Nacken und schloss die Augen, als warte er auf eine göttliche Inspiration, um eine Entscheidung zu treffen.

»Wenn ich das nur wüsste!«

Kurz, nur für ein paar Sekunden, erschien ein verschmitztes Lächeln auf Kates Gesicht, das sie beinah wie ein junges Mädchen aussehen ließ.

»Jeffried … Warum bleiben Sie nicht ein paar Tage? In Ribanova, meine ich. Ich gehe davon aus, dass Somerset Publishers für die Kosten aufkommt, oder? Warum sollten Sie gleich wieder nach London zurückreisen? Machen Sie ein bisschen Urlaub auf Kosten des Verlags. Sagen Sie denen … sagen Sie, dass ich über die Sache mit dem unvollendeten Manuskript und der Veröffentlichung nachdenke. Oder, besser, ich schreibe diesem Fiddean und erkläre ihm, dass ich mir das Angebot erst noch durch den Kopf gehen lassen muss. Bitte, sagen Sie Ja! Dann könnten Sie meine Buchhandlung kennenlernen, an der Hochzeit teilnehmen … außerdem würde mein zukünftiger Stiefsohn sich zu gern einmal mit Ihnen unterhalten.«

Unter normalen Umständen hätte Jeffried Ruskin Kates Vorschlag rundweg abgelehnt. Er war ein Mann mit Prinzipien, ein gewissenhafter Mensch, der, wenn er dienstlich unterwegs war, äußerst sparsam lebte und seine Reisekosten bis auf den letzten Cent ganz genau abrechnete. Doch in diesem Moment fühlte er sich einfach nur müde, enttäuscht und geschlagen und fand, dass er bei Somerset Publishers – dem Unternehmen, dem er in absoluter Ergebenheit die letzten zwanzig Jahre seines Lebens gewidmet hatte – noch etwas gut hatte. Nein, er war noch nicht bereit, nach London zurückzureisen und Fiddean und den anderen gegenüberzutreten. Er brauchte ein wenig Erholung, Frieden, ein bisschen Abwechslung. Und dieses einladende Hotel, diese hübsche kleine Stadt und natürlich Kate Salomon nahmen ihn so freundlich auf. Mehr noch: Sie boten ihm Zuflucht, und das war genau das, was der gute Jeffried Ruskin gerade dringend brauchte.

Ohne voneinander zu wissen, waren Jeffried Ruskin und Laura Salomon im selben Flugzeug von London aus nach Spanien geflogen. Nach der Landung in Madrid hatte er sich gleich am Flughafen ein Auto gemietet, während sie auf den Bus gewartet hatte, aus dem sie sieben Stunden später in Ribanova ausgestiegen war. Hätten sie sich gekannt, hätten sie zusammen nach Ribanova fahren können, was Laura eine unbequeme Busfahrt erspart hätte, aber die Dinge lagen nun einmal anders. Und genau in dem Moment, als Kate Salomon und Mr. Ruskin beschlossen, Somerset Publishers an der Nase herumzuführen, klingelte Laura – völlig erschöpft nach der vierzehnstündigen Reise – an Kates Haustür.

»Ja?«

»Ich suche Kate Salomon.«

Anna Livia seufzte.

»Das überrascht mich nicht. In letzter Zeit ist Kate äußerst gefragt. Ich nehme an, du bist Laura …«

»Ja.«

»Solltest du nicht erst morgen kommen? Oh, aber was rede ich da, das ist doch völlig unerheblich. Das Wichtige ist, dass du da bist. Komm rein, meine Liebe. Deine Tante ist nicht zu Hause, aber du kannst dich gern schon mal in deinem Zimmer einrichten. Ich bin Anna Livia Szcherny.«

Laura gefiel diese alte Dame. Sie war groß, eine beeindruckende Persönlichkeit mit aristokratischem Auftreten, und hatte wunderschöne Augen in einer ganz besonderen Farbe.

»Wer ist es?«

Shirleys Stimme schallte durchs Treppenhaus.

»Kates Nichte ist da, Shirley.«

Eine Frau, deren Haarfarbe in dem Alter, in dem sie war, nur als lächerlich bezeichnet werden konnte, baute sich vor ihr auf, wobei die Wolljacke, die sie trug, kaum ihren übertrieben zur Schau gestellten Vorbau kaschieren konnte.

»Willkommen«, sagte sie zu Laura, der es nicht so erschien, als würde sie tatsächlich mit Freuden begrüßt. »Ich bin Shirley. Shirley Saunders. Ich nehme an, du erinnerst dich nicht mehr an mich.«

»Ich habe ein schrecklich schlechtes Gedächtnis … ich …«

»Ich habe bis vor Kurzem in Brighton gelebt. Deine Mutter hat uns einander vorgestellt, aber das ist schon eine Weile her. Seitdem hast du dich kaum verändert.« Es war nicht ersichtlich, ob das als Kritik oder als Kompliment gemeint war. »Wo ist dein Gepäck?«

Laura deutete auf einen äußerst unansehnlichen Koffer, für den sie sich jedes Mal schämte, wenn sie auf Reisen ging. Shirley zog eine Augenbraue hoch, als stimme sie der abgrundtiefen Hässlichkeit des geblümten Gepäckstücks, das aussah, als wäre es aus den Resten eines Sofas zusammengeflickt worden, durchaus zu.

»Wir haben ein Zimmer im ersten Stock für dich vorbereitet«, mischte sich Anna Livia wieder in das Gespräch ein. »Es ist die erste Tür hinter der Treppe. Geh einfach hinauf und mach es dir bequem. Du kannst runterkommen, wann du möchtest, oder dich eine Weile ausruhen. Fühl dich wie zu Hause.«

Laura murmelte ein paar Worte des Dankes und schleppte ihren peinlichen Koffer die Treppe hinauf. Sie fand das Zimmer ohne Schwierigkeiten: einen hübschen kleinen Raum mit einem Bronzekamin und einem Fenster mit Aussicht auf den Garten. Es war recht einfach möbliert – ein Bett, ein Schreibtisch, eine Garderobe und ein alter, viel zu groß wirkender Schrank –, doch die gelb gestrichenen Wände, die Murano-Lampe und die Tagesdecke mit dem Muster, das wie von Carl von Linné entworfen aussah, ließen es unglaublich gemütlich erscheinen. Laura legte sich aufs Bett. Aus dem Garten war das Zwitschern eines Vogels zu hören, während durchs offene Fenster die leichte Junibrise hereinwehte. Dieses Zimmer und das ganze Haus schienen genau der Ort der Ruhe und des Friedens zu sein, nach dem sie sich in den letzten Monaten nach all dem Unglück, der furchtbaren Zeit ihrer Scheidung und der bitteren Rückkehr in ihr Elternhaus gesehnt hatte.

Allerdings war sie nicht des Friedens willen nach Ribanova gekommen, sondern um Unruhe zu stiften. Das jedenfalls hatte ihr Vater ziemlich direkt von ihr verlangt, als er sie zum Bahnhof gefahren hatte. »Gib dein Bestes, dass die Hochzeit platzt«, hatte er zu ihr gesagt, »egal, wie du es anstellst.« Und dann hatte er ihr eine Belohnung in Aussicht gestellt, falls es ihr gelingen würde: »Wenn deine Tante die Hochzeit absagt oder dieser Typ sich aus dem Staub macht, bevor er ihr Ehemann geworden ist, dann hat sich das mit deinen Schulden bei der Bank erledigt.«

Dieses Angebot hatte sie erst einmal sprachlos gemacht, denn jene 150 000 Pfund, die sie abzuzahlen hatte, waren für sie nicht einfach nur zur dauerhaften Belastung geworden – sie hasste es, anderen irgendetwas schuldig zu sein –, sondern hinderten sie daran, ein normales Leben zu führen: eine eigene Wohnung zu haben, über ihr Gehalt zu verfügen, frei zu sein. Und nun sprach ihr Vater davon, sie einfach so abzulösen.

Als sie das Angebot ihres Vaters realisiert hatte, hatte sie sich gesagt, dass nichts und niemand sie davon abbringen könne, seinen Auftrag auszuführen, dann jedoch war ihr Enthusiasmus immer geringer geworden und schließlich ganz verpufft. Sie war nicht geschaffen für so etwas. Sie war weder schlau noch hinterhältig. Sie war nicht intrigant. Nicht einmal ein kleines bisschen verschlagen. Ihre Mutter hatte recht damit, dass Lizzie viel besser für solch eine Mission geeignet wäre. Wahrscheinlich würde sie am Ende unverrichteter Dinge nach Brighton zurückkehren und ihren Vater einmal mehr enttäuschen.

Auf einmal fühlte sie sich noch dümmer als sonst. Sie hätte ihrem Vater gleich sagen sollen, dass sie sich nicht in der Lage fühlte, hier die Rolle der Lady Macbeth zu spielen. Doch die Erwähnung ihrer Schulden, jener schrecklichen 150 000 Pfund, die ihr in Form von Gartenzwergen und wasserspeienden Götterstatuen im Nacken saßen, hatten ihr offenbar das Hirn vernebelt. Sie seufzte unglücklich. Wie schön wäre es gewesen, einfach ein paar angenehme Tage in diesem hübschen Haus vor sich zu haben und ungezwungen auf ein paar nette Menschen zu treffen, ohne diesen hässlichen Auftrag, der ihr ständig in Erinnerung rief, dass sie in ihrer Ehe und ihrem Leben vollkommen versagt hatte.

»Wo ist sie?«

»Oben, um sich auszuruhen. Sie sah völlig erschöpft aus.«

»Da ist sie nicht die Einzige, das kann ich dir versichern. Wann kommt Julia?«

»Das wollte ich dir gerade sagen: Sie kommt erst morgen, heute schafft sie es nicht.«

»Gott sei Dank. Zu einer Modenschau wäre ich heute kaum noch in der Lage gewesen. Ich bin völlig erschlagen. Wahrscheinlich bin ich einfach zu alt für so ein Tamtam.«

Kate ließ sich auf einen Stuhl sinken und war heilfroh, dass sich die Verabredung mit Julia erledigt hatte. Anna Livia brachte ihr eine Tasse Tee und setzte sich zu ihr.

»Und? Wie ist er so? David, meine ich.«

»Ein netter Junge, wie es scheint. Er ist herzlich, gut erzogen und sehr liebenswert. Ich denke, wir werden uns gut verstehen.«

Anna Livia setzte noch einmal Teewasser auf.

»Das ist alles, was ich wissen wollte. Und was deine Nichte angeht … Sie wirkt wie ein kleiner Vogel, der aus dem Nest gefallen ist.«

»Weil sie so mager ist«, wandte Shirley ein. Obwohl sie wusste, dass es ungerecht war, konnte sie nicht anders, als die gerade erst angekommene junge Frau so unsympathisch zu finden wie deren Eltern. »Wenn sie mal ein paar Wochen richtig isst, wird aus ihr sicher ein leckeres Suppenhuhn.« Sie kicherte böse.

Anna Livia wandte sich zu Shirley um. Aus irgendeinem Grund hatte ihr das Mädchen gefallen. Vielleicht weil sie so wehrlos und traurig erschien.

»Du hast gerade mal ein paar Worte mit ihr geredet. Gönn ihr doch erst mal eine Pause.«

»Letztendlich ist es doch sehr nett von ihr, dass sie gekommen ist«, meinte Kate. »Und auch wenn ich mich mit meinem Bruder nicht gerade gut verstehe, ist so zumindest ein Mitglied meiner Familie bei der Hochzeit dabei.«

Als Shirley merkte, dass sie keine Unterstützung fand, zog sie lieber ihre Krallen ein.

»Wann werden wir deinen zukünftigen Stiefsohn kennenlernen?«

»Bitte nenn ihn nicht so, das klingt furchtbar!«

»Wie soll ich ihn denn sonst bezeichnen? Kommt er zum Abendessen?«

»Nein. Ich hielt es für besser, Forster und ihm ein bisschen Zeit zu gönnen. Sie haben sicher einiges zu besprechen.«

»Entschuldigung …«

Lauras unsichere Stimme unterbrach die Unterhaltung. Die drei Frauen wandten sich zu ihr um.

»Laura, meine Liebe!« Kate ging zu ihrer Nichte hinüber und umarmte sie. »Ich freue mich so, dass du gekommen bist! Es ist eine Ewigkeit her, dass wir uns gesehen haben.«

Kate hätte ihrer Nichte gern gesagt, dass sie sich nicht verändert hätte, aber das stimmte nicht. Das letzte Mal, als sie sich begegnet waren, war Laura eine gut aussehende junge Frau mit roten Wangen und glänzenden Augen gewesen. Und nun sah sie absolut jämmerlich aus. Sie war bleich, ihr Haar sah ungepflegt aus, und ihr Blick wirkte, als würde sie jeden Moment in Tränen ausbrechen. Sie trug einen viel zu langen, billig aussehenden Rock und ein weißes Shirt, das wirkte wie ein Unterrock mit Ärmeln.

»Hallo, Tante Kate. Ich freue mich auch, dich zu sehen.«

Ihre Stimme klang leise, so als würde sie gerade in einer Kirche stehen, wo man es nicht wagte, in normaler Lautstärke zu sprechen.

Kate sah die unglückliche Gestalt mit den hängenden Schultern einigermaßen betroffen an. Es war genau, wie Anna Livia gesagt hatte: Laura wirkte völlig erschöpft … und … ja, ziemlich traurig. Kate wusste nicht, was sie sagen sollte.

»Wie geht es deinen Eltern?«, fragte sie schließlich.

»Gut, sie … Sie wären gern gekommen, aber im Sommer ist im Café immer die Hölle los, und sie …«

»Sicher!« Das Letzte, was Kate hören wollte, waren Entschuldigungen. »Wie war die Reise?«

»Lang. Ich bin heute Morgen um fünf Uhr in Brighton aufgebrochen und war den ganzen Tag unterwegs. Zuerst mit dem Zug nach London, dann weiter mit dem Flugzeug und zuletzt mit dem Bus. Aber es ist alles in Ordnung«, versicherte sie eilig, als fürchte sie, dass ihre Erklärung als Beschwerde aufgefasst werden könnte. »Und, ja … herzlichen Glückwunsch auch, dass du wieder heiratest. Wo … ist denn dein zukünftiger … Mann?«

Sie wandte den Kopf in alle Richtungen, als könnte Forster Smith irgendwo versteckt sein.

»Du wirst ihn morgen kennenlernen. Sein Sohn ist gerade aus den USA hergekommen, und die beiden möchten beim Essen gern unter sich sein. Bitte, setz dich doch! Du musst todmüde sein nach der langen Reise. Wir sollten heute nicht so spät zu Abend essen, wenn ihr einverstanden seid. Etwas Leichtes. Dann kannst du früh schlafen gehen und dich ausruhen. Morgen geht es dir sicher besser. Wir haben jede Menge Zeit.« Kate umarmte sie erneut. »Du ahnst ja nicht, wie sehr ich mich freue, dass du hier bist!«

Laura hätte gern gesagt »Ich mich auch, Tante Kate«, doch sie brachte kein Wort heraus. Ihre Kehle war wie zugeschnürt, und nur mühsam konnte sie die Tränen zurückhalten, so wie immer in letzter Zeit, wenn jemand nett zu ihr war.

Von: katesalomon124@hotmail.com
An: Fiddean@somersetpublishers.com

Sehr geehrter Mr. Fiddean,
wie Sie sicher verstehen, war das, was ich von Jeffried Ruskin erfahren habe, eine große Überraschung für mich. Wer hätte gedacht, dass mein Onkel vor seinem Tod tatsächlich noch an einem neuen Roman gearbeitet hat und dass dieses unvollendete Manuskript existiert? Ich bin absolut Ihrer Meinung, dass man den Text, so wie er ist, nicht veröffentlichen kann, und ich frage mich, ob genau das vielleicht Albert Salomons Wunsch gewesen wäre: dass es ein unveröffentlichtes Werk bleibt. Ich gestehe Ihnen, dass meine erste Reaktion war, nicht an den Dingen zu rühren und Der Neuankömmling *dem Schlaf der Gerechten zu überlassen. Doch nun hat Jeffried Ruskin mir seine Ansicht der Dinge mitgeteilt. Ich muss zugeben, dass Ihr Angebot wirklich sehr interessant ist, aber bitte verstehen Sie, dass ich ein wenig darüber nachdenken muss, bevor*

ich eine Entscheidung treffe. So eine Sache will gut überlegt sein. Außerdem – ich weiß nicht, ob Mr. Ruskin Ihnen davon erzählt hat – werde ich in Kürze heiraten und stecke mitten in den Vorbereitungen der Hochzeitsfeier, was einen Großteil meiner Zeit in Anspruch nimmt. Bitte erlauben Sie mir, mir das Ganze ein paar Tage lang durch den Kopf gehen zu lassen, bevor ich Ihnen meine definitive Entscheidung mitteile.
Ich danke Ihnen vorab für Ihr Verständnis und sende Ihnen herzliche Grüße
Kate Salomon

Von: Fiddean@somersetpublishers.com
An: katesalomon124@hotmail.com

Liebe Kate,
zunächst möchte ich Ihnen meine allerherzlichsten Glückwünsche zu Ihrer bevorstehenden Hochzeit ausdrücken. Das ist eine wunderbare Nachricht.
Was das Buch Ihres Onkels angeht, verstehe ich Ihre Überraschung sehr gut, und natürlich gestehen wir Ihnen zu, über unser Angebot nachzudenken. Bitte nehmen Sie sich dazu die Zeit, die Sie brauchen.
Mit herzlichen Grüßen
Paul Fiddean

Von: Fiddean@somersetpublishers.com
An: Jeffriedruskin@somersetpublishers.com

Ruskin,
die alte Salomon hat mir gerade geschrieben. Weiche nicht von ihrer Seite, bis die Angelegenheit geklärt ist. Was immer Du auch in London zu tun hast, es kann warten. Du musst jetzt an dieser Sache dranbleiben, bis die alte Schachtel Ja sagt. Mach ihr Kompli-

mente, lad sie zum Essen ein. Und kauf im Namen des Verlags ein hübsches Hochzeitsgeschenk für sie. Ich gehe davon aus, dass sich die Investition für uns lohnen wird.

Es war neun Uhr morgens, als Jeffried Ruskin sein E-Mail-Postfach öffnete und er die Nachricht seines Chefs vorfand. Überrascht stellte er fest, dass er mehr als zwölf Stunden geschlafen hatte. Nachdem er die letzten Tage extrem mit sich gerungen hatte, verspürte er auf einmal eine seltsame Ruhe. Endlich hatten all die Zweifel, die Fragen und die Grübeleien ein Ende! Sie würden ihn entlassen. Er würde nach zwanzig Jahren bei Somerset Publishers auf der Straße stehen. Doch jetzt, da das Ende so nah war, erschien es ihm gar nicht mehr so dramatisch. Vielleicht würde er eine Stelle bei einem anderen Verlag finden. Oder er würde sich eine Auszeit nehmen und für ein Jahr ins Ausland gehen. Es würde sich schon etwas finden. Im Moment gefiel ihm Kates Idee, ein paar Wochen in Ribanova zu bleiben, ausgezeichnet. Die Stadt wirkte äußerst angenehm, und ein bisschen Ruhe und Frieden konnte er gut gebrauchen, denn wenn er mit Kates Absage im Gepäck nach London zurückkehrte, war daran nicht mehr zu denken. Er stellte sich die Reaktion von Fiddean und seinen Kollegen vor, wenn er ihnen mitteilte, dass Albert Salomons Erbin nicht erlaubte, auch nur ein Komma im Text ihres Onkels zu verändern. Vor ein paar Stunden noch hätten ihm bei diesem Gedanken vor Schreck die Haare zu Berge gestanden, doch nachdem er sich einmal richtig ausgeschlafen und ein paar Tage Erholung vor sich hatte, fand er ihn sogar ganz lustig.

Noch einmal las er Fiddeans Mail: *Du musst jetzt an dieser Sache dranbleiben, bis die alte Schachtel Ja sagt … Ich gehe davon aus, dass sich die Investition für uns lohnen wird.* In diesem Moment kam ihm in den Sinn, wie sehr er sich all die Jahre über bemüht hatte, auf seinen Dienstreisen möglichst bescheiden zu leben, um Reisekosten zu sparen. Er hatte Flüge zu Unzeiten in Kauf genommen, um nicht noch eine weitere Nacht im Hotel zu verbringen, und sich mit einem Sandwich auf der Parkbank zufriedengegeben, weil es billiger war, als im Restaurant zu essen. Wie dumm war er doch gewesen! Und das alles nur, um seinem Arbeitgeber ein paar Pfund zu sparen! Doch jetzt, da die Zeit seines Schwanengesangs gekommen war, würden sich die Dinge ändern. Auf einmal zeigte sich in Jeffried Ruskins niedergeschlagenem, traurigem Gesicht ein spöttisches Lächeln. »Natürlich, Mr. Fiddean, investieren wir in Kate Salomon«, sagte er und griff nach seinem Handy.

»Kate, haben Sie Lust, mit mir essen zu gehen? Sie, Forster und ich. Und Forsters Sohn natürlich. Und Ihre beiden Freundinnen … Die Rechnung übernimmt der Verlag, also bitte wählen Sie ein gutes Restaurant aus. Es kann ruhig teuer sein. Ich habe keine Ahnung, wohin das Ganze führen wird, aber ich verspreche Ihnen, dass wir uns prächtig amüsieren werden.«

Am nächsten Morgen erwachte Laura Salomon von dem Geräusch der Regentropfen, die an ihr Fenster klopften. Es war bereits halb zehn, sodass sie wesentlich länger geschlafen hatte als gewöhnlich. In ihrem Elternhaus gab es, was das anging, sehr strenge Regeln: Außer im Krankheitsfall war es nicht erlaubt, nach acht Uhr morgens noch im Bett zu liegen. Sie reckte und streckte sich. Von irgendwoher meinte sie, klassische Musik zu hören, dann eine Stimme, die sich verabschiedete, und eine Tür, die ins Schloss fiel.

Sie sagte sich, dass sie hinuntergehen sollte, doch sie hatte keine Lust. Hier, im Bett, wo sie den Regen hören und durchs Fenster in den Garten sehen konnte, fühlte sie sich sicher und geborgen. Und sie wusste, dass dieses Gefühl sofort verschwinden würde, wenn sie Tante Kate gegenübertrat. Jedes

Mal, wenn sie sie sah, fühlte sie sich wie ein Monster. Was diese freundliche Frau wohl sagen würde, wenn sie wüsste, dass sie gekommen war, um ihr Leben zu zerstören, indem sie ihre Hochzeit verhinderte. Sie sagte sich, dass es vorerst gar nicht so schlecht war, dass sie keine Ahnung hatte, wie sie das Ganze anfangen sollte. Schließlich hatte sie diesen Forster noch nicht einmal kennengelernt. Vielleicht hatte sie Glück, und er erwies sich tatsächlich als der unangenehme, hinterhältige Typ, den ihre Eltern in ihm vermuteten. In diesem Fall wäre alles viel einfacher, denn wenn sie sich auch nicht in der Lage sah, sich einen Plan auszudenken, um die Hochzeit zu vereiteln, konnte sie dann zumindest wahrheitsgemäß ihren Eltern über die schlimme Lage berichten. In diesem Fall wäre es ja auch sinnvoll, mit Tante Kate zu reden, um die alte Dame vor einem fatalen Fehler zu bewahren. Möglicherweise könnte sie ihr die Augen öffnen, indem sie ihr erzählte, was ihr selbst passiert war: »Liebe Tante Kate, ich weiß, dass es mich eigentlich nichts angeht, aber ich möchte nicht, dass du den gleichen Fehler machst wie ich.« Abgesehen davon, wie lächerlich es wäre, jemandem, der vierzig Jahre älter war als man selbst, Ratschläge zu erteilen, war es für Laura ein Albtraum, wegen einer fremden Frau – denn nichts anderes war Tante Kate für sie – die Erniedrigung ihrer gescheiterten Ehe und des Betrugs, dem sie zum Opfer gefallen war, erneut durchleben zu müssen. Aber vielleicht ließ es sich einfach nicht vermeiden. Vielleicht würde sich die alte Dame das schreckliche Beispiel ihrer gerade achtundzwanzig Jahre alten Nichte zu Herzen nehmen und sich die absurde Idee aus dem Kopf schlagen, sich in ihrem Alter, in dem die Zeit für Abenteuer doch eigentlich vorbei sein sollte, an einen Mann zu binden.

Widerwillig stand Laura aus dem Bett auf, nahm eine Dusche und zog sich an, bevor sie die mit Teppich ausgelegten Treppenstufen hinunterging. Im Haus war kein Geräusch zu hören. Vielleicht war außer ihr niemand da! Diese Möglichkeit erschien ihr äußerst verlockend: das ganze Haus für sich zu haben, absolute Ruhe, um den schattigen Garten zu erkunden, ohne irgendwelche Fragen beantworten oder ein Gespräch führen zu müssen.

»Guten Morgen.«

Shirley, im pinkfarbenen Jogginganzug, band sich gerade die Schnürsenkel ihrer Turnschuhe zu.

»Oh … hallo«, sagte Laura entschuldigend. »Ich habe gedacht, dass niemand zu Hause wäre.«

»Anna Livia ist einkaufen gegangen, und Kate ist in der Buchhandlung. Und ich dreh jetzt erst mal eine Runde.« Shirley legte den Kopf zur Seite, wie um sie besser zu sehen. »Du könntest mitkommen.«

Das war keine Einladung, sondern eine Aufforderung. Diese schrille, ordinäre Frau erwartete, dass sie sie begleitete.

»Aber es regnet.«

Laura hoffte, dass ihre Ausrede nicht ganz so verzweifelt geklungen hatte, wie es ihr vorkam. Shirley lächelte.

»Mach dir deswegen keine Sorgen. Das sind nur ein paar Tropfen. Für alle Fälle nehmen wir einen Regenschirm mit. Los, komm! Ein bisschen Bewegung wird dir nicht schaden.«

Sie traten auf die Straße hinaus und gingen schweigend nebeneinander her. Shirley schien genau zu wissen, welchen Weg sie einschlagen wollte. Sie gingen durch eine enge Gasse und kamen zu einem der Aufgänge zur Stadtmauer.

»Du bist ein Glückspilz, denn du wirst gleich auf Steinen laufen, die eine siebzehnhundertjährige Geschichte zu erzählen haben. Du wirst sehen, es ist ein Erlebnis. Wir gehen einmal rundherum. Das sind zwei Kilometer, und ich mache das beinah jeden Tag. Ist gut für die Beine und das Herz. Treibst du Sport?«

»Nicht viel.«

»Es ist nie zu spät, damit anzufangen. Du wirst sehen, es wird dir guttun.«

Es hatte aufgehört zu regnen, und ein weißliches Licht kämpfte sich durch die Wolken. Shirley ging mit großen, entschiedenen Schritten voran, wobei sie auf übertriebene Art die Arme mitnahm, was Laura ziemlich lächerlich fand. Beinah zwanzig Minuten lang wechselten sie kein Wort.

»Gut, Laura, und jetzt erzähl mal … Warum genau bist du eigentlich hier?«

Während Shirley das sagte, hielt sie den Blick konzentriert auf den Horizont gerichtet. Jeder, der Shirley Saunders in diesem Moment gesehen hätte, hätte geschworen, dass sie einem festen Ziel entgegenstrebte.

»Ich bin zur Hochzeit meiner Tante gekommen.«

»Das kannst du deiner Großmutter erzählen. Weder du noch deine Eltern habt in den letzten Jahren auch nur einen Gedanken an Kate verschwendet. Und wieso tauchst du nun auf einmal hier in Ribanova auf? Um ihr den Schleier zu tragen? Den Bären kannst du mir nicht aufbinden. Kate vielleicht schon, aber ich bin schlauer als sie. Oder einfach ein schlechterer Mensch.«

Laura sagte sich, dass dieser Spaziergang im Endeffekt doch eine gute Idee gewesen war. Denn hätte Shirley das zu Hause im Wohnzimmer gesagt, wäre sie vielleicht ohnmächtig geworden. Hier draußen, an der frischen Luft nach dem Regen, fühlte sie sich eher der Herausforderung gewachsen, sich dieser schrecklichen Frau zu stellen.

»Ich verstehe Sie nicht …«

»Oh, ich denke, du verstehst mich ganz genau. Und du kannst mich ruhig duzen.«

Sie marschierten weiter. Laura wäre am liebsten weggelaufen, aber sie kannte sich nicht aus im Ort und hätte womöglich das Haus nicht mehr gefunden.

»Na los, erzähl's mir!« Shirley ließ nicht locker, nachdem sie schnaufend festgestellt hatte, dass ihr wie immer nach der ersten halben Stunde die Puste ausging. Es war jedes Mal dasselbe. Laura wagte nicht, sie anzusehen, als sie antwortete.

»Mein Vater wollte, dass ich Forster kennenlerne. Es ist so, dass ... Na ja, es kam so plötzlich und da ...«

»In unserem Alter kommt alles plötzlich. Und was ist so interessant an Mr. Smith? Was stellt sich dein Vater denn vor? Ein Monster mit zwei Köpfen oder so etwas?«

»Na ja. Ich nehme an, er traut ihm nicht.«

»Das ist es also ...«

Shirley blieb abrupt stehen. Laura dachte, der Grund wäre das, was sie gerade gesagt hatte, aber sie irrte sich. Shirley keuchte und hielt sich mit schmerzverzerrtem Gesicht den Fußknöchel. Dann setzte sie sich auf die Mauerbrüstung. Laura tat es ihr nach.

»Was hat dein Vater vor?«

Shirley blickte Laura mit zusammengekniffenen Augen an, und diese meinte, noch nie einen eindringlicheren Blick gespürt zu haben. Diese Frau sah einen an, und man hatte das Gefühl, dass sie die Wahrheit praktisch aus einem heraussaugte. Aber vielleicht war es das Beste so. Also begann sie zu sprechen. Sie erzählte von ihren Eltern, die meinten, ein Recht auf Kates Geld zu haben. Die besessen von dem Gedanken waren, von Onkel Bertie in der Erbfolge rücksichtslos übergangen worden zu sein. Und das Einzige, was ihre Bitterkeit ein wenig linderte, war die Vorstellung, dass Kates Vermögen eines Tages ihnen gehören würde. Und nun war auf einmal Forster Smith aufgetaucht, was sie befürchten ließ, leer auszugehen.

»Aber warum?«, unterbrach Shirley sie. »Denken sie, dass Kate und er vorhaben, noch Nachwuchs zu zeugen?«

»Meine Eltern glauben, dass Forster ein Mitgiftjäger ist ... Bitte sag Tante Kate nichts davon!«

»Keine Sorge, das werde ich nicht, denn es würde ihr das Herz brechen. Die Arme denkt, dass ihr Bruder sie trotz allem liebt, dabei zählt er die Tage, bis sie endlich ins Gras beißt. Allerdings würde ich wetten, dass Kate hundert Jahre alt wird. Sie hat eine eiserne Gesundheit, und sie hat immer auf sich geachtet. Du kannst also deinem Vater sagen, dass er sich das Erbe eh aus dem Kopf schlagen kann, weil er wahrscheinlich vor ihr das Zeitliche segnet …«

Mit ihren vor Wut blitzenden Augen und ihrem roten Haar, das in der Sonne aufloderte wie eine Flamme, sah Shirley derartig skurril aus, dass Laura lächeln musste, doch gleich darauf brach sie in Tränen aus. Shirley blickte sich nach allen Seiten um, um sich davon zu überzeugen, dass niemand in der Nähe war. Zwar liebte sie es aufzufallen, aber nicht auf diese Art. Außerdem hatte sie noch nie gewusst, wie man mit weinenden Menschen umgehen sollte.

»Na komm, beruhige dich! Ich werde niemandem etwas erzählen.«

Allerdings rührte Lauras Verzweiflung gar nicht daher, dass sie fürchtete, Shirley könnte das Ganze nicht für sich behalten. Es war eher die eigene Niedertracht und – was sogar noch schlimmer war – die ihrer Eltern, die ihr auf einmal bewusst wurde. Ohne mit dem Weinen aufzuhören, begann sie zu reden, und sie erzählte Shirley all das, worüber sie viel zu lange mit niemandem gesprochen hatte. Sie berichtete von ihrer kurzen Ehe, die alle – außer ihr selbst – von vornherein für eine Katastrophe gehalten hatten, von dem Kredit bei der Bank und dem Gartendekorationsgeschäft, das pleitegegangen war. Sie erzählte, dass ihr Mann sie betrogen und verlassen hatte, von der peinlichen Pfändung ihres Einkommens und der schmerzhaften Erkenntnis, eine Riesenidiotin zu sein, die als Einzige nicht bemerkt hatte, dass ihr nichtsnutziger Ehemann weit über seine Verhältnisse lebte.

»Er ist ein sehr gut aussehender Mann«, meinte Laura seufzend und trocknete sich mit einem Papiertaschentuch, das Shirley ihr gegeben hatte, die Tränen. »Er sieht aus wie David Beckham.«

»Ach du liebe Güte! Dieser Junge ist überhaupt nicht mein Fall. So ein Milchbubi!«

»Na ja, mir hat er eben gefallen. Und ich konnte nicht glauben, dass ich ihm gefallen habe.«

»Warum?«

Laura sah an sich herunter, und Shirley wurde von einer Welle des Mitleids erfasst. Anna Livia hatte recht: Dieses dünne, traurige Mädchen wirkte wie ein Vogel, der aus dem Nest gefallen war.

»Eines musst du dir merken, meine Liebe: Ab einem gewissen Alter – und nicht erst in dem meinen – spielt Schönheit keine Rolle mehr. Über fünfundvierzig ist keine Frau mehr wirklich schön.« Laura wollte etwas sagen, aber Shirley war es nicht gewohnt, dass man sie unterbrach, sodass sie sie mit einem drohenden Blick zum Schweigen verdonnerte. »Du kannst mir ruhig glauben: Die Haut wird faltig, alles beginnt zu hängen, und man nimmt zu, auch wenn man sich nur von Wasser mit einem Spritzer Zitrone ernährt. Die durchschnittliche Lebenserwartung einer Frau liegt derzeit bei dreiundachtzig Jahren, also entspann dich: Du wirst mindestens dreißig Jahre lang auf dieser Erde weilen, ohne dir Gedanken darüber machen zu müssen, ob du jemals Miss Universum gewesen bist. In dieser Zeit wird es viel wichtiger sein, gesunde Knochen zu haben, schönes Haar und eine ansprechende Augenfarbe. Und all das hast du. Ich glaube, das hast du von deiner Tante Kate geerbt. Es ist gut möglich, dass du einmal so aussehen wirst wie sie jetzt, also kannst du vollkommen zufrieden sein. Deine Mutter war sehr hübsch, zugegeben, aber ich müsste mich sehr täuschen, wenn sie nicht inzwischen eine Wuchtbrumme ist.«

Laura lächelte. Tatsächlich hatte ihre Mutter in der letzten Zeit ein paar Kleidergrößen zugelegt, und ihr gut geformtes Hinterteil, auf das sie einmal so stolz gewesen war, war inzwischen zum matronenhaft breiten Gesäß geworden.

Sie schwiegen eine Weile. Es hatte aufgehört zu regnen, und die Wolkenfetzen am Himmel wichen nach und nach einem strahlenden Blau. Die noch feuchte Luft duftete gut. Ein paar Spaziergänger flanierten an ihnen vorbei, gefolgt von einer Frau mit Kinderwagen und zwei Joggern. Letztere liefen so elegant und leichtfüßig, als wäre es das Selbstverständlichste von der Welt, und Laura sagte sich, dass auch sie gern so schnell und mühelos vorankommen würde. Doch jedes Mal, wenn sie es versucht hatte, musste sie kurz darauf erschöpft und außer Atem aufgeben.

»Wirst du länger in Ribanova bleiben?«

»Mein Vater wird mich zurückbeordern, sobald er merkt, dass hier nichts zu holen ist.«

»Na, dann sorg dafür, dass er das Gegenteil denkt. Es ist für einen guten Zweck. Kate hat es verdient zu glauben, dass ihre Nichte die weite Reise auf sich genommen hat, um bei ihrer Hochzeit dabei zu sein.« Shirley stand auf. »Komm, für heute ist es genug. Gehen wir nach Hause. Ich habe noch viel zu tun, und du wirst mir helfen. Darum bist du doch gekommen, oder?«

Sie schlenderten den Weg zurück. Die Luft war klar, und das nasse Gras glänzte in der Sonne.

Auf dem dunkelbraunen Sofa im Wohnzimmer waren etwa ein halbes Dutzend Stoffmuster in verschiedenen malvenfarbenen Tönen ausgebreitet, von sehr dunkel bis so hell, dass es beinah weiß erschien. Julia del Amo nahm eines nach dem anderen in die Hand und hielt es neben Kates Gesicht.

»Ist das wirklich nötig?«

»Natürlich«, mischte sich Shirley ein, bevor Julia etwas sagen konnte, »wir müssen den Ton finden, der am besten mit deiner Hautfarbe harmoniert.«

Julia verwarf einen nach dem anderen, bis sie schließlich ein Muster in der Hand behielt.

»Kate, es ist deine Entscheidung, aber ich bin für diesen. Er ist perfekt für dich.«

Sie hielt ihr ein Stück veilchenblauen Stoff hin. Kate lächelte.

»Die Farbe ist traumhaft. Und wenn sie mir auch noch gut steht …«

»Du wirst wunderhübsch aussehen. Das meine ich ganz im Ernst: eine entzückende Braut in Veilchenblau.«

Kate war in einen seltsamen Umhang gehüllt, bei dem es sich um das Schnittmuster des Kleides aus einem dünnen, unbequemen Material handelte. Unangenehm berührt sagte sie sich, dass sie bei ihrer ersten Hochzeit längst nicht so viel Aufhebens um ihr Brautkleid gemacht hatte, was sie Michael gegenüber im Nachhinein als ungerecht empfand, sodass sie den Gedanken eilig verdrängte.

»Julia, hast du eigentlich Juan Sebastián Arroyo gekannt?«

Die Angesprochene lächelte und nahm sich zwei Stecknadeln aus dem Mund, um antworten zu können.

»Leider nicht besonders gut. Kurz nachdem wir nach Ribanova gekommen sind, ist er gestorben. Warum?«

»Forsters Sohn David hat ein paar Briefe von ihm ausgegraben, die an meinen Onkel gerichtet waren. David arbeitet an einer Biografie über Onkel Albert, daher ist er auf der Suche nach allen möglichen Details.«

»Juan Sebastián Arroyo war ein unglaublicher Mensch. Er war eine Art … ich weiß nicht, so etwas wie eine Vaterfigur für die ganze Stadt. Die Leute hier haben ihn sehr geschätzt. Meine Schwester Luisa hat mal gesagt, dass Marcial de Soto ständig von ihm geredet hat. Sie waren sehr gute Freunde.« Julia drehte Kate herum und befestigte eine Stecknadel auf Taillenhöhe. »So, fertig. Ich denke, nun entspricht es dem Modell, und wenn wir dann den Stoff haben …«

Kate schien etwas einzufallen.

»Übrigens, Shirley, vielen Dank für die Stoffmuster.«

»Keine Ursache. Deine Nichte hat mir sehr bei der Auswahl geholfen. Sie hat ein gutes Auge für Stoffe.«

Natürlich war das gelogen. Laura hatte kaum den Mund aufgemacht, als sie all die Stoffballen vor sich hatten, meterweise Musselin, Spitze, Lamé und Organza, doch Shirley hatte sich vorgenommen, das Mädchen, koste es, was es wolle, in ein gutes Licht zu rücken. Julia del Amo behielt das ausgewählte Stoffmuster zurück und befreite Kate aus dem eng abgesteckten Schnittmuster.

»In ein paar Tagen komme ich zur Anprobe. Keine Sorge, wir sind gut in der Zeit.« Sie umarmte Kate flüchtig. »Du wirst die schönste Braut von Ribanova sein. Nein, die schönste Braut auf der ganzen Welt. Ich mache mich jetzt auf den Weg, damit ich früh genug im Geschäft bin, um die entsprechende Menge von dem Stoff zu besorgen.«

»Julia, ich weiß nicht, wie ich dir danken soll.«

»Gar nicht. Bis morgen dann.«

Als Julia del Amo die Tür hinter sich geschlossen hatte, nahm Shirley ein Blatt Papier aus ihrer riesigen Handtasche.

»Nachdem das mit dem Kleid jetzt geklärt ist, kommen wir zu etwas anderem. Ich habe hier die Speisenauswahl für das Buffet. Wenn du damit einverstanden bist, gehe ich morgen ins Hotel Almirante und gebe die Bestellung auf.«

»Das Essen kommt aus dem Hotel Almirante?« Kate verschluckte sich fast. »Shirley, das Restaurant dort ist extrem teuer! Das kann ich mir nicht erlauben.«

Shirley lächelte triumphierend.

»Keine Panik, das ist Forsters Sache! Er hat mit mir gesprochen und mich gebeten, alles zu organisieren, ohne auf die Kosten zu achten.«

»Und natürlich war das Musik in deinen Ohren.« Anna Livia betrachtete die aussortierten Stoffmuster und fragte sich, welche Farbe ihr wohl am besten stehen würde. »Das ist wirklich sehr nett von Forster.«

»Ja, er ist wirklich ein äußerst großzügiger Mensch.« Shirley sah Laura an, als sie das sagte, und diese senkte verlegen den Kopf, obwohl niemand außer ihr den Zusammenhang verstand.

»Gut, aber wir sollten trotzdem nicht übertreiben. Es soll ja nur ein Imbiss sein, mehr nicht.«

Shirley verschränkte die Arme vor der Brust.

»So nicht, liebe Kate! Jetzt wollen wir die Dinge mal beim Namen nennen. Hier geht es um deine Hochzeit und nicht um einen Kindergeburtstag, den man mit ein paar Wurstbroten und Erdnussbuttersandwiches feiert. Also wirklich: ›Nur ein Imbiss.‹ Wie hört sich das denn an? Ein bisschen mehr Stil, bitte! Denn du hast Stil. Und Forster auch!«

Kate musste lachen, und Laura dachte, dass sie ein schönes, jugendliches Lachen hatte. So wie ihre Tante hatte sie ihre Mutter noch nie lachen hören. Sie selbst hatte wahrscheinlich auch noch nie so gelacht.

»Shirley, du bist schrecklich! Aber du hast recht. Es ist meine Hochzeit, verdammt! Also her mit der Liste!«

»Das ist die richtige Einstellung. Ich habe mich mit dem Chefkoch des Restaurants getroffen, und wir haben uns an dem Eröffnungsbuffet des Restaurants im Jahr 1924 orientiert. Ist das nicht wunderbar! Hier, das ist eine Liste der Speisen, die vor mehr als neunzig Jahren zusammengestellt wurde.«

Canapés mit Lachscreme
Canapés mit Seeteufelmousse
Gänseleberpastete auf Kräuterbrot
Gänserillette auf Toast

Roquefortschiffchen
Ziegenkäse mit Preiselbeeren

Blätterteigpastetchen mit Spitzbeineintopf
Blätterteigpastetchen mit Gambas
Geflügelkroketten mit Béchamelsauce
Kalbsnierchen in Sherrysauce

Törtchen mit gesalzener Anchovisbutter
Auswahl an verschiedenen Edelpilzen
Rühren mit Knoblauch verfeinert

Quiche Lorraine
Rebhuhnpastetchen
Lachswürfel in Dillmarinade
Thunfischtartar
Filetspieße in Senfmarinade

»Und? Was sagst du?«

»Es ist phantastisch!«

»Das will ich wohl meinen. Weder überkandidelt noch zu einfach und ein historisches Ereignis. Überleg mal, wir werden das Gleiche essen wie vor fast hundert Jahren.«

»Sehr passend für eine Hochzeit von zwei museumsreifen alten Leuten.« Kate umarmte Shirley herzlich. »Vielen Dank für alles, meine Liebe. Du bist wirklich ein Genie!«

»Also verhungern werden wir nicht.« Anna Livia schüttelte angesichts der Liste den Kopf. Sie war ein sehr genügsamer

Mensch, und allein der Anblick dieser üppigen Speisekarte schlug ihr bereits auf den Magen. »Übrigens sollten wir so bald wie möglich die Torte in Auftrag geben. Ich nehme an, ihr habt an die *Pastelería Pelayo* gedacht.«

Kate sagte nicht, dass sie noch gar nicht an die Hochzeitstorte gedacht hatte. Tatsächlich war sie davon ausgegangen, dass zum Nachtisch ein wenig Gebäck und Pralinen serviert würden oder Eiskonfekt, wie man es im Supermarkt kaufen konnte. Doch nun fand sie die Idee mit der Hochzeitstorte äußerst reizvoll. Ja, sie wollte eine klassische mehrstöckige Hochzeitstorte mit einem kleinen Brautpaar als Tortenfigur darauf.

»Die Torte ist mein Hochzeitsgeschenk«, fügte Anna Livia hinzu. »Und eine Riesenerleichterung für mich, denn ich habe tagelang gegrübelt, womit ich dich erfreuen könnte, und damit ist das Problem gelöst. Ich mache mich gleich auf den Weg, um die Torte zu bestellen. Shirley, kommst du mit?«

»Na klar«, stimmte Shirley erleichtert zu, denn für einen Moment hatte sie gedacht, sie würde aus dieser Sache ausgeschlossen. »Laura, begleitest du uns? Du könntest vermitteln, wenn wir uns nicht einig werden. Ruh du dich ein bisschen aus, Kate. Sehen wir uns zum Abendessen?«

»Ach, à propos – beinah hätte ich es vergessen: Jeffried Ruskin möchte uns alle zum Essen einladen. Das scheint mir eine gute Gelegenheit, euch einander vorzustellen. Forster und sein Sohn kommen auch.«

»Eine hervorragende Idee! Eine Art vorgezogenes Hochzeitsessen. Phantastisch, Kate. Wohin gehen wir?«

»Jeffried meinte, es dürfte ruhig etwas teurer sein. Ich habe an das Hotel Almirante gedacht: Was haltet ihr davon, wenn ich für neun Uhr einen Tisch reserviere?«

Anna Livia und Shirley verließen das Haus, gefolgt von Laura, die von all der Betriebsamkeit ein wenig überfordert war.

Sie hatte das Gefühl, den ganzen Tag keine ruhige Minute gehabt zu haben. Wobei ihr die Hektik im Grunde guttat. Es war schön, etwas tun zu können, dachte sie. Seit der Trennung von ihrem Mann – der Gedanke daran löste diesmal lediglich einen diffusen Schmerz irgendwo in ihrer Brust aus – hatte sie sich eigentlich nur klagend dahingeschleppt. Und nun ging sie an der Seite zweier ihr nahezu unbekannter, sich gegenseitig dauernd unterbrechender Frauen durch eine belebte Fußgängerzone. Als sie zur Plaza Mayor kamen, wies Anna Livia auf die *Librería El Unicornio*.

»Sieh mal, Laura: Das ist Kates Buchhandlung.«

»Sie hat beinah ihr ganzes Geld reingesteckt«, sagte Shirley mit Nachdruck, und Anna Livia fragte sich, wieso sie das so betonte.

»Führt sie sie allein?«

»Ein junger Mann namens Ahmed kümmert sich um alles. Er ist ein Goldstück. Siehst du, das ist er!«

Ahmed winkte aus dem Geschäft herüber. Sie winkten zurück, woraufhin er sie mit einer Geste bat, einen Moment zu warten. Kurz darauf stand er mit ihnen vor dem Schaufenster.

»Señora Saunders, Señora Cherny!« Kate hatte es aufgegeben, Ahmed die korrekte Aussprach von Anna Livias ungarischem Nachnamen beizubringen. Ahmed sprach fließend Spanisch, doch das Wort »Szcherny« mit seinen geballten Konsonanten überforderte ihn. »Ich muss unbedingt mit Ihnen reden.«

Erst da bemerkte er Lauras Anwesenheit und nickte ihr höflich zu.

»Ahmed, das ist Laura Salomon.«

»Señora Kates Nichte. Sie hat mir erzählt, dass Sie anreisen. Herzlich willkommen in Ribanova.«

Er legte die Hand aufs Herz, und Laura dachte, dass dieser junge Mann mit den großen dunklen Augen, der olivfarbenen

Haut und seinem exotischen Gebaren ihr erschien wie eine Figur aus *Tausendundeiner Nacht*. Das war zwar kein besonders origineller Vergleich, aber Lauras Kenntnisse des Orients beschränkten sich auf ein Minimum.

»Es gibt da etwas, was ich Ihnen sagen möchte. In Bezug auf die Hochzeit von Señorita Kate. Meine Familie möchte etwas dazu beitragen.«

Shirley wollte schon erfreut vorschlagen, dass sie ja diese wunderbaren vegetarischen indischen Teigtaschen mitbringen könnten, aber Ahmed sprach nicht vom Essen.

»Wir möchten ihr Rosen schenken. Hunderte Rosen vielleicht.«

Anna Livia staunte. *Hunderte Rosen vielleicht*. Das klang wie der Titel eines Romans. Shirley beeilte sich, ihrer Stellung als Zeremonienmeisterin entsprechend zu reagieren.

»Das halte ich für eine hervorragende Idee!«

»Meine Mutter meint, dass wir am Hochzeitstag jede Menge Rosensträuße zu Ihnen nach Hause bringen könnten. Wir werden die Sträuße binden und sie dort hinstellen, wo Sie möchten. Wir wollen Señora Kate mit Rosen überschütten.«

Shirley zwinkerte ein wenig, was sie immer tat, wenn sie emotional wurde. Anna Livia war weniger sentimental veranlagt, aber Ahmeds Worte hatten auch sie tief berührt. Sie stellte sich den Hochzeitsmorgen vor, wenn all diese Rosensträuße im Haus ankommen würden. Hunderte Rosen, wie Ahmed gesagt hatte. Am liebsten hätte sie den jungen Mann mit den dunklen Augen und der olivfarbenen Haut einfach umarmt. Aber natürlich kam Shirley ihr damit zuvor und drückte Ahmed an ihren Busen, während sie schniefend stammelte: »Oh, das ist so wunderbar …«

»Das heißt, wir dürfen? Sie erlauben es? Meine Mutter meinte, dass wir niemanden beleidigen wollen und vielleicht …«

»Beleidigen? Wen denn? Warum? Ach, Ahmed, wie kommst du denn darauf? Ihr Orientalen seid immer so genierlich.«

Anna Livia warf ihrer Freundin einen warnenden Blick zu. Shirley hatte ein gutes Herz, aber ihr Feingefühl war das eines Elefanten. Zum Glück war Ahmed nicht so empfindlich und konnte darüber lachen. Er versprach, seiner Mutter mitzuteilen, dass sie loslegen konnte.

In der *Pastelería* von Alejo Pelayo duftete es immer nach geschmolzener Butter und, je nachdem, welcher Tag es war, nach einer anderen Köstlichkeit. Als Shirley und die anderen beiden Frauen eintraten, lag das intensive Aroma von gerösteten Mandeln in der Luft, und Anna Livia, die einen extrem guten Geruchssinn hatte, nahm an, dass gerade der berühmte mit karamellisierten Früchten überzogene Biskuitkuchen in Arbeit war. Zum wiederholten Mal nahm Anna Livia Szcherny sich fest vor, dass, wenn eines Tages das Ende der Welt bevorstand, sie sich sofort, mit einem Löffel bewaffnet, in dieses kulinarische Paradies begeben würde, um jede einzelne der süßen Verführungen in der Auslage zu probieren.

Die Verkäuferin, die sie begrüßte, wusste bereits von Kates Hochzeitsplänen. Die gute Nachricht hatte sich wie ein Lauffeuer in dem ganzen Städtchen verbreitet, und es gab niemanden, der sich nicht mit ihr freute.

»Wie schön, dass Sie die Torte bei uns in Auftrag geben möchten. Wir werden für Señora Salomon etwas ganz Besonderes kreieren. Haben Sie eine bestimmte Vorstellung?«

»Wir hätten gern eine klassische Hochzeitstorte.« Anna Livia kam der bestimmenden Shirley zuvor, denn schließlich handelte es sich um ihr Hochzeitsgeschenk. »Sie wissen schon, mehrstöckig, mit einer weißen Schicht überzogen …«

»Aber nicht überladen.« Shirley warf ihrer Freundin einen Blick zu, mit dem sie sie daran erinnerte, dass sie die Chefin im Ring war. »Nicht zu viele kandierte Früchte zur Verzierung … keine bunten Vögel …«

Die Verkäuferin war ein wenig verblüfft: In ihrem ganzen Leben hatte sie noch keine mit Vögeln dekorierte Torte verkauft, doch sie sagte nichts dazu. Stattdessen holte sie einen Katalog mit Mustern und zog sich diskret zurück, damit die beiden Damen die, wie sie annahm, heiß diskutierte Entscheidung treffen konnten. Glücklicherweise waren sie sich jedoch rasch einig und gaben eine fünfstöckige Torte mit Zuckerguss in Auftrag, die mit kleinen Blüten in der Farbe von Kates Hochzeitskleid dekoriert werden sollte.

»Möchten Sie eine Cremefüllung? Sahne ist auch möglich, aber ich halte Creme für die bessere Wahl.«

»Creme also.«

»Sollen wir die Torte mit den Initialen des Brautpaars schmücken? Mit einem K und …«

»Einem F für Forster. Ich gebe Ihnen noch Bescheid, wann die Torte gebracht werden soll, denn wir können sie auf keinen Fall im Haus aufbewahren.« Shirley sprach mit beeindruckender Autorität. Dann wandte sie sich an ihre Begleiterinnen: »Möchtet ihr etwas essen? Ich schon. Dieser Butterduft ist wirklich zu verlockend!«

Sie nahmen im weiter hinten gelegenen Café Platz und bestellten Tee und drei Stücke von dem karamellisierten Biskuitkuchen.

Als Anna Livia zur Toilette ging, wandte sich Shirley an Laura.

»Wir müssen es ihr sagen …«

»Was?«

»Na, was schon: das, was dein Vater vorhat. Sieh mich nicht so an, Anna Livia ist absolut vertrauenswürdig, und ihre Sicht der Dinge kann uns sehr hilfreich sein. Außerdem muss ich dieses Geheimnis auf jeden Fall mit jemandem teilen.«

Das stimmte; Shirley war nicht gerade die Diskretion in Person und konnte Neuigkeiten nicht gut für sich behalten. Natürlich hatte sie nicht vor, es Kate zu sagen. Sie fühlte sich durchaus verpflichtet, Lauras Geständnis vertraulich zu behandeln. Anna Livia war jedoch ein Sonderfall. Außerdem waren Geheimnisse wesentlich spannender, wenn man sie nicht allein mit sich herumschleppte.

»Aber …«

»Glaub mir, auch du wirst dich besser fühlen, wenn du dich jemandem anvertraut hast.«

Laura sagte sich, dass es wohl eher Shirley war, die sich besser fühlte, wenn sie über die Sache reden konnte. Allerdings hatte sie wohl keine Wahl. Also weihte Shirley Anna Livia nach deren Rückkehr ein, und eigenartigerweise fühlte Laura sich tatsächlich ein wenig erleichtert, als Shirley ihr Dilemma in einfachen Worten schilderte.

»Das bedeutet also, dass dieses Mädchen hier den Auftrag hat, die Hochzeit zu verhindern, was sie natürlich nicht tun wird. Doch wenn ihr Vater davon erfährt, wird er sie zwingen, zurück nach England zu reisen und den ganzen Sommer über in diesem Café zu arbeiten, in dem es nach verbranntem Fett riecht. Und das wäre ein Drama, für sie und für unsere liebe Kate. Stell dir vor, wie sie auf die Nachricht reagieren würde, dass ihre Nichte nicht zur Hochzeit bleibt.«

Anna Livia zog die Augenbrauen zusammen, während sie sich zerstreut ein Stück Kuchen in den Mund schob.

»Warum meinst du, dass du sofort abreisen musst?«, fragte sie schließlich.

»Weil ich meinem Vater schreiben soll, sobald ich Forster kennengelernt habe. Und so, wie ich das sehe, kann ich über ihn nichts Schlechtes sagen. Wenn mein Vater aber erfährt, dass Kates zukünftiger Ehemann doch kein Betrüger ist, und denkt, dass ich die Hochzeit sowieso nicht verhindern kann, wird er mich sofort zurückbeordern.«

Anna Livia und Shirley führten gleichzeitig ihre Tassen an den Mund und tranken einen Schluck Tee. Laura sagte sich, dass es zwei unterschiedlichere Frauen wohl nicht geben konnte. Dennoch war offensichtlich, dass sie sich gegenseitig schätzten und respektierten und dass sie ein seltsames Einverständnis verband, welches eindeutig nicht daher rührte, dass sie so viel gemeinsam hatten. Laura wurde neidisch, als sie sich eingestand, dass sie selbst niemals eine solche Freundin gehabt hatte. Sie war in der Gewissheit aufgewachsen, dass die Beziehungen zwischen Frauen von Argwohn, Rivalität und Eifersucht geprägt waren. Nie war es ihr gelungen, ein enges Vertrauensverhältnis zu einem anderen Mädchen aufzubauen, vielleicht weil ihre Mutter ihr immer eingetrichtert hatte, einen gewissen Abstand zu wahren. Und das hatte nun dazu geführt, dass sie sich nach einer Reihe von Enttäuschungen und gescheiterten Beziehungsversuchen an die Stelle dieser beiden alten Damen wünschte, die sich offensichtlich wunderbar verstanden.

»Dein Vater muss also in dem Glauben gelassen werden, dass Forster eine zwielichtige Person ist«, beschloss Anna Livia schließlich.

»Ich könnte ihm ja einfach eine Nachricht schicken, in der ich ihm das mitteile.«

»Nein, nein. Ich weiß etwas Besseres«, meinte Shirley. »*Ich* werde ihm schreiben, dann ist es noch viel glaubwürdiger. Los, lasst uns bezahlen und nach Hause gehen, denn wir haben noch einiges zu tun. Vergesst nicht, dass wir um neun zum Essen verabredet sind. Ich hätte diesen Kuchen nicht essen sollen, aber was will man machen …«

Von: shirleytemple25@hotmail.com
An: sunsetcafestaff@sunsetcafe.com

Lieber James,
ich hoffe, dass Du Dich an mich erinnerst, so wie ich Dich nicht vergessen habe, aber vorsichtshalber helfe ich Deinem Gedächtnis ein wenig auf die Sprünge. Ich bin Shirley Saunders, eine gute Freundin Deiner Schwester Kate. Wir haben uns oft in Brighton gesehen, und ich kenne Deine hübsche Frau Lotta und Deine beiden Töchter. Ich nehme an, Du hast schon davon gehört, dass ich zusammen mit Kate und unserer gemeinsamen Freundin Anna Livia Szcherny hier in Ribanova lebe. Wir wohnen in einem schönen Haus und führen ein ruhiges Leben oder – besser gesagt – führten ein ruhiges Leben, bis Forster Smith auftauchte und mit seinen düsteren Plänen alles durcheinanderbrachte. Ich weiß, dass es für Dich sehr unangenehm sein muss zu erfahren, dass mir dieser Mann äußerst suspekt ist und dass ich die Hochzeit für keine gute Idee halte. Es tut mir wirklich leid, Dir dies mitteilen zu müssen, denn ich gehe davon aus, dass Du über die Hochzeitspläne Deiner Schwester sehr glücklich bist, aber so ist nun einmal die Lage. Daher ist es ein Segen, dass Deine Tochter Laura (ein tolles Mädchen übrigens) so unerwartet hergekommen ist. Ich glaube, dass es für Kate äußerst wichtig ist, die Dinge aus einer anderen Perspektive zu sehen, wie nur ein Familienmitglied sie ihr näherbringen kann, und sich die Frage zu stellen, ob sie sich wirklich richtig entschieden hat.
Die Hochzeit steht zwar kurz bevor, doch es ist noch nicht zu spät, sich eines anderen zu besinnen, und – wie ich immer zu sagen pflege – man sollte die Hoffnung nie aufgeben.
Ich sende Dir die allerherzlichsten Grüße und versichere Dir, dass Du auf mich zählen kannst. Ich werde Laura eine treue Verbündete sein und sie bei allem unterstützen. Auch Du kannst Dich jederzeit an mich wenden. Natürlich werde ich Dich über jede Veränderung auf dem Laufenden halten.

Im Spiegelsaal des Hotel Almirante gab es einen kleinen, separat gelegenen Restaurantbereich. In dem großen Festsaal hatten zu früheren Zeiten, als das von Edmundo Aldao errichtete Gebäude noch als Privatresidenz diente, die Bälle stattgefunden und später sämtliche Feierlichkeiten, die in Ribanova abgehalten wurden. Und auch wenn manche Leute der Ansicht waren, dass das Restaurant mit all den Goldverzierungen und den vielen Spiegeln, die die Köpfe der Tischgäste und die Kandelaber auf den Tischen bis ins Unendliche multiplizierten, ein wenig antiquiert wirkte, war es nach wie vor der perfekte Ort für besondere Gelegenheiten.

Jeffried nahm das Angebot des Maître, im Séparée zu speisen, um ein wenig unter sich zu sein, dankend an, wenn er auch etwas enttäuscht war, dass es nicht mehr kostete. Doch er sagte sich, dass er das mit einem feudalen Mahl ausgleichen würde. Er war vor den anderen eingetroffen, wie es sich für den Gastgeber gehörte, und hatte einen Gin Tonic mit Premium Gin bestellt, in dem, der Mode entsprechend, ein paar Wacholderbeeren und ein wenig Zitronenschale schwammen, neben irgendeinem undefinierbaren Kraut, das das Ganze wie eine Gemüsesuppe aussehen ließ. Auf jeden Fall war die Mischung köstlich, und Jeffried Ruskin schlürfte sie mit dem Genuss eines Menschen, der beschlossen hat, die Zukunft zu vergessen und sich ausschließlich auf die Gegenwart zu konzentrieren.

»Guten Abend, Jeffried.«

»Kate! Pünktlich wie immer.« Er registrierte Anna Livia und Shirley und entdeckte auch Laura, die sich, bleich und nervös, zu verstecken versuchte. »Bitte stellen Sie mich doch Ihren Freundinnen vor.«

»Anna Livia, Shirley ... Das ist Jeffried Ruskin. Und das ist meine Nichte Laura. Sie ist aus Brighton extra zur Hochzeit angereist.«

»Wunderbar!« Er schüttelte allen äußerst herzlich die Hand, was bei seiner angeborenen Schüchternheit eher selten vorkam. »Wollen wir uns nicht alle duzen? Ich würde mich sehr freuen, für euch alle nicht länger Mr. Ruskin zu sein.«

Im selben Moment trafen Forster Smith und sein Sohn ein. Jeffried und Laura blickten gleichzeitig zu Kate, die zu strahlen begann, sobald sie ihren zukünftigen Ehemann sah. Das muss wahre Liebe sein, dachte der Lektor, während Laura sich fragte, was wohl ihre Eltern sagen würden, wenn sie sehen könnten, dass Tante Kate auf einmal von innen heraus leuchtete, als hätte sie eine Glühbirne verschluckt.

»Guten Abend allerseits. Hallo, Kate.« Forster küsste sie auf die Wange. »Und du musst Laura sein. Ich freue mich, dich zu sehen. Das ist mein Sohn. Wenn ich es recht bedenke, werdet ihr durch unsere Hochzeit zu Verwandten, oder?«

»Nun, ich bin mir nicht sicher, ob das wissenschaftlich zu belegen ist.« David trat vor, um Laura die Hand zu schütteln. »Sehr erfreut. Ich bin David Smith.«

Shirley und Anna Livia sahen sich an, als sei ihnen gerade der gleiche Gedanke gekommen.

»Ich bin Shirley Saunders. Das ist meine Freundin Anna Livia Szcherny. Dein Vater hat uns erzählt, dass du an der Universität unterrichtest. Laura ist ebenfalls Lehrerin.«

»Oh, aber das ist etwas ganz anderes.« Das Letzte, wonach Laura der Sinn stand, war, über ihre wenig beneidenswerte Teilzeitstelle an einer Eliteschule und die vielen undisziplinierten Schüler reden zu müssen. Zum Glück interessierte sich David Smith kein bisschen für Lauras Berufsalltag, denn er brannte einzig und allein darauf, mit Albert Salomons Lektor zu reden.

»Dann sind Sie wohl Mr. Ruskin.«

»Bitte nenn mich einfach Jeffried. Keine überflüssigen Formalitäten mehr. Einen Gin Tonic? Oder einen Dry Martini? Oder lieber etwas Stärkeres?«

Ruskin winkte den Kellner heran.

»Könnten Sie diesen beiden Herren bitte etwas zu trinken bringen, damit ich mit ihnen anstoßen kann?«

»Auch einen Gin Tonic bitte. Hat Kate dir von meiner Arbeit erzählt?« David kam sofort zur Sache.

»Ja, sie hat es erwähnt. Eine Biografie über Albert Salomon, richtig? Viel Glück! Der gute Albert war nicht gerade ein leicht durchschaubarer Mensch.« Jeffried Ruskin gab dem Kellner ein Zeichen, auch ihm einen weiteren Gin Tonic zu bringen. »Er hat aus seinem Leben ein ziemliches Geheimnis gemacht. Der alte Fuchs hat uns ganz schön im Regen stehen lassen, stimmt's?«

Überrascht von Jeffried Ruskins plötzlicher Plauderlaune, stellte Kate fest, dass der Gin Tonic offenbar seine Wirkung zeigte.

»Ich weiß nicht, ob du schon gehört hast, dass ich ein paar Briefe gefunden habe, die an ihn gerichtet waren. Sie wurden hier aus Ribanova abgeschickt, von einem Mann namens Juan Sebastián Arroyo. Kate hat mir bestätigt, dass die beiden befreundet waren.«

»Interessant. Allerdings fürchte ich, ohne dich entmutigen zu wollen, dass das allein für eine Biografie nicht ausreichen wird, oder?«

»Es ist ein Anfang, würde ich sagen.«

Forster Smith warf seinem Sohn einen warnenden Blick zu.

»Und ich würde sagen, dass wir das Thema wechseln und uns zu Tisch setzen sollten. Lieber Jeffried, du ahnst ja gar nicht, wie sehr ich mich freue, dass du zur Hochzeit bleibst. Und du, Laura, bist ein Schatz, dass du extra aus England hergekommen bist.« Forster räusperte sich und hob sein Glas. »Trinken wir auf meine zukünftige Ehefrau Kate und auf jeden Einzelnen von euch, die ihr dazu beitragt, dass der Tag unserer Hochzeit der glücklichste unseres Lebens sein wird. Anna Livia, Shirley, Laura, Jeffried ... bis vor einer Woche habe ich euch noch nicht gekannt, aber ich möchte, dass ihr wisst, dass ihr von nun an einen besonderen Platz in meinem Herzen einnehmt. Ich danke euch dafür, dass ihr all die Jahre über für meine Kate da wart. Trinken wir auf die Gesundheit von uns allen!«

Das Essen nahm einen vielversprechenden Anfang. Shirley gelang es, das Gespräch auf die Einzelheiten der Hochzeit zu konzentrieren, und obwohl Kate befürchtet hatte, dass die beiden jüngeren Gäste sich langweilen könnten, beteiligten sich sowohl David als auch Laura angeregt an der Unterhaltung. Sogar Jeffried Ruskin brachte sich ein und machte ein paar Scherze, was für ihn, der üblicherweise sehr schweigsam war und sich gern im Hintergrund hielt, äußerst ungewöhnlich war. Ein bisschen Alkohol zeigt manchmal eine erstaunliche Wirkung, sagte sich Kate, während Shirley die Liste der Köstlichkeiten herunterbetete, die auf der Hochzeitsfeier serviert werden würden. Der Maître, der ein wenig Englisch sprach, erklärte höchstpersönlich, dass die Speisen nach beinah ein Jahrhundert alten Rezepten zubereitet würden und genau die seien, die einst den Hauptteil des Banketts zur Eröffnung des Hotel Almirante ausmachten.

»Mein Vater war einer der Kellner, die damals das Essen serviert haben.«

»Wirklich?«

»Er war damals noch sehr jung, siebzehn Jahre, und hat sein ganzes Leben lang davon erzählt. Er behauptete, es seien Hunderte Gläser Champagner ausgeschenkt worden und dass einige Gäste zu viel aßen und anschließend krank wurden. Wenn Sie einen Moment warten, zeige ich Ihnen etwas …«

Ein paar Minuten später kam er mit einem leinengebundenen Buch zurück, dessen Ecken mit Metall eingefasst waren und das einen in Goldbuchstaben gedruckten Titel trug.

Ein halbes Jahrhundert im Hotel Almirante.

»Es wurde zum fünfzigsten Jubiläum der Hoteleröffnung herausgegeben. Erlauben Sie, Señorita Salomon …«

Der Maître blätterte in dem Buch, bis er fand, was er suchte: eine Reihe Fotos, die bei der Eröffnungsfeier des Hotels im Jahr 1924 aufgenommen wurden. Kate, Anna Livia und Shirley seufzten beim Anblick der sepiafarbenen Aufnahmen von Herren im Smoking und Damen in langen Kleidern – Krinolinenmode, Spitze, Seide und Tüll –, die dem Lächeln nach zweifellos einen schönen Abend verbrachten.

»Sehen Sie, das sind die Gründerinnen des Hotels: die drei Leal-Schwestern und ihre Mutter, Doña Cayetana. Eine beeindruckende Frau, wie mein Vater sagte. Sie kümmerte sich um die Verwaltung des Hotels, ihre Töchter um die Küche. Vier Frauen, die das Hotel in einer von Männern geprägten Ära voranbrachten.« Sehnsüchtig schüttelte er den Kopf. »Das waren noch Zeiten!«

Kate war fasziniert von den Bildern.

»Habt ihr die Untertitel gelesen? ›Der Bürgermeister von Ribanova … das Herzogpaar von Altuna … General Trello …‹ Ein echtes Who's who der damaligen Zeit!« Plötzlich stutzte sie und sagte dann aufgeregt: »David! Schau mal! Das wird dich interessieren! Komm her, hier kannst du Juan Sebastián Arroyo kennenlernen!«

David verlor sofort jegliches Interesse an seinem Hummersalat und beugte sich über das Buch, das er bis dahin kaum beachtet hatte. Darin war der junge Juan Sebastián Arroyo zu sehen, der im untadeligen eleganten Anzug zusammen mit den Hoteleigentümerinnen für die Aufnahme posierte.

»Wer ist das?« Schüchtern hatte sich Laura Salomon über die Schulter ihrer Tante gelehnt, um ebenfalls das Bild zu betrachten.

»Ein Freund deines Onkels Bertie. David arbeitet gerade an einer Biografie über ihn und hat herausgefunden, dass er mit diesem Arroyo einen Briefwechsel geführt hat«, erklärte Forster. »Albert Salomon gibt ihm ziemlich viele Rätsel auf.«

»Albert Salomon ist ein einziges großes Rätsel«, ergänzte Jeffried Ruskin, an niemand Bestimmten gerichtet. »Ich weiß nicht, ob der alte Sturkopf sich bewusst war, wie viel Kopfzerbrechen er uns bereiten würde.«

Verblüfft nahm Kate Jeffried Ruskins plötzlichen Gefühlsausbruch zur Kenntnis, der so gar nicht zu ihm passte. Seit sie sich kannten, hatte sie noch nie eine so heftige Reaktion bei ihm erlebt. Aber schließlich machte der Mann gerade eine heftige Krise durch, und er hatte mindestens drei Gin Tonic getrunken.

»Übrigens habe ich dir den Roman mitgebracht … oder das, was davon existiert. Lächerliche hundertfünfzig Seiten. Ich habe keine Ahnung, was, zum Teufel, Salomon sich dabei eigentlich gedacht hat. Was kann man damit schon anfangen …« Ruskin stand auf, griff leicht schwankend nach seiner Aktentasche und wühlte derart konfus darin herum, dass sich die anderen verwundert ansahen.

»Der hat eindeutig einen sitzen«, resümierte Shirley und sprach damit aus, was alle anderen dachten. David und sein Vater wechselten einen amüsierten Blick, Kate jedoch fand das gar nicht lustig. Am nächsten Tag würde sich der arme Ruskin dafür in Grund und Boden schämen. Er war ein äußerst schüchterner Mensch und zog nicht gern die Aufmerksamkeit auf sich. Wenn ihm bewusst würde, dass er sich betrunken vor ein paar ihm kaum bekannten Leuten zum Affen gemacht hatte, würde ihm das außerordentlich peinlich sein. Inzwischen hatte der Lektor Albert Salomons Manuskript aus der Tasche geangelt, und David ballte die Fäuste zusammen, um es ihm nicht gleich aus der Hand zu reißen.

»Hier haben wir das Meisterwerk: *Der Neuankömmling*. Ein Roman von Albert Salomon. Erlaubt mir, dass ich euch das äußerst originelle Eingangszitat vorlese.«

Er erhob sich schwankend, setzte seine Brille auf und trug das Zitat mit für Kate überraschend volltönender Stimme vor, denn üblicherweise sprach Ruskin eher leise, was seine deklamatorischen Fähigkeiten, über die er eindeutig verfügte, nicht erahnen ließ.

»›Der Aufruf zur Besonnenheit ist eine Art, der Angst mehr Würde zu verleihen.‹ Aus *Das Haus am Park* von John S. Stream. Womit sich der Autor erneut einen netten kleinen Scherz erlaubt hat.« Er blickte von dem Manuskript auf. Seine Brille war auf die Nasenspitze hinuntergerutscht, was ihm, zusammen mit dem ungekämmten Haar, ein wahrhaft komisches Äußeres verlieh. »John S. Stream. Haha. Bis zum Umfallen habe ich nach diesem Kerl gesucht, um sein Buch zu veröffentlichen. Und es hat sich herausgestellt, dass John S. Stream nichts weiter ist als ein blöder Witz. Kate, dein Onkel hat uns ganz schön auf den Arm genommen: Hier haben wir dieses unvollendete Werk, mit dem wir nichts anfangen können, und vorher hat er uns vorgemacht, es gäbe tatsächlich diesen dämlichen John ... S. ... Stream ...«

Mittlerweile war er sehr laut geworden, und die anderen Gäste schwiegen betreten. Doch auf einmal, als alle schon glaubten, dass der Abend endgültig verdorben wäre – sobald der betrunkene Gastgeber seine Schmährede auf den längst verstorbenen Schriftsteller beendet hätte –, nahm sich Laura

Salomon noch einmal das Buch über das Hotel Almirante, las kurz darin und blickte dann schüchtern in die Runde.

»Aber, Stream … ist das nicht dieser Mann?«

Alle starrten sie an, und sie wurde rot wie eine Tomate. Sie war es nicht gewohnt, dass man ihr Aufmerksamkeit schenkte, und schon gar nicht, wenn diese von sechs Leuten auf einmal kam. Sie schluckte.

»John S. Stream – ist das nicht dieser Juan Sebastián Arroyo? Ich meine, ›Stream‹ heißt doch ›Fluss‹, also auf Spanisch ›Arroyo‹, oder? Also ist Juan S. Arroyo die spanische Version von John S. Stream … würde ich sagen …«

Für ein paar Sekunden war es totenstill. Jeffried Ruskin war mit einem Schlag wieder nüchtern. David war kurz davor, die junge Frau, die er gerade erst kennengelernt hatte, stürmisch zu umarmen. Nach monatelanger – im Fall von Ruskin jahrelanger – mühsamer Recherche, nach all den Fragen, die ohne Antwort geblieben waren, nach all den unlösbaren Rätseln hatte sich nun herausgestellt, dass es sich bei John S. Stream doch nicht um einen Phantasienamen handelte. Jeffried Ruskin ließ sich auf seinen Stuhl sinken.

»Mir ist schlecht.«

Das war das Letzte, was er sagte, bevor er sich in einen Sektkühler übergab, der, wie Shirley im Laufe der Aktion feststellte, offenbar aus Silber war.

»Wie konnte ich das übersehen!«, stöhnte Kate.

»Und ich erst! Ich beschäftige mich seit Jahren mit dem Werk von Albert Salomon!« David schlug sich an die Stirn. »Das hätte mir doch auffallen müssen!«

»Du sprichst doch gar kein Spanisch«, wandte sein Vater ein, »also red nicht so einen Blödsinn. Und was dich angeht, Kate, gehe ich davon aus, dass du andere Dinge zu tun hattest, als dich mit irgendwelchen Zitaten oder Namensgleichheiten zu beschäftigen.«

Nachdem nun Kate und David aus der Schusslinie waren, hefteten sich alle Blicke auf den armen Jeffried Ruskin, der gerade ein mit kaltem Wasser eingefeuchtetes Handtuch an sein Gesicht drückte und vor sich hin lamentierte. Wahrscheinlich würde er sich nie verzeihen, nicht selbst auf die Namensgleichheit gestoßen zu sein.

»Und ich will ein Lektor sein? Haha ... Einem Lektor fallen solche Dinge auf. Ich hätte sofort an Stream denken müssen, als ich den Namen Arroyo gehört habe ... aber ich stand dermaßen unter Druck, dass ich nicht ...«

»Ach, halt die Klappe!« Shirley war genervt von dem ganzen aberwitzigen Vorfall, der das angenehme Gespräch über die Hochzeit unterbrochen hatte, gerade als sie das Thema Gartendekoration zur Sprache bringen wollte. »Sprichst du etwa Spanisch? Nein? Na also! Wie hätte dir dann etwas auffallen sollen. Und außerdem: Wann hat sich die Existenz dieses ... Arroyo oder Stream oder wie er heißt bewahrheitet? Vor fünf Minuten, oder? Du hast also nichts verpasst. Was macht es also für einen Unterschied, ob du selbst darauf gekommen bist oder dieses clevere Mädchen hier? Übrigens, Laura, meine Liebe, ich gratuliere dir zu deinem Scharfsinn. Die jungen Leute haben eben einfach einen wacheren Verstand als wir.«

Sie winkte dem Kellner, der sogleich an den Tisch kam.

»Bringen Sie diesem Herrn bitte einen Kaffee! Nein, bringen Sie jedem von uns einen Kaffee! Und jetzt benehmen wir uns alle wieder vernünftig! Du, Jeffried, hörst auf rumzujammern! Und du, David, freust dich einfach, dass das Rätsel gelöst ist, und bedankst dich dafür bei Laura. Sie ist ein sehr kluges Mädchen, und ich denke, du schuldest ihr einen Gefallen. Wenn es euch nichts ausmacht, würde ich nun gern das Thema wechseln. Ich habe die Nase voll von Albert Salomon, Juan Sebastián Arroyo und … dem ganzen Literaturquatsch. Wir haben eindeutig Wichtigeres zu besprechen!«

Das war zu viel für David Smith. Wie konnte diese Schnepfe es für wichtiger halten, über … Krabbencocktails und handbemalte Kerzen zu reden oder was auch immer auf einer Hochzeit zum Einsatz kam, anstatt über die sensationelle Entdeckung, die sie gerade gemacht hatten? Er wechselte einen Blick mit Mr. Ruskin – dem es, nachdem er sich in den Sektkühler erleichtert hatte, wesentlich besser ging – und stand auf.

»Kate, Dad, meine Damen …« Er konnte sich beim besten Willen nicht mehr an die Namen der beiden älteren Frauen erinnern, die ihm gerade erst vorgestellt worden waren. »… mit eurer Erlaubnis … Ich denke, dass Jeffried und ich jetzt einiges zu besprechen haben. Wenn unsere Anwesenheit hier also nicht unbedingt nötig ist, würden wir den Kaffee an einem anderen Ort einnehmen und uns ein wenig darüber unterhalten, was die gerade gemachte Entdeckung für uns bedeutet.«

»Natürlich.« Kate beeilte sich, jeglichem Kommentar Forsters zuvorzukommen.

»Bitte, bestellt, was ihr wollt, es geht alles auf meine Rechnung.« Jeffried Ruskins Stimme klang nun wieder unsicher und ein wenig piepsend. »Und entschuldigt bitte die peinliche Vorstellung, die ich eben gegeben habe. Diese Schande … werde ich niemals verwinden …«

»Red keinen Blödsinn, Jeffried!«

»Also bitte, mein Lieber«, wandte Forster ein, »hättest du nicht diese feurige Rede gehalten, hätte diese scharfsinnige junge Dame Arroyo vielleicht nie mit dem geheimnisvollen Stream in Verbindung gebracht.«

Er wandte sich zu Laura um, die erneut rot wurde, woraufhin auch David einen längeren Blick auf sie richtete. Er war ausgesprochen glücklich und dachte, dass dieser Abend ihm jede Menge neuer Möglichkeiten eröffnet hatte. In einem Anfall von Großzügigkeit, der äußerst ungewöhnlich für ihn war, da Nächstenliebe nicht gerade zu seinen Stärken zählte, machte er der bedauernswerten, unscheinbaren jungen Frau, die er bis vor ein paar Minuten kaum beachtet hatte, ein überraschendes Angebot: »Komm doch mit uns. Offensichtlich bist du die Cleverste von uns allen. Es gibt viel zu besprechen, und vielleicht kannst du uns helfen.«

Shirley, die Davids unerwarteten Vorstoß gerade mit einer diskreten Geste des Protests quittieren wollte (auf elegante Art mit einem leichten Runzeln der Brauen oder einem dezenten Schürzen der Lippen), lächelte stattdessen zufrieden und zwinkerte Anna Livia zu.

»Na sicher. Wieso sollte die arme junge Frau auch allein in unserer Seniorenrunde versauern! Geht nur und macht einen Spaziergang. Ihr könntet irgendwo nett etwas trinken. Und lasst euch ruhig Zeit. Hier, Laura, hast du den Haustürschlüssel …«

Obwohl Albert Salomon ihr Großonkel war, hatte Laura Salomon niemals einen seiner Romane gelesen, nicht einmal, als einer ihrer Professoren an der Uni ein Buch von ihm in die Vorschlagsliste der Lektüre für das kommende Semester aufgenommen hatte. Sie war damit aufgewachsen, dass der Name Onkel Alberts in ihrer Familie jedes Mal mit einem gewissen Unmut erwähnt worden war, sodass sie – richtigerweise – daraus geschlossen hatte, dass es besser war, in ihrem Elternhaus nicht mit einem seiner Bücher in der Hand gesehen zu werden. Das hatte es ihr paradoxerweise leichter gemacht, John S. Stream mit Juan Sebastián Arroyo in Zusammenhang zu bringen. Denn die anderen – Jeffried Ruskin, David Smith und Kate – hatten diesen Namen längst nicht mehr so unvoreingenommen betrachten können, da sie inzwischen fest davon ausgingen, dass er allein der blühenden Phantasie des Autors entsprungen war. Gut, sie hatte, vielleicht zum ersten Mal seit Jahren, einen Geistesblitz gehabt. Dennoch war ihr nicht klar, was ihre Anwesenheit bei dem intellektuellen Gedankenaustausch, den Jeffried Ruskin und der zukünftige Stiefsohn ihrer Tante geplant hatten, bringen sollte. Sie war weder besonders intelligent – was sie nach der Ansicht ihres Vaters eindrücklich unter Beweis gestellt hatte, indem sie wegen eines Hallodris ihr Leben und ihre finanzielle Situation ruiniert hatte – noch ausgesprochen gebildet. Sie hatte einen durchschnittlichen Abschluss an der philosophischen Fakultät einer unbedeutenden Universität gemacht, der ihr nicht viele Perspektiven geboten hatte. Die Stelle an der Schule hatte sie durch Zufall bekommen. Wenn ihr Großvater dort nicht so positiv in Erinnerung geblieben wäre, wäre es vielleicht ihr Schicksal gewesen, ein Leben lang Cappuccinos und Sandwiches im Sunsetcafé zu servieren und sich die Vorwürfe ihres Vater anzuhören. Letzten Endes war alles Zufall. Und nun saß sie hier mit diesen beiden unbekannten Männern, einem erfolgreichen Lektor (wie es schien) und einem ambitionierten Universitätsdozenten. Sie fragte sich, wann den beiden ihre Anwesenheit lästig werden würde, und nahm sich vor, sich bei den ersten Anzeichen sofort zurückzuziehen, nicht aus Stolz (Menschen mit geringem Selbstbewusstsein hatten keinen), sondern um die anderen nicht zu verärgern.

»Also, Jeffried, das ist eine sehr interessante Sache: Wir wissen jetzt, dass John S. Stream tatsächlich existiert hat. Und wenn es ihn gegeben hat, dann gibt es vielleicht auch *Das Haus am Park*. Und weil es offenbar einen Gott gibt, befinden wir beide, die zwei Menschen, die sich auf der Welt wahrscheinlich am meisten für alles, was mit Albert Salomon zusammenhängt, interessieren, uns zufällig gerade am richtigen Ort, nämlich dort, wo John S. Stream, den wir von nun an wohl besser Juan Sebastián Arroyo nennen sollten, gelebt hat.«

»Damit hast du es hervorragend auf den Punkt gebracht, mein Lieber.« Jeffried Ruskin war überrascht, wie gut er sich nach seinem Anfall von Übelkeit wieder erholt hatte. Er fühlte sich ausgezeichnet, wenn auch nicht so weit wiederhergestellt, dass er Alkohol trinken mochte, weswegen er sich genau wie Laura einen Kräutertee bestellte. David Smith entschied sich für einen weiteren Gin Tonic. Er konnte mit einem Drink in der Hand wesentlich besser denken als mit einer Teetasse, und es gab einige Entscheidungen zu treffen. Anschließend gratulierte er sich zu seiner Wahl, denn Antonio, der Barkeeper in dem Lokal, mixte die besten Longdrinks der Stadt.

Sie hatten sich an einen Tisch auf der Terrasse des Café del Centro gesetzt, welches, ohne dass sie es wussten, das älteste Café in Ribanova war. Innen war es mit Marmortischen und kleinen, warmes Licht ausstrahlenden Lampen ausgestattet, mit alten Fotos in Holzrahmen und einer mächtigen Theke, dem einzigen Relikt aus der Anfangszeit des Lokals. Normalerweise war das Café immer brechend voll, doch an diesem Abend war es ungewöhnlich warm, sodass die Gäste – einige Paare und viele Grüppchen mittleren Alters – es vorgezogen hatten, draußen zu sitzen und die laue Juniluft zu genießen. Die Straßenlaternen an der Allee leuchteten, genauso wie die hellen Lampen des benachbarten Musikpavillons. Jeffried Ruskin, der immer im brodelnden, lärmenden, kosmopolitischen Zentrum Londons gelebt hatte, sagte sich, dass dies vielleicht nicht der unterhaltsamste Ort auf Erden war, jedoch ein angenehmes, gemütliches Plätzchen. Ein Hort der Ruhe und des Friedens, weit entfernt von den Unwettern, die sein Leben bedrohten.

»Und? Was machen wir jetzt?«

David nahm einen Schluck seines Longdrinks.

»Das einzig Mögliche: sämtliche Informationen über diesen Juan Sebastián Arroyo sammeln. Wenn er dieses Buch tatsächlich geschrieben hat, wovon ich ausgehe, muss das Originalmanuskript ja irgendwo sein, und wir müssen alles über ihn erfahren, um es zu finden.«

Jeffried Ruskin wischte sich mit einem Taschentuch über die Stirn, da ihm auf einmal der Schweiß ausgebrochen war. Die Möglichkeit, *Das Haus am Park* aufzuspüren, erschien ihm derart sensationell, dass er sich den Gedanken daran kaum gestattete. Wenn dieser Roman existierte – genauer gesagt, wenn er ihn auftreiben würde –, würde ihn das gegenüber seinen Vorgesetzten bei Somerset Publishers absolut rehabilitieren. Dann würde er nicht entlassen, seine Karriere wäre gerettet, und er müsste nicht wieder bei null anfangen. Dann wäre er nicht länger der in Ungnade gefallene Lektor, sondern der scharfsinnige Spürhund, der unbeirrt die Spur eines Autors verfolgt hatte, den alle für ein Phantom hielten. Er sah bereits die grandiose Veröffentlichung des Buches vor sich, die begeisterte Presse, die Schlagzeilen. Das würde sein Ansehen und seinen guten Ruf wiederherstellen, sodass die Larsson-Katastrophe am Ende nur noch als kleine Anekdote im Gedächtnis bleiben würde, nach dem Motto: Auch der beste Schütze trifft mal daneben. Unter diesen Umständen wäre es vielleicht sogar möglich, dass er die Veröffentlichung der hundertfünfzig Seiten von *Der Neuankömmling* als das bringen konnte, was es war: eine Rarität. Er seufzte. Das war zu schön, um wahr zu sein!

In dem Moment trat ein junger dunkelhäutiger Mann an ihren Tisch, der einen Armvoll roter Rosen bei sich hatte. David fühlte sich unwohl, denn er wusste nie, wie er reagieren sollte, wenn er in Begleitung einer Frau unterwegs war und ein Rosenverkäufer auftauchte. Und das lag nicht daran, dass er das Geld sparen wollte, sondern dass es schnell zu Missverständnissen führen konnte, wenn man einer Dame Rosen schenkte. Was sollte er jetzt tun? Sollte er eine Rose kaufen, um sie dieser … Verdammt, wie hieß sie noch mal? Es passierte ihm einfach immer wieder: Niemals achtete er auf die Namen, die ihm genannt wurden. Es war nicht so, dass er sie vergaß, er nahm sie erst gar nicht auf. Und er konnte ja schlecht jemandem eine Rose schenken, dessen Namen er nicht kannte. Was für eine unangenehme Situation! Nicht zum ersten Mal sagte er sich, dass er auf diese Rosenverkäufer gut verzichten könnte. Jeffried Ruskin dagegen griff bereits zum Portemonnaie. Auch er empfand die Situation nicht gerade als angenehm, aber er bevorzugte die schnelle Lösung: ein bisschen Geld auf den Tisch legen und die Sache gleich wieder vergessen. Doch der junge Mann hatte gar nicht vor, die beiden Herren zu ungewollter Galanterie zu drängen.

»Guten Abend, Señorita Salomon. Erinnern Sie sich an mich?«

Laura zwinkerte kurz, bis es ihr gelang, in dem jungen Blumenverkäufer den Angestellten ihrer Tante in der *Librería El Unicornio* zu erkennen.

»Natürlich, Ahmed, richtig?«

Der junge Mann lächelte erfreut und nickte höflich.

»Wenn Sie erlauben?«, sagte er mit einem Blick auf die beiden Herren, um jegliches Missverständnis zu vermeiden, bevor er drei Rosen in einem ungewöhnlichen Orangeton auswählte. »Ein Geschenk für die Dame. Ich wünsche Ihnen noch einen angenehmen Abend.«

Er ging weiter, bevor Laura sich bei ihm bedanken konnte. David Smith fühlte sich erleichtert und Jeffried Ruskin ein wenig beschämt. Laura ihrerseits roch instinktiv an den Rosen, um deren nicht existenten Duft zu genießen, bis ihr bewusst wurde, dass die anhaltende Schnüffelei auf die Dauer etwas seltsam wirken musste. David fiel es gar nicht auf. Der Blumenmann war weg und hatte ihn damit von dem kleinen Problem befreit. Also war alles erledigt.

»Wo waren wir noch gleich? Ach ja, wir müssen uns möglichst schnell an die Arbeit machen. Ich würde am liebsten auf der Stelle loslegen, aber ich gehe davon aus, dass um diese Uhrzeit alle Einrichtungen, in denen man recherchieren könnte, geschlossen sind.« Das war kein Witz: David Smith strotzte vor Energie und fühlte sich seltsam beschwingt. »Also fangen wir morgen früh an. Treffen wir uns um neun im Teesalon des Hotel Almirante.«

In dem Moment hatte Laura das Gefühl, dass er sie mit einschloss, was sich sicher um einen Irrtum handelte. Aus Höflichkeit hatten sie ihr vorhin angeboten, sich ihnen anzuschließen, was wohl damit zu begründen war, dass sie sie nicht allein bei den alten Leuten zurücklassen wollten und sie ihr für ihren Geistesblitz dankbar waren. Denn Forster Smith hatte recht gehabt, als er sagte, dass ohne sie die Identität jenes Stream wahrscheinlich für immer ein Rätsel geblieben wäre. Allerdings war wohl nicht zu erwarten, dass sich der gute Wille darüber hinaus erstrecken würde. Eine Tasse Kräutertee und bei diesem angeregten Gespräch zuhören zu dürfen war wohl das Äußerste, was sie erhoffen konnte. David Smith bemerkte ihre leicht hochgezogene Augenbraue und interpretierte sie falsch.

»Ist das zu früh für dich?« Verdammt, er musste unbedingt rauskriegen, wie die Kleine hieß. Delores? Berenice? Shaundra? Wie kam er aus der Nummer nur wieder raus? »Wäre es dir lieber, wenn wir uns zu einem späteren Zeitpunkt verabreden?«

Laura Salomon schüttelte ungläubig den Kopf.

»Nein, das ist es nicht ... es ist ... na ja, ehrlich gesagt, weiß ich nicht, wie ich euch helfen könnte. Dass ich die beiden Namen in Verbindung gebracht habe, war wohl eine reine Glückssache, nehme ich an …«

»Ein bisschen Glück können wir gut gebrauchen«, murmelte Ruskin in Gedanken an seine anhaltende Pechsträhne in letzter Zeit.

»Darum geht es nicht.« David hatte seinen Gin Tonic ausgetrunken, und die im Glas zurückgebliebenen Eiswürfel schmolzen vor sich hin. »Wenn ich das richtig verstanden habe, sprichst du Spanisch im Gegensatz zu mir. Wie sieht es bei dir aus, Jeffried?«

Der Lektor schüttelte den Kopf. Er hatte in der Schule ein wenig Französisch gelernt und irgendwann einen Deutschkurs belegt, was eine reine Zeit- und Geldverschwendung gewesen war.

»Also brauchen wir dich. Ich würde sogar sagen, wir sind auf dich angewiesen. Denn wir werden wohl nicht viele Unterlagen in englischer Sprache über Juan Sebastián Arroyo finden. Und wir werden uns mit Leuten unterhalten müssen, mit denen wir uns ohne dich nicht verständigen können.«

»Natürlich werde ich dich dafür bezahlen.« Auch Jeffried Ruskin hatte sich über Lauras Rückzieher gewundert und dachte, dass die Geschichte sie einfach nicht interessierte und sie ihre Ferien nicht damit vergeuden wollte. »Ich meine, der Verlag wird dich bezahlen. Ein großzügiges Honorar …«

»Oh nein, ich … meine, ich würde euch sehr gern helfen.«

»Ich bestehe darauf. Hier geht es nicht darum, einfach nur jemandem einen Gefallen zu tun, Laura.«

»So ist es, Laura.« David Smith war äußerst erleichtert, endlich den Vornamen der jungen Frau zu wissen, und nahm sich fest vor, ihn nicht wieder zu vergessen. »Hier geht es um richtige Arbeit. Und auch ich sollte dich dafür bezahlen. Genau. Somerset Publishers und ich stellen dich als Übersetzerin ein. Dann können wir dich guten Gewissens mit Beschlag belegen und über deine Zeit verfügen. Du hast keine Ahnung, wie sehr ich darauf brenne, endlich loszulegen. Das wird eine tolle Sache! Sehr aufregend! Ich wusste, dass es eine gute Idee war, nach Ribanova zu reisen. Jetzt bin ich sozusagen vor Ort. Und Brot schmeckt am besten, wenn es frisch aus dem Ofen kommt. Stimmt's oder hab ich recht?«

Weder Ruskin noch Laura konnten mit Davids Begeisterung Schritt halten. Der Lektor war das lebende Beispiel für das typisch englische Phlegma. Natürlich freute er sich über die plötzliche Wendung, die die Geschichte genommen hatte, aber er war kein Mensch, der üblicherweise derart aus sich herausging. Und Laura, die noch immer völlig verwundert war, beschränkte sich auf ein höfliches Lächeln. Ihr war nach wie vor nicht klar, warum es so wichtig war, der Spur dieses Arroyo zu folgen, doch sie freute sich, David Smith und Jeffried Ruskin kennengelernt zu haben, denn zum ersten Mal nach langer Zeit – vielleicht sogar zum ersten Mal in ihrem Leben – hatte sie das Gefühl, für jemanden wichtig zu sein. »Wir sind auf dich angewiesen« hatte David Smith gesagt. Wie ein Mantra wiederholte sie diesen Satz, der Balsam für ihre Seele war, was wohl nur jemand nachvollziehen kann, der wie Laura viel zu selten nette Worte hört.

Um Viertel vor neun am nächsten Morgen verließ Laura Salomon das Haus ihrer Tante. Sie hatte darauf verzichtet zu frühstücken, obwohl es im gesamten Erdgeschoss verführerisch nach frischem Kaffee und geröstetem Brot duftete. Es war ein wunderbarer Tag, wenn auch noch recht kühl, wie Anna Livia feststellte, als Laura die Haustür öffnete, um hinauszugehen.

»Wieso bloß diese Eile? Sie hat nicht mal eine Tasse Kaffee getrunken.« Shirley vertrat die Ansicht, dass es gar nicht gesund war, ohne Frühstück das Haus zu verlassen, wobei ihre

Freundinnen ihr unterstellten, dass sie damit hauptsächlich ihre eigenen morgendlichen Schlemmereien rechtfertigen wollte.

»Sie ist mit Ruskin und David verabredet«, erklärte Kate. »Offenbar haben die beiden sie als Übersetzerin engagiert oder so etwas. Sie soll ihnen dabei helfen, Informationen über Juan Sebastián Arroyo zu sammeln.«

»Sie wirkte äußerst zufrieden«, meinte Anna Livia, worauf Shirley süffisant lächelte.

»Natürlich ist sie das. Sie darf den ganzen Tag zusammen mit einem gut aussehenden jungen Mann Detektiv spielen. In ihrem Alter hätte ich vor Freude getanzt.« Plötzlich klingelten bei ihr die Alarmglocken. »Kate? Forsters Sohn … er ist doch nicht verheiratet oder verlobt oder so?«

»Nein, Forster hat mir erzählt, dass er und seine Freundin sich vor ein paar Monaten getrennt haben.«

Shirley klatschte erfreut in die Hände.

»Na, das ist ja noch besser, als ich gedacht habe: Ein Mann mit gebrochenem Herzen ist immer eine besonders leichte Beute.«

Kate sah sie von oben bis unten an.

»Shirley, wovon, zum Teufel, redest du da?«

»Komm schon, Kate, jetzt sag nicht, dass du nicht auch schon daran gedacht hast. Deine Nichte und Forsters Sohn … sie sind wie füreinander geschaffen.«

Anna Livia und Kate schauten sich fassungslos an.

»Und wie bist du zu diesem glorreichen Schluss gekommen?«, fragte Anna Livia. »Wie lange kennst du die beiden jetzt? Ein paar Stunden? Warum meinst du, dass sie so gut zusammenpassen?«

Shirley warf ihrer Freundin einen missbilligenden Blick zu, während sie ihr frisch geröstetes Brot großzügig mit Erdbeergelee bestrich. Sie biss hinein und kaute ausgiebig, bevor sie wieder etwas sagte, so als müsse sie sich die Antwort gut überlegen. In Wahrheit wollte sie nur eine dramatische Pause machen. Sie fand, dass Anna Livia eine äußerst dumme Frage gestellt hatte, denn es war gar nicht nötig, viel über diese beiden jungen Leute zu wissen. Sie waren beide um die dreißig – im besten Alter also –, und sie waren allein. Natürlich würden sie zusammen glücklicher sein. Shirley war kein komplizierter Mensch, und dementsprechend simpel waren auch ihre Theorien.

»Deine Nichte hat gerade eine unglückliche Ehe hinter sich«, sagte sie, während sie sich eine weitere Tasse Kaffee einschenkte, »und er leidet unter einer vor Kurzem gescheiterten Beziehung.«

»Stopp! Ich weiß nur, dass David eine Freundin hatte und jetzt nicht mehr. Keine Ahnung, ob das schwierig für ihn war oder ob er froh darüber ist.«

Shirley warf Kate einen unwirschen Blick zu.

»Es macht euch Spaß, meine Pläne zu verderben, stimmt's?«

»Darum geht es nicht«, wandte Anna Livia ein. »Du setzt einfach zu viel voraus. Zum Beispiel hast du nicht bedacht, dass … dass den beiden ihr Singleleben gefallen könnte.«

»Also bitte, Anna Livia! Niemand ist gern Single. Ich weiß, dass einige Leute das von sich behaupten, aber es stimmt nicht. Sie haben einfach nur noch nicht den Richtigen gefunden, und deshalb laufen sie rum und brüsten sich mit ihrer Unabhängigkeit oder anderem Quatsch, der gerade in Mode ist. Wisst ihr was? Da hatten wir es früher eindeutig besser: Wir durften wenigstens zugeben, dass es schrecklich ist, allein zu sein. Heute dagegen ist die Welt voll von Leuten wie David oder deiner Nichte, die sich gezwungen sehen, jedem auf die Nase zu binden, dass sie niemanden brauchen. Und *das* ist eine verdammte Lüge. Nur weil sie so oft erzählt wird, stimmt sie noch lange nicht.«

Kate und Anna Livia sahen ihre Freundin an, die mit ihrem morgendlich zerzausten Haar und dem leicht verrutschten Morgenmantel im Hawaii-Look nicht wirklich so aussah, als ob man sie unbedingt ernst nehmen müsste. Zum Glück hatte sie sich nach ihrer mit Leidenschaft vorgetragenen Rede wieder beruhigt und konzentrierte sich erneut auf ihr Frühstück.

»Um Himmels willen, Shirley, lass die jungen Leute in Frieden!« Kates Bitte klang jetzt eher flehend als drohend. »Darf ich dich daran erinnern, dass du bereits mit der Organisation einer Hochzeit beschäftigt bist. *Meiner* Hochzeit, um genau zu sein. Also richte deine Kräfte darauf, und verausgabe dich nicht mit anderen Dingen.«

Shirley lächelte nur. Dann gönnte sie sich eine dritte Scheibe des gerösteten Brotes, das sie garantiert vor möglichen Schwächeanfällen oder einer Unterzuckerung bewahren würde. Das bekamen nur all diese unvernünftigen Leute, die morgens mit leerem Magen aus dem Haus gingen.

Unsere Erinnerungen an andere Menschen verblassen mit der Zeit. Egal, um wen es sich handelt und was er getan hat. Je größer der Abstand zwischen der Vergangenheit und der Gegenwart wird, desto undeutlicher sehen wir diejenigen vor uns, die uns einmal wichtig waren. Denn unser Gedächtnis kann nicht anders, als sich nach und nach von ihnen zu lösen, so lange, bis fast nichts mehr übrig ist. Natürlich gibt es Menschen, die dazu ausersehen scheinen, niemals vergessen zu werden, da ihre Namen in Büchern und historischen Dokumenten nachdrücklich festgehalten werden. Doch auch die Erinnerung an die ganz Großen wird mit der Zeit schwächer, bis sie beinah ganz verloren geht. Es gab eine Zeit, da horchte ein ganzer Kontinent auf, wenn der Name Napoleon fiel, denn die, die ihn nicht bewunderten, fürchteten ihn. Wenn zwei Jahrhunderte später ein junger Europäer nach dem berüchtigten Korsen gefragt wurde, konnte es passieren, dass er nur vage herumstotterte. Nein, auch die ganz Großen wurden von der zerstörerischen Kraft der Zeit nicht verschont.

Mit derartigen Gedanken beschäftigte sich Jeffried Ruskin, nachdem sie den gesamten Vormittag in der öffentlichen Bibliothek verbracht und sämtliche Informationen über Juan Sebastián Arroyo zusammengetragen hatten. Dank einiger eher unbedeutender Publikationen war es ihnen gelungen, eine mehr oder wenige vollständige Biografie zu erstellen. Juan Sebastián Arroyo war vor etwa vierzig Jahren im hohen Alter von neunzig Jahren gestorben. Er war in Ribanova geboren worden und dort aufgewachsen, und als er etwa zwanzig Jahre alt war, konnte er, ohne einem Beruf nachzugehen, ganz gut von einem kleinen Erbe leben, das er rückhaltlos verbrauchte, während er sich der Lektüre und dem Reisen widmete. Man sagte über ihn, dass es in ganz Ribanova – vielleicht in der ganzen Welt – keinen liebenswerteren, unterhaltsameren und sympathischeren Menschen gegeben hatte. Es gelang ihm, viele bedeutende Persönlichkeiten, die er auf seinen Reisen nach Madrid oder Barcelona kennenlernte, zu einem Besuch in Ribanova zu bewegen, die sich, wenn sie einmal dort waren, sicher fragten, wie sie sich dazu überreden lassen konnten, diese weit abgelegene, nebelverhangene und offenbar langweilige Provinzstadt zu besuchen. Doch Juan Sebastián Arroyo, der, wenn er an anderen Orten war, wie ein Schlangenbeschwörer die Menschen in seinen Bann zu ziehen verstand, wirkte auch in seiner Heimat äußerst anregend, sodass seine Besucher erneut seinem Charme erlagen und in der Überzeugung, sich in einem Ableger des Paradieses zu befinden, durch den Parque Rosalía de Castro, über die Plaza Santa María und die begehbare Stadtmauer flanierten.

Letztere war es schließlich, die Juan Sebastián Arroyo ein Auskommen verschaffte, als sein Erbe aufgebraucht war. Zu Beginn des zwanzigsten Jahrhunderts war in Ribanova ein seltsamer Mann offenbar deutscher Herkunft aufgetaucht, der ein sowohl ambitioniertes als auch jede Vernunft entbehrendes Projekt verfolgte. Er wollte die römische Mauer abreißen lassen, um die Steine an die Erbauer der Docks im neuen Hafen von La Coruña zu verkaufen. Laut dieses niederträchtigen Mannes sollte die Umsetzung seiner Pläne der Stadt eine Menge Geld bringen, da die Steine einen guten Preis erzielen würden, aber auch Vorteile in gesellschaftlicher Hinsicht, denn die alte Mauer bilde für Ribanova eine Art psychologische Grenze, einen Wall, der es nicht zuließ, dass die Modernität des zwanzigsten Jahrhunderts in die Stadt einzog. Hundert

Jahre später war es unvorstellbar, dass ein solcher Vorschlag auch nur in Erwägung gezogen, geschweige denn angenommen würde. Doch zur damaligen Zeit hätte die Zerstörung der Mauer ihren Lauf genommen, wenn Juan Sebastián Arroyo nicht einen wirkungsvollen Artikel in der Zeitung veröffentlicht hätte, in dem er in einer einfachen Rechnung darlegte, dass es aufgrund der Menge der Steine, deren Gewicht und der geringen Geschwindigkeit der Transportfahrzeuge etwa hundertfünfzig Jahre dauern würde, das Projekt zu realisieren. Dieser Artikel, der für ein paar Tage zum Stadtgespräch wurde, öffnete sowohl den Bürgern als auch den verantwortlichen Politikern die Augen, woraufhin der Betrüger über Nacht verschwand. Die Mauer blieb, wo sie war, und der Hafen von La Coruña wurde aus weniger erlesenem Material gebaut als aus den Steinen einer Stadtmauer, die aus der Zeit Kaiser Augustus' stammte. Von da an galt Juan Sebastián Arroyo als der Retter der römischen Mauer, die über die Jahre das Wahrzeichen von Ribanova wurde. Die Zeitung stellte ihn als Redakteur ein, und der kleine Ort ernannte ihn zu seinem offiziellen Chronisten, wovon er von nun an lebte.

Juan Sebastián Arroyo war nie verheiratet und hatte nie Kinder. Er hatte sein Erbe zwei karitativen Organisationen hinterlassen, die nach seinem Tod das getan hatten, was in diesen Fällen üblich ist, nämlich das Haus, in dem er lebte, und die wenigen Wertgegenstände, die er besaß, zu verkaufen und alles Übrige irgendwie loszuwerden. Dem Letzten Willen Arroyos gemäß, wurden seine Bücher in die Stadtbibliothek gebracht. Dort gab es einen kleinen Raum, der seinen Namen trug – auf einem Bronzeschild, das kaum noch zu entziffern war. Jeffried Ruskin sagte sich, dass die Oxidationsschicht, die das kleine Metallschild überzog, eine perfekte Metapher dafür war, was im Lauf der Zeit mit berühmten Namen passierte. Denn irgendwann kam der Moment, da diese nicht nur in Vergessenheit gerieten, sondern ihnen auch jegliche Möglichkeit genommen wurde zu glänzen. Das Schicksal war leider absolut undankbar, dachte er mit einem Seufzen.

Auch wenn er es nicht zugeben wollte, hatte Ruskin insgeheim gehofft, in dem kleinen Bibliotheksraum die Originalausgabe von *Das Haus am Park* zu finden. Und er hatte sich die Hoffnung genau so lange bewahrt, bis endgültig feststand, dass sich unter den 728 katalogisierten Werken kein einziges von Arroyo oder John S. Stream verfasstes Buch befand. Juan Sebastián Arroyos Bibliothek bestand aus einer recht ansehnlichen Sammlung europäischer und amerikanischer Klassiker, was bewies, dass er ein wissbegieriger und intelligenter Leser gewesen war, wenn auch nicht besonders experimentierfreudig. Es gab weder Erstausgaben noch irgendwie aufwendig gebundene Exemplare. Viele Taschenbücher waren darunter, und einige waren so abgenutzt, dass man davon ausgehen konnte, dass sie bereits in gebrauchtem Zustand erworben worden waren. Natürlich waren sämtliche Werke Albert Salomons vorhanden – alle mit freundlicher persönlicher Widmung des Autors in spanischer Sprache. David sah sie als eine Art Trostpreis an und begutachtete sie genau, allerdings war nichts darin zu finden, was ihn bei seinen Recherchen weitergebracht hätte. Und so gründlich sie auch suchten, ein Text Arroyos war nicht unter den Büchern, geschweige denn ein ganzer Roman. David machte sich sogar die Mühe, in den Regalen nach möglichen Manuskriptseiten zu fahnden, die der sorgfältigen Katalogisierung entgangen waren. Angesichts dieser unverhohlen durchgeführten Untersuchung runzelte die Bibliothekarin, eine strenge Dame um die vierzig, die Augenbrauen und wandte sich in frostigem Tonfall an Laura.

»Dürfte ich wissen, wonach Ihr Freund sucht?«

Zu ihrem eigenen Ärger wurde Laura rot, wie jedes Mal, wenn jemand sie derart unfreundlich ansprach. Sie versuchte zu erklären, dass sie vermuteten, Juan Sebastián Arroyo habe einen literarischen Text verfasst, woraufhin die strenge Dame sie belehrte, dass, wenn dem so sei, dieser nicht in der Bibliothek zu finden wäre.

»Ich selbst habe vor zwanzig Jahren die Bücher in diesem Raum katalogisiert und dabei kein Manuskript oder etwas Derartiges gefunden. Ich würde mich daran erinnern, das versichere ich Ihnen.« Sie bemerkte Lauras Verlegenheit und wurde freundlicher. »Sehen Sie, in keinem biografischen Werk über Arroyo wird jemals seine Absicht erwähnt, einen Roman zu schreiben. Er war ein bekannter Journalist und hat viele Jahre für die hiesige Zeitung geschrieben. Als er starb, hat der literarische Zirkel des Clubs hier in Ribanova eine Sammlung seiner journalistischen Texte herausgegeben.«

»Könnten wir diesen Sammelband hier bei Ihnen einsehen?«

»Das ist leider nicht möglich. Es war keine käufliche Ausgabe. Die Bücher waren nummeriert, luxuriös gestaltet und gelangten nie in den Handel. Wir hatten nur ein einziges Exemplar, das vor einigen Jahren von irgendjemandem ausgeliehen wurde und verloren gegangen ist. Unfassbar, oder? Seitdem werden die Bücher aus diesem Raum nur noch in seltenen Fällen herausgegeben, wobei der bereits entstandene Schaden natürlich nicht mehr wiedergutzumachen ist. Wenn das Buch Sie interessiert, wenden Sie sich am besten direkt an den literarischen Zirkel. Dort gibt es sicher noch ein Exemplar.«

Sie verließen die Bibliothek. Überrascht nahm Jeffried Ruskin den zarten Duft wahr, der ihnen mit einer leichten Junibrise entgegenwehte. Es roch nach Ginster und nach frischem Gras und, ja, nach irgendeiner unbekannten Blüte, wie es sie in den schottischen Bergen gab. Jeffried hatte sein ganzes

Leben in London verbracht, und dort lagen nur Auspuffgase, Asphaltgeruch und die wabernde Feuchtigkeit, die von der Themse aufstieg, in der Luft. Er wäre nie auf den Gedanken gekommen, dass eine Stadt – und Ribanova war eine Stadt – so angenehm duften konnte. Er fragte sich, ob sich der Geruch wohl ihm Laufe des Jahres veränderte, und gab sich gleich selbst die Antwort. Möglicherweise roch es im Winter nach brennendem Kaminholz und im Herbst und im Sommer nach reifen Früchten. Er seufzte und versuchte diese etwas kitschige Vorstellung beiseitezuschieben. Niemals zuvor war ihm der Gedanke gekommen, in den Wind zu schnuppern, um was auch immer darin zu finden.

»Also was machen wir nun? Gehen wir zu diesem Literaturclub?«

»Ich wäre dafür! Was denkst du, Jeffried?«

»Ich denke, dass ich Hunger habe. Es ist Viertel nach eins und eine Ewigkeit her, dass wir gefrühstückt haben.«

David Smith zuckte mit den Schultern.

»Wie du meinst. Ich habe keinen großen Appetit. Habe ich nie, wenn viel Arbeit vor mir liegt.«

Laura hingegen freute sich, dass Jeffried das Thema angesprochen hatte. Auch sie hatte einen Bärenhunger. Doch nach dem, was David gesagt hatte, war es ihr unangenehm, etwas derart Prosaisches zur Sprache zu bringen.

»Sehen wir uns nach einem Restaurant in der Nähe der Plaza de España um. Dann liegt der Club gleich in der Nähe. Was meinst du, Laura?«

»Tja, ich … also, ich habe Tante Kate gesagt, dass ich sie in der Buchhandlung abhole und mit ihr zu Hause esse.«

Während sie ihre eigenen Worte hörte, kam sie sich ausgesprochen dumm vor, wie ein braves Mädchen, das es nicht wagt, sich seinen Eltern zu widersetzen. Sie hätte gern mit Jeffried und David zu Mittag gegessen, andererseits würden die beiden sie sicher nicht sonderlich vermissen. Und da keiner der Herren sie bat, es sich noch einmal zu überlegen und doch mitzukommen, verabschiedete sie sich von ihren Begleitern und ging in Richtung der *Librería El Unicornio* weiter.

Als sie eintrat, klingelte die Türglocke. Laura ließ einen flüchtigen Blick durch die Buchhandlung schweifen, wobei sie nichts entdeckte, was ihr Interesse erregt hätte. Sie bedauerte, dass der Anblick all dieser sorgsam geordneten Bücher, die alphabetisch sortiert in den Regalen standen oder auf hübsch arrangierten Stapeln lagen, gar nichts in ihr auslöste. Es waren sicher tausend Mal mehr Bücher, als sie in ihrem ganzen Leben gelesen hatte. Während der Zeit an der Uni hatte sich ihre Lektüre auf die Pflichttitel beschränkt, die auf der vom Professor am Anfang des Semesters verteilten Liste standen, wobei sie wie so viele andere Studenten versucht hatte, sich das ein oder andere weniger reizvolle Buch zu ersparen, indem sie sich ausführliche Rezensionen besorgte, für die es auf dem Campus einen florierenden Schwarzmarkt gab. Als sie ihr Studium abgeschlossen hatte, stellte sie ihre bereits vorher auf ein Minimum beschränkten literarischen Bemühungen fast gänzlich ein. Nun, sechs Jahre später, war die Liste der von ihr gelesenen Bücher daher so beschämend kurz, dass sie lieber gar nicht erst darüber sprach, und irgendwie bereute sie es, dass sie ihre Studienzeit nicht besser genutzt hatte, denn sie wäre gern eine gebildete Frau gewesen. Sie fragte sich, wie ihr Leben wohl verlaufen wäre, wenn sie damals öfter mal einen ganzen Tag in der Bibliothek oder in der Kinemathek verbracht hätte, wenn sie sich ein wenig mehr für moderne Malerei, antike Statuen oder die Grundlagen der Rhetorik hätte begeistern können, und sagte sich verbittert, dass es ihr dann sicher wesentlich besser ergangen wäre. Wenn sie sich dem Studium intensiver gewidmet hätte, müsste sie jetzt nicht einem Rudel schlecht erzogener Gören Spanischunterricht geben, würde sie nicht im Haus ihrer Eltern leben und wäre erst gar nicht in den Armen dieses Blödmanns gelandet, der sie dazu gebracht hatte, ihre Zukunft gegen einen Haufen Gartendekoration einzutauschen.

»Señorita Salomon, wie schön, Sie hier zu sehen!«

Wie ein Geist aus der Lampe tauchte Ahmed aus dem hinteren Teil des Ladens auf und strahlte Laura mit einem Lächeln an, das seine Augen glänzen ließ. Möglichst diskret musterte Laura ihn ein wenig genauer. Er wirkte sehr jung – Anfang zwanzig vielleicht –, und sein sympathisches Gesicht sah wie immer fröhlich aus. Laura fragte sich, was wohl der Grund für seine gute Laune war. Vielleicht war er verliebt, oder er war einer von diesen Menschen, die das Leben so sehr genossen, dass sie ständig einen Grund zu lächeln hatten. In jedem Fall beschloss Laura, dass sie diesen jungen Mann ausgesprochen nett fand.

»Hallo, Ahmed. Gestern Abend bin ich gar nicht mehr dazu gekommen, mich für die Blumen zu bedanken.«

Er schüttelte leicht den Kopf und winkte ab.

»Nicht nötig.« Er sah sie freundlich an. »Ihre Tante ist gerade mal weggegangen, sie kommt aber jeden Moment wieder. Möchten Sie sich in der Zeit vielleicht ein Buch ansehen?«

Laura wusste nicht so recht, was sie darauf sagen sollte. Sie hatte eigentlich gar keine Lust, Interesse für irgendwelche neu erschienenen Bücher vorzutäuschen. Daher antwortete sie mit einer Gegenfrage.

»Liest du gern, Ahmed?«

Der junge Mann wirkte äußerst überrascht – so als könne er nicht glauben, dass sie diese Frage ernst meinte, oder als hätte sie ihn gerade gefragt, ob er gern atmete oder nach langer Regenzeit die Sonne genoss.

»Aber natürlich, Señorita Salomon.«

»Bitte nenn mich doch Laura. Und du kannst Du zu mir sagen.« Weil ich mich sonst steinalt fühle, hätte sie fast hinzugefügt, doch sie tat es nicht. Seit einiger Zeit fühlte sie sich jüngeren Leuten gegenüber unsicher, und sie war davon überzeugt, dass es daran lag, dass sie älter wurde. Ahmed verneigte sich höflich, und Laura fand, dass diese fremdartige Höflichkeit etwas Unwiderstehliches hatte.

»Ich lese eigentlich immer«, fuhr er fort. »Aus diesem Grund arbeite ich so gern hier. Señorita Kate hat mir erlaubt, alle Bücher, die mich interessieren, zum Lesen mit nach Hause zu nehmen.« In seiner Stimme schwang eine gewisse Ungläubigkeit mit, die erkennen ließ, dass er sein Glück darüber kaum fassen konnte. »*Alle.*«

Er breitete seine langen, sehnigen Arme aus, als wollte er jedes der Regale umarmen, und Laura fand, dass er wie ein indischer Prinz aussah, der seinen Untertanen zeigte, wie weit sein Land reichte. Das war Ahmeds Reich: die unendlichen Reihen der Bücherregale.

»Ich bin Lehrerin.« Sie sagte es, als wäre es ihr gerade erst eingefallen, als wolle sie damit beweisen, dass er es nicht mit einer ungebildeten Ignorantin zu tun hatte. »Ich unterrichte Spanisch. In einer Schule.«

»Ich wäre auch gern Lehrer«, entgegnete er, und ein verträumter Ausdruck trat in seine dunklen Augen. »Aber ich glaube, dass ich fast noch lieber hier arbeite.«

Noch einmal ließ er den Blick über die Regale schweifen und drehte dabei seinen biegsamen, schlanken Körper ein wenig um die eigene Achse. Ahmed war zierlich und nicht sehr groß. Laura fragte sich, wie alt er wirklich war, denn er wirkte fast noch wie ein Kind. Die Unterhaltung geriet ins Stocken. Laura wusste nicht recht, worüber sie sich mit ihm noch unterhalten sollte, und er war, wie es aussah, recht schüchtern. Vielleicht war er auch einfach nur zurückhaltend und wollte gegenüber einem Menschen, für den er Respekt empfand, eine höfliche Distanz wahren. Was Ahmed wohl von ihr denken würde, wenn er wüsste, dass sie trotz ihres Universitätsabschlusses und ihrer Lehrtätigkeit seit Monaten kein Buch mehr aufgeschlagen hatte.

»Was liest du denn gerade?«, fragte sie schließlich.

»Einen Roman deines Onkels. Ich habe bereits vier davon verschlungen. Beinah einen pro Tag. Welcher gefällt dir am besten?«

Offensichtlich kam Ahmed gar nicht auf den Gedanken, dass sie nicht eines dieser Bücher jemals gelesen hatte. Sie überlegte kurz, ob sie sagen sollte, da könne sie sich gar nicht entscheiden, doch dann beschloss sie, bei der Wahrheit zu bleiben.

»Nun, ich habe noch keins der Bücher von Albert Salomon gelesen«, erklärte sie geradeheraus.

Ahmed konnte ein leichtes Zwinkern mit seinen langen Wimpern nicht verhindern, doch er glich das leichte Anzeichen seiner Verblüffung sofort mit einem herzlichen Lächeln aus.

»Nun, es ist noch nicht zu spät, das nachzuholen. Auch ich hatte bis vor ein paar Tagen keines seiner Bücher gelesen.«

»Ehrlich gesagt, lese ich nicht sehr viel.«

Sie wollte keinen Zweifel offen lassen. Ahmed schien einigermaßen verblüfft. Offenbar wusste er nicht, was er dazu sagen sollte, und Laura hatte den Eindruck, dass er sie mit einer Mischung aus Bedauern und Sympathie anblickte. Sie sagte sich, dass sie Ahmed vielleicht in dem Glauben hätte lassen sollen, es mit einer gebildeten Frau zu tun zu haben. Zum Glück trat in diesem Moment Tante Kate in die Buchhandlung.

»Entschuldigung, ich habe mich ein wenig verspätet. Hallo, Laura, meine Liebe. Ahmed, du kannst jetzt in die Mittagspause. Ich werde den Laden nachher abschließen. Wir sehen uns dann am Nachmittag. Laura, wir sollten gleich losgehen. Shirley und Anna Livia warten sicher schon mit dem Essen auf uns. Ich wollte früher hier sein, aber ich war bei Julia del Amo, um das Kleid anzuprobieren. Die Arme hat die ganze Nacht durchgearbeitet.«

Sie seufzte glücklich, und Laura nahm im Gesicht ihrer Tante genau den seligen Ausdruck wahr, den alle Bräute an den Tag legten, wenn sie von ihrem Brautkleid sprachen. Es war jenes Strahlen in den Augen, das alle verliebten Frauen hatten, wenn sie an dieses besondere Kleidungsstück dachten, das sie an dem Tag tragen würden, der ihr Leben für immer verändern würde. Sie musste daran denken, dass sicher auch sie zwei Jahre zuvor dieses Leuchten im Gesicht gehabt hatte, als ihre Hochzeit mit Jack LaMotta kurz bevorstand und sie in einem Geschäft in Brighton ihre Brautausstattung gekauft hatte. Nun erinnerte sie sich an dieses Kleid mit der gleichen bitteren Melancholie wie an ihre Ehe, und zum ersten Mal gestand sie sich ein, dass beides nicht zu ihr gepasst hatte. Das Kleid war von einem allzu strahlenden Weiß gewesen und mit Raffungen und Verzierungen überladen. Und der Schleier hatte ihr auch nicht gestanden. Und was Jack anging, konnten seine grünen Augen, sein kräftiges Kinn und sein Zahnpastalächeln nicht darüber hinwegtäuschen, dass er ein Schwätzer war, sodass nur eine Frau, die so naiv war wie sie, auf ihn hereinfallen konnte.

»Seid ihr heute Morgen gut vorangekommen?«, fragte Kate, während sie sorgfältig den Laden abschloss.

»Es ging so. Aber wir haben ja gerade erst mit der Recherche angefangen. Ich schätze, wir müssen ein wenig Geduld haben.«

Kate hakte sich bei ihrer Nichte unter und wurde sich bewusst, dass sie zum ersten Mal so nebeneinanderher gingen.

Als Laura ein kleines Mädchen gewesen war, hatte sie sie manchmal an die Hand genommen, im Park, auf dem Jahrmarkt oder auf dem Pier, damit sich das Kind nicht vor den Möwen erschreckte, die über die quietschenden Bodenbretter hüpften. Sicher war es ein Fehler gewesen, sich derart von ihren Nichten zu entfremden. Sie war einfach fortgegangen und hatte die Mädchen bei ihren langweiligen, spießigen, geizigen Eltern zurückgelassen. Da war es kein Wunder, wenn etwas von James und Lotta auf Laura und ihre Schwester abgefärbt war. Doch Laura schien ein nettes Mädchen zu sein. Zumindest hatte sie nicht diesen düsteren, misstrauischen Blick, den Kate von ihrer Schwägerin und ihrem Bruder kannte.

»Tante Kate, gestern Abend … habe ich Ahmed in einem Café gesehen. Er hat Rosen verkauft und mir ein paar davon geschenkt«, sagte Laura jetzt.

»Wie aufmerksam.«

»Ja. Aber warum macht er das? Ich meine, er arbeitet doch bei dir.«

»Er unterstützt seine Familie. Sie alle sind Rosenverkäufer, und er hilft ihnen dabei. Und nicht nur er. Sein älterer Bruder arbeitet in einer Apotheke, und auch er verkauft freitag- und samstagabends Rosen. Weißt du, dass Ahmed Philologe ist? Er ist mit fünfzehn Jahren aus Pakistan gekommen und hat hier studiert.«

Laura wurde ernst. Nachdenklich zog sie die Augenbrauen zusammen.

»Ein Philologe und ein Pharmazeut als Straßenverkäufer … Ich weiß nicht … warum lassen die Eltern das zu?«, fragte sie verwirrt.

Kate Salomon sah ihre Nichte nachsichtig an. Früher hätte sie genauso gedacht.

»Sie benötigen jeden Cent, den sie verdienen können.« Kate schüttelte den Kopf. »Weißt du, Laura, wir, die wir noch nie wirklich arm gewesen sind, können gar nicht nachvollziehen, was das bedeutet. Ahmeds Familie ist einfach wunderbar. Du solltest sie einmal kennenlernen. Er hat noch drei jüngere Brüder, die alle schlau wie die Füchse sind, und eine bildhübsche kleine Schwester, die noch zur Schule geht. Sein Vater wirkt sehr vornehm, so wie … wie der Adjutant von Lord Mountbatten. Und seine Mutter … Sie sieht aus wie eine Maharani. Und sie hat die schönsten Augen, die ich je gesehen habe.«

»Und davon leben sie? Vom Rosenverkauf?«

»Allein davon können sie nicht leben. Der Vater arbeitet im Lager eines Supermarkts und die Mutter als Putzfrau. Aber sie möchten, dass alle ihre Kinder studieren können, und deshalb verkaufen sie Rosen. Zwei Akademiker, die abends mit einem Bund Rosen im Arm die Lokale von Ribanova abklappern … Zuerst fand ich das auch befremdlich, aber mittlerweile … sie tun es mit einer solchen Würde, dass ich darin keinen Grund für Mitleid sehe, im Gegenteil, es ist ein Grund mehr, warum ich Ahmed und seine Familie respektiere.«

Laura sagte nichts. Sie blickte zu Boden und dachte an sich selbst. »Wir, die wir noch nie wirklich arm gewesen sind, können gar nicht nachvollziehen, was das bedeutet«, hatte Tante Kate gesagt. Doch sie war wirklich arm. Zwar hatte sie eine Arbeitsstelle und ein Gehalt, aber auch einen Berg Schulden. Fast fing sie an, Ahmed und seinen Bruder zu beneiden. Immerhin konnten die beiden von dem leben, was sie verdienten, während sie von ihrem Vater abhängig war, der keinen Hehl daraus machte, wie sehr er sie missachtete. Ihre Augen füllten sich mit Tränen, was Tante Kate zum Glück nicht auffiel. Wie bei allen glücklichen Bräuten schränkte ihre eigene Seligkeit ihren Scharfsinn und ihren Instinkt in Bezug auf das Unglück anderer ein wenig ein. Der Blick durch die rosarote Brille versperrte ihr die Sicht. Laura Salomon wusste genau, wie das war, denn auch sie hatte einmal eine solche rosarote Brille getragen.

Das Gebäude, in dem sich der Stadtclub von Ribanova befand, lag im hinteren Teil der Plaza de España. Im Laufe seines hundertfünfundziebzigjährigen Bestehens war die ursprünglich weiße Fassade zunächst cremefarben überstrichen worden und leuchtete nun in einem klassischen englischen Grünton, was ein paar Monate lang für Gesprächsstoff gesorgt hatte, obwohl man sich einig war, dass es gar nicht übel aussah. In den großen Räumen des Clubs – dem Spielsaal, in dem Billard, Domino und Schach gespielt wurde, der Säulenhalle, in der literarische Veranstaltungen stattfanden, und dem prachtvollen Salón Regio mit den Logen aus dem neunzehnten Jahrhundert und dem Orchestergraben – hatten sich beinah zwei Jahrhunderte lang die wichtigsten gesellschaftlichen Ereignisse der Stadt abgespielt. Anders als es schien, handelte es sich nicht um einen Club für eine elitäre Gesellschaft; die Beiträge waren relativ gering, und wenn ein Mitglied finanzielle Probleme hatte, konnte es für eine Weile die monatliche Zahlung aussetzen. Inzwischen waren der Billardsaal und die Säulenhalle für eine beträchtliche Anzahl älterer Menschen zu einem zweiten Zuhause geworden, und die Ärmeren unter ihnen hatten es, anders als in ihren Häusern, dort zumindest gemütlich und warm. Die kleine, leicht veraltete Küche verfügte über eine inoffizielle Spendenkasse, und die Kellner wussten genau, welche Gäste zu den Bedürftigen zählten, sodass sie ihnen zum Nachmittagskaffee kommentarlos ein wenig Gebäck oder ein paar Sandwiches servierten, die für einige das Abendessen ersetzten.

Die Clubräume füllten sich ab fünf Uhr nachmittags. In den Morgenstunden wären sie völlig verwaist gewesen, wenn nicht ein paar treue Mitglieder zum Zeitunglesen in die Bibliothek gekommen wären. Sie fanden dort etwa ein Dutzend Tageszeitungen vor, neben sämtlichen Wochenblättern, monatlich erscheinenden Zeitschriften und der ein oder anderen Jahresausgabe. Dank des warmen Lichts der antiken Lampen, den lederbezogenen Lesesesseln und der schönen Aussicht auf die Plaza de España und die Parklandschaft der Jardines de la Alameda war das Clubhaus von Ribanova ein Ort, an dem man sich gleich wohlfühlte.

Ruskin, Laura und David hatten sich um fünf Uhr nachmittags am Eingang des Gebäudes verabredet. In Kenntnis des strengen Reglements der englischen Clubs fühlte sich Jeffried Ruskin ein wenig unwohl, als er durch die elegante Drehtür aus Holz und Glas schritt. Er war sicher, dass sie jeden Moment von einem uniformierten Portier wieder hinausbefördert werden würden, wie es ihnen im Londoner Reform Club an der Pall Mall oder im Garrick Club im West End ergangen wäre. Doch im Clubhaus von Ribanova wurden sie lediglich von einem freundlichen Herrn im schlichten grauen Anzug nach ihren Wünschen gefragt, der ihnen anschließend den Weg in die Bibliothek wies. Dort hörte sich ein Bibliothekar im undefinierbaren Alter zwischen sechzig und neunzig an, worum Laura ihn bat, und suchte ihnen dann das entsprechende Buch heraus.

»Bitte schön, hier ist es.«

Der Mann legte einen dicken, aufwendig in blaues Leder gebundenen Wälzer vor sie hin, der an den Ecken mit goldglänzendem Metall verstärkt und mit einem am Buchrücken eingefassten Lesebändchen aus purpurrotem Samt ausgestattet war.

»Arroyo war fünfzig Jahre lang Vorstandsmitglied dieses Clubs«, erklärte der Bibliothekar. »Als er starb, wurde ihm zu Ehren dieses Buch herausgegeben. Die Auflage war auf hundertfünfzig Exemplare limitiert. Es war nicht leicht, eines zu bekommen, und Sie dürfen es nicht mitnehmen, aber hier im Lesesaal können Sie es sich gern ansehen.«

»Ich fürchte, es wird länger dauern, wir müssen es komplett lesen.«

»Nehmen Sie sich ruhig Zeit.« Mit einem Lächeln reichte der alte Mann Laura das Buch und zwinkerte ihr zu. »Wir schließen um elf Uhr abends. Bitte kommen Sie mit, ich zeige Ihnen, wo Sie ungestört sind.«

Er führte sie eine Wendeltreppe mit Metallstufen hinauf, die unter dem Gewicht ihrer Schritte leicht zitterte, und öffnete die Tür zu einem kleinen Raum, der sich in einer Art Turm mit schmalen hohen Fenstern befand. Jeffried Ruskin stellte sich vor, wie er an einem Herbsttag in ein Buch vertieft dort saß, während der Regen an die Fenster prasselte und das Licht der Dämmerung die Bäume draußen in der Allee in ein karamellfarbenes Licht tauchte. Mühsam unterdrückte er einen sehnsüchtigen Seufzer.

»Ich denke, das ist das Richtige für Sie. Es ist zwar ein bisschen warm hier, aber sehr komfortabel, und Sie können sich ungestört unterhalten.«

Natürlich war es in Wahrheit so, dass der Bibliothekar verhindern wollte, dass sie mit ihrem Gespräch die anderen Leser störten, aber Laura gefiel die Höflichkeit des Mannes. Er verabschiedete sich mit einer zuvorkommenden Geste und sagte, dass sie sich jederzeit an ihn wenden könnten, wenn sie Hilfe benötigten. Dann zog er sich zurück und ging die filigrane Treppe wieder hinunter, die unter seinen Schritten bedrohlich vibrierte.

»Ein angenehmer Mensch«, meinte Ruskin. »Gut, Laura, jetzt bist du dran. Ich bin gespannt, was wir finden werden.«

Sie hatten das Buch auf einen Tisch gelegt. Durch das Fenster fiel ein Streifen Licht, in dem Millionen Staubpartikel tanzten, auf den Einband. Laura trat an den Tisch und schlug das Buch behutsam auf. Sie überflog das Inhaltsverzeichnis und stieß einen triumphierenden Schrei aus.

»Was ist?«

»Ihr werdet es nicht glauben! Arroyos Artikeln sind eine Reihe Texte vorangestellt, in denen andere seiner gedenken. Einer davon trägt den Titel *Gäste zum Abendessen*. Ratet mal, wer der Autor ist.«

»Das kann doch nicht wahr sein!«

»Doch. Es sieht ganz so aus, als habe Albert Salomon seinem Freund hier ein paar Zeilen gewidmet.«

»*Wenn Juan Sebastián Arroyo nicht gewesen wäre, hätte ich niemals meinen ersten Roman geschrieben. Wahrscheinlich wäre ich gar nicht Schriftsteller geworden, wenn ich ihm nicht begegnet wäre. Trotz des großen Altersunterschieds – ja, alter Junge, vergiss nicht, dass ich um einiges jünger bin als du – verband uns eine aufrichtige Freundschaft. Außerdem war er wie ein Vater für mich, mein Ratgeber und mein Lehrer.* Gäste zum Abendessen *(die Geschichte um ein Ehepaar, das während eines Abendessens Zeuge der Trennung eines anderen Ehepaares wird) entstand aufgrund einer Anekdote, die er mir erzählt hat. Tatsächlich basieren meine sämtlichen Romane auf Episoden, die ich im Laufe der Jahre von Juan Sebastián Arroyo gehört habe. Einige davon tauchen in den brillanten Artikeln auf, die er all die Zeit über für die Tageszeitung* El Correo *geschrieben hat und die der vorliegende Band wunderbarerweise gesammelt enthält. Juan Sebastián Arroyo war ein hervorragender Schriftsteller, und es ist sehr schade, dass er den Lesern nicht auch sein großes Talent als Romanautor unter Beweis stellte.*

Vor einigen Wochen erhielt ich die unglaubliche, traurige Nachricht von seinem Tod. Als wir kurze Zeit davor zum letzten Mal miteinander sprachen, sagte er mir, dass es ihm durchaus bewusst sei, nicht mehr allzu viel Zeit zu haben, da das Alter von neunzig Jahren auch für ihn durchaus eine Herausforderung darstelle. Ich wünschte, es wäre ihm über tausend Jahre gelungen, dem Tod ein Schnippchen zu schlagen. Die Erde wäre ein besserer Ort, wenn er noch unter uns weilte, wie wir, die wir ihn gekannt haben, alle wissen.

Vor vielen Jahren habe ich eine Weile in New York gelebt. Wie so vieles, was in meinem Leben wichtig war, habe ich auch diesen Aufenthalt Juan Sebastián Arroyo zu verdanken. Denn er borgte mir das Geld für diese Reise, die meine Familie – mit Recht – für ein unnötiges Abenteuer hielt.

Ich werde sein Andenken nicht damit beleidigen, dass ich ihn beweine, denn es macht keinen Sinn, um etwas zu trauern, was logischerweise nicht für immer existiert. Stattdessen werde ich heute die beste Flasche Whisky öffnen, die ich in ganz Glasgow finden kann, und damit jenes Hauses am Park *gedenken, das er, auch wenn niemand davon weiß, Stein für Stein errichtet hat.«*

Ruskin lauschte Lauras Übersetzung mit offenem Mund, was ihn äußerst lächerlich aussehen ließ. Er war sehr blass geworden – nur seine Wangen hatte sich vor Überraschung gerötet. Er bot einen seltsamen Anblick, fand Laura, wie ein Kind, das von einem Tag auf den anderen erwachsen geworden war. Das, was er gerade gehört hatte, schien ihn vorübergehend außer Gefecht gesetzt zu haben. Bei David Smith dagegen hatten Lauras Worte einen völlig anderen Effekt.

»Ach du heilige Scheiße!«, stieß er aus, und seine Augen glänzten fiebrig. »Laura, bist du dir ganz sicher, dass *das* da steht?«

»Ja, natürlich. Was meinst denn du? Glaubst du, ich habe nicht richtig übersetzt? Wenn deine Frage darauf zielte, da kann ich dich beruhigen …«

Laura empfand David Smiths Frage als ziemlich unverschämt, deswegen versuchte sie in möglichst schnippischem Ton zu antworten. Was ihr natürlich nicht gelang. Das Einzige, was man aus ihrer Antwort hätte heraushören können, war ein leichter Vorwurf, der David selbstverständlich komplett entging. Jeffried Ruskin dagegen bemerkte, dass sie sich offenbar angegriffen fühlte.

»Ich bin mir sicher, dass du alles richtig übersetzt hast«, stellte er klar und versuchte, die Situation mit einem Witz zu überspielen. »Offensichtlich wurde unser verehrter Biograf von einer Ehrfurcht ergriffen, die ihn an allem zweifeln lässt.«

David fasste Jeffried Ruskin bei den Schultern.

»Ist dir eigentlich bewusst, was wir hier haben? Salomons erster Roman … die Reise nach New York … Arroyos Einfluss auf das Werk von Albert Salomon … Sogar von *Das Haus am Park* ist die Rede.«

»Ja, wir haben nach einem Beweis gesucht, dass Stream tatsächlich Arroyo ist, und den haben wir gefunden. Und noch etwas …« Jeffried Ruskin sah Laura und David an und machte eine kleine dramatische Pause. »Ihr ahnt ja nicht, worum es in *Der Neuankömmling* geht!« Sein Blick war triumphierend. »Es geht um die intellektuelle Initiation eines jungen Mannes im New York der Vierzigerjahre. Ich denke, es ist nicht zu weit hergeholt zu behaupten, dass die Geschichte bis zu einem gewissen Punkt autobiografisch ist. Nur, warum, um Himmels willen, hat er sie nicht beendet?«

»Was, denkst du, könnte der Grund dafür gewesen sein?«

»Tja.« Ruskin rieb sich das Kinn. »Ich habe da so eine Theorie. Dein Onkel hat den ersten Teil des Manuskripts im Jahr 1967 an den Verlag geschickt. Das weiß ich, weil das Datum mit Bleistift auf der letzten Seite des Originals vermerkt wurde. Zu der Zeit galt er bei Somerset Publishers bereits als erfolgloser Schriftsteller, sodass der Verlag sich nicht gerade nach einem neuen Buch von ihm sehnte. Möglicherweise hat der Lektor das Teilmanuskript gelesen und Salomon mitgeteilt, dass der Verlag das Buch nicht veröffentlichen wolle, sodass er entmutigt aufgegeben hat. Natürlich ist es auch möglich, dass er den Roman vollendet hat und das Manuskript zusammen mit seinen sonstigen Unterlagen vernichtet wurde, aber …«

David Smith zog die Augenbrauen zusammen. Die Vorstellung, dass ein unveröffentlichtes Werk von Albert Salomon auf offener Straße in Rauch aufgegangen sein könnte, verursachte bei ihm eine Wut, die er nur mühsam im Zaum halten konnte. In diesem Moment hätte er sich am liebsten unter wüsten Beschimpfungen auf die arme Kate gestürzt, die so rücksichts- und würdelos mit dem Erbe ihres armen Onkels umgegangen war. Doch dann tröstete er sich damit, dass Ruskins erste Theorie durchaus plausibel war. Höchstwahrscheinlich hatte es nie ein vollständiges Manuskript gegeben, und *Der Neuankömmling* war tatsächlich ein unvollendetes Werk.

»Da gibt es noch etwas, das von Interesse sein könnte«, meinte er. »Zumindest für meine Arbeit. Salomon erwähnt einmal, dass seine Romane auf den Artikeln Arroyos basieren, die in diesem Buch enthalten sind.«

Er tätschelte besitzergreifend den Sammelband, und Jeffried Ruskin, der alle Bücher mit einem beinah ehrfürchtigen Respekt behandelte, wandte irritiert den Blick ab, ob dieser plumpen Vertraulichkeit.

»Das bedeutet: Wir müssen alle Artikel lesen. Jeden einzelnen. Und dann den Inhalt mit den sechs Romanen Albert Salomons abgleichen.« David Smith strahlte seine Mitstreiter an. »Zum ersten Mal seit Monaten habe ich das Gefühl, dass ich auf dem richtigen Weg bin. Dieser kurze Text Albert Salomons hat mich weiter vorangebracht als meine gesamten Recherchen in den letzten Wochen. Laura, dafür werde ich dir ewig dankbar sein.«

Laura Salomon blinzelte überrascht angesichts dieser plötzlichen Sympathiebekundung und errötete.

»Das war doch nur eine Kleinigkeit.«

»Aber jetzt bekommst du richtig was zu tun. Du musst sämtliche Artikel lesen und sie mit den Romanen deines Onkels vergleichen. Wie viele sind es?« Er schlug das Buch auf und sah ins Inhaltsverzeichnis. »Oha, 327 … nicht übel … zum Glück sind sie alle recht kurz. Lass mich eben nachrechnen … das müsste in ungefähr sechs Stunden zu schaffen sein. Natürlich geht das auf meine Kosten, denn dem Verlag bringt das gar nichts … Aber das dürfte kein Problem sein, ich habe Recherchekosten einkalkuliert.«

Ruskin fiel auf, dass Laura Salomon inzwischen flammend rot geworden war, und hätte sich gewünscht, dass Davids Enthusiasmus nicht ganz so … *überwältigend* ausgefallen wäre. Ja, das war das richtige Wort.

»David …«

Lauras Stimme war kaum noch ein Flüstern. Sie hatte den Blick zu Boden gerichtet wie ein Kind, das erwartet, bestraft zu werden, und auf einmal tat sie Jeffried Ruskin unglaublich leid. Er empfand ein absolut übertriebenes Bedürfnis, sie zu beschützen.

»… ich glaube nicht, dass ich dir helfen kann.«

»Aber wieso denn? Gut, ich weiß, dass ich nicht einfach so über dich verfügen kann, aber ich werde dich gut bezahlen. Hundert Dollar die Stunde. Nein, sagen wir Euro … Hundert Euro die Stunde, wie viel sind das in Pfund?«

Sie schluckte, und Ruskin wusste, dass sie ihren ganzen Mut zusammennahm, um etwas zu gestehen, was ihr nicht leichtfiel.

»Nein, darum geht es nicht. Ich würde es sogar umsonst tun, wenn ich es könnte … es ist nur …« Sie seufzte tief und sah aus dem Fenster, als ob sie von draußen auf Hilfe hoffte, »… es ist nur so, dass ich keinen von Onkel Alberts Romanen gelesen habe.«

»Das ist ein Witz, oder?« David starrte sie an wie eine Jahrmarktsattraktion. »Oh, offensichtlich doch nicht. Das ist … wirklich unfassbar … Du bist mit einem so genialen Schriftsteller verwandt und hast dir nie die Mühe gemacht, seine Bücher zu lesen … Das begreife ich nicht.« Der Vorwurf in seiner Stimme war nicht zu überhören. »Ich meine, du hast doch studiert … bist Lehrerin!«

In diesem Moment hielt Ruskin es für angebracht, einzugreifen.

»David, es reicht. Halt den Mund!«

Dass der freundliche Lektor sich einschalten musste, um David Smith zu stoppen, der sie niedergemacht hatte, brachte das Fass zum Überlaufen. Laura schlug die Hände vors Gesicht und brach in Tränen aus. Die Männer sahen sich an. Keiner von beiden wusste, was er tun sollte. Zum Glück hatte David entgegen seiner üblichen Unfähigkeit, mit den Gefühlen anderer Menschen umzugehen, einen lichten Moment und trat auf die schluchzende junge Frau zu.

»Laura … Laura, entschuldige … ich wollte dich doch nicht beleidigen, wirklich … ich bin ein absolutes Trampeltier, in Ordnung? Ich bin ein rücksichtsloser Idiot, das sagen alle, die mich kennen. Bitte, verzeih mir. Ich schäme mich, dich zum Weinen gebracht zu haben, und es tut mir sehr leid … Ich würde sogar vor dir auf die Knie fallen, damit du mir verzeihst.«

Seine Entschuldigung klang aufrichtig, dachte Ruskin. Er machte tatsächlich Anstalten, auf die Knie zu gehen, und das löste ein kleines Wunder aus, denn Laura musste unter Tränen lachen.

»Oh, Gott sei Dank!« David Smith gab Laura einen Kuss auf die Stirn. »Ich nehme an, das bedeutet, dass du mir verzeihst. Ich wollte wirklich nicht so unfreundlich sein. Es ist nur so, dass … na ja, ich habe wohl ein wenig die Kontrolle verloren.«

»Ist schon gut.« Wie bei allen Menschen mit sehr heller Haut war Lauras Gesicht nach dem Weinen verschwollen und leuchtete in einem wenig attraktiven Tomatenrot. »Ich lese nicht viel, musst du wissen. Es macht mir einfach keinen Spaß. Außerdem war Onkel Albert bei uns zu Hause nicht gerade beliebt – mein Vater hasst ihn geradezu.«

Ruskin rutschte ungemütlich auf seinem Stuhl hin und her. Er ahnte, dass nun eine Art Geständnis folgen würde, und er mochte es gar nicht, wenn fremde Menschen ihn bei solchen Dingen ins Vertrauen zogen. David schenkte ihr einen interessierten Blick, vielleicht, um seine Taktlosigkeit wiedergutzumachen.

»Als mein Onkel starb, hat er sämtliche Rechte an seinen Büchern Tante Kate hinterlassen, und das haben ihm mein Vater und meine Mutter nie verziehen. Ich bin damit aufgewachsen, dass schlecht über ihn geredet wurde. Und natürlich kam keines seiner Bücher bei uns ins Haus.«

David nickte.

»Ich verstehe. Leidige Familienangelegenheiten.« Er winkte ab und drückte Laura freundschaftlich den Arm. »Bei meiner Familie wird dir das erspart bleiben, das kann ich dir versprechen. Deine neuen Verwandten hassen niemanden. Übrigens, wenn mein Vater deine Tante heiratet, was sind wir beide dann? So etwas wie Cousin und Cousine? Komm, lass dich von deinem ungehobelten Cousin umarmen, der dich zum Weinen gebracht hat.«

Laura warf David einen misstrauischen Blick zu. Sie hatte sich noch nicht ganz entschieden, ob der zukünftige Stiefsohn ihrer Tante ein netter Kerl oder ein kompletter Idiot war. Aber seine Entschuldigung schien aufrichtig. Natürlich würde sie ihn nicht *umarmen* – sie war nicht der Typ für derartige Gefühlsbezeugungen, schon gar nicht bei jemandem, den sie gerade mal vierundzwanzig Stunden kannte –, doch sie nickte, um deutlich zu machen, dass sie seinen Akt der Reue akzeptierte. Jeffried Ruskin seinerseits freute sich, dass sich die Gemüter wieder beruhigt hatten. Er hasste Dramen, und die Vorstellung, einer aufgebrachten, weinenden jungen Frau hinterherlaufen zu müssen, verursachte ihm Magenschmerzen. Gar nicht zu reden von der Vorstellung, dass unten jemand Lauras Schluchzer hätte hören können und heraufgekommen wäre, um nachzusehen, was, zum Teufel, die drei verrückten Ausländer hier oben eigentlich machten. Wortlos hielt er Laura ein Taschentuch hin, das sie dankbar ergriff.

David Smith setzte sich wieder an den Tisch und betrachtete mit vorgeschobener Unterlippe das Buch, das für die ganze Aufregung verantwortlich war.

»Wenn es nur nicht so viele Sprachen auf der Welt gäbe!« Er seufzte und pochte erneut auf den Einband. »Hier vor mir liegt etwas, das etwas Entscheidendes zu meiner Arbeit beitragen könnte, und ich werde wohl nie erfahren, was es ist.«

»Also wirklich, David, jetzt übertreibst du aber!« Ruskin schüttelte den Kopf. »Wir müssen in Ribanova lediglich jemanden finden, der Albert Salomons Bücher gelesen hat, und ich glaube nicht, dass das so schwer ist. Wahrscheinlich kann Kate dir sogar bei deiner Recherche helfen.«

»Hmm … vielleicht. Mein Vater wird mich zwar umbringen, wenn ich Kate damit belästige, aber eine andere Möglichkeit haben wir wohl nicht.«

Lauras Miene hellte sich mit einem Mal auf. »Doch«, sagte sie und strahlte die beiden Männer an.

»Doch, die haben wir: Ahmed!«

Als sie die Buchhandlung betraten, war Ahmed allein. Die Ankunft der kleinen Gruppe wurde wie üblich durch das helle Läuten der Türglocke verkündet. Laura überlegte kurz, ob das alte, aus mehreren an einem Nylonfaden hängenden Metallkörpern bestehende Instrument vielleicht bereits bei der Geschäftseröffnung über der Tür gehangen hatte. Sie lächelte und hätte am liebsten noch einmal die Tür geöffnet, um das silberhelle Geräusch erneut zu hören. Sie liebte altmodische Kleinode wie diese im Grunde wenig effektive Ersatzalarmanlage. Jeffried Ruskin folgte ihrem Blick.

»Es ist ewig her, dass ich eine solche Türglocke zuletzt gesehen habe. Heutzutage gibt es in den Geschäften ja nur noch diese Infrarot-Sensoren, die einem das Gefühl geben, irgendwo unbefugt eingedrungen zu sein. Dabei ist so eine Glocke viel angenehmer.«

Ahmed packte gerade ein Buch ein. Er unterbrach seine Tätigkeit, als er sie eintreten sah, und kam mit dem Klebeband in der Hand und einem strahlenden Lächeln auf sie zu.

»Hallo, Laura, so ein Pech, deine Tante ist gerade gegangen. Vielleicht holst du sie noch ein ...«

»Ich bin nicht wegen Kate hier. Wir wollten zu dir.« Sie wies auf ihre beiden Begleiter. »Erinnerst du dich noch an Jeffried Ruskin und David Smith? Jeffried ist der Lektor von Albert Salomon und David ...«

»Ich weiß, er ist der Sohn von Señora Salomons Verlobtem.« Ahmed neigte den Kopf zur Seite. »Womit kann ich Ihnen behilflich sein?«

Jeffried Ruskin sah den Pakistani, der anstatt der üblichen Berufskleidung eines Buchhändlers (Buntfaltenhosen, weißes Hemd, elegante, unbequeme Schuhe) einen goldbraunen Kaftan und Babuschen aus schwarzem Leder trug, mit verklärtem Blick an.

»Das ist also Kates Buchhandlung.«

David Smith ließ seinen Blick achtlos über die Buchregale schweifen. Wie viele andere Leute war er der Ansicht, dass

Buchhandlungen – und vor allem Buchhändler – nicht mehr zeitgemäß waren und daher zu einer vom Aussterben bedrohten Spezies zählten. Er selbst hatte seit Monaten keine Buchhandlung mehr betreten, und weder die Insolvenz von *Borders* noch die Schließung der Filiale von *Barnes & Noble*, in der er einzukaufen pflegte, hatten ihn besonders tangiert, denn alles, was er brauchte, fand er im Internet. Tatsächlich kaufte er kaum noch gedruckte Bücher, da er einen E-Book-Reader besaß und den Vorteil schätzte, Geschriebenes platzsparend aufzubewahren und nicht mehr in Regalen lagern zu müssen. Kates Buchhandlung war für ihn ein Überbleibsel aus einer anderen Zeit. Er fragte sich, wie lange sie den Laden wohl vor der Schließung würde bewahren können, und gab für sich eine nicht gerade optimistische Schätzung ab: In weniger als drei Jahren würde sich dieser sympathische orientalische Junge eine andere, zukunftsorientiertere Arbeitsstelle suchen müssen.

»David möchte gern auf deine Dienste zurückgreifen«, erklärte Laura. »Er hofft, dass du ihm helfen kannst, in einem Buch bestimmte Informationen zu finden. Denn er braucht dazu jemanden, der Albert Salomons sämtliche Bücher gelesen hat.«

Ahmed legte die Rolle mit dem Klebeband auf den Ladentisch und sah David fragend an. Er hatte nicht wirklich verstanden, was Laura von ihm wollte.

»Sprichst du unsere Sprache?«

»Ja, Mister. Ich komme zwar aus Pakistan, aber ich habe hier in Spanien studiert. Ich …«

David war es völlig egal, wie Ahmed zu seinen Fremdsprachenkenntnissen gekommen war.

»Super. Damit du verstehst, um was es geht: Ich arbeite an einer Biografie über Albert Salomon. Und nun haben wir ein Buch gefunden, in dem sämtliche Zeitungsartikel eines Freundes von ihm gesammelt sind. Wie es aussieht, haben einige dieser Artikel Albert Salomon zu seinen Romanen inspiriert. Daher suche ich jemanden, der sich diese Texte anschaut und sie mit den Werken Salomons vergleicht. Laura sagt, dass du alle seine Romane kennst.«

Ahmed nickte. »Alle außer einem.«

»Mist. Hmm. Könntest du den heute Abend noch lesen?«

Jeffried Ruskin zuckte zusammen. Lektoren hatten nicht gerade den Ruf, besonders feinfühlig zu sein, doch in seinem ganzen Leben war er noch keinem Menschen begegnet, der derart ichbezogen und unverfroren war wie David Smith. Dieser amerikanische Literaturdozent zählte eindeutig nicht zu den Leuten, die Probleme hatten, zum Punkt zu kommen …

»Er wird dich sehr gut dafür bezahlen«, erklärte Laura. »Wie viel hast du noch mal gesagt, David? Hundert Euro pro Stunde?«

»Oh.« Ahmed machte große Augen. Hundert Euro pro Stunde waren eine völlig verrückte Summe für eine solche Arbeit, aber genauso verrückt wäre es gewesen, freiwillig weniger zu nehmen, und da Ahmed nicht blöd war, beeilte er sich einzuwilligen.

»In Ordnung, Mister.«

»Bitte nenn mich David. Meine Studenten nennen mich Mister Smith, und das gefällt mir überhaupt nicht.« Er tätschelte Ahmeds Arm, wobei Ruskin nicht wusste, ob es freundschaftlich gemeint war oder eher herablassend. »Ich würde vorschlagen, dass wir es so machen: Du liest heute Abend das Buch, das dir noch fehlt, und morgen früh gehen wir zusammen in die Bibliothek, damit du gleich anfangen kannst, die Artikel mit den Romanen zu vergleichen.«

Ahmeds Blick verdüsterte sich.

»Morgen früh habe ich hier zu tun. Ich kann Señora Salomon doch jetzt nicht allein lassen.«

David runzelte die Stirn. Daran hatte er nicht gedacht. Er nagte an seiner Unterlippe, wie er es immer tat, wenn ihm etwas gegen den Strich ging. Er hatte keine Lust, erst am Wochenende zu erfahren, welche Geheimnisse die Artikel bargen, welche mysteriösen Verbindungen zwischen den Texten Juan Sebastián Arroyos und den Geschichten Albert Salomons bestanden. Am liebsten hätte er diesen jungen Mann mit der olivfarbenen Haut an den Haaren zur Bibliothek geschleift, um ihn dort an einen Stuhl zu ketten, Salomons Romane auf der einen und Arroyos Artikel auf der anderen Seite, und ihn erst wieder frei zu lassen, wenn er alles gelesen hatte.

»Er kann doch am Nachmittag hingehen«, wandte Laura ein. »Die Bibliothek ist bis elf Uhr abends geöffnet.«

»Wenn er sich ein paar Notizen machen will, wird die Zeit kaum reichen«, argumentierte Jeffried Ruskin. »Ihr habt ja gesehen, dass das Buch so dick ist wie die Bibel. Natürlich kann er es querlesen, aber wenn man die Texte so eingehend studiert, wie es für diese Analyse nötig ist, braucht man mindestens drei Tage.«

David stöhnte, doch Ahmed hatte bereits leicht die Hand gehoben, wie um jegliches Problem von sich zu weisen.

»Ich kann das schaffen. Wenn ich um zwei hier weggehe, kann ich bis fünf in der Bibliothek bleiben, und dann nach Ladenschluss wieder hingehen. Ich bin es gewohnt, viel zu arbeiten.« Er bekräftigte seine Aussage mit einem Lächeln.

»Ein Moment.« Ruskin sagte sich, dass das Ganze allmählich aus dem Ruder lief. »Wenn er den Morgen über in der Buchhandlung ist und während der Siesta in der Bibliothek ist, wann soll er dann etwas essen?«

»Essen? Wie kannst du denn jetzt ans Essen denken? Mein Gott, Ruskin, wir haben hier vielleicht die Antwort auf all die Fragen, die wir uns immer wieder gestellt haben … Und du machst dir Sorgen um sein leibliches Wohl?«

»Ich kann mir ein Bocadillo mitnehmen. Das esse ich dann, kurz bevor ich hier losgehe.«

»Siehst du? Alles kein Problem. Ein Bocadillo, wunderbar! Dann können wir ja gleich morgen anfangen. Sehr gut … äh …« Verdammt, jetzt war es ihm schon wieder passiert! Wie hieß der Kerl noch mal?

»Ahmed.«

»Genau, Ahmed. Also – heute Abend liest du noch den einen Roman, und morgen holen wir dich um Punkt zwei hier ab.« Er lächelte den Kaftan-Mann zufrieden an. »Ich wünsche dir eine Gute Nacht, und damit meine ich nicht, dass du gut schlafen sollst, sondern ein paar angenehme Lesestunden verbringst.«

Als sie die Buchhandlung verließen, war es kühl geworden. Der Wind fuhr durch die Bäume, rüttelte an den Ästen und entlockte den Blättern ein raschelndes Flüstern.

»Es wird gleich anfangen zu regnen«, meinte Ruskin.

»Dann sollten wir schnell ins Hotel zurückkehren. Was für ein Glück, dass in diesem Städtchen alles so nah beieinander liegt! Ich würde übrigens auch gern die Nacht mit einem Buch von Albert Salomon verbringen. Wenn du mir das Manuskript von *Der Neuankömmling* überlassen würdest …«

»Natürlich. Und du, Laura? Was wirst du heute Abend noch machen?«

»Ich werde meine Mails durchgehen. Ich erwarte noch eine Nachricht meines Vaters.« Der Gedanke an ihre Familie und die Mission, die sie in Ribanova erfüllen sollte, schnürte ihr den Magen zu. Sie hatte den ganzen Tag nicht daran gedacht, aber nun war es Zeit, Kriegsbericht zu erstatten. Das war so ziemlich das Letzte, wonach ihr der Sinn stand. Die Stimme Ruskins unterbrach ihre düsteren Gedanken.

»Dann begleiten wir dich jetzt nach Hause.«

Davids Miene war deutlich anzusehen, wie wenig er von Jeffried Ruskins freundlichem Angebot hielt. Der Himmel hatte sich verdüstert, und es würde jeden Moment anfangen zu regnen.

»Das ist wirklich nicht nötig«, erklärte Laura.

»Natürlich ist es das nicht.« Einmal mehr wunderte sich der Lektor über das mangelnde Taktgefühl seines neuen Freundes. »Ich wette, Laura kommt besser allein zurecht als wir beide zusammen. Wahrscheinlich wäre es sinnvoller, wenn sie uns begleiten würde, bevor wir in Schwierigkeiten geraten.« David grinste. »Und wir sollten uns nun schleunigst auf den Weg machen, diese dunklen Wolken verheißen nichts Gutes.«

Jeffried Ruskin zögerte einen Moment, doch letztendlich hatte Laura sein Angebot ausgeschlagen. Vielleicht war sie eine dieser Frauen, denen männliche Galanterie eher unangenehm war. Wahrscheinlich war es besser, nicht weiter darauf zu bestehen. Als er sich, nachdem er und David bereits losgegangen waren, noch einmal umwandte, sah er, wie Laura Salomon mit kleinen, schnellen Schritten vor dem aufziehenden Regen davoneilte. Und ihre kleine, zierliche Gestalt allein in der menschenleeren Gasse weckte in ihm eine unerklärliche Zärtlichkeit.

Von: l.salomon1985@wanadoo.com
An: sunsetcafestaff@sunsetcafe.com

Hallo Papa,
ich schreibe Dir von Mrs. Saunders' Computer aus, die so freundlich war, ihn mir zu überlassen. Wenn Du mir eine Nachricht schicken möchtest, kann ich sie hier also lesen. Ich hoffe, dass bei Dir und Mama alles in Ordnung ist. Wie geht es Lizzie?
Alles Liebe
Laura

Von: sunsetcafestaff@sunsetcafe.com
An: l.salomon1985@wanadoo.com

Laura,
Du hättest Dich wirklich schon früher mal melden können, seit Deiner Ankunft haben wir nichts mehr von Dir gehört. Zum Glück hat Mrs. Saunders sich mit mir in Verbindung gesetzt, um mich darüber zu informieren, was bei Euch eigentlich los ist. Auch sie misstraut diesem Forster, und das hat sicher einen guten Grund, da ich annehme, dass sie ihn recht gut kennt. Wer weiß, was dieser Betrüger vorhat? Mittlerweile glaube ich, dass wir die ganze Sache nicht ernst genug genommen haben. Deine Mutter und ich haben lange darüber gesprochen, und sie ist der Meinung, dass wir so schnell wie möglich nach Ribanova reisen sollten, um das Schlimmste zu verhindern. Vielleicht wäre es sogar sinnvoll, gleich einen Anwalt mitzunehmen, der gegebenenfalls rechtliche Schritte einleiten kann. Bitte sprich mit Mrs. Saunders darüber. Sie scheint eine vernünftige Frau zu sein, und offensichtlich ist sie auf unserer Seite.

Laura wandte sich alarmiert zu Shirley und Anna Livia um, die ihr beim Lesen der väterlichen Mail an Shirleys Computer über die Schulter sahen. Es war Shirley gewesen, die darauf gedrängt hatte, dass sie ihrem Vater schrieb. »Es ist besser, wenn er sich regelmäßig mit dir austauscht, als dass er sich nachher noch direkt an Kate wendet. Die beiden sollten möglichst vor der Hochzeit keinen Kontakt haben.« Das war auch Lauras Meinung nach ein vernünftiger Gedanke, denn seit sie in Ribanova angekommen war, fürchtete sie, dass ihr Vater auf die Idee kommen könnte, Kate seine Vorbehalte gegen Forster persönlich mitzuteilen und die Hochzeit zu torpedieren. Daher war diese Mail bedrohlich wie ein aufziehendes Gewitter. Ihr Vater kündigte an, nach Ribanova kommen zu wollen. Zudem noch mit juristischem Beistand …

Sie hatten sich in Shirleys Zimmer versammelt, das in einer Fülle von Rottönen leuchtete und derartig mit Brokat und Spitze überladen war, dass Anna Livia manchmal das Gefühl hatte, sich im Boudoir einer Bardame aus dem Wilden Westen zu befinden. Natürlich ließ Shirley sich von derartigen Kommentaren nicht beeindrucken. Sie hatte sich schon immer ein solches Zimmer gewünscht und würde es sich von nichts und niemandem verbieten lassen, so viele Kissen, Bordüren und Decken in flammendem Rot zu kaufen, wie sie wollte. Mit geneigtem Kopf studierte sie jetzt die Nachricht auf dem Bildschirm ihres Laptops, der zwischen unzähligen Verjüngungscremes, Fläschchen mit Lotionen und Lippenstiften auf dem Schminktisch stand.

»Was sollen wir jetzt machen?«

Anna Livia schüttelte stumm den Kopf. Sie traute sich nicht auszusprechen, wie sehr sie diese Drohung entsetzte. Und wenn dieser üble James, oder wie immer er hieß, tatsächlich hier in Ribanova auftauchte? Das wäre schrecklich für die arme Kate!

»Ruhe bewahren.« Shirley genoss diese kleine Verschwörung in vollen Zügen. Sie machte ihr beinah genauso viel Spaß wie ihre Rolle als Hochzeitsplanerin. Anna Livia hingegen war zutiefst beunruhigt. Sie las den Brief noch einmal und sah dann Laura fragend an: »Liebes, glaubst du, dein Vater will im Ernst einen Anwalt engagieren?«

Laura stellte sich gerade die gleiche Frage. Auch wenn sie es aus Loyalität zu ihrem Vater nicht laut sagen wollte, hielt sie diesen im Grunde doch für zu geizig, um sein sorgsam gehütetes Geld für zwei Flugtickets, Hotelkosten und noch einen juristischen Beistand auszugeben. Andererseits war die Mail von einer Entschlossenheit, die sie von ihrem phlegmatischen Vater nicht kannte. Ratlos sah sie die beiden Freundinnen ihrer Tante an.

»Ehrlich gesagt, ich weiß es nicht. Eigentlich ist er in dieser Jahreszeit im Café unabkömmlich. Aber offenbar ist es ihm ernst.«

»Was glaubt er denn mit einem Anwalt hier erreichen zu können?« Anna Livias ruhige Stimme ließ nicht erahnen, wie besorgt sie war. »Was hat er vor? Will er Forster Smith wegen geplanter Hochzeit anzeigen und festnehmen lassen? Das ist doch lächerlich!«

»Natürlich ist das lächerlich. Aber wenn er hier auftaucht und so einen Aufstand macht ... Was wird Tante Kate dazu sagen? Und Forster? Nicht auszudenken ...«

»Bitte, wir wollen nicht überreagieren.« Shirley machte Laura ein Zeichen, den Platz am Computer ihr zu überlassen. »Das ist nur ein Sturm im Wasserglas. Wir müssen deinen Vater lediglich ein wenig beruhigen. Guck mal, hier steht doch: ›Bitte sprich mit Mrs. Saunders darüber.‹ Offensichtlich vertraut dein Vater mir, Laura. Also werden wir ihm eine Mail schicken, die ihn seine absurden Ideen vergessen lässt.«

Von: shirleytemple25@hotmail.com
An: sunsetcafestaff@sunsetcafe.com

Lieber James,
ich habe gerade von Deiner Tochter Laura erfahren, dass Du vorhast, mit einem Anwalt nach Ribanova zu kommen, um die Hochzeit Deiner Schwester zu verhindern. Kate ahnt ja nicht, was sie für ein Glück hat, dass Du bereit bist, all das auf Dich zu nehmen, um ihr Schwierigkeiten zu ersparen. Von den Kosten gar nicht zu reden! Ich will lieber nicht daran denken, wie viel Geld Dir einer dieser unverschämt teuren Londoner Juristen für einen solchen Ausflug in die spanische Provinz abknöpfen würde! Allerdings glaube ich nicht, dass es wirklich nötig ist, so weit zu gehen. Denn hier hat sich inzwischen eine kleine Veränderung ergeben. Offensichtlich sind Kate

gewisse Zweifel gekommen, was die geplante Eheschließung betrifft. Es würde mich nicht wundern, wenn die Hochzeit gar nicht stattfinden würde. Natürlich drängt dieser Forster Smith weiterhin darauf, aber ich versichere Dir, dass ich alles tue, um seinen Überschwang zu dämpfen. Und Deiner intelligenten Tochter ist es, wie es aussieht, gelungen, Kate, was ihren Zukünftigen angeht, ernsthaft zu verunsichern. Erst gestern hat sie mir gesagt, dass sie Forsters Antrag vielleicht allzu voreilig angenommen habe. Ich denke, lieber James, wir sind auf dem richtigen Weg, und vielleicht würde Deine Anwesenheit hier sogar das Gegenteil von dem bewirken, was wir beabsichtigen. Kate hasst, wie Du weißt, jede Art von Skandal, und in einer so kleinen Stadt wie Ribanova würde Deine Anwesenheit – ganz zu schweigen von dem plötzlichen Auftauchen eines englischen Anwalts – sicher für Aufsehen sorgen.
Ich möchte Dich außerdem bitten, Kate nichts von Deinen Vorbehalten gegen die geplante Hochzeit zu schreiben. Auch das könnte im Moment kontraproduktiv sein. Du weißt, wie dickköpfig sie sein kann, und wenn sie den Eindruck hat, dass jemand Forster schlechtmachen will, heiratet sie ihn nachher noch aus purem Trotz. Bitte überlass die Sache uns. Ich werde Dich über alles auf dem Laufenden halten. Es wäre zu schade, wenn voreiliges Handeln uns das Ganze verderben würde!
Sehr herzliche Grüße, auch an Lotta
Shirley

»Was meint ihr?«

»Nimm das mit der intelligenten Tochter raus«, sagte Laura. »Wenn mein Vater denkt, dass du mich für intelligent hältst, hält er dich für blöd.«

Anna Livia und Shirley sahen Laura erstaunt an.

»Wie bitte?«

»So ist es tatsächlich.« Laura wunderte sich selbst über die Ruhe, mit der sie den beiden Frauen erzählte, wie wenig ihre

Familie von ihr hielt. »Mein Vater hat nicht gerade eine hohe Meinung von mir. Das ist schon lange so. Ansonsten finde ich die Mail super.«

»Na, dann ab damit.« Shirley löschte die bemängelten Worte und schickte die Mail los. »So. Ich denke, jetzt wird er uns ein paar Tage in Ruhe lassen. Und dann werden wir ihm eine weitere Nachricht schicken … wie man einem Hund, wenn er Hunger hat, einen Knochen hinwirft. Salamitaktik.« Sie grinste.

Anna Livia schüttelte den Kopf.

»*Salamitaktik!* Du redest wie ein Mafioso.«

»Findest du?«

Shirley wirkte nicht wirklich getroffen von dem Vergleich. Tatsache war jedoch, dass Anna Livia von dieser ganzen Farce absolut überzeugt war. Solche Tricks funktionierten nur im Film. Andererseits war sie auch der Meinung, dass es klug war, Zeit zu gewinnen. Ja, das Klügste war, sich diesen grässlichen Bruder so lange wie möglich vom Hals zu halten – am besten bis nach der Hochzeit. Sie hasste es zu lügen, falsche Tatsachen vorzuspiegeln und jede Art von Manipulation, aber in diesem Moment wollte sie vor allem eines: dass sie in Ruhe diese Hochzeit feiern konnten. Und so hoffte sie, dass das Glück auf ihrer Seite war und Kates Bruder die Kröte schluckte.

Gemeinsam verließen sie das rote Zimmer. Shirley mit triumphierendem Gesichtsausdruck, Laura mit der gleichen Leidensmiene wie immer und Anna Livia in Gedanken daran, wie schön es doch war, in einem dezent eingerichteten Zimmer zu wohnen, das mit cremefarbenen Stoffen und einer Tapete mit zartem Blumenmuster dekoriert war.

»Hallo Jeffried, beschäftigt ihr euch in eurem Verlag eigentlich nur mit den Büchern eurer Hausautoren? Oder schaut ihr auch mal über den Tellerrand?«

Jeffried Ruskin, der gerade seine zweite Tasse Kaffee trank und dazu geröstetes Brot und einen köstlichen hausgemachten Kuchen aß – mit Rosinen, getrockneten Aprikosen, Kirschen und etwas, das er nicht identifizieren konnte, was aber irgendwie nach Orangen schmeckte –, schrak zusammen, als David Smith, der den Frühstücksraum des Hotel Almirante betreten hatte, ihn so unvermittelt ansprach. Er hatte das Manuskript von *Der Neuankömmling* dabei und einen Tablet-Computer unter dem Arm. Offenbar hatte er nicht viel geschlafen.

»Guten Morgen, David. Ich freue mich auch, dass du eine angenehme Nacht verbracht hast. Bitte setz dich doch, trink einen Kaffee mit mir, und dann können wir reden, worüber du möchtest, wobei ich bemerken möchte, dass deine Umgangsformen sehr zu wünschen übrig lassen.«

David Smith ließ sich schmollend auf den angewiesenen Stuhl fallen. Er wirkte wie ein ungeduldiger kleiner Junge, dem man sein Lieblingsspielzeug weggenommen hatte. Ein Kellner brachte ihm einen Kaffee, mit dem er sich kurz ablenkte, indem er eine Unmenge braunen Zucker hineinstreute.

»Du solltest den Kuchen probieren.«

»Ich habe keinen Hunger. Hör mal, Ruskin, das ist eine ernste Sache … Es geht um dieses Manuskript hier. Wie viele Leute haben es bisher gelesen?«

»Nur Fiddean und ich. Na ja, vielleicht noch die junge Frau, die es abgetippt hat, aber ich denke nicht, dass es ihrer bevorzugten Lektüre entspricht. Sie steht mehr auf Dan Brown …«

David Smith interessierte sich nicht die Bohne dafür, welche Bücher diese unbekannte Sekretärin bevorzugte. Er hatte eine höchst verstörende Nacht verbracht und sich nur mit Mühe zurückhalten können, Ruskin gleich im Morgengrauen zu wecken.

»Es geht um die Geschichte, Jeffried. Ist dir nichts daran aufgefallen? Hat es dich nicht an etwas erinnert?«

Jeffried Ruskin legte das Stück Kuchen, in das er gerade hineinbeißen wollte, auf den Teller zurück. Nun war es David definitiv gelungen, seine Neugierde zu erregen.

»Ich fürchte, nein …«

»Dann wart ihr, Fiddean und du, wohl ein wenig abgelenkt. Denn die Handlung des Romans könnte eins zu eins einer Biografie von Truman Capote entnommen sein.«

»Wie bitte?«

»Habt ihr das denn nicht bemerkt? Der Freund des Protagonisten ist ein junger Mann aus dem amerikanischen Süden, dessen Beschreibung haargenau auf Capote passt.« Er zog eine Seite aus dem Manuskript. »Hör zu: ›Er war klein und hatte strahlende blaue Augen, die aus irgendeinem Grund perfekt zu seiner ungewöhnlich hohen, auffälligen Stimme passten.‹ Wie Capote arbeitet er für den *New Yorker* und verlässt das Magazin, um Schriftsteller zu werden. Er lebt in Brooklyn, verkehrt jedoch mit der guten Gesellschaft der Upper East Side …«

Im Gegensatz zu vielen anderen Menschen glaubte Ruskin an schicksalhafte Zufälle. Durch seine Hände waren schon viele Romane mit ganz ähnlichen Handlungen gegangen, obwohl die jeweiligen Autoren nichts miteinander zu tun hatten. Er würde nie die allgemeine Betroffenheit im Verlag vergessen, als zwei nicht unbedeutende Schriftsteller innerhalb von vierzehn Tagen jeder einen Roman über die Jugendzeit der Brontë-Schwestern abgaben. Ja, solche Dinge passierten. Daher erschien es ihm absolut nicht ungewöhnlich, wenn *Der Neuankömmling* ein paar Übereinstimmungen mit dem Leben eines berühmten Schriftstellers aufwies, dessen Biografie ihm, nebenbei gesagt, nicht so geläufig war, dass er sie mit dem, was Albert Salomon geschrieben hatte, in Verbindung gebracht hätte.

»David, das ist zwar interessant, aber ich glaube nicht …«

»Der Freund des Romanhelden heißt Thomas *Parsons*. Weißt du, wie Truman Capote eigentlich hieß? Parsons! Er hat seinen Namen geändert, als seine Mutter einen Mann mit kubanischen Wurzeln heiratete, von dem etwas mehr als von seinem eigenen nutzlosen Vater zu erwarten war.«

»Aha …«

»Warte, da ist noch mehr. Erinnerst du dich an Arroyos Briefe, die ich gefunden habe?«

»Selbstverständlich …«

»Hier!« David nahm sein Tablet zur Hand. »›Lieber Albert, ich hoffe, es geht dir gut … blablabla … ich freue mich, dass deine Arbeit dir gefällt und dass du neue Freunde gefunden hast … blablabla … aber sei vorsichtig mit diesem jungen Mann, den du erwähnt hast. Ich halte ihn für äußerst berechnend und traue seiner Hilfsbereitschaft nicht.‹«

David legte den Tablet-Computer beiseite.

»Donnerwetter!«, meinte Jeffried Ruskin, der auf einmal jegliches Interesse an seinem Kuchen verloren hatte.

»Du sagst es: Donnerwetter!«

Auf den vorhandenen hundertfünfzig Seiten von *Der Neuankömmling* wurde die Geschichte eines jungen Mannes um die zwanzig erzählt, Billie Snowdon, der in den Vierzigerjahren nach New York reist, um Schriftsteller zu werden. Er findet einen Job bei dem Magazin *New Yorker* und lernt dort einen anderen angehenden Schriftsteller kennen, den ehrgeizigen, konkurrenzorientierten Thomas Parsons, der ihn unter seine Fittiche nimmt und ihm ein bisher ungekanntes New York zeigt: das der Partys der höheren Gesellschaft, der Erbinnen der East Side und der angesagten Intellektuellen. Natürlich tut er das nicht aus reiner Freundlichkeit. Thomas Parsons sieht in Billie nicht nur einen Kumpel, mit dem er um die

Häuser zieht, sondern auch einen gefährlichen Konkurrenten, den er im Auge behalten möchte. Als Snowdon seinen ersten Roman fertiggestellt hat – eine Geschichte um die Sommerliebe eines jungen wohlhabenden Mädchens, das in der Park Avenue lebt und dessen Eltern mit dem Schiff nach Europa reisen, während sie in Manhattan allein zurückbleibt, um sich mit ihrem Freund zu treffen –, überzeugt Parsons den Freund davon, dass der Text minderwertig ist, und schreibt heimlich eine eigene Version der Geschichte. An dieser Stelle endete das Manuskript von Albert Salomon mit der Szene, in der der hinterhältige Parsons Billie erzählt, dass sich ein Verlag für seinen Roman interessiere.

»Kennst du dich mit Capote aus?«, fragte David.

»Eher nicht. *Andere Stimmen, andere Räume* und *Kaltblütig*, mehr habe ich nicht gelesen. Die amerikanische Literatur aus jener Zeit interessiert mich nicht besonders.«

»Ich habe alles von Truman Capote gelesen. Und die Handlung von *Einige Tage im August* weist verdammt viele Parallelen zu *Sommerdiebe* auf.«

»*Sommerdiebe*? Von diesem Roman habe ich noch nie gehört.«

»Er gilt als ein eher unbedeutendes Werk und wurde erst eine ganze Weile nach Capotes Tod veröffentlicht, nachdem man das Manuskript eher durch Zufall in seinem alten Haus in Brooklyn gefunden hatte. Weißt du, was das bedeutet? Ist dir bewusst, was ich da gefunden habe? Das ist der Knaller für meine Biografie, Ruskin. Der Hammer!«

Jeffried Ruskin faltete die Hände und legte sein Kinn darauf, wie er es immer machte, wenn er nachdenken musste.

»David, du darfst jetzt nichts überstürzen. Bisher sind das alles nur Vermutungen.« David wollte ihn unterbrechen, doch er bat ihn mit einer Geste zu schweigen. »Warte, lass mich ausreden … das alles ist ja schön und gut, aber etwas zu … wie soll ich es sagen … an den Haaren herbeigezogen. Ich gebe zu, dass die Übereinstimmungen verblüffend sind, aber ich wäre da sehr vorsichtig. Du kannst nicht einfach eine Biografie über Albert Salomon veröffentlichen und darin behaupten, dass er der Autor eines Romans von Truman Capote ist, nur weil ein paar Seiten Text das zu belegen scheinen. Ich will kein Spielverderber sein, David, aber wenn ich dein Lektor wäre, würde ich dieses Risiko nicht eingehen.«

David schüttelte den Kopf und hatte dabei den Blick irgendwo in die Ferne gerichtet. Jeffried Ruskin glaubte, dass er versuchte, seine Enttäuschung zu verdauen, doch die Gedanken des amerikanischen Literaturdozenten waren bereits mit etwas anderem beschäftigt.

»Das wäre die Idee«, murmelte er und sagte dann: »Jeffried, willst du mein Lektor sein? Ich meine, wenn ich noch mehr Material finde und meine Theorie damit untermauern kann … Wenn meine Biografie allen Anforderungen entspricht, würdest du sie lektorieren und bei euch zur Veröffentlichung vorschlagen? Schließlich bist du im Verlag derjenige, der Albert Salomons Werk betreut, daher wäre es doch nur logisch, dass du auch seine Biografie herausbringst. Ich weiß, dass das möglicherweise kein gutes Geschäft sein wird, aber ich bitte … nein, ich flehe dich an, wenigstens darüber nachzudenken.«

Nun war es Ruskin, der den Kopf schüttelte, bevor er David freundschaftlich die Hand auf die Schulter legte. Dieser Typ war wirklich immer wieder für eine Überraschung gut. Vor ein paar Minuten war er noch davon überzeugt gewesen, eine literarische Sensation entdeckt zu haben, und plötzlich flehte er ihn um Hilfe an. Jeffried war sich immer noch nicht sicher, ob er David Smith mochte oder nicht. Er war höchst egoistisch und von sich überzeugt und bemühte sich kein bisschen zu verbergen, dass ihn die Belange anderer Menschen nicht wirklich interessierten. Auf der anderen Seite meinte er in ihm andere Vorzüge zu entdecken, wie einen gewissen Sinn für Gerechtigkeit und die Fähigkeit, Fehler zuzugeben, was für einen derart auf sich bezogenen Menschen erstaunlich war. Er seufzte.

»Ach, weißt du, mein Lieber, wenn all das hier überstanden ist, bin ich mir nicht sicher, ob ich überhaupt noch Lektor sein werde. Zumindest nicht mehr bei Somerset Publishers. Im Moment hängt mein Job am seidenen Faden.«

»Das verstehe ich nicht.«

»Ich fasse es kurz zusammen: Meine Vorgesetzten werden mich feuern, wenn es mir nicht gelingt, Kate davon zu überzeugen, dass wir Salomons unvollendetes Manuskript einfach zu Ende schreiben. Und ich fürchte, es wird mir nicht gelingen.« Er überlegte. »Das Einzige, was mich vielleicht noch retten könnte, wäre, das Manuskript von *Das Haus am Park* aufzutreiben – den Roman unseres Freundes Juan Sebastián Arroyo, aus dem Salomon ständig zitiert. Ich muss zugeben, dass mich die Entdeckung, um wen es sich bei dem geheimnisvollen John S. Stream tatsächlich handelt, durchaus mit Hoffnung erfüllt hat, aber inzwischen befürchte ich, dass dieser Roman, wenn er überhaupt jemals existiert hat, für immer verschwunden ist.« Er nickte. »Ja, David, so sieht's aus. Arroyo ist vor mehr als vierzig Jahren gestorben, und die Dinge, die er hinterlassen hat, sind für immer verloren, genau wie das, was einst Albert Salomon gehörte, so wie alles irgendwann verloren geht. Wenn ich jetzt sterben würde, glaubst du, dass sich irgendjemand die Mühe machen würde, meinen Besitz zu durchwühlen, um etwas zu finden, was sich vielleicht aufzubewahren lohnt?«

David Smith hörte sich Jeffried Ruskins traurige Tirade aufmerksam an. Ganz gegen seine Gewohnheit ließ er ihn ausreden, bevor er das Wort ergriff.

»Betrachten wir das, was du gerade gesagt hast, doch mal von einer anderen Seite: *Wenn* du etwas hättest, von dem du denkst, dass es nach deinem Tod von großem Wert wäre, würdest du es irgendwo unauffällig in einer Kiste aufbewahren, oder würdest du es lieber an einen sicheren Ort bringen?«

»Ich verstehe nicht genau, was du meinst.«

»Na ja, das liegt doch auf der Hand, Jeffried. Vor ein paar Tagen hat mein Vater etwas gesagt, das mich nachdenklich gemacht hat. Es war an dem Abend, an dem ich Kate kennengelernt habe. Wir haben über den Nachlass Albert Salomons geredet und dass man nicht weiß, wo die einzelnen Dinge gelandet sind, und Kate erklärte es damit, dass niemand damit rechnen konnte, dass diese Sachen irgendwann noch einmal von Bedeutung sein könnten. Und daraufhin sagte mein Vater: ›Niemand außer Albert Salomon.‹«

Ruskin sah sein Gegenüber immer noch völlig verständnislos an. »Tut mir leid, David, aber ich habe nicht die leiseste Ahnung, worauf du hinauswillst.«

»Ich bin mir sicher, dass nicht nur Salomon, sondern auch Arroyo das, was sie für wirklich wichtig hielten, an einem sicheren Ort hinterlegt haben. Für mich gibt es keinen Zweifel, dass der fehlende Teil von *Der Neuankömmling* irgendwo sicher aufbewahrt existiert. Und ich würde meine Nase darauf wetten, dass das Manuskript von *Das Haus am Park* hier in Ribanova zu finden ist. Wahrscheinlich sind wir viel näher dran, als wir ahnen.«

Wie um seine Worte zu bekräftigen, nahm sich David ein Stück Kuchen und biss entschieden hinein. Einige leuchtend gelbe Krümel fielen auf die makellos weiße Tischdecke. Jeffried Ruskin jedoch konnte diesen glühenden Optimismus nicht teilen. Er schenkte dem leidenschaftlichen jungen Kuchenesser ein mitleidiges Lächeln und wünschte sich, dass sich Davids Hoffnungen erfüllen ließen.

»Was hast du heute Morgen vor?«

»Ich werde noch einmal die Notizen durchgehen, die ich mir in den letzten Tagen gemacht habe, und ich werde wohl ein zweites Mal den Text lesen, den du mir überlassen hast. Sicher sind mir einige Details entgangen. Und du?«

»Ich werde mir mal das Städtchen anschauen. So wie es scheint, hat es einiges zu bieten, und bisher habe ich noch so gut wie nichts gesehen.«

»Vergiss nicht, dass wir um eins mit Laura verabredet sind. Dann holen wir Ahmed in der Buchhandlung ab und begleiten ihn in die Bibliothek, um ihm genau zu erklären, was er tun soll. Anschließend sind wir zum Essen bei Kate geladen. Shirley möchte irgendetwas mit uns besprechen, was mit der Hochzeit zu tun hat.« Er verdrehte die Augen. »Diese Frau ist ein wenig anstrengend. Zum Glück habe ich hier eine sinnvolle Beschäftigung gefunden. Wenn ich den ganzen Tag nur spazieren gehen und bei den Hochzeitsvorbereitungen helfen müsste, hätte ich mich wahrscheinlich schon längst von irgendeinem hohen Gebäude gestürzt. Wobei ich hier noch kein wirklich hohes Gebäude gesehen habe. Wie auch immer, ich wünsche dir viel Spaß bei deinem Rundgang. Wir sehen uns dann um eins an der Rezeption.«

Zwischen 1776 und 1778 hatte ein Maler namens José de Terán die Kuppel über dem Hauptaltar mit einer Allegorie des Himmelreichs verschönert, die, nachdem sie jahrelang dem schädlichen Einfluss der Feuchtigkeit und dem Rauch Hunderter Kerzen ausgesetzt gewesen war, beinah ein ganzes Jahrhundert lang von einer dicken Schmutzschicht verdeckt wurde. Das in Öl gemalte Bild war im Zuge von Restaurationsarbeiten überraschenderweise wieder ans Licht gekommen, und nun erstrahlte es in voller Pracht, und Jeffried Ruskin fragte sich, wie es möglich war, dass ein solches Kunstwerk so lange Zeit vor den Augen der Welt verborgen gewesen war. Er setzte sich in eine der Holzbänke, legte den Kopf in den Nacken, um es besser betrachten zu können, und genoss die Stille. Vor einigen Jahren war er einmal entsetzt aus der Kathedrale in Santiago de Compostela geflohen, die Horden von Touristen in einen lärmenden Jahrmarkt verwandelt hatten, und er hatte sich gefragt, was ein gläubiger Pilger wohl angesichts dieses Sakrilegs empfinden musste, wenn ihm, der er kein religiöser Mensch war, dieser Lärm und das Geschrei schon beleidigend erschienen. In der Kathedrale von Ribanova jedoch gab es keine geräuschvollen Unterhaltungen, keine aufzuckenden Blitzlichter und keine herumrennenden Kinder. An diesem Ort herrschte eine wohltuende, seit Jahrhunderten andauernde Stille, in die sich der Duft nach Weihrauch und brennenden Kerzen mischte. Das war es wohl, was man Frieden nannte.

Jeffried Ruskin war alles andere als ein gläubiger Mensch. Er war im Sinne des Protestantismus erzogen worden, von einer streng religiösen Mutter, die einen Teil dessen, was in den Augen der übrigen Familienmitglieder an Fanatismus grenzte, an ihren ältesten Sohn weitergeben wollte. Ruskin ging zur Sonntagsschule und hielt sich an die Regeln der Kirche, bis er das Gymnasium verließ und auf sich allein gestellt war. In der Universität wurde er eines Tages Zeuge, wie zwei seiner Freunde heftig über die Existenz von Gott diskutierten. Als sie ihn aufforderten, dazu Stellung zu nehmen, äußerte er sich salomonisch. Er sagte, dass die Existenz eines über allem stehenden Richters ihm derart faszinierend erscheine, dass er lieber nicht darüber nachdenke. Als Agnostiker hielt er es für absurd, wenn Nichtgläubige diejenigen, die auf Gott vertrauten, unbedingt von ihrem angeblichen Irrtum überzeugen wollten. Außerdem hatte er den Glauben noch nie für ein angemessenes Gesprächsthema gehalten, weshalb er es vermied, sich dazu zu äußern. Heimlich beneidete er die Menschen, die sich in ihrem Glauben nicht beirren ließen, und wenn es möglich gewesen wäre, eine Tablette zu schlucken, die in ihm die religiöse Hingabe seiner Mutter geweckt hätte – die in allem, was geschah, ein göttliches Zeichen sah, wie schrecklich es auch sein mochte –, hätte er dies zweifellos getan. Im Übrigen störte ihn die Religiosität anderer nicht, solange man nicht versuchte, seine Seele vor dem ihm eigenen Skeptizismus zu retten.

Obwohl ihn mit Gott und den Heiligen nichts verband, liebte Jeffried Ruskin Kirchen. Als er Violet geheiratet hatte und sie ihn beinah unter Tränen gebeten hatte, sich auch kirchlich trauen zu lassen, hatte er erfreut eingewilligt. Violet gehörte zu jenen Gelegenheitsgläubigen, die ihre Religion im Grunde nicht praktizierten, jedoch davon überzeugt waren, ihre Pflicht dem Herrn gegenüber zu erfüllen, indem sie, wenn es brenzlig wurde, als Erstes zu beten anfingen. Jedenfalls hatte er immer von einer klassischen Hochzeit geträumt und war davon überzeugt gewesen, dass eine wahre Ehe nur vor einem Priester geschlossen werden könne.

Es war eine sehr schöne Hochzeit gewesen, in einer Kapelle in einem kleinen Dorf in Derbyshire. Der Pastor war ein halb tauber alter Mann gewesen, der ihn während der gesamten Zeremonie mit dem falschen Namen angesprochen hatte (anstatt Jeffried sagte er immer Jonas), doch der Chor hatte wunderbar gesungen, und die Glasfenster hatten bunte Muster auf den Boden gezeichnet. Der Altar war über und über mit weißen Blumen geschmückt – Callas, Lilien und Margeriten –, und das nachweislich zweihundert Jahre alte Gebäude verlieh der ganzen Angelegenheit eine Feierlichkeit, die kein Standesamt in irgendeinem Rathaus in Millionen von Jahren hätte aufbieten können. Seine Ehe dagegen war ein Desaster, woran der Priester Jeffrieds Meinung nach nicht ganz unschuldig war – schließlich hatte er Violet mit einem Typen namens Jonas verheiratet. Doch auch wenn er die Zeit als Ehemann in keiner guten Erinnerung hatte, dachte er doch gern an die ländliche Hochzeit in dem ehrwürdigen, düsteren Gemäuer zurück, dessen alte Steine im Rhythmus des Te Deums vibriert hatten, und an den Geruch nach Blumen und zerlaufendem Wachs. Hätte er lediglich standesamtlich geheiratet, wäre ihm nichts als der Gedanke an seine dominante Frau geblieben, die zugelassen hatte, dass sich ihre furchtbare Familie in ihr gemeinsames Leben einmischte und es beständig torpedierte.

Jedes Mal, wenn Jeffried Ruskin auf Reisen war – was eher selten vorkam –, besuchte er mit Freuden jede Kathedrale, Basilika oder Kapelle und jedes Kloster, an dem er vorbeikam. Kate hatte ihm von einigen lohnenswerten Kirchen in Ribanova erzählt, und er hatte sich vorgenommen, sie alle vor seiner Abreise zu besichtigen. Er war bereits in der Kirche Santiago A Nova gewesen, die eine wunderbare Barockkuppel vorweisen konnte und ein – seiner Meinung nach wenig erbauliches – Gemälde des heiligen Jakobus, in dem dieser sich mit einer Schar offensichtlich ungläubiger Soldaten umgab. Doch der Höhepunkt war zweifelsohne die Kuppel der Kathedrale, unter der er jetzt saß. Lange Zeit bewunderte er das prächtige Deckengemälde mit Teráns Malerei und stellte sich die Überraschung der Restauratoren vor, als diese versucht hatten, die Kuppel von Schmutz und Ruß zu befreien, und plötzlich vor ihren Augen anstatt des erwarteten Granitgesteins diese wunderbare Schar an Weisen, Bischöfen, Heiligen, Jungfrauen, Amoretten und Propheten erschienen war, vor dem strahlend blauen Hintergrund, der allgemein dem Himmelreich zugeschrieben wurde. Und in diesem Augenblick kam ihm der eigentümliche Gedanke, dass es – wenn es möglich gewesen war, dieses Gemälde mit seinen leuchtenden Farben und schillernden Wolken, mit den Engeln, der Madonna, den Königen und all den Symbolen der Ewigkeit, der Dunkelheit zu entreißen, hinter der es ein ganzes Jahrhundert verborgen gelegen hatte – keinen Grund gab, die Hoffnung, die Manuskripte von Salomon und John S. Stream doch noch zu entdecken, aufzugeben. Wenn ein derartiges Kunstwerk praktisch aus dem Nichts wiederauferstanden war, warum sollte er dann nicht darauf vertrauen, etwas zu finden, dessen Existenz im Grunde bewiesen war? Vielleicht war Davids Enthusiasmus, seine feste Überzeugung, diesen Fund zu machen, ja gar nicht so weit hergeholt. Vielleicht war es sogar seine Pflicht weiterzusuchen. Und während er dies dachte, setzte auf einmal die Kirchenorgel ein und durchschwebte die Kathedrale mit ihrem sphärischen Klang. Die anschwellende Musik erfüllte die Mauern, die Fenster und die Bilder mit einer gewichtigen Feierlichkeit. All das – die Gemälde, die durch die bunten Fenster einfallende Sonne, die im Licht funkelnde Monstranz – hatte eine ganz eigene Bedeutung, wenn Jeffried auch nicht in der Lage war, sie zu begreifen. Dennoch verspürte er in seinem Inneren mit einem Mal eine unbekannte Leichtigkeit, die ihn zu etwas drängte, das man durchaus Optimismus hätte nennen können. Plötzlich hatte er keinen Zweifel mehr daran, dass die lang ersehnten Manuskripte darauf warteten, von ihm gefunden zu werden. Ja, sagte er sich, es war wirklich jammerschade, wenn man seinen Glauben verlor.

»Wir waren für zwei Uhr verabredet, und es ist noch nicht mal halb.«

»Ja und? Meinst du, deine Tante wäre ungehalten, wenn er den Laden mal etwas früher verlässt? Kate wirkt auf mich nicht gerade wie eine Sklaventreiberin.«

»Darum geht es doch gar nicht, David … Ich denke nur, dass Ahmed nicht einfach so früher gehen würde. Er ist sehr verantwortungsbewusst, das ist jedenfalls mein Eindruck.«

Laura, die alles andere als diskussionsfreudig war, fand allmählich Gefallen daran, David Smith zu widersprechen. Es lag etwas Kindisches in seiner Art, stur auf einer Sache zu beharren, was ein wenig Stichelei geradezu herausforderte.

»Es geht doch nur um eine dämliche halbe Stunde.«

»Genau, David. Dann verhalte dich auch entsprechend. Die Welt wird nicht untergehen, nur weil Ahmed eine halbe Stunde später mit der Arbeit beginnt.«

Diesmal erwiderte David nichts, und Laura musste es sich verkneifen, eine Siegesfaust in den Himmel zu recken. In ihrem ganzen Leben hatte sie noch keinem Menschen so oft kontra gegeben wie diesem besserwisserischen Amerikaner. In diesem Moment stieß Jeffried Ruskin zu ihnen, und Laura bedauerte, dass er nicht ein wenig früher gekommen war, um Zeuge ihres Triumphes zu werden.

»Wie war's? Viele alte Steine gesehen?«

»In der Tat. Ich war in der Kathedrale. Du solltest sie dir ansehen. Sie ist großartig.«

»Ja, vielleicht mach ich das.« David sah wieder auf seine Uhr. Es war zwanzig vor zwei. »Und jetzt? Machen wir uns auf den Weg?«

»Ich muss noch mal kurz rauf in mein Zimmer.«

David bemühte sich nicht, seinen Ärger zu verbergen, und der spöttische Blick, den Ruskin ihm zuwarf, als er auf den Aufzug zuging, machte deutlich, dass er den jungen Amerikaner nur ein wenig provozieren wollte. Fünf Minuten später, in denen David immer wieder ungeduldig auf seine Uhr gesehen hatte, war er wieder unten. Sie gingen die Promenade entlang und ließen die barocke Fassade des Rathauses hinter sich. Punkt zwei Uhr erreichten sie die Buchhandlung. Kate winkte ihnen von drinnen zu.

»Ahmed ist schon bereit. Ich habe ihm gesagt, dass er sich den Vormittag ruhig hätte freinehmen können, dann hätte ich allein die Stellung gehalten. Es war nicht besonders viel los heute Morgen ...«

David blickte Laura und Ruskin vorwurfsvoll an. Wenig später kam Ahmed aus dem Keller herauf, wohin er gerade ein Exemplar der Neuausgabe von *Bel-Ami* gebracht hatte. Seine Augen glänzten.

»Guten Tag allerseits. Von mir aus kann's losgehen. Mr. ...«, er korrigierte sich, »ich meine ... David! Ich freue mich, dass du mir die Möglichkeit gibst, an euren Forschungen teilzuhaben.« Er verneigte sich höflich.

»Wie? Nur keine falsche Bescheidenheit! Ohne deine kundige Unterstützung hätte ich jetzt ein Riesenproblem, also bedank dich nicht dafür, dass du mir hilfst. Auf geht's! Kate, wir bringen ihn dir pünktlich um fünf zurück. Wenn ihr dann später das Geschäft schließt, muss er noch mal in die Bibliothek des Clubs zurück. Es wäre toll, wenn wir es an einem Tag schaffen könnten.«

Ruskin seufzte und dachte, dass David Smith im russischen Zarenreich sicher sehr glücklich gewesen wäre – mit einer Schar untertäniger Dienstboten in Reichweite, die nichts anderes taten, als seine Befehle entgegenzunehmen. Zum Glück schien Ahmed nicht beleidigt zu sein. Er hatte ein Notizbuch in der Hand und mehrere Stifte, und in seinem Gesichtsausdruck lag, wie der stets aufmerksame Jeffried feststellte, eine Mischung aus Entschiedenheit und Stolz, so als sei er sich durchaus bewusst, dass ihm eine wichtige Aufgabe zufiel.

»Wartet einen Moment … ich denke, dass ich Ahmed heute Nachmittag gar nicht unbedingt hier brauche.«

»Aber natürlich brauchen Sie mich, Señora Salomon, eben sind alle unsere Bestellungen eingegangen … Die Kisten müssen ausgeräumt und die Bücher in die Regale gestellt werden. Und Sie sollten nicht auf die Leiter steigen.«

»Natürlich nicht. Aber ich werde Hilfe haben. David wird mich unterstützen, nicht wahr, David? Dann kann Ahmed auch früher weg.«

Jeffried Ruskin musste sich mühsam zurückhalten, um nicht in lautes Gelächter auszubrechen, als er David Smiths verblüfftes Gesicht sah. Wenn dieser gedacht hatte, den Nachmittag gemütlich im Hotel verbringen zu können, hatte er sich getäuscht. Anstatt seines komfortablen Zimmers oder eines der hübschen Cafés in der Stadt warteten nun mehrere Bücherkisten und eine Reihe leerer Regale auf ihn.

»Na schön. Gut. Ich bin zu allem bereit, wenn das bedeutet, dass … äh … Ahmed früher fertig ist.« Er wandte sich an Jeffried und Laura. »Ihr seid doch auch mit dabei, oder?«

Jeffried wollte gerade gut gelaunt antworten, dass er schon andere Pläne für den Nachmittag habe, als er Laura sagen hörte:

»Natürlich, ich bin dabei.«

»Ich auch«, erklärte Ruskin schnell, und noch während die Worte in ihm nachhallten, hörte er bereits alle Alarmglocken schrillen. Und das war, wie er wusste, ein Zeichen, dessen Bedeutung man nicht unterschätzen durfte.

Sie hatten alle zusammen bei Kate zu Hause zu Mittag gegessen und waren gerade beim Kaffee, als es an der Haustür klingelte. Es war Julia del Amo, die überraschend vorbeikam, um das Hochzeitskleid der letzten Anprobe zu unterziehen. Dieser unverhoffte Besuch sorgte für ein wenig Durcheinander. Shirley schickte Julia in Begleitung von Anna Livia mit viel Aufhebens gleich in die oberen Räumlichkeiten, wobei sie daran erinnerte, dass es Unglück bringe, wenn der Bräutigam das Kleid vor der Hochzeit sah. Keiner wies sie darauf hin, dass dies angesichts der blendend weißen Schutzhülle, in der das Kleid steckte, so gut wie unmöglich war. Als Kate aufstand, um Julia del Amo zu folgen, hielt Shirley sie zurück.

»Nein, Kate, du wartest hier, während wir oben alles vorbereiten. Ich möchte, dass du das Kleid in seiner ganzen Pracht siehst, und nicht, wie es aus einer Tüte gezogen wird. Ich gebe dir Bescheid, wenn wir so weit sind. Was die Herren angeht, muss ich ja wohl nicht darauf hinweisen, dass wir niemanden von euch oben sehen wollen.«

David wollte gerade erwidern, dass er im Leben nicht auf diesen Gedanken gekommen wäre, weil es ihm schnurzegal war, was Kate bei ihrer Hochzeit anziehen würde, doch dann besann er sich und beschränkte sich darauf zu nicken. Kate, die neben ihm saß, wirkte unglaublich nervös, und er fragte sich, warum wohl alle Frauen auf der Welt angesichts eines simplen Kleides in Hysterie ausbrachen, nur weil sie es auf ihrer Hochzeit anziehen würden, wobei ihn vor allem die Tatsache schockierte, dass sogar einer Siebzigjährigen diese absurde Aufregung nicht erspart blieb. David Smith gehörte zu den Menschen, die davon überzeugt waren, dass das Alter einen vor heftigen Gemütsbewegungen bewahrte, als wären die vergehenden Jahre eine Art Narkosemittel, um Gefühle zu betäuben. Und nun wurde eine derart vernünftige, sich stets angemessen verhaltende Frau wie Kate Salomon wegen eines Kleides, das sie lediglich ein paar wenige Stunden tragen würde, zum Nervenbündel. Er beschloss, ein anderes Thema anzuschneiden, um die Spannung ein wenig zu lösen.

»Dad, Kate, ich möchte euch etwas zur Hochzeit schenken. Da ich davon ausgehe, dass Kate bereits einen Espressokocher, genügend Gläser und ein Porzellanservice besitzt, habe ich an eine Reise gedacht. Nein, keine Sorge, ich habe nicht vor, euch an irgendeinen seltsamen Ort zu schicken, denn ich gehöre nicht zu den Menschen, die meinen, dass eine Hochzeitsreise das frisch vermählte Paar unbedingt in ein möglichst exotisches Land am Ende der Welt führen sollte.«

Forster Smith zuckte mit den Schultern und schmunzelte.

»Na ja, gegen Australien hätte ich nichts einzuwenden, da wollte ich immer schon mal hin …«

»Das kannst du vergessen, Forster. Ich jedenfalls werde mich nicht fünfzehn Stunden in ein Flugzeug setzen, um mir ein paar hüpfende Kängurus anzusehen. Mein lieber David, es ist nicht nötig, dass du uns etwas schenkst …«

David winkte ab, zum Zeichen, dass es darüber nichts zu diskutieren gab. Forster warf Kate einen Blick zu, der besagte, dass sie ihm besser nicht widersprechen sollte. Schon als Kind war sein Sohn in seiner wilden Entschlossenheit nicht zu bremsen gewesen. Er wollte seinem Vater und dessen zukünftiger Frau seine Aufmerksamkeit erweisen, und davon würde er sich nicht abhalten lassen, ob es ihnen nun passte oder nicht. Allerdings ging er bei der Auswahl seiner Geschenke üblicherweise recht egozentriert vor. Er kaufte niemals etwas in der Annahme, dass der Beschenkte sich darüber freuen würde, sondern weil er entschieden hatte, dass es ihm gefiel. Und David Smith war nun einmal davon überzeugt, dass jedes frisch verheiratete Ehepaar das gemeinsame Leben mit einer Reise beginnen sollte.

»Damit ist die Sache entschieden. Sucht euch ein Ziel aus. Eine europäische Hauptstadt eurer Wahl. Ich kümmere mich um alles.«

»Das Protokoll sieht vor, dass die Dame die Wahl trifft. Kate?«

Kate errötete lächelnd und ließ den Blick schweifen. Dabei hatte sie wieder dieses Glitzern in den Augen, das ihr Gesicht ganz jung aussehen ließ. Forster bemerkte, wie sein Herz schneller schlug, und hätte am liebsten laut gerufen: »Seht alle her, das ist meine Braut!«

»Ich würde gern einmal nach Paris fahren. Ich habe schon mehrfach eine Reise dorthin geplant, aber immer ist etwas dazwischengekommen. In Ordnung?«

»Wir richten uns ganz nach deinen Wünschen, wenn unser großzügiger Mäzen keine Einwände hat.«

»Paris ist perfekt. Ihr seid eingeladen.«

Anna Livia rief von oben, und Kate stand seufzend auf.

»Und jetzt werde ich mich mit eurer Erlaubnis ins obere Stockwerk begeben, wo man schon ungeduldig auf mich wartet. Laura, begleitest du mich?«

»Nein, ja … natürlich, ich komme gleich nach.«

Sie wartete, bis die Tür sich hinter Kate geschlossen hatte. Dann sagte sie: »David, Forster … kennt ihr denn Paris?«

»Ich war vor Ewigkeiten mal da.«

»Ich schon mehrfach, aber ich habe nicht viel mehr als die Sorbonne gesehen. Warum?«

»Es ist nur … na ja, ich habe vor einiger Zeit eine Reise nach Paris vorbereitet, eine wunderbare Reise, die leider … also kurz gesagt, ich konnte nicht hinfahren. Aber ich habe ein entzückendes Hotel an der Place des Vosges gefunden und habe eine Liste der romantischsten Cafés gemacht – Cafés, die eine Geschichte erzählen – und der traditionellen Geschäfte. Ich habe dafür jede Menge Reiseführer durchforstet und ein paar andere Bücher …«, erklärte sie mit einem unsicheren Lächeln. »Und ich denke, ich habe eine perfekte Reise zusammengestellt. Die Unterlagen habe ich bestimmt noch irgendwo. Vielleicht könnte euch das für eure Hochzeitsreise nützlich sein.«

Forster dachte, dass seine zukünftige Nichte in diesem Moment wirkte wie ein kleines Mädchen, das ihrer besten Freundin ihr liebstes Spielzeug gibt, und er fragte sich, für welche Gelegenheit sie wohl diese Reise vorbereitet hatte, zu der es nie gekommen war. David lagen derart tiefgründige Gedanken fern. Er freute sich einfach, dass ihm auf diese Weise die weitere Reiseplanung erspart blieb. Er war nicht gerade ein Organisationstalent und verließ sich gern auf persönliche Empfehlungen.

»Hervorragend!«

»Ich seh mal in meinem Mailarchiv nach. Und jetzt werde ich Kate den Gefallen tun und ihr Kleid bewundern. Wir sehen uns später.«

Vorsichtig schloss sie die Tür hinter sich, die mit einem leisen Klicken einrastete. Forster wartete, bis ihre Schritte auf der Treppe verklungen waren, bevor er sagte: »Was für ein seltsames Mädchen!«

David nickte mit einem Blick auf die Tür, durch die Laura den Raum verlassen hatte.

»Ein absolut seltsames Mädchen. Aber ich mag sie irgendwie.«

Laura Salomon lief eilig die Treppe hinauf, mit kurzen, schnellen Schritten, die denen ihrer Tante Kate so ähnlich waren – was Laura natürlich nicht wusste –, und klopfte an die Tür.

»Augen zu!«, befahl Shirley von drinnen.

Laura gehorchte und schloss die Augen, bevor sie ins Zimmer trat. Einen Augenblick später sahen die vier Frauen, die sich in dem Raum befanden – Shirley, Anna Livia, Julia und Kate –, eine zerbrechliche, einsame junge Frau vor sich, die wie ein kleines Mädchen an Weihnachten die Augen fest zusammenkniff und ein Lächeln auf dem Gesicht trug, das nur eines bedeuten konnte: dass sie bereit war, das Glück einer alten Frau zu teilen, die sie kaum kannte. Und zum ersten Mal war Kate sich sicher, dass Laura sie wirklich gern hatte.

»Mach die Augen auf und sag uns, wie du es findest!«

Im nächsten Moment sah Laura die Gestalt ihrer Tante vor sich, die das schönste Kleid trug, das sie jemals gesehen hatte. Es war ein tailliertes Wunderwerk aus glänzendem Seidentaft in einer zarten Malvenfarbe, mit dreiviertellangen Ärmeln und plissiertem Rock, unter dem ein schmaler Bleistiftrock hervorschaute, der knapp bis übers Knie reichte. Laura fand, dass alles an diesem Kleid elegant, zauberhaft und glamourös wirkte – andere Worte dafür fielen ihr nicht ein –, und Tante Kate sah darin aus wie eine Prinzessin, die bereit war, mit einem leicht betagten verliebten Monarchen zum Altar zu schreiten. Ungewollt musste Laura an ihren Vater denken und wünschte sich, dass er seine Schwester in diesem Moment hätte sehen können – mit den leicht geröteten Wangen, den glänzenden Augen und der porzellanfarbenen Haut, die perfekt zu der matten Farbe des Kleides passte. Niemand, absolut niemand, konnte in diesem Moment auch nur den geringsten Zweifel daran haben, dass diese vor Glück strahlende Frau den richtigen Schritt tat.

»Ach, Tante Kate, wie schön du bist! Ich glaube, mir kommen die Tränen.«

»Untersteh dich!«, wandte Shirley ein. »Spar dir das Geflenne für den Tag der Hochzeit auf.«

»Shirley!«

»Was ist? Glaubst du, dass ich nicht auch mühsam die Tränen zurückhalten muss, wenn ich dich so sehe? Natürlich muss ich das. Es ist ein umwerfendes Kleid, und du siehst darin aus wie … eine Schneekönigin oder etwas in der Art. Aber jetzt ist nicht der richtige Moment zum Losheulen, weil wir uns sämtliche Gefühlsausbrüche für die Hochzeitsfeier aufsparen sollten, die einfach wunderbar werden wird. Nicht dass wir dann keine Tränen mehr haben, wenn du vor dem Altar stehst, das wäre doch zu schade.«

Offensichtlich hatte Shirley eine klare Vorstellung, wie sich das Ereignis gestalten sollte. Anna Livia legte ihr eine Hand auf die Schulter.

»Shirley, du bist wirklich verrückt, aber in deinem Alter kann man daran wohl nichts mehr ändern. Julia, meinen Glückwunsch. Ich habe noch nie etwas so Schönes gesehen. Sollte ich noch einmal heiraten, werde ich mich ebenfalls an dich wenden.«

Julia del Amo freute sich über das Lob.

»Kate, du solltest das Kleid jetzt besser wieder ausziehen, damit es nicht schmutzig wird. Dann stecken wir es zurück in die Kleiderhülle. Und überleg dir schon mal, was wir mit deinem Haar machen könnten. Ich finde, wir sollten es hochstecken, und man könnte über einen Blumenschmuck in der Farbe des Kleides nachdenken.«

»Und die Schuhe«, erinnerte Shirley. »Sie sollten bequem sein, da wir die ganze Nacht durchtanzen werden.«

»Es wird getanzt? Davon weiß ich ja gar nichts.«

Anna Livia und Julia del Amo hätten Shirley erwürgen können.

»Das sollte eine Überraschung sein, aber die Hochzeitsplanerin des Jahres hat sie gerade ruiniert.«

Ausnahmsweise hielt Shirley den Mund und senkte zerknirscht den Kopf. »Es ist das Hochzeitsgeschenk des Vereins der Museumsfreunde. Sie haben ein paar Musiker engagiert, die angenehme Tanzmusik spielen werden.«

»Ist das nicht eine tolle Idee?«

Kate seufzte. Das war es in der Tat. Sie liebte es zu tanzen, und sie hatte es schon viel zu lange nicht mehr getan. Bei ihrer ersten Hochzeit hatten sie wegen des kurz zuvor eingetretenen Todes ihrer Mutter auf Musik verzichtet. Damals hatte lediglich ein elegantes, kühles Streichquartett mit einem eher deprimierenden Repertoire den Cocktailempfang untermalt.

»Eine hervorragende Idee!«

»Auf die übrigens ich gekommen bin.« Shirley ließ sich die Gelegenheit nicht entgehen, auf ihre tragende Rolle in der Sache aufmerksam zu machen. Kate sah ihre Freundin mit blitzenden Augen an.

»Willst du damit etwa sagen, dass du die Leute *aufgefordert* hast, mir etwas zu schenken?«

Shirley zog die Augenbrauen zusammen und verschaffte sich die Zeit, die sie brauchte, um sich eine geschickte Antwort zu überlegen, indem sie das erneut verhüllte Kleid in den Schrank hängte.

»Na, hör mal, was hätte ich denn tun sollen? Deine … deine Gäste haben mich gefragt, was sie dir schenken könnten.«

»Du hättest ihnen sagen können, dass sie gar nichts schenken sollen!«

Diesmal lächelte Shirley in der Überzeugung, eine schlüssige Antwort gefunden zu haben.

»Kate, ich bitte dich … die Leute sind nicht so unhöflich, zu einer Hochzeit mit leeren Händen zu erscheinen. Wenn ich ihnen keinen Tipp gegeben hätte, hättest du mit deinem Forster am Ende mit einem Dutzend silberner Bilderrahmen, jeder Menge Kerzenständern und mehreren Kaffeeservices dagestanden, und die meisten Dinge hätten dir nicht mal gefallen. Ist es da nicht besser, ein paar Hinweise zu geben, damit sie ihr Geld in etwas Sinnvolles investieren?«

Kate musste insgeheim zugeben, dass das, was Shirley sagte, Sinn machte. Sie selbst hatte vor ihrem geistigen Auge schon Berge von Eiskühlern, Krüge in jeder Größe und grauenvolle Porzellanfiguren gesehen. Aber nie im Leben hätte sie es gewagt, den Leuten einen Wink in die entsprechende Richtung zu geben. Denn dafür hatte sie ja Shirley.

»Shirley hat recht«, wandte nun auch Anna Livia ein. »Du hättest sehen sollen, was der Philharmonische Verein für dich vorgesehen hatte.«

»Was denn?«

»Ein grauenvolles Grammophon aus Kristall mit einem Schild, in das eure Namen eingraviert werden sollten«, entgegnete Shirley. »Ich habe kein hässlicheres Geschenk gesehen, seit meine Cousine Ginny mir zu meiner Hochzeit eine Tagesdecke mit einem überdimensionalen Porträt von mir überreicht hat.«

Anna Livia riss ihre schönen veilchenfarbenen Augen auf.

»Das hat sie dir wirklich geschenkt? Was hast du damit gemacht?«

»Das furchtbare Ding in eine Plastiktüte gepackt und unterm Bett versteckt. Ich habe die Decke nur ein einziges Mal hervorgeholt, als Ginny zu Besuch kam, und sie übers Bett gebreitet, als läge sie immer dort. Als mir auffiel, dass sie völlig verstaubt war, war es zu spät, um sie noch zu waschen. Zum Glück war Ginny blind wie ein Maulwurf, sodass es ihr nicht aufgefallen ist.«

Die Frauen brachen in lautes Gelächter aus. Shirley jedoch fand es überhaupt nicht lustig, unnütze Dinge zu erhalten. Daher ignorierte sie die Heiterkeit, die sie selbst ausgelöst hatte, und fuhr mit der Verteidigung ihrer Initiative fort.

»Sei froh, dass sich einer darum kümmert, dass dir die grausigen Geschenke erspart bleiben und du lauter schöne und sinnvolle Dinge bekommst. Daran ist nichts Verwerfliches. Du wirst schon sehen, spätestens, wenn du zu deinem Hochzeitstanz schreitest … weil, ja, weil ich ihnen die Flausen ausgetrieben habe. Du bist Engländerin, und du bist siebzig Jahre alt, also nichts mit Pasodobles und Volksmusik. Ich will Swing hören, die Musik des *Pasadena Roof Orchestra*. Und wenn sie unbedingt etwas Modernes spielen wollen, dann etwas von den Beatles. Alles andere kommt nicht infrage.«

»Ist ja gut, Shirley.« Mit dieser Frau zu diskutieren war einfach unmöglich. »Aber um mir weitere Überraschungen bei der Hochzeit zu ersparen: Welche Geschenkideen hattest du denn noch?«

Shirley hob nachdenklich den Zeigefinger, dann ging sie in ihr Zimmer und kam mit einem kleinen gelben Notizbuch zurück.

»Mal sehen … also: Die Philharmoniker haben einen Violinisten für die Trauung engagiert. Sie werden ihm sagen, was er spielen soll, schließlich sind sie die Experten. Der Witwenverein bezahlt den Brautstrauß – die haben nicht so viel Geld, deshalb habe ich etwas Kostengünstiges gewählt –, und der Wanderverein hat einen Schokoladenbrunnen ausgeliehen. Dem Verein zur Bewahrung der römischen Mauer habe ich noch nichts gesagt, aber jetzt, da ich weiß, dass du auf Reisen gehen wirst, könnte ich ihnen ein hübsches Kofferset vorschlagen. Der Verein hat viele Mitglieder, dann ist das für jeden nur ein kleiner Betrag.«

»Aber – wie viele Leute sind denn eigentlich eingeladen?«, fragte Laura.

Kate ließ sich erschöpft auf die Bettkante sinken.

»Auf jeden Fall mehr, als wir zu Anfang gedacht haben. So etwa um die hundert. Ich wohne jetzt schon so lange in Ribanova und kenne viele Leute. Und ich wollte niemanden übergehen, daher …«

»Je mehr, desto besser«, befand Shirley. »Und jetzt gehen wir wieder runter, sonst denkt der Bräutigam noch, du wärest in deinem Kleid stecken geblieben.«

Kate musste lachen und umarmte Shirley. Vielleicht war ihre Freundin nicht gerade besonders zartfühlend, aber sie hatte einen gesunden Menschenverstand. Und hervorragende Ideen.

Um Punkt fünf Uhr schloss Kate in Begleitung von David, Jeffried und Laura die Buchhandlung auf. Wie Ahmed gesagt hatte, erwartete sie ein beeindruckender Stapel Kartons, deren Inhalt etikettiert und in die Regale eingeräumt werden musste. Kate merkte schnell, dass Laura und die Männer das Ganze als eine Art Spiel betrachteten und unter heiterem Gelächter ihre Anweisungen befolgten, wo welches Buch seinen Platz bekommen sollte. David, der für die Leiter verantwortlich war, beförderte diese von einem Regal zum nächsten und tat, als hätte er eine neue Lieblingsbeschäftigung gefunden. Sie musste lächeln, als sie sah, mit welcher Freude diese jungen Menschen bei der Sache waren. Was sie selbst anging, so wäre sie lieber zu Hause geblieben. Insgeheim bedauerte sie, an diesem Nachmittag nicht auf Ahmeds Unterstützung zählen und der Buchhandlung fernbleiben zu können. Nein, in diesem Moment hätte sie viel lieber mit Forster im Garten auf der Bank unter der Magnolie gesessen und ihm von dem traumhaften Kleid erzählt, das Julia del Amo für sie genäht hatte – ohne allzu viele Details zu verraten natürlich, damit es trotzdem noch eine Überraschung wäre –, sowie von Shirleys praktischer Idee, die Großzügigkeit ihrer Freunde für die musikalische Unterhaltung auf der Hochzeitsfeier zu nutzen. Sie wollte Forster fragen, ob er gern tanzte, und gemeinsam mit ihm entscheiden, welches Lied sie sich für den Hochzeitstanz wünschen sollten.

Ehrlicherweise gestand sie sich ein, dass es ihr, wenn sie erst mit Forster verheiratet wäre, sicher oft schwerfallen würde, am Nachmittag ihren Mann zurückzulassen und in die Buchhandlung zu gehen. *El Unicornio* war ein zauberhafter Ort, aber nun, da Forster und sie ihr Leben gemeinsam verbringen würden, war ihr der Laden, der ihr stets große Freude bereitet hatte und ihr ganzer Stolz gewesen war, beinah ein wenig lästig. Vielleicht sollte sie noch mehr an Ahmed übergeben. Wenn sie ihm die Leitung anvertrauen würde und eine zusätzliche Hilfskraft einstellte … vielleicht für zwei oder drei Stunden am Tag, das wäre perfekt. Aber leider konnte sie es sich nicht leisten, ein weiteres Gehalt zu zahlen. Der Verkauf lief nicht schlecht, aber auch nicht übermäßig gut. An diesem Nachmittag zum Beispiel hatten sie vier Bücher verkauft … Für einen Moment spielte sie mit dem Gedanken, in die betrügerische Fertigstellung von *Der Neuankömmling* einzuwilligen, doch gleich wies sie dieses Ansinnen wieder weit von sich. Onkel Bertie würde sich im Grab umdrehen, wenn jemand anderes seinen Roman zu Ende schreiben würde. Und sie selbst wäre nicht mehr in der Lage, in den Spiegel zu schauen, wenn sie nur des Geldes wegen einen solchen Betrug zulassen würde.

»Geht es dir gut, Tante Kate? Du bist auf einmal so blass.«

»Mir geht es hervorragend, Liebes.« Sie drückte ihrer Nichte den Arm und wunderte sich, wie dünn sie war. Wie viel dieses Mädchen wohl wog? Auf jeden Fall weniger als fünfzig Kilo. Auch sie selbst war in Lauras Alter schlank gewesen, aber doch nicht ganz so zerbrechlich. Der Eintritt eines Kunden riss sie aus ihren Gedanken. Es handelte sich um einen begeisterten Krimileser, der sich die Neuerscheinungen vorstellen ließ und drei Bücher kaufte. Kate sagte sich, dass mit noch einem weiteren Buchverkauf der Nachmittag durchaus als erfolgreich zu betrachten wäre.

»So, das ist alles.«

David stieg von der Leiter, nachdem er eine Neuausgabe von *Anna Karenina* ins Regal gestellt hatte. Tolstois Roman war dank einer aktuellen Verfilmung gerade wieder sehr gefragt.

»Vielen Dank, ihr Lieben. Ihr wart mir eine große Hilfe. Allein hätte ich das nicht geschafft.«

»Tante Kate, warum gehst du nicht nach Hause? Es ist fast sieben Uhr. Wenn noch jemand kommt, dann können wir ihn doch bedienen.«

Dann können wir ihn doch bedienen. Die gute Laura sah wahrscheinlich keinen Unterschied darin, Literatur oder Papayas an den Mann zu bringen. Kates Verantwortungsgefühl sagte ihr, dass sie das Angebot ablehnen sollte, aber die Vorstellung, zu Forster zurückzukehren, vielleicht im Schrank noch einmal nach dem hübschen Kleid zu sehen oder mit ihren Freundinnen im Schatten der Bäume im Garten eine Tasse Tee zu trinken, war zu verlockend. Sie hatte sich ihr ganzes Leben lang jeder Verantwortung gestellt, da konnte sie ruhig auch einmal schwänzen.

»Seid ihr sicher?«

»Natürlich. Geh nur. Ich kann mit der Kasse umgehen, in Papas Café habe ich auch schon die Kasse bedient. Und um Punkt acht schließen wir den Laden.«

Kate konnte nicht widerstehen. Sie nahm ihre Tasche, gab Laura den Schlüssel und verließ den Laden, glücklich bei dem Gedanken an die zusätzliche Stunde Freizeit.

»Wenn jetzt noch jemand kommt, wäre das sicher ein beeindruckendes Schauspiel«, meinte Jeffried. »Keiner von uns hat die geringste Ahnung, wie man einen Kunden richtig bedient.«

»Na ja, zur Not muss er sich selbst bedienen. Die Bücher sind ja alle mit dem Preis ausgezeichnet. Und wenn er irgendetwas Ungewöhnliches will, bitten wir ihn, morgen noch einmal zu kommen. Aber nachdem den ganzen Nachmittag über nur drei oder vier Kunden hier waren, werden uns die Leute in der nächsten Stunde wohl nicht die Bude einrennen.«

»Dies ist wirklich ein wunderbarer Ort«, sagte Jeffried und blickte sich um. »Zu schade, dass kein Platz vorhanden ist, um ein Café einzurichten. In der Nähe meiner Wohnung in London hat ein Buchladen eröffnet, in dem man sich auch Tee und Gebäck bestellen kann, und die Geschäfte gehen sehr gut. Wenn Kate hier irgendwo eine kleine Bar und vier oder fünf Tische aufstellen könnte ...«

David lächelte herablassend.

»Willst du der Buchkrise damit begegnen, dass du die Buchhandlungen mit Kaffeeautomaten ausrüstest?«

Doch Jeffried Ruskin war gar nicht nach Scherzen zumute. Schon zu lange musste er zusehen, wie eine kleine Buchhandlung nach der anderen aufgab, oder sich die Hiobsbotschaften über die Buchbranche anhören, die von den neuen Technologien verdrängt zu werden drohte, unter der Internet-Piraterie litt und mit dem Desinteresse der Leser zu kämpfen hatte. Nein, darüber wollte er keine Witze hören.

»Ich versuche Alternativen zu finden, David. Der Buchhandel, wie wir ihn kennen, steht mit dem Rücken zur Wand, aber das heißt nicht, dass wir das Handtuch werfen müssen. Man muss sich den neuen Gegebenheiten anpassen, verstehst du? Vielleicht muss man das Sortiment erweitern oder irgendeinen zusätzlichen Schnickschnack organisieren, Leseclubs gründen, Buchhandlungen zum Treffpunkt für die Leute machen, die noch daran glauben, dass Lesen der schönste Zeitvertreib ist, den es gibt. Bücher sind mir wichtig. Waren sie schon immer. Und die Buchhandlungen auch. Ich habe während des Studiums in einer Buchhandlung gearbeitet. Bevor sie ganz von der Bildfläche verschwinden, ist es mir lieber, wenn sie zu Literaturcafés, literarischen Restaurants oder was auch immer werden. Es mag sein, dass *El Unicornio* als traditionelle Buchhandlung nicht überleben kann. Aber ich bin mir sicher, dass es Möglichkeiten gibt.«

Laura hätte am liebsten applaudiert und »Bravo« gerufen. Nicht weil sie die Ansicht des Lektors unterstützte – sie hatte absolut keine Ahnung von der Buchbranche oder von den Problemen, die den Buchhandel bedrohten –, sondern wegen der Leidenschaft, die der sonst so zurückhaltende Mr. Ruskin in seinen Vortrag gelegt hatte. Sogar David wirkte betroffen.

»Das ist ja alles schön und gut, aber glaubst du denn, dass Kate in der Lage ist, sich derartigen Entwicklungen zu stellen? Sie ist siebzig Jahre alt, Jeffried. Sosehr ich sie auch schätze, traue ich ihr dennoch nicht zu, noch genug Schwung für einen solchen Wandel zu haben. Von den Kosten gar nicht zu reden.«

Das Geld. Natürlich. Am Ende lief es immer wieder darauf hinaus. Egal, was passierte, durfte man die finanzielle Seite nie aus den Augen verlieren. In einem heftigen Anfall von Idealismus hatte Jeffried Ruskin angefangen zu träumen: von einer freundlich servierten Tasse Kaffee zwischen Bücherregalen, von einem großen Stück Schokoladentorte nach dem Erwerb von Dostojewskis gesammelten Werken. Aber so einfach war das Ganze natürlich nicht.

»Wenn wir den zweiten Teil von *Der Neuankömmling* finden, wäre die finanzielle Frage geklärt«, sagte Ruskin. »Der Verlag würde Kate einen großzügigen Vorschuss zahlen, den sie dafür verwenden könnte, *El Unicornio* in eine zeitgemäße Buchhandlung zu verwandeln. Und wenn du eine lesenswerte Biografie hinkriegst …« Er wies auf David, »… dann könnten wir noch einmal versuchen, Albert Salomon in den USA durchzusetzen, was uns bisher nicht gelungen ist.«

David hörte nickend zu. Anscheinend begann er über bisher ungeahnte Möglichkeiten nachzudenken, die ihm seine Arbeit eröffnen könnte.

»Das wäre toll. Das Dumme ist nur, dass ich, was das angeht, im Moment von der Geistesgegenwart eines jungen Inders abhängig bin, von dem ich noch nicht einmal weiß, ob ich ihm vertrauen kann.«

»Ahmed ist Pakistani«, stellte Laura richtig.

»Was auch immer. Ich bin zugegebenermaßen nicht in der Lage, diese Leute voneinander zu unterscheiden. Außerdem ist es höchste Zeit, dass du dich auch mal mit den Romanen deines Onkels beschäftigst.« Er griff nach einem Exemplar von *Der gute Freund*, das in seiner Reichweite lag, und hielt es der jungen Frau hin. »Ich halte es nach wie vor für eine Sünde, dass du seine Bücher nicht gelesen hast, und denke, dass jetzt der richtige Moment gekommen ist.«

Laura nahm das Buch entgegen, betrachtete aufmerksam das Cover – das leicht verschwommene Bild eines jungen Mannes, der mit der melancholischen Aufmerksamkeit einer von Edward Hopper gemalten Person einen Brief las – und drehte es automatisch um, um den Rückseitentext zu lesen: *Der junge William Sinclair gerät in eine Lebenskrise, in die ihn seine Familie stürzt, als sie ihn um jeden Preis zur Universität schicken will, obwohl es sein größter Wunsch ist, Schriftsteller zu werden. Doch dann gibt das schicksalhafte Auftauchen eines entfernten Verwandten, des großzügigen Exzentrikers Oliver Palmer, dem jungen Mann die Gelegenheit, seine Träume zu verwirklichen.*

»Lies es«, mischte sich Ruskin ein. »Ich wette, dass es dir gefällt, und Kate ist sicher damit einverstanden, dass du es mitnimmst. Und was haltet ihr davon, wenn wir jetzt zum Club rübergehen und Ahmed einen Besuch abstatten? Er ist inzwischen seit sechs Stunden bei der Arbeit und sicher erschöpft.«

Als sie die Buchhandlung verließen, war es bereits halb neun. Die Sonne war noch nicht untergegangen, doch der Himmel verfärbte sich bereits. In das strahlende Blau des

Nachmittags mischte sich ein zartes Rosa. Sogar David Smith, der nicht gerade ein Auge für schöne Dinge hatte, fiel das kleine Wunder auf, das sich am sich auf die Dunkelheit vorbereitenden Himmel abspielte. In der Ferne flogen ein paar Vögel auf. Er musste plötzlich an Blanche denken, die klare Abendhimmel wie diesen hier liebte, nahm sein Handy heraus und machte ein Foto, wobei er sich fragte, ob er wohl irgendwann den Mut aufbringen würde, es seiner Exfreundin zu schicken, in der Hoffnung, dass sie zumindest im Ansatz die Bedeutung verstand.

Die Bibliothek im Club war beinah menschenleer. Es war leicht, Ahmed zu finden, der, mit dem Notizheft auf der einen und dem Buch mit den Zeitungsartikeln auf der anderen Seite, über eines der Lesepulte gebeugt saß. Sie näherten sich ihm schweigend, und als David ihm schließlich eine Hand auf die Schulter legte, um auf sich aufmerksam zu machen, zuckte der junge Mann zusammen, der offensichtlich höchst konzentriert bei der Arbeit gewesen war.

»Wie kommst du voran?«

»Gut, glaube ich, aber langsam.« Er wies auf das Notizheft. »Ich habe jede Menge aufgeschrieben.«

»Sehr gut! Das bedeutet wohl, dass du viele Übereinstimmungen zwischen den Romanen und den Artikeln gefunden hast, und das ist genau das, was …«

»Schhhh!«

Ein alter Mann, der an einem anderen Pult saß und die regionale Tageszeitung las, bat ungeduldig um Ruhe. Laura wurde rot, und Jeffried kam jeglicher Reaktion Davids zuvor, indem er Ahmed ein Zeichen machte, sie nach draußen zu begleiten.

»Wie kleinlich!«

»Dies ist kein Ort, um sich zu unterhalten«, verteidigte Ruskin den Mann. »Und? Hast du etwas herausgefunden?«

Ahmed wandte sich mit leuchtenden Augen an David (den er offenbar als seinen Chef ansah). Er habe viel Lohnenswertes entdeckt, erklärte er. In Juan Sebastián Arroyos Artikeln seien jede Menge Personen und Anekdoten erwähnt, auf die sich Albert Salomon in seinen Romanen bezog.

»Das Ganze ist sehr interessant«, schloss Ahmed, »aber ich bin noch lange nicht fertig.«

Jeffried sah auf die Uhr. Dieser Junge hatte in den letzten sechs Stunden ununterbrochen gearbeitet, nachdem er die Nacht über gelesen und den ganzen Morgen in der Buchhandlung Dienst geschoben hatte. Zum Glück kam David Smith seinem Vorschlag zuvor.

»Weißt du was? Ich denke, du hast dir eine Pause verdient. Oder besser: wir alle. Schließlich haben wir nicht wenige Kisten ausgepackt, die Bücher ausgezeichnet und in die Regale geräumt. Und da wir alle drei nichts Wichtiges vorhaben, könnten wir doch in Ruhe mit Ahmed ein Bier trinken gehen. Gibt es hier in der Nähe irgendwo eine Bar?«

»Im Club gibt es eine Cafeteria.«

»Hervorragend. Vielleicht können wir dort auch etwas zu essen bestellen. Ich sterbe vor Hunger.«Als sie die Räume im Erdgeschoss des Clubs betraten, wunderten sie sich, wie viel dort im Vergleich zu der gähnenden Leere am Vortag los war. Dominosteine wurden klackend auf die Marmortische gelegt, einzelne Damen erhoben die Stimme, um sich über den Lärm der anderen Gespräche hinweg verständlich zu machen, entfernt war das Geräusch eines laufenden Fernsehers zu hören und das Klacken aneinanderstoßender Billardkugeln. Ab und an lachte jemand auf oder ein Gespräch wurde lauter, dazu klangen die Löffel beim Umrühren in den Kaffeetassen oder Gläser, die gegen Porzellan stießen.

Sie bestellten Tortillaspieße, Bier und ein alkoholfreies Getränk für Ahmed, der leicht verlegen erklärte, dass er keinen

Alkohol trinken könne. Es war ein seltsames Grüppchen, das dort, an diesem Tisch, zusammensaß: die junge Frau mit der bleichen sommersprossigen Haut, der schlaksige, leicht ungeschickte Amerikaner, der phlegmatische Engländer mit dem tadellos sitzenden kastanienbraunen Haar und der Orientale mit seinem Kaftan und den dunklen Augen. Alle sprachen sie die gleiche Sprache, und keiner von ihnen beachtete die Leute um sie herum. Sie waren alle unterschiedlichen Alters und verschiedener Herkunft, hatten jeder andere Erwartungen an das Leben und sehr wenig gemeinsam, dennoch hörten sie sich gegenseitig zu und widmeten sich gemeinsam der köstlichen Speise aus Eiern und Kartoffeln, die für Jeffried Ruskin zu einem der einzigartigen Wunder der Erde zählte. Warum, zum Teufel, gab es überall auf der Welt Kartoffeln und Eier und nur in Spanien Tortilla?

»Mr. Smith … David … ich weiß, dass du ungeduldig auf das Ergebnis meiner Recherche wartest, aber ich fürchte, dass ich etwas länger brauchen werde als vorgesehen.«

Laura und Jeffried wandten sich gleichzeitig zu David um, um dessen Ungeduld zu bremsen, was zu ihrer Überraschung aber gar nicht nötig war.

»Keine Hektik. Ich denke, das ist ein gutes Zeichen. Es bedeutet wohl, dass du eine Menge Brauchbares gefunden hast.«

»Ich meine nur, wegen des Geldes. Ich kann nicht hundert Euro die Stunde nehmen, wenn ich so langsam vorankomme. Ich dachte, es ginge nur darum zu lesen, aber …«

Mit einer Handbewegung unterbrach David Smith Ahmeds Erklärungen.

»Keine Sorge. Das Geld ist kein Problem. Ich möchte, dass du deine Arbeit gut machst und dafür auch gut bezahlt wirst. Reden wir nicht weiter darüber. Übrigens, Ruskin, sollten wir dem jungen Mann nicht auch das Manuskript von *Der Neuankömmling* zu lesen geben?«

»Ja, sicher. Wenn du uns nachher zum Hotel begleitest, gebe ich dir eine Kopie mit. Ich habe mehrere in meinem Zimmer.«

Ahmed zögerte.

»Ich hatte eigentlich vor, noch einmal in die Bibliothek zu gehen. Wenn sie erst um elf schließt, bleiben mir noch ein paar Stunden.«

David musste lachen. Es klang seltsam. Laura erinnerte es an das Lachen einer Zeichentrickfigur.

»Ahmed, ich denke, für heute reicht es. Ich weiß, dass ich dir gestern etwas anderes gesagt habe. Unter meinen Studenten habe ich den Ruf, unberechenbar zu sein: Manchmal stelle ich dreißig Aufgaben in einer Prüfung, dann besinne ich mich eines Besseren und streiche die zehn schwersten wieder raus. Und nun habe ich beschlossen, dir bis morgen freizugeben. Genießen wir unsere Getränke und diese … erlaubt mir diese durchaus respektvoll gemeinte Bezeichnung … provinzielle Atmosphäre. Ich denke, der gute Albert Salomon hätte gern ein wenig Zeit hier mit uns verbracht.«

Jeffried Ruskin ließ sich von der guten Laune anstecken und hob sein Bierglas.

»Darauf sollten wir anstoßen. Und auf dich, Ahmed, da du all die Fragen beantworten wirst, die uns beschäftigen. Und auf Juan Sebastián Arroyo, dessentwegen ich mir viele Jahre lang das Hirn zermartert habe.«

Alle tranken einen Schluck. Um sie herum war es relativ laut, aber glücklicherweise hatte jemand den Ton des Fernsehers abgestellt, der in einer Ecke der Cafeteria stand, sodass sich der Lärm auf die Gespräche an den Tischen und die Geräusche an der Theke reduzierte.

»Darf ich euch etwas fragen? Was genau sucht ihr eigentlich?«, meinte Ahmed auf einmal.

Ruskin und David stießen gleichzeitig einen Seufzer aus, und schließlich war es der Lektor, der antwortete: »Erinnerst du dich an John S. Stream?«

»Den Autor, dessen Zitate jedes Buch Salomons einleiten? Natürlich, aber Señora Salomon sagte mir, dass er nur eine Erfindung ihres Onkels sei.«

»Nun ja, das stimmt so eben nicht. Denn wir haben inzwischen herausgefunden ... oder, besser gesagt, Laura hat herausgefunden ...« Ruskin blickte Laura lächelnd an, die, offensichtlich dankbar für die Anerkennung, den Kopf senkte, »... dass es sich dabei in Wirklichkeit um Juan Sebastián Arroyo handelt. Das veranlasst uns zu der Annahme, dass *Das Haus am Park* möglicherweise doch existiert und an irgendeinem geheimen Ort verborgen ist. Und weil David und ich unverbesserliche Optimisten sind, hoffen wir, das Buch zu finden, genauso wie mit etwas Glück die fehlenden Seiten von *Der Neuankömmling.*«

Sie schwiegen einen Moment, und Jeffried Ruskin wurde einmal mehr klar, wie absurd und hoffnungslos die ganze Sache klang, wenn man darüber redete. Es war die Suche nach der berühmten Nadel im Heuhaufen. Dennoch sagte ihm – wie schon bei seinem Besuch in der Kathedrale – sein Instinkt, dass diese Hoffnung nicht unbegründet war. Vielleicht lag es an der besonderen Ausstrahlung dieser kleinen Stadt oder an der zeitlosen Atmosphäre dieses Clubs. Möglicherweise waren es Ahmeds glänzende Augen, mit denen er fieberhaft nach einer lohnenswerten Spur in einem Fünfhundert-Seiten-Wälzer suchte, oder der spöttische Optimismus David Smiths oder es war die freundliche, stille Art Lauras, die Suche zu unterstützen, die ihn ermutigte, weiterzumachen.

»Worum geht es denn in *Der Neuankömmling?*«, fragte Laura.

Jeffried stieß einen anerkennenden Pfiff aus. »Da hast du einen sensiblen Punkt getroffen«, sagte er. »Unser angesehener Wissenschaftler hier ist nämlich davon überzeugt, dass es sich um eine Episode aus der Biografie Truman Capotes handelt.«

»Nein, das habe ich so nicht gesagt«, protestierte David. »Ich habe lediglich gesagt, dass es äußerst seltsame Übereinstimmungen gibt.«

Daraufhin hielt David Smith den Anwesenden eine kleine Vorlesung über den möglichen Zusammenhang zwischen *Der Neuankömmling* und Truman Capotes Aufstieg im turbulenten New York der Vierzigerjahre. Jeffried Ruskin stellte verblüfft fest, dass David, wenn er von etwas sprach, das ihn wirklich interessierte, eine erstaunliche Wandlung durchmachte: vom hochmütigen Besserwisser, dessen rücksichtslose Logik beinah abstoßend wirkte, zu einem sympathischen Menschen, der sich für etwas begeistern konnte. Diese Seite hatte er bei dem jungen Mann, den er für zu zynisch gehalten hatte, um wirklich etwas zu empfinden, nicht erwartet. Ahmed lauschte mit großen Augen und dem leeren Gesichtsausdruck des aufmerksam Zuhörenden. Was Laura anging, konnte man nie sagen, was sie gerade dachte. Aber es konnte nur etwas Gutes sein. Dieses Mädchen schien unfähig, in ihrem Inneren irgendetwas Schlechtes zu bergen. Sie wäre eine zauberhafte junge Frau, wenn sie nur nicht so fest davon überzeugt wäre, so wenig begehrenswert zu sein, dachte Jeffried, der, ohne es zu wollen, Davids Vortrag nicht mehr folgte.

»Daher glaube ich, meine Damen und Herren, den Gordischen Knoten gefunden zu haben, auf dem ich meine Biografie aufbauen werde.« David legte eine Hand auf Ahmeds Schulter. »Und dieser intelligente junge Mann hier ist in der Lage, mich mit einigen interessanten Details zu versorgen, die meinen Aufenthalt in Ribanova zu einer äußerst ertragreichen Zeit meines Lebens machen werden. Daher werde ich mit eurer Erlaubnis eine weitere Runde bestellen, damit wir auf Kate Salomons Hochzeit anstoßen können, die uns hier versammelt hat … vielleicht um unser aller Schicksal zu verändern.«

Die anderen lachten, und einmal mehr dachte Jeffried Ruskin seufzend, dass Davids Egozentrismus wie ein dunkler Schatten über jeder seiner Aussagen lag. Gut – es war schon so, dass für den Wissenschaftler und auch für ihn selbst in dieser Angelegenheit eine Menge auf dem Spiel stand. Aber was hatte Ahmeds Schicksal damit zu tun? Warum sollte sich Lauras Leben – das, wie er befürchtete, äußerst düster und grau war – dadurch ändern, dass sie bei der Ergründung der Geheimnisse eines toten Schriftstellers ganz gut vorankamen? Er blickte auf und sah direkt in die Augen von Kates Nichte, die auf ihm ruhten. Laura schenkte ihm eines ihrer typischen strahlenden Lächeln. Er lächelte zurück und fühlte einen leichten Druck in seiner Brust. Und wenn David recht hatte? Wenn tatsächlich das Leben von ihnen allen vor einer entscheidenden Veränderung stand?

Die Familie Salomon war einst auf der Flucht vor einem Ereignis nach Ribanova gekommen, das ihr Leben erschüttert hatte und, wie es aussah, auch einen großen Teil ihrer Zukunft beeinflussen würde. Attie Salomon, ein erfolgreicher Anwalt, hatte die Verteidigung eines jungen Mannes mit krimineller Vergangenheit übernommen, der eines Vergehens angeklagt war, für das ihn alle außer ihm selbst für schuldig hielten. Niemand verstand, warum Attie sich dieses Falles angenommen hatte. Er war ein hervorragender Anwalt und ein Mensch, der gern guten Zwecken diente, jedoch normalerweise nicht unbezahlt arbeitete. Seine Klienten waren meist vermögende Unternehmer oder reiche Grundbesitzer. Doch diesen jungen Mann verteidigte er mit einem Eifer, den seine Frau Alicia – eine Spanierin, die britischer war als alle ihre Freundinnen in dem eleganten Viertel in Brighton, in dem sie lebten – nur noch mit reiner Dickköpfigkeit und nicht mehr mit Leidenschaft für die gerechte Sache erklären konnte. Atties Entscheidung machte sie bei der gesamten Nachbarschaft und vielen ihrer Freunde unmöglich: Salomon, der Anwalt des wohlhabenden Bürgertums, verteidigte ein kriminelles Bandenmitglied. Und es wurde immer schlimmer, je länger der Prozess dauerte, und noch mehr, als Salomon den Fall verlor, wobei er selbst es als heimlichen Triumph empfand, dass die Strafe geringer ausfiel als ursprünglich gefordert. Immer mehr Stimmen wurden laut, die behaupteten, Mr. Salomon habe einen gefährlichen Verbrecher unterstützt. Über Wochen war die Familie die Zielscheibe hämischer Kommentare, Gerüchte und böser Blicke in der Kirche gewesen und sogar des ein oder anderen Aktes von Gewaltanwendung – eine Fensterscheibe wurde eingeworfen und an den Fahrrädern der Kinder die Reifen aufgeschlitzt –, doch schließlich verwandelte sich die stumme Abneigung in etwas schwer zu Erklärendes: eine seltsame Mischung aus Hohn und Rachegelüsten. Attie Salomon verlor mehrere Klienten und das Ansehen, zu dem er es im Laufe seiner zwanzigjährigen beruflichen Karriere als Rechtsanwalt gebracht hatte. Das führte zu einem depressionsartigen Zustand, den seine Frau zum Anlass nahm, endlich die lang geplante – und ein Dutzend Mal hinausgeschobene – Reise nach Spanien zu machen, woraufhin sie im lauen Sommer des Jahres 1931 die Koffer packten und nach Madrid aufbrachen.

Dort lernten sie durch Zufall Juan Sebastián Arroyo kennen, der damals dreiunddreißig Jahre alt war und so überaus sympathisch, dass er die Herzen der gesamten Familie eroberte. Altersmäßig befand er sich zwischen den Generationen – den Eltern in den Vierzigern und den heranwachsenden Söhnen –, und alle verstanden sich hervorragend. Als er der Familie Salomon schließlich vorschlug, ihre Pläne ein wenig zu ändern und anstatt im ungnädigen Madrider Sommer ein paar Ferientage in Ribanova zu verbringen, willigte diese erfreut ein. Arroyo selbst reservierte ihnen zwei Zimmer im Hotel Almirante zu einem günstigen Preis, und als sie diese bezogen hatten, bemühte er sich auf jegliche Art und Weise, ihnen den Aufenthalt so angenehm wie möglich zu gestalten. Er organisierte für sie Ausflüge aufs Land, fröhliche Abende bei Freunden, informelle Abendessen, Kartenspiele und Spaziergänge in der Umgebung. Jene Tage in Ribanova waren die beste Medizin gegen Attie Salomons Melancholie, und es gelang ihm, das, was geschehen war, aus einer anderen Perspektive zu sehen, sodass er es schließlich als eine Unannehmlichkeit akzeptierte, die sein Beruf eben mit sich brachte. Seine Kinder verbesserten ihre Kenntnisse der spanischen Sprache, die ihre Mutter sie gelehrt hatte, und fanden ein paar Freunde in der Stadt. Alicia ihrerseits war so glücklich darüber, dass es ihrem Mann wieder besser ging, dass sie keinen Moment bedauerte, anders als geplant, ihren Urlaub in einer Stadt zu verbringen, die noch provinzieller war als Brighton, vom Klima her ähnlich, und in einem Hotel, das sie sich eigentlich nicht leisten konnten.

Die Familie kam im nächsten Sommer wieder, und die Freundschaft zwischen Albert Salomon und Juan Sebastián Arroyo festigte sich. Zu jener Zeit war Bertie ein bleicher, stiller Junge, der an keinem Gespräch teilnahm. Während es seinem Bruder Peter gelungen war, in einen Freundeskreis junger Leute aus der Stadt aufgenommen zu werden, die ein paar einfache Feste feierten und Picknicks am Fluss veranstalteten, übte sich Bertie in selbst gewählter Langeweile. »Lass ihn, er kann sich einfach nicht amüsieren«, sagte Peter Salomon einmal zu einem Freund seines Alters, der fragte, ob sein Bruder sie nicht bei einem Ausflug aufs Land begleiten wolle.

Irgendwann erwähnte Attie Salomon Arroyo gegenüber, dass er sich um seinen jüngeren Sohn Sorgen mache. Ihn schien nichts zu interessieren, er war schlecht in der Schule und hatte seinen Eltern bereits mitgeteilt, dass er nicht vorhabe zu studieren. Das friedliebende, konservative Ehepaar Salomon hatte das Gefühl, als gute Eltern versagt zu haben. Was hatten sie falsch gemacht, dass einer ihrer Söhne ein Leben ohne einen akademischen Titel in Erwägung zog? Juan Sebastián Arroyo, der ein pragmatischer Mensch war, hielt die Sorge für übertrieben. Zum einen war es gut möglich, dass Albert seine Meinung noch ändern würde – wie es bei Jugendlichen seines Alters oft vorkam –, zum anderen war ein Universitätsabschluss letztlich keine Garantie dafür, im Leben glücklich und erfolgreich zu sein. Als Attie Salomon Juan Sebastián

Arroyo bat, mit seinem Sohn zu reden, zögerte der zunächst. Schließlich hatte er selbst auch nicht studiert, wie also sollte er dem Jungen die Universität schmackhaft machen? Attie Salomon jedoch war davon überzeugt, dass niemand besser als Arroyo dazu geeignet wäre, seinen Sohn zur Vernunft zu bringen.

»Du bist der einzige Mensch hier in Ribanova, den er nicht ablehnt. Und wenn du ihn vielleicht auch nicht davon überzeugen kannst, doch zu studieren, erfahren wir so möglicherweise zumindest, was mit ihm los ist. In letzter Zeit spricht er kaum noch mit uns. Er läuft mit schlurfenden Schritten durch die Gegend und macht dabei ein Gesicht, als wäre er auf die ganze Welt wütend.«

Schließlich willigte Juan Sebastián Arroyo ein. Ohne an einen Erfolg zu glauben, passte er den jungen Salomon am Ausgang des Hotels ab und schleifte ihn mit in den Club, um mit ihm ein Gespräch zu führen, von dem er nicht einmal wusste, wie er es anfangen sollte. Nachdem er sich eine Weile in Allgemeinplätzen ergangen hatte, sagte sich Arroyo, dass das Ganze, wie er es bereits geahnt hatte, wohl ein großer Irrtum sei. Bertie ließ ihn ausreden, wandte ihm dann sein bleiches sommersprossiges Gesicht zu und sah ihn mit trüben Augen hinter seinen Brillengläsern an.

»Warum fragen Sie nicht direkt nach dem, was Sie wissen wollen? Dann wären wir schneller fertig.«

Arroyo atmete auf. Der Junge war ihm offensichtlich ähnlich. Also kam er zur Sache und erklärte, dass seine Eltern sich um ihn sorgten, weil er in letzter Zeit so distanziert und apathisch wirke, und dass sie fürchteten, er könnte es eines Tages bereuen, nicht studiert zu haben. Albert hob die Hand.

»Wenn meine Eltern Sie geschickt haben, um mich zu überzeugen, vergeuden Sie Ihre Zeit. Ich werde mich auf keinen Fall für irgendein blödes Studium einschreiben. Das wäre reine Geldverschwendung. Ich habe keine Lust, Jura, Medizin oder Geschichte zu pauken, wie Peter es vorhat.«

Juan Sebastián Arroyo sah seine Möglichkeit: »Und wozu hast du Lust?«

Noch lange erinnerte sich Arroyo daran, wie Albert Salomon zunächst um sich sah, als wäre er im Begriff, ein großes Geheimnis zu verraten, und wolle sich versichern, dass sie niemand belauschte. Doch die Säulenhalle im Club von Ribanova war an jenem Morgen fast menschenleer. Lediglich zwei alte Damen saßen in einer Ecke und unterhielten sich, und an einem Tisch zur Straße hin diskutierten drei Männer, wobei sich niemand dafür interessierte, worüber die anderen sprachen. Dennoch senkte Albert Salomon seine Stimme zu einem Flüstern.

»Ich möchte Schriftsteller werden«, sagte er und wurde rot.

Juan Sebastián Arroyo hätte beinah gelacht, aber ihm war klar, dass er damit alles zerstört hätte. Dieser unsichere Junge brauchte einen Freund und keinen herablassenden Erwachsenen, der sich über das, was er ihm anvertraut hatte, lustig machte.

»Das ist … großartig, Albert. Das scheint mir …«

»Das Dumme ist nur, dass ich nicht weiß, wie ich es anstellen soll«, unterbrach ihn der Junge, der offensichtlich seine Büchse der Pandora geöffnet hatte. »Das heißt, ich bin mir sicher, dass ich schreiben will, aber ich habe mehrere Romane begonnen und nach fünfzehn Seiten aufgegeben. Verstehen Sie? Nach dem Anfang weiß ich nicht mehr, wie ich weitermachen soll.«

Ein beflissener Kellner betrat den Raum, um nachzusehen, ob jemand etwas bestellen wollte, und nahm eine leere Kaffeetasse mit. Eine weitere Frau gesellte sich zu den Damen in der Ecke, und ein Mann setzte sich in einen Sessel, um eine

Zeitung zu lesen. Dennoch war es weiterhin relativ ruhig im Saal. Juan Sebastián Arroyo beugte sich zu dem jungen Salomon hinüber.

»Wie alt bist du, Albert?«

»In ein paar Tagen werde ich siebzehn Jahre alt.«

»Aha. In dem Fall lass mich dir sagen, dass du vielleicht noch nicht reif für ein so großes Projekt bist.«

In Alberts Gesicht zeichnete sich bereits Enttäuschung ab: Offenbar hatte er sein großes Geheimnis jemandem anvertraut, der lediglich seine Hoffnungen zerstören wollte. Doch das hatte Arroyo gar nicht vor.

»Wenn du Schriftsteller werden willst, was absolut nicht einfach ist, solltest du nichts überstürzen. Mit siebzehn Jahren schreibt man keine Romane. In deinem Alter sollte man Romane lesen, mein Freund.«

Albert hörte mit neu erwachter Aufmerksamkeit zu. Arroyo sagte sich, dass er nun zwei Dinge tun konnte: Entweder er riet dem Jungen, das Ganze langsam anzugehen, und beendete dann das Gespräch, oder er weitete die Unterhaltung aus und wurde zu seinem Vertrauten. Er brauchte keine zwei Sekunden, um sich zu entscheiden.

»Du musst lesen«, wiederholte er. »Aber nicht einfach so. Du musst viel lesen, und es richtig machen. Du musst ein reifer und kritischer Leser werden. Den Wunsch, einen Roman zu schreiben, musst du aufschieben, bis du so weit bist, und das wird erst in ein paar Jahren der Fall sein. In der Zwischenzeit kann ich dir, wenn du es möchtest, dabei helfen, ein guter Leser zu werden.«

»Sie? Das würden Sie tun? Das wäre wundervoll! Ich habe schon eine ganze Weile darüber nachgedacht, aber ich wusste nicht, an wen ich mich wenden sollte. Mein Lehrer in der Schule rät uns, Abenteuerromane zu lesen, aber wenn Sie …«

Arroyo unterbrach ihn lächelnd.

»Hör mal, mein Junge, wenn wir beschließen, in dieser Sache zusammenzuarbeiten, dann solltest du mich duzen. Nenn mich einfach Arroyo, wie alle es tun. Und jetzt sollten wir loslegen, denn es gibt viel zu tun.«

In jenem Sommer in Ribanova, während Peter Salomon und seine Freunde ihr Leben so gestalteten, wie man es von einer Gruppe Jugendlicher erwartete, die herausfinden wollten, wohin sie gehörten – sie redeten, verliebten sich, stritten, beruhigten sich wieder, lachten, ärgerten sich mit oder ohne Grund, brachen manchmal in Tränen aus und gaben sich unerfüllbaren Träumen hin –, widmete sich Albert Salomon mit militärischer Disziplin dem von Juan Sebastián Arroyo ausgewählten Lesestoff und begab sich dafür in die Obhut von Ramiro de Soto, dem Eigentümer der *Librería El Unicornio*. Der Buchhändler machte es zu seiner persönlichen Aufgabe, den jungen Salomon in seinen literarischen Ambitionen zu unterstützen, zumal sein eigener Sohn Marcial kein Interesse an Büchern hatte. Marcial de Soto und Peter Salomon, die gute Freunde geworden waren, lachten sich kaputt, wenn sie an der Buchhandlung vorbeikamen und Albert hinter einem Berg von Büchern sahen, ununterbrochen lesend, während sie im Fluss badeten oder Feste feierten.

Jedenfalls hatte Albert Salomon bis zum Ende des Sommers einen tiefen Einblick in die spanische Literatur gewonnen und verfügte über eine lange Liste wichtiger englischer Autoren, denen er sich im Laufe des Schuljahres widmen wollte.

Zu jener Zeit begann der Briefwechsel zwischen Albert Salomon und seinem Mentor. Juan Sebastián Arroyo schrieb jeden Monat an seinen Schüler, gab ihm neue Anweisungen und erkundigte sich nach seinen Fortschritten. Salomon seinerseits sollte seinem Mentor mindestens zwei Briefe im Monat schreiben.

»Berichte mir, was du denkst. Erzähl mir von den Büchern, die du liest, von deiner Familie, deinen Freunden oder dem Wetter in Brighton, aber höre nicht auf zu schreiben.«

Albert Salomon gehorchte, ohne sich dessen bewusst zu sein, dass die Botschaften, die er verfasste, Arroyo ermöglichten, sich ein Bild von seiner Syntax und seinem Ausdruck zu machen, und er so außerdem seine Schreibdisziplin trainierte.

Als die Familie Salomon im folgenden Sommer wieder nach Ribanova fuhr, war aus Albert ein reifer Leser und ein erfahrener Briefschreiber geworden. Auf Arroyos Bitte hin, der angeblich seine Sprachkenntnisse verbessern wollte, schrieb Albert all seine Briefe auf Englisch. Dabei waren Juan Sebastián Arroyo seine eigenen Fremdsprachenkenntnisse völlig gleichgültig – die übrigens tadellos waren –, er hielt es lediglich für wichtig, dass der junge Salomon in seiner Muttersprache schrieb, in der er, wenn es so weit kommen sollte, auch einmal seine Romane verfassen würde.

Nach dem Schulabschluss schrieb sich Albert Salomon zur Freude seiner Eltern und auf den Rat seines Mentors hin in der Universität ein. Er entschied sich für ein Literaturstudium an einer kleinen unbedeutenden Uni, doch zur Überraschung aller – einschließlich Arroyos – beendete er nicht ein einziges Semester. Er könne sich nicht konzentrieren, behauptete er. Doch in Wahrheit verbrachte er die Zeit, die er dem Studium widmen sollte, lesend und schreibend. Er ging nicht zu den Vorlesungen, gab seine Hausarbeiten zu spät ab, vergaß die Prüfungen und legte sich sogar mit den Professoren an, die ihn an seine Pflichten erinnerten. Nachdem man ihn bereits verwarnt hatte, wurde er schließlich vom Studium ausgeschlossen. Das war ein schwerer Schlag für seine Familie. Attie hatte sein Studium in *Saint Andrews* mit Auszeichnung abgeschlossen, und Peter Salomon folgte seinem Vorbild an der Fakultät für Geschichte, wo er in den ersten Semestern

Bestnoten erzielt hatte. Hätte Albert schlechte Noten mit nach Hause gebracht, wäre das bereits ein Grund für Unzufriedenheit und eine Rüge im Hause Salomon gewesen, der Ausschluss von der Universität war jedoch zu viel und führte zu einem Drama.

Wie so oft suchten die Eltern die Schuld für das Scheitern ihres Kindes nicht bei sich selbst, sondern bei anderen, und in diesem Fall traf es Juan Sebastián Arroyo. Attie Salomon schrieb seinem alten Freund einen Brief voller Vorwürfe, in dem er das, was geschehen war, in den direkten Zusammenhang damit brachte, dass dieser dem Jungen »verantwortungsloserweise das Gift der Literatur eingeimpft« habe. Juan Sebastián Arroyo ärgerte sich nicht über den Brief, denn ihm war klar, dass er hier lediglich als Sündenbock diente, aber er wies in seinem Antwortschreiben höflich darauf hin, dass es schließlich die Eltern gewesen waren, die das Schicksal ihres Sohnes in seine Hände gelegt hatten. Diese kurze Korrespondenz – es folgten noch ein paar Briefe, wobei die von Arroyo verfassten stets tadellos und korrekt formuliert waren, während die der Salomons immer unwirscher wurden – beendete schließlich eine Freundschaft, die vier Jahre angedauert hatte, sowie die zur Gewohnheit gewordenen Sommerferien in Ribanova. Peter Salomon erfuhr nie, warum seine Eltern entschieden, nicht mehr in die kleine spanische Stadt zu reisen, in der es ihnen allen so gut gefallen hatte, aber er protestierte auch nicht dagegen. Inzwischen hatte er andere Orte gefunden, die ihn interessierten, wollte andere Leute kennenlernen und seinen Horizont erweitern, sodass die Sommermonate, die sie in Ribanova verbracht hatten, die Erinnerung an die Stadt, an die Freunde, die er dort gefunden hatte, und die Dinge, die er dort entdeckt hatte, zu einem Teil der Vergangenheit wurden.

Albert Salomon dagegen litt. Er wusste von dem Bruch zwischen seinen Eltern und seinem besten Freund und suchte die Schuld bei sich. Arroyo schrieb ihm einen Brief, in dem er ihm sein unverantwortliches Handeln vorwarf: *Ich bin enttäuscht von Dir, Albert. Das Studium war ein Teil unserer Abmachung.* Da das Leben im Haus seiner Eltern unerträglich geworden war, er keine Zukunft an der Universität mehr hatte und sein Mentor wütend auf ihn war, hatte Albert Salomon den Eindruck, dass sein Leben am Ende wäre.

Was sich zum Glück als Irrtum erwies. Eines Tages erhielt er einen weiteren Brief von Juan Sebastián Arroyo, der wesentlich freundlicher formuliert war als der vorherige und in dem der Freund aus Ribanova ihn ermutigte, sein Ziel, Schriftsteller zu werden, weiterzuverfolgen: *Wenn man sich für das kreative Schreiben entscheidet, ist der Vorteil dabei, dass sich jeder Schicksalsschlag als Romanthema verarbeiten lässt. Eines Tages, mein lieber Albert, wird sich das, was geschehen ist, als nützlich erweisen. Daher gibt es keinen Grund, das Handtuch zu werfen.* Von diesem Brief ermutigt, stürzte der junge Salomon sich wieder in die Lektüre und schickte erneut regelmäßig lange Briefe nach Ribanova.

Außerdem fand er eine Anstellung. Vielleicht in der heimlichen Hoffnung, dass harte Arbeit seinem Sohn bewusst machte, was es bedeutete, keine Ausbildung zu haben, suchte Alberts Vater ihm einen Job bei einem Gemüse-Großhandel. Jeden Morgen um sechs Uhr begann Albert seinen wenig erbaulichen Arbeitstag zwischen Kisten mit Eisbergsalat, rotem und grünem Paprika und Brokkoliköpfen. Juan Sebastián Arroyo dachte, dass Attie Salomon in diesem Fall etwas zu hart zu seinem jüngeren Sohn war, doch er äußerte sich nicht dazu. Schließlich war er, sosehr er ihn inzwischen auch mochte, nicht der Vater des Jungen. Daher beschränkte er sich auf die Bitte, dass Bertie in seinen Briefen über seinen Arbeitsplatz, den frühen Tagesbeginn (er musste jeden Morgen um Viertel nach fünf aufstehen) und die Blasen an seinen harte Arbeit nicht gewohnten Händen schrieb, die schon bald zu Schwielen werden und seine Tätigkeit als Arbeiter verraten würden.

Wenn Attie Salomon gedacht hatte, dass die Schufterei in dem Großhandel seinen Sohn gefügig machen würde, irrte er sich gewaltig, denn der ungeliebte Job ermöglichte es Albert, den Grundstein zu seiner Unabhängigkeit zu legen. Auch wenn sein Lohn genauso mies war wie die Arbeit, die er verrichtete, sparte der junge Salomon so viel wie möglich davon. Zwei Jahre später und mit 1 500 Pfund in der Tasche, beschloss er, dass der Moment gekommen war, sein Leben zu ändern, und eines Abends, nach dem Essen, teilte er seinen Eltern mit, dass er seine Arbeitsstelle gekündigt habe und zu Hause ausziehen werde. Er wolle die Welt sehen. Reisen.

Das war das Letzte, was seine Eltern erwartet hatten. Doch auch wenn Attie nicht wagte, es Alicia gegenüber auszusprechen, sagte er sich, dass dies vielleicht das Beste sei. Welche Zukunft hatte der Junge denn schon als Lagerarbeiter in Brighton? Zum Obsthändler befördert zu werden? Daher hatte er nicht nur keine Einwände dagegen, dass sein Sohn die Welt erkunden wollte, sondern er stockte die Reisekasse sogar noch um 500 Pfund auf – was immer noch billiger war, als ein Studium zu finanzieren –, wünschte ihm Glück für sein Abenteuer und erinnerte ihn mehrfach daran, dass er, was auch geschehe, immer nach Hause zurückkehren könne. Eine Umarmung von Vater und Sohn beendete die mehr als drei Jahre alten Streitigkeiten, und so brach Albert Salomon mit ruhigem Gewissen und in der Überzeugung, das Richtige zu tun, zu seiner großen Reise um die Welt auf.

Einige Monate lang bummelte er durch Frankreich. Er fand ein paar einfache Jobs, mit denen er über die Runden kam – durch die Arbeit im Großhandel war er harte Arbeit gewohnt –, und verbesserte sein Schulfranzösisch. In dieser Zeit hielt er den Kontakt mit Juan Sebastián Arroyo aufrecht, der ihm ab und zu schrieb und ihn daran erinnerte, dass er im Notfall auf ihn zählen könne. Danach verbrachte Albert einige Zeit in Belgien, wo er als Reiseführer arbeitete, wobei die Engländer, die er durch die Städte geleitete, keine Ahnung hatten, dass der junge Mann in Brüssel oder Gent genauso viel Zeit verbracht hatte wie sie selbst, nämlich keine. Doch er sprach inzwischen gut Französisch und hatte ein paar kunstgeschichtliche Texte gelesen, was vollkommen ausreichte, um ahnungslosen Touristen die architektonischen Grundzüge des Großen Markts oder den Aufstieg des Bürgertums in der zauberhaften Stadt Brügge zu erläutern. Unterdessen schrieb Albert Salomon etwa ein halbes Dutzend Erzählungen, die Juan Sebastián Arroyo anständig, aber nicht herausragend fand. *Eine gute Erzählung zu verfassen ist viel schwieriger, als einen Roman zu schreiben*, ließ er den jungen Mann wissen, *da man sich dabei keine Ausrutscher oder Brüche erlauben kann. Nur wenige Schriftsteller beherrschen die Kunst, Erzählungen zu schreiben, wobei ich sehr gut verstehe, dass es für einen jungen Autor eine gute Übung ist.*

Nach der belgischen Phase machte Albert ein paar Kurzreisen nach Holland, gelangte von dort nach Deutschland und schließlich nach Italien. Obwohl er überall versuchte, einen Job zu finden, schmolzen seine Ersparnisse dahin, und eines Tages fiel ihm auf, dass bereits anderthalb Jahre vergangen waren, seit er England verlassen hatte. Er sagte sich, dass es nun an der Zeit sei, eine definitive Entscheidung zu treffen, und warf eine Münze in die Luft: Bei Kopf würde er nach Brighton zurückkehren, bei Zahl würde er in die USA reisen. Das Schicksal bescherte ihm die Zahl.

Seine Eltern waren entsetzt, als sie erfuhren, dass er nach Amerika gehen wollte, Arroyo dagegen unterstützte sein Vorhaben. In Europa stehe nicht alles zum Besten, schrieb er an Albert, und Amerika sei ein lohnenswertes Ziel für einen jungen Menschen. Außerdem war Arroyo sehr gut mit einem amerikanischen Diplomaten namens Zachary West bekannt, der gerade in Spanien Dienst tat und bereit war, bei der Erlangung der nötigen Papiere und der Arbeitserlaubnis zu helfen. Juan Sebastián Arroyo selbst bot an, die Reise nach New York zu bezahlen, was Salomon unter der Bedingung akzeptierte, ihm das Geld so bald wie möglich zurückzuzahlen.

So machte Albert Salomon sich auf den Weg, und während Europa unter den Bomben zitterte und in seiner Heimat Tausende junger Männer – einschließlich seines Bruders – zum Kriegsdienst eingezogen wurden, begann er sein Leben in der Neuen Welt. Dank der Kontakte von Zachary West konnte er offiziell und legal in den USA bleiben, und allein seine heftige Kurzsichtigkeit war Grund genug, sich nicht freiwillig zum Kriegsdienst zu melden. Albert Salomon nahm verschiedene Jobs an, als Verkäufer in einem Geschäft, als Hafenarbeiter, und begann einige Romane zu schreiben, die er niemals beendete. Juan Sebastián Arroyo erhielt in Ribanova weiterhin Briefe von seinem jungen Freund, die von heftigen Stimmungsschwankungen zeugten, auf die der erfahrene Journalist jedoch nicht besonders viel gab. Schließlich gehörte all das zum Leben. *Alles, was du jetzt erfährst, alles, was geschieht, wird dir eines Tages von Nutzen sein,* schrieb er ihm. Nur eine Sache beunruhigte Alberts Mentor ein wenig, und zwar die Tatsache, dass der junge Mann während seines Arbeitsalltags nicht die Gelegenheit hatte, Leute kennenzulernen, die ihn seinem Ziel, Schriftsteller zu werden, näher brachten. Alberts Bekanntenkreis bestand aus Mechanikern, Kellnern, Küchengehilfen, Gepäckträgern, Pizzaverkäufern und Busfahrern, und auch wenn Arroyo nichts gegen diese Menschen einzuwenden hatte, war es dennoch wichtig, dass der Junge sich auch mit anderen Leuten umgab.

Schließlich war es wieder einmal Zachary West, der dem Protegé seines Freundes half und ihm eine Stelle beim *New Yorker* verschaffte. Es handelte sich zwar nicht um eine anspruchsvolle Tätigkeit, wie West erklärte, denn Albert wäre dort eine Art Junge für alles, der Telefondienst leisten, die Post verteilen und Konferenzprotokolle schreiben sollte, doch zu jener Zeit spielte sich ein großer Teil des literarischen Lebens der Stadt in der Redaktion dieser New Yorker Zeitschrift ab, die zur Legende werden sollte. Beim *New Yorker* würde er Redakteuren und Autoren begegnen, und in jedem Fall hatte er dort eher mit Literatur zu tun als in einer Werkstatt im Village, den Lagerhäusern im Meatpacking District oder einer Pizzeria in Little Italy.

Albert Salomon war kein Kind mehr, als er bei der Zeitschrift anfing. Zu jener Zeit wimmelte es in New York von Wunderkindern und talentierten Jugendlichen, sodass ein Mann von fünfundzwanzig Jahren beinah schon als betagt galt. Zum Glück fragte niemand nach seinem Alter. Und da er jünger aussah, als er war, gab es äußerlich kaum einen Unterschied zwischen dem kurzsichtigen, schüchternen Engländer und der Schar an aufstrebenden, ehrgeizigen Jungschriftstellern, die die Büros in der 43rd Street bevölkerten.

Beim *New Yorker* lernte er auch Truman Capote kennen. Der hatte gerade als Redaktionsgehilfe bei der Zeitschrift angefangen, und das Erste, was Albert Salomon an ihm auffiel, war, dass er ihn nicht mit der gleichen Herablassung behandelte wie die anderen Kollegen, die ihn seine untergeordnete Stellung nur allzu deutlich spüren ließen. Capote war ihm gleich am ersten Tag aufgefallen, was nicht verwunderlich war, denn dessen Aussehen – er war nur ein Meter fünfundfünfzig groß, hatte auffallend helles Haar und stechend blaue Augen – und sein ungewöhnlicher Kleidungsstil machten ihn zu einer Art Naturphänomen. Albert hätte nie gedacht, dass er und dieser ungewöhnliche junge Mann Freunde werden könnten, aber eines Tages lud Truman ihn ein, mit ihm zu Mittag zu essen.

»Jemand hat sich vertan und mir zwei Portionen gebracht, daher wäre es sehr nett von dir, wenn du mir etwas davon abnehmen würdest.«

Albert Salomon freute sich über die Einladung und konnte nur mit Mühe seine Überraschung verbergen, als er feststellte, dass Capotes Imbiss nichts mit den übrigen fettigen Pastramibroten oder den Thunfischsandwiches zu tun hatte, die in der Redaktion üblicherweise verzehrt wurden. Er hatte sich seine kleine Zwischenmahlzeit direkt aus dem Club 21 kommen lassen, und sie bestand aus zwei Langustensandwiches und einem Cesar's Salad mit gerösteten Brotstückchen und köstlichem geriebenem Parmesan. Während sie aßen, stellte Truman ihm eine Frage nach der anderen: Wo kommst du her? Was machst du in New York? Gefällt es dir hier? Und anschließend ließ er sich auf bissige – und äußerst witzige – Art über das Personal der Zeitschrift aus, vom Portier bis hin zu Harold Ross, dem unerbittlichen Chefredakteur.

»Er ist fuchsteufelswild, weil er glaubt, dass alle guten Leute in den Krieg gezogen sind und nur noch der Ausschuss hier arbeitet. Aber …« Bevor Capote fortfuhr, wischte er sich umsichtig einen winzigen Spritzer Mayonnaise aus dem Mundwinkel, »… aber eines Tages wird er merken, dass die besten Leute, die der *New Yorker* jemals zu bieten hatte, genau jetzt in der Redaktion sitzen.«

Albert Salomon hatte keinen Zweifel, auf wen er sich da bezog.

Vielleicht lag es daran, dass der gute Albert Salomon noch nie ein Langustensandwich gegessen hatte, oder an Trumans unvergleichlichem Witz, jedenfalls geriet er wie so viele andere vollkommen unter den Einfluss des schrillen jungen Mannes. Der Redaktionsgehilfe und der Junge für alles wurden unzertrennlich. In der Mittagszeit steckten sie die Köpfe zusammen, sie trafen sich zu einer Zigarettenpause am Getränkeautomaten, und nach Redaktionsschluss gingen sie zusammen ins Theater – irgendwie gelang es Capote immer, an Freikarten zu gelangen – oder ins Morocco oder den Stork Club, wo der kleine Truman kein Unbekannter war. Eines Abends im Algonquin sahen sie Dorothy Parker, die reichlich Martini trank. Albert hätte sich damit zufriedengegeben, sie weiterhin aus der Ferne zu bestaunen, Truman dagegen straffte seine rote Samtweste – tatsächlich eine purpurrote Weste! – und sprach sie an, als wäre es das Selbstverständlichste von der Welt. Zu Alberts Überraschung fühlte sich Miss Parker von Trumans Dreistigkeit keineswegs belästigt, sondern lud sie an ihren Tisch ein und war äußerst nett zu ihnen. Sie lachte sich über die Geschichten, die Truman erzählte, kaputt und bezahlte sogar die Martinis, die sie getrunken hatten. Als Albert in jener Nacht, äußerst zufrieden und vom Gin benebelt, das Algonquin verließ, hatte er das Gefühl, ein paar Zentimeter über dem Boden zu schweben, und sagte sich, dass es nichts Aufregenderes gab, als sich zusammen mit einer berühmten Schriftstellerin in einem New Yorker Luxushotel sinnlos zu betrinken.

Erst nach einer Weile gestand er Capote, dass auch er sich im Schreiben versuchte. Truman reagierte darauf mit einem leichten Anheben der linken Augenbraue.

»Offensichtlich fühlt sich jeder hier in New York zum Schriftsteller berufen.«

Albert Salomon zuckte mit den Schultern und machte sich nicht die Mühe, die absurde Theorie seines Freundes mit dem unbestreitbaren Argument zu widerlegen, dass die Stadt voll war von Leuten, die andere Berufe anstrebten und zum Beispiel Sänger, Baseballstar oder Rugbyspieler werden wollten. Doch trotz seines herablassenden Kommentars zeigte sich Truman daran interessiert, etwas von ihm zu lesen, und ließ Alberts Ausflüchte nicht gelten, der nicht darauf vorbereitet war, jemand anderem als Juan Sebastián Arroyo eines seiner Werke zu überlassen. Er versuchte sich aus der Affäre zu ziehen, indem er behauptete, er müsse die Texte noch überarbeiten.

»Ach komm, Albert … ich habe damit gerechnet, dass es nur Entwürfe sind, aber das ist ja gerade das Spannende. So kann man sehen, wozu du in der Lage bist, bevor daran gefeilt wurde.«

Diesem Mann mit den eindringlichen Augen, dem kindlichen Gesicht und der unmöglichen Kleidung, die nur ihm stand, konnte man so leicht nichts abschlagen. Albert fügte sich schließlich in sein Schicksal, und ein paar Tage später gab er ihm das Manuskript einer Erzählung, an der er gerade arbeitete, wobei er ihm mindestens ein halbes Dutzend Mal versicherte, dass sie noch längst nicht fertig und noch viel daran zu verbessern sei. Doch Capote hörte ihm schon nicht mehr zu. Längst hatte er sich in die Seiten mit den vielen durchgestrichenen Zeilen vertieft. Als er sie gelesen hatte, seufzte er, was Albert zunächst überraschte, bis ihm klar wurde, dass es kein beeindruckter, sondern ein erleichterter Seufzer war.

»Das ist Mist«, sagte Truman ohne jegliche Grausamkeit in der Stimme, als handelte es sich lediglich um die Bestätigung einer bereits feststehenden Tatsache. Albert Salomon sagte nichts darauf und steckte die Seiten wieder in seine abgenutzte lederne Aktentasche. Und als er die Redaktion verließ, zerriss er die Erzählung in tausend Stücke und warf sie in einen Mülleimer an der Grand Central Station.

Seiner Freundschaft zu Truman tat dies keinen Abbruch. Denn er war ein unterhaltsamer Bursche, lustig und großzügig, und seine Gesellschaft war anregend, da er über andere Dinge redete, als die Leute in ihrem Alter es üblicherweise taten, zumindest die Leute, die Albert bis dahin kennengelernt hatte. Sicher hatte Juan Sebastián Arroyo an Menschen wie ihn gedacht, als er ihm geraten hatte, die Stelle beim *New Yorker* anzunehmen.

Truman Capote hörte im Jahr 1943 bei der Zeitschrift auf, wie er sagte, um sich auf seine schriftstellerische Karriere zu konzentrieren. Anders als alle dachten, war eine Anstellung als Redaktionsgehilfe beim *New Yorker* nicht automatisch eine Eintrittskarte in die Literaturszene, denn die Zeitschrift bemühte sich, die Ambitionen ihrer Angestellten zu dämpfen, und nur wenige aus der talentierten Schar in der neunzehnten Etage, wo sich die Redaktion befand, erhielten die Chance, sich zu beweisen. Salomon bedauerte den Weggang seines Freundes, denn er hatte sich an dessen witzige Kommentare während des Mittagessens gewöhnt, doch der Redaktionsassistent versprach, dass sie sich weiterhin regelmäßig sehen würden, und so war es auch. Immer mal wieder holte Capote ihn nach Redaktionsschluss ab, und sie gingen zusammen essen, manchmal sogar bei Truman zu Hause, wo dessen Mutter Nina, die immer leicht betrunken war, ihnen etwas Einfaches kochte und sie nachher aufforderte, mit ihr zur Musik aus dem Grammophon zu tanzen.

Zu jener Zeit begann Albert Salomon, angespornt von Juan Sebastián Arroyo, *Ein paar Tage im August* zu schreiben. Diesmal handelte es sich nicht um eine Erzählung, sondern um einen Roman, in dem er ein persönliches Erlebnis aus dem Sommer des Vorjahres verarbeitete, als er noch in einer Autowerkstatt gearbeitet und eine junge Frau aus einer reichen Familie kennengelernt hatte, die in einer Wohnung am Central Park in der Fifth Avenue lebte. Die Eltern des Mädchens – einer gleichzeitig zauberhaften und verrückten eigensinnigen blonden Schönheit – verbrachten die Ferien in Europa, während sie in New York zurückgeblieben war. Daher hatte sie, deren Name Oona war, vorgeschlagen, dass ihr englischer Freund, solange ihre Eltern nicht zu Hause waren, zu ihr in die luxuriöse Wohnung mit der Klimaanlage und den Marmorböden ziehen sollte. So hatte Albert ein paar denkwürdige Tage genossen, die sie mit ungehemmtem Sex auf allen möglichen Möbelstücken und einzigartigen Gelagen mit Champagner und Hershey-Schokolade auf der Terrasse unter dem nächtlichen Sternenhimmel, mit Blick auf die Baumkronen im Central Park und die Dächer des Metropolitan Museum, verbracht hatten. Jene unvergessliche Episode – die abrupt endete, als die junge Frau sich auf die Suche nach einem Richter machte, der sie trauen sollte, und Albert in Panik ausbrach – war dem angehenden Schriftsteller in positiver Erinnerung geblieben: der angenehme klimatisierte Zufluchtsort in jenem heißen Sommer und Oonas goldblondes Haar, das sich auf dem Kissen ausbreitete. Daher entschied er sich, eine Geschichte über einen jungen Mann aus bescheidenen Verhältnissen zu schreiben, der von einer reichen Erbin in ihrer kühlen Luxuswohnung aufgenommen wurde, wo die Schokolade nicht schmolz, weil sie neben dem Champagnerkühler lag. Genau darüber schrieb er: über seine Liebesgeschichte mit Oona, über ihre Wohnung, ihre Klimaanlage, ihre Terrasse mit Blick auf die dicht belaubten Bäume im Central Park, ihren Schrank voller Seidenkleider und Krokodillederschuhe.

Zum ersten Mal in all der Zeit seiner schriftstellerischen Ambitionen war Albert Salomon absolut zufrieden mit dem, was er verfasst hatte. Vielleicht war das der Grund dafür, dass er einen fatalen Fehler machte: Beinah umgehend bot er Truman an, *Ein paar Tage im August*, das Resultat aus sechs Monaten harter Arbeit, zu lesen. Er gab es ihm an einem melancholischen Sonntagnachmittag, nachdem sie zusammen bei Nina gegessen hatten. Sie hatte für sie eine Tomatensuppe gekocht und irgendein marokkanisches Gericht, das verbrannt und damit ungenießbar war. Anschließend hatten sie mit Trumans Stiefvater eine Partie Bridge gespielt, die sie jedoch vorzeitig abbrachen, weil Nina zu betrunken war, um die Punkte richtig zusammenzuzählen. Die beiden jungen Männer hatten sich daraufhin verabschiedet und waren zusammen ausgegangen. Zu dieser Tageszeit war die heruntergekommene verlassene Park Avenue mit den geschlossenen Läden keine angenehme Umgebung. Es wurde bereits dunkel und war kalt. Truman beklagte sich über den weiten Weg nach Brooklyn, wo er eine Wohnung gemietet hatte, um wahrhaft erwachsen zu wirken. Albert, der in einem winzigen Apartment im Village lebte, musste die U-Bahn nehmen.

»Ich möchte dir etwas zeigen.«

»Jetzt nicht, Albert. Ich bin müde, und meine Laune ist absolut im Keller.«

Ohne noch etwas zu sagen, nahm Albert das Manuskript aus der Tasche und reichte es ihm.

»Ich bin fertig mit dem Roman.«

Dort, mitten auf der Straße, machte Capote keine Anstalten, die Seiten, die sein Freund ihm hinhielt, zu nehmen. Ein ungemütlicher Wind riss mitleidlos an den Blättern der Bäume.

»Ach was!«

Albert Salomon war nicht enttäuscht von Trumans Reaktion, denn er hatte sie erwartet. Sein Freund plante schon lange, einen Roman zu schreiben, hatte bisher jedoch nur ein paar – wenn auch hervorragende – Erzählungen zustande gebracht. Von dem, was er für die Pflicht jedes Schriftstellers hielt, nämlich ein wirklich ambitioniertes Erstlingswerk zu verfassen, war er noch weit entfernt.

»Möchtest du ihn lesen?«

»Im Moment möchte ich nur eins: endlich nach Hause kommen. Mir ist eiskalt.«

Albert sah seinen Freund noch ein paar Sekunden an, ehe er das Manuskript wieder in die Tasche steckte, sich mit einem »Wir sehen uns« verabschiedete und auf den Eingang der U-Bahn-Station zuging, die ein paar Straßen weit entfernt war. Er war bereits auf dem Weg in die Unterwelt, als Truman ihn einholte.

»Warte, Salomon … Du bist doch nicht etwa sauer?« Er drückte leicht seinen Arm. »Komm, es war einfach kein guter Tag. Das Essen war schrecklich, Nina war nicht zu ertragen, und ich habe Kopfschmerzen. Natürlich will ich deinen Roman lesen. Noch heute Abend.«

In diesem Moment hätte Albert Salomon Truman gern gesagt, dass es nun zu spät sei, dass auch er die verkohlte Hähnchen-Tajine nicht gerade genossen hatte, genauso wenig wie Ninas Albernheiten. Doch stattdessen zog er erneut das Manuskript aus der Tasche und gab es Truman.

»Es ist nur eine Rohfassung. Ich muss das ganze erste Kapitel noch einmal überarbeiten und …«

Doch Truman hörte ihm schon nicht mehr zu. Er hatte ein Taxi angehalten, das ihn nach Brooklyn bringen sollte. Albert Salomon rechnete aus, dass die Fahrtkosten etwa so hoch sein würden wie die Hälfte seines Wochengehalts beim *New Yorker*, und nicht zum ersten Mal fragte er sich, wie Truman Capote ständig zu so viel Geld kam.

Ein paar Tage lang hörte Albert nichts von Truman, doch am Dienstagnachmittag wartete er an der Tür auf ihn, als er die Redaktion verließ. Truman trug einen Umschlag unter dem Arm, der offenbar die zweihundert Seiten von *Ein paar Tage im August* enthielt.

»Hast du es gelesen?«, fragte er, noch bevor er seinen Freund begrüßte, doch Truman legte einen Finger an die Lippen.

»Gehen wir etwas trinken«, sagte er und wies auf eine nah gelegene Bar, die eindeutig nicht zu denen zählte, die er üblicherweise frequentierte. Sie setzten sich, und Truman bestellte für sie beide einen Wein, den es dort nicht gab. Resigniert entschied er sich daraufhin für zwei Tom Collins, den der Kellner als Spezialität des Hauses anpries. Unterdessen konnte Albert seine Aufregung kaum verbergen, obwohl er ahnte, dass Truman keine guten Nachrichten für ihn hatte. Er wollte nichts sagen, bevor die Cocktails serviert wurden, und erst nachdem er sein Getränk probiert hatte, öffnete er den Umschlag und legte Albert einen Stapel Manuskriptseiten voller leuchtend roter Anmerkungen vor die Nase.

»Ein guter Versuch«, sagte er und hob sein Glas, als wolle er darauf anstoßen.

»Das ist alles?«

»Ist dir das zu wenig? Hör mal, Albert, das, was du da geschrieben hast, ist nicht schlecht. Die Grundidee ist …« Er schien über das richtige Wort nachzudenken, »… originell. Wenn nicht sogar brillant: Der junge Arbeiter, der ein Mädchen von der Upper East Side verführt und einen Einblick in eine andere Welt erhält. Das weckt Interesse. Doch dann entgleitet dir das Ganze, verstehst du? Warum reagiert der Protagonist derart panisch, als sie noch einen Schritt weiter gehen will? Macht es Sinn, dass er das Abenteuer mittendrin abbricht? Ach, Albert, dein Roman endet genau dort, wo der beste Teil der Geschichte beginnen sollte. Was mich interessiert ist, was mit Oona und Bennie geschieht, nachdem sie entschieden haben, für immer zusammenzubleiben, verstehst du? Wenn sie nicht mehr Papas kleines Mädchen ist, sondern die Frau eines Lagerarbeiters. Die Welt ist voll von reichen Erbinnen, die nichts gegen ein Abenteuer mit einem Jungen von der West Side einzuwenden hätten. Das Originelle wäre zu erzählen, was passiert, wenn die Sommerliebe zum wirklichen Leben wird und sie seine schrecklichen Freunde kennenlernt, die nach Schweiß und billigem Rasierwasser riechen. Und dann das: Ich erinnere mich, dass du mir von der Kleinen aus der Fifth Avenue erzählt hast, die du in der

Werkstatt kennengelernt hast, wo du gearbeitet hast. Warum hast du das geändert? Warum hast du aus Bennie einen Botenjungen gemacht? Damit verzichtest du auf die sexuelle Anziehung, die ein Mann mit ölbeschmierten Händen hat, der den ganzen Tag an Autos herumschraubt. Ein Mädchen wie Oona würde sich nie in einen Jungen vergucken, der ihr die Pakete von Bergdorf Goodman bringt. Immer diese Manie, eine Distanz zu dem zu schaffen, was wirklich passiert ist! Ist dir nicht klar, dass das wahre Leben die besten Geschichten schreibt?«

Albert Salomon starrte eine Weile auf das Manuskript und versuchte, Trumans Worte zu verdauen. Vielleicht hatte sein Freund recht. Vielleicht hatte er tatsächlich nicht das Beste aus der Grundidee gemacht. Der Vorschlag seines Freundes, dass Bennie vor Oonas kühnem Vorschlag nicht davonlief, sondern beide Welten gnadenlos aufeinanderprallten, war wirklich viel reizvoller.

»Ich verstehe, was du meinst. Und es gefällt mir.« Er nahm das Manuskript und blätterte es durch. »Ich muss … es mir wohl noch mal vornehmen. Die erste Hälfte der Geschichte ist in Ordnung, oder? Ich muss an der Stelle noch einmal von vorn anfangen, an der sie sich streiten, nachdem sie ihn gebeten hat, den Ring zu kaufen und …«

Truman unterbrach ihn mit einer Geste, während er mit dem Blick den Kellner suchte, um eine weitere Runde zu bestellen. Ihm war gar nicht aufgefallen, dass Albert seinen Tom Collins kaum angerührt hatte.

»Hör mal, Salomon, ich will kein Spielverderber sein, aber so läuft das nicht. Ich meine, kein echter Schriftsteller sollte einen Text nach den Vorschlägen eines anderen Autors komplett umschreiben. Verstehst du, was ich sagen will? Es wäre nicht in Ordnung, wenn du meine Geschichte verwenden würdest. Und natürlich würde ich es nicht erlauben. Du hast einen Roman geschrieben, in dem ein Typ namens Bennie abhaut, nachdem er etwas mit einer gewissen Oona angefangen und den Champagner ihres Vaters getrunken hat. Alles andere stammt nicht von dir, entschuldige, wenn ich das so deutlich sage.«

Der Kellner kam mit den beiden bestellten Cocktails und blickte irritiert auf das noch volle Glas von Albert Salomon, während Truman ein Stück Eis zerbiss, das mit dem Getränk in seinem Mund gelandet war.

»Also was soll ich tun?«

Truman stellte sein Glas auf den Tisch, sah Salomon mit offener Sympathie an und zwickte ihm in die Hand.

»Sieh diesen Roman einfach als eine Übung an. Als … als würdest du dich auf den Boston Marathon vorbereiten und dafür im Central Park trainieren. Auch wenn du gescheitert bist, wird dieser Text deine literarischen Fähigkeiten kräftigen, Albert. Du bist beinah so weit, dass du eine literarische Karriere anstreben kannst. Und mit diesem Roman hast du dich sozusagen aufgewärmt. Du hast dich warmgelaufen, mehr nicht.«

Er nahm ein paar neue Geldscheine aus seiner Brieftasche und legte sie auf den Tisch. Dann leerte er sein Glas und stand auf.

»Es tut mir leid, aber ich muss jetzt gehen. Ich habe Theaterkarten.«

Albert Salomon blieb in der Spelunke zurück, die sich inzwischen mit Menschen und Zigarettenrauch gefüllt hatte. Er blickte dem exaltierten Truman nach, der in seinem schönen beigefarbenen Trenchcoat mit einem freundlichen Lächeln auf dem Gesicht durch das Lokal ging. Trotz des Gedränges schlängelte er sich problemlos zwischen Kellnern und Gästen hindurch, die dem ungewöhnlichen, entschieden voranstrebenden Mann bereitwillig Platz machten. Und Albert sagte sich, dass es Menschen gab, die, egal, wo sie sich befanden, immer den richtigen Weg einzuschlagen schienen.

In den folgenden Wochen hörte er nichts von Truman. Von einem gemeinsamen Freund erfuhr er, dass er sich in die südlich gelegene Stadt Monroeville zurückgezogen hatte, wo ein Teil seiner Familie lebte. Er arbeite an einem Roman und wolle sich von den Verführungen New Yorks fernhalten. Albert Salomon dachte daran, Nina anzurufen, um nach seiner Adresse zu fragen, doch dann wurde ihm bewusst, dass er eigentlich gar keine Lust hatte, ihn zu sehen. Er entschied, dass er lieber ein wenig auf Abstand zu seinem Freund gehen wollte, zumindest bis er ihm sein mangelndes Taktgefühl bei der Beurteilung von *Ein paar Tage im August* verziehen hatte. Mit der Zeit und nachdem er den Roman noch ein Dutzend Mal durchgegangen war, gelangte er zu der Überzeugung, dass Capote in einigen Punkten seiner Einschätzung wohl recht hatte, dennoch war er nach wie vor der Meinung, dass er seinen Roman rücksichtslos niedergemacht hatte. Was kein Wunder war, denn Truman hatte sich noch nie davor gescheut, etwas kaputt zu machen, was ihm beim Erreichen seiner eigenen Ziele im Weg gestanden hatte.

Sei es, weil der Aufenthalt in Monroeville äußerst produktiv gewesen war oder weil der junge Capote durch und durch New Yorker war und nicht länger auf die Stadt verzichten konnte, jedenfalls kam er viel früher zurück, als er es geplant hatte. Einen Tag darauf rief er Albert Salomon in der Redaktion an.

»Hallo, mein englischer Freund. Wie geht es dir?«

»Truman! Bist du schon zurück?«

»Seit gestern. Ich wohne bei Nina.« Albert fragte sich, warum er seine Mutter eigentlich immer bei ihrem Vornamen nannte. »Ich bin bereits jetzt kurz davor, verrückt zu werden. Ich glaube nicht, dass ich es noch lange hier aushalte, aber ich weiß noch nicht, was ich machen werde. Wie ist es dir in den letzten Wochen ergangen? Warte, erzähl mir das lieber später.

Ich lade dich zum Essen ein. Um eins in der Grand Central Oyster Bar, in Ordnung?«

Ohne eine Antwort abzuwarten, legte er auf. Albert stellte zufrieden fest, dass er sich über den Anruf freute, denn das bedeutete, dass er die Sache überwunden hatte und er und Truman wieder gute Freunde sein konnten. Der Morgen verging wie im Flug, und um Viertel vor eins war er bereits am Ort der Verabredung, hatte ein kühles Bier vor sich und sah in Erwartung seines Freundes auf die Uhr. Truman kam pünktlich. Er umarmte ihn kurz, aber innig und bestellte dann großzügig für sie beide: gefüllte Muscheln, frittierte Krebse und eine große Portion Austern aus Boston.

»Und wie war es in Alabama?«, fragte Salomon auffordernd.

»Du solltest den Süden einmal kennenlernen. Er wirkt in jeder Hinsicht anregend. Er bietet zwar nicht allzu viel Unterhaltung, aber es ist der perfekte Ort, um sich zu konzentrieren.«

»Also hast du die Zeit genutzt?«

Truman beträufelte eine Auster mit einer üppigen Menge scharfer Sauce, dann schlürfte er sie mit geschlossenen Augen.

»Ich würde sagen, ja. Ich habe einen kurzen Roman geschrieben.«

»Oha! Herzlichen Glückwunsch. Gibt es schon einen Titel?«

»Jawohl: *Sommerdiebe*.«

»Ein guter Titel.«

»Ja.«

Die Muscheln und die frittierten Krabben waren sehr heiß, sodass sie erst ein wenig abkühlen mussten, bevor man sie essen konnte. Und da Albert keine Austern mochte – ein Detail, das Truman offensichtlich vergessen hatte –, konnte er nichts anderes tun, als seinem Freund beim Essen zuzusehen.

»Und worum geht es in dem Roman? Vorausgesetzt, du willst es mir erzählen.«

»Du weißt doch, dass ich keine Geheimnisse vor dir habe. Aber mir wäre es lieber, wenn du ihn liest.« Er öffnete eine elegante lederne Aktentasche und entnahm ihr eine Mappe, wie sie in der Schule verwendet wurden. »Alles ist hier drin. Du kannst es mit nach Hause nehmen. Sag mal, warum isst du nichts?«

»Ich mag keine Austern. Aber inzwischen dürften die Muscheln ein wenig abgekühlt sein. Vielen Dank für dein Vertrauen, ich kann kaum erwarten, mit der Lektüre zu beginnen.«

Am Abend, in seiner winzigen Wohnung im Village, legte sich Albert Salomon auf sein Bett – das er jeden Tag hoch- und wieder runterklappen musste – und las Capotes Manuskript. Auf der zweiten Seite bereits klopfte sein Herz schneller. Am Ende des ersten Kapitels merkte er, dass ihm schlecht wurde. Und während er das zweite Kapitel las, hatte er das Gefühl, sich übergeben zu müssen. Denn vor seinen kurzsichtigen Augen lag der Roman, den er geschrieben hatte, jedoch in der Fassung eines intelligenteren, begabteren, brillanteren Autors. Natürlich hatte Truman ein paar Änderungen vorgenommen. Oona hieß Grady, und Bennie hieß Clyde und arbeitete nicht in einem Lager, sondern in der Werkstatt, in die sie ihr Auto zur Reparatur brachte. Die Beschreibung der Wohnung war viel besser gelungen als die, die Albert in *Ein paar Tage im August* verfasst hatte – das Eigenartige war, dass die Wohnung, die Truman beschrieb, Oonas Wohnung viel näher kam als in seiner Version –, und die Charaktere der reichen Erbin und des Mechanikers waren bedeutend reizvoller angelegt. Je weiter die Geschichte voranschritt, desto weiter entfernte sie sich von seiner – Clyde war ein wesentlich düsterer Typ als der unschuldige, fügsame Bennie und skrupellos genug, sich auf die Hochzeit einzulassen –, bis sie letztendlich nichts mehr mit *Ein paar Tage im August* zu tun hatte, und das tragische Ende wäre Albert so niemals in den Sinn gekommen. Jedoch stand es außer Zweifel, dass Truman sich seiner Geschichte, seines Themas, seiner Idee bedient hatte.

Albert fragte sich, was er tun sollte. Es war beinah Mitternacht, und er musste sich zusammenreißen, nicht auf der Stelle Ninas Nummer zu wählen und Truman zur Rede zu stellen. Dabei war es äußerst unwahrscheinlich, dass er überhaupt zu Hause war. Wahrscheinlich würde er nicht einmal Nina erreichen. Also würde er bis zum nächsten Morgen warten müssen. Zum Glück war es Freitag, und er musste am nächsten Tag nicht arbeiten. Gleich am frühen Morgen würde er sich auf den Weg zu Capote machen.

Er verbrachte eine furchtbare Nacht, in der er nicht eine Minute schlief. Er versuchte zu lesen, konnte sich jedoch nicht konzentrieren. Daher schrieb er an Juan Sebastián Arroyo, um ihm alles zu berichten. Es wurde der längste Brief seines Lebens – acht auf beiden Seiten beschriebene Bögen –, und als er ihn beendet hatte, war es bereits Tag geworden. Er duschte, nahm ein karges Frühstück ein, und auf dem Weg zu Ninas Adresse steckte er den Brief in einen Briefkasten.

Um halb zehn erreichte er die Kreuzung Park Avenue/78th Street. Diesmal war die Straße wesentlich belebter. In der Nähe des Hauseingangs befand sich eine erlesene Bäckerei, und ein paar Leute standen an und warteten auf die noch warmen Brötchen, französische Croissants und Pains au Chocolat, die die privilegierten Bewohner der Upper East Side samstags zu frühstücken pflegten. Der Portier war nicht in seiner Loge, und Albert nahm ungesehen den Aufzug nach oben. Als er vor der Wohnungstür stand, wurde er von Panik ergriffen, da er keine Ahnung hatte, was nun geschehen würde. Er war kurz davor, umzukehren und sich erst einmal genau zu überlegen, wie er vorgehen sollte, doch dann dachte er an seinen Roman und den von Truman und an den niederträchtigen Plan, den der kleine Teufel möglicherweise von Anfang an im Sinn gehabt hatte, und er musste sich zusammenreißen, um nicht Sturm zu klingeln.

Nina öffnete die Tür. Für ihre Verhältnisse sah sie gar nicht so schlecht aus. Denn schon oft hatte Albert sie morgens völlig verkatert mit Resten von Schminke unter den Augen, geschwollenem Gesicht und welker Haut gesehen. Doch nun trug sie einen hübschen Morgenmantel mit orientalischen Motiven und hatte einen roten Lippenstift aufgetragen, der ihrem Gesicht eine gewisse Frische verlieh.

»Albert, wie schön dich zu sehen! Ich habe dich gar nicht erwartet. Komm doch rein. Wir wollten gerade frühstücken. Möchtest du Spiegelei oder Rührei?«

Albert antwortete, dass es ihm egal sei, und sagte sich, dass Nina trotz allem ein hervorragendes Beispiel für die gute Erziehung in den Südstaaten war. Sie begleitete ihn ins Esszimmer, wo Truman – im Pyjama und einem viel zu langen Morgenmantel – das Feuilleton der *New York Times* las, die aufgeschlagen auf dem Tisch lag.

»Guten Tag, Truman.«

»Albert! Du hättest vorher anrufen sollen. Dann hätte ich dich gebeten, von unten ein paar Brioches mitzubringen. Es ist mir nicht gelungen, Nina davon zu überzeugen, sich anzuziehen und hinunterzugehen.«

Truman schien exzellenter Laune zu sein. Er hatte eine Tasse schwarzen Kaffees in der Hand, und neben der Zeitung stand ein volles Glas Orangensaft auf dem Tisch. Albert Salomon spielte mit dem Gedanken, es über seinem blonden Haar auszuleeren.

»Komm, setz dich.«

»Nein, Truman. Ich möchte mich nicht setzen. Ich möchte …« In dem Moment fragte er sich, was er überhaupt wollte, abgesehen von dem heftigen Bedürfnis, den Verräter, den er für seinen Freund gehalten hatte, zu erwürgen. »Ich möchte wissen, warum du das getan hast.«

»Wovon sprichst du?«

»Stell dich nicht dumm, Truman Capote. Du hast meine Geschichte benutzt, um deinen Roman zu schreiben.«

Truman riss seine großen blauen Augen auf, was seinem Gesicht zunächst einen unschuldigen Ausdruck verlieh, der gleich darauf von scheinbar echter Überraschung abgelöst wurde.

»Aber wovon redest du, Albert?«

»Das weißt du ganz genau. Der Beginn von *Sommerdiebe* entspricht haargenau dem von *Ein paar Tage im August.*«

In dem Moment faltete Truman die Zeitung zusammen und legte sie auf den Tisch, bevor er die Beine übereinanderschlug, als handelte es sich um einen Geschäftstermin. In dieser nicht wirklich drohenden Haltung sah er Albert mit einem Lächeln an, in dem sich die Geduld der ganzen Welt zu konzentrieren schien.

»Albert, das ist doch nicht wahr! Natürlich hat *Ein paar Tage im August* mich zu meiner Geschichte inspiriert. Aber was haben die beiden Romane schon gemein? Dass sie mit einer Liebesgeschichte zweier Menschen beginnen, die sich niemals hätten begegnen sollen?« Er lachte trocken. »Äußerst originell! Die Literaturgeschichte ist voll von Romanen mit diesem Thema. Denk nur an *Romeo und Julia.* Oder sagst du mir jetzt, dass wir beide von Shakespeare abgeschrieben haben?«

»Da ist noch mehr, Truman. Die Reise der Eltern, das Haus am Park, dass er zu ihr in die Wohnung in der Fifth Avenue zieht …«

»Du wirst doch wohl nicht für dich beanspruchen, der Einzige zu sein, der sich über die Luxuswohnungen mit Blick auf den Central Park äußern darf, oder?«

»Aber … verdammt noch mal, wie kannst du nur so schamlos sein? Meine Geschichte hat dir von Anfang an gefallen, und deshalb hast du mir gesagt, dass ich sie aufgeben soll. Weil du sie für dich wolltest. Truman, wie konntest du mir das antun?«

In diesem Moment merkte Albert, dass Capote ihn nicht mehr unschuldig oder überrascht ansah. Er brauchte eine Weile, bis er erkannte, dass in den klaren blauen Augen so etwas wie Bedauern lag. Ja, Truman Capote sah ihn voller Mitleid an. Er stand auf und legte ihm die Hände auf die Schultern, was äußerst lächerlich wirkte, da Salomon etwa dreißig Zentimeter größer war. Es sah aus, als forderte ein Mädchen ihn zum Tanz auf.

»Ach, Albert, alter Freund … ich möchte nicht, dass du so etwas von mir denkst. Ich würde dir niemals einen Schaden zufügen, verstehst du? Na gut, ich habe mir von dir ein paar brillante Ideen geborgt, die jedoch das Einzige sind, was an deinem Roman etwas taugt. Vielleicht hast du recht, wenn du sagst, dass ich dir die Ideen geklaut habe, die, für sich gesehen, im Grunde nichts wert sind. Aber du irrst dich, wenn du glaubst, dass deine Geschichte mir gefallen hat und ich wollte, dass du sie aufgibst, damit ich sie verwenden kann. Nein, Albert, *Ein paar Tage im August* hat mir überhaupt nicht gefallen. Der Roman ist schlecht, inhaltslos, schwach und unglaubwürdig. Deshalb habe ich dir geraten, ihn aufzugeben. Wenn ein großer Koch sieht, dass ein Küchengehilfe ein Gericht verdirbt, sagt er ihm, dass er die Finger davon lassen soll. Und was ist schlecht daran, wenn der Koch dann ein paar Zutaten, die der Gehilfe verwendet hat, in einem neuen Rezept verarbeitet? Genau das ist es, was ich getan habe. Wenn es dich stört, tut mir das leid. Vielleicht hätte ich mit dir über die Sache sprechen sollen. Was das angeht, habe ich wohl etwas falsch gemacht, und darum bitte ich dich um Verzeihung. Und weißt du was? Wenn ich es getan hätte, hättest du selbst mir erlaubt, deine Zutaten zu verwenden. Dein Ärger überrascht mich. Ich an deiner Stelle würde mich freuen, wenn jemand etwas mit den Überresten anfangen könnte, die mir nicht mehr von Nutzen sind.«

In diesem Moment kam Nina, fröhlich vor sich hin trällernd, mit einer Zigarette im Mundwinkel und einem Tablett in den Händen ins Zimmer, auf dem eine große Portion Rührei und jede Menge knusprig gebratene Speckscheiben angerichtet waren.

»Hier ist das Frühstück, aber wir sollten uns dabei nicht allzu viel Zeit lassen. Es ist ein wunderbarer Tag, und ich möchte im Park spazieren gehen. Truman, mein Lieber, bitte schenk mir eine Tasse Kaffee ein.«

Albert Salomon sagte sich, dass er diese Szene sein ganzes Leben lang nicht vergessen würde: Nina in ihrem gelben Morgenmantel mit dem Muster aus Brücken, Orchideen und Chinesen mit Strohhüten, die zerlesene Ausgabe der *New York Times*, der halb getrunkene Kaffee, die Sonne, die durch die großen Fenster der Wohnung fiel, Truman in dem lächerlichen Morgenmantel, der Geruch nach angesengtem Speck, die Musik von Gershwin, die von irgendwoher erklang. Er wusste, dass er nun eine Welt hinter sich lassen würde, zu der er nie wirklich gehört hatte. So wie es dem armen Bennie gerade noch gelungen war, der heiratswütigen Oona zu entgehen, musste auch er aus dieser Wohnung und vor dem gefährlichen Einfluss Truman Capotes fliehen. Er murmelte eine an Nina mit ihrem Frühstückstablett gerichtete Entschuldigung, drehte sich um und ging für immer. Am selben Tag noch schickte er von einer Western-Union-Filiale aus ein Telegramm an Juan Sebastián Arroyo: *Alles ist schiefgegangen. Ich kehre nach Hause zurück.*

Am Montag, als Albert Salomon an seinem Schreibtisch in der Redaktion gerade seine Kündigung schrieb, erhielt er einen Anruf von Arroyo.

»Albert! Ich habe dein Telegramm erhalten. Was, um Himmels willen, ist passiert?«

Da ihn, wenn er Spanisch sprach, niemand in der Redaktion verstehen konnte, erklärte Albert kurz, was geschehen war.

»Aber ist es wirklich so schlimm, dass du nicht bleiben kannst? Willst du es dir nicht noch mal überlegen?«

»Ich weiß nicht, ob es wirklich schlimm ist oder nicht, Arroyo, aber es bringt nichts, länger hier zu bleiben. Ich bin jetzt seit drei Jahren in New York und hier in der Redaktion immer noch nicht mehr als der Botenjunge. Und den Roman, den ich in der Zeit geschrieben habe, hat sich ein anderer unter den Nagel gerissen. Meine Entscheidung steht fest, ich gehe. Ich werde der Zeitschrift vierzehn Tage Zeit geben, jemand anderen zu finden. Das dürfte kein Problem sein, denn es gibt genügend Leute in der Stadt, die für einen Job hier alles tun würden.«

Auf der anderen Seite der Leitung blieb es still. Albert hörte die zu dieser Zeit üblichen leisen Störgeräusche und wusste, dass die Verbindung nicht unterbrochen war.

»Albert«, sagte Arroyo schließlich. »England ist derzeit nicht gerade der Ort, an dem man sich vorzugsweise aufhalten sollte. Falls du es vergessen hast: Europa ist im Krieg, der, wie es scheint, noch eine Weile andauern wird. Du solltest nicht nach Hause zurückkehren. Möglicherweise schicken sie dich an die Front.«

»Sie haben mich für kriegsuntauglich erklärt. Meine Augen …«

»Vielleicht beschließen deine Landsleute aber jetzt, dass ein Kurzsichtiger durchaus für gewisse Dinge einsetzbar ist. Komm nach Spanien. Nach Ribanova. Bis der Krieg zu Ende ist.«

»Und was soll ich dort machen?«

Diesmal kam die Antwort sofort.

»Du wirst anfangen zu schreiben. Und diesmal wirklich.«

Anderthalb Monate später traf Albert Salomon in Ribanova ein. Er hatte in Manhattan ein Schiff nach Lissabon bestiegen, und von dort aus erreichte er nach einer wahnsinnigen Zugreise, die beinah eine Woche dauerte, Ribanova, wo Juan Sebastián Arroyo ihn erwartete, der niemals den Moment vergessen würde, als er Albert am Bahnhof in Empfang nahm, zitternd vor Kälte, mit einem Koffer, in dem er ohne Schwierigkeiten die letzten drei Jahre seines Lebens untergebracht hatte. Neben seiner Kleidung und weniger persönlicher Gegenstände hatte Albert Salomon darin das Manuskript von *Sommerdiebe* mitgebracht.

»Ich wäre dir dankbar, wenn du es lesen würdest«, bat er Arroyo.

»Und ich wünsche mir, dass du diese traurige Geschichte jetzt ein für alle Mal hinter dir lässt. Aber keine Sorge, ich werde das Manuskript lesen, wenn du es möchtest, aber nur, wenn du mir versprichst, dass du versuchen wirst, aus dieser Geschichte zu lernen. Ja, Albert, du bist von jemandem, dem du vertraut hast, betrogen worden. Aber da bist du nicht der Einzige. Dir wurde eine Geschichte gestohlen. Anderen nimmt man die Freundin oder den Arbeitsplatz weg. Solche Dinge passieren im Leben, und man sollte sich nicht allzu sehr den Kopf darüber zerbrechen. Es ist kein Drama, weißt du, es ist vielleicht ein Rückschlag …«

»Aber ich habe einen wunderbaren Roman geschrieben.«

»Nein, Albert, es tut mir leid, aber da bin ich anderer Meinung. *Ein paar Tage im August* ist ein lobenswerter Versuch, einen anständigen Roman zu schreiben. Ich schwöre dir, dass ihn so niemand hätte veröffentlichen wollen. Was das Tun deines Freundes nicht weniger verabscheuungswürdig macht. Dieser Truman hat dich an der Nase herumgeführt, aber ich empfehle dir, das Ganze als eine jener Erfahrungen zu sehen, die man im Leben machen muss. Das wäre sicher das Beste. Man sollte nicht in ständigem Unmut leben. Und jetzt, mein Lieber, würde ich vorschlagen, dass du dich ein wenig ausruhst. Du siehst so aus, als könntest du ein wenig Ruhe gebrauchen.«

Während Albert Salomon schlief, nahm sich Arroyo mehr aus Pflichtgefühl als aus Neugier das Manuskript von *Sommerdiebe* vor. Die Geschichte interessierte ihn absolut nicht, wobei er nach der Lektüre der ersten zwanzig Seiten zugeben musste, dass sie äußerst ansprechend war. Das ist gut, dachte er, das ist richtig gut. Und es war offensichtlich, dass dieser Schurke sich Alberts Grundidee zunutze gemacht hatte. Ja, Trumans Text war wesentlich besser als das, was der arme Albert geschrieben hatte, dennoch hatte er sich äußerst niederträchtig verhalten. Noch bevor Juan Sebastián Arroyo das Manuskript komplett ausgelesen hatte, setzte er sich an seinen Schreibtisch und verfasste einen Brief.

Sehr geehrter Mr. Capote,
ich weiß nicht, ob Albert Salomon mich jemals Ihnen gegenüber erwähnt hat, ich bin ein guter Freund von ihm. Und nun habe ich von der unglaublichen Dreistigkeit erfahren, mit der Sie sich an seinem Roman bedient haben. Ich könnte dazu viel sagen, möchte Ihnen jedoch nur einen guten Rat geben: Sollten Sie sich entscheiden, Ihr Manuskript zu veröffentlichen, sollte ich jemals erfahren, dass Sommerdiebe *irgendwo als Buch erschienen ist, werde ich an die Redaktion des* New Yorker *ein Päckchen schicken, das das Manuskript von* Ein paar Tage im August *sowie das Ihre enthält, und dazu einen Brief, in dem ich Ihr Vorgehen erkläre. Soviel ich weiß, wird bei dieser Zeitschrift das Urheberrecht sehr ernst genommen und mit Plagiatsfällen hart ins Gericht gegangen.*

Mr. Capote, leider muss ich zugeben, dass Sie ein großer Schriftsteller sind. Möglicherweise werden Sie schon bald reich und berühmt sein. Aber hüten Sie sich davor, Ihre schriftstellerische Karriere mit diesem Buch zu beginnen, denn sollten Sie das tun, schwöre ich, dass ich meine Zeit, meine Erfahrung und meine guten Kontakte dafür verwenden werde, Ihren Ruf zu zerstören. Was wirklich eine Schande wäre.

Er unterschrieb den Brief, ohne ihn noch einmal durchzulesen, steckte ihn in einen Umschlag und ließ ihn seinem Freund Zachary West zukommen, mit der Bitte, ihn an die Reaktion des *New Yorker* weiterzuleiten, damit er von dort an Mr. Truman Capote geschickt würde. Dann überlegte er, wie er Albert aufheitern könnte, und hatte bald schon eine Idee. Als der junge Mann nach vierstündigem Tiefschlaf endlich erwachte, bat er ihn, seine beste Kleidung anzuziehen, denn er wollte ihn zum Essen im Hotel Almirante einladen. Dort machte er Albert, während sie eine Suppe mit Meeresfrüchten aßen, einen Vorschlag.

»Mein Junge, ich habe dir vorhin zwar geraten, diese ganze unselige Truman-Geschichte zu vergessen, aber vielleicht habe ich mich geirrt. Vielleicht solltest du darüber schreiben. Das Ganze in einem Roman zu verarbeiten wäre vielleicht eine Möglichkeit, es aus einer anderen Perspektive zu betrachten.«

Albert, der die köstliche heiße Suppe aufs Höchste genoss, runzelte die Brauen. Die Vorstellung, über das, was in New York geschehen war, auch noch zu schreiben, schien ihm nicht besonders verlockend.

»Sieh mal, Albert«, begann Arroyo erneut, »egal, was du in den nächsten Wochen tun wirst – der Verrat dieses jungen Mannes wird dir immer wieder in den Sinn kommen. Wäre es da nicht besser, diese Erfahrung in literarischer Form aufzuarbeiten? Und ich habe noch eine Idee: Wie wäre es, wenn du deinen Teil der Geschichte schreibst und ich sie beende?«

»Das verstehe ich nicht.«

»Nun ja. Ein vierhändiger Roman sozusagen. Auf Englisch und auf Spanisch geschrieben. Du fängst an, und ich schreibe weiter. Du hörst an der Stelle auf, als du dich mit Truman entzweist, und ich setze die Geschichte fort. Ich wollte schon immer mal einen fiktionalen Text schreiben, aber es ist nie dazu gekommen. Vielleicht ist dies der richtige Moment. Ich denke nicht, dass das Ergebnis so gut sein wird, dass man es veröffentlichen kann, aber es wäre ein unterhaltsames Experiment. Was denkst du? Würdest du einen Versuch mit dem Amateur, der dir gegenübersitzt, wagen?«

Albert Salomon führte den letzten Löffel seiner Meeresfrüchte-Suppe zum Mund. In seinem Kopf erwachte eine Geschichte zum Leben. Eine Geschichte um eine verlorene Freundschaft, um Träume zwischen Wolkenkratzern. Er lächelte.

»Ich denke, das ist eine hervorragende Idee.«

»Na, dann machen wir uns ans Werk. Mein Teil wird den Titel *Das Haus am Park* tragen.«

Von: shirleytemple25@hotmail.com
An: sunsetcafestaff@sunsetcafe.com

Lieber James,
ich freue mich, Dir mitteilen zu können, dass Kate und Forster eine äußerst unschöne Auseinandersetzung hatten. Es kam zwar nicht zu einem offenen Streit, denn du kennst Deine Schwester, sie ist eine Dame, aber zu einer heftigen Diskussion. Ich glaube, wir nähern uns der Ziellinie. Die Hochzeit hängt am seidenen Faden.

Shirley las ihre Mail noch zwei Mal durch, bevor sie sie abschickte. Dann seufzte sie zufrieden. Diesen Brief hatte sie im Alleingang verfasst, aber Anna Livia und Laura waren einfach zu zögerlich. Man musste diesem James Salomon zwischendurch immer mal wieder einen Knochen hinwerfen, wie sie es gesagt hatte. Sie grinste vergnügt. Oh ja, jede Menge saftiger Knochen würde sie diesem hinterhältigen James und seiner habgierigen Lotta hinwerfen! Jemand rief ihren Namen, und Shirley klappte hastig den Laptop zu.

»Was ist los?«

Anna Livia wirkte erschöpft.

»Ein Herr vom Hotel Almirante wartet unten auf dich. Angeblich wurde er von dir herbestellt, um über die Tischdekoration zu reden.«

Shirley schlug sich mit der Hand an die Stirn, so heftig, dass ein roter Fleck auf ihrer Haut zurückblieb.

»Das habe ich ja völlig vergessen! Wo hab ich nur meine Gedanken? Ich komme sofort.«

Shirley ging die Treppe hinunter und zerrte dabei an ihrem weit ausgeschnittenen Pullover.

»Dieser Pullover ist ein bisschen eingelaufen«, erklärte sie.

»Offensichtlich«, sagte Anna Livia.

»Ich würde ihn ja entsorgen, aber das wäre zu schade. Er war nämlich nicht billig.«

Anna Livia biss sich auf die Unterlippe, um nicht laut zu lachen. Shirley hatte ein Faible für eng anliegende Kleidung, meinte jedoch immer, sich dafür entschuldigen zu müssen. Zusammen betraten sie das Wohnzimmer. Der Herr, der auf sie wartete, sprang auf, und sein Blick fiel auf Shirleys imposanten Vorbau.

»Guten Tag.«

»Guten Tag. Dann wollen wir mal, ich habe heute noch viel zu tun. Sind das die Muster, die Sie mitgebracht haben?«

Der Angesprochene, ein Mann um die sechzig mit braunen Augen und einer Glatze, öffnete ein Album, das einige in Schutzhüllen verpackte Tischdeckenmuster enthielt. Shirley sah sich alle Stoffmuster an, um dann eines nach dem anderen zu verwerfen, bis sie sich schließlich für einen lavendelfarbenen Stoff mit leuchtend violettem Blütenmuster und einer Spitzenbordüre in der gleichen Farbe entschied.

»Wir brauchen zehn Stück davon, für jeden Tisch eine. Und hundertfünfzig Stoffservietten. Aber bitte in der gleichen Farbe wie die Bordüre der Tischdecken. Das wird doch wohl möglich sein, oder?«

»Ehrlich gesagt, weiß ich nicht …«

Shirley hatte das Album mit den Mustern bereits wieder zugeklappt und tätschelte dem Glatzkopf freundschaftlich den Arm.

»Ich bin mir sicher, dass Sie das hinkriegen werden. Es geht schließlich nur um eine paar Servietten. Und wir haben ja noch eine Woche Zeit. Meine Telefonnummer haben Sie, oder? Gut.« Sie sah auf die Uhr. »Oh Gott, schon halb zehn? Dann will ich Sie nicht länger aufhalten. Ich bringe Sie noch zur Tür. Vielen Dank für alles.«

Neugierig folgte Anna Livia ihnen bis zum Gartentor und hörte zu, wie Shirley jeglichen Einwand des Glatzköpfigen im Keim erstickte.

»Das wäre doch gelacht, wenn ich die Servietten nicht in dem Ton bekomme, den ich möchte. Ah, da ist der Mann, der wegen der Tische kommt. Hallo, kommen Sie rein, das Tor ist offen.«

»Sind Sie Doña Sheila?«

»Nun, ich heiße Shirley, nicht Sheila. Kommen Sie, kommen Sie, wir haben schon auf Sie gewartet.«

Anna Livia beobachtete aus einiger Entfernung, wie Shirley den Mann auf die Rasenfläche im Garten führte, wo sie die Tische für das Abendessen aufstellen lassen wollte. Mit großen Gesten erklärte sie ihm, was er wissen musste, und er schrieb alles in sein kleines Notizbuch. Anna Livia Szcherny wäre nie auf den Gedanken gekommen, dass man über die verschiedenen Möglichkeiten, Tische und Stühle aufzustellen, ein derart ausführliches Gespräch führen konnte, aber Shirley belehrte sie eines Besseren. Anna Livia sah ihr zu, war gegen ihren Willen fasziniert von ihrer Energie, ihrer Lebendigkeit, ihrer Skurrilität – dieser Pullover, der ihr eine Nummer zu klein war, die geschminkten Augen, die gemusterte Hose, die wohl eher für ein junges Mädchen gedacht war als für eine siebzigjährige Frau –, und dachte, dass ihre Mitbewohnerin einer der ungewöhnlichsten Menschen war, die sie je kennengelernt hatte. Anna Livia – distanziert, hieratisch, mit dem kühlen Charme einer eleganten älteren Dame – und die bunte, laute Shirley waren grundverschieden, das war das Erste, was sie gedacht hatte, als sie sich kennenlernten. Damals hatte sie sich fest vorgenommen, sie irgendwie zu tolerieren, aber niemals hätte sie gedacht, dass sie sie eines Tages wirklich mögen würde. In diesem Moment kam Shirley auf sie zu, mit dem üblichen Hüftschwung, auf den sie so stolz war.

»So, das wäre auch geklärt. Ich werde die Tische mit Flieder dekorieren. Weißt du, die Herzogin von Windsor hat mal ganz wunderbare Arrangements aus Fliederblüten in Goldkelchen gezaubert. Bedauerlicherweise haben wir keine solchen Kelche, aber gestern habe ich ein Dutzend Zinnbecher gekauft, die man prima dafür verwenden kann.«

Anna Livia hakte sich bei ihrer Freundin unter.

»Du überraschst mich immer wieder, Shirley. Du hättest das beruflich machen sollen.«

»Vielleicht mache ich das ja noch. Jetzt guck nicht so, das war ein Scherz! Nach dem ganzen Aufwand hier habe ich von Tischdecken, Blumenarrangements und dem anderen Zeug wahrscheinlich erst mal die Nase voll. Ich mache das für Kate. Und ein bisschen auch für mich.«

Inzwischen waren sie in der Küche angelangt, wo der Frühstückstisch gedeckt war. Anna Livia wurde bewusst, dass die wesentlichen Dinge im Haus sich meistens hier, zwischen Töpfen, Geschirr und Marmeladengläsern, abspielten.

»Für dich?«

Shirley nahm eine Tablette und spülte sie mit einem Schluck Wasser hinunter, bevor sie erklärte, was sie meinte.

»Weißt du, als ich geheiratet habe, waren wir arm wie die Kirchenmäuse. Später ging es uns gut, aber diese Hochzeit ohne Geld war eine äußerst deprimierende Angelegenheit. Ich trug das Hochzeitskleid meiner Cousine, und wir konnten nur die engste Familie einladen, in ein billiges Restaurant, das unvorstellbar hässlich war. Es wurde nicht getanzt und nicht mit Champagner angestoßen. All das, was ein junges

Mädchen sich für den Tag seiner Hochzeit wünscht, konnten wir uns nicht leisten. Und später, als meine Tochter geheiratet hat, haben sie und ihr Mann die Hochzeit selbst organisiert. Ich muss zugeben, dass es eine schöne Hochzeit war, aber auch wenn ich euch etwas anderes erzählt habe, war meine Unterstützung absolut nicht gewünscht. Aber als Kate uns gesagt hat, dass sie heiraten will, wusste ich, dass mein großer Moment gekommen ist. Und als Forster meinte, dass er die Kosten übernehmen wird und dass er eine großartige Hochzeit feiern will … tja also … da war ich der glücklichste Mensch auf der Welt. Ja, Anna Livia, all das macht mich unendlich froh. Servietten passend zur Tischdecke, eine Hochzeitstorte wie im Film, ein extra angefertigtes Brautkleid, jede Menge Blumen … Irgendwann ist es so weit, man muss nur lange genug warten.« Sie lächelte selig.

Anna Livia Szcherny war kein emotionaler Mensch. Sie wahrte stets die Contenance, wie man es von einer wohlerzogenen, aus Ungarn stammenden Dame, die in diplomatischen Kreisen verkehrt hatte, erwarten konnte. Doch angesichts dieses Geständnisses fiel es ihr schwer, die Haltung zu bewahren. Als Shirley sah, dass Anna Livia ein paarmal zwinkerte, dachte sie, dass ein Staubkorn in ihre schönen veilchenfarbenen Augen hineingeraten war. Niemals wäre sie auf den Gedanken gekommen, dass ihre Freundin zu Tränen gerührt war.

Es war kurz nach zehn, als es an der Tür klingelte. Laura, Anna Livia und Shirley waren noch in der Küche und räumten gerade den Frühstückstisch ab. Shirley ging zur Tür, um zu öffnen. Vor ihr drängten sich Jeffried Ruskin und David Salomon unter dem Vordach über dem Eingang, um sich vor dem Regen zu schützen.

»Guten Morgen Mrs. Saunders.«

»Shirley, bitte. Kommt rein, ihr seid ja völlig durchweicht.«

In der Eingangshalle nahm Shirley ihnen die Jacken ab und hängte sie an die Garderobe.

»Wir sind gekommen, um zusammen mit Laura die Hochzeitsreise meines Vaters zu planen«, sagte David.

»Aber sicher! Laura ist ein tolles Mädchen, stimmt's? So hilfsbereit und nett. Die Hochzeitsreise also.«

»Sie ist mein Hochzeitsgeschenk«, erklärte David.

Shirley sah David überrascht an und stieß einen beeindruckten Pfiff aus.

»Was für eine schöne Idee! Laura!«, rief sie dann. »David ist hier.«

Laura kam, sich die Hände an einem Küchenhandtuch abtrocknend, in den Flur. Sie war gekleidet wie eine Klosterschülerin: eine Bluse mit dezentem Blumenmuster, flache Schuhe, ein Rock, der bis über das Knie reichte. Shirley fragte sich, wo um alles in der Welt, das Mädchen diese hässlichen Kleider herhatte. Aus einem Dritte-Welt-Laden? Zum Glück fielen Männern solche Dinge in der Regel nicht auf, und der junge Smith schien ihr der klassische desorientierte Strebertyp zu sein. Jedenfalls hätte Laura ein bisschen Schminke äußerst gutgetan, fand sie … und eine andere, nicht ganz so fade Frisur.

»Hallo …« Shirley fiel auf, dass die junge Frau ein wenig rot geworden war. Kein Wunder, dachte sie.

»Die Parisreise.« David war kein Freund überflüssiger Worte. »Du hast gesagt, dass du noch ein paar Adressen und Tipps hast. Jeffried war auch schon mal da, vielleicht kann er etwas Nützliches beitragen. Wo hast du denn die Unterlagen?«

»In meinem Mail-Postfach … aber ich habe keinen Computer hier …«

David hob den seinen hoch wie eine Trophäe.

»Nehmen wir den. Mrs. Saunders … ich meine … Shirley, würde es Ihnen etwas ausmachen, wenn wir das hier machen?«

»Nein, nein. Setzt euch ins Wohnzimmer. Da ist das Licht am besten. Und, Laura, wenn du eine von deinen Mails brauchst … mein Laptop ist an den Drucker angeschlossen, da kannst du dir ausdrucken, was du möchtest. Macht es euch bequem, ich hole euch Kaffee und ein paar Kekse. Kommst du eben mit, Laura? Keine Sorge, ich bringe sie euch gleich zurück.«

Sie zwinkerte David verschwörerisch zu, der ratlos zurücklächelte. Er hatte Kates Freundin als komplett durchgeknallt in seinem Gedächtnis abgespeichert, daher wunderte er sich über nichts mehr, was sie sagte oder tat.

Shirley hielt sich zurück, bis sie mit Laura in ihrem Schlafzimmer war, dann platzte sie heraus:

»So, Liebes, ich denke, es ist Zeit für einen Angriff.«

»Wie bitte?«

»Laura, vor mir brauchst du es doch nicht zu verbergen. Ich meine, das mit dem jungen Smith.« Sie musterte die junge Frau von Kopf bis Fuß. »Aber du müsstest dich ein bisschen mehr ins Zeug legen, wenn das klappen soll.«

»Ich habe keine Ahnung, wovon du sprichst.«

»Wieso wirst du dann rot? Das braucht dir nicht peinlich sein, mein liebes Mädchen. Ich bin eine sehr moderne Frau. David sieht ziemlich gut aus. Nicht ganz so gut wie sein Vater, aber nicht übel. Er ist perfekt für dich.«

Laura ließ sich in einen roten Samtsessel sinken. Sie hätte Shirley gern klargemacht, dass David sich niemals für sie interessieren würde und ihre Existenz überhaupt nur aus Höflichkeit zur Kenntnis nahm. Aber irgendetwas sagte ihr, dass das bei dieser Frau nicht funktionieren würde, die offenbar beschlossen hatte, sie zu verkuppeln. Shirley würde sofort entgegnen, dass Hindernisse dazu da waren, um sie zu überwinden, dass manche Männer erst nach einer Weile merkten, dass eine Frau ihnen gefiel, dass erfolgreiche Verführung manchmal Zeit brauchte und ein hartes Stück Arbeit war ... Daher drehte sie den Spieß einfach um, in der Hoffnung, Shirley zu stoppen.

»Shirley, bitte hör mir gut zu: David Smith ist nicht mein Typ. Kein bisschen. Er ist arrogant, überheblich, und ich finde überhaupt nicht, dass er gut aussieht. Ich würde mich nicht mal für ihn interessieren, wenn er der letzte Mann auf Erden wäre.«

Unangenehm überrascht zog Shirley die Augenbrauen zusammen. Offenbar sah sie keinen Grund, zu bezweifeln, dass das, was Laura gesagt hatte, der Wahrheit entsprach.

»Du solltest nicht so wählerisch sein«, meinte sie schließlich leicht pikiert. »Du bist fast dreißig Jahre alt und geschieden.«

Als sie sah, wie Lauras Gesicht sich verdüsterte, bereute sie ihren bissigen Kommentar sofort. Sie hätte einiges dafür getan, es wiedergutzumachen, wusste aber nicht, wie. Zum Glück war Laura nicht so leicht zu beleidigen.

»Shirley, ich weiß, dass ich nicht gerade ein Hauptgewinn bin und nicht die große Auswahl habe. Aber möglicherweise bin ich einfach generell nicht interessiert, verstehst du?«

Shirley strich sich durch das rote Haar.

»Nein.«

»Es war schon schwer genug für mich, das mit Jack zu überwinden. Ich habe viel geweint, war völlig verzweifelt und habe unendlich gelitten. Und jetzt geht es mir gerade wieder besser. Ich habe nicht das geringste Bedürfnis, mein Leben erneut zu verkomplizieren.«

Diesmal sah Shirley sie mit einem gleichzeitig mitleidigen und zärtlichen Blick an.

»Aber du bist doch noch so jung!« Sie war ehrlich entrüstet. »Du kannst doch nicht so einfach das Handtuch werfen, Laura Salomon! Willst du denn für den Rest deines Lebens allein sein?«

Die junge Frau legte den Kopf schief, als denke sie über diese Möglichkeit nach, dann zuckte sie mit den Schultern. Ihre Ehe war so fulminant schiefgegangen, dass sie keine große Lust verspürte, es noch einmal zu probieren. Aber sie versuchte erst gar nicht, Shirley das zu erklären.

»Vielleicht ja. Und sollte ich es mir irgendwann anders überlegen, wird garantiert nicht David Smith der Auserwählte sein.«

Shirley setzte sich aufs Bett und blies enttäuscht die Wangen auf, was sie für einen Moment wirklich komisch aussehen ließ. Dann kräuselte sie die Lippen.

»Gut. Aber ich kann dir nicht versprechen, dass sich in der nächsten Zeit noch eine weitere Möglichkeit ergibt. Alle anderen Männer, die ich hier kenne, könnten deine Großväter sein. David schien mir die perfekte Wahl, doch offensichtlich ist da nichts zu machen. Aber wenigstens habe ich es versucht.«

Erster Tag

- *Ankunft um 13.45 Uhr am Flughafen Charles de Gaulle; dort steht ein Wagen bereit, Transfer zum Hotel Pavillon de la Reine*
- *nach einer kurzen Mittagsruhe Spaziergang an der Place des Vosges und durchs Marais-Viertel*
- *Tee bei Mariage Frères*
- *Besuch des Musée Carnavalet, des historischen Stadtmuseums*
- *Abendessen im Restaurant Le Brise Miche (Reservierung bestätigt)*

Zweiter Tag

- *Frühstück im Café de la Paix, kurzer Spaziergang im Viertel um die Kirche La Madeleine*
- *um 10.00 Uhr steht am Eingang des Cafés ein Wagen bereit, Stadtbesichtigung bis 12.30 Uhr*

- *Mittagessen im Restaurant L'Escargot Montorgueil (Reservierung bestätigt)*
- *Ruhepause im Hotel*
- *Fahrt im Bateau Mouche über die Seine, Abendessen an Bord (Reservierung bestätigt)*

Dritter Tag
- *Frühstück in der Konditorei Ladurée*
- *um 9.00 Uhr steht ein Wagen bereit, Stadtbesichtigung bis 12.30 Uhr*
- *leichtes Mittagessen im Marais, anschließend Ruhepause im Hotel*
- *kurzer Fußweg zur Île de la Cité, Besichtigung der Kathedrale Notre-Dame de Paris*
- *Spaziergang zur Île Saint Louis und Abendessen im Restaurant L'Ilot Vache (Reservierung bestätigt)*

Vierter Tag
- *Frühstück im Hotel*
- *Besuch des Musée du Louvre*
- *Mittagessen im Restaurant Le Ragueneau (Reservierung bestätigt)*
- *Ruhepause im Hotel*
- *Stadtbesichtigung bis 19.00 Uhr, dann Rückkehr ins Hotel*
- *kurzer Aperitif vor dem Abendessen in der Bar des Hotel Ritz an der Place Vendôme*
- *Abendessen im Restaurant La Tour d'Argent (Reservierung bestätigt)*

Fünfter und letzter Tag
- *Frühstück im Café Les Deux Magots*
- *Spaziergang durch das Quartier Latin*
- *Rückkehr ins Hotel, um 15.00 Uhr Abfahrt zum Flughafen*

»Ist das nicht viel zu anstrengend für die beiden? Kate und Forster sind schließlich keine Zwanzig mehr.«

»Na ja, das Programm kann problemlos geändert werden. Und ihnen steht die ganze Zeit ein Wagen mit Fahrer zur Verfügung, so bleiben ihnen lange Fußwege erspart.«

Jeffried Ruskin überflog noch einmal das Programm, das sie in den letzten Stunden im angeregten Gespräch zusammengestellt hatten.

Ja, es war perfekt. Es enthielt ein bisschen von allem: Museen, Parks, typische Cafés, legendäre Restaurants. Wie es aussah, hatte Laura an alles gedacht.

»Es ist wirklich unglaublich, dass du noch nie in Paris gewesen bist.«

»Aber so ist es. Allerdings, wie schon gesagt, einmal wäre ich beinah gefahren.«

»Was ist passiert?«

Zu gern hätte Jeffried Ruskin David Smith angesichts dieser indiskreten Frage vors Schienbein getreten. Wie kam er nur dazu? Zumal ihn die Antwort wahrscheinlich gar nicht mal wirklich interessierte. Laura zuckte mit den Schultern und erklärte: »Es sollte meine Hochzeitsreise werden. Aber wir haben uns anders entschieden und sind stattdessen zum Golfspielen nach Schottland gefahren.«

»Du spielst Golf?« Diesmal war es Jeffried Ruskin, der die dumme Frage stellte, allerdings nur, um das Thema zu wechseln.

»Ich nicht, aber mein Exmann.«

»Aha.«

Ruskin betete, dass das unbequeme Gespräch an dieser Stelle zu Ende sein würde. Er zumindest musste mehr gar nicht wissen.

»Das heißt, du hast das romantische Hotel im Marais dem zweifelhaften Vergnügen geopfert, deinen Mann mit einem

Schläger in der Hand einem kleinen Ball hinterherlaufen zu sehen?« David Smith redete, ohne den Blick vom Computerbildschirm abzuwenden, wo nach und nach die Bestätigungen der Reservierungen eintrafen. »Kein wirklich guter Deal, würde ich sagen.«

Zu Ruskins Überraschung musste Laura lachen. Der Lektor sagte sich, dass es ein offenes, fröhliches Lachen war, ohne den zu erwartenden Anflug von Bitterkeit, den die ungebetenen Kommentare dieses unmöglichen Menschen, dem offensichtlich nichts heilig war, hervorgerufen haben müssten.

»Das stimmt. Es war ein ganz mieser Deal. Aber weißt du, ich war damals sehr verliebt, und es war mir wichtiger, Jack glücklich zu machen, als ein paar Tage in einem Luxushotel an der Place des Vosges zu logieren und mit dem Boot über die Seine zu fahren. Wie man sieht, war das ein Fehler. Jetzt habe ich keinen Mann mehr, und Paris kenne ich immer noch nicht. Aber solche Dinge erkennt man erst, wenn die Zeit einem die Augen öffnet.«

Eine letzte Mail bestätigte die Zimmerreservierung im Hotel Le Pavillon de la Reine. David Smith klappte den Laptop zu und wandte sich lächelnd an Laura.

»Eines Tages wirst du sicher hinfahren. Paris wird es noch eine Weile geben. Und da du deinen Mann inzwischen los bist, besteht keine Gefahr, dass du die Reise noch einmal wegen eines Idioten absagst, der lieber über einen matschigen Golfplatz läuft, als mit dir im Kerzenlicht Confit de Canard zu essen.«

Jeffried Ruskin sagte sich, dass das wahrscheinlich das Netteste war, was David Smith in den letzten Jahren von sich gegeben hatte. Er fragte sich, was für ein Typ Lauras Exmann wohl war. Offensichtlich ein absoluter Blödmann. Jedenfalls war ihm noch nie jemand, den er gar nicht kannte, derart unsympathisch gewesen.

Nach mehreren Tagen intensiven Lesens war Ahmed erleichtert, als er feststellte, dass er bei dem letzten Artikel angelangt war und das Buch ansonsten nur noch Kondolenzbekundungen unterschiedlichster Art, Todesanzeigen und den Inhalt einiger Telegramme enthielt, die erst nach Juan Sebastián Arroyos Tod eingetroffen waren. Neben ihm lag das Notizbuch, dessen Seiten eng mit der ordentlichen Schrift des als Buchhändler tätigen Philologen beschrieben waren. Er hatte insgesamt 173 Übereinstimmungen zwischen Albert Salomons Romanen und Arroyos Artikeln gefunden. Das meiste waren kleine Dinge: das Aussehen einer Nebenfigur, eine unwichtige Anekdote, eine äußerst ähnliche Ortsbeschreibung (es war klar, dass Arroyos Artikel über einen Ball im Club als Vorbild für das Fest in *Gäste zum Abendessen* gedient hatte). Wobei es ebenso offensichtlich war, dass Salomon sich für seinen Roman *Die Unbekannten* – die Geschichte zweier Männer, die, ohne sich jemals begegnet zu sein, das gleiche Leben führten – durch einen Artikel hatte inspirieren lassen, in dem Arroyo mit der Möglichkeit der Existenz eines Doppelgängers spielte, der einem nicht nur äußerlich, sondern auch in moralischer, intellektueller Hinsicht absolut ähnlich war und irgendwo an einem anderen Ort in der Welt das gleiche Leben führte wie man selbst. Ahmed seufzte, als er seine Notizen noch einmal durchsah. Die Arbeit hatte ihm viel Spaß gemacht, war aber auch anstrengend gewesen: In den vergangenen Nächten hatte er nie mehr als vier Stunden geschlafen, denn er hatte die Zeit genutzt und Albert Salomons Romane noch einmal genau gelesen, um die möglichen Übereinstimmungen mit Arroyos Artikeln leichter finden zu können. Nun war er einerseits erleichtert, dass die Aufgabe erledigt war, andererseits jedoch tat es ihm leid, am Ende des Abenteuers angekommen zu sein. Und er hoffte, dass Mr. Smith – David, David, er hatte ihm hundert Mal gesagt, dass er ihn David nennen sollte – mit dem Material etwas anfangen konnte.

Es war halb acht, als er zu dem letzten Artikel kam. Laura, Ruskin und David hatten ihn auch an diesem Tag in der Buchhandlung vertreten. Señora Salomon war freundlicherweise damit einverstanden gewesen, obwohl die drei im Grunde nicht mehr tun konnten, als ihren guten Willen zu zeigen. Einen großen Teil der Bücher, die sie ausgepackt und in die Regale gestellt hatten, hatte er wieder umräumen müssen. Denn der richtige Platz im Regal war eine der wichtigsten Voraussetzungen für den Verkauf. Als Ahmed an die Buchhandlung dachte, lächelte er. Er liebte diesen Ort. Nichts machte ihn glücklicher, als seine Zeit dort zu verbringen, zwischen all den neu erschienenen Büchern, mit den Kunden, die er beraten und mit der passenden Lektüre zufriedenstellen konnte. Manchmal überlegte er, ob er den Laden vielleicht übernehmen könnte, wenn Señora Salomon ihn irgendwann nicht mehr weiterführen wollte, aber dazu fehlte ihm das Geld. Sein Vater erinnerte ihn hin und wieder daran, dass dies über kurz oder lang der Fall sein würde. Trotz ihrer guten Gesundheit, ihrer Energie und des jugendlichen Schwungs war Kate Salomon eine ältere Dame und würde sich irgendwann zur Ruhe setzen. Ahmed gab es jedes Mal einen Stich, wenn er an ein Leben ohne *El Unicornio* dachte. Manchmal betete er für ein Wunder, wenn er auch nicht wusste, wie es sich gestalten sollte. Denn er wünschte sich inständig, dass er sein ganzes Leben lang in der Buchhandlung arbeiten könnte.

Der abschließende Artikel in dem Sammelband trug den Titel *Letzter Wille* und war, so die Anmerkung des Herausgebers, der letzte Text, den Juan Sebstián Arroyo nur sechs Tage vor seinem Tod in der Zeitung veröffentlicht hatte. Ahmed erschauderte leicht bei dem Gedanken, dass der Autor während des Schreibens den nahenden Tod vielleicht bereits erahnt hatte. Instinktiv klopfte er auf die Holzplatte des Lesepultes, bevor er zu lesen begann.

Liebe Freunde,
ich spüre, dass das Ende meiner Reise nicht mehr fern ist. Neunzig Jahre alt zu werden ist ein Privileg, das nicht jedem gegönnt ist, und da ich zu den Begünstigten gehöre, die in gutem Gesundheitszustand dieses hohe Alter erreichen dürfen, ist nun wohl der rechte Moment gekommen, sich zurückzuziehen. Dies ist also das letzte Mal, dass ich diese Kolumne schreibe, und damit verabschiede ich mich von meinen Lesern, die mir all die Jahre die Treue gehalten haben. Ich lasse nicht viel zurück, wenn ich gehe. Das Wenige, das ich besitze, werde ich – so habe ich es in meinem Testament festgelegt – den bedürftigen Einwohnern von Ribanova vermachen. Meine Bücher werde ich der öffentlichen Bibliothek zur Verfügung stellen, damit jeder, der es möchte, so viel Freude an ihnen haben kann, wie es mir gegeben war. Alles andere, und damit meine ich jene Unterlagen, die niemanden interessieren und deren einzige Bestimmung es ist, Staub und Schmutz anzusammeln, übergebe ich in die Hände meines guten Freundes Marcial de Soto, um damit zu tun, was er für richtig hält, und sei es, sie den Flammen zu übergeben. Allerdings würde ich darauf wetten, dass er sie stattdessen, in der Hoffnung auf ein Wunder, das sie zu etwas Bedeutendem macht, sorgfältig in seiner geliebten Höhle aufbewahren wird. Und das war's. Ich bitte jeden um Entschuldigung, den ich in all den Jahren in irgendeiner Form beleidigt haben könnte …

Der Artikel ging noch ein paar Zeilen weiter, was Ahmed nicht mehr beachtete. Immer wieder las er denselben Satz: … *jene*

Unterlagen, die niemanden interessieren … meines guten Freundes Marcial de Soto … in seiner geliebten Höhle. Er schluckte, öffnete sein Notizbuch und schrieb den Satz hinein. Dann sammelte er in einer ungelenken Hast, die gar nicht zu ihm passte, seine Sachen zusammen, ließ das Buch auf dem Pult zurück, stürzte aus dem Club und rannte zur Buchhandlung hinüber.

Kate war schon nach Hause gegangen. Laura, Ruskin und David vertrieben sich die Zeit bis zum Geschäftsschluss. Jeffried bemühte sich gerade, ein paar Bücher auf dem Tisch mit den Neuerscheinungen so anzuordnen, dass sie besser zu sehen waren. Plötzlich wurde die Tür aufgerissen, dass die Glöckchen wie wild klingelten, und aufgeregt und sein Notizbuch schwenkend stürzte Ahmed herein.

»Ich hab's, ich hab's, ich hab's!«

David und die anderen beiden sahen ihn überrascht an, während die Glocken allmählich verstummten.

»Was hast du?«

Ahmed atmete tief durch, legte sein Notizbuch an die Brust und schenkte den Anwesenden sein übliches strahlendes Lächeln. Dann griff er, ohne noch etwas zu sagen, nach dem Schlüsselbund, der auf der Verkaufstheke lag, schloss die Tür von innen ab und ließ die Jalousien herunter.

Jeffried Ruskin erwog die Möglichkeit, dass die extreme Lektüre der letzten Tage einen schädlichen quichottesken Effekt auf den jungen Mann gehabt haben könnte, sodass er einen akuten Anfall von Verrücktheit erlitten hatte.

»Ahmed, auch ich bin zugegebenermaßen nicht immer so leicht durchschaubar …«, meinte David, … aber jetzt würde ich doch gern wissen, was du uns sagen möchtest.«

»Ich glaube, ich weiß, wo das Manuskript von *Das Haus am Park* ist. Hört gut zu.« Er schlug sein Notizbuch auf. »Das ist aus dem letzten Artikel, den Arroyo vor seinem Tod geschrieben hat: ›Alles andere, und damit meine ich jene Unterlagen, die niemanden interessieren und deren einzige Bestimmung es ist, Staub und Schmutz anzusammeln, übergebe ich in die Hände meines guten Freundes Marcial de Soto, um damit zu tun, was er für richtig hält, und sei es, sie den Flammen zu übergeben. Allerdings würde ich darauf wetten, dass er sie stattdessen, in der Hoffnung auf ein Wunder, das sie zu etwas Bedeutendem macht, sorgfältig in seiner geliebten Höhle aufbewahren wird.‹«

Die daraufhin eintretende Stille wurde schließlich von David unterbrochen.

»Und was, glaubst du, bedeutet das?«

»David! Marcial de Soto war der Eigentümer dieser Buchhandlung!«

»Aber was meint er mit ›in seiner geliebten Höhle‹?«

Ahmed warf einen triumphierenden Blick in die Runde. Dann ging er schweigend um die Verkaufstheke herum, öffnete die Kasse und nahm einen Schlüssel heraus.

»Kommt mit!«

Sie gehorchten, ohne etwas zu sagen. Ahmed öffnete die Tür, die in den Keller führte, und ließ den anderen den Vortritt.

»Bitte schön. Wir müssen genau gucken, denn seit mehr als einem halben Jahrhundert wird dort unten ein Exemplar jedes Buches, das in der Buchhandlung verkauft worden ist, aufbewahrt. Marcial de Soto hat mit dieser Sammlung begonnen, dann hat zuerst die Familie del Amo und anschließend Kate sie fortgeführt.«

Sie gingen hinunter, und vor ihren Augen eröffnete sich ein immenses Reich an Büchern: Regale über Regale, dicht gedrängt vollgestellt, viele von ihnen bereits sehr alt, einige hatten die Zeit nicht unbeschadet überstanden. Instinktiv streckte Jeffried Ruskin die Hand aus und strich über die Einbände einiger besonders mitgenommener Exemplare. Ahmed eilte voran wie ein Jagdhund, der die nahe Beute sicher wittert. Vor einem bestimmten Regal blieb er stehen, warf einen Blick auf die sich darin befindenden Bücher und wandte sich zu den anderen um.

»Unter A wie Arroyo ist es nicht zu finden.«

»Und jetzt?«

»Unter S wie Stream!«, sagte David triumphierend und ging, dicht gefolgt von Ahmed, die Regale entlang, bis er den gesuchten Buchstaben gefunden hatte.

Und da war es! Direkt neben einem Gedichtband von Alfonsina Storni. Es war ein in raues Leinen gebundenes Buch mit den Ausmaßen eines Enzyklopädie-Bandes, auf dessen Rücken der Name John S. Stream stand. Ahmed, David, Laura und Jeffried betrachteten es eine Weile und wagten nicht, es zu berühren.

»Gütiger Gott«, murmelte Jeffried, überrascht von seinen eigenen Worten. Er streckte die Hand aus und zog das Buch aus dem Regal, das von einer dicken Staubschicht bedeckt war, die sich in mehr als vierzig Jahren Dornröschenschlaf darauf angesammelt hatte. Dem Lektor fiel gar nicht auf, dass einige Staubpartikel in seine Nase gerieten und sich unverhofft in seiner Kehle wiederfanden. Er umklammerte das Buch wie ein Alchimist den Stein der Weisen und hielt es den anderen hin.

»Verdammt, Ruskin, wenn du es nicht endlich aufschlägst, mach ich es.« David Smiths Stimme durchbrach die feierliche Stille in diesen heiligen Hallen. Jeffried Ruskin gehorchte und stieß gleich darauf einen erstickten Schrei aus. Denn das, was sie für ein Buch gehalten hatten, war in Wirklichkeit eine Mappe, die das maschinengeschriebene Originalmanuskript von *Das Haus am Park* enthielt … und ein Bündel beinah all der Briefe, die Albert Salomon im Laufe ihrer fast vierzigjährigen Freundschaft an Juan Sebastián Arroyo geschrieben hatte.

»Heiliges Kanonenrohr!«

Es war David, der sich auf seine Art Luft gemacht hatte. Ruskin dagegen war kreidebleich geworden und musste sich an der Wand abstützen, um nicht in Ohnmacht zu fallen. Ahmed schien eine Art Litanei in seinen Hemdkragen zu beten, während Laura staunend die Hand vor den Mund schlug.

»Unfassbar! Das ist ein Wunder!« David raufte sich die Haare. »Wir haben es gefunden!«

Er griff nach dem Manuskript und blickte auf die erste Seite.

»Scheiße, er hat es auf Spanisch geschrieben! Was soll's, das kriegen wir geregelt. Oh Mann, ich kann unser Glück nicht fassen! Das haben wir nur diesem Wahnsinnskerl hier zu verdanken!« Er packte Ahmed bei den Schultern und drückte ihm einen Kuss auf die Stirn. »Ich könnte die ganze Welt umarmen! Los, Ruskin, du bist der Erste.«

Doch der Lektor regte sich nicht. Er wirkte wie in Trance und hielt mit verstörtem Blick das Bündel mit den Briefen in der Hand. Schließlich wandte er sich mit einem schwachen Lächeln an die anderen: »Ich glaube … ich glaube, ich brauche jetzt einen Gin Tonic.«

Damit begann in einem staubigen Keller voller Bücher der aufregendste Abend, den Ahmed, Laura, David und Jeffried je erlebt hatten. Nachdem sie sich voller Euphorie über diese glückliche Fügung des Schicksals gegenseitig beglückwünscht und umarmt hatten, gingen sie wieder in den Laden hinauf und trafen alle Vorkehrungen, um sich gleich an die Arbeit machen zu können. Laura rief im Haus ihrer Tante an, um Bescheid zu sagen, dass weder sie noch David zum Abendessen kämen. Ahmed ging in die nächste Bar und deckte sich mit Proviant, Erfrischungsgetränken und der von Jeffried Ruskin geforderten Flasche Gin ein, bevor er seine Familie benachrichtigte, dass er zum ersten Mal in zehn Jahren, obwohl er es versprochen hatte, nicht beim Verkauf der Rosen helfen könne. David hatte die Buchhandlung kurz entschlossen zum Arbeitsplatz erklärt und in der Mitte des Raumes ein behelfsmäßiges Büro errichtet, indem er vier Stühle um einen Tisch gruppiert hatte, auf den er auf der einen Seite Albert Salomons Briefe und auf der anderen Seite das Manuskript von *Das Haus am Park* gelegt hatte. Sobald sich alle wieder eingefunden hatten, teilte er die Arbeit auf.

»Ahmed, du liest den Roman. Du brauchst dir keine Notizen zu machen, es geht nur darum, dass du einigermaßen über den Inhalt Bescheid weißt und bestätigen kannst, dass es kein völliger Schwachsinn ist, was, so katastrophal es auch wäre, durchaus möglich ist. Jeffried, Laura, wir drei lesen die Briefe und suchen die Stellen heraus, die uns wichtig erscheinen.«

Laura versuchte zu protestieren: »David, ich bin nicht in der Lage …«

»Blödsinn. Du kannst doch lesen, oder? Und du verfügst über gesunden Menschenverstand. Damit dürfte es dir möglich sein, wirklich Informatives von irgendwelchem Geschwafel zu unterscheiden. Natürlich werde ich alles noch einmal durchgehen, aber es wäre gut, wenn wir heute noch erfahren, was wir hier in den Händen halten. Doch bevor wir loslegen, sollten wir erst mal etwas essen. Uns stehen einige Stunden Arbeit bevor …«

»Ich habe keinen Hunger«, entgegnete Ahmed. »Ich fange gleich mit dem Roman an, wenn das in Ordnung ist. Ehrlich gesagt, kann ich es kaum erwarten. Seit Tagen denke ich ausschließlich an Albert Salomon und Juan Sebastián Arroyo … Euch wünsche ich guten Appetit.«

Ohne ein weiteres Wort setzte er sich an den Tisch, auf dem das Manuskript lag. Es war auf der Schreibmaschine geschrieben worden, und die Schrift war nach all der Zeit nicht mehr allzu gut lesbar. Zum Glück hatte Juan Sebastián Arroyo – oder vielleicht auch Marcial de Soto – die Seiten vorsichtshalber in eine Plastikhülle eingeschlagen, was sie ein wenig vor der Feuchtigkeit bewahrt hatte. Dennoch wirkte das

Papier verdächtig bräunlich und vergilbt. Ahmed sagte sich, dass sie so schnell wie möglich eine Kopie anfertigen sollten.

Dann begann er zu lesen.

Schon oft habe ich gesagt, dass der Aufruf zur Besonnenheit eine Art ist, der Angst mehr Würde zu verleihen. Als mir Billie Snowdon aus New York völlig verzweifelt von dem Verrat seines Freundes schrieb, dachte ich daher, dass es das Beste sei, ihm ein Telegramm zu schicken, um ihm Mut zu machen und ihm anzubieten, ihm die Rückreise zu bezahlen. Das wäre wohl das am ehesten angemessene, logische und vernünftigste Handeln gewesen. Allerdings war es nicht das, was Billie in diesem Moment brauchte. Also entschied ich mich nach längerem Überlegen, ihn aufzusuchen. Natürlich erschreckte mich der Gedanke, nach New York zu fahren. Erschreckte mich die Vorstellung, in ein unbekanntes Land zu reisen, meine glückliche, überschaubare Welt in dieser kleinen Stadt zu verlassen, in der die Zeit in einem ganz eigenen Rhythmus dahinfließt. Und vor allem erschreckte mich die Aussicht, dort anzukommen und feststellen zu müssen, dass das Leben dieses jungen Mannes, den ich liebte wie einen eigenen Sohn, durch jenen Verrat zerstört wurde, nachdem alles, was in den letzten Jahren geschehen war, auf meine Anregung hin passiert ist. Ich hatte darauf bestanden, dass er daran arbeitete, ein Schriftsteller zu werden, ich hatte ihm geraten, nach Amerika zu gehen, und vor allem hatte ich ihm die Stelle beim New Yorker *besorgt, wo er jenen Parsons kennenlernte, der ihm so übel mitgespielt hatte. Inwieweit würde Billie mich also für sein Unglück verantwortlich machen?*

In diesem Moment hob Ahmed den Kopf und wandte sich an die kleine Gruppe, die sich Tortilla-Häppchen und Brote mit Kartoffelsalat schmecken ließ.

»Ihr werdet es nicht glauben …«

»Ich wette, doch«, entgegnete Ruskin. »Nach den Ereignissen der letzten Stunden wundere ich mich über nichts mehr.«

»Dann halt dich gut fest, denn ich glaube, dass *Das Haus am Park* der zweite Teil von *Der Neuankömmling* ist.«

Schweigend sahen sie sich an. Dann machte Jeffried Ruskin seinem britischen Phlegma alle Ehre, legte das Brot, das er gerade aß, umständlich auf den Teller zurück, nahm einen Schluck Gin Tonic, wischte sich sorgfältig den Mund ab, und ohne einen Kommentar, ohne ein weiteres Wort, begann er Albert Salomons Briefe zu lesen, in denen er, wenn die Götter ein wenig Erbarmen hatten, den Schlüssel zu jenem Geheimnis finden würde, das immer mysteriöser wurde.

Lieber Arroyo,
vor drei Tagen bin ich hier in New York angekommen und habe einen Job in einer Werkstatt gefunden. In Europa hätte das nicht so einfach funktioniert, aber ich habe den Eindruck, dass sich hier niemand darum kümmert, wer ich bin und woher ich komme …

Ich habe ein tolles Mädchen kennengelernt. Sie heißt Oona, und man merkt ihr an, dass sie an der Upper East Side aufgewachsen ist. Ihre Eltern sind gerade in Europa, und sie hat mich gebeten, dass ich in der Zwischenzeit zu ihr in die Wohnung der Familie ziehe …

Ich habe mit Oona Schluss gemacht. Sie hat gesagt, sie wolle mich heiraten. Ist das nicht verrückt? Sie war fuchsteufelswild, als ich es abgelehnt habe …

Heute habe ich in der Redaktion des New Yorker *angefangen. Ich kann noch gar nicht glauben, dass ich tatsächlich dort arbeiten darf. Bitte richte Deinem Freund meinen Dank aus. Du kannst Dir sicher vorstellen, was es für mich bedeutet, an diesem Ort zu sein. Ich erledige nur einfache Arbeiten, sodass ich eigentlich nichts falsch machen kann. Und bevor du fragst: Ja, ich schreibe …*

Lieber Arroyo,
heute habe ich mit einem jungen Mann zu Mittag gegessen, der gerade in der Redaktion angefangen hat. Er heißt Truman und ist ganz anders als alle Menschen, die ich bisher kennengelernt habe. Er lässt sich das Essen aus einem Luxusrestaurant bringen und hat einen äußerst verwöhnten Gaumen, aber er ist sehr unterhaltsam …

In den letzten Wochen war ich viel mit Truman unterwegs. Er hat mich seiner Mutter und seinem Stiefvater Joe Capote vorgestellt. Sie wohnen in einer tollen Wohnung in der Park Avenue und haben mich zum Abendessen eingeladen. Ich weiß, dass Du von meinem neuen Freund nicht begeistert bist, obwohl ich nicht verstehe, warum. Wolltest Du nicht, dass ich genau solche Leute kennenlerne, als Du mir die Stelle bei der Zeitschrift vermittelt hast? Wäre es Dir denn lieber, wenn ich weiterhin mit den Mechanikern aus den ärmeren Vierteln der Stadt zusammen wäre, deren einziges Buch das Telefonverzeichnis ist?

Ich habe die erste Fassung eines kurzen Romans geschrieben. Der Titel ist Ein paar Tage im August. Ob er gut ist? Ich weiß es nicht. Ich glaube, mir fehlt der Abstand, um das beurteilen zu können. Ich schicke Dir das Manuskript, sobald ich eine Abschrift davon habe, denn ich möchte das Original nicht mit der Post schicken. Außerdem möchte ich, dass Truman es liest …

Ich bin am Boden zerstört. Truman hat meinen Roman gelesen, und er hat ihm nicht gefallen. Er hat ihn völlig verrissen, und das Schlimmste ist, dass ich allmählich denke, dass er – zumindest teilweise – recht hat. Ich mache gerade eine harte Zeit durch. Es ist kalt in New York, viel kälter als in Ribanova oder sogar in Brighton.

Truman hat die Stadt verlassen, und ich weiß nicht, wann er zurückkehren wird. Heute Nachmittag in der Redaktion hat der Chefredakteur angedeutet, dass ich Ende des Jahres vielleicht befördert werde. Ich kann es kaum glauben. Ich habe so viele Papierkörbe ausgeleert, so viel Kaffee gekocht und so viele Besorgungen für die Hilfsredakteure gemacht, dass ich mir gar nicht mehr vorstellen kann, jemals etwas anderes zu tun.

Lieber Arroyo,
ich weiß nicht, womit ich anfangen soll. Vor ein paar Tagen ist Truman zurückgekehrt. Er sagte, er habe einen Roman geschrieben und wolle, dass ich ihn lese. Ich habe ihn mit nach Hause genommen und festgestellt, dass es sich um eine abgewandelte Version von Ein paar Tage im August handelt. Ich kann nicht glauben, dass Truman mir das wirklich angetan hat!

Übermorgen werde ich New York verlassen. Ich kann noch immer nicht glauben, dass alles vorbei ist, vor allem nicht, dass es auf diese Art zu Ende gegangen ist.

Ich bin bereits in Lissabon. In ein paar Tagen werde ich wohl in Ribanova ankommen, aber ich habe keine Ahnung, wie lang genau es dauern wird.

Lieber Arroyo,
ich bin bereits in Southampton. Es tut mir sehr leid, dass ich so überstürzt abreisen musste. Ich schreibe Dir ausführlicher, wenn ich in Brighton angekommen bin. Noch einmal vielen Dank für Deine Gastfreundschaft und all die Freundlichkeit in den letzten Monaten. Ribanova war der beste Zufluchtsort, den es für mich geben konnte.

Lieber Arroyo,
es war eine gute Idee, nach England zurückzukehren. Zum Glück bin ich noch früh genug gekommen, um von meinem Vater Ab-

schied zu nehmen. Ich weiß noch nicht, was ich jetzt machen werde, aber auf jeden Fall werde ich Brighton zumindest vorerst nicht verlassen. Meine Mutter braucht mich, und das Mindeste, was ich tun kann, ist, sie so gut wie möglich zu unterstützen. Die gute Nachricht ist, dass ich ein Thema für einen neuen Roman gefunden habe, und ich denke, ich werde bald mit dem Schreiben anfangen.

Ich habe noch einmal Das Haus am Park *gelesen. Egal, was Du sagst, aber ich glaube, dass man es zusammen mit* Der Neuankömmling *sehr gut veröffentlichen könnte. Ich denke, es ist mehr als nur ein Spaß, wie du es siehst. Das Einzige, was mich davon abhält, die beiden Manuskripte an einen Verlag zu schicken, ist, dass eine Veröffentlichung Truman bloßstellen würde. Dieses Buch sollte erst nach seinem Tod erscheinen. Wobei ich Truman durchaus zutraue, hundert Jahre alt zu werden. Mit meinem neuen Roman komme ich übrigens zügig voran. Sein Titel ist* Der gute Freund.

Du wirst es nicht glauben: Ein namhafter Verlag, Somerset Publishers, möchte die Rechte an Der gute Freund *kaufen. Am liebsten würde ich raus auf die Straße gehen und es allen erzählen. Übrigens ist mir da ein Gedanke gekommen … Ich würde dem Roman gern ein Zitat aus* Das Haus am Park *voranstellen. Es wäre ein kleines Geheimnis zwischen uns beiden. Natürlich nur, wenn Du einverstanden bist.*

Ich freue mich sehr, dass Dir Der gute Freund *gefallen hat. Was die Verkaufszahlen angeht, kann ich Dir leider nichts Gutes vermelden, aber der Verlag glaubt an mich und hat einen Vertrag über weitere zwei Bücher mit mir abgeschlossen.*

Ich habe eine große Neuigkeit für Dich: Ich habe mich verlobt. Sie heißt Rose McBrien, und wir haben uns im Sommer hier in Brighton kennengelernt, wo sie mit ihrer Familie die Ferien verbracht hat. Sie ist eine wunderbare Frau, auch wenn meine Mutter sie nicht mag. Sie ist ein paar Jahre älter als ich, was Mama für ein Sakrileg hält. Rose und ich werden im September heiraten, und wir werden in Glasgow leben. Sie hat dort ein Haus, und ehrlich gesagt ist es mir egal, wo ich wohne. Ich hatte eine kleine Auseinandersetzung mit meinem Bruder, der mir vorgehalten hat, dass ich mich schon wieder aus dem Staub mache. Ich denke, er fürchtet, dass er sich in Zukunft allein um unsere Mutter kümmern muss, und das macht ihm Sorgen.

Das Wetter in Glasgow ist schrecklich und erlaubt Rose und mir kaum, das Haus zu verlassen. Daher konzentriere ich mich aufs Schreiben und aufs Lesen. Übrigens: Ich hoffe, es macht Dir nichts aus, aber ich habe Rose erzählt, wie Der Neuankömmling *und* Das Haus am Park *entstanden sind. Die Vorstellung eines vierhändig geschriebenen Romans hat ihr gut gefallen. Ich hätte Lust, eines Tages beide Manuskripte zu veröffentlichen. Truman Capote wird ja nicht ewig leben. Ich weiß, dass er mit ein paar Büchern recht erfolgreich war. Über* Sommerdiebe *habe ich allerdings nichts gehört. Vielleicht wurde der Roman abgelehnt. Ach, es tut mir leid, ich sollte gar nicht darüber nachdenken.*

Der Verlag hat die Veröffentlichung von Zwei Chroniken aus Benbow Hill *vorgezogen. Sie haben zwei Buchpräsentationen für mich organisiert, eine in London und eine in Edinburgh. Ich habe den Eindruck, dass es diesmal klappen wird. Rose meint, ich sollte mich deswegen nicht allzu sehr beunruhigen, aber ich müsste ein wenig Geld verdienen.*

Ich habe Arbeit gefunden und unterrichte jetzt Französisch und Spanisch an einer Schule. Siehst Du, Arroyo, letztendlich haben die vielen Reisen und das ganze Hin und Her doch etwas genutzt. Außerdem habe ich Gäste zum Abendessen *abgegeben. Mein Lektor sagt, dass es mein bestes Buch sei. Übrigens fragt er mich immer wieder nach dem Eingangszitat, sodass ich ihm sagen musste, dass sowohl der Roman als auch Mr. J.S. Stream meiner Phantasie entsprungen sind.*

Ich habe keine guten Nachrichten: Der Verlag hat entschieden, die Veröffentlichung von Die Unbekannten *ein wenig hinauszuschieben. Sie sagen, dass wir zu viele Bücher in zu kurzen Abständen veröffentlicht hätten und dass es in Zukunft besser wäre, die Erscheinungstermine zu entzerren. Die Verkaufszahlen erwähne ich besser gar nicht. Vielen Dank, dass Du uns nach Ribanova eingeladen hast, aber Rose geht es nicht so gut, daher möchte ich ihr eine so lange Reise nicht zumuten.*

Rose ist vorgestern gestorben. Ich bin am Boden zerstört.

Ich habe wieder angefangen zu schreiben, nicht weil ich wirklich Lust dazu habe, sondern um die Zeit totzuschlagen. Bitte dräng mich nicht zu der Reise. Mir ist im Moment nicht danach, das Haus zu verlassen, geschweige denn im Zug, auf dem Schiff oder in sonst einem Verkehrsmittel zu sitzen. Du wohnst nun mal am Ende der Welt, mein Lieber.

Es ist etwas geschehen, was mich sehr gefreut hat. Meine Nichte Kate, die Tochter meiner Bruders Peter, hat mir geschrieben, um mir mitzuteilen, wie sehr ihr Der gute Freund *gefallen hat. Sie scheint ein nettes Mädchen zu sein, ganz anders als ihr dämlicher Vater, der immer noch sauer auf mich ist, weil ich eine Schottin geheiratet habe.*

Arroyo, ich hoffe, Du sitzt, während Du diesen Brief liest, ich zumindest habe die Neuigkeit noch nicht verdaut: Truman hat sich mit mir in Verbindung gesetzt. Es ist mehr als zwanzig Jahre her, dass wir zuletzt miteinander gesprochen haben. Wie es aussieht, ist er in den USA ziemlich berühmt. Er hat ein Buch über einen mehrfachen Mord geschrieben, das sich extrem gut verkauft hat. Ob Du es glaubst oder nicht, ich freue mich für ihn. Ich wusste, dass er Erfolg hat, denn ich habe auch ein paar Kritiken über andere Werke von ihm gelesen, aber diesmal ist es wirklich außergewöhnlich. Ein riesiger Bestseller. Gestern hat er mich angerufen. Ich habe keine Ahnung, wie er an meine Telefonnummer gekommen ist. Das Eigenartige ist, dass ich seine Stimme sofort erkannt habe. Sie klingt noch genauso wie damals, als wir jung waren. Er hat mir erzählt, dass er mit dem Buch ein Vermögen verdient hat und seinen Erfolg mit einer Party im Hotel Plaza feiern will. Das Plaza. Da sind wir früher immer hingegangen und haben gehofft, dass uns jemand einen Cosmopolitan ausgibt. Und nun hat Truman dort einen Festsaal gemietet, um ganz groß zu feiern. Ich muss gestehen, dass ich zuerst den Eindruck hatte, dass er mich nur angerufen hat, um anzugeben, aber auf einmal hat er gesagt, dass er mich für das, was vor dreiundzwanzig Jahren geschehen ist, um Verzeihung bitten will. Ich versichere Dir, dass Mr. Capote kein Mensch ist, dem es leichtfällt, sich zu entschuldigen. Er hat zugegeben, sich wie ein Schwein benommen zu haben, dass ich ein solches Verhalten nicht verdient hätte und dass er sehr froh wäre, wenn ich es ihm nicht nachtragen würde. Oft habe ich mir diesen Moment vorgestellt, weißt Du? Wie Truman um Nachsicht bittet und ich sie ihm verweigere und ihm wünsche, eines Tages in der Hölle zu schmoren. Doch ich habe nichts dergleichen getan. Ich habe gesagt, dass längst alles vergessen ist, dass die Sache es nicht wert ist, weiter darüber zu reden, und dass Sommerdiebe viel besser ist als Ein paar Tage im August. Ich bin kein nachtragender Mensch, Arroyo. War ich noch nie. Er schien sehr froh darüber zu sein und hat etwas Amüsantes dazu gesagt: dass er nie versucht hat, den Roman zu veröffentlichen, dass er letztlich nicht wirklich gut gewesen ist und dass es vielleicht das Schicksal dieser Geschichte sei, irgendwo in einer Kiste zu vermodern. Wir haben beide darüber gelacht.

Und jetzt kommt das Beste: Er hat gesagt, dass er mich anruft, um mich zu seiner Party einzuladen. Er hat sogar angeboten, die Reise zu bezahlen. Natürlich habe ich zuerst abgelehnt, aber er war so hartnäckig wie damals, als wir jung waren und er noch ein letztes Glas in der gerade angesagtesten Bar trinken wollte. Er hat darauf bestanden, immer wieder, bis ich zugesagt habe. Und ich werde hinfahren, verdammt. Unter anderem, weil ich ihn um die Erlaubnis bitten will, unsere Geschichte zu veröffentlichen. Ich weiß, dass wir gesagt haben, dies niemals zu tun, aber wenn Truman Sommerdiebe *niemals einem Verlag gegeben hat, kann ihm das Erscheinen von* Der Neuankömmling *nicht schaden. Was meinst Du? Du kannst es nicht fassen, was? Dein Freund, der gescheiterte Schriftsteller Albert Salomon, wird in Kürze wieder nach New York reisen, um an der Party des Mannes teilzunehmen, der ihn dreiundzwanzig Jahre zuvor aus der Stadt vertrieben hat.*

Lieber Arroyo,
ich schreibe Dir aus meinem Zimmer im Hotel Plaza. Die Party war unglaublich! Alle waren festlich gekleidet, nur in Schwarz und Weiß, und die Frauen trugen keinen Schmuck außer Diamanten. 500 Gäste, Arroyo. Aber nicht irgendwelche Leute, sondern Schauspieler, Sänger, Politiker. Als ich Frank Sinatra gesehen habe, hätte ich beinah laut geschrien wie irgend so ein Trottel vom Land. Truman war der beste Gastgeber, den man sich vorstellen kann. Er war den ganzen Abend über in meiner Nähe und hat mich einmal sogar aufgefordert, mit Lauren Bacall zu tanzen. Ich dachte, ich sterbe, aber ich muss sagen, dass ich mich ganz gut geschlagen habe. Lauren Bacall und ich im Festsaal des Hotel Plaza. Aber nicht darüber möchte ich Dir berichten. Ich habe mit Truman über Der Neuankömmling *gesprochen. Anders als ich dachte, war er nicht verärgert darüber und meinte sogar, dass die Tatsache, dass ich mir das Ganze von der Seele geschrieben habe, sehr viel und sehr Gutes über mich aussage. Denn wenn jemand ihm so*

etwas angetan hätte, hätte es ihm nicht gereicht, nur einen Roman darüber zu schreiben, sondern er hätte demjenigen den Hals umgedreht. Er hat mich ermutigt, das Buch zu veröffentlichen. Ich habe ihm gesagt, dass man ihn in der Person des Freundes des Protagonisten erkennen könnte, doch er hat gelacht und meinte, dass es, wenn es jemandem auffallen würde, eine gute Werbung für ihn wäre. Daher werde ich meine Hälfte des Romans an Somerset Publishers schicken und die Leute dort um ihre Meinung bitten. Wenn sie grünes Licht geben, werden wir Deine Hälfte übersetzen und ebenfalls hinschicken. Sie haben einen neuen Lektor, der dafür zuständig ist, aber ich denke nicht, dass es Probleme geben wird. Schließlich haben sie bereits vier meiner Romane veröffentlicht und großes Vertrauen in mich. Obwohl das natürlich schon eine ganze Weile her ist. Wie auch immer, ich werde es Dir berichten. Übrigens hat mein Bruder Peter sich furchtbar aufgeregt, dass ich auf Reisen gegangen bin, ohne Bescheid zu sagen. Du ahnst nicht, was sie für einen Aufstand gemacht haben, um mich zu finden. Sie haben sogar die Polizei eingeschaltet. Als ich nach Glasgow zurückkam, war mein Bruder dort, fuchsteufelswild, und hat mich als verantwortungslos und rücksichtslos beschimpft. Okay, vielleicht hätte ich Bescheid geben sollen, dass ich das Land verlasse, aber schließlich bin ich volljährig. Es ist unglaublich, dass sie meinen, ich müsste ihnen alles über mein Leben erzählen! Als er mich gefragt hat, wo ich war, habe ich mich geweigert, es ihm zu erklären. Das wäre ja noch schöner! Peter hat geschworen, nie wieder mit mir zu reden, aber das ist mir völlig gleichgültig. Der einzige Mensch in der Familie, an dem mir etwas liegt, ist seine Tochter Kate. Dieses Mädchen ist ein Goldstück.

Lieber Arroyo,
ich habe das Manuskript von Der Neuankömmling an den Verlag geschickt. Jetzt warte ich auf Antwort. Übrigens, wie geht es Dir? Was macht Deine Erkältung? Pass auf Dich auf, mein Freund.

Ich habe noch immer keine Antwort vom Verlag. Offensichtlich funktionieren die Abläufe bei Somerset Publishers nicht mehr so gut wie zu meinen Anfangszeiten als Autor.

Wie Du weißt, bin ich nicht gern der Überbringer schlechter Nachrichten, aber in diesem Fall bleibt mir wohl nichts anderes übrig. Sie haben den Roman abgelehnt. Heute habe ich den Brief des Lektors erhalten. Nur zwei Sätze, in denen er mir mitteilt, dass sie derzeit, angesichts des Misserfolges meiner bereits erschienenen Romane, das Risiko nicht eingehen können, Der Neuankömmling *zu publizieren. Das hat mich ganz schön mitgenommen. Völlig umgehauen hat mich das! Ich weiß, dass ich es mir nicht allzu sehr zu Herzen nehmen sollte, aber ich hatte all meine Hoffnungen in das Projekt gelegt. Dabei geht es mir gar nicht ums Geld. Dank Rose erhalte ich eine kleine monatliche Rente, ich gebe immer noch Sprachunterricht und habe nicht viele Ausgaben, da ich kaum soziale Kontakte habe. Ich habe mich einfach darauf gefreut, etwas gemeinsam mit Dir zu veröffentlichen. Ich möchte denken, dass die Gelegenheit noch kommen wird, aber ich weiß, dass das nicht stimmt. Dabei habe ich immer daran geglaubt, dass ich eines Tages Erfolg haben würde. Ja, mein Freund, Dir kann ich es ja sagen: Ich war fest davon überzeugt, dass ich nur beharrlich genug sein und lange genug warten müsste. Aber wie ich schon einmal gesagt habe und auch wenn es nur ein schwacher Trost ist: Vielleicht wird in vielen Jahren, wenn ich schon längst nicht mehr auf dieser Erde weile, jemandem auffallen, dass ich ein großer Schriftsteller war, und er wird* Der Neuankömmling *und* Das Haus am Park *zusammen veröffentlichen. Du weißt ja: Träumen kostet nichts. Stimmt's?*

»Das heißt, *Das Haus am Park* ist der fehlende Teil von *Der Neuankömmling?*«

Kate konnte es nicht glauben. Es war acht Uhr morgens, und sie waren alle zusammen zu ihr gegangen, um ihr die Neuigkeiten zu verkünden. Sie hatten die ganze Nacht durchgearbeitet, aber weder Laura noch Ahmed, noch Ruskin und am allerwenigsten David wirkten auch nur ansatzweise müde.

»Habt ihr kein bisschen geschlafen?«, fragte Shirley. »Ihr seid ja völlig verrückt. Ich mache jetzt erst mal Eier mit Speck für alle. Und eine Kanne Kaffee, bevor ihr zusammenbrecht. Ich kann es nicht fassen … als wenn dieser Papierkram nicht ein paar Stunden hätte warten können …«

»Bitte schimpf nicht!« David gab Shirley einen leichten Stoß in die Rippen. »Wir sind unglaublich glücklich! Ruskin hat eine Goldmine gefunden, und ich habe genügend Material, um eine Biografie zu schreiben, die ein Bestseller werden wird.«

»Aber bitte erklärt es mir noch mal!« Kate konnte es immer noch nicht glauben. »Soll das heißen, dass Onkel Bertie mit Truman Capote befreundet war?«

»Nicht nur das, sondern Capote hat ihm die Idee für einen Roman gestohlen. Darum geht es in *Der Neuankömmling*. Albert hat den ersten Teil der Geschichte geschrieben und Juan Sebastián Arroyo den zweiten. Beide Romane sind in der ersten Person erzählt. In *Der Neuankömmling* berichtet ein junger Mann, wie er das Opfer eines Betrugs wird, und in *Das Haus am Park* reist ein Freund von ihm nach New York, um ihn zurückzuholen und zu verhindern, dass er seinen Wunsch aufgibt, Schriftsteller zu werden. Es handelt sich also nicht um zwei verschiedene Romane, sondern um zwei Teile derselben Geschichte.«

Kate wandte sich an Jeffried.

»Und du meinst, das kann man veröffentlichen?«

»Und ob ich das meine! Natürlich! Wenn alles gut läuft, wird das im nächsten Frühjahr der Knaller unter den literarischen Neuerscheinungen. Es ist zu schön, um wahr zu sein! Ich kann kaum erwarten, es Fiddean zu erzählen.«

In diesem Augenblick klingelte es an der Tür. Es war Forster Smith, den sie angerufen und zum Frühstück hinzugebeten hatten. Sein Sohn erzählte ihm die Neuigkeiten, und die Augen des Professors glänzten, als er die Geschichte hörte, denn das war etwas, wovon jeder Wissenschaftler träumte. Shirley bat alle zu Tisch, auf dem Kaffee und Kakao, Serrano-Schinken und Spiegeleier, Butter, geröstetes Brot und Marmelade angerichtet waren. Ahmed hatte zu seiner üblichen Schüchternheit zurückgefunden und nahm erst Platz, als Shirley ihm mit einem alles andere als schüchternen Schlag auf die Schulter einen Stuhl zuwies.

»Jetzt setz dich endlich hin, Ahmed. Und du, Anna Livia, nimm mal das Tablett mit dem Schinken hier weg, das ist nichts für den jungen Mann. Und jetzt haut rein, bevor noch jemand ohnmächtig wird. Die ganze Nacht auf den Beinen … völlig verrückt!«

Wie abzusehen war, wurden die Nachtarbeiter schon bald von einer großen Müdigkeit übermannt. Laura war kurz davor, mit dem Brot in der Hand einzunicken, sodass Kate sie wie ein kleines Mädchen in ihr Zimmer schickte. Trotz seines Protests wurde Ahmed von seinen Pflichten in der Buchhandlung entbunden. »Du wärst eh keine große Hilfe, weil du mitten im

Laden im Stehen einschlafen würdest«, meinte Kate lachend. Jeffried Ruskin versicherte, dass er sich nicht hinlegen würde, da er einige dringende Telefonate zu erledigen habe, und eine Sekunde später schnarchte er mit dem Kopf auf dem Tisch vor sich hin. Nur David wirkte frisch wie der junge Morgen. Er war fröhlich, glücklich und aufgeregt wie ein kleiner Junge an Weihnachten. Er redete ohne Unterlass und brach ständig in grundloses Gelächter aus. Sein Vater dachte, dass er ihn nur selten derart aufgekratzt erlebt hatte.

»Und in drei Tagen ist schon die Hochzeit«, meinte er. »Oh mein Gott, ich fürchte, dass ich euch in dieser Woche viel zu wenig Aufmerksamkeit geschenkt habe.«

»Das macht nichts. Es war ja für einen guten Zweck«, entgegnete Kate.

»Übrigens, da euer Kram ja jetzt erledigt ist …«, meldete sich Shirley zu Wort, »ich könnte bei den letzten Vorbereitungen gut ein wenig Hilfe gebrauchen.«

In diesem Moment wäre David sogar bereit gewesen, dem Teufel in der Hölle zur Hand zu gehen.

»Ich stehe zu deiner Verfügung, Shirley. Aber zuerst, vorausgesetzt, dass unser Dornröschen hier kurz aus seinen Träumen erwacht …« Er warf einen Blick auf den schlafenden Ruskin, »… sollten wir ins Hotel gehen und ein Nickerchen machen, bevor wir anfangen zu halluzinieren. Dabei fällt mir ein … Kate, hättest du einen Moment?«

Sie verließen die Küche und gingen in das angrenzende Wohnzimmer. David fuhr sich wiederholt durch das Haar, wobei Kate sich nicht sicher war, ob nun auch er müde war und sich auf diese Weise noch einmal wachrütteln wollte oder ob er ihr etwas Unangenehmes mitzuteilen hatte.

»Ich muss etwas mit dir besprechen, aber ich weiß nicht, wie ich es sagen soll.«

Kate ließ sich auf einen Sessel sinken. Was würde Forsters Sohn ihr nun mitteilen? Dass er todkrank war? Dass das mit der Hochzeit alles nur ein Scherz gewesen war? Dass es in der Küche des Hotel Almirante gebrannt hatte und sie nicht in der Lage waren, das Hochzeitsessen zuzubereiten? Dass Forster seine Meinung geändert hatte und die Hochzeit nicht stattfinden würde?

»Es ist etwas, worüber ich schon seit Tagen nachdenke. Na ja, so lange nun auch wieder nicht, vielleicht seit gestern oder vorgestern, aber ich weiß nicht, wie ich die Sache angehen soll.« Verwundert hielt er plötzlich inne. »Warum machst du so ein Gesicht? Es ist nichts Schlimmes.«

Kate seufzte erleichtert.

»Oh, David, es sind so viele Dinge geschehen, dass mich eine derartige Geheimnistuerei gleich in Panik versetzt. Bitte, rück raus damit, und wir versuchen, die Sache zu regeln, aber bitte erschreck mich nicht so.«

David atmete tief durch.

»In Ordnung. Es geht um Laura und darum, was sie bei der Hochzeit anziehen wird.«

Kate zog eine Augenbraue hoch und sah ihn irritiert an.

»Wie?«

»Nun ja, wie soll ich sagen … Laura scheint nicht allzu viel Geschmack zu haben. Oder sie hat kein Geld, was weiß ich? Tatsache ist, dass sie sich nicht besonders gut kleidet. Ich habe keine Ahnung von diesen Dingen, aber wenn es sogar mir auffällt, muss es ja … Jedenfalls denke ich nicht, dass sie etwas hat, das man zu einer Hochzeit anzieht.«

Kate fehlten die Worte. Was wollte der junge Smith ihr mit dieser herabsetzenden Ansprache mitteilen? Nahm er sich wirklich heraus, Lauras Kleidungsstil zu kritisieren? Es stimmte, dass sich ihre Nichte mit dem Einfachsten begnügte, aber welches Recht hatte David, deshalb auf sie herabzusehen?

»Es ist eure Hochzeit, und wir werden alle aussehen wie in einer dieser Klatschzeitschriften. Glaube ich zumindest. Ich bin sicher, dass dein Hochzeitskleid wunderbar sein wird. Mein Vater hat sich einen neuen Anzug gekauft, wenn du das wahrscheinlich auch nicht wissen sollst, und er hat mich dazu gezwungen, das Gleiche zu tun. Jeffried ist sowieso immer wie aus dem Ei gepellt, was ihn angeht, sind wir also auf der sicheren Seite. Anna Livia kann anziehen, was sie will, und sieht immer wie eine russische Gräfin aus, und Shirley ... na ja, ich wette, sie wird alle in den Schatten stellen. Und wenn Laura dann mit einem ihrer Röcke ankommt, die aussehen, als käme sie gerade aus dem Stall, dann wird sie sich schrecklich fühlen, wenn alle anderen so herausgeputzt sind.«

»David, worauf willst du hinaus?«

Der junge Dozent der *Temple University* fuhr sich mit der Hand durch das dichte kastanienfarbene Haar, in einer ganz ähnlichen Art, wie sein Vater es vierzig Jahre zuvor so oft getan hatte.

»Ich würde ihr gern ein Kleid schenken, Kate. Ein schönes Kleid. Ein Kleid, wie es jede junge Frau bei der Hochzeit ihrer Tante gern tragen würde. Egal, was es kostet, ich möchte, dass Laura aussieht wie eine Prinzessin. Bitte geh mit ihr ein Kleid kaufen, ja? Nehmt das, was ihr am besten gefällt. Und ein Paar Schuhe und eine Tasche oder was weiß ich, was Frauen für Hochzeiten brauchen. Und ich bezahle anschließend die Rechnung. Aber das muss unter uns bleiben. Deine Nichte ist stur wie ein Esel und würde niemals ein solches Geschenk von mir annehmen.«

Kate Salomon sah dem jungen Smith, dem sie nur ein paar Minuten zuvor noch die Pest an den Hals gewünscht hatte, in die Augen und stellte fest, dass man sein Urteil über andere Menschen nicht vorschnell fällen sollte. Man musste sich Zeit nehmen. Sie hatte David als einen hoffnungslos rücksichtslosen Rüpel eingestuft, und nun musste sie sich eingestehen, dass sie sich nicht nur geirrt hatte, sondern dass dieser Junge ein Feingefühl an den Tag legte, wie es nicht einmal ihr gegeben war. Kate hatte es für großzügig gehalten, darüber hinwegzusehen, dass ihre Nichte wie ein armes Mädchen gekleidet an ihrer Hochzeit teilnehmen würde. David dagegen hatte viel mehr getan. Er war nicht einfach wohlwollend über das Problem hinweggegangen, sondern er versuchte, es zu lösen. Zwei Tränen stahlen sich aus Kates Augen, und sie dachte gar nicht daran, sie fortzuwischen. Sie hatte die Hände des Sohnes ihres zukünftigen Gatten in die ihren genommen.

»Soll das heißen, du bist einverstanden?«

»Das soll heißen, dass du ein wunderbarer Mensch bist, David. Und dass ich noch einen Grund mehr habe, mich über diese Hochzeit zu freuen. Natürlich werde ich mit Laura einkaufen gehen, und wir werden ein Kleid finden, in dem sie zauberhaft aussehen wird.«

»Vielen Dank, Kate.« Er zwinkerte ihr zu. »Und du weißt schon … Man sollte nicht an der falschen Stelle sparen …«

»Vorsicht!«, rief Shirley. »Seien Sie vorsichtig damit oder … oder ich verklage Sie!«

Ein halbes Dutzend Arbeiter mühte sich im Schweiße ihres Angesichtes damit ab, in der Mitte des Gartens ein weißes Zelt aufzustellen. Das gestaltete sich äußerst schwierig, weil Kates Garten im Grunde ein kleiner Park voller Büsche, Beete und Bäume verschiedener Größe war, sodass es ein echtes Problem darstellte, eine entsprechende Grasfläche zu finden, um den zentralen Zeltmast aufzustellen.

Letztendlich hatten sie entschieden, die Plane über den großen Magnolienbaum zu legen und mithilfe von vier hohen Pfählen eine Art Sonnendach zu spannen, unter das sich die Gäste bei schlechtem Wetter zurückziehen konnten. Die Männer waren um neun Uhr morgens gekommen, und Shirley dirigierte die ganze Operation, ohne dazu aufgefordert worden zu sein.

»Dieser Magnolienbaum hat hier bereits gestanden, bevor Ihre Großeltern auf die Welt gekommen sind!«, schrie sie. »Wenn Sie ihm auch nur ein Blättchen krümmen, geschweige denn einen Ast abreißen, werde ich den Fall meinen Anwälten übergeben.«

Forster, David und Laura betrachteten die Szene aus sicherer Entfernung.

»Wir hätten ihr ein Megafon schenken sollen.«

»Wofür? Damit ihre Stimme durch die ganze Stadt schallt? Sie ist doch auch so schon unüberhörbar.« David schien das Spektakel zu genießen. »Ich hoffe nur, dass diese Männer eine Engelsgeduld haben, ansonsten schmeißen sie alles hin, und wir stehen ohne Zelt da.«

»Oh, ich hoffe, dass das nicht passiert. Tante Kate wäre todunglücklich.«

»Keine Sorge.« Forster legte einen Arm um die Schultern seiner zukünftigen Nichte. »Die Herren hatten schon mehrfach das Vergnügen mit Shirley und dürften sie inzwischen kennen.«

»Langsam und vorsichtig, habe ich gesagt!« Ein Vogel verließ fluchtartig die Kamelie, in der er gesessen hatte, und machte sich auf die Suche nach einem ruhigeren Ort, da dieser Garten sich auf einmal in ein Irrenhaus verwandelt hatte.

In einer Ecke waren jede Menge Tische und mehr als hundert Stühle gestapelt, und in wenigen Minuten würden die Kisten mit all den Dingen gebracht werden, die für den Hochzeitsempfang gebraucht wurden: Teller verschiedener Größe, Besteck, Gläser, Sektkelche, Stoffservietten, Tabletts und große und kleine Schüsseln … Ein Elektriker war bereits früh am Morgen gekommen und hatte alles vorbereitet, um lange Lichterketten aufzuhängen, doch da er irgendetwas vergessen hatte, war er noch einmal in seine Werkstatt gefahren und hatte sämtliche Kabel auf dem Boden liegen lassen. Drei große Löcher waren in den Boden gegraben worden, um die Pfosten für die Zeltplane dort einzusetzen, und neben dem Hortensienbeet stand eine Art Plastiktruhe. Wo man auch hinsah, überall regierte das Chaos. Laura dachte, dass es wohl eines Wunders bedürfe, wenn man hier in vierundzwanzig Stunden die Hochzeit ihrer Tante feiern wollte.

»Mach dir keine Sorgen, Laura.« David, der neben ihr stand, merkte ihr die Unruhe an. »Das geht schneller, als wir denken, und es wird perfekt sein.«

»Woher willst du das wissen?«

»Ich weiß es einfach. Überleg mal: Diese zwei greisen Turteltauben haben Himmel und Hölle in Bewegung gesetzt, um nach fünfzig Jahren endlich zu heiraten. Da wird das Ganze schon nicht daran scheitern, dass hier und da noch ein wenig Unordnung herrscht. Beruhige dich, und genieß die Show. Sieh dir mal den Mann dort an, der gerade von Shirley zur Schnecke gemacht wird. Er sieht aus, als würde er gleich platzen.«

Laura betrachtete den armen Mann mit dem hochroten Gesicht, der den Kopf senkte, während er von der Organisatorin lautstark beschimpft wurde.

»Ich habe Ihnen gesagt, dass Sie einen Tag vorher herkommen sollten, um den Baum auszumessen! Habe ich es gesagt oder nicht?«

»Ja, Señora, das haben Sie, aber …«

»Kein Aber … Es ist mir egal, wo Sie das verdammte Seil herkriegen, und ich gebe Ihnen noch eine Stunde … nein … eine halbe Stunde.«

David verbiss sich das Lachen.

»Das ist besser als Kino. Wir hätten uns Popcorn besorgen sollen.«

»Zum Glück ist Tante Kate nicht hier. Ich glaube, das würde sie nervös machen. Übrigens, wo ist sie eigentlich?«

»Sie und Jeffried müssen noch ein paar Dinge mit dem Verlag klären. Sie sind im Haus und schreiben E-Mails.«

»Na, dann hoffe ich, dass das noch eine Weile dauern wird. Denn wenn sie sieht, wie Shirley mit diesen Männern umgeht oder welcher Gefahr ihre Blumen ausgesetzt sind, wird sie einen Anfall kriegen.«

Tatsächlich war Kate Salomon mit anderen Dingen beschäftigt. Sie und Jeffried Ruskin verhandelten geschickt mit dem Verlag über die Vorauszahlung für Albert Salomons Roman. Der Lektor vor seinem Tablet sitzend und Kate vor ihrem Computer, versuchten sie gemeinsam in Kates kleinem Arbeitszimmer, die Vorauszahlung, die Somerset Publishers zu zahlen bereit war, bis ins Letzte auszureizen.

»Also … das ist die Mail, die Fiddean mir gestern Abend geschrieben hat.«

Von: Fiddean@somersetpublishers.com
An: Jeffriedruskin@somersetpublishers.com

Lieber Jeffried,
ich kann Dir gar nicht sagen, wie froh wir hier alle sind. Mr. Atkinson gratuliert Dir herzlich, und der gesamte Vertrieb hat begeistert applaudiert.
Nun sollten wir gleich zu den praktischen Dingen schreiten und die Sache mit dem Vorschuss klären. Mr. Atkinson ist bereit, eine Gesamtsumme von 120 000 Pfund für beide Romane zu zahlen, die dann jeweils zur Hälfte an die Erben der beiden Autoren gehen würden. Natürlich wollen wir verhandeln, sodass wir zunächst nur die Hälfte bieten.
Wir planen, beide Romane unter Einsatz des gesamten Marketingfeuerwerks Anfang April auf den Markt zu bringen, um nach der Zündung dieser Kanone die internationalen Rechte auf der Londoner

Buchmesse anzubieten. Wir haben bereits mit der Vorbereitung einer Pressekampagne begonnen, die wie eine Bombe einschlagen wird. (Ich rede schon so kampfeslustig wie Maggie Thatcher, hehehe!)
Wir hoffen, so bald wie möglich von Dir zu hören, die Rechtsabteilung bereitet schon mal die Vertragsunterlagen vor.

»Margaret Thatcher?«, rief Kate ungläubig aus. »Wer erinnert sich denn noch an die?«

»Fiddean auf alle Fälle.«

»Was für ein Idiot.«

»In der Tat, aber ohne ihn läuft bei Somerset Publishers gar nichts. Offensichtlich ist er bereit, großzügig zu sein. Sind sechzigtausend Pfund für dich akzetabel? Das sind etwa siebzigtausend Euro.«

Kate seufzte entzückt.

»Das ist ein Vermögen. Aber Fiddean will verhandeln.«

»Ja. Das hat er sich fein ausgerechnet. Aber nicht mit uns. Wir werden diesen Hai jetzt ein wenig erschrecken. Oh, Mann, fünfzehn Jahre lang habe ich von diesem Moment geträumt!«

Von: Jeffriedruskin@somersetpublishers.com
An: Fiddean@somersetpublishers.com

Lieber Paul,
ich fürchte, wir haben uns mit Kate Salomon ein wenig verrechnet. Ich habe mich gleich heute Morgen mit ihr zusammengesetzt und ihr einen Vorschuss von 40 000 Euro angeboten. Darauf hat sie ein seltsames Gesicht gemacht. Nachdem ich eine Weile nachgebohrt habe, ist sie damit herausgerückt, dass ein anderer Verlag bereits an sie herangetreten ist und eine wesentlich höhere Summe geboten hat. Wahrscheinlich sind das diese Mistkerle von BlueWords, die waren schon immer hinter den Büchern von Albert Salomon her.

Ich habe keine Ahnung, wie sie herausgefunden haben, dass dieses Originalmanuskript aufgetaucht ist, aber vergiss nicht, dass Kate nicht vertraglich verpflichtet ist, die Rechte an dem Buch an uns zu verkaufen. Ich habe versucht, unser Gebot zu erhöhen, aber Kate scheint ziemlich verärgert zu sein und will nicht mehr mit uns reden. Sie meint, dass wir ihre Gutgläubigkeit ausnutzen wollten. Ich glaube, ich habe sie noch nie so aufgebracht erlebt. Ich kann nicht fassen, dass das Ganze jetzt daran scheitern soll, aber wir haben ein ernsthaftes Problem.

Jeffried Ruskin sah Kate zufrieden an und schickte die Mail ab.

»Was, glaubst du, wird passieren?«

»Wenn Fiddean merkt, dass ihm die Felle davonschwimmen, kommt er schon in die Puschen. Warten wir ab, wie er reagiert. Ich wette, wir müssen nicht lange auf seine Mail warten, er hängt sowieso den ganzen Tag vor dem Computer.«

Doch diesmal hatte Ruskin sich verrechnet. Als Fiddean klar wurde, dass ihm tatsächlich die Felle wegzuschwimmen drohten – die Vorstellung, dass die literarische Sensation des Jahres bei BlueWords oder einem anderen Konkurrenten landen könnte, verursachte ihm Erstickungsgefühle –, war er der Meinung, dass es nicht ausreichte, einfach nur eine weitere Mail zu schicken, und so griff er zum Telefon und wählte Ruskins Nummer.

»Ich glaube, dein Handy klingelt.«

»Ich hätte es ausschalten sollen.« Jeffried griff in die Hosentasche. »Oh, das ist Fiddean! Das hätte ich nicht erwartet, er benutzt das Telefon so gut wie nie.«

Kate stand die Angst ins Gesicht geschrieben.

»Was machen wir jetzt?«

»Ich stelle auf Lautsprecher. Bitte versuch, nicht laut zu lachen.«

Es wäre nicht nötig gewesen, Kate das Lachen zu untersagen, denn sie fand das Ganze absolut nicht komisch. Jeffried Ruskin dagegen schien sich prächtig zu amüsieren.

»Hi Fiddean, wie geht's?«

»Wie soll es mir schon gehen? Du hast mir gerade mitgeteilt, dass uns der Knüller des Jahres durch die Lappen gehen könnte, und fragst, wie es mir geht? Wie, zum Teufel, konnte BlueWords davon erfahren?«, brüllte er in den Hörer.

Fiddean klang äußerst unwirsch. Ruskin stellte ihn sich mit hochrotem Gesicht in seinem schönen Büro mit den weißen Möbeln vor, wie er wie ein Löwe im Käfig auf und ab lief und nach irgendeinem Objekt Ausschau hielt, das er mit Fußtritten traktieren konnte.

»Ich habe da so eine Ahnung …«

»Was du nicht sagst?! Kates zukünftiger Ehemann steckt dahinter, oder? Verdammt! Als ich gehört habe, dass die blöde Alte heiraten will, schien mir das einfach nur lächerlich, aber das Letzte, womit ich gerechnet habe, ist, dass uns ein seniler Tattergreis auf einmal Probleme macht.«

In diesem Moment dachte Jeffried Ruskin, dass es vielleicht doch keine so gute Idee gewesen war, das Telefon auf Lautsprecher zu stellen. Doch Kate schien nicht beleidigt zu sein. Mit gespannter Miene verfolgte sie das Gespräch.

»Paul, ich fürchte, dass du Forster Smith ein wenig leichtfertig beurteilst. Ich würde ihn nicht als senilen Tattergreis bezeichnen. Im Gegenteil, er ist einer der klügsten Menschen, die ich kenne, ein höchst gebildeter Wissenschaftler. Ich glaube nicht, dass er etwas damit zu tun hat … wohl eher sein Sohn.«

»Dieser komische Kauz, der an Albert Salomons Biografie arbeitet?«

»Ja, Fiddean, genau der. Da wir ihm für sein Buch kein Angebot unterbreitet haben, nehme ich an, dass er einige amerikanische Verlage kontaktiert hat, und vielleicht ist ihm dabei eine Andeutung in Bezug auf *Der Neuankömmling* herausgerutscht.«

»Und warum, zum Teufel, hast du diesem verdammten Idioten keinen Vertrag für sein bescheuertes Buch angeboten?«

»Weil du es mir nicht gesagt hast, Paul. Wie du weißt, bin ich nicht berechtigt, Sachbücher für den Verlag einzukaufen. Daher hat dieser vermaledeite Smith offenbar nach Alternativen gesucht, für den Fall, dass er bei uns nicht weiterkommt. Und da Kate nun bald seine Stiefmutter ist, halte ich es durchaus für möglich, dass er sie in seine Verhandlungen mit einbezogen hat. Das würde ich genauso machen. Und du auch.«

Es folgte eine lange Stille. Jeffried Ruskin kannte seinen Chef gut genug, um ihn sich vorstellen zu können, wie er sich jetzt schwer atmend in seinen Sessel fallen ließ, die Hände auf seinem exquisiten Philippe-Starck-Schreibtisch gefaltet – ein Geburtstagsgeschenk von Fiddeans komplett geliftteter millionenschwerer Gattin –, und mit sich kämpfte, ob er das Ganze zum Teufel wünschen oder die Kröte schlucken sollte.

»Paul? Bist du noch da?«

»Ja, ja natürlich. Wo sollte ich denn hingegangen sein? Hör zu, ich will die Sache jetzt auf der Stelle klarmachen. Ruf diesen Smith an und biete ihm fünfzigtausend Pfund für seine verdammte Biografie. Aber mach ihm klar, dass wir nicht mit uns handeln lassen. Was Kate angeht, werde ich sie persönlich anrufen, um die Katastrophe zu verhindern. Ich hoffe, dass *Der Neuankömmling* wirklich ein Erfolg wird, sonst wird einer von uns es nicht überleben. Der Spaß kostet uns ein Vermögen.«

Ruskin machte das Siegeszeichen.

»Keine Panik, Fiddean. Wir werden das Geld locker wieder reinverdienen. Wir bringen den Roman im Frühjahr und die

Biografie im Herbst, wenn *Der Neuankömmling* in den USA erscheinen wird. Und wir werden ein Vermögen damit verdienen.«

»Das hoffe ich für dich. Einen schönen Tag noch.«

Jeffried sagte kein Wort, bis er sich versichert hatte, dass das Gespräch wirklich beendet war. Dann wandte er sich an Kate.

»Na, wie findest du das? Ich habe das mit deinem Vorschuss geregelt und einen Vertrag für Davids Biografie rausgeschlagen.«

»Ich finde, du bist ein Genie. Aber glaubst du, dass Fiddean mich wirklich anrufen wird? Ach, Jeffried, ich hoffe, nicht. Ich müsste die beleidigte Leberwurst spielen, und ich glaube nicht, dass …«

»Keine Sorge, das würde ganz und gar nicht zu ihm passen. Er hat sicher keine Lust, mit jemandem zu telefonieren, von dem er denkt, dass er wütend ist. Er wird dir eine Mail schicken. Wenn ich mich nicht sehr täusche, ist er bereits dabei, sie zu schreiben.«

Obwohl die Fenster geschlossen waren, schallten aus dem Garten Stimmen herauf. Als Kate daran dachte, dass das, was dort unten geschah, für sie stattfand, spürte sie ein glückliches Kribbeln. Alles war perfekt, sogar die Wettervorhersage, die Shirley mit pathologischer Ungeduld mindestens ein halbes Dutzend Mal am Tag konsultierte. An ihrem Hochzeitstag würde es sonnig und warm sein, das Regenrisiko war gleich null. Der schönste Tag des Jahres, sagte sie sich und seufzte. Der schönste Tag des Jahres für den schönsten Tag in ihrem Leben.

»Ist die Mail schon da?« Ruskin blickte über ihre Schulter auf den Bildschirm ihres Laptops.

»Noch nichts. Vielleicht gibt es ein Problem mit der Verbindung. Diese alte Kiste stürzt mir immer ab!« Genau in diesem Moment wurde ein neuer Posteingang angezeigt. »Oh, warte, gerade ist etwas gekommen … Es ist eine Nachricht von Fiddean!«

Von: Fiddean@somersetpublishers.com
An: katesalomon124@hotmail.com

Liebe Kate,
ich habe gerade mit Jeffried Ruskin telefoniert, und ich fürchte, es hat da ein furchtbares Missverständnis gegeben, was den Vorschuss für Der Neuankömmling *angeht, den Somerset Publishers Ihnen anbieten möchte. Ich weiß, dass Ruskin von 40 000 Euro gesprochen hat, doch die Gesamtsumme, die wir als Vorauszahlung für dieses Projekt eingeplant haben, beläuft sich auf 120 000 Pfund, was einen Anteil von 60 000 Pfund für die Erben jedes der beiden Autoren ergibt. Ich habe keine Ahnung, wie Ruskin auf die Garantie gekommen ist, die er Ihnen geboten hat, aber Sie haben mein Wort, dass es anders geplant war. Ich hoffe, dass Sie uns unseren kleinen Irrtum nachsehen können, und bitte vergessen Sie nicht, dass Somerset Publishers der Verlag ist, der Ihren Onkel Albert stets respektiert und geachtet hat. Ich verspreche, dass Sie es nicht bereuen werden, mit diesem Buch sein Gesamtwerk in unsere Hände zu legen.*

»Jetzt nennt er mich ›liebe Kate‹, nachdem er mich eben noch als ›blöde Alte‹ bezeichnet hat …«

»Aber es hat nicht lange gedauert, dass er auf die Knie gefallen ist und um Gnade gewinselt hat. Wirst du antworten?«

»Am liebsten würde ich es nicht tun. Zumindest nicht jetzt gleich. Er sollte ruhig ein paar Tage schmoren und denken, dass die Konkurrenz um mich wirbt und dass ihm das Geschäft vielleicht durch die Lappen geht. Aber ich heirate in vierundzwanzig Stunden, und ich möchte, dass alle Welt glücklich ist. Daher werde ich Mr. Fiddean schreiben, damit er nicht länger

Blut und Wasser schwitzt.« Sie setzte ihre Brille auf und legte die Finger auf die Tastatur. »Oh, nein, jetzt ist der Computer wirklich abgestürzt! Das Mistding ist reif für den Schrottplatz … Wie ärgerlich! Ausgerechnet jetzt!«

»Schalte ihn aus und mach ihn wieder an. Bei mir funktioniert das immer.«

»Lass mal, ich leih mir einfach Shirleys Computer aus. Der ist ganz neu und hat keine Macken.«

Kate verließ das Zimmer und kam kurz darauf mit Shirleys Laptop zurück. In der Tat war es einer der letzten Generation, besonders flach und in einer Farbe, die zwischen Silber und Rosa changierte. Kate schaltete den Computer ein, und wie es der Zufall wollte, stach ihr eine Mail ins Auge, die automatisch auf dem Bildschirm erschienen war.

Von: shirleytemple25@hotmail.com
An: sunsetcafestaff@sunsetcafe.com

Lieber James,
ich hoffe, dass es Dir und Lotta gut geht. Ich denke, dass Du Dir keine Sorgen mehr machen musst, denn ich würde jede Wette eingehen, dass die Hochzeit nicht stattfinden wird. Gestern hat Deine Tochter sich Forster vorgenommen und ihm ins Gesicht gesagt, dass sie weiß, was er vorhat, und dass sie nicht zulassen wird, dass er ihre Tante Kate auf diese Art ausnutzt. Wie es aussieht, hat Forster es mit der Angst bekommen, und vielleicht wird er heute Abend noch abreisen, denn im Hotel hat man mir gesagt, dass er ein Taxi zum Flughafen bestellt hat. Deine Tochter ist großartig, James. Hinter ihrem harmlosen Aussehen verbirgt sich eine eiskalte Strategin, und das meine ich durchaus positiv.
Ich halte Dich auf dem Laufenden, aber ich kann Dir jetzt schon sagen, dass es keinen Grund zur Beunruhigung gibt. Ich hoffe, dass ich Dir in Kürze äußerst gute Nachrichten mitzuteilen habe.

Kate las die Mail zwei Mal und wurde derart blass, dass Jeffried Ruskin glaubte, sie wäre einem Herzinfarkt nahe. Sie stellte den Laptop auf dem Bett ab und riss das Fenster auf. Aus dem Garten strömte der Duft nach Blumen und frisch gemähtem Gras herein, und es waren ein paar Rufe und das ferne Motorgeräusch eines Rasenmähers zu hören, das sich mit einem metallischen Hämmern vermischte. Doch zu Ruskins Überraschung erhob sich Kates stets angenehme, wohlklingende, höfliche Stimme laut über den Lärm sämtlicher Vorbereitungsmaßnahmen.

»Shirley Saunders! Komm sofort in die Küche! Ihr alle! Auf der Stelle!«

»Was, zum Teufel, ist das?«

Shirley brauchte gar nicht erst auf den Bildschirm ihres Laptops zu schauen, sie wurde gleich rot wie eine Tomate. Nachdem sie in die Küche gekommen war, hatte ein Blick auf ihren hübschen Computer, der auf dem Tisch stand, gereicht, dass sie sich abgrundtief schämte. Sie legte eine Hand an ihre Stirn und bedauerte aufrichtig, nicht in der Lage zu sein, eine Ohnmacht vorzutäuschen.

»Shirley, ich warte!«

»Ich kann das erklären …«

»Natürlich kannst du das erklären. Ich gebe dir fünf Sekunden.«

Forster und sein Sohn sahen sich ratlos an.

»Kate, Liebes, worum geht es denn?«

»Das wird Shirley uns jetzt hoffentlich erzählen. Und es beruhigt mich außerordentlich, deinen verwirrten Gesichtsausdruck zu sehen, der mir sagt, dass du nichts mit der Sache zu tun hast … Was ich von Anna Livia und meiner Nichte nicht behaupten kann.«

In diesem Moment brach Laura in Tränen aus. Anna Livia ihrerseits war kreidebleich geworden und rang nervös die

Hände, da sie das Gefühl hatte, als wäre jegliches Blut daraus gewichen.

»Laura, jetzt mach mich, um Gottes willen, doch nicht *noch* nervöser«, schnauzte Shirley. »Und du, Kate, reg dich nicht auf, bevor du überhaupt weißt, warum. Könnten wir uns bitte erst einmal alle hinsetzen? Ich bin seit drei Stunden ununterbrochen auf den Beinen und habe Rückenschmerzen. Heftige Rückenschmerzen.«

David Smith war kurz davor, laut zu lachen, doch lieber nahm er genau wie alle anderen an dem großen Holztisch Platz, an dem im Haus von Kate Salomon üblicherweise gefrühstückt wurde. Die Zweige eines Baumes – eines Apfelbaumes wahrscheinlich – klopften von außen leicht ans Fenster, an dem ein Paar hübsche gelbe Vorhänge angebracht waren, um die Hausbewohner vor der allzu heftig strahlenden Sommersonne zu schützen. An der cremefarben gekachelten Wand hingen ein paar kleine Regale, auf denen Tassen in allen Variationen, Töpfe mit Küchenkräutern und Kochbücher standen. Das altmodische Küchenbüfett aus hellem Holz war mit Tellern und Gläsern gefüllt, und an einem Haken hingen etwa ein halbes Dutzend bunte Schürzen. David dachte, dass dies wohl die schönste Küche war, die er je gesehen hatte, wobei es zugegebenermaßen das erste Mal war, dass er überhaupt eine Küche bewusst in Augenschein nahm.

»Laura.« Shirley sah die junge Frau an und legte sich eine Hand auf die Brust. »Ich fürchte, du musst mich von dem Versprechen entbinden, dein Geheimnis für mich zu behalten.«

Laura nickte schluchzend. Auf die Spüle gestützt, wünschte Jeffried Ruskin, er könnte sich in Luft auflösen. David hingegen hoffte, dass diese spannende Szene durch niemanden unterbrochen würde. Forster hatte Kate schützend einen Arm um die Schultern gelegt, und David dachte, dass die Geste seines Vaters äußerst aufmerksam wirkte. Ein Ritter ohne Schwert, der die Dame seines Herzens gegen den bösen Drachen verteidigt. Wobei Kate in ihrer Wut beinah selbst wie ein Feuer speiender Drache wirkte. So hatte er sie noch nie gesehen. Er war aufrichtig beeindruckt, und es interessierte ihn brennend, was sie so in Rage gebracht hatte. Allerdings wagte er nicht, danach zu fragen. Mal sehen, was Shirley zu sagen hatte.

»Es ist so, Kate: Als du deinen Bruder darüber informiert hast, dass du heiraten wirst, hat er das nicht gerade als eine gute Nachricht empfunden. Ehrlich gesagt, war es für ihn ein Schlag ins Gesicht. Er ist davon überzeugt, dass Forster eine Art Heiratsschwindler ist, der eine alte Dame um ihr Vermögen bringen will, weshalb der gute James seine Tochter hergeschickt hat, um die Hochzeit zu verhindern. Ja, ich weiß, was du sagen willst … Auch ich kann mir Laura nicht in der Rolle einer Saboteurin vorstellen … Nimm es nicht persönlich, Kleine.«

Laura schniefte.

»Tatsache ist jedenfalls, dass Laura sich mir anvertraut hat und ich Anna Livia eingeweiht habe. Und gemeinsam haben wir beschlossen, deinen Bruder, diesen Schuft, in die Schranken zu weisen.«

»Das ist so nicht ganz richtig.« Anna Livias ansonsten so wohlklingende Stimme klang spitz und ängstlich zugleich. »Ich habe immer gesagt, dass das keine gute Idee ist …«

»Daran kann ich mich aber nicht erinnern.« Shirley warf Anna Livia einen drohenden Blick zu, der diese unverzüglich zum Schweigen brachte. »Tatsache ist, Kate, dass dein Bruder ein paar äußerst üble Dinge im Sinn hatte. Er wollte zusammen mit einem Anwalt hier auftauchen. Stell dir vor, was das für ein Skandal gewesen wäre! Er hatte vor … Er hatte vor, Forster als Heiratsschwindler vor Gericht zu bringen und dem Richter zu sagen, dass du nicht mehr klar bei Verstand bist.«

»Dem Richter? Welchem Richter?«

Mit dieser Frage hatte Shirley nicht gerechnet, aber sie war nicht so weit gekommen, um nun klein beizugeben.

»Na ja, dem erstbesten, den sie finden könnten, nehme ich an.« Sie wandte sich an David und dann an Ruskin, als hielte sie die beiden aus irgendeinem Grund für kompetent in der Angelegenheit. »Gibt es nicht Richter, die dafür zuständig sind, Hochstapler zu verurteilen, die betagte Damen ausnehmen wie eine Weihnachtsgans?«

Kate und Forster hatten mit offenem Mund zugehört. Nun sahen sie sich an. Forster blickte in Kates blaue Augen – diese wunderbaren blauen Augen, derentwegen er den Ozean überquert hatte –, und Kate sah in die braunen Augen Forster Smiths. Und in jenem Moment, als alle dachten, dass nun die Katastrophe ihren Lauf nehmen würde, fingen beide an zu lachen. Es war ein von Herzen kommendes, aufrichtiges, fröhliches Lachen voller Optimismus. Es war das Lachen zweier Menschen, denen auf einmal bewusst wurde, dass sie noch oft die Möglichkeit haben würden, gemeinsam über all das zu lachen, was das Leben für sie noch bereithielt. Sie lagen sich in den Armen und lachten.

»Oh, Mann, was für eine irre Geschichte!« Kate wischte sich die Tränen aus den Augen. »Ihr drei seid … vollkommen verrückt. Wie kann man nur auf so einen Gedanken kommen?«

Wieder fing sie an zu lachen, diesmal an Forsters Schulter gelehnt. Anna Livias Gesicht bekam allmählich wieder Farbe, und sie bemerkte, dass auch die Temperatur ihrer Hände sich normalisierte.

»Laura, meine Liebe, komm her.«

»Tante Kate, es tut mir so leid. Ich wollte nie etwas tun, das …«

»Schhh!« Kate umarmte ihre Nichte und gab ihr einen Kuss auf die Stirn. »Das weiß ich doch, Laura. Du bist ein gutes Mädchen. Aber manchmal überrollen uns die Ereignisse.«

Kate lachte nun nicht mehr. Ihrem Gesicht war jene Ernsthaftigkeit abzulesen, die Forster nur allzu gut kannte und die sie immer dann an den Tag legte, wenn sie etwas Wichtiges mitzuteilen hatte. »Meine Liebe, ich bin mir absolut dessen bewusst, dass dein Vater von dem Gedanken an mein angebliches Vermögen besessen ist. Ich fürchte, er wäre ziemlich enttäuscht, wenn er wüsste, dass ich gar nicht so reich bin, wie er denkt. Onkel Alberts Bücher, selbst die erfolgreichsten, bringen längst nicht so viel Geld ein, wie die Leute meinen. Und ehrlich gesagt habe ich mir ein ziemlich gutes Leben gegönnt, ohne an meine Erben zu denken.«

»Was hättest du auch sonst tun sollen?« Shirley hatte jetzt schon eine ganze Weile nichts mehr gesagt und war froh, wieder zu Wort zu kommen. »Oder glaubst du, dass dein Onkel Albert dich als Erbin eingesetzt hat, damit du alles mit James und Lotta, dieser raffgierigen Hexe, teilst? Ich jedenfalls bin äußerst froh darüber, dass du jedes Pfund für dich ausgegeben hast, Kate Salomon ... Ich bin froh, dass du diese völlig überteuerte Miete in London bezahlst und dass ...«

»Shirley, wenn du mich bitte ausreden lassen würdest! Laura, wir müssen eine Möglichkeit finden, deinem Vater klarzumachen, dass ich keine Reichtümer besitze. Ich habe mein ganzes Geld in dieses Haus und die Buchhandlung gesteckt. Es ist nichts mehr übrig. Wenn nicht zufällig dieses unveröffentlichte Manuskript meines Onkels aufgetaucht wäre, wäre ich tatsächlich in finanzielle Schwierigkeiten geraten.«

»Wärst du nicht«, protestierte Forster. »Ein derartiges Problem oder irgendein anderes wirst du nie wieder haben. Zumindest nicht solange ich da bin.«

Die vier anwesenden Frauen seufzten im Chor, und Kate gab Forster einen Kuss auf die Wange.

»Ich weiß, mein Schatz. Ich bin gerade dabei, eine äußerst vorteilhafte Verbindung einzugehen. Aber eines möchte ich in diesem Moment ein für alle Mal klarstellen: Laura, auch wenn es deinen Eltern vielleicht nicht gerecht erscheint, sie werden in meinem Testament nicht erwähnt werden. James hat das gesamte Vermögen meines Vaters geerbt, daher halte ich es nicht für unangemessen, dass mein Onkel mir seines hinterlassen hat. Vor ein paar Tagen habe ich einen Entschluss gefasst: Alles, was ich habe, wird nach meinem Tod an Ahmed und seine Familie gehen. Ahmed soll die Buchhandlung bekommen und auch dieses Haus, wobei« – sie wandte sich an Shirley und Anna Livia – »ihr beide natürlich hier wohnen könnt, solange ihr wollt.«

Diesmal war es Anna Livia, die in Gelächter ausbrach. Und jeder, der ihr elegantes, reines, unschuldiges und so musikalisches Lachen zum ersten Mal hörte, wollte es am liebsten für immer aufbewahren.

»Kate … du bist wirklich einzigartig, aber darf ich dich daran erinnern, dass ich zehn Jahre älter bin als du. Daher fürchte ich, dass ich die Erste sein werde, die diese Welt verlassen wird. Aber ich danke dir sehr dafür, dass du alten Leuten gegenüber so rücksichtsvoll bist und ich nicht irgendwann unter einer Brücke schlafen muss.«

»Das Gleiche gilt für mich«, fügte Shirley hinzu, der zwei dicke Tränen über die Wangen liefen.

»Und warum weinst du dann?«

»Ich hasse es, über den Tod zu reden«, stöhnte Shirely. »Es ist vollkommen blödsinnig, Pläne für die Zeit zu schmieden, wenn du nicht mehr da sein wirst. Und ausgesprochen traurig.«

Diesmal umarmte Kate ihre Freundin.

»Red keinen Unsinn. Man stirbt nicht früher, nur weil man darüber spricht. Man sagt sogar, dass sich dadurch das Leben verlängert. Jedenfalls – sollte dann noch Geld vorhanden sein, was durchaus möglich ist, möchte ich es für einen wohltätigen Zweck spenden. Und dann ist da noch etwas …

mein Haus in Brighton.« Sie wandte sich wieder an Laura. »Vor vielen Jahren habe ich in Brighton ein Haus am Strand gekauft. Nichts Großes: zwei Schlafzimmer, ein Wohnzimmer, ein kleiner Garten. Aber ich werde nicht mehr dorthin zurückkehren. Ich hatte vor, es zu verkaufen, aber ich habe es mir anders überlegt. Laura, ich möchte dir dieses Haus schenken. Und nicht erst, wenn ich gestorben bin. In ein paar Wochen werden wir das regeln.«

»Aber Tante Kate ...«

»Ich weiß, dass du bei deinen Eltern lebst, weil du dir wegen der Scheidung keine eigene Wohnung leisten kannst. Das ist nicht gut für dich, und ich würde mich freuen, an dieser misslichen Situation etwas zu ändern. Wenn Forster und ich von unserer Hochzeitsreise zurückkehren, lasse ich die entsprechenden Unterlagen vorbereiten. Du kannst dort einziehen, es verkaufen oder was auch immer.«

Eine Weile sagte keiner ein Wort. Von draußen waren entfernt die Stimmen der Arbeiter zu hören, die immer noch damit beschäftigt waren, das Zelt zu errichten. Forster hatte Kate einen Arm um die Taille gelegt und zog sie zu sich heran, um ihr einen Kuss aufs Haar zu geben. Shirley bedauerte, dass diese ergreifende Szene nicht von einem Symphonieorchester untermalt werden konnte. Kate nahm lächelnd Forsters Kuss entgegen, dann machte sie sich zärtlich von ihm los.

»Könnt ihr mir mal sagen, warum ihr alle hier herumsitzt und Löcher in die Luft starrt? Da draußen gibt es jede Menge zu tun! Und wir beide, Jeffried, haben noch ein paar Dinge mit einem gnadenlosen Verlag zu regeln. Denn, falls ihr es vergessen habt, morgen wird hier eine Hochzeit gefeiert.«

»Fünfzigtausend Pfund?«

»Ja. Das sind etwa fünfundsiebzigtausend Dollar. Das ist kein Riesenvermögen, aber ziemlich viel für so ein Buch.

Allerdings musst du dich mit der Fertigstellung beeilen. Paul Fiddean möchte es gleichzeitig mit dem Erscheinen des Romans in den USA veröffentlichen.«

»Das ist kein Problem. Direkt nach der Hochzeit werde ich mich voll aufs Schreiben konzentrieren. Fünfundsiebzigtausend Dollar.« David stieß einen Pfiff aus. »Wow, Ruskin, das ist mehr, als ich erwartet habe. Eigentlich habe ich gar nichts erwartet, sondern wollte einfach nur sicher sein, dass das Buch irgendwo erscheint. So viel Geld dafür zu bekommen … Das ist wirklich eine Überraschung.«

David Smith und Jeffried Ruskin saßen an einem Tisch im Café del Centro zusammen und genossen jeder einen Gin Tonic und die Ruhe im Lokal. Es war halb elf Uhr abends, und das Café füllte sich üblicherweise erst nach elf Uhr. David runzelte die Augenbrauen und starrte in seinen Longdrink, in dem ein Stück Zitronenschale und ein paar Wacholderbeeren schwammen.

»Woran denkst du?«

»Mhm … weißt du, mir ist da gerade eine verrückte Idee gekommen. Ein völlig abgedrehter Gedanke, und ich nehme mal an, der Grund dafür ist, dass ich dauernd diesem ganzen Gefühlskram ausgesetzt bin, der hier zusammenkommt. Die Hochzeit, mein Vater, der sich benimmt wie ein verliebter Teenager, das, was Kate heute Morgen gesagt hat …«

Ruskin nahm einen Schluck von seinem Gin Tonic und sagte sich, dass die Sache allmählich interessant wurde.

»David, es wäre schön, wenn du endlich zum Punkt kämst.«

»Bitte lach jetzt nicht. Es geht um das Geld, über das wir eben gesprochen haben. Ich habe das Gefühl, dass ich es nicht verdient habe.«

Nun musste Ruskin doch lachen.

»Aber natürlich verdienst du es. Du wirst in den nächsten sechs Monaten wie ein Irrer arbeiten müssen. Und wenn die

Marketingabteilung des Verlags ein Auge auf dich wirft und dich für die Promotion deines Buches einspannt, wirst du dir wünschen, das Doppelte verlangt zu haben. Also hör auf, so einen Blödsinn zu reden.«

»Darum geht es nicht, Jeffried. Ich bin Wissenschaftler. Ein … ein Intellektueller. Und ich habe den Eindruck, dass all das einfach so vom Himmel gefallen ist. Ohne dass ich viel dazu beigetragen habe. Verdammt, alle Biografen, die ich kenne, haben über Jahrzehnte das Material für ihre Bücher zusammengesammelt. Mein Vater hat sich fünf Jahre lang die Nächte um die Ohren geschlagen, um seine Monografie über Singer Sargent fertigzustellen. Und ich beschäftige mich gerade mal vier Monate mit dem Werk von Albert Salomon, und plötzlich lande ich hier, und mir fällt auf einmal alles in den Schoß, was locker ausreicht, um dreihundert Seiten oder noch mehr zu füllen. Ich weiß nicht, aber ist das nicht ungerecht?«

»David, worauf willst du hinaus?«

Der junge Dozent atmete tief durch, strich sich mit der Hand durchs Haar und richtete dann einen entschlossenen Blick auf Jeffried Ruskin.

»Ich werde Kate anbieten, mich als ihr Partner an der Umgestaltung der Buchhandlung zu beteiligen. Man könnte dort ein Café einrichten. Du selbst hast gesagt, dass das die Leute anzieht. Und Kate könnte Veranstaltungen organisieren, Buchpräsentationen, Vorträge oder was weiß ich, was man sonst noch an so einem Ort machen kann.« Er überlegte. »Natürlich müsste man zusätzliches Personal einstellen. Ahmed kann das nicht alles allein bewältigen. Aber er hat ja eine große Familie. Die wollen sicher lieber Getränke servieren, als in den Straßen Rosen zu verkaufen.«

Jeffried Ruskin leerte seinen Gin Tonic. Das, was er da hörte, ließ ihn absolut nicht gleichgültig. Tatsächlich war David Smith ganz anders, als er gedacht hatte. Da rückte der Kerl auf einmal mit jeder Menge ehrbarem Gefühl heraus! Offensichtlich schlummerte in ihm ein ungeahntes Reservoir an beachtlicher Großzügigkeit, und alles, was ihn an dem jungen Mann gestört hatte – seine bissige Ironie, seine abwertende Haltung, sein unglaubliches Talent, wie ein Elefant auf den Gefühlen der anderen herumzutrampeln –, war nur eine Art Fassade. In diesem Moment hätte er ihn am liebsten umarmt. Aber Jeffried Ruskin gehörte nicht zu den Menschen, die einfach so andere Leute umarmen, schon gar nicht in einer Bar, die sich gerade mit jeder Menge fremder Menschen füllte.

»Vielleicht sind fünfundsiebzigtausend Dollar nicht genug für das, was du dir vorstellst. Die Umbauarbeiten, das Auslagern der Bücher, die Neueinstellungen … Vielleicht wäre so ein Café ein gutes Geschäft, aber um es zu realisieren, wirst du bedeutend mehr Geld brauchen.«

David wirkte enttäuscht.

»Glaubst du? Zu dumm … Hast du eine andere Idee? Denn viel mehr Geld habe ich nicht.«

»Was hältst du von einem weiteren Partner? Hättest du ein Problem damit, wenn es ein neurotischer Engländer wäre, der nichts von Geschäften versteht, aber einen unumstößlichen Glauben an Bücher und Buchhandlungen hat?« Er machte dem Kellner ein Zeichen. »Ich bestelle noch eine Runde. Ich habe den Eindruck, dass wir beide etwas zu feiern haben.«

Am Tag der Hochzeit verließ Kate morgens das Haus in Richtung Schönheitssalon und Friseur. Laura begleitete sie und nahm anschließend zusammen mit ihrer Tante ein leichtes Mittagessen im Hotel Almirante ein. Danach sollte die Braut sich in einem Zimmer des Hotels ausruhen, bis es Zeit war, zur Hochzeit aufzubrechen. In dem Hotelzimmer würde sie sich auch anziehen, und um Punkt sieben Uhr würde ein Wagen auf sie warten, um sie zu ihrem Haus zu fahren. Zuerst hatte Kate protestiert. Sie wollte sich zu Hause in ihrem Zimmer zurechtmachen und alles etwas einfacher halten. Doch Shirley ließ sich nicht erweichen, denn sie wollte Kate vor dem Trubel der letzten Vorbereitungen bewahren.

»Du musst taufrisch sein. Wir kümmern uns hier um alles. Du lässt dich schön machen und ruhst dich aus, und um sieben werden wir alle bereitstehen, um die Braut zu empfangen.«

Um elf Uhr morgens waren Ahmeds Mutter und seine Schwester mit den Rosen gekommen. Einem Meer von Rosen in allen Farben, sogar ein paar in einem ganz besonderen kupferfarbenen Ton, die Shirley für die Dekoration des Eingangs benutzen wollte. Anna Livia konnte es nicht fassen und starrte auf die Unmenge an Blumen.

»Aber Señora Sharma … Wie viele sind das denn?«

Ahmeds Mutter lächelte genauso wie ihr Sohn.

»Mehr als tausend. In Sträußen von jeweils fünfzehn Stück. Für Señora Salomon gerade genug. Wir gehen jetzt wieder, und wenn Sie noch etwas brauchen, bitte melden Sie sich.«

Shirley betrachtete die Frau, die die Rosen noch einmal mit etwas Wasser bestäubte, und verspürte einen Anflug von Neid: Ahmeds Mutter war von jener exotischen Schönheit, die niemals verging und sich jedem Alter anpasste. Sie selbst war mit zwanzig eine hübsche junge Frau gewesen und konnte sich auch noch mit dreißig oder vierzig Jahren sehen lassen. Die Schönheit von Ahmeds Mutter jedoch wandelte sich mit jeder Dekade. Jetzt war sie um die fünfzig, und mit ihren smaragdfarbenen Augen, den langen pinkfarben lackierten Fingernägeln und der zierlichen, agilen Gestalt, die in einem schlichten geblümten Kleid steckte, wirkte sie wie ein Bollywood-Star. So wie es bei manchen Frauen vorkam, die sich von der Schönheit einer anderen in den Schatten gestellt fühlen, war Shirley auf einmal von Ahmeds Mutter eingeschüchtert und wähnte sich erst wieder sicher, als die Frau das Haus verlassen hatte.

»Was sagst du dazu?«, fragte Anna Livia und deutete auf das Blumenmeer.

»Völlig verrückt, aber ein Traum. Jetzt müssen wir die Rosen nur noch alle hübsch verteilen. Sind David und Jeffried schon da? Denn ich habe nicht vor, eine Leiter zu besteigen.«

Der Morgen verging in fieberhafter Betriebsamkeitt. Die Lampen wurden getestet, Tische und Stühle aufgestellt, im Keller des Hauses wurde eine Küche eingerichtet, Teller und Besteck wurden bereitgelegt, die Musiker nahmen ihre Plätze ein und stimmten ihre Instrumente. Und natürlich wurde alles mit Rosen dekoriert. Jeffried und David ordneten sich brav Shirleys Befehlen unter und halfen, wie es von ihnen erwartet wurde, was etwas mehr war, als sie gewünscht hätten. Es war beinah drei Uhr nachmittags, als alles fertig war.

»Jetzt könnt ihr gehen«, meinte Shirley. »Aber vergesst nicht, dass ihr um halb sieben pünktlich wieder hier sein müsst.«

»Ist die Hochzeit nicht erst um sieben?«

Shirley sah David von oben bis unten an, als hätte er eine absolute Dummheit geäußert.

»Ja, aber es ist angebracht, dass die Familie sich etwas früher einfindet, um die Gäste zu begrüßen. Es ist die Hochzeit deines Vaters, falls du das vergessen hast.«

»Und was ist mit mir?« Jeffried Ruskin versuchte sich das Lachen zu verbeißen. »Bin ich zum Familienmitglied befördert worden?«

Shirley hielt einen Moment inne und warf dann dem Lektor einen merkwürdigen Blick zu.

»Jeffried … einen hungrigen Löwen im Käfig sollte man nie reizen. Und jetzt ab mit euch. Ruht euch aus oder macht, was ihr wollt, aber ich will euch eine halbe Stunde, bevor das Theater losgeht, wieder hier haben!«

Daraufhin entfernte sie sich und dachte, dass ihr Abgang, wenn sie so groß und schlank wie Anna Livia gewesen wäre, sicher wesentlich beeindruckender ausgefallen wäre. David und Jeffried sahen ihr vom Gartentor aus hinterher.

»Ich mag sie«, murmelte David. »Auch wenn ich nicht weiß, wie sie das mit dem Löwen gemeint hat.«

»Shirley ist ein bisschen verrückt, am besten, man deutet nicht zu viel hinein. Kommst du mit ins Hotel? Wir haben noch gar nichts gegessen.«

Um diese Zeit war das Städtchen wie ausgestorben. An den Sommerwochenenden war Ribanova ein extrem ruhiger Ort und wirkte am frühen Nachmittag beinah gespenstisch. Die Schritte der beiden Männer hallten auf dem Pflaster wider, und der Lektor fragte sich, wie viel Zeit wohl vergehen würde, bis er erneut über eine Straße gehen und als einziges Geräusch die eigenen Schritte hören würde.

»Ich werde all das hier vermissen«, meinte er.

»Meinst du das im Ernst? Du lebst doch nur ein paar Flugstunden entfernt und kannst jederzeit wiederkommen. Ich hab es da viel schwerer, denn ich muss einen Ozean überqueren. Trotzdem werde ich auf jeden Fall versuchen, mindestens einmal im Jahr herzukommen, um meinen Vater zu besuchen. Ich denke nicht, dass er und Kate diesen Ort allzu oft verlassen werden.«

Zum Hotel Almirante war es ein Spaziergang von rund zehn Minuten. Jeffried verglich all dies noch einmal mit dem Leben, das er bisher geführt hatte und das ihn in London wieder erwartete: die Hetze, der Verkehr, die Entfernungen, das ständige Gehupe und man selbst immer in Eile. Doch als er sich fragte, ob er in Ribanova leben könnte, wurde ihm bewusst, dass ihm die Ruhe, die ihm in den letzten Tagen so gutgetan hatte, auf die Dauer wahrscheinlich unerträglich wäre. Nein, ruhige Kleinstädte waren nicht für jeden gemacht, und Jeffried war immer der Meinung gewesen, dass seine Seele aus Asphalt, verschmutzter Luft und morgendlichen Verkehrsstaus erschaffen worden war. Aber warum deprimierte ihn dann der Gedanke, nach London und in sein Büro zurückzukehren? Warum machte ihn die Vorstellung, dass die besondere Zeit der letzten Tage mit Kate Salomons Hochzeit nun zu Ende war, traurig?

»Ruskin … siehst du das Gleiche wie ich?«

Auf einer der Terrassen an der Plaza de España, die zu dieser Tageszeit ebenfalls so gut wie verlassen waren, saßen an einem der Tische zwei alte Leute und eine junge Frau und widmeten sich ihren Sandwiches.

»Aber …«

»Wenn Shirley davon erfährt, hat euer letztes Stündlein geschlagen. Heißt es nicht, dass es Unglück bringt, wenn die Braut und der Bräutigam sich am Hochzeitstag vor der Trauung sehen?«

»Hör auf, David. Ich habe mich bei meinen beiden letzten Hochzeiten an diese Tradition gehalten, und es ist trotzdem schiefgegangen. Diesmal mache ich es auf meine Art.«

Sie machten den beiden Hinzugekommenen Platz, und ein Kellner nahm ihre Bestellung auf.

»Ist zu Hause alles in Ordnung?«, fragte Kate.

»Was für eine Frage! Du kennst doch Shirley. Diese Frau hätte die Militärlaufbahn einschlagen sollen.«

Kate nahm die Hand ihres Beinah-Schwiegersohns.

»Ich danke dir sehr, David. Und dir auch, Jeffried. Ich weiß, dass ihr beide eine große Hilfe wart.« Sie warf einen Blick in die Runde. »Ich kann nicht glauben, dass ich gleich heiraten werde.«

»Da Shirley gerade nicht da ist, übernehme ich es, euch daran zu erinnern, eure Gefühle im Zaum zu halten. Ihr habt noch einen langen Tag vor euch«, mahnte David.

Und es war ein wundervoller Tag. Eine leichte, kaum merkliche Brise brachte jenen blumigen Duft mit sich, der Jeffried gleich am ersten Tag aufgefallen war.

»Was habt ihr eigentlich nach der Hochzeit vor?« David sah von einem zum anderen.

»Kate und ich werden übermorgen nach Paris aufbrechen.«

»Auch ich werde in ein paar Tagen abreisen«, antwortete Jeffried. »In London wartet jede Menge Arbeit auf mich. Ich muss die Veröffentlichung von *Der Neuankömmling* vorbereiten, und allmählich drängt die Zeit.«

»Ich werde noch eine Weile hierbleiben«, sagte Laura, die an der Kruste ihres Sandwiches zupfte. »Ich denke nicht, dass man zu Hause sehnsüchtig auf mich wartet, und der Unterricht in der Schule beginnt erst Anfang September wieder.«

»Na, dann können wir uns ja Gesellschaft leisten«, meinte David. »Auch ich werde erst mal hierbleiben, zumindest für ein paar Wochen. Ich muss einen Haufen Material durcharbeiten und Arroyos sämtliche Unterlagen einscannen, bevor ich nach Hause zurückkehre. Übrigens, Kate, wenn du wieder da bist, würde ich gern ein paar geschäftliche Dinge mit dir besprechen. Ich denke, wenn *El Unicornio* weiterbestehen soll, sind ein paar Veränderungen notwendig. Aber darum kümmern wir uns nach eurer Reise. Sag mal, Dad, hat Vera dich eigentlich angerufen?«

»Ja, heute Morgen. Zwei Mal sogar. Ich werde sie auf der Hochzeit vermissen.«

David zuckte mit den Schultern.

»Auf diese Weise bleiben uns wenigstens ihre Gedichte erspart«, stellte er ungerührt fest und wandte sich an die anderen. »Ihr habt keine Ahnung, wie nervig meine Schwester sein kann. Sie ist fest davon überzeugt, dass diese langen, traurigen Werke, die sie verfasst, alle Welt interessieren.«

Der Kellner brachte ihre Bestellung. Ruskin, der sich zu einem leidenschaftlichen Anhänger der Tortilla entwickelt hatte, blickte entzückt auf das riesige, damit belegte Bocadillo, das vor ihm abgestellt wurde. David hatte ein vegetarisches Sandwich geordert.

»Tante Kate, ich möchte nicht wie Shirley klingen, aber du solltest dich wirklich ein bisschen ausruhen.«

»Ich werde sie begleiten.« Forster stand auf und zog Kate galant den Stuhl zurück. »Dann kannst du noch ein wenig bleiben, Laura. Nur keine Eile.«

Sie sahen den beiden nach, wie sie sich, untergehakt und angeregt miteinander plaudernd, entfernten. Ein schönes Paar, dachte Jeffried: zwei rüstige und gut aussehende alte Leute, die offensichtlich glücklich waren. Solche Menschen sollte man unter Naturschutz stellen, über sie reden und der Welt mitteilen, dass sie tatsächlich existieren, um so allen Menschen Hoffnung zu geben.

Die Musiker waren ein bisschen spät gekommen, hatten aber schon ihre Plätze eingenommen und saßen bereit. Shirley – in einem flaschengrünen Kleid, dazu passenden Schuhen, deren hohe Absätze im Rasen versanken, und mit einem Headset-Mikrofon ausgerüstet, das sie wie ein Diadem trug – hatte sie gebeten, gleich anzufangen, um das Eintreffen der Gäste angenehm zu untermalen. Forster war auch schon da – eine beeindruckende Erscheinung in seinem dunklen Anzug, flankiert von seinem Sohn und Jeffried Ruskin. Shirley warf dem Engländer einen anerkennenden Blick zu. Er war höchst elegant gekleidet, einschließlich einer Kaschmirweste, wie sie nur ein Brite mit der nötigen Ungezwungenheit tragen konnte. Anna Livia ihrerseits hatte sich selbst übertroffen: ein Kostüm in einem cremefarbenen Gelb mit Dreiviertelarm und Seidenhandschuhen, die bis zu den Ellenbogen reichten. Gütiger Himmel!, sagte sich Shirley, Handschuhe im Juli! Man musste schon eine Frau wie Anna Livia Szcherny sein, um so etwas anziehen zu können, ohne lächerlich zu wirken. Mit zufriedenstellender Pünktlichkeit trafen nach und nach die Gäste ein, und für eine Weile herrschte ein fröhliches Durcheinander, während alle begrüßt und einander vorgestellt wurden. Ein liebenswertes Chaos, dachte Forster, während einige Einwohner Ribanovas ihm in holprigem Englisch ihre Glückwünsche aussprachen.

»Wie geht es dir, Dad? Bist du sehr nervös?«

»Ein bisschen. Ich weiß, dass das albern ist.«

»Das ist gar nicht albern«, wandte Ruskin ein. »Ein bisschen Lampenfieber gehört dazu. Einem absolut ruhig bleibenden Bräutigam sollte man mit großem Misstrauen begegnen.«

Shirley trat zu ihnen. Sie bot ein einzigartiges Bild in ihrem glänzenden Kleid mit dem Headset auf dem Kopf.

»Sehr gut, meine Herren. Alles im grünen Bereich. Laura ruft an, wenn sie das Hotel verlassen, damit du Kate an der Tür empfangen kannst, obwohl mir, ehrlich gesagt, lieber gewesen wäre, du würdest am Altar auf sie warten.«

»Nur dass es gar keinen Altar gibt, Shirley. Lediglich zwei Stühle und einen blumengeschmückten Bogen, der übrigens wunderschön ist.«

»Wer wird denn die Zeremonie abhalten?«, fragte Jeffried, und Shirley warf ihm einen selbstzufriedenen Blick zu.

»Der Bürgermeister von Ribanova natürlich. Ah, da kommt er übrigens gerade. Herr Bürgermeister! Bitte kommen Sie hierher, ich werde Sie dem Bräutigam vorstellen. Sie sehen großartig aus. Aber es fehlt noch eine Kleinigkeit. Wenn Sie erlauben …«

Mit verblüffender Selbstverständlichkeit, die der stets formvollendeten Anna Livia die Schamesröte ins Gesicht trieb, brachte Shirley Saunders eine orangefarbene Rose am Revers des Bürgermeisters von Ribanova an.

»Bitte kommen Sie mit mir, ich zeige Ihnen Ihren Platz. Und ihr beide könnt mir helfen, die Gäste zusammenzutrommeln. Die sind alle irgendwo im Garten, und ich möchte, dass sie sich in spätestens zwei Minuten brav hingesetzt haben. David, Jeffried, habt ihr nicht gehört. Auf geht's!«

Die beiden Männer verdrehten die Augen und trotteten dann Shirley folgsam hinterher.

»Das gibt's ja nicht!«

Forsters Ausruf ließ alle zusammenzucken. Der Bräutigam war mit einem Mal ganz blass geworden und starrte zum Gartentor hinüber. Jeffried und David drehten sich gerade noch rechtzeitig um, um eine Person, die zumindest Letzterem sehr vertraut war, in den Garten treten zu sehen.

Es war Vera, die Dichterin, die stets einen weiten Bogen um jedes Flugzeug machte, die Flugangst in Person. Nun stand sie mit glänzenden Augen am Gartentor, mit einem kleinen Koffer in der Hand und einer rosafarbenen Hülle, in der sich offensichtlich ein Kleid befand.

»Dad!«

»Vera!« Forster Smith lief auf seine Tochter zu und umarmte sie vor den Augen seines staunenden Sohnes. »Ich kann dir nicht sagen, wie glücklich du mich machst!«

David wartete darauf, dass er an der Reihe war, dann umarmte auch er seine Schwester, und zwar so ungestüm, dass ihre Füße für einen Augenblick ein Stück über dem Boden schwebten. Vera Smith war groß, äußerst schlank und schmal gebaut, mit beeindruckend langem, kastanienfarbenem Haar, das ihr fast bis zur Taille reichte. Jeffried fiel auf, dass sie auf der linken Schulter tätowiert war. Sie trug einen langen Rock mit einem breiten ledernen Gürtel, eine teuer aussehende Bluse im Vintagestil und Riemchensandalen. An ihren Armen glänzte jede Menge Schmuck, und auch am Fußknöchel trug sie einen Reif. Der Archetyp der jungen, rebellischen Schriftstellerin, dachte der Lektor und stellte sich vor, wie die Feuilletonjournalisten ihr zu Füßen lagen.

»Schwesterchen! Wie, zum Teufel, hast du das angestellt? Welcher Arzt hat dich behandelt?«

»Mach bloß keine Witze. Ich bin mit dem Schiff nach Lissabon gefahren und von dort aus etwa zehn Stunden mit dem Auto hierher, du Schlaumeier. Ich hoffe, ich habe die Trauung noch nicht verpasst. Es war eine abenteuerliche Reise, das kann ich euch sagen. Ich muss euch unbedingt alles erzählen …«

Shirley zog einen Flunsch angesichts dieses unerwarteten Ereignisses. Sie hatte jedoch nicht vor, ihre Pläne auch nur im Geringsten zu verändern.

»Ja, aber nicht jetzt! Jeden Moment wird die Braut da sein, und du willst dich sicher umziehen. Also bitte komm mit mir. Und du, Forster, halte dich bereit, zur Tür zu gehen. Laura hat gesagt, dass sie in weniger als zehn Minuten hier sein werden. David und Jeffried, ich habe euch doch gebeten, die Gäste einzufangen. Die laufen alle noch im Garten herum. Es wird höchste Zeit, dass sie sich hinsetzen! Und du, Anna Livia, sag den Musikern, dass sie loslegen sollen.«

Professor Forster Smith würde niemals den Moment vergessen, als er Kate Salomon aus dem Auto steigen sah. Sie sah wunderbar aus. Er nahm nicht das Kleid wahr, das sie trug, die kleinen Blumen in ihrem Haar oder den Strauß in ihrer Hand. Er sah sie nur an und dachte an jenen Moment fünfzig Jahre zuvor, als er beschlossen hatte, sie früher oder später zu heiraten. Er trat zu ihr und küsste ihre Hände. Von drinnen ertönte Gounods Hochzeitsmarsch.

»Nun werden wir es also tatsächlich tun.«

»Sieht ganz so aus. Bitte lass uns schnell hineingehen, Kate Salomon. Bei dir weiß man nie.«

Zu Shirleys Enttäuschung war die Trauungszeremonie wesentlich weniger feierlich, als sie es sich gewünscht hatte. Der Bürgermeister sprach kaum Englisch, und Forster verstand so schlecht Spanisch, dass Kate alles, wozu er aufgefordert wurde, für ihn übersetzen musste. Das sorgte für allgemeine Heiterkeit unter den Gästen und bei dem Brautpaar. Es war nicht gerade bewegend, aber überaus lustig, würde Kate später sagen. Doch abgesehen von diesen kleinen Verständigungsschwierigkeiten war alles perfekt. Das Zelt, in dem unzählige Rosen von der Decke hingen, wirkte wie ein auf dem Kopf stehender Garten. Die Musiker spielten wunderbar, und zwei kleine Vögel umflatterten das Brautpaar derart zielgerichtet, dass einige der Gäste glaubten, die Tiere wären extra dazu abgerichtet worden. Am Ende wurden Kate und Forster mit Applaus und einem Regen aus Blütenblättern gefeiert. Ein paar Leute hatten versucht, Reis einzuschmuggeln, doch was das anging, war Shirley hart geblieben. Dieser Fruchtbarkeit symbolisierende Brauch erschien ihr in diesem Fall eher geschmacklos, außerdem hatte sie schon Hochzeiten erlebt, bei denen die frisch Vermählten im rücksichtslos auf sie niederprasselnden Reis beinah ihr Augenlicht verloren hätten.

Gleich anschließend wurde gefeiert, und Kate lernte Vera kennen, die in einem auffälligen orangefarbenen Seidenkleid daherkam, das Shirley leicht übertrieben fand. David überschüttete Laura mit Komplimenten, die in dem duftigen Kleid, das Kate für sie ausgesucht hatte, einfach bezaubernd aussah. Laura wurde rot wie immer und hauchte ihm dann ein Danke ins Ohr, was bewies, dass Kate in diesem Fall das Geheimnis nicht für sich behalten hatte.

»Es ist unglaublich, was ein neues Kleid bei einer Frau bewirkt«, meinte David. Jeffried Ruskin, der neben ihm stand und ein Glas Wein trank, betrachtete Laura Salomon, die angeregt mit Vera plauderte.

»Wenn ich nur ein wenig jünger wäre …«, murmelte er.

»Wie bitte?«

»Nichts. Schau mal, die musst du unbedingt probieren.« Er nahm ein paar Kanapees von einem Tablett und steckte sich eines davon in den Mund. David nahm sich auch eines und suchte mit hochgezogener Augenbraue Jeffrieds Blick.

»Jetzt sag nicht, dass dieses ganze schmalzige Getue dich angesteckt hat! Oh, Mann, Jeffried … das ist das Letzte, was ich erwartet hätte. Du und Laura?«

»Ich weiß, es ist dumm.«

»Oh, nein, absolut nicht. Wenn wir schon mal hier sind, nur zu. Sie ist solo und du auch, und auch wenn ich persönlich sie für ein wenig verrückt halte, ist sie ein tolles Mädchen. Ich sage dem Bürgermeister, dass er noch bleiben soll, und wir machen eine Doppelhochzeit draus. Dann lohnt sich das Ganze wenigstens: die Musik, das Essen, die Blumen.«

Jeffried lachte fröhlich und leerte sein Glas. »Nein, mein Lieber, das lassen wir besser. Sie ist zwanzig Jahre jünger als ich, und ehrlich gesagt glaube ich nicht, dass sie bisher auch nur einen Gedanken an mich verschwendet hat. Ja, ich weiß, vielleicht sollte ich sie einfach fragen. Aber ich bin kein Mann der Tat. Was nicht heißt, dass ich die Sache bereits aufgegeben habe. Doch ich werde es mit Ruhe angehen. Ich werde versuchen, sie in England wiederzusehen und ... und vielleicht kommt sie nach London ... Ich bin nicht der Typ, der einfach so vor einer Frau auf die Knie geht. Es liegt mir einfach nicht, spontan zu sein. Vergiss nicht, dass du einen Untertan Ihrer Majestät vor dir hast, der es gewohnt ist, alles mit Augenmaß, Beherrschung und wohlüberlegt anzugehen.«

In diesem Moment trat Forster Smith, der Kate an der Hand führte, zu den Musikern und bat um das Mikrofon des Solisten.

»Ich begrüße euch, alle miteinander. Es ist so schön, dass ihr da seid. Laura, meine liebe Nichte, würde es dir etwas ausmachen, für mich zu übersetzen? Vielen Dank.«

In diesem Moment sagte sich David Smith, dass er genau zum richtigen Zeitpunkt entschieden hatte, in dieses hübsche apricotfarbene plissierte Seidenkleid zu investieren, in dem Laura Salomon größer und absolut nicht mehr unscheinbar wirkte.

»Meine Damen und Herren, üblicherweise hält der Bräutigam eine Rede, und ich schließe mich dieser Tradition nur allzu gern an. Ich glaube, dass fast alle hier Anwesenden Kates und meine Geschichte schon gehört haben. Ja, ich habe diese Frau vor fünfzig Jahren kennengelernt und, ja, ich habe mehrere Male die Gelegenheit verpasst, sie zu heiraten. Ich bin nicht gerade geschickt in solchen Dingen und habe, was Kate angeht, einfach Pech gehabt. Doch das Schicksal wollte mir noch eine letzte Chance geben, und so bin ich ein halbes Jahrhundert, nachdem ich sie zum ersten Mal gesehen habe, vom anderen Ende der Welt hergekommen, um an ihrer Seite zu sein. Nun glauben Sie nicht, dass es leicht gewesen ist. Ich weiß, dass es vielen Leuten seltsam vorkommt, wenn zwei alte Leute heiraten möchten. Doch es ist niemals zu spät, glücklich zu sein. In einem Alter, in dem man fast an der Ziellinie des Lebens angekommen ist, fangen wir noch einmal von vorne an. Ja, Kate, genau so fühle ich mich. Ich glaube, dass ich gerade dabei bin, ein neues Leben zu beginnen, und ich bin der glücklichste Mensch auf der Welt, weil ich es gemeinsam mit dir tun kann. Denn genau das ist es, was ich mir seit fünfzig Jahren wünsche. Ich liebe dich von ganzem Herzen, und ich danke dir, dass du mir die Gelegenheit gibst, dich von jetzt an für immer zu lieben und für dich zu sorgen. Werte Gäste, meine Kinder, liebe Freunde: Heben wir unser Glas zu Ehren meiner Ehefrau.«

Das war der Moment, auf den Shirley gewartet hatte. Zwei Tränen liefen über Kates Wangen, und auch Anna Livias veilchenfarbene Augen glänzten, während sie nach ihrem Taschentuch suchte. Vera Smith weinte hemmungslos – was das Mindeste war, was man von einer Dichterin erwarten konnte –, und Laura Salomon schluchzte leise, ohne es zu verbergen, wie der größte Teil der übrigen Gäste. Sogar der Bürgermeister wirkte ergriffen, dachte Shirley, woraufhin sie auch sich selbst ein theatralisches Wimmern erlaubte, natürlich nur so, dass ihr Make-up nicht in Gefahr geriet.

»Eine tolle Rede, was?« David legte eine Hand auf die Schulter Jeffried Ruskins, der einen besonderen, bisher unbekannten Ausdruck im Gesicht hatte. »Nicht dass ich etwas anderes von meinem Vater erwartet hätte, aber diesmal hat er sich, glaube ich, selbst übertroffen. Jeffried … alles in Ordnung?«

»Zum Teufel, ich mach's!«

»Wie bitte?«

»Ich werde es tun. Beim heiligen Georg und dem Drachen, ich werde es tun.«

»Was wirst du tun? Und was ist das für ein Schwur? Woher kommst du, Ruskin? *Game of Thrones?*«

Doch Jeffried Ruskin hörte ihm schon nicht mehr zu. Er ging in den Garten und suchte nach Laura Salomon.

»Es war wunderbar.«

Es war zwei Uhr morgens. Kate und Forster hatten einen Sessel im Haus gefunden, auf dem sie sich erschöpft niederlassen konnten, nachdem sie den letzten Gast verabschiedet hatten – den Sekretär des Vereins der Museumsfreunde, der stur darauf beharrt hatte, noch ein letztes Glas zu trinken. Nun ließen sie das Fest Revue passieren, das alles in allem einfach großartig gewesen war. Anna Livia und Shirley gesellten sich zu ihnen, Letztere mit ihren High Heels in den Händen.

»Ich hätte mir bequemere Schuhe anziehen sollen«, knurrte sie.

»Ich habe dich gewarnt«, meinte Anna Livia.

»Klar. Es ist ja auch nicht schwer, von flachen Schuhen zu predigen, wenn man eins zweiundsiebzig groß ist.« Nicht gerade elegant ließ sich Shirley in einen der Sessel im Wohnzimmer plumpsen. »Wo ist eigentlich Laura?«

»Ich habe sie schon seit einer ganzen Weile nicht mehr gesehen. Aber mach dir keine Sorgen. Jeffried war bei ihr, und nach ihrem Gesichtsausdruck zu urteilen, glaube ich, dass die beiden uns etwas zu sagen haben.« Kate griff nach Shirleys Hand und drückte sie. »Meine Liebe, es war eine wunderbare Feier.«

Die Angesprochene versuchte eine Geste der Bescheidenheit, die ihr bereits im Ansatz misslang. Kate hatte recht, es war ein Erfolg auf der ganzen Linie gewesen, und das war ihr durchaus bewusst. Warum also sollte sie Lob und Dankbarkeit abwehren?

»Ach, das war ja nichts Großartiges«, meinte sie dennoch.

»Oh doch!«, entgegnete Forster. »Shirley, ich war in meinem Leben schon auf einer ganzen Menge Hochzeiten, und ich werde mit Freude immer wieder sagen, dass meine dritte eigene die beste war. Absolut und ohne Einschränkung.«

Shirley plusterte sich auf wie ein Huhn und gab sich großzügig.

»Na ja, ich habe ja nicht *alles* allein gemacht. Ich hatte die eine oder andere Hilfe, und es macht mir nichts aus, es zuzugeben. Ich habe euch ja schon gesagt, dass die Rosen ein Geschenk von Ahmed waren, und … alle haben ein bisschen dazu beigetragen. Dein Sohn zum Beispiel, Forster, hat sich äußerst geschickt beim Aufhängen der Blumengirlanden erwiesen.«

»Wie verbindlich von ihm. Ich werde das in meinem Testament lobend erwähnen.«

Anna Livia verließ den Raum und kam kurz drauf mit einer dampfenden Teekanne zurück.

»Eine Tasse Kräutertee vor dem Einschlafen wird uns guttun. Außerdem möchte ich euch mitteilen, dass ich das Telefon ausstöpseln und die Haustürklingel abschalten werde. Ich habe nicht vor, vor zwölf Uhr mittags aufzustehen. Und was ist mit euch? Wann werdet ihr nach Paris aufbrechen?«

»In zwei Tagen. Morgen werden wir das Zusammensein mit Vera genießen und unsere Koffer packen.«

Schweigend tranken sie ihren Tee. Es war sehr spät, und alle waren erschöpft, weil sie so lange schon auf den Beinen waren und von all den intensiven Gefühlen, die der Tag mit sich gebracht hatte. Anna Livia war die Erste, die aufstand und sich verabschiedete. Als Nächstes griff Shirley nach ihren Schuhen und wünschte eine Gute Nacht. Kate umarmte sie.

»Shirley, ich weiß gar nicht, wie ich dir für all das danken soll.«

Die Angesprochene hob leicht eine Augenbraue.

»Ich hätte da so eine Idee.«

Kate zuckte mit den Schultern.

»Also, was ist es?«

Ein maliziöses Lächeln glitt über Shirley Saunders' Gesicht, bevor es dem Ausdruck vollkommener Unschuld wich.

»Bitte lass mich diejenige sein, die deinem Bruder mitteilt, dass die Hochzeit doch noch stattgefunden hat.«

Von: shirleytemple25@hotmail.com
An: sunsetcafestaff@sunsetcafe.com

Lieber James,
ich weiß nicht, womit ich anfangen soll, daher komme ich direkt zum Punkt: Kate und Forster haben nun doch geheiratet. Sie haben entschieden, dass ihre Liebe stärker ist als die kleinen Unstimmigkeiten zwischen ihnen und dass sie die Jahre, die ihnen noch bleiben – und von denen ich genau wie Du (nehme ich an) hoffe, dass es noch viele sein mögen –, gemeinsam verbringen möchten.
Ich habe Dir nicht eher geschrieben, weil wir hier alle sehr beschäftigt waren mit all den wichtigen Dingen, die sich ereignet haben. Ich weiß nicht, ob Kate Dich schon darüber informiert hat, aber es ist ein bisher unveröffentlichtes Manuskript Deines lieben Onkels Bertie aufgetaucht. Ist das nicht wunderbar? Der Verlag wird Kate ein kleines Vermögen dafür bezahlen, da sie sich einen Riesenbestseller davon versprechen. Was für eine Freude, nicht wahr? Kate ist sehr glücklich, die Arme, weil sie schon seit einer Weile ein paar dringend notwendige Umbauarbeiten in der Buchhandlung vornehmen lassen möchte. Denn dieser schöne, uns allen am Herzen liegende Laden ist ein wenig in die Jahre gekommen und muss endlich modernisiert werden.
Übrigens wird sich Deine Tochter in den nächsten Tagen sicherlich auch noch bei Dir melden. Was ich Dir jedoch schon einmal

mitteilen möchte – ich weiß, dass ich das nicht tun sollte, aber wir stehen jetzt so lange schon in regelmäßigem Kontakt, dass ich mich Dir irgendwie verbunden fühle –, ist, dass Laura erst zu Schulbeginn wieder nach Brighton zurückkehren wird. Kate und sie haben hier noch ein paar Dinge zu klären, denn Deine überaus großzügige Schwester hat entschieden, Laura ihr Haus am Meer zu überschreiben. Ist das nicht wundervoll? In dieser Form an die anderen zu denken ist so typisch für die liebe Kate.
Danach wird Laura, soweit ich es verstanden habe, ein paar Tage in London verbringen. Du wirst es sicher noch genauer erfahren, aber sie ist inzwischen sehr mit dem Lektor Deines Onkels befreundet, einem wunderbaren Mann, in einer – auch wenn das natürlich zweitrangig ist – hervorragenden beruflichen Position. Ich möchte den Ereignissen nicht vorgreifen, aber vielleicht wird es bald noch eine Hochzeit im Hause Salomon geben.
Alles Liebe, auch an Deine Lotta,
und herzliche Grüße von
Deiner Freundin
Shirley

Textnachweis:

Das Eingangszitat von W. H. Auden stammt aus dem Werk *If I could tell you* in der Übersetzung von Ludwig Greve, aus: *Wenn ich es könnte, gäb' ich dir Bescheid*, Zehn Gedichte von Ludwig Greve, Verlag Ulrich Keicher, Warmbronn, 2004).

Das Eingangszitat von August Strindberg stammt aus dem Werk *Liebeskrank* in der Übersetzung von Emil Schiering, aus: *Strindbergs Werke*, Deutsche Gesamtausgabe, Abteilung Gedichte, Georg Müller Verlag, München 1923).

Das Eingangszitat von Lois Pereiro stammt aus dem Werk *Contra a morte o amor que vai comigo*.

ISBN 978-3-85179-304-8

Titel der spanischen Originalausgabe: *La Boda de Kate*

Umschlaggestaltung: Christina Krutz, Biebesheim am Rhein
Satz: Christine Paxmann • text • konzept • grafik, München
Druck und Bindung: Kösel, Altusried-Krugzell

www.thiele-verlag.com